Eginald Schlattner

Rote Handschuhe

Roman

Paul Zsolnay Verlag

ISBN 3-552-05154-6
Alle Rechte vorbehalten
© Paul Zsolnay Verlag Wien 2000
Satz: Filmsatz Schröter GmbH, München
Druck und Bindung: Franz Spiegel Buch, Ulm
Printed in Germany

*Für Susanna Dorothea Ohnweiler,
die damals, achtzehnjährig, den Mut und
die Liebe hatte, trotz allem meine Frau
zu werden*

Im Gegenlicht

I

Die große Zeit: sie begann, ohne daß ich es wahrnahm. Eine Hand schiebt mich in einen Raum, den ich nicht sehen kann. »*Stai!* Halt!« Jemand streift mir die Eisenbrille von den Augen. Darauf wird in meinem Rücken mit Gedröhn eine Tür zugeriegelt. Ich stehe still. Die Fahrt ins Unsichtbare hat ihr Ziel gefunden.

Nach Stunden der Finsternis erfassen meine Augen einiges. Der Raum ist eng. Streckt man die Arme aus, könnte man die Wände berühren. In der Ecke steht ein offener Blecheimer. Ich ergieße mich endlos, bis der Wärter »Ho! Ho!« ruft. Eine Maus schaukelt in dem stinkigen Gebräu.

Nacht. Es ist totenstill. Aus der Wand ragt in Brusthöhe eine Tischplatte. Darunter ein Heizkörper. Die Fensterluke oben ist mehrfach verbarrikadiert: Drahtgitter, Panzerglas, sieben Eisenstäbe. Über der Tür flimmert hinter einem Metallnetz eine Funzel. Zwei Eisenbetten rechts und links. Den schmalen Gang dazwischen taste ich ab: dreieinhalb Schritt hin, drei Schritte zurück. Die Luft scheint verdünnt, der Atem stockt. Die achtzehn Verbote und Gebote auf der Tafel an der Wand lese ich nicht durch. Was kann man dir verbieten in einem Raum, in dem es außer Bett, Tisch und Gittern nichts gibt?

»*Camera obscura*«, murmle ich. Ich fürchte mich, den Dingen Namen zu geben. Trotzdem! Ich muß es mir gefallen lassen: eine Arrestzelle bei der *Securitate*. Daran ist nicht zu rütteln. Hierher gehörst du. Einsamkeit heißt Sehnsucht haben nach niemandem. Ich habe Sehnsucht nach niemandem. Der Abdruck eines menschlichen Körpers im Strohsack ist fast zuviel an Nähe. Zusammengekrümmt muß dort viele Nächte ein Mensch gelegen sein. Eine Mulde ist geblieben.

Der Wärter öffnet die Klappe in der Tür; zu sehen sind der Schnauzbart und der oberste Uniformknopf. Er befiehlt: »Niederlegen!« Ich passe meinen Körper der Vertiefung im Strohsack an und fahre zusammen, ertaste es: Eine Frau ist hier gelegen, Gesicht nach innen.

Mit dem Gesicht zum Innern des Raumes gekehrt, so hat man zu schlafen. Das ist Vorschrift. Oder das Gesicht nach oben gewendet und die Hände auf den Pferdekotzen gebreitet. Kaum habe ich die Augen geschlossen, scheucht mich der Wachtmeister auf. Mit dem Besenstiel angelt er nach mir, weil ich mich zur Wand gewälzt habe. »Umdrehen!« Löscht niemand das Licht hinter Gittern? Ich knüpfe das Taschentuch zu einer Binde und ziehe sie über die Augen.

Mit verbundenen Augen, mit aneinandergebundenen Händen, so hatten sie uns von Klausenburg hergebracht. Tudor Basarabean hieß der Freund. Wir aber mußten ihn Michel Seifert nennen. Seifert nach der verstorbenen Mutter und Michel nach dem deutschen Michel, den er verehrte. Mit ein und derselben Fessel war seine Hand an meine gekettet. Auf sein Knie, auf mein Knie stützten wir die Hände. Bei jeder unbedachten Bewegung machte es klick, und die Schelle fraß sich ins Fleisch. »Amerikanische Fesseln«, tönte der *Securitate*-Offizier. Fesseln vom imperialistischen Erzfeind ...

Am Vormittag hatten sie mich festgenommen, einen halben Tag bei der *Securitate* in Klausenburg gehalten. Am Spätnachmittag hatte die Fahrt ins Ungewisse begonnen. Als wir den Bergrücken über der Stadt in steilen Serpentinen erklommen, bot sich uns das letzte Bild von der Welt: Während die Sonne in rosiger Kälte erlosch, versank die Stadt im Tal der Schatten. Soldaten stülpten uns Brillen über, die blind machten. Statt Gläsern hatten sie Blechkapseln.

Wie sich verhalten? Der Großvater hatte behauptet, selbst die ausgefallenste Situation habe ihre eigene Ästhetik. Eine Nacht und einen Tag und noch eine Nacht war er als Schiffbrüchiger in der Adria getrieben, angebunden an ein Rumfaß. Und hatte versucht, eine gute Figur abzugeben. »Nicht leicht, mein Sohn! Wo das Rumfaß sich dauernd drehte.«

Wie eine gute Figur machen, gefesselt, geknebelt, blicklos?

Gesagt hatte ich bisher nur: Es handle sich um ein Mißverständnis, das sich durch einflußreiche Stellen in Bukarest aufklären werde. Was keiner im Auto glaubte.

Welches war nun die Ästhetik der Stunde?

Widerstand leisten, wie unser Professor für Marxismus und Politökonomie Dr. Raul Volcinski, den sie in einer Pause auf dem Korridor der Universität verhaftet hatten? Versteckt hinter der Klotür hatte ich die Szene verfolgt, die grausam und grotesk anmutete. Und hatte den Mann bewundert.

Weggeschleppt hatten sie ihn kurz nach einer Vorlesung, in der er uns die Überlegenheit der zentral gesteuerten Planwirtschaft dargelegt hatte. Als die Herren den Professor höflich baten, mitzugehen, weigerte er sich. Als sie zupackten, riß er sich los. Als sie neuerlich Hand an ihn legten, schlug er zurück und rannte davon. Wie aus dem Boden gestampft waren noch zwei Büttel da. Alle diese, vier an der Zahl, zerrte der rasende Mann den Gang entlang, ehe sie ihn überwältigten, zu Boden zwangen. Dort lag er auf dem Mosaikboden wie ein Harlekin in der Manege und zappelte. Zwei Studentinnen, die Hand in Hand zum Klo eilten, lachten herzhaft. Offensichtlich ein Jux: Erwachsene, die sich balgten. Genosse Volcinski verlor den Hut vom Kopf, der ihm eine Weile nachrollte, ohne ihn einzuholen.

Elisa Kroner, die um die Ecke bog, machte auf der Stelle kehrt. »Unsereiner darf bei so etwas keinesfalls gesehen werden, geschweige denn zuschauen«, hatte sie mir einmal geschrieben. Wir wechselten Briefe von Klausenburg nach Klausenburg. Meine Lieblingskollegin Ruxanda Stoica aber hob den Hut auf und behielt ihn insgeheim als Reliquie. Jemand verpfiff sie. Das Mädchen mit den rebellischen Augen der Rumäninnen aus dem Erzgebirge wurde für ein Semester exmatrikuliert, der Hut beschlagnahmt und durch den Reißwolf getrieben. Die Reste wurden bei Nacht in den Fluß geworfen.

Wie also der Würde dieses Augenblicks gerecht werden? Ich hörte die Großmutter sagen: »Mit gewissen Leuten redet man nicht. Und zwar nicht, weil unsereins besser ist als sie, sondern weil diese anders sind als wir. Allein Schweigen rettet.« Diese waren anders als ich. Ich schwieg. Und horchte auf das, was die Bewacher untereinander sprachen. Wenngleich die Offiziere und Soldaten uns mit fingierten Gesprächen in die Irre führen wollten, bekam ich irgendwann die Fahrtrichtung heraus: Wir waren auf dem Weg von Klausenburg nach Hermannstadt. Vielleicht ging es weiter ostwärts: nach Kronstadt, nun Stalinstadt. Oder gar bis Bukarest, jenseits der Karpaten.

»Seht«, sagte der Offizier zu den Wachsoldaten, vielleicht wendete er sich sogar um, »unsere Kollektivbauern, sie kommen vom Wochenmarkt in Deva und fahren nach Hause.« Wochenmarkt? Kaum denkbar, das Gesagte für bare Münze zu nehmen. Ebenso undenkbar, daß ein Offizier sich nicht an die Wahrheit hielt. Doch Zweifel meldeten sich: Deva? Wieso? Wollten die uns auf die verfallene Festung hoch über der Stadt bringen, wo der erste antitrinitarische Bischof von Siebenbürgen, Franz Davidis, vor vierhundert Jahren im Kerker umgekommen war? Wollte man uns dort in den mediävalen Kellergewölben festhalten? Unsinn.

Wochenmarkt am Samstag, das gab es nirgends. Ferner: Wir schrieben Ende Dezember und waren seit Stunden unterwegs. Es mußte längst stockfinster sein. Jeder Bauer wärmte sich jetzt am heimischen Herd, selbst der Kollektivbauer. Und dann: Wären wir nach Deva gefahren, hätte die Landstraße sanft die Flußau des Mieresch entlang talab laufen müssen. Ging es jedoch nach Hermannstadt, führte sie über hügeliges Gelände. Als Student der Hydrologie im letzten Semester kannte ich nicht nur jeden Wasserlauf in Rumänien, ich kannte auch die tektonische Beschaffenheit Siebenbürgens wie meine Hosentasche.

Tatsächlich, das Lärmen des Motors verstärkte sich, der Wagen stemmte sich in die Steigungen und Kurven der Landstraße, wir wurden hin und her geschaukelt. Von Mühlbach weiter zählte ich die einzelnen Dörfer. Am Motorengeräusch, dessen Widerhall sich an den Häuserfronten brach, hörte ich die Dörfer vorbeiziehen, Orte, die mir vertraut waren von Radfahrten mit Freunden, mit Mädchen – in einem anderen Leben.

Sollten wir tatsächlich Hermannstadt ansteuern, würden sie uns in ein anderes Auto verfrachten. Im ersten Vorort eines neuen Verwaltungsgebietes wurden wir umgeladen, das hatte ich herausgefunden. Und Hermannstadt-Sibiu gehörte als Rayonsvorort bereits zur Region Stalin. In dieser Stadt war die *Securitate* im Gebäude des ehemaligen k. u. k. Korpskommandos untergebracht, wo bis 1918 der Kommandierende General jeden Abend von der Terrasse aus den Fackelzug betrachtet hatte, zur Zeit der Kaiser und Könige.

Ein Gebäude, das jeder kannte. Wir Nachgeborenen schlugen einen Bogen um das grauenhafte Gemäuer, bewehrt mit Stacheldraht und Stahlspitzen. Es hieß, die Fassade der Villa sei bis zur Traufe gespickt mit verspielten Putten und Liebesgesindel. Doch war das wegen der überhohen Hofmauern kaum auszumachen.

Der Wagen hielt. Man befahl uns abzusteigen, ohne daß wir gehorchen konnten. Unsichtbare Hände packten zu und drängten uns in einen anderen Wagen: »*Repede*, rasch!« Zu beweisen war, daß wir dort hielten, wo ich vermutete – in Hermannstadt? Da war die Straßenbahn, die Elektrische, 1905 vom sächsischen Magistrat eingeführt; sie pendelte zwischen dem Jungen Wald und Neppendorf hin und her. Und klingelte vor Hütten und Palästen und selbst vor der Zwingburg der *Securitate*. Darauf wartete ich. Und sie klingelte. Es war also vor Mitternacht, denn nach zwölf Uhr gab die Elektrische Ruhe, es verkehrten nur Kutschen. Als nächstes Ziel kamen Kronstadt oder Bukarest in Frage. Das würde sich bald klären, nach der Weggabelung vor dem Roten-Turm-Paß.

Hermannstadt. Flüchtig dachte ich: einige Straßen weiter die Großmutter, so feingeartet, daß sie in ihrem ganzen Leben nie ein schlimmes Wort über die Lippen gebracht hat, selbst in diesen bösen Zeiten nicht. Und Hertatante, die jüngere Schwester meiner Mutter, delikat wie ein gefrorener Seufzer. Sie schliefen, eingeklemmt zwischen Möbeln von lange her, in dem einen Zimmer, das ihnen geblieben war. Sie träumten von Faltfächern aus Elfenbein und stillstehenden Stutzuhren. Das hatte mit mir nichts zu tun, gehörte zu draußen, an einen

Ort, den ich verloren hatte. Sogar der jüngere Bruder verblich, Kurtfelix, Student in Klausenburg wie ich, doch an der ungarischen Universität »János Bolyai«. Mit dem ich am Abend zuvor im Kino gewesen war, in einem mexikanischen Film mit Maria Felix. Während einer Szene um ein blindes Mädchen im Gegenlicht, das inmitten von Kaktusblüten und Maultieren einen unheimlichen Tanz aufführte, waren wir wie auf einen geheimen Befehl hin gleichzeitig aufgestanden und gegangen.

Es rührte sich nichts in mir, als es durch Fogarasch ging, die Kleine Stadt, obschon mich das Kopfsteinpflaster aufrüttelte. Hier, in der Berivoigasse 5, in einem Haus, zerwühlt von Löchern und Rissen, schliefen Vater und Mutter und der jüngste Bruder Uwe, umlauert von Träumen voll Ratten.

Als wir endlich in Kronstadt ankamen, rumänisch *Orașul Stalin*, hörte das Draußen auf, von dem ich bereits getrennt war durch die Handfesseln, die blinde Brille und das auffällige Klappern der Schießeisen dreier Bewacher – und durch eine andere Weise von Zeit.

In dieser Stadt besuchte die kleine Schwester Elke Adele die fünfte Gymnasialklasse der Honterusschule. Sie wohnte bei der Griso, unserer Großmutter. Diese führte die Wirtschaft und das Regiment im Haus ihres Schwiegersohns Fritz und ihrer Tochter Maly. Tante Maly, Vaters Schwester, hatte mit vierzig geheiratet und in die Ehe ihre Mutter mitgebracht; Onkel Fritz sein Haus mit dem barocken Blendgiebel. Es lag in der Tannenau, einem Villenvorort von ehemals reichen Leuten, zu erreichen mit der gelb gestrichenen Trambahn.

Die vier schliefen im selben Zimmer: die Tante und die Großmutter in den Ehebetten, der Onkel auf dem Sofa zu ihren Füßen, Elke in der Ecke neben dem Kachelofen. Vor dem Fenster ragten die Gerippe der Apfelbäume, dahinter türmten sich Tannen voll Schnee. Der Mond ritzte sich blutig an den steinernen Krallen der Berge: Hohenstein, Krähenstein. Die Erwachsenen schnarchten. Die Schwester träumte vom Osterhasen. Mitten im Winter. Und von roten Eiern.

Ich liege auf dem Strohsack mit dem Abdruck eines fremden Frauenkörpers, der Wächter hat mich eben mit dem Besenstiel zur Ordnung vermahnt, und erkenne: Alle diese Wesen, die in ewiger Wiederkehr zum Leben eines Menschen gehören und denen ich in unterschiedlicher Weise zugetan war: Sie sind zu Salzsäulen erstarrt, das Gesicht abgekehrt. Die mir noch gestern nahen Menschen haben auf der finsteren Fahrt ihre Liebenswürdigkeit eingebüßt. Man kann mich mit der Liebe zu ihnen nicht erpressen.

Bei der Ankunft hatten uns fremde Hände die Brillen und Fesseln abgenommen. Wir mußten uns nackt ausziehen. Angewidert starrte ich in die Mündungen von zwei Maschinenpistolen. Michel Seifert führte man weg. Kein Händedruck. Kein Blick. Kein Wort. Nie mehr.

In leuchtender Nacktheit stand ich vor den Männern der Nacht, während Schweißperlen aus meinen Achselhöhlen rieselten. Was für Berufe es gibt: mitten in der Nacht mit dem Schießgewehr auf nackte Menschen zielen, während andere Männer sich an die Leibesvisitation machen. Zum zweiten Mal, nach Klausenburg, mußte ich es über mich ergehen lassen: daß widerliche Männer in meinen Kleidern stöberten, daß sie ihre Nasen in meine Unterhosen steckten und sie durchschnüffelten, daß sich ein fremdes Gesicht in meine Afterfalte klemmte, daß schmierige Finger die Vorhaut hochzogen, mir ins Gebiß griffen und schmerzhaft tief in die Nasenlöcher. Die Hände des Wachtmeisters nahmen meinen Körper in Besitz, sie nahmen ihn mir weg. Selbst der gehört uns, hieß das, während ich mich auf Kommando drehte und bückte und niederkniete und erhob und stillstand.

Als sie mir die Kleider zurückgaben, fehlten der Hosenriemen, das Gummiband aus der Leibwäsche, die Schuheisen, die Schnürsenkel, die Krawatte. Alles, womit du dich töten kannst, blitzte es mir. Sie legten mir eine Liste vor mit meinen Habseligkeiten und mit den Schriftstücken. Ehe ich unterschrieb – »repede, repede!« –, konnte ich beim Überfliegen feststellen: Sogar in der Wohnung meiner Eltern in Fogarasch hatten sie eine Hausdurchsuchung vorgenommen. Daß sie in meiner Studentenbude aufgeräumt und meine Sachen aus der Klinik mitgenommen hatten, wußte ich bereits von Klausenburg her, nach der Bestandsaufnahme dort.

Fertig! Als ich mir linkisch die Blechbrille mit beiden Händen aufsetzen wollte, rutschten die haltlosen Hosen und die Unterhosen vom Leib. Die Männer lachten, daß es in dem fensterlosen Raum schallte. Dabei stießen sie mich weg. Halbnackt stolperte ich dahin. Sie preßten mich in einen Spind, enger als ein Sarg. Meine Knie berührten die Tür, die Arme klebten an den Bretterwänden. Zusammensacken ging nicht. Der Atem wurde knapp. Irgendwann einmal befreiten sie mich aus meinem Stehplatz. Die Knie gaben nach. Sie mußten sich erst gewöhnen, den Körper wieder zu stützen. Eine unsichtbare Hand führte mich, wie man Blinde führt, und schob mich in die Zelle, die ich kaum gewahrte. Ich stürzte zum Blecheimer in der Ecke. Dort stand ich und ließ Wasser ab, bis der Wärter »Ho! Ho!« rief. Die tote Maus drehte sich wie berauscht.

Ich erinnerte mich an eine Sommernacht der frühen Kindheit in Szentkeresztbánya im Szeklerland, als aus heiterem Himmel vor dem Fenster des Kinderzimmers zwischen Narzissen und Levkojen ein Rauschen erklang, etwas zu strömen begann, das nicht und nimmermehr auslief – ein Büffelochs, ein Fabelwesen? Wir Kinder weckten zwischen Hangen und Bangen die Mutter. Es war die ungarische Dienstmagd Mariska, die mit ihrem Galan Bier getrunken hatte.

Ich liege in der Zelle und versuche, die Dinge mit verbundenen Augen zu durchschauen. Wie der Zeit entkommen, die diese einem aufzwingen? Ich weiß es nicht. Ein Gedanke zeichnet sich vage ab: vielleicht, indem man dem Verhängnis einen Schritt vorauseilt, irgendwie, bis zum Schlußstück …

Ich falle in Schlaf, werde mit dem Besenstiel aufgestört, versinke in Dösen, schrecke auf, schaudere beim Gedanken, hier zu sein.

Habe ich geschlafen? Licht und Luft unverändert, die Wand voll grauer und weißer Flecken. »Aufstehen!« heißt es barsch durch die Klappe. Kurz darauf öffnet sich knatternd die Tür. Mit dem Fuß schiebt der Mann in Soldatenuniform und Filzschuhen, mit einem Gesicht wie die Maske eines gekränkten Heiligen, ein Kehrblech herein, stellt wortlos einen Besen daneben.

Auf der Schaufel entdecke ich eine Kippe der Marke Virginia. Virginia, die leistete ich mir manchmal in Klausenburg, zum Beispiel wenn ich mit Elisa Kroner in der mondänen Konditorei »Progresul« saß, im Souterrain des Palais Pálffy. Und jedesmal nahm ich ein Päckchen dieser Sorte dem Lehrer Caruso Spielhaupter nach Forkeschdorf mit, dem Vater eines Mädchens, das mich liebt. Es ist eine grüne Virginia, kaum zur Hälfte geraucht. Und bekränzt mit Rot von einem teuren Lippenstift. Eine Frau hier! Eine Dame!

Zu sehen sind noch: Stanniolpapier von Schmelzkäse und unappetitliche graue Haarbüschel. Ein kodifiziertes Menü von Informationen. Die eigene Ausbeute ist gering, nachdem ich den Steinboden gefegt habe: Strohkrümel unterm Bett. Staubflocken. Ah, Mausdreck!

Als sich die Tür zum zweiten Mal auftut, belehrt mich der Mann mit der grimmigen Miene, daß ich beim Erdröhnen der Riegel sofort an die Rückseite des Zimmers springen müsse – mit dem Gesicht zur Wand – und mich nicht umdrehen dürfe, ehe es befohlen werde. Was mich wenig schert. Ich bin hier bloß ein verirrter Gast. Auch ärgert mich, daß er dies Loch Zimmer nennt, *camera*.

Als an diesem nachtschwarzen Morgen die Tür nochmals mit Höllenlärm aufspringt, hocke ich im Türkensitz auf dem Bett. Statt mich im Polizeigriff mit dem Gesicht an die Wand zu stellen, hält mir der Wachtmeister die Blechbrille hin und sagt: »*La program!*« Vielleicht führt man uns zu früher Stunde zu einem Kulturprogramm? Darum das Türenschlagen und Schlurfen auf dem Korridor? Neugier verspüre ich keine.

Ich ziehe die Brille über die Augenhöhlen, ihr Gummirahmen fühlt sich klebrig an. Der unsichtbare Mann rückt mit hartem Griff das Blechgespann zurecht, bis es nahtlos paßt und ich nur noch schwer atmen kann. Auch er hat seine Zähne nicht geputzt. Dann befiehlt er, als wolle er sich überzeugen, wie blind ich sei: »Hol den Abtritteimer!« Mit ausgestreckten Händen taste ich mich in die Ecke, stoße sogleich an den Wandtisch, bin verwirrt, rieche endlich den Stinkkübel, bücke mich, greife in die Jauche mit der Maus, erwische schließlich den Bügel und höre meinen Gebieter zischen: »*Bine!*« Gut so. Er klemmt meinen linken Arm unter seinen Ellbogen und schubst mich ungeduldig dunklen Zielen entgegen. Ich trotte dahin, mit verhaltenem Schritt, den Kopf vorgeneigt, lauschend, in der rechten Hand schwankt das Gefäß voll Urin. Nach einer scharfen Rechtswendung ein letzter Stoß: »*Stai!*« Mit einem Ruck reißt er mir die Brille vom Kopf, die Haare sträuben sich. »*Repede, repede!*« Und fügt mit maskenhafter Miene zwei ominöse Worte hinzu: »Regle deinen Stuhlgang! Morgens und abends!«

Was sich dem unbewehrten Auge darbietet, ist ein Kabinett mit mehreren Waschbecken und zwei Klomuscheln in Nischen ohne Tür. Selbst meine Exkremente gehören nicht mehr mir, werden unter die Lupe genommen. Lustlos entleere ich den Darm. Ich beeile mich nicht. Zeit spielt keine Rolle. Aber in Panik versetzt mich das Fehlen von Klopapier. Was nun?

Mit heruntergelassenen Hosen stoße ich die klinkenlose Tür auf und stecke den Kopf hinaus, erblicke zum ersten und zum letzten Mal den Korridor, erspähe in Reih und Glied die gepanzerten Türen mit den fürchterlichen Riegeln, höre ein Murmeln und Summen aus den Zellen. Und bemerke, daß der erhabene Heilige in Pantoffeln wie von der Tarantel gestochen herbeigaloppiert. Erschüttert schiebt er mich zurück auf den Lokus. »Klopapier«, sage ich. »*Hârtie igienică.*«

»Klopapier?« wiederholt er. Er tritt zu mir ins Kabinett. Was will er? Ich weiche in Trippelschritten zurück, die Hosen schleifen auf den Fliesen. »Setz dich«, sagt er sanftmütig. Ich setze mich auf den Klorand. Und erfahre, daß es hygienischere Methoden gibt, sich unten herum sauber zu halten, als bisher geübt. Indem sich der gute Mann immer wieder umdreht, als schaue ihm jemand über die Schulter, führt er mich ein. Man lernt nie aus. Nur muß man sich vom Herkömmlichen trennen. Ich trenne mich.

Er reicht mir ein Blechkännchen, das er von draußen geholt hat. »Nachher behalte es zum Wassertrinken. So: Und nun gieß Wasser in die hohle Hand und bade den After darin.« Ich komme mit der neuen Technik nicht zurecht. Geduldig füllt er das Töpfchen mit Wasser, so oft ich es nutzlos geleert habe. Er rügt, lobt mich, der ich demütig vor ihm hocke und mich redlich abmühe, seine Lehren zu beherzigen. Endlich heißt es: »*Minunat!*« Wunderbar. Kühl und heiter fühlt sich mein Hintern an. Doch nun, was weiter? Ich halte ihm fragend die bekleckerten Hände hin. »Zieh an der Leine! Und häng dann die Hände hinten in den Wasserstrahl!« Ich tue wie geraten. Es rauscht, es gurgelt, es schäumt.

»Und wie trockne ich sie?«

»Schwenke die Arme, dann springen einige Tropfen weg. Den Rest wisch an deinen Hosenbeinen ab. Und jetzt vorwärts marsch!« Zurück geleitet er mich, als schritten wir zum Altar. Behutsam legt er seinen Arm um meine Hüften, ja, er greift mir in den Bund und hilft so, meine flüchtigen Hosen hochzuhalten. In der Zelle streift er mir nahezu zärtlich die Brille vom Kopf. Er verspricht, einen Deckel für den Stinkkübel aufzutreiben. Zum Abschied sagt er etwas, was verboten ist und falsch am Platz: »*Bună ziua*«, Guten Tag. Die Tür verriegelt er so geräuschlos, daß ich meine, sie sei nur angelehnt.

Ich muß für den Unbekannten einen schönen Namen ersinnen. Ich taufe ihn Seerose. Solche gibt es in der Tannenau. Schwimmst du zwischen ihnen dahin, rühren sie dich behutsam an. Lange noch lugt er durch das Guckloch, späht immer wieder herein.

Die kleine Klappe in der Tür dagegen öffnet sich selten. Zum Frühstück, zu Mittag, beim Abendbrot. Dann reicht eine körperlose Hand die Kost herein. Bald überrascht es mich nicht mehr, wenn der Bewacher leise wie auf Gummisohlen an die *Camera obscura* heranschleicht, durch den Spion schielt. Und sich verflüchtigt. Mein Ohr hört es.

So rasch werden die Sinne hier heimisch, während die Seele flieht. Die Welt verschließt sich in Angst. Aber die Zeit wird groß, daß man das Fürchten lernt.

2

Ich sitze auf dem Bett und warte auf nichts. Im Gang läuft mit Scharren und Schlurfen *la program* ab. Die Welt liegt in Finsternis. Die Morgenwäsche habe ich hinter mir, mit allen Aufregungen und Verwirrungen. Spiegel gibt es keinen. Wir werden das eigene Gesicht nicht erkennen, sollten wir ihm je begegnen. Von Rasieren keine Rede. Zweimal, am Morgen und am Abend, darf man austreten: Regle deinen Stuhlgang! Doch alles an dir ist aufs Laufen ausgerichtet: Die haltlosen Hosen gleiten vom Leib, im Gedärm rumort es.

Gestern, am letzten Samstag im Jahr 1957, war ich bereits am Morgen unterwegs gewesen. Ich hatte über das Wochenende von der Klinik in Klausenburg freien Ausgang erbeten.

Auf der psychiatrischen Station unterzog ich mich einer Kur: Fünfmal pro Woche erhielt ich in der Früh auf leeren Magen eine Spritze Insulin in ständig gesteigerter Dosis. Das fraß den Zucker aus dem Blut. Bald brach der kalte Schweiß aus, der Körper kühlte aus, die Zunge erstarrte zum Eiszapfen, und ich rutschte wie auf einer Glitschbahn hinüber in Todesrausch. Nach einigen Stunden der Agonie pumpte ein Krankenpfleger Glukose in die Venen. Ich kam zu mir von weither. Erwachte schweißgebadet, zerschlagen und glücklich in einem Bett, das einem Schaumbad glich. Und war für einige Stunden gereinigt von bösen Gedanken und traurigen Gefühlen. Gierig schluckte ich Frühstück und Mittagessen auf einmal. Und literweise Kompott, von besorgten Studentinnen an mein Bett gebracht.

In die Klinik auf dem Berg über der Stadt war ich freiwillig gegangen. Gewiß war, daß ich an jenem Ort für eine Weile keine Sorgen um das tägliche Brot haben mußte, und Absicht war, daß ich Zeit gewinnen wollte, um nachzudenken über die Traurigkeiten meiner Seele.

Doch nur Essen und Trauer? Könnte nicht ein verborgenes Kalkül mit im Spiel gewesen sein bei einem wie mir, der auf der Suche war nach Zuflucht und Schutz, seit die Russen eingebrochen waren in seine Kindheit? Letztes Asyl: die Heilanstalt. Dort, so hatte ich spekuliert, würde man sich nicht eins, zwei an mir vergreifen. Das Irrenhaus schien der äußerste Fluchtpunkt in diesem Land, das umgeben war von Stacheldraht und Todesstreifen. In dem Gemäuer aus der k.u.k. Zeit fühlte ich mich geschützt vor den gespenstischen Mächten, die nach mir faßten, von denen ich mich bedroht fühlte seit dem »Zusammenbruch«, wie das in unseren Kreisen hieß. Damals, am 23. August 1944, hatte das königliche Rumänien die Fronten gewechselt und mit den Sowjets gemeinsame Sache gemacht. Offiziell hörte sich das anders an: »Befreiung Rumäniens vom Joch des Faschismus durch die glorreiche Rote Armee«.

Seit jenem fatalen Tag glomm die Angst in mir, bestraft zu werden, ohne anderes auf dem Kerbholz zu haben als das zu sein, was ich war: amtlich zwar ein Staatsbürger der Rumänischen Volksrepublik, doch mit Abstrichen. Als Siebenbürger Sachse wurde ich offiziell zur *naţionalitate germană* geschlagen und damit gemahnt, für Hitler einzustehen. Und als Sohn eines Geschäftsmanns blieb ich ein Element von ungesunder sozialer Herkunft, *de origine socială nesănătoasă*.

Das letzte, um mir selbst zu entrinnen, hatte ich gestern unternommen. Ich war vom Sanatorium hinuntergestiegen zur Universität, um die Mitgliedschaft in der Kommunistischen Partei zu beantragen. Eine Entscheidung gegen die fatale Herkunft und für eine frei gewählte Zukunft.

Der Tag war vielfach verplant gewesen: Mein Stipendium wollte ich beheben. Und bis Mittag in der Bibliothek arbeiten. Formeln zur Bestimmung der Wasserführung in Flüssen galt es zu überprüfen. Für den Nachmittag hatte ich einer Musikschülerin versprochen, mit ihr ins Kino zu gehen, in den westdeutschen Film *Die Straßenserenade*, mit Vico Torriani. Am Abend war bei Freund Seifert ein Hausball angesagt. Er hatte seinen Vater, dem er nicht verzeihen wollte, daß er Mircea Basarabean hieß und ein Rumäne war, bewegen können, die Wohnung für diese Nacht zu räumen.

Von den dreihundert Studenten in Klausenburg, die dem »Literaturkreis Joseph Marlin« angehörten, war eine kleine

Runde ausgewählt worden. Als Partnerin hatte ich Elisa Kroner eingeladen, eine Intellektuelle von marmorner Schönheit. Ihre bloße Erscheinung in Klausenburg hatte vielen unserer Studenten den Kopf verdreht. Und manchem einen Stich ins Herz versetzt. Mein Bruder Kurtfelix konstatierte, es grassiere eine Epidemie namens Kroneritis. Alles wallfahrtete zu ihr an den Rand der Stadt. Dort wohnte sie bei einer alten Ungarin billig im Quartier. Elisas Vater hatte eine Tuchfabrik besessen, die enteignet worden war. Das obligate Gefängnis für Fabrikanten und Kapitalisten hatte er hinter sich. Jetzt war er Färber und sie die Tochter eines Werktätigen.

Angehende Tierärzte und zukünftige Diplomtrompeter rannten ihr die Tür ein, wollten sich mit ihr klug unterhalten, wozu sie höflich bereit war. Aber es ging schief. Die Kavaliere mit Blume verwechselten *Die Grundlagen des 19. Jahrhunderts* mit dem *Mythus des 20. Jahrhunderts* und warfen diesen mit dem *Untergang des Abendlandes* in einen Topf. Sie vertauschten Schopenhauer mit Nietzsche und konnten die *Kameradschaftsehe* von der *Vollkommenen Ehe* kaum unterscheiden. Und das nicht nur, weil man sich auf unbekanntes Terrain begeben hatte, sondern weil sich Gedanken und Sinne vor dem Angesicht dieses Mädchens verwirrten. Und über Gutbekanntes wie Marx und Engels, Lenin und Stalin zu reden wünschte niemand, obschon man bei diesen Herren notgedrungen ein und aus ging. Als immer wieder Burschen bei ihr abblitzten, hatte sie ihren Spitznamen weg: Eisheilige.

Ich hatte Elisa Kroner als Partnerin für den Hausball den Vorzug gegeben, weil mir ein Ausspruch zugeflogen war: daß es in Klausenburg nur einen Studenten gebe, der ihr imponiere. Eben mich. Ob als Initiator des Literaturkreises oder als Person, wollte ich nicht beantwortet wissen.

Als ein freier Mann war ich gestern aufgebrochen von der Klinik hinab zur Stadt. Endlos zog sich der Botanische Garten hin, wo sich die harmlosen Geistesgestörten und leicht versehrten Seelen ergehen durften. Ohne zu überlegen war ich über den Zaun gesprungen, befand mich in kahler Landschaft, umgeben von vereister Botanik.

In diesen Garten mußte sich jeder rechte Student einmal für eine Nacht mit seiner Geliebten unbemerkt wegschließen lassen. So der Brauch. Dabei machten die zwei die Entdeckung, daß selbst die kürzeste Nacht länger ist als ein Tag. Und daß es gegen Morgen kalt wird und man sich nur einseitig warm halten kann, wie man es dreht und wendet. Da kann die Erkorene noch so mollig sein. Es gelang mir nicht, für diese Nacht Annemarie Schönmund zu gewinnen, eine Studentin der Psychologie, meine Freundin. Mit haarscharfer Logik bewies sie mir, daß das ein Blödsinn sei. Dafür hatte im Frühsommer eine Studentin Ja gesagt, bei der ich bloß scherzhaft angefragt hatte. Wir wählten das japanische Teehaus, und zwischen drei und vier morgens wurde es kalt, wie zu erwarten war.

Lange war ich gestern im Treibhaus zwischen Kakteen und Affenbrotbaum untergekrochen, eine Art legales Ausland, hatte die Zeit vertrödelt. In der Mappe knisterten die Unterlagen für die Mitgliedschaft in der Rumänischen Arbeiterpartei. Dem Ansuchen waren beigelegt eine leicht frisierte Autobiographie, Empfehlungen vom kommunistischen Jugendverband und die Studienergebnisse. So ausgerüstet, war ich unterwegs zu unserem Parteisekretär Dr. Hilarie, Dozent für Ozeanographie und Geodäsie. An dem wir bewunderten, daß er alle Wasserstationen in der Rumänischen Volksrepublik herzusagen wußte, samt ihren geographischen Koordinaten und Parteisekretären, und dazu alle Meerbusen der Welt bei Namen zu nennen, in der Originalsprache. Und an dem wir hochschätzten, daß er ein Herr war.

Lange hatte ich gezögert. Die quälende Frage war: Schaffte ich es, ein Ihriger zu werden? War das nicht ein Akt fortgesetzter Selbstpreisgabe? Es begann mit der Ächtung der Vergangenheit: die Vorfahren mußten weggelegt, die Kinderstube verleugnet, ja selbst die Erinnerungen ausgelöscht werden. Es hieß klein beigeben bis ans Lebensende.

Worin wir bereits Übung hatten: Um das Feingefühl der Arbeiterklasse nicht zu kränken, hing die Mutter am 1. Mai keine Wäsche im Hof auf. Aus Respekt vor den atheistischen Gefühlen des Proletariats zündeten wir die Kerzen am Christbaum hinter verhängten Fenstern an. Im Keller hinter dem Krautfaß verschimmelte mit dem Bild des Königs auch das Hochzeitsphoto der Eltern – die Mutter im pompösen Brautkleid, der Vater im Frack. Und gab es einmal im Jahr Wiener Schnitzel, sperrten wir die Tür zu, damit die *Securitate* uns nicht der Kumpanei mit dem kapitalistischen Ausland bezichtigte.

Immer wieder hatte ich mich gestern verstohlen umgesehen. Folgte mir kein Schatten? An der Ecke zur *Strada Armata Roşie*, die zur Uni führte, zögerte ich. Etwas hielt mich zurück. Ohne es recht zu wollen, betrat ich die Konditorei »Rote Sichel«, ein Lokal ohne Schick und Zauber: verkleidete Eisengestelle als Tische und Stühle, Sichel und Hammer als Schmuck an der Wand, basta. Ich bestellte einen billigen Kaffee. Er war lauwarm und schmeckte nach nichts. Der Zwirnstrumpf des Serviermädchens war am Knie aufgeplatzt.

Scheppernd wurde die Tür aufgerissen. Ein Trupp Medizinstudenten stürzte in den Raum. Sie rochen nach Formol und sprachen ungarisch. Die besudelten Kittel warfen sie achtlos über die Stuhllehnen. Sichtlich erregt kletterten einige Mädchen den Burschen auf den Schoß. Alle bestellten Kaffee, stark und heiß, den sie schlürfend austranken. Und redeten durcheinander. Keiner hörte zu. Eine Leiche war aus dem Seziersaal verschwunden. Bis Bukarest war man in heller Aufregung. Ungarische Verschwörer! »Seit 56 sind an allem wir Ungarn schuld!« Mitten ins Geschrei öffnete sich die Tür von neuem. Ein unscheinbarer Mann blieb auf der Schwelle stehen, musterte das Treiben, während sein Gesicht hinter Schleiern von eisigen Dämpfen verschwand. Unvermittelt bellte er los: »*Aici nu este Budapesta!* Dies ist eine rumänische Stadt im Sozialismus!« Es wurde totenstill. Die Mädchen rutschten vom Schoß ihrer Beschützer, sahen sich benommen nach Sitzgelegenheiten um. Die Studenten rührten sich nicht. »*Mai decent! Unde este morala proletară?*« schrie der Fremde mit durchdringender Stimme, die nicht aus seinem klapprigen Körper zu kommen schien. Niemand antwortete, auch das Serviermädchen nicht. Dann entführte eine Wolke von Frost den fremdartigen Boten. Die Tür blieb offen. Das Lokal leerte sich. Ich zahlte und ging. Nur noch einige Schritte, und ich war am Ziel.

Ich sitze mit angezogenen Beinen auf dem Eisenbett in der Zelle, mitten drin in der *Securitate* von Stalinstadt. Noch graut der Morgen nicht. In der Stille bemerke ich, daß sich die Sinne voll Begierde der Erinnerungen bemächtigen, die aufdringlich zur Stelle sind: Jeden Schritt und jede Geste spuckt das Gedächtnis aus, und Gedanken, jemals gedacht, ohnehin. Gerade jetzt, wo ich wünsche, keine Biographie zu haben. Ich frage mich, bohrender als bisher, ob man aussteigen kann, anders denken und handeln als die, denen man durch Geschichte und Schicksal zugeordnet ist.

Geschliffen durch Übermächte und Unzeiten, haben wir Siebenbürger Sachsen uns über Jahrhunderte an die Devise der Einwanderung gehalten: *Ad retinendam coronam*, zum Schutze der Krone; oder laut Luther: jeweils der Obrigkeit untertan. Im Januar 1945, als man alle arbeitsfähigen Leute nach Rußland deportierte: demütig ließen sie sich zu Tausenden wegführen. In unserer weitläufigen Familie war jeder, den man abgeholt hatte, mitgegangen. Mein Vater: seine Festnahme zwei Wochen nach dem Stichtag war ein Übergriff, mit sechsundvierzig war er älter als vorgeschrieben, dazu beim rumänischen Militär eingezogen. Sein Bruder Hermann, geboren 1900 und somit knapp an der Altersgrenze: wie weinte die Griso in der Tannenau sich die Augen aus, die auch sonst in Tränen schwammen. Die junge Schwester der Mutter, unsere Hertatante: so erlesen im Geschmack, daß sie Geschenke unbesehen an die Putzfrau weggab. Herbertonkel, ihr Mann, der Bukarester Bonvivant: gleich mit Frau und Nebenfrau.

Ohne aufzumucken, hatten sie sich in die Viehwagen treiben lassen. Kein Widerstand. Im schlechtesten Fall entzogen sich einige wenige dem Zugriff. Sie ließen sich den Blinddarm herausschneiden oder vom rumänischen Bauern im Backofen verstecken. Dafür wurden Ältere oder Jüngere ausgehoben. Die geplante Zahl mußte stimmen. Sechzehnjährige Mädchen erfroren auf dem Transport, und Knaben weinten bitterlich. Hie und da ging ein alter Pfarrer freiwillig mit

seiner Gemeinde mit, so Arnold Wortmann aus Elisabethstadt.

Von den sächsischen Dörfern jenseits der Aluta holper-
ten die Verbannten auf Pferdewagen herbei, durchquerten
dampfend vor Kälte Fogarasch auf dem Weg zum Bahnhof,
eskortiert von Gendarmen und russischen Soldaten. In der
Mehrzahl waren es junge Frauen und Mädchen, um die
Schultern wollene Dreieckstücher, ein Bündel mit ihren Habseligkeiten auf dem Schoß. Die Väter und Männer kämpften
an der Front, für das deutsche Mutterland, gegen das rumänische Vaterland. Die Frauen sangen »Kein schöner Land in
dieser Zeit«, sie sangen »Innsbruck, ich muß dich lassen«,
indes sich die Gesichter im frostigen Hauch verzerrten. Hinter ihnen tappten die Mütter, immer wieder weggehescht von
den Bewachern. Kutschiert wurden die Gespanne von den
Vätern der Festgenommenen. Auf dem Bahnsteig, abgedrängt
vom Kordon der russischen Soldaten, schrien die Bauers-
frauen, indes sie die Oberkörper rhythmisch hin und her bewegten: »Of wat mer erwacht sen!« Eingehüllt in schwarze
Umschlagtücher, die sie über den Kopf bis tief in die Stirne
gezogen hatten, erinnerten sie an Klageweiber. Die Väter standen starr und stumm, den Peitschenstiel senkrecht neben sich,
als hielten sie Wache. Als der Zug anruckte, steckten die Ein-
waggonierten Fingerspitzen, Handschuhe und Sacktücher
durch Ritzen und Spalten und winkten, bunte Wimpel von
Zärtlichkeit, die sich in eisigen Fernen verloren. Auf was wir
erwacht sind!

Die schlagartigen Massenaushebungen am 13. Januar 1945
im ganzen Land waren vorbei. Ein Jammergeschrei erscholl
von Broos bis Draas, vom Aufgang der Sonne bis zu ihrem
Untergang. Wir hatten gleich zu Anfang ausgerechnet, daß
bei uns im Haus niemand abgeholt werden dürfe. Die Eltern
waren über das fatale Alter hinaus. Regina, das Dienstmädchen, hätte es treffen können, doch wurde sie in der Heimat-
gemeinde Bekokten geführt. Die Frau des Hausmeisters Szabo,
die tagsüber bei uns die Wirtschaft führte, war eine Ungarin.

Obzwar die eigentliche Gefahr vorbei war, hatte unsere
Mutter sich Abend für Abend von zu Hause weggestohlen.

Noch streiften Suchtrupps durch die Stadt. Weshalb sie gerade an diesem Tag nicht zu den Atamians einige Straßen weiter geschlüpft war, wohin ich sie auf eisglatten Schleichpfaden durch die Gärten geleitete, wer mochte das wissen? Dort wartete ein Versteck auf sie. Hinter kolossalen türkischen Teppichen, die nur der armenische Hausherr beiseite schieben konnte, lag eine ausgeräumte Gewürzkammer. Es duftete nach den Gerüchen des Orients, und wer länger dort weilte, dessen Sinne wurden betört von Halluzinationen aus Tausendundeiner Nacht. Aber es war ein sicherer Ort bei Leuten, die bei den Behörden keinen Argwohn erregten. Und die ein Gespür für Gefahr hatten. Sarko Atamian war als einziger von der Großfamilie der Armenierschlächterei in der Türkei entronnen. Trotzdem trug er einen Fez und rauchte die Narghileh.

Als an diesem trostlosen Abend Ende Januar an die hintere Türe gehämmert wurde, wußten alle, was es geschlagen hatte, noch ehe befohlen wurde, rumänisch und russisch: aufmachen, öffnen. »*Repede, repede! Bystro, skoro!*« Schon Jahre vorher hatte es geheißen: Wenn die Russen kommen … Jetzt waren sie da!

Unsere Mutter, wir zwei Buben – Uwe und ich – und Regina eilten in den Flur. Die kleine Schwester schlief hinten im Kinderzimmer. Kurtfelix blieb unsichtbar. Der Vater war in der Kaserne, tat Dienst als Rechnungsoffizier. Uwe, der kleinste Bruder, der eben mit beiden Händen schreiben lernte, öffnete die verriegelte Tür, noch ehe man ihn zurückhalten konnte. Es schien, als sagte er sich, daß ihm am wenigsten passieren könne.

Wem galt es? Mir vermutlich nicht, war ich doch unter siebzehn. Aber ich war über mein Alter hinaus aufgeschossen und kräftig. Wie gelähmt stand ich da. Regina handelte. Beim nächsten Trommelwirbel an der Tür packte sie mich bei der Hand, lief zum altdeutschen Schrank am Ende des Flurs, stieß mich hinein. Wir krochen unter die Maskenkostüme der Großeltern, die vergeblich auf den Karneval warteten. Es roch schwermütig nach Parfüm und Naphthalin. Wir zitterten so, daß wir uns aneinander festhalten mußten,

um mit den schlotternden Gliedern nicht an die Schrank-
wände zu pochen.

Rechtens hätten wir auch für unsere Mutter nicht fürchten müssen: Sie war gute Jahre über das Wegschleppalter
hinaus. Und dann die kleine Schwester: Mütter mit Klein-
kind waren von der Deportation ausdrücklich befreit. Das
stand unter anderem in der Verordnung der sowjetischen
Stadtkommandantur. Die war, in Rumänisch und Deutsch,
schwarz auf grün, in den Schaukästen an der evangelischen
Kirche ausgehängt, wo Pfarrer Stamm regelmäßig das Toten-
glöcklein läuten ließ, sie war einzusehen bei unserer Schule
in der Martin-Luther-Straße, wo im Festsaal die Gefangenen
zusammengepfercht warteten; sie war zu lesen vor der ehemaligen deutschen Ortsgruppenleitung in der Schlachthaus-
gasse, dort hatte bis vor kurzem bei Tag und bei Nacht die
Hakenkreuzfahne geweht. In der Verordnung war ferner aufgezählt, was man mitzunehmen hatte: nicht mehr, als ein
Rucksack fassen konnte, aber zwei Paar Wollsocken sicher.
Unsere Mutter hatte vorsorglich fünf Rucksäcke geschneidert,
in abnehmender Größe und grasgrün, bis zum puppenhaften
Ränzel der kleinen Schwester, und mit dem Allernötigsten
gefüllt.

Die Eindringlinge, da standen sie: ein russischer Soldat,
ein rumänischer Gendarm und ein Mann in Zivil. Der trug
trotz der beißenden Kälte einen Schlapphut. Und behielt ihn
auf, trotz der Wärme im Haus. Die beiden Soldaten hatten
ihre Mützen in den Nacken geschoben, um besser Ausschau
halten zu können.

»Eine Routinekontrolle«, näselte der Mann mit Hut. »Viele
Sachsen in der Stadt und auf den Dörfern sind der Einladung
zur Wiederaufbauarbeit in die Sowjetunion nicht gefolgt.«
Die Begeisterung, aufzubauen, was die Horden Hitlers in der
Ukraine zerstört hatten, halte sich in Grenzen. Dazu habe es
in den Listen Fehler gegeben. Nicht jeder *etnic german* habe
erfaßt werden können, auch weil die deutsche Kreisleitung
am 23. August 1944 die Verzeichnisse im Landkreis Fogarasch vernichtet habe. Der Kreisleiter Schenker aber, das feige
Schwein, der Vaterlandsverräter, sei als rumänischer Bauer

verkleidet davongelaufen, mit den deutschen Soldaten. »Wir wissen alles!«

Dieser Satz ließ mich zusammenzucken. Regina schien zu befürchten, daß ich aus dem Schrank fallen würde. Sie küßte mich auf die Lippen, lustlos, als wolle sie mir bloß den Mund stopfen.

Der Mann mit Hut forderte von der Mutter den Personalausweis. Der war zur Hand. Doch etwas schien nicht in Ordnung. Durch die Ritze in der Schranktür erspähte ich, daß sich der Gendarm und der Kommissar in Zivil über den Ausweis der Mutter beugten. Sie flüsterten. Indessen musterte der russische Soldat mit rollenden Augen die vielen Türen im Flur, die Maschinenpistole im Anschlag.

Plötzlich hieß es kurz angebunden auf rumänisch: »*Veniţi cu noi!*« Sogar russisch: »*Igisiuda!*« Mitgehen. Die Mutter beteuerte mit zittriger Stimme, sie sei nicht 1916 geboren, sondern Jahre vorher. Das sei eine Fehleintragung in dem neuen Ausweis, die sie leider nicht bemerkt habe. Sie wolle sofort den Geburtsschein vorlegen.

»Nichts da!« Die beiden Soldaten hielten sie an den Armen fest. »Fertigmachen!« Sie sahen sich unruhig im Flur um. Türen, Türen … Nicht auszumalen, wenn alle sieben Türen auf einmal aufsprangen. Dazu der ungeheure Schrank. Nur weg von hier!

Da öffnete sich wie von Geisterhand die Wand vor den Augen der Männer. Eine achte Tür tat sich auf, eine Tapetentür, durch die mein Bruder Kurtfelix hereintrat. Er trug auf dem Rücken die schlaftrunkene Schwester. Die blinzelte unter verklebten Wimpern ins Licht. Als das kleine Mädchen die beiden Soldaten als Soldaten erkannte, machte es große Augen, strahlte über das ganze Gesicht und sagte freundlich: »Heil Hitler!« Und hob die Patschhand zum deutschen Gruß.

Der russische Soldat ließ die Waffe fahren, riß das Kind an sich, herzte es, schaukelte es, rollte es über seinen Kopf, setzte es rittlings auf seinen Nacken und trabte hin und her. Außer sich vor Freude rief er ein um das andere Mal: »*Malenkaia, dorogaia malenkaia!*« Du süße, liebe Kleine! Und legte sie der Mutter in die Arme.

Dann polterte der Russe davon. Er zerrte den Kommissar mit, der seinen Schlapphut festhalten mußte. Der rumänische Gendarm grinste über das ganze Gesicht. Unser Bruder Uwe verriegelte die Tür und lispelte: »Das kann ja einen Seemann nicht erschüttern. Keine Angst, keine Angst, Rosmarie!«

Stille. Einen Augenblick rührte sich keiner. Selbst wir nicht, Regina und ich, die wir unter den Narrengewändern fast erstickten. Sie roch plötzlich schwelgerisch nach Pfeffer und Vanille. Ich spürte, wie unsere Lippen sich suchten, es war kein Küssen, sondern ein gieriges Schnappen nach dem Mund des andern, ein jauchzendes Wehtun. Irgendwann sprangen die Türen des geschnitzten Eichenschrankes auf. Wir purzelten hinaus, Kuß an Kuß, während die Faschingskostüme aus Samt und Seide aufrauschten. Wir kollerten über den Mosaikboden voll schmutziger Schneespuren und kamen vor der Mutter zum Stillstand. Und lachten! Lachten aus vollem Hals. Lachten, bis die Tränen rannen.

Am nächsten Tag wurde Regina festgenommen, als sie vom Bäcker Krempels in der Kronstädter Straße Brot holte. Meinen Vater verhafteten sie einige Tage später in der Festung, er trug die königliche Uniform. Trug sie bis zuletzt, als die Schiebetür des Viehwagens hinter ihm versiegelt wurde. Und versiegelt blieb bis zur Ankunft im Donbas. Denn auch die Gestorbenen reisten bis zur Endstation. Die Zahl mußte stimmen.

Unsere findige Mutter bekam heraus, daß an den Abenden, an denen die Straßenbeleuchtung ausfiel, die Kommandos durch die Stadt strichen und Leute aushoben. Bald auch die anderen: namhafte Rumänen, wenige Ungarn vorerst, sie galten als Kommunisten der ersten Stunde, keine Juden, die hatten noch Schonzeit. Doch schließlich mußte jeder dran glauben, auch der Teppichhändler Atamian samt Fez und Wasserpfeife. Und selbst der Synagogenvorsteher Ernest Glückselich.

Als ich gestern unten bei der Universität angekommen war, zeigte die elektrische Uhr zehn vor elf. Die matte Sonne hob sich kaum über die Häuserzeile.

Zunächst das Stipendium. Rückwirkend für zwei Monate. Im November hatte ich den Termin wegen einer Lesereise nach Südsiebenbürgen verpaßt. In den Literaturkreisen von Kronstadt, Zeiden und Hermannstadt hatte ich aus meiner Erzählung *Gediegenes Erz* gelesen, die bald erscheinen würde.

Wußten sie etwas, die Genossinnen hinter dem vergitterten Schalter im Dekanat? Sie steckten die Köpfe zusammen, tuschelten, sahen mich betreten an, ehe die eine, mit schlampig gefärbter Dauerwelle, beschied, ich müsse zum Rektorat hinauf, dort wolle mich jemand sprechen. »Danach können Sie Ihre Gelder bekommen.«

Es war nichts Ungewöhnliches, hinaufzitiert zu werden. Oft suchten mich Reporter auf. Der »Literaturkreis Joseph Marlin« war eine Novität. Unbesorgt ging ich dem Ziel entgegen. Das Gebäude stammte aus der k. u. k. Zeit, alles daran war von imperialer Großzügigkeit. Das monumentale Treppenhaus war überdacht von Muschelgewölben und wurde flankiert von klassizistischen Säulen. Die herrschaftliche Treppe nahm die Weiträumigkeit des Vestibüls auf. Sie teilte sich beim ersten Absatz und schwang in zwei prunkvollen Zügen zum Stockwerk empor.

Oben im Sekretariat wurde ich von einer Dame eilfertig eine Tür weiter in das Beratungszimmer des Rektors gewiesen. Dort saß der Amtschef hinter einem mächtigen Schreibtisch. Ein einziges, unbeschriebenes Blatt Papier lag auf der Glasplatte. Er sah mich kurz und durchdringend aus braunen Augen an, ehe er sich wieder dem Papier zuwandte. Dieser schwere Blick würde mich verfolgen. Er sagte mit tonloser Stimme, ich solle zwei Türen weiter in den Empfangsraum des Rektors gehen, dort warte jemand auf mich.

Der sich dort vom Stuhl erhob, war kein, war kein … Ich spürte: Der gehörte nicht hierher, nicht in meine Welt. Der fremdartige Mann reichte mir die Hand, die ich zögernd berührte. Mit einer fast verlegenen Geste bedeutete er mir, neben ihm Platz zu nehmen, so daß ich die Tür im Rücken hatte. Er behielt sie im Auge.

Ich blickte in den weiten Raum. Rohrstahlmöbel waren um elegant geformte Tische gruppiert. Durch die Rundbogenfenster an der Längsseite des Raumes sandte die Dezembersonne ihre fahlen Strahlen. An der Stirnwand hing das Bild des Genossen Gheorghe Gheorghiu-Dej. Er sah auf mich herab, der oberste Gebieter der Partei. Von ihm behauptete Pfarrer Arnold Wortmann, daß er kein Finsterling sei, vielmehr ein guter Mensch, der ein Herz für das Volk habe und dem das Wohl des Arbeiters ein Anliegen sei. Ich dachte: Der gute Mensch in Bukarest, der ist nun in heller Aufregung. Denn eine Leiche ist verschwunden aus ihrem Formolbad. Wer weiß, was dahintersteckt.

Noch ehe der Fremde an meiner Seite seine Legitimation vorzeigte, auf der ich einzig und allein das Wort »*Securitate*« entzifferte, begriff ich: Es ist soweit. Die Angst von einst, inzwischen dreizehn Jahre alt, doch frisch wie die letzte Nacht, hatte ihr Ziel gefunden.

Jahrelang hatte ich mir ausgemalt, was an mir geschehen würde, wenn es soweit war. Die eingebildete Szene entband ein grenzenloses Entsetzen. Ich versank in einen Krater von Grauen. Verdampfen würde ich in Moleküle von Schauder.

In Wirklichkeit war es anders. Nicht einmal das Herz klopfte bis zum Hals. Nur der Mund trocknete aus und auf die Zunge legte sich ein bitterer Geschmack, der mich an eine der kritischen Prüfungen in Hydraulik erinnerte.

Wir schwiegen, der Bote aus dem fremden Land und ich. Unversehens standen zwei Männer vor mir, überelegant gekleidet und von gewollter Lässigkeit. Bei ihrem Eintreten war mein Nachbar aufgesprungen und hatte Haltung angenommen, die Hände seitlich an den Mantel gepreßt. Die beiden, wiewohl in Zivil, mußten Offiziere sein.

»Sieh ihnen auf die Schuhe«, hatte mich Michel Seifert belehrt, dem die *Securitate* die Hölle heiß machte, seit er sechzehn Jahre alt war. »Tragen sie teure Romarta-Schuhe, sind sie es.« Sie trugen Romarta-Schuhe. Sie waren es. Die Herren in Hut und Mantel setzen sich. Ich bemerkte, daß sie nervös waren. Sie schlugen mit den Lederhandschuhen auf den Tisch. Sie fühlten sich hier nicht zu Haus. Im nächsten Augenblick schnellten sie empor. Der eine, der aufdringlich Elegante, sagte:»Wir gehen zu uns, dort stört uns niemand. Ein kleines Gespräch in aller Freundschaft.« Ich wollte meine Aktentasche aufnehmen, doch der Subalterne hatte sie bereits in der Hand. Es wurde mir eingeschärft, beim Hinuntergehen keine Zeichen zu geben. Ich gab kein Zeichen. Und nicht wegzulaufen! Ich lief nicht weg.

Ich wußte: Indem sie aus der Finsternis heraustraten und mich ihr Gesicht sehen ließen, war der Stab über mich gebrochen. Die Offiziere nahmen mich in die Mitte; süßliches Parfüm benebelte mich. Der Mann, der meine Tasche trug, folgte. In der Vorhalle erblickte ich das Plakat unseres Literaturzirkels.»Verband der kommunistischen Studentenvereinigungen in Rumänien«. Darunter groß und leuchtend: »Siebenbürgisch-sächsischer Literaturkreis Joseph Marlin. Lesung HUGO HÜGEL, Stalinstadt. Mittwoch, 8. Januar 1958, 20 Uhr im Auditorium maximum.« Der eine Offizier zog das massive Eingangstor auf und trat ins Freie. Ein russischer Personenwagen der Marke »Pobeda«, grün lackiert, hielt mit laufendem Motor am Bordstein, etwas abseits von der Freitreppe, unter dem ersten Baum, der unbewegt die Äste von sich streckte. Der andere Offizier ging um das Auto herum und stieg ein, besetzte den Platz rechts hinten. Dann drängte mich der erste Offizier in den Fond und zwängte sich neben mich. Der Mann mit meiner Aktenmappe nahm neben dem Fahrer Platz und hing eine Pistole an den Haltegriff, die er aus dem Mantel geholt hatte. »Fahr zu«, kommandierte der eine Offizier.

3

Der Wärter muß mich nach dieser ersten Nacht sehr früh geweckt haben. Oder die Zeit wird zum Faden einer Seidenraupe, vielleicht auch, weil man sich der Zukunft verweigert. Doch fern gerückt ist bereits der letzte Tag.

Als ich gestern aus dem Auto das Gebäude der *Securitate* von Klausenburg erblickte, war das eine Überraschung. Ein weiträumiges Schulgebäude in der Strada Karl Marx war umgerüstet worden. Das Gebäude lag gegenüber dem Haus, wo die Geliebte von einst, Annemarie Schönmund, als Studentin gewohnt hatte. Dort war ich täglich ein und aus gegangen: oft am Abend und manchmal in der Nacht – und dann nie mehr. Es schien für einen Herzschlag, während das Auto bremste, als spürte ich die Ausdünstung des Jasmins und den beißenden Geruch von zertrampelter Pfefferminze, indes mein Blick über dem Bretterzaun kahle Äste erhaschte – den Flieder der Verschwiegenheit.

Seit November vergangenen Jahres hatte ich diese Frau nicht mehr zu Gesicht bekommen. Als Gedanke hatte ich sie getilgt. Mit dem Verwehen der Gerüche von Jasmin und Minze, mit den fallenden Blättern des Flieders waren die Erinnerungen an heiße Geheimnisse vermodert, an Zärtlichkeiten im Dämmerlicht und an Liebesspiele zu nächtlicher Stunde. Aber in meinen Fingerspitzen war sie verwahrt geblieben.

Während das Auto genau vor ihrem Haus hielt, der Mann vom Vordersitz ausstieg, als müsse er sich vergewissern, daß die Adresse stimme, war ich überzeugt: Das hatte mit ihr zu tun. Hier, vor dem Tor ihrer Hausleute, hatte ich sie vor einem Jahr stehen lassen, obschon ihr letztes Wort über uns noch nicht gefallen war. Ich atmete auf, als das Auto in den Torweg gegenüber einbog, zum ehemaligen Schulhof, wo monströse Stahltore sich öffneten und schlossen, geräuschlos und wie von selbst.

Kein Mensch war zu sehen.

Heraus aus dem Auto, hinein in die Keller der *Securitate*.

Zum ersten Mal mußte ich über mich ergehen lassen, was diesen Männern nicht zu dumm wurde, wieder und wieder zu tun: sich an meiner Nacktheit zu weiden, in alle Spalten und Öffnungen meines Leibes zu gluren, meine Wäsche zu beriechen. Die Angst zu schüren, bis sich Schweiß in den Achselhöhlen sammelte. Und schließlich eine Liste der Effekten anzulegen, begleitet von höhnischen Kommentaren. Ein ältlicher Leutnant mit mausgrauem Haar gab den Ton an.

Bei der Zigarettenmarke lachte er auf: »*Republicane!* Ah, das ist bereits verdächtig.«

»Wieso?« fragte ich.

»Hier hast du nichts zu fragen, zu fragen haben wir. Du weißt genau, daß diese Sorte früher *Royal* hieß, die Zigaretten des Königs.«

Sie waren rührig gewesen. Vermutlich hatten sie, während ich den Weg von der Klinik nach unten ging, in meiner Studentenbude aufgeräumt: Hefte, Briefordner, Tagebücher kollerten aus einem Wäschekorb. Ob ich zugebe, daß die Schriftsätze mir gehörten? Ich gab es zu. Vor meinen Augen wurden die Papiere sorgfältig gewogen und verschnürt, während ich zusah, nur noch nackte Hülle.

Meine Sachen aus der Klinik hatten sie gerafft. Aus dem Köfferchen von Schweinsleder, das ich dem Vater entführt hatte, quollen meine Habseligkeiten, darunter, unverständlich für sie, eine grüne Badehose. »Er ist wahrhaft verrückt, mitten im Winter eine Badehose!« Und viele Bücher. Ich hatte vorgehabt, lange in der Klinik zu bleiben. Beim Aufschreiben mußte ich nachhelfen, manchen Titel vorbuchstabieren: Thomas Mann, *Erzählungen*, Band neun der grünen DDR-Ausgabe. *Die Ernte*, eine Anthologie, zusammengestellt von Will Vesper: Gedichte vom Wessobrunner Gebet bis zu Rilkes *Schlußstück*; gottlob, die letzten Dichter waren vor 1933 gestorben. Aufsätze Oswald Spenglers, ausgeliehen vom Lehrer Caruso Spielhaupter. *Le petit prince* von Antoine de Saint-Exupéry. Nikolai Ostrowskij: *Wie der Stahl gehärtet wurde*, rumänisch. Jetzt stempeln sie mich zum Kosmopoliten! Ich begann, mich selbst zu bespitzeln.

Alles trugen sie in das Verzeichnis ein, sogar die Schnürsenkel, die sie aus den Schuhen gezogen hatten, und die Badehose ohnehin. Ein Bankbüchlein erregte Aufsehen: Am Nachmittag vor meiner Verhaftung war mir die erste Tranche des Honorars für meine Erzählung *Gediegenes Erz* per Postanweisung von Bukarest zugestellt worden. Ich hatte das Geld sofort bei der Postbank eingelegt, eine horrende Summe: der Jahreslohn meiner Mutter oder acht Monatsgehälter des Vaters.

Ein Photo der kleinen Schwester betrachteten sie einge-hend. Die Fünfzehnjährige im Badeanzug, ein Hundejunges rechts, ein Katzenbaby links an die Brust geschmiegt, die sich mädchenhaft rundete. »Seht, Katz und Hund«, sagten die Schergen, »wie Schwester und Bruder!« Sonst sagten sie nichts. Als sie mit dem Schnüffeln und Kritzeln fertig waren und ich mich anziehen durfte, ohne daß sie mir ein Haar gekrümmt hatten, sagte der graue Leutnant: »Bei der *Securitate* geht es pedanter zu als bei der Eisenbahn.«

Nach der Leibesvisitation wurde ich bis zum Nachmittag in einer Zelle im Keller verwahrt. Ich streckte mich auf das Bett, verkroch mich unter dem Mantel. Zwei Männer standen neben mir. Ich forderte sie auf, mich in Frieden zu lassen. Nichts wollte ich sehen oder hören. Während der eine, ein Bauer, sich trübselig in die Ecke kniete und Gebete murmelte, ließ der andere sich nicht abwimmeln. Es war ein Landarzt, der mit seinem grünlichen Gesicht eher einem Grubenarbeiter ähnelte. Vergebens bat ich ihn, mir nichts zu vermelden, mich nichts zu fragen, ich mußte Rede und Antwort stehen. »Nein, keine Amnestie ist in Sicht.« Ich bat ihn mir nicht zu sagen, seit wann er hier sei. Er flüsterte: »Seit drei Monaten.« Das merkte ich mir voll Schrecken. Ich bat ihn zu schweigen. Er redete. Ich hielt mir die Ohren zu. Er hob meine Hände von den Ohren weg und pumpte mich mit Informationen voll.

»Ihre Macht ist total. Aber nicht jeder darf alles«, sagte der Doktor. »Zum Beispiel der Wachsoldat im Korridor, der darf dich nur bestrafen, wenn es um leichte Verstöße geht: wenn du das Brot mit deinem Nachbarn teilst oder wenn du dich eine Sekunde aufs Bett streckst; zur Strafe kann er dich in die Ecke stellen wie in idyllischen Zeiten die Kindergarten-tante. Doch nicht für Minuten, sondern für Stunden, ja einen Tag lang, wenn es ihm beliebt. Aber dafür sind die meisten Wärter zu faul.«

Und fuhr fort: »Bei einer Unbotmäßigkeit, die den Rah-men der Zelle sprengt – du hast mit einem Gefangenen ge-betet oder eine Maus gefangen und aus Mitleid wieder lau-fen lassen, oder du hast voll Todessehnsucht ein Stückchen Seife verschluckt –, da tritt der Kommandant vom Arrest auf den Plan, holt dich weg aus der Zelle und sperrt dich in den Wandschrank, wie man einen steinernen Heiligen in seine Nische stellt, nur ohne Aussicht auf den Himmel.« Er saß nun nah bei mir auf dem Bettrand und konnte es schwer fassen, endlich an einen Intellektuellen geraten zu sein, »*un intelectual veritabil*«. Und sagte plötzlich auf deutsch: »Welch ein Glück, mich mit Sie unterhalten zu dürfen. Hoffentlich bleiben Sie lange hier, Herr Kollega!« Er hob meinen Mantel weg und küßte mich auf die Stirn.

Der Bauer unterbrach seine Litanei und sagte: »Sprecht rumänisch. Ich will hören, was ihr redet.«

»Du schweig! Halt endlich dein vermaledeites Maul! Selbst der Herrgott im Himmel wird sich freuen, wenn du ihm Frieden gibst.«

Die Klappe öffnete sich, eine Stimme sagte, nicht unfreundlich: »Küssen ist verboten!« Dem Missetäter wurde bedeutet, sich von meinem Bett zu entfernen. »Auf den Füßen stehst du und rührst dich nicht!«

Stehenden Fußes belehrte mich mein Mentor weiter: »Schlagen, Foltern, Mißhandeln, das bleibt den mittleren Chargen vorbehalten, freilich nur auf Befehl von oben und nicht ohne das Wissen des Obersten.«

In der Sprache des Marxismus-Leninismus heißt das demokratischer Zentralismus, dachte ich gequält, während er mit poetischem Schwung fortfuhr, einiges auf deutsch: »Heißt es dir aus taktischen Gründen Schmerz zufügen, so kann nicht jeder der Zwingherren eigenmächtig verfahren. Zum Beispiel dir die Schlüssel an den Kopf schlagen oder den Mädchen mit der Zigarette Löcher in die Brüste brennen oder bei den Männern die Hoden in Kristallgläsern zum Klingen bringen. Das muß gelernt und befohlen sein. Es ist nicht jedermanns Sache, dir die Hand in der Tür einzuklemmen oder dir die Bastonade zu verpassen oder mit einer Fahrradkette dir dein Fell zu gerben. Aber einer ja, der darf alles!« Er hob die Hände und zeigte an die Kellerdecke. »Der dort oben, der Oberste, der Allerhöchste, der ist auserwählt.« Und fügte leise hinzu: »Bis sie ihn herabstürzen. Wer hoch steht, kann tief fallen, bis her zu uns.«

Er redete hastig, als seien seine Stunden gezählt. »Selbst sterben ist verboten. Strengstens untersagt ist der Tod aus eigenem Antrieb. Alles, womit du dir den Garaus machen könntest, haben sie dir abgenommen. Sieh dich an!« Er deckte mich auf, zerrte an meinen gelockerten Hosen, schaukelte meine losen Schuhe hin und her. »Gegenstände aus Eisen und Glas werden in der Zelle nicht geduldet.« Wehrlos ließ ich alles über mich ergehen.

»Die Zelle ist so kurz bemessen, daß es nutzlos ist, wenn du mit dem Kopf gegen die Wand rennst. Es ist zuwenig Platz, um das Genick zu brechen. Du bleibst mit einem schiefen Hals und noch schlimmer: am Leben. Als Arzt weiß ich das. Verweigerst du das Essen, klemmen sie dir eine Schraubvorrichtung in den Mund, mit der sie die Kiefer auseinandertreiben. Und pumpen Nahrung in dich hinein. Ihre Fürsorge kennt keine Grenzen.«

Die Klappe wurde aufgetan. Eine Nase war zu sehen. Zu mir sagte sie: »Leg deinen Mantel ans Fußende vom Bett. Ich muß deine Hände sehen und dein Gesicht.« Die Nase hob sich weg, in der Luke wurden zwei Lippen und ein Kinn sichtbar. Zum Arzt gewendet hieß es: »*Terminat!* Und nun, Doktor, hock dich auf dein Bett. Und hab ein Auge auf diesen.« Jetzt schob sich ein Zeigefinger am Kinn vorbei in die Zelle, wies auf mich: »Er ist nicht ganz richtig im Kopf.«

Kaum saß der Doktor, kratzte er sich heftig den Rücken, verrenkte sich, bis wohin seine Arme reichten. Ein Verdacht stieg in mir auf: Sollte er das alles, was er genüßlich aufgezählt hatte, am eigenen Leib zu spüren bekommen haben? Den Bauern schnauzte er an: »Halt endlich ein mit deinem Geleier. Du machst den armen Herrgott noch närrisch. Kraul mir den Rücken.« Schon lüpfte er das Hemd. Ich fiel ihm ins Wort: »Schonen Sie mich. Ersparen Sie mir den Anblick Ihrer, Ihrer …« Ich verbiß mir das Wort Folterungen, sagte auf deutsch: »Ihrer Blessuren. Ich will keine schlimmen Eindrücke mitnehmen.«

Pergamenten schimmerte im Halbdunkel die Haut, auf der sich Kratzwunden in Voluten und Spiralen ineinanderschlangen. »Blessuren?« wiederholte der Doktor verständnislos.

»Was meinen Sie?« Und fuhr rumänisch fort: »Das Fehlen von Licht und Sonne hier im Keller ist schädlich für die Haut, beeinträchtigt ihren Stoffwechsel. Wissen Sie, die Strahlen der Sonne wirken wie Vitamine.« Ohne in seiner Litanei innezuhalten, hob der Bauer das Hemd des Zellengenossen bis zum Nacken. Seine spitzen Fingernägel zeigten an, daß er schon lange hier weilte. Er machte sich an die Arbeit. Die Hände hielt er auch weiterhin gefaltet, aber mit den Krallen zeichnete er blutige Schnittmuster auf den Rücken des Gefangenen. Der stöhnte vor Wollust: »*Excelent!*«

Vor der Tür hörte man das Klappern von Eßgeschirr. »Ha, das Mittagessen!« Der Doktor schnupperte: »Heute gibt es Kartoffelsuppe, zweiter Gang Kraut. Am Abend Gerstel oder Bohnen.« Da ich nichts fragte, erläuterte er: »Nur vier Speisen werden aufgetischt: Kraut, Bohnen, Gerstel, Kartoffeln. So möchte ich auch Koch sein.« Der Bauer hielt inne im Beten und Kratzen und blähte die Nüstern. Die beiden stellten sich nebeneinander und übernahmen die drei Blechnäpfe mit Suppe. Ich rührte mich nicht. Der Soldat vom Dienst steckte die Nase durch die Luke, fuhr mich an: »Iß!«

»*Nu*«, sagte ich. Hier zu essen wünschte ich nicht.

Der Bewacher versuchte es nicht noch einmal. Der Doktor meinte, während er mit beiden Händen den Napf an die Lippen hielt und genußvoll die Brühe schlurfte: »Jetzt werden Sie sehen, was hier Arbeitsteilung heißt. Als erstes erscheint der Kommandant vom Arrest. Der ist hier der Gebieter über Leib und Leben. Diese hat er intakt zu halten. Wehe ihm, wenn etwas schiefgeht.«

Die Tür wurde aufgerissen. Ohne das Blechgeschirr aus der Hand zu lassen, drehten die beiden ihre Gesichter zur Zellenwand. Ich lag auf dem Bett, zugedeckt mit dem Militärmantel vom Onkel Fritz, und rührte mich nicht.

Warum ich liege, fragte der Mann barsch. Es war der Leutnant von zuvor mit dem graumelierten Haar. Ich sei krank, man habe mich aus dem Spital hergebracht.

»Warum ißt du nicht?«

»Darum.«

Damit war das Gespräch zu Ende. Der Leutnant ging. Der

Doktor erläuterte: »Jetzt kommt der Arzt, ein Major. Und was nachher folgt, werden wir sehen.« Wiederum erdröhnte der Raum. Vom Leutnant hereinkomplimentiert, betrat ein Offizier die Zelle. Er kniff die Augen zusammen und blickte tadelnd zur Funzel über der Tür. Sein Uniformrock war bestückt mit bordeauxroten Epauletten, auf denen ein goldener Stern prangte, flankiert von Schlange und Giftschale. Der Wärter in der halboffenen Tür nahm Haltung an, indem er die Filzschuhe zusammenschlug.

Der Militärarzt fragte nichts. Er drückte auf mein Bauchfell. Dann befahl er, daß ich die Zunge herausstreckte. Ich streckte ihm die Zunge heraus. Er drehte sich weg, und ich bedeckte meinen Bauch. Ich sagte: »Man hat mich aus der Nervenklinik weggeholt. Ich werde mit Insulinschocks behandelt. Ich muß sofort zurück.« Der Major verfügte: »Nehmt ihn euch!« Jetzt verdreschen sie mich, daß es kracht. Angst packte mich, gepaart mit Neugier.

Man brachte den Koch. In der Hand hielt er nicht etwa einen Kochlöffel, sondern einen Hosenriemen. Selbst er war in Uniform, aber mit Pudelmütze auf dem Kopf, einer weißen Schürze um den Bauch und mit einem Gesicht wie ein ausgekochter Sellerie, hatte er doch jahraus, jahrein bloß vier Gerichte zu bereiten: Kraut, Bohnen, Graupen, Kartoffeln. Der Kommandant befahl, ich möge mich erheben und auf die Bettkante setzen. Der Wächter band mir mit dem Hosenriemen die Hände auf dem Rücken fest. Dann trat der Küchenchef in Aktion: Er kniff mir die Nase zu und löffelte Suppe in meinen aufgesperrten Rachen. Der altgediente Leutnant spornte ihn an. Während sich so viele Männer um mein Wohl sorgten, stieg ein böses Bild aus meiner Kindheit in Szentkeresztbánya auf: Das ungarische Dienstmädchen stopfte die Festgans mit Kukuruz. Mit der einen Hand spreizte sie dem störrischen Tier den Schnabel, mit der andern schob sie die Maiskörner in den Rachen und mit dem Mittelfinger stieß sie die scharfkantigen Körner in den Schlund. Das ging gut, bis die Gans sich losriß, duselig ein paar Schritte über die Holzgalerie watschelte und umkippte – tot. Erstickt an zuviel Gutem.

Und gleich das nächste Bild: Dasselbe Mädchen fütterte meinen Bruder Kurtfelix mit Spinat, den er haßte. Er schrie wie am Spieß. Resolut hielt sie ihm die Nase zu, so daß er den Mund von allein auftat. Er schluckte Spinat und schnappte nach Luft. Und schluckte und schnappte. Doch den letzten Löffel spie er der Magd ins Gesicht.

Darüber mußte ich lachen, was die Männer, die sich mit mir plagten, als gutes Omen betrachteten. Sie ließen von mir ab. Ich löffelte die Suppe, die nach Blech schmeckte und auf der kalte Fettaugen schwammen. Und übergab mich prompt. Allen Seiten war gedient.

»Na bitte«, sagte der Landarzt, nachdem es in der Zelle still geworden war, und schnalzte mit der Zunge. »Sie sehen, lieber Herr Kollega: Selbst die Willkür kennt Ordnung und Abstufungen.«

Nach dem forcierten Mittagessen wurde ich aus der Zelle geholt. Mit verbundenen Augen führte man mich treppauf, treppab: Türen dröhnten, Korridore fühlten sich kühler an, es roch dumpf.

»Verhalt den Schritt!« Eine Holztür knarrte. »Tritt zurück! Achtung, Stufe!« Ich trat zurück, vergaß die Stufe, kippte rücklings in eine Bretternische. Vor meiner Nase schloß sich die Tür. Ich wurde in den Stehkasten gedrückt. So eng war es, daß ich die Hände weder heben konnte, um die Brille abzunehmen, noch spreizen, um an die Verkleidung zu klopfen. Und kaum bog ich die Knie, stießen sie an die Vorderwand. Die Nische der Heiligen ohne Himmel, erinnerte ich mich. Nein, ein stehender Sarg.

Ich zwang mich zur Ruhe, hörte den Großvater sagen: »Wie schlimm auch immer, *Contenance*!« Hörte die Großmutter sagen: »Wie schlimm auch immer, positive Gedanken!« Und klammerte mich an das Nächstbeste: stehender Sarg. Wo gehört? Wo gelesen? Hatte da nicht irgendwo in einem Dorf in den kurländischen Wäldern ein okkulter Frohsinn die Trauergäste gepackt, die in der guten Stube des Toten versammelt waren zum Wachen und Weinen bei Birnenschnaps und Milchbrot? Ein Freudentaumel hatte die Leidtragenden überkommen. Sie begannen zu tanzen. Und als der Raum zu eng wurde für soviel tolle Ausgelassenheit, stellten sie den Sarg samt dem Toten aufrecht an die Wand. Und tanzten im Reigen weiter.

Ich spürte, wie meine Füße im Polkatakt zu rucken begannen, daß es kollerte. Unerwartet gab die Tür vor mir nach, ich verlor jeglichen Halt, die Knie klappten zusammen. Blindlings plumpste ich nach vorne und sank dem Wärter in die Arme. Der zischte: »Was treibst du da?« Ich sagte nicht: »Ich tanze Polka.« Nein, ich sagte: »Es zittern mir die Beine.«

»Komm!«

Als man mir die Augenbinde abnahm, erblickte ich in einem grell erleuchteten Raum ohne Fenster Tudor Basarabean alias Michel Seifert, die Hände an die Stuhllehne gefesselt.

»Kein Wort«, schnauzte uns ein Offizier an, wo ich sowieso nicht vorhatte, zu reden. Beim Anblick Seiferts war mein erster Gedanke: Elisa Kroner, sie wird vergeblich auf mich warten.

Ich sah sie vor mir, in der Küche ihrer Vermieterin: wie sie in *pleine parade* unter der billigen Glühbirne auf einem Hokker saß, im marineblauen Kleid, um den Hals die Perlenkette ihrer Großmutter, bewacht von der Vettel und beschattet von deren ungeschlachten Trikothosen und verschwitzten Busenhaltern, die über dem Ofen trockneten, Elisa, ungerührt wie Marmorstein, den *Doktor Faustus* in der Hand.

Als wir dann im Militärwagen saßen, erschrak ich. Die Fahrt führte in die Vorstadt, wo Elisa wohnte. Würde man sie in diese ekelhafte Sache hineinziehen? Doch der Umweg hatte häusliche Gründe: Eine hölzerne Fleischmulde, so geräumig, daß sie ein ganzes totes Schwein beherbergen konnte, mußte von irgendwo abgeholt und anderswo abgegeben werden. Ein Schlachtfest bei der *Securitate*?

Einen Augenblick kreuzte ein grelles Bild meinen Sinn: Ein angeschossenes Schwein reißt sich los, tobt wie irrsinnig hin und her, rast labyrinthische unterirdische Gänge entlang. Blut kocht aus seinen Wunden, doch seine Schreie verschlucken die Filzwände. Die Schlächter klatschen in die Hände. In ihren Verliesen rasseln die Gefangenen mit den Ketten.

Halt dich ans Nächstliegende, mahnte ich mich. Zunächst lag das Holzungetüm auf den Knien von uns beiden Gefangenen und den Knien der drei Soldaten uns gegenüber. Als das Auto am Stadtrand in holprige Gassen einbog, wo die Häuser klein wurden und ländliche Bäume in den Himmel wuchsen, begann die Fleischmulde im Takt zu tanzen. Keiner konnte sie so richtig unterfangen. Die Wachsoldaten mußten ihre Schießeisen festhalten, wir waren aneinandergefesselt.

Bei einem schlichten Haus, flankiert von Maulbeerbäumen, hielt das Auto. Der Hauptmann sprang vom Vordersitz, gab kurze Anweisungen. Zwei der Soldaten luden das Holzgefäß ab. Respektvoll stellten sie das Riesending vor das Tor. Und nahmen schnellstens wieder ihre Plätze uns gegenüber ein. Sie fixierten uns mit verschlossener Miene, während wir die Blicke wandern ließen.

Das Brettertor, frischgezimmert, erglänzte in grüner Ölfarbe. Auch die Fassade des Hauses mit den zwei Fenstern war neu gestrichen. Die Bewohner versammelten sich in der stillen Gasse, umstanden erwartungsvoll den Offizier: zwei Frauen, umwogt von Küchendunst, banden behende ihre Schürzen vom Leib, ein vierschrötiger Mann kreuzte die nackten Arme, in seinem Lederschurz staken etliche Messer, und Kinder in Strickjacken und mit Pelzmützen schoben sich artig vor die Erwachsenen. Der Offizier begrüßte jeden mit Handschlag. Die Handschuhe behielt er an. Die drei Buben streckten ihm treuherzig ihre roten Hände hin, die er schüttelte. Darauf tätschelte er die Wange des Mädchens und verteilte an alle Zuckerl.

Der hohe Herr prüfte die Schärfe des Stechmessers, mit dem der Mann im Schurz morgen dem Mastschwein die Gurgel durchschneiden würde, er fragte die Frauen, ob sie alle Zutaten und Gewürze beisammen hätten, und quittierte zufrieden, daß der Knoblauch bereits geschält sei. Und er lobte das dicke Schwein, das die Buben mit Kukuruzkörnern herbeigelockt hatten und das sich vor Fettleibigkeit kaum auf den Füßen halten konnte, es sackte bei jedem Schritt grunzend in den Schnee. Um den Hals trug es die rumänische Trikolore.

»*Foarte bine*«, sagte der Offizier. Übermorgen seien es zehn Jahre her seit der Ausrufung der Volksrepublik. Doch möge man das blau-gelb-rote Band durch eine rote Schleife ersetzen. Die Erwachsenen nickten verständnisvoll. Der Mann in Hemdsärmeln zückte neuerlich das Stechmesser. Mit zwei Hieben schnitt er der einen Frau die roten Schürzenbandel weg und wies die Buben an, das Opfertier zu bekränzen. Die Frau kreischte: »Halt ein, du erstichst die Kinder!« Die andere erklärte: »Er hat reichlich Raki getrunken. Doch das gehört sich so.« Die Buben taten wie aufgetragen. Wenn auch nicht ganz im Sinne des *Securitate*-Offiziers: Der Trikolore gesellten sie das rote Band zu. Die Farben des Vaterlandes, die rote Masche.

Eine alte Frau schlurfte herbei, gestützt auf einen Stock, schwarzgekleidet, das wollene Umschlagtuch ins Gesicht gezogen. Die zwei Frauen wollten ihr zur Hand gehen, doch sie wies jede Hilfe zurück. Ohne sich an das Tor zu lehnen, stand sie aufrecht, allein auf den Stock gestützt. Der Hauptmann trat auf sie zu. Er zog die Lederhandschuhe aus. Dann beugte er sich über ihren Stock und küßte ihre Hände. Die Frau musterte ihn mit blitzenden Augen und sagte: »Wieder in schwerer Mission unterwegs. Macht euch auf den Weg, die Nacht erwischt euch!« Sie schlug dreimal das Kreuz über sein Haupt, das er ergeben neigte.

Sie blickten uns nach, als wir davonfuhren, und jeder sah ein wenig anders drein: der Mann mit dem Messer, die dampfenden Frauen, die Zuckerl lutschenden Kinder. Die alte Frau in Schwarz blickte streng wie eine Staretza im Waldkloster. Und sehr sonderbar blickte das festlich geschmückte Schwein.

Ja, es war die Zeit des großen Schweineschlachtens.

Als wir Klausenburg über die Ausfallstraße nach Süden verließen, breitete einer der drei Soldaten auf Befehl des Offiziers einen pelzgefütterten Mantel über unsere Beine. Das wunderte Michel Seifert, und er sagte es frei heraus: Er habe nicht erwartet, daß man sich so fürsorglich um uns bemühe, es wundere ihn sehr, nein, das habe er keineswegs erwartet.

»Was glaubst du«, antwortete ihm der Offizier, der vorne saß und mit der Pistole spielte, »bei uns herrscht eherne Ordnung. Unser oberster Chef, der Genosse Gheorghe Gheorghiu-Dej, hat uns eingeschärft, daß der Mensch das kostbarste Kapital ist.« Später, als es in der Welt und im Auto finster geworden war, zogen die Soldaten unmerklich die eine Hälfte des Wintermantels über ihre Knie. Wiewohl freie Menschen, froren auch sie.

Trotz dieser kollegialen Fürsorge verbaten die Bewacher es sich, daß unsereiner sie mit Genosse anredete. Mit Herr, *domnule*, hatten wir sie zu betiteln und mit »*să trăiţi*« zu begrüßen. Der Herr Major mögen leben, und nicht minder der Herr Gefreite.

»Wieso *domnule*«, fragte Michel Seifert. Durch obersten Erlaß sei doch jeder Bürger der Rumänischen Volksrepublik angehalten, seine Mitbürger mit Genosse, Genossin anzureden – mit der Genossin Kindergartentante beginne es und beim Genossen Lenin ende es.

Barsch erwiderte der Offizier: »Von diesem Staatsdekret ausgenommen sind die Sträflinge und die Pfarrer.«

Das leuchtete ein. Michel Seifert aber dachte den Gedanken zu Ende und sagte versöhnlich: »Und der König auch.«

»Schnauze«, fauchte der Offizier und befahl, daß man uns die schwarzen Brillen überstreife. Das Auto hatte in scharfen Kurven die Höhe des *Feleacs* erreicht. Die Stadt unten im Tal versank in frostigem Violett. Der letzte Blick, ehe es für uns finster wurde, galt dem Gebirge im Westen, an dessen eisigen Spitzen die Sonne zerstäubte. Eine andere Sonne sahen wir nicht mehr.

4

Die Fensterluke oben erhellt sich zögernd. Gefilterte Helligkeit befingert die Wände. Der Morgen graut.

Räder rollen über den Flur, halten an, scheppern weiter. Die Klappe in der Tür öffnet sich. Das Frühstück! Eine abgehackte Hand gießt eine braune Brühe in mein Blechkännchen, das ich an die Durchreiche halte. Darauf schiebt sie eine

Scheibe Brot herein, legt einen Würfel Palukes dazu. Es ist die Portion für den ganzen Tag, wie eine unsichtbare Stimme warnt. Ich esse nicht. Aber ich betrachte aufmerksam das prismatische Gebilde, den Maiskuchen.

Einstmals, draußen, da leuchtete er goldgelb. Den fest gerührten Brei stülpte das Dienstmädchen aus dem gußeisernen Kessel auf das Hackbrett. Dort bildete er eine dampfende Halbkugel. Die schnitt der Vater mit einem Seidenfaden in Scheiben. Die Mutter balancierte die verschieden großen Schnitten mit dem Tortenheber auf die Teller von uns Kindern und goß Büffelmilch darüber. Hier schillert der Palukes grünlich.

Als das armierte Glas unversehens weiß zu glühen beginnt, nähert sich aus der Richtung des Himmels ein rhythmischer Schall, ein Brausen aus höheren Sphären, brandet durch Gitter und Mauern, wiegt den Raum. Ich erhebe mich vom Bett, stehe gerade. Den Kopf halte ich gesenkt. Ich falte die Hände, ohne zu beten.

Die große Glocke der Schwarzen Kirche in Kronstadt läutet. Weil ein Sprung sie spaltet, wird sie nur bei hochfestlichen Anlässen gezogen. Großes muß im Gange sein.

Kaum ist sie verstummt, lassen mich nie gehörte Geräusche zusammenfahren. Im Gang muß sich mit schrillen Tönen eine Tür geöffnet haben. Darauf wird das Geknatter von Schritten laut, die sich nähern, das Getöse schwillt an. Wie eine Granate, denke ich, die ihr Ziel sucht. Ich ducke mich. Die Tür springt auf. Ein Soldat in Stiefeln und dahinter der Wachtmeister in Pantoffeln namens Seerose, mit eisigem Gesicht.

Ich sitze auf dem Bett, blicke zu Boden. Der gestiefelte Soldat tritt zu mir, tippt an meine Schulter und reicht mir die Eisenbrille: »Komm!« Im Sitzen streife ich sie über, verliere das Augenlicht. Dann erst stehe ich auf. Eine Hand packt mich unter dem linken Arm und drängt mich vorwärts. Ich zaudere. »*Repede, repede!*« Angstvoll setze ich einen Fuß vor den andern, und das nicht nur, weil ich blindlings gehorchen muß. »Zähl elf Stufen, jetzt drei Schritte, nochmals elf Stufen!« Ich zähle, ich stolpere, ich zähle. Mit der freien

Hand halte ich die Hosen fest, um nicht mit bloßem Hintern dazustehen. »Halt!« heißt es. Dann: »Weiter!« Dann wiederum: »Bleib stehen! Kehr dich zur Wand!« Wo ist die Wand? Es riecht nach verfaulter Seife und Kinoparfüm. Zwischen den Befehlen knacken Schlösser, es kitzelt ein Luftzug. Ich rieche, ich lausche. Die Sinne öffnen sich gefräßig.

»*Stai!*« zischt der Begleiter. Ich werde irgendwo hineingeschoben. Durch die Brille spüre ich: Hier ist viel Licht. Und wittere: Es riecht nach Menschenfleisch.

Eine Männerstimme fragt in meine Finsternis hinein: »Weißt du, wo du bist?« Muß ich wissen, wo ich bin? Ich murmle: »Die Frage verstehe ich nicht.«

»Aha«, sagt die Stimme. »Zum Beispiel, in welcher Stadt.«

»In Stalinstadt.« Die Antwort entgleitet mir, ohne daß ich es will.

»Wer hat dir das verraten?«

»Ich bin von selbst draufgekommen.«

»In welcher Straße?«

»In der Angergasse.«

»Wo?« Ich sperre mich gegen das Wort, das sie mich auszusprechen zwingen. »Wo?« erklingt die monotone Stimme von vorne links.

Ich schlucke: »*La Securitate.*«

»Welchen Tag haben wir heute?«

»Den 29. Dezember.«

»Nimm die Brille ab!« Ich streife die Brille ab. Jemand nimmt sie mir aus der Hand.

Ein Mann in Uniform befiehlt: »Setz dich an das Tischchen.« An das Tischchen? Vor lauter Licht sehe ich nichts. Die Stimme befiehlt: »Ans Tischchen hinter der Tür.« Pause. »Gehorchst du nicht?« Ich kneife die Augen zusammen. Endlich erspähe ich es. Ich setze mich, will den Stuhl zurechtrücken. Der Stuhl, der Tisch: sie sind festgeschraubt.

Das Zimmer ist voll von Männern in Zivil. An die Wände gereiht und mittendrin im Raum haben sie ihre festen Plätze. Sie sind sorgfältig gekleidet. Und sehen sich ähnlich. Maßanzüge in Grau, Popelinehemden von diskreter Farbe, dezente Krawatten, teure Schuhe. Die Unterschiede verschwimmen.

Beim vergitterten Fenster sitzt hinter einem Schreibtisch ein Offizier mit zwei fetten Sternen auf den Achselklappen, ein Oberstleutnant. Sind das die Genossen, zu denen du dich zaudernd aufgemacht hast, noch gestern unterwegs gewesen bist? Nicht doch. Hier wollte ich nicht ankommen.

Niemand sagt ein Wort. Es geschieht nichts. Nur ihre Blicke sind auf mich gerichtet. Sie schweigen. Ich warte.

Maßanzüge! Bei uns zu Hause mahnten die Frauen den Ehemann: »Du mußt zum Schneider gehen.« Der Großvater, Hans Hermann Ingo Gustav Goldschmidt, mit Fliege und Kavalierstaschentuch, ging nie anders als im Anzug, selbst zu Hause. Er war rechtzeitig gestorben, gottlob, wie die Tanten Helene und Hermine vermerkten, im Februar 1947; noch war der König im Land und bot den Bolschewiken die gekrönte Stirn.

Mein Vater ... Seinen schwarzmelierten Kammgarnanzug hatte er mir vermacht, als ich mich zur Theologie entschloß. Maßanzüge: Selbst uns Buben wurden sie angemessen, mit Pumphosen, vom Meister Bardocz in Fogarasch. Fast spüre ich, entrückt, wie angenehm es kitzelte, wenn der Schneider, der auf dem Boden kniete, einem mit dem Bandmaß in den Schritt griff, sich innen am Schenkel emportastete und zwischen den Beinen den Endpunkt des Hosenbeins festlegte. Auch Schuhe wurden für uns Kinder nach Maß gefertigt: Haferlschuhe, zwei Nummern größer, damit wir Gelegenheit hatten, hineinzuwachsen. Die durften wir zu Anfang nur am Sonntag tragen, vorne bei den Zehen mit Watte gepolstert. Damals. Damals, denke ich automatisch: zur Zeit der Ausbeuter, vor der Befreiung vom Joch des Faschismus.

Und höre mich sagen: »Ich hatte gestern im Sinn, mich um die Aufnahme in die Partei zu bewerben. Die einschlägigen Dokumente finden sich in meiner Aktentasche.« Stille. Keiner rührt sich. »Die Aktentasche wiederum befindet sich bei Ihnen.« Es ist Sonntag vormittag. Sie haben Zeit. Ich aber bin in Eile. Und höre mich heftig sagen: »*Vreau imediat o confruntare cu un medic psihiatru!* Ich will sofort einem Arzt gegenübergestellt werden, einem Psychiater.«

Eine leichte Bewegung verschiebt die Augen der Männer

in Zivil zum Offizier hin. Der schaut befremdet. Plötzlich glühen meine Sinne vor Wachsamkeit. Ich spüre, daß an meinen Worten die Männer etwas gestört hat, stoße hervor: »Ich wünsche, daß man mich unverzüglich auf freien Fuß setzt.«

Der Oberstleutnant fragt: »Weißt du, wer wir sind?« Die Blicke der anderen kehren zurück, konzentrieren sich wieder auf mich. Ich spähe noch einmal nach ihren Schuhen.

»Ja«, sage ich.

»Wer sind wir?«

Ich zögere, um eine neutrale Formulierung zu finden. »Von der *Securitate.*«

»Woher weißt du das?« Schon will ich antworten: Alle tragen Romarta-Schuhe. Da sagt der Offizier: »Du weißt zuviel.«

Ich presse die Knie zusammen, damit die Füße nicht flattern, und zwinge mich zu fragen: »Warum bin ich hier? Wo ist mein Haftbefehl?« Keiner antwortet. Einer muß der Oberste sein. Sie verraten sich nicht.

»Ich wünsche, daß Sie mich gehen lassen. Ich habe nichts auf dem Kerbholz, ich bin kein Gegner des Regimes. Das habe ich bewiesen. Für eine Erzählung von aktueller Thematik habe ich in Bukarest einen Preis und eine Geldprämie erhalten. Diesen braunen Anzug, den Sie an mir sehen, habe ich von jenem Geld gekauft.«

»Wir wissen das alles.«

»Ich habe in Klausenburg den ›Literaturkreis Joseph Marlin‹ gegründet, angegliedert dem Kommunistischen Studentenverband. Den Namen hat er von einem sächsischen Freiheitskämpfer, einem Mitstreiter Petöfis. Wie dieser hat auch Marlin in der Revolution von 1848/49 den Heldentod gefunden.«

»Im Bett ist er gestorben, euer Revolutionär Josif Marlin! An der Cholera.«

Das stimmt. »Doch mitgekämpft hat er trotzdem«, beharre ich.

»Und zum andern«, fährt der Offizier fort, »Marlin, das bedeutet gar nichts. In Budapest haben die ungarischen Studenten ihren Literaturkreis nach Petöfi genannt, *Petöfikör*!

Und haben unter diesem Deckmantel eine Konterrevolution angezettelt. Nun sitzen sie im Zuchthaus.« Er schließt: »Wir wissen alles. Aber wir werden noch mehr wissen. Darum haben wir euch hier versammelt, dich und die anderen. Wir wollen in aller Ruhe prüfen, was ihr in Wahrheit denkt, was ihr tatsächlich im Sinn habt.«

Die anderen? Von Michel Seifert weiß ich es. Aber sonst, wer noch? Ich sage auf gut Glück: »Auch die anderen sind loyale Bürger der Volksrepublik, dem Regime treu ergeben.« Ich wünsche, ja glaube es. Und beschwöre diese anderen, es zu sein.

»Genau das wollen wir prüfen. Wir haben Zeit.«

Ich aber habe keine Zeit. Hastig spreche ich weiter: »Außer an Psychasthenie leide ich an Gedächtnisschwund, man hat mich in der Klinik dagegen behandelt. Mit *Glutacid*. Ich habe es schwarz auf weiß: Gedächtnisschwäche. Somit kann ich mit nichts dienen.«

Ein Hüne im besten Alter, ein Schlagetot von Mann, erhebt sich: »Wunderbar! Dann ist dies der passende Ort für dich. Bei uns ist es wie in einem Sanatorium. Auf vielerlei Weise wird hier der kranke Mensch wiederhergestellt. Zum Beispiel Magenbeschwerden, die vergehen von selbst bei soviel Schonkost. Oder Leute mit angegriffenen Nerven, die werden hier geheilt. Und wer an mangelhaftem Gedächtnis leidet wie du, *amice*, dem helfen wir auf die Sprünge, wir kennen die Arznei. Jeden bringen wir so weit, daß sich sein löchriges Gedächtnis anfüllt wie ein Schwamm und alles hergibt bis zur letzten Spur; ja, daß er sich an Dinge erinnert, die ihm gar nicht widerfahren sind.« Hat er nicht zuviel gesagt? Keiner fällt ihm ins Wort.

Ob die Kur gelinge, entscheide sich an der Mitarbeit. Das sei bei jeder Krankheit so: Der Patient müsse mitmachen, dem Arzt helfen. »*Colaborare!* Das ist das Zauberwort.« Er setzt sich schnaufend, nimmt Platz mitten in der Schar der erstarrten Männer. Allesamt sitzen sie auf Polsterstühlen, einer wie der andere. Doch im Unterschied zu den übrigen hält dieser gemütvolle Mann die Hände vor dem Bauch gefaltet. Die anderen haben sie auf den Schenkeln liegen.

»Hast du etwas zu beklagen?« fragt der Oberstleutnant hinter seinem Schreibtisch.

»Nur, daß ich hier bin. Und wissen will ich, warum ich hier bin.« Doch dann fällt mir etwas Triftiges ein: daß es kein Klopapier gebe, sei durchaus beklagenswert.

Nahezu unmerklich gleiten die Augen der Männer hin zu dem Mann mit den gefalteten Händen. Der sagt in väterlichem Ton: »Das kränkt dich also? Damit, *amice*, hast du eine erste wichtige Aussage gemacht. Denn Klopapier, das ist eine bourgeoise Erfindung für den verwöhnten und degenerierten Steiß eines Ausbeuters. Mit diesem Detail hast du nicht nur deine soziale Herkunft verraten, sondern auch, in welchem Maß du der bürgerlichen Mentalität verfallen bist, trotz aller gegenteiligen Beteuerungen.« Zum Teufel, jedes Wort ist ein Wort zuviel! »Im Detail versteckt sich der Teufel, der Unreine, der Siebengeschwänzte! Und genau den wollen wir euch austreiben. Hatten wir früher Klopapier zu Hause, Genossen?« Die Männer schütteln im Takt den Kopf. Nein! Niemals.

»Wer überhaupt von uns kann sich brüsten, seinerzeit ein WC gehabt zu haben, diese schändliche Erfindung der englischen Plutokraten? Überhaupt: Abort im Haus, pfui Teufel!«

Und darauf beschreibt der riesige Mann Abarten, wie man den After anders säubern könne, erweist sich als Kenner der Materie: mit dem nackten Kukuruzkolben, dienlich der ganzen Familie; im Frühsommer mit Rhabarberblättern; unabhängig von Jahreszeit und Ort mit den Fingern, die kann man nachher an der Wand abwischen. Aha, darum sind die Wände unten im Klosett voll brauner Streifen. Selbst mit einem Stecken könne man alles wegschaben. Also daher die Redewendung: Er hat Dreck am Stecken.

Es fällt mir auf, daß der Vortragende die Prozedur mit dem Trinkkännchen nicht erwähnt, wie sie in diesem Haus entwickelt wurde. Sie wissen vieles, aber sie wissen nicht alles. Zum Schluß läßt der imposante Mann mich wissen, daß beim echten Proletarier – im Gegensatz zum Bourgeois – nichts von alldem nötig sei. Denn bei diesem funktioniere der

Schließmuskel so exakt, daß die Exkremente haarscharf abgeschnitten würden, »wie bei einer Salami«.

Endlich kommt die eigentliche Frage: »Wer ist Enzio Puter? Alles, was du über ihn weißt, sage uns!«

Enzio Puter, jener vermaledeite Name! Ich antworte sofort voll Ingrimm und Bitternis: »Ich weiß nur eines: er hat mir das Mädchen geraubt, mit dem ich vier Jahre befreundet gewesen bin, und bringt sie nun zu sich nach Deutschland. Die Sache ist für mich erledigt. Definitiv!«

»Aber nicht für uns«, sagt der Offizier, während der brünette Herr, der Sprecher von zuvor, ergänzt: »Geht es um hohe politische Einsätze, sind imperialistische Interessen im Spiel, dann tritt das Persönliche ins zweite Glied.«

»Ich habe mit diesem Menschen nichts zu tun gehabt und will mit ihm nichts zu tun haben.«

Der Offizier wiegt den Kopf: »Womöglich ja, womöglich nein.«

»Und nie mehr will ich mit dieser, mit derjenigen …«

»Mit deiner ehemaligen Freundin. Wir wissen das, und auch, daß du dir geschworen hast, eher im Straßengraben zu krepieren, als ihr noch einmal vor die Augen zu treten.«

Genau das hatte ich mir geschworen, eines Abends bei ihr vor dem Tor, kurz nachdem Enzio Puter im November 1956 zurückgefahren war nach Deutschland, mit dem Reiseunternehmen Fröhlich.

Ich fühle mich zur Schau gestellt wie die aufgeschlitzten Kadaver im Seziersaal der Universitätsklinik. In jene Katakomben der obszönen Offensichtlichkeit mußte jeder von uns einmal hinabsteigen, das gehörte sich so, gehörte zu den Studentenjahren wie die Nacht im Botanischen Garten mit dem auserwählten Mädchen. Die Männer vor mir ziehen mit langen Haken verschnittene Leiber an den Rand der Becken. Andere beugen sich über die Betontische, stochern in den formolgetränkten Eingeweiden, luchsen in die Windungen menschlicher Gehirne, tun sich gütlich an toten Genitalien.

»Ich habe diesen Enzio Puter nur einmal flüchtig gesehen.«

»Und hast dich eine ganze Nacht mit ihm unterhalten«,

ergänzt der Offizier, »mit ihm allein, im Haus deiner Freundin. Nachdem ihr zu dritt den Nachmittag verbracht habt: er, du, sie. Und vorher zu viert Mittag gegessen habt: ihr drei und die Mutter deiner Freundin. Ein verspätetes Mittagessen, weil du erst nach zwei Uhr mit dem Zug von Fogarasch angekommen bist, und zwar in Bartholomä, wo deine Freundin dich erwartet hat.«

»Sie ist nicht meine Freundin«, sage ich gereizt.

»Deine ehemalige«, lenkt er ein. »Insgesamt warst du im vorigen Jahr vom 11. bis zum 12. November achtzehn Stunden und dreiunddreißig Minuten mit diesem verdächtigen Subjekt zusammen. Und zwar hier, in dieser Stadt, in der *Strada Zion* Nr. 8. Worauf er dann am Morgen das Haus verlassen hat, begleitet von deiner ehemaligen Freundin, um nach Bukarest zu fahren und von dort nach Westdeutschland.« Und im gleichen sanften Ton: »Abgefahren vom Hauptbahnhof. Wo sie sich auf dem Perron geküßt haben, bis der Zug eingelaufen ist, und geküßt noch vom Trittbrett, als sich der Zug bereits in Bewegung gesetzt hat.« Und plötzlich, mit schriller Stimme, daß ich mir die Ohren zuhalte: »Geküßt haben sie sich ohne Scham, dieser westdeutsche Bandit und deine Teufelshure, diese Vaterlandsverräterin!« Nichts fällt mir dazu ein. Mein Kopf ist eine Höhle voll Horror. Nur weg von hier! Ans Ende der Welt. Im Juni nach der Diplomprüfung sofort weg, zu den Riesenströmen in China, Huang-ho, Jangtsekiang. Das sozialistische Brudervolk hatte signalisiert, es brauche Hydrologen, am Gelben Meer, weit weg von hier!

Der wortführende Offizier sagt, er habe noch vieles auf dem Herzen, aber …

Aber: Wir alle in diesem Raum sind uns einig, daß der gewaltige Magen des Mannes in der Mitte knurrt. Und als habe der Mann mit dem knurrenden Magen auf das Stichwort »Herz« gewartet, erhebt er sich zu voller Größe. Die übrigen springen auf. Nehmen Haltung an. Rühren sich nicht. Das ist der Allerhöchste, denke ich benommen.

Er verläßt mit gemessenen Schritten den Raum. Unter seinem Ellbogen klemmt ein Dossier mit der Aufschrift »*Ministerul de Securitate*«, das er sich vom Schreibtisch hat reichen lassen. Keiner sieht ihm nach, wie sie auch untereinander keine Blicke tauschen. Sie stehen steif da. Sie schweigen.

»Du wirst nachdenken und alles aufschreiben, was du über dieses gefährliche Individuum weißt, diesen Agenten des Imperialismus.« Der Oberstleutnant blickt auf ein Blatt Papier und buchstabiert korrekt: »Enzio Puter.« Er klatscht in die Hände. Der Wachsoldat erscheint.

»Steh auf«, schnarrt der Offizier. Alle mustern mich wie auf Kommando. Ich bemühe mich aufzustehen. Es gelingt nicht. Ich gebe mir einen Ruck. Vergebens. Die Füße gehorchen nicht. Sie scheinen am Boden festgeschraubt. In den Knien fühlt es sich an wie Blei. Die Männer nicken.

Der Offizier befiehlt dem Wachsoldaten: »Greif ihm unter die Arme, hilf ihm auf.« Der gehorcht mit kundiger Hand. Ich stehe, stehe auf wackligen Beinen, auf tönernen Füßen. Der Soldat reicht mir die Brille. Ich verkrieche mich in ihre Dunkelheit. Vorwärts marsch. Endlich rasseln die Riegel.

Der kleine Mann steht hinten in der Zelle mit dem Rücken zu mir. In der Düsternis ist er kaum auszumachen. Seine Kleider muten altmodisch an. Er reicht mir die Hand, sagt leise: »Grüß Gott! Mein Name ist Rosmarin«, und tippt an die verwaschene Baskenmütze, »Anton Rosmarin aus Temesvar.« Er verbeugt sich.

»Sagen Sie mir nicht, seit wann Sie hier sind. Ich halte es keine Stunde mehr aus.« Als ich mich aufs Bett strecke, stelle ich am Strohsack fest, daß es eine andere Zelle ist als die von heute nacht.

»Liegen darfst nicht«, sagt er sanftmütig.

»Die müssen mich rauslassen. Es ist ein Mißverständnis.«

»Das glaubt im Anfang jeder Teifi«, flüstert er. »Jetzt aber tu aufstehn. Wenn der draußen dir sieht liegen, bestraft er dir, du wirst stehn in der Ecken auf einem Fuß: Storch heißt das. Ich kenn mich aus beim Wurschtkessel. Seit sechs Jahren bin ich hier.«

»Seit sechs Jahren! Wo, hier? In diesem Loch?«

»Hier in dieser Stuben nur seit sieben Monate. Aber allein.«

Ich ziehe den Mantel über mein Gesicht und sage weinerlich

aus dem Halbdunkel: »Ich will nichts wissen. Nicht seit wann. Nicht warum. Nichts, gar nichts. Verschonen Sie mich gefälligst.«

Er schiebt den Mantel von meinem Gesicht weg, sagt: «Aber bald bin ich frei, die letzten zwei Jahr schenken's mir. Wenn ich tu kommen nach Haus«, er schluckt, wischt den Speichel von den Lippen, das einzig Glänzende in seinem fahlen Gesicht, »dann tritt ich in die Kuchel, dann sag ich: Mitzi, sag ich, da bin ich, jetzt will ich essen, essen will ich *brânză* mit Zwiefel!« Dabei zerhackt er mit der rechten Hand die Luft. »So will ich die Zwiefel! Geschnitten *finom*. Und den Käs will ich in Stückerln. Und nachher erst tu ich fragen: Wo sein die Kinder? Die Emma und der Toni? Die erkennen mir sowieso nicht. Und dann leg ich die Mitzi überm Kucheltisch aufs Nudelbrett, und dann tut's scheppern!« Pause. Er flüstert: »Meiner Seel, Sie sein ein rarer Vogel. Der *gardian* hat geglotzt herein, lange, und hat nichts krakeelt.«

»Woher wissen Sie das? Sie stehen ja mit dem Rücken zur Tür.«

»Ich hab's gehört mit meine Ohren. Du aber, was hast ausgefressen?«

»Nichts, gar nichts!«

»Tja«, sagt er, »das glaubt jeder von sich selber, daß er ist unschuldig wie ein Mädchen, bevor sie in den Beichtstuhl kriecht. Auch ein Spion wie ich tut so glauben.«

Spion! Bis zur Stunde ein Fabelwesen in Romanen und Filmen, dem unsereiner nie Gefahr lief, leibhaftig zu begegnen. Nun steht er vor mir, zwar unansehnlich und bar jeder Glorie oder Dämonie, aber wirklich und wahr.

Ich beteuere: »Nichts habe ich mir zuschulden kommen lassen! Rein gar nichts. Wenngleich ich ein Siebenbürger Sachse bin, bin ich doch für den Sozialismus.« Und sage noch vieles, die Worte überschlagen sich, als wollte ich im Nu Realitäten schaffen.

»So ist es, bei der *Securitate* sein's alle kommunistischer als der Papst. Hier wirft jeder seine Vergangenheit ab wie die Eidechs ihren Schwanz, wenn man drauf tut treten.«

Außerdem sei ich krank, leide an einer Art Entzündung

der Seele. Zwangsideen überfielen mich wie Fieberschübe. »Dies hier ist pures Gift für mich, nicht zum Aushalten! Enge und düstere Räume haben die Ärzte ausdrücklich verboten …«

»Keiner tut es hier aushalten«, sagt Rosmarin, »es ist Gift für jeden. Auch mir haben die Ärzte verboten, eingesperrt zu gehn. Und seit damals tut meine Seele verbrennen im Feuer.«

»Viel Bewegung auf weiten Wiesen«, ich starre auf die weiße Wand, »das hat man mir empfohlen. Wiesen mit Gänseblümchen und Himmelschlüssel, mit Tannenwäldern, Höhenrauschen. Ja keine Konfliktsituationen. Und überhaupt, im Grunde genommen hab ich das Leben satt.«

»Dann bist hier gerade richtig.«

Er fragt, wie es mir beim Verhör ergangen sei. »Was wollten's wissen?«

»Nichts. Nichts Besonderes. Herumgeredet haben sie. Das heißt nur zwei von ihnen, die anderen sind dagehockt wie Ölgötzen. Zuletzt haben sie mich nach einem gefragt, mit dem ich nie was zu tun gehabt habe.«

»Das denkst! Mit Fremdländern ist nicht zu spaßen.«

Fremdländer, welch sonderbares Wort. Weiter will Rosmarin wissen, wie die zwei Befrager ausgesehen hätten.

»Der eine war in Uniform, mit gelben Augenbrauen, der andere in Zivil, ein gemütlicher, dicklicher Mann, ein brünetter Typ. Vielleicht war er der Oberste.«

»Der die Hände falten tut wie in der Kirchen, überm Hosenschlitz? Meiner Seel, Sie sind ein Teufelsbraten!« Der Kommandeur der *Securitate*, Crăciun mit Namen, war also beim morgendlichen Empfang dabei gewesen. Kein übler Gesell! Von ihm hänge ab, ob man einen schlage und wie man einen schlage. Doch passiere nichts, wenn man nicht gerade den Blöden spiele. Seine Herzpinkerl seien die Hirsche und Rehe rundum im Hof und Garten. Wehe, wenn denen etwas zustieße: »O mei, o mei!« Vom Bergmann in Petroschen habe er es zum Obersten gebracht. »Heißt sich *Director General* von der *Securitate* für die Region Stalin.« Das fließt dem Rosmarin von den Lippen, als bete er den Rosenkranz. Und der mit den gelben Augenbrauen und dem Gesicht wie ein Hühnervogel, das sei der Chefermittler Alexandrescu. »Zuviel der Ehr für einen so jungen Purschen wie Sie.«

»Woher wissen Sie das so genau?«

»Ach, ich bin ein alter Fuchs, und hier tut man wissen alles. Konntest du am End auf deine Füß stehen?«

»Nein«, antworte ich erstaunt, »ich war wie gelähmt.«

»Dann liegst richtig. Das tut sich so gehören.« Er scheint zufrieden, trippelt hin und her, fünf Schritte auf, fünf Schritte ab. »Tausenddreißig Schritt, dann kommen's mit dem Essen.«

»Woher wissen Sie das?«

Er hebt den Zeigefinger zur Fensterluke: »Dorten. Meine Sonnenuhr.« Nach der Lichtstärke am Panzerglas bestimme er die Zeit. Das Mittagessen ist um zwanzig Schritte zu früh da. Rosmarin ist einige Male nachdenklich stehen geblieben. Oder hat er sich verzählt? Ein rollendes, quietschendes Geräusch stockt in Abständen vor den Arrestzellen. Geschirr klappert. Rosmarin lauscht mit seinen großen, gräulichen Ohren: »Dort sind sechs.«

»Sechs was?«

»Sechs Eingekastelte.«

»Das gibt es nicht, die können nicht einmal atmen!«

»Dreizehn«, sagt er nachsichtig, »dreizehn gehn kommode ein und müssen atmen und stehen, sitzen und schlafen und furzen und pischen viele Jahre. Neben uns ist einer.«

»Allein?« frage ich aufgescheucht.

»Einer tut immer allein sein.« Wir hören den Wächter mit ungarischem Akzent und in falschem Rumänisch befehlen: »*Linierea!*« Aufstellen in Reih und Glied.

»Dieser *gardian* ist ein Magyare. Wir heißen ihn *Păsărilă*, weil er so lang tut sein wie ein Vogelfänger. Der kennt kein Spaß nicht.« Die Klappe geht auf. Ein Schnauzbart beugt sich zur Öffnung hin und sagt: »*Linierea!*« Rosmarin übernimmt die zwei Blechnäpfe mit Kartoffelsuppe, ich greife nach den Blechtellern mit einem Klacks Kraut. »Am Abend geben's Gerstel oder Bohnen.« Das hätte ich auch voraussagen können.

Ich löffle die zwei Gänge und bin fertig. Rosmarin läßt sich Zeit. Er kippt das gedünstete Kraut in die Suppe, brockt Brot ein und kaut langsam, mit mahlenden Bewegungen und ohne Pause. Endlich schluckt er hinunter, als nehme er schmerzlich Abschied von einem trauten Wesen, doch holt er den Brei noch einmal aus dem Schlund, kostet nach und trennt sich endgültig mit einem Seufzer von dem Bissen. Die Baskenmütze hat er vor dem Essen abgenommen und das Kreuz geschlagen. Seiner vertrockneten Glatze fehlt jeglicher Glanz.

»Fertig«, sagt er, sammelt mit der Zungenspitze letzte Tropfen und Brosamen von den Lippen, wischt über den Mund und leckt den feuchten Handrücken glatt. Er macht neuerlich das Kreuz über Gesicht und Brust, murmelt etwas, setzt die Mütze auf. Vom restlichen Brot bricht er Krumen. Er bückt sich zum Heizkörper und verstreut sie auf den Boden: »Für die Mäus'!« Bei der Abgabe des Geschirrs durch die Luke füllt eine Frauenhand unsere Emailtöpfchen mit Wasser. »Das ist eine Zigeunerin«, sagt Rosmarin, »sie heißt Füschfüsch.«

»Wie?«

»Füschfüsch. Hörst nicht, wie alles an sie tut rascheln?«

»Woher wissen Sie, daß es eine Zigeunerin ist?«

»Schau dir ihre Hand an. Braun wie Schokolade. So, fertig!« Er setzt sich nach Vorschrift an das Fußende des Eisenbettes, während ich mich hinlege. Der Wachtmeister lugt durchs Guckloch, sein Auge fixiert mich lange. Er öffnet das Fensterchen in der Tür, sein Schnauzbart hängt in die Zelle, seine Hakennase erzittert. Er rollt die Augen. Ich rühre mich nicht. Wortlos zieht er sich zurück.

»Es geht ihm wider den Strich. So, und jetzt haben wir frei.« Rosmarin klärt mich auf, daß hier am Sonntag nicht gearbeitet werde. Das mit mir heute vormittag sei eine Ausnahme gewesen. »Es deranschiert uns niemand bis zum Abendbrot.« Zu bedauern sei der arme *Păsărilă*. Eingesperrt auch er. Doch allein! Nicht in feiner Gesellschaft wie unsereiner. Könne sich mit niemandem amüsieren. Rosmarin seufzt: »Der Arme.«

Doch diesmal irrt er. Die himmlische Ruhe zerschellt: die Tür fliegt auf, Rosmarin verschwindet lautlos im Halbdunkel hinten. Ein kleingewachsener Offizier tritt ein, Schnurrbärtchen, an den Stiefeln überhohe Absätze. Prallt zurück, als er mich auf dem Bett gewahrt, befiehlt: »Erheb dich!« Was ich nicht tue. Er erspäht Rosmarin, der regungslos mit dem Gesicht zur Wand verharrt, fällt ihm in den Rücken mit dem Befehl, er möge sich gefälligst umdrehen und seinen Strohsack glattstreichen; der schaue aus wie die Kähne im Tierpark von Hermannstadt. Dann drückt er mir Papier und Bleistift in die Hand. »Schreib alles auf, was du heute versprochen hast!« Er legt ein Buch auf das Pult. Weg ist er.

»Ein Buch«, stellt Rosmarin fest, »meiner Seel, Sie sein ein toller Hund. Deutsch. Traven: *Der Aufstand der Gehenkten*, Aufbau Verlag. Zuviel des Guten.« Besorgt fügt er hinzu: »Stellen S' Ihnen an den Tisch und schreiben Sie. Alles! Auch was Sie nicht wissen.«

»Ich bin nicht gegen das Regime.«

»Trotzdem tun Sie alles sagen, was ihr gepackelt habt gegen das Regime. Die erfahren's mehr wie. Aber Sie kommen besser weg.«

»Weg! Nur weg! Am Mittwoch werde ich vor meinen Studenten in Klausenburg herausstreichen: Wer nicht für uns ist, ist gegen uns.«

»Also nächstes Jahr!« Er lacht lautlos, wie es das Gesetz an der Wand befiehlt. Dann streicht er betört über den Einband, braunes Leinen. »Wissen S', wer hier ist ihr ärgster Feind?«

»Ich habe hier keine Feinde.«

»Nicht die *Securitate*. Nein, es ist die verfluchtige Zeit. Wenn Sie die Zeit totschlagen und sie Ihnen nicht auffrißt, dann haben S' hier ein gutes Leben. Essen, Schlafen und Nichtstun ist gratis. Ich bin ein alter Fuchs, ich weiß, wo der Hase liegt im Pfeffer. Und haben S' gesehen, wie zapplig der Oberleutnant ist gewesen? Der Solotänzer. Immer ist er aus dem Häuschen. Wehe, wenn einem von uns was passieren tut. Der Arme.«

»Der Arme«, sekundiere ich.

»So ist das: Denen ihre Zeit ist nicht unsere Zeit.«

Das versteht sich von selbst. Aber die Umkehrung – darüber lohnt es sich nachzudenken. Unsere Zeit ist nicht ihre

Zeit. Die Frage ist: Gibt es hier ein Gehäuse von Zeit, wohin sie einem nicht folgen können? Rosmarin fährt fort: »Die tun mehr Angst haben als wir.«

»Wovor Angst? Wieso?« frage ich bestürzt.

»Daß sie gelangen her in Arrest. Uns aber kann man nicht mehr einkasteln. Denn wir sind schon hier. Das werden S' noch zu schätzen wissen.«

»Nie werde ich hier etwas zu schätzen wissen!«

»Ja, ja«, sagt er, »ich weiß, Sie tun sich beeilen. Doch Eile mit Weile. Sehen S' nicht, wie die mit unserer Zeit schwenzen? Aber wo ham Sie mich unterbrochen? Ja, eins ist sicher: Wer frei ist draußen, kann wann immer eingesperrt gehen, jeder, auch der Oberste. Sehen S' in Aiud: Eines Tages geht die Tür auf, und wer tut hereinspazieren? Der Kommandant vom Gefängnis Zeiden. Geschoren ratzekahl am Kopf und angezogen in Zebra wie wir. War das eine Gaudi. Doch hören S' weiter.« Und ich höre, daß es auch einer Wachtmeisterin nicht besser ergangen sei. Beide, die Wachtmeisterin und den Kommandanten, habe man verurteilt wegen »Techtelmechtel mit dem Klassenfeind«. Der Kommandant hatte von der Frau eines Häftlings einen Perserteppich als Geschenk angenommen, die Wärterin einer Schwangeren ein Kilo Zucker zugesteckt.

»Aber das ist doch nicht das gleiche.«

»Doch. Für die Bolschewiken ist das scheißegal. Die zwei haben mit dem Klassenfeind gepackelt.« Rosmarin führt mich durch das Gruselkabinett aller nur erdenklichen Fehltritte bis zum Minister hinauf.

»Ja«, sage ich, »das haben wir in Marxismus gelernt: Linksabweichung, Rechtsabweichung. Zu wenig parteilich, zu wenig autokritisch oder zu radikal, zu anarchisch. Nicht genügend wachsam: gegenüber veralteten Ideen, falschen Prinzipien, bourgeoisen Gefühlen.«

»Na sehen S', der alte Marx und ich! Und darum haben die immer Angst: vor dem Chef, vor den Kollegen, ja vor den eigenen Kindern. Jeder von ihre Leit wird bespitzelt.« Und weiter geht die Aufzählung ihrer Leiden: Verwandte keine, Herkunft am besten aus dem Waisenhaus, keine Freunde, keine Liebschaften, kein Gespräch über den Zaun. »Und wie die wohnen! Alle überm Haufen im selben Block.« Der Genosse von links ist dein Feind, der Nachbar von drüben ein Spitzel. Und keine Minute für sich, immer muß man in die Zentrale melden, wo man gerade ist. »Auch wennst in der Badewanne hockst.« Mit einem Wort: »Ein Hundedasein, ärger als in der Unterwelt, wo der *Skaraotzki*, der Oberteufel, manchmal tut schlafen oder ein Auge zudruckt, oder er spaziert sich herumer ... Und schlimmer als wir hier.«

»Die Armen«, sage ich.

Dazu die Angst vor dem Volk. »Die ham seit Budapest die Hosen voll. Dort ham's die Securisten an der Zunge aufgehängt, sogar mit dem Kopf nach unten. Und zuletzt kriegen's den dritten Stiefel, die Genossen Offiziere und Wachtmeister.«

»Was heißt das denn?«

»Der dritte Stiefel, das ist gut banaterisch gesagt ein Fußinarsch. Denn ihre Zeit arbeitet gegen ihnen«, sagt Rosmarin feierlich, »unsere Zeit aber für uns. Das wissen die.«

»Sie tun, Herr Rosmarin, als ob es ein Glück sei, hier zu sein.«

»So ist es. Wir sind hier freie Leit. Die aber? Sogar ihre Kirchweih und Ramasuri müssen's alle miteinand feiern. Hier, hinter Stacheldraht und hohe Mauern.«

»Gräßlich«, seufze ich verwirrt.

»Ich kenn mich aus beim Wurschtkessel. Aber jetzt bin ich blöd im Kopf von soviel Denken und Rederei.« Er ermahnt mich noch einmal: »Schreiben S' alles auf, was die verlangen tun.«

Ich stelle mich an den Tisch, der aus der Wand ragt, und schreibe drei Sätze, weniger als ich weiß. Daß Enzio Puter ein Freund des Ostblocks sei. Daß er dem Genossen Stalin ein freundliches Telegramm geschickt habe. Und daß er mir meine Freundin weggenommen hat.

Rosmarin liest. Er scheint nicht zufrieden, blickt mich vorwurfsvoll an aus seinem käsigen Gesicht. Doch er hält den Mund. Dafür erzähle ich ihm die Geschichte von Enzio Puter und meiner Freundin Annemarie, wie man sie einem Arbeiter aus dem Frateliaviertel in Temesvar erzählt, der sich

Gedanken macht über vieles. Er versteht, worum es geht. Beteuert, daß es ihm ebenso ergangen sei: »Sein S' froh, daß Sie die Ziege los sein! Das war keine Richtige nicht für Ihnen. So! Ich tu jetzt schlafen.« Setzt sich und schläft. Seltsam: Das Wort Ziege für Annemarie Schönmund kränkt mich.

Ich schlage das Buch auf und halte es zur Lampe empor. Die Intensität des Lichtes verändert sich mit dem Quadrat der Distanz zur Lichtquelle; doppelt so nah, viermal so hell. Beim trüben Schein lese ich den empörenden Bericht über den Aufstand der Gehenkten. Ist das denkbar, daß ein Arzt eine schwerkranke Frau vor seinen Augen zugrunde gehen läßt, weil er sich mit den armseligen Campesinos über das Honorar nicht einigen kann? Ja, und daß er dann für den Leichnam in seinem Hof noch Lagerzins fordert, auf Stunden und Minuten ausgerechnet, bis die Angehörigen einen Sarg auftreiben und die tote Mutter wegtragen?

Erleichtert stelle ich fest: Bei uns gibt es das nicht mehr. Da hat der Erste Sekretär der Arbeiterpartei unlängst bei der ZK-Sitzung in Bukarest gedroht: Ärzte, die vergäßen, daß sie Handlanger der Arbeiterklasse seien und nichts sonst, würde er mit einem Ring durch die Nase und einer Tafel um den Hals durch die Hauptstraßen treiben lassen. So etwas hört die leidende Arbeiterschaft gerne.

Rosmarin schreckt aus dem Schlaf. Sitzend, mit leicht schwankendem Kopf, die Ellbogen auf den Schenkeln, hat er gedöst. Er raunt: »Hitler war mein Gott. Aber es ist mir vergangen!« Ich verberge mich unter dem Militärmantel, verhandle mit Rosmarin nur noch durch das Einschußloch im Ärmel. Er sagt: »Da führen's einen mit Ketten an die Füß. Das ist der neben uns. Aha! Aufs Klo. Dem ist es in die Gedärmer gefahren.« Tatsächlich, ich höre auf dem Korridor einen neuen Ton: ein Klirren und Schlurfen, ein Schlurfen und Klirren. Der kundige Rosmarin erläutert: »Ketten an die Füß. Zugenietet. Der hat zwanzig Jahr am Buckel, vielleicht gar MSV.«

»Was ist das?«

»*Muncă silnică pe viaţă*, lebenslängliche Zwangsarbeit, sonst hätten's ihm die Ketten hier abgenommen. Erschrecken

S' Ihnen nicht. Das nennt sich nur so. Der arbeitet nicht. Der hockt sein Lebtag lang in seinem Loch, mutterseelenallein. Und nun stehn S' auf und machen S' Bewegung. Daß Sie bekommen Platz im Bauch fürs Abendessen.« Ich erhebe mich vom Bett und mache Bewegung. Seit die Funzel hinter dem Drahtgitter ihr schwabbliges Schattengeflecht auf die Wände zeichnet, scheint die Zelle noch enger.

Mitten im Pendeln zwischen den Eisenbetten, dreieinhalb Schritte hin, drei Schritte zurück, spüre ich, wie der Atem stockt. Ich schnappe nach Luft. Die Lungenflügel reißen sich los und bleiben an den Gittern der Fensterluke hängen. Das Herz klopft wie rasend. Ich taumle. Gleichzeitig wächst mein Körper ins Monströse, und ich klatsche mit den Gliedern an die Wände. Ich zerre mir das Hemd vom Leib. »Luft«, keuche ich, »ich ersticke.« Mit geballten Fäusten klebe ich an der Wand und will sie wegschieben. Und starre mit hervorquellenden Augen auf Rosmarin.

Der sitzt auf der Bettkante und betrachtet mich. »Ja«, sagt er seelenruhig, »das hat alles seine Richtigkeit. Sie sind puterrot im Gesicht. Sie glauben, daß Sie Ihnen aufblasen wie ein Luftballon und zerplatzen wie ein Autoreifen. Oder Sie fühlen, daß die Mauern auf Ihnen fallen, daß es Ihnen herinnen zerquetscht – das ist wurschtegal. Es heißt sich Zellenkoller. Das hat jeder im Anfang, aber mit den Jahren vergeht's. Gut daß ist der *Apălină* im Dienst, der ist eine gute Seel, darum heißen wir ihm Stilles Wasser. Ich werd ihm sagen, er soll aufmachen die Luken oben, dann können S' mehr nach Luft schnappen.« Ich aber höre nur, wie das Blut in den Ohren gurgelt. »Luft, Raum, Höhe«, japse ich, »lange Alleen, Wiesen mit Gänseblümchen, die Spitzen des Krähensteins, der Polarstern.«

Der Wachsoldat *Apălină* tut mehr als das Oberlicht öffnen, so daß kalte Luft in Kaskaden hereinstürzt. Er läßt die Kerkertüre offen, daß sich mein riesig aufgepumpter Leib in den Gang verflüchtigen kann. Während Rosmarin mir mit seiner Baskenmütze Luft zufächelt, setzt sich der Soldat in Pantoffeln gemütlich neben mich aufs Bett. Er erzählt, wie furchtbar es bei Stalingrad gewesen sei und wie wunderbar es hier im Gefängnis ist. Er gibt mir Sirup zu trinken, der nach Brom schmeckt, eine halbe Flasche gießt er in mich hinein. Ich kehre in meinen Körper zurück, krieche unter den Mantel und schlafe.

Zwei Tage darauf feiern wir Silvester, Rosmarin und ich, jeder für sich, allein mit seinen Gedanken. Um zehn Uhr heißt es wie gewöhnlich: »Löscht aus!« Wir legen uns hin, Gesicht nach oben, die Augen gegen das Licht über der Tür, das niemand löscht, die Hände brav auf dem Pferdekotzen, und schließen die Lider. Wir schlafen nicht. Wir wittern durch die angelehnte Fensterluke in die Nacht. Als es soweit ist, wünschen wir einander nichts. Kein frohes und glückliches Neues Jahr. Nachts ist hier Reden verboten.

Ich denke nicht an das vergangene Jahr, ich denke nicht an das kommende Jahr, ich denke an Lorenzo de Medici in Thomas Manns Drama *Firenza*. Dem prächtigen Fürsten von Florenz fehlte ein Sinnesorgan: nicht das Augenlicht, nicht das Gehör, nicht die Zeugungskraft. Was ihm fehlte, war der Geruch. Somit schmeckte er wenig von den Schlemmereien des Lebens. Roch auch nicht, was zum Himmel stank. Und bekam nichts mit vom Duft der Frauen. Als Geliebte blieb ihm die Stadt Florenz, indes er ein verstümmelter Mann war. Trotzdem gab er rauschende Feste in seinem Palast, ergötzte sich am Sehen und Hören. Doch unüberhörbar ertönte in den Pausen der festlichen Erschöpfung das Klirren der Ketten, mit denen die Gefangenen in den Kellern der Burg ihre Gegenwart bekundeten.

Rosmarin behält recht. Unweit von uns zelebrieren die ihr Winterbaumfest zu Ehren von Väterchen Frost, eine Huldigung an die heidnische Macht des Winters, doch mit christlichem Tannenbaum. Hinter Mauern und Eisentüren wickeln sie ihre Kirchweih und Ramasuri ab, ihr gottverlassenes Weihnachten.

Wir tun, als ob wir schliefen. Die Musik rüttelt an den Gittern. Dröhnendes Männerlachen zerschellt an den Zellenwänden. Und der Aufschrei von Frauen dringt kitzlig unter die Haut. Lieder flattern herbei. Zuerst die »Internationale«, dann Bukarester Tangos, mittendrin rumänische Romanzen, um zwölf die Staatshymne. Plötzlich erstirbt der bacchantische Lärm. »Jetzt müssen's die Rede vom Dej hören«, flüstert Rosmarin. Es folgt ein Geknalle von Champagnerpfropfen, überlagert vom Klang der Großen Glocke der Schwarzen Kirche. Das neue Jahr.

Nachher kennt das Gedudel keine Pausen. Von der feurigen Hora bis zur russischen Kalinka wird mit Juchhe alles durchgeprobt.

Ich liege wach. »*Firenza*«, sage ich entzückt. Sie halten ihre Gelage, die Ketten der Gefangenen klirren. Ein Schauer erfaßt mich. Es ist die andere Zeit, die sich öffnet, mich umfängt. Für mythische Minuten fällt das Netz der Angst, zerreißt das Gewölbe von Grauen.

Mit einem Ruck drehe ich mich zur Wand und ziehe die Decke über den Kopf. Niemand wagt es, an meinen Schlaf zu rühren.

Zum neuen Jahr wünscht uns der Wachtmeister nichts. Er sagt nicht: »*La mulţi ani!*«, als er uns zur Morgenwäsche abholt. Und auch uns bleibt nichts zu wünschen übrig, Rosmarin und mir. Neu ist für mich, daß wir seit vorgestern zu zweit hinter dem Wärter hertappen. Ich bin fest an diesen angekoppelt, und Rosmarin muß die rechte Hand auf meine Schulter legen. Mit der freien Hand schwenkt er den Urineimer. »Lokomotive« heißt der Soldat, die ganze Anordnung nennt Rosmarin »Kurzzug«. Der reinste Luxus: »Müssen S' Ihnen vorstellen, wenn wir sein dreizehn dorten im Klosett. Drei tun kacken auf einmal im selben Loch. Uns aber geht's heut prima. Zwei Mannsbilder, zwei Örter. Elegant!« Elegant: Gesichtwaschen, Stuhlgang, Afterfleihen, Mundspülen, jeder für sich. Wenn auch in Windeseile. Doch bleibt keine Zeit, sich zu schämen.

Wieder in der Zelle, ist keiner von uns aufgelegt, über das neue Jahr sich den Kopf zu zerbrechen. Erinnerungen müssen herhalten. Wir sitzen uns gegenüber, jeder auf seinem Strohsack. Es gemahnt an eine Bahnfahrt Erster Klasse. Vorläufig warten wir auf das Frühstück. Und nachher … Vorerst das Frühstück.

Im Gefängnis selbst, beginnt Rosmarin, ja dort stehe mitten im Raum ein Holzzuber, wo man nach Belieben seine Notdurft verrichten könne. »Großes und Kleines, wann es dich kitzelt.« Doch hat auch das einen Haken: Meistens ist das Schaff vor der Zeit voll. Es fließt über, und der Dreck ergießt sich auf den Boden, breitet sich in der Zelle aus. »Sind halt viele Leit eingesperrt!« Die Gefangenen, die an den Füßen Ketten mit sich schleppen, schleifen die stinkige Schmiere hinter sich her bei Tag und bei Nacht, selbst wenn es ans Schlafen geht. Rosmarin seufzt. »Kein Honigschlecken!«

Jetzt springt er nach Hermannstadt. Das sei eine schöne Stadt in Siebenbürgen, bemerkt er; leider sei er nur einmal dort gewesen. Eine wahre sächsische Stadt mit viel Altertum und Geschichte. Überhaupt, die Siebenbürger Sachsen, die hätten achthundert Jahre lang nur an ihrer Geschichte herumgewurstelt. Die Schwaben dagegen hätten gleich, als sie vor zweihundert Jahren ins Banat gekommen waren, in die Hände gespuckt, Sümpfe trockengelegt, Häuser gebaut und Fenster geputzt. Im Tierpark in Hermannstadt habe es ein echtes Krokodil namens Franz Joseph gegeben. Und eine tote Mumie Elvira.

Ich sage: »Dort war ich oft mit meinem Großvater. Wenn der Himmel sich bewölkte und es donnerte, sagte er: Petrus spielt Kegel mit den Aposteln.«

»Die Fische dorten, unverschämt! Nur Kipfel haben's geschluckt.« Auch nach dem Krieg, zur Zeit der Hungersnot, als die Leute über jedes Stück Palukes froh waren. »Verwöhnte Viecher!«

»Sie haben recht«, sage ich. »Nur Kipfel haben wir an die Fische verfüttert, mein Großvater und ich.«

Die Fische drängten sich, daß die Wasserfläche vor offenen Mäulern brodelte. Ich wollte denen, die weiter weg vom Ufer zu kurz kamen, ein Kipfel hinwerfen. Während ich mich wie die anderen Kinder rasend um meine Achse drehte, geschah Unerklärliches: Das Kipfel löste sich nicht aus meiner Hand, vielmehr riß es mich mit. Ich verlor das Gleichgewicht und fiel in den Teich. Während das Wasser über mir zusammenschlug, blähten sich meine Lungen bis zum Zerplatzen …

»Das nennt sich Zellenkoller«, ergänzt Rosmarin. »Kennen Sie schon alles. Bald sein S' hier ein alter Fuchs.«

Ich hörte dumpf den Großvater ausrufen: »*Finita la commedia!*« und spürte die Krücke seines Spazierstocks nach mir angeln. »*Finita la commedia!*«

»Und warum sind S' nicht abgesoffen?«

»Es retteten mich beherzte Rumänen.«

»Na ja, der Rumäne, der ist wie die Katz. Der findt immer ein Stückel festen Boden unter seine Füß.«

»Mein Großvater hatte in Triest ein Geschäft für Südfrüchte. Wenn die Bora durch die steilen Gassen zum Hafen hinunterblies, mußte man die Gehsteige entlang Stricke spannen. Andernfalls hätte der scharfe Wind die Leute ins Meer gewirbelt. Die Hüte und Hunde ohnehin. Du läufst am Morgen um die Ecke, ein Kipfel zu kaufen. Fünf Minuten später bist du tot.«

»Aufgeblasene Patzknödel sind sie, die Fische in Hermannstadt. Nur Kipfel ham's gewollt!«

Wie heftig ich auch Einspruch erhebe, Rosmarin will von seinen geheimen Aktivitäten sprechen. Mir wäre lieber, er berichtete von seiner Festnahme. Das ist eine Aktion, jedem eigens auf den Leib zugeschnitten. Nachher ähneln sich die Geschicke: aufstehen, warten, schlafen, warten, über Jahre hin.

»Warum nicht?« Das sei in einigen Worten erledigt: Nach einer harmlosen Hamsterfahrt im Abendzug von Arad nach Temesvar im Herbst 1951, im Abteil mit zwei sehr netten, unterhaltsamen Herren, die ihm teure Zigaretten aufwarteten, rote Virginia, ihm sogar beim Aussteigen die schwere Tasche abnahmen, gefüllt bis obenhin mit Kartoffeln, Palukesmehl, Räuberspeck, *brânză,* alles für die Kinderchen und die Mitzi – was taten die noblen Herren? Sie drängten ihn ins Klosett, klebten ihm den Mund mit Heftpflaster zu, legten ihm Handschellen an, zogen ihm eine Kapuze über den Kopf, und das geschah blitzschnell, so daß er nicht einmal mitbekam, wann die Heuchler die Maske hatten fallen lassen. Und schon hieß es: Zähl die Treppen, eins, zwei, drei … »Aus war's mit der Mitzi am Kucheltisch!«

Nach dem Frontwechsel im August 1944 war Rosmarin als ehemaliger SS-Mann einem deutschen Spionagering beigetreten. Die Informationen über die russischen und rumänischen Truppenbewegungen wurden von Temesvar nach Wien gefunkt.

Er erzählt mit blitzenden Augen vom Anführer der Spionagegruppe, einem Banater Schwaben gleich ihm. Den Namen aber verschweige er lieber: »Was ich nicht weiß, macht mir nicht heiß!« Ein Recke wie aus den germanischen Heldensagen, dieser Teufelskerl, blond und stramm wie eine altdeutsche Eiche und mit dem Temperament von drei magyarischen Mägden. Bei Kronstadt hatte der sich in einer Hütte am Waldrand verbarrikadiert. Ihn spürten sie als ersten auf. Doch ließ er sich in kein Klosett sperren. Vielmehr riß er zwei Schwerter von der Wand und setzte sich zur Wehr, ja er schlug noch um sich, als die Banditen ihn bereits zu Boden geworfen hatten. Dem einen säbelte er das Ohr weg, dem andern den kleinen Finger. In Rußland machten sie kurzen Prozeß mit ihm. »Ein großer Held. Schad um ihn. Seine Knochen liegen in Sibirien im ewigen Schnee und bleichen an der kalten Sonne.«

»Woher wissen Sie, daß Ihr Held tot ist?«

»Das hat mir der Oberstleutnant Alexandrescu gesagt, der, was sie ausgefragt hat mit seine gelbe Augenbrauen wie ein Hühnervogel.« Er fügt stolz hinzu: »Mich aber haben's erst fünf Jahre später geschnappt, die feinen Herren in der Bahn. Schad um die *brânză* und den Rauberspeck!«

Nicolaus Sturm, der Maler aus der Tannenau! »Unser großer deutscher Held«, wie die Malytante es ausdrückte, die zwei Straßen weiter wohnte. Auf spektakuläre Art war er vor Jahren verschwunden, auf geheimnisvolle Weise nach Jahren wieder aufgetaucht. Nie ein Wort.

Und nun dies des Rätsels Lösung: Spionage, Sibirien, Lager! Von dorther die unsteten Augen, die immer zu Boden blicken. Darum die makabren Motive seiner Bilder: Soldaten, die im Stacheldraht hängen; Gesichter mit aufgerissenem Mund und gräßlichen Augen im Sturmangriff; Totenköpfe, die aus Stahlhelmen kollern, Skelette, verschlungen wie Liebespaare. Nie wieder Krieg! Grausame Graphiken, von der Zensur zugelassen. Nicolaus Sturm, der gefeierte Kunstmaler: er wohnt in einer Villa am Waldrand in der Tannenau, er fährt eine russische »Pobeda«. Die Hieb- und Stichwaffen an der Wand seines Ateliers durften wir Knaben manchmal streicheln.

»Nicolaus Sturm«, sage ich laut. »Er lebt hier in der Tannenau und ist ein gemachter Mann. Schon lange ist er heimgekommen, nach acht Jahren glaube ich, aber er redet nie davon ...«

»Was sagst?« Rosmarins graues Gesicht wird aschfahl. Er schwankt auf der Bettkante. Dann purzelt er nach hinten, prallt mit dem Schädel an die Wand. Dort liegt er, muckst nicht. Erst als der Schließer und ich ihm das Gesicht mit Wasser benetzen und die Herzgegend mit einem feuchten Taschentuch abreiben, schlägt er die Augen auf. Er lallt: »Nur acht Jahre, der große Führer. Und acht Jahre ich, die kleine graue Maus. Und ist ein freier Herr, der Herr Nic Sturm!«

Doch es bleibt keine Zeit zum Trauern. Stiefel rattern über den Korridor. Die Riegel rasseln. Rosmarin gleitet in den Hintergrund. Ich sehe zu.

»Wie heißt du?« fragt mich der Soldat. Ich nenne meinen Namen. »Und du?«

»Rosmarin heißt man mich.«

»Nimm alle deine Sachen!« Während er bedachtsam sein Bündel schnürt, raunt Rosmarin mir zu: »Ihr Studenten wolltet einen großen Furz lassen, aber der Scheißdreck ist in die Hosen gangen.« Sein graues Gesicht verklärt sich. »Gewiß komm ich zu Haus!« Bereits die Brille über den Augen, er erinnert an einen Maulwurf aus den Kinderbüchern der Ida Bohatta, streckt er mir auf gut Glück die Hand entgegen: »Sagen S' alles, was Sie wissen! Hier gilt, rette sich, wer kann! Denken S' an den Herrn Nic Sturm!«

»Redet rumänisch«, mahnt der Soldat in Hausschuhen.

»Warum?« sagt Rosmarin auf deutsch. »In unsere heilige Muttersprache können wir singen und reden, wie uns der Schnabel ist gewachsen. Das steht in der Verfassung von unsere Volksrepublik.« Und sagt bereits im Gehen: »Auch Sie werden Ihnen die heilige Muttersprachen noch vergessen, und wenn S' Ihnen nicht aufpassen, das Reden überhaupt. Adieu!« Anton Rosmarin trollt sich, den Kopf lauschend vorgeneigt, kollegial eingehängt bei dem Soldaten.

Weg ist er. Die Behausung ist leer. Ich könnte weinen. Ich könnte beten. Ich bin allein.

5

In den Tagen nach Rosmarins Abgang trippeln unter dem Gitterrahmen des Heizkörpers Mäuse hervor, die mich mit ihren Mäuseaugen an den Verschwundenen erinnern. Die Tierchen fallen über die Brosamen her, die ich ihnen hinwerfe, nehmen Reißaus, rücken wieder an. Doch ihre Gesellschaft tröstet nicht.

Habe ich nach einer Woche bereits Erinnerungen an hier?

An den Anton Rosmarin, ja. Erinnerungen, von allen Seiten betrachtet, zergrübelt, durchdacht – stundenlang, ja Tage über, wie das für den Häftling zur Marotte wird.

Daß er mich angelogen hat, darauf bin ich gestoßen, nachdem ich die Gespräche mit ihm durch mein Gedächtnis habe passieren lassen. Wieso sprach er vom ersten Augenblick an mit mir deutsch, noch ehe ich einen Ton von mir gegeben hatte? Woher wußte er, daß ich von einer Vernehmung kam? Und noch ehe ich den Westdeutschen Enzio Puter erwähnt hatte, warnte mich Rosmarin, daß man hier besonders scharf auf »Fremdländer« sei; wobei mir weiter nichts aufgefallen war als das kuriose Wort. Und keineswegs ist er sieben Monate allein in dieser Zelle gewesen.

Diese Vermutung verdichtet sich zur Gewißheit, nachdem ich die Worte durchgehechelt habe, die er nicht gesprochen hat. Aufgegangen ist mir, daß er sich im Unterschied zu meinen ersten Zellengenossen in Klausenburg nicht auf mich gestürzt und mich ausgequetscht hat über draußen: über das Neueste vom Neuen, über die Amnestie und die Amerikaner, die Butterpreise und Zigarettensorten, und ob die Sonne noch scheine und es Liebespaare gebe, die sich bei Frost küßten. Keine Fragen hat er gestellt. Keine Fragen … Also hat er Bescheid gewußt, ist im Bild gewesen, der listige Fuchs, die graue Maus. Der gute Rosmarin. Er fehlt mir. Ich fröstle. Bereits Erinnerungen an hier – eine knappe Woche ist vergangen.

Kaum fällt die Stahltür im Korridor hinter mir mit Getöse ins Schloß – es ist schon der neunte Tag hier –, weiß ich: Es geht nicht hinaus. Denn der Soldat, für mich Stecken und Stab, befiehlt: »Zähl elf Stufen aufwärts!« Ich werde geschubst, gedreht. Endlich heißt es: »Stillgestanden!« Der Lichtdruck auf den verdeckten Augen wächst sprunghaft. Jetzt müßte jemand sagen: Nimm die Brille ab!

Jemand sagt: »Nehmen Sie die Brille ab.« Und sagt es in meiner Muttersprache.

»Setzen Sie sich an das Tischchen hinter die Tür.« Dorthin setze ich mich. Ich kneife die Augen zusammen. Das Licht schmerzt. Wohin blicken? Draußen vor dem vergitterten Fenster zerbröselt der Zinnenberg.

Mit einem ängstlichen Blick streife ich den Mann hinter dem Schreibtisch. Gelbliche Haut, schwarze Haare. Seine Augen meide ich. Der fünfzackige Stern auf den Achselklappen, der ihn als Major ausweist, funkelt weihnachtlich. Auf dem Schreibtisch liegen Handschuhe, nicht khakifarben, wie die Uniform, sondern mausgrau und samten.

»Was machen Sie noch? Wie geht es Ihnen?«

Welch sonderbare Fragen. Als träfe man sich im Café. Ich zögere, fasse Mut und sage: »Ich warte, daß Sie mich entlassen, Herr Major.«

»Welchen Tag haben wir heute?«

»Montag, den 6. Januar 1958. Übermorgen abend möchte ich in Klausenburg den Literaturkreis eröffnen.«

»Gut, das zu wissen.«

»Es ist die erste Veranstaltung in diesem Jahr. Ich muß unbedingt dort sein.«

»Tatsächlich? Als wir Sie zum ersten Mal zu uns hier herauf eingeladen haben, Sonntag vor einer Woche – übrigens, welches Datum hatten wir damals?«

»Es war der 29. Dezember, einen Tag, nachdem Sie mich hergebracht haben.«

»Prima, Ihr Zeitgedächtnis. Keineswegs Gedächtnisschwund, wie Sie befürchten. Im Gegenteil: In diesen Verhältnissen fallen die Erinnerungen über einen her wie Scharen von Ratten. Übrigens die Ratten, Tiere mit einer hochintelligenten, phantasievollen Anpassungsfähigkeit ... Doch schweifen wir nicht ab. Froh müßten Sie sein, bei uns hier in den oberen Etagen um einen Ort der Katharsis zu wissen. Wie würden Sie Katharsis umschreiben?«

Ich erinnere mich, daß meine Mutter dieses Wort in letzter Zeit benutzt hat, verbeiße mir die Tränen und sage: »Läuterung des Menschen durch seelische Erschütterungen.«

»Richtig. Das gehört hier dazu. Doch besser: Erschütterung. Die eine Erschütterung. Übrigens, wie Sie wissen: heute und morgen, das sind bei uns im Land besondere Feiertage, hochgeschätzt bei alt und jung. Wenngleich gegründet auf Aberglauben.«

Der 6. Januar, *Bobotează*, das rituelle Gedächtnis der Taufe Jesu im Jordan, ein hoher orthodoxer Feiertag. An diesem Tag sprangen zur Zeit des Königreichs Soldaten, bekleidet allein mit langer Unterhose, in alle Flüsse des Landes, auch in die eisige Aluta bei Fogarasch. Vor dem Angesicht des Erzbischofs mit goldener Krone und elfenbeinernem Hirtenstab, umgeben von prunkvoll gewandeten Popen, und vor den demütigen Augen der Gläubigen fischten sie das Heilige Kreuz heraus, ohne zu niesen oder Schnupfen zu bekommen. In diesen Tagen eilten eifrige Priester von Tür zu Tür und segneten die Häuser mit geweihtem Wasser. Und in dieser Woche wurde nicht nur Weihwasser die Menge in den Häusern und Hütten verspritzt, auch der Wein rann in Strömen durch die Gurgeln. Denn der 7. Januar tags darauf war das Namensfest Johannes des Täufers, *Sfântu Ion*, und der Namenstag von drei Viertel aller Rumänen.

»Nun, bei unserer ersten Begegnung hier oben haben Sie behauptet, Sie müßten sofort nach Cluj zurück, um sich in der Klinik behandeln zu lassen. Erinnern Sie sich? Und jetzt ist es der Literaturkreis, der Sie hinzieht.«

Kleinlaut sage ich: »Gewiß. Aber ohne mich geht nichts oder es geht schief. Darum wäre es gut, wenn ich übermorgen abend dort sein könnte.«

»Um so mehr, als Hugo Hügel lesen wird. Ein agiler junger Autor voll überhitzter Ambitionen. Dazu ein Recordman, wie er sich selbst gern nennt. Auf Schritt und Tritt merkt man ihm den Sportler an. Selbst im Schreiben. *Der Rattenkönig und der Flötenspieler*, eine vieldeutige Allegorie. Dritter Preis beim Literaturwettbewerb in Bukarest. Rangiert vor Ihrer Erzählung, das hat uns gewundert. Ja, die Zeitung *Neuer Weg*: noch immer zuviel Subjektivität bei der Beurteilung von Kunstwerken. Man vergißt dort, daß die sozialistische Literaturtheorie Kriterien ausgearbeitet hat, streng wie mathematische Formeln.« Und dann die eigentliche Frage, präzise wie beim Messerwerfer im Zirkus: »Wieso haben Sie gerade diesen Hügel zweimal hintereinander in Ihren Club eingeladen?« Das Wort Club stört mich, klingt bedrohlich. »Während Sie bewährte sozialistische Autoren bis heute antichambrieren lassen, zum Beispiel Andreas Lillin, Franz Liebhardt, Johannes Buhlhardt, Pitz Schindler?«

Ja, warum? Schon will ich antworten: weil Hugo Hügel partout darauf bestanden hat, als mich eine Stimme warnt und ich ausweichend sage: »Es hat sich so ergeben.«

Der Major belehrt mich: »Sehen Sie, es gibt bei uns Regeln. Auf präzise Fragen wünschen wir ebensolche Antworten. Was halten Sie von Hugo Hügel?«

Eine recht allgemeine Frage. Trotzdem werde ich präzise antworten. »Er ist Kulturredakteur in Kronstadt, pardon, pardon, in Stalinstadt, bei der deutschen *Volkszeitung*, Verzeihung, beim deutschsprachigen Parteiblatt für die Region Stalin.«

»Das wissen wir.«

Dieser ältere Autorenkollege Hugo Hügel war bereit, mit mir nach Sibirien aufzubrechen. Inspiriert von Pfarrer Wortmann war ich auf die Idee geraten, wir sollten in Sibirien ein Gebiet einfordern für eine eigene Autonome Sozialistische Sächsische Region. Immerhin waren wir noch zweihunderttausend Sachsen. »Gebt uns ein Stück Erde, wo wir hinpassen, und laßt uns schalten und walten. Als altgedientes Kolonistenvolk verwandeln wir es in eine mustergültige Welt sozialistischer Demokratie und genossenschaftlicher Wirtschaft.« So ich. Hugo Hügel war Feuer und Flamme: »Stets so hohe Ziele sich stecken, daß man sie knapp mit den Fingerspitzen antippen kann!«

Doch nicht Sibirien winkte, sondern Südbulgarien. Jüngst hatte sich diese verblüffende Perspektive eröffnet. Liuben Tajew, der Neffe des bulgarischen Staatspräsidenten, studierte in Klausenburg Germanistik. Und liebte heimlich eine sächsische Studentin. Grund genug, alle Siebenbürger Sachsen mit Haut und Haar bei sich haben zu wollen, womit er dem hohen Onkel in den Ohren lag. Elisa nannte die Bulgaren seit kurzem Preußen des Balkans. Vielleicht, weil Liuben bei ihr in der Küche saß, ohne gescheite Gespräche führen zu wollen, ja überhaupt zu sprechen. Er saß da wie ein verwitterter Grabstein und sah sie stundenlang mit seinen zweifarbigen Katzenaugen an, indes sie Puschkin deklamierte oder mit ihm russisch redete. Doch waren sich alle einig: Sie mochte seine heimliche Herzensdame nicht sein. Nie würde sie sich mit ihm im Botanischen Garten einsperren lassen, und nicht nur wegen seiner porösen Haut und der brüchigen Zähne ... Der Major sagt: »Sie seufzen.«

»Ja, ich seufze.«

Er verläßt den Raum. Lautlos pflanzt sich der Wachsoldat neben mir auf, starrt mich mit trostlosen Augen an.

Als der Major wiederkommt, ist er ein Herr in Zivil. Sein Anzug ist dunkelgrau, mit feinen, hellen Streifen, die Revers ausladend, die Knöpfe echt Horn. Vielleicht geht er von hier zu einem Kindergeburtstag? In seiner gutbürgerlichen Aufmachung erinnert er mich an weitläufig verwandte Onkel zu Neujahr oder am Sonntag. Nur das rotseidene Kavalierstuch fehlt. Der frischgebackene Herr geht zu seinem Schreibtisch, nimmt aber nicht Platz. Er holt seine Samthandschuhe von dort, streift sie über und setzt sich freundnachbarlich an mein Tischchen. Ich muß ihm in die Augen sehen. Und muß mich vorsehen, daß mich der Mann nicht mit zuviel Onkelhaftigkeit bestrickt.

Den linken Ellbogen stützt er auf, sein Kinn ruht in der Beuge zwischen dem bekleideten Daumen und Zeigefinger. Mit dem rechten Handschuh nimmt er die Tischplatte in Besitz. Fast berühren wir uns. Denn meine Hände darf ich nicht zurückziehen. Aber die Fingerspitzen einrollen darf ich; ohnehin wachsen sich die ungeschnittenen Nägel bereits zu Krallen aus.

Aus der inneren Rocktasche zupft er mit der behandschuhten Hand ein Büchlein und überreicht es mir: Julius Fučik, *Reportage unter dem Strang geschrieben*, mit den seltsamen Worten: »Nicht wahr, das hat Ihnen Arnold Wortmann zum Lesen empfohlen? Die Sachsen nennen ihn den roten Pfarrer. Ein Sozialist, aber kein Genosse. Können Sie mit der Unterscheidung etwas anfangen?«

Ist das eine präzise oder eine rhetorische Frage? Ich sage: »Vergessen wir nicht, dieser Pfarrer hat das Häuflein der sächsischen Proletarier in Elisabethstadt gesammelt und betreut. Er hat sie am 1. Mai nicht nur zur Stadt hinausgeführt auf die Festwiese bei der Kokelbrücke, damit sie mit den rumänischen, ungarischen, jüdischen und armenischen Genossen die »Internationale« anstimmten und danach gemeinsam sangen, tanzten und sprangen, sondern sie weitergeführt hin zum Aufmarsch mit den roten Fahnen vor dem Justizpalais, unter den Augen der *Siguranţa* und den Bajonetten der Gendarmen. Und das zu einer Zeit, als man sich bei uns noch im guten Glauben wiegte: ›Da niemand Herr und keiner Knecht‹.«

Der feine Herr vor mir sagt unvermittelt: »Ihr verehrter Pfarrer glaubt, im Sozialismus geht es zu wie in seinem Aquarium mit Goldfischen; alles Gute kommt von oben, träufelt hernieder aus der Hand Gottes. Nein, nein: Bei uns muß man in die Hände spucken, es fliegen die Späne, es fließen Tränen – und auch Blut spritzt.«

Aquarium? Selbst davon weiß der Herr vor meiner Nase. Und trotzdem: welch kränkende Vereinfachung. Soll ich das auf Pfarrer Wortmann sitzen lassen? Wie oft habe ich in dem gewölbten Studierzimmer ihm gelauscht, der mich zu überzeugen suchte, daß allen Mühseligen und Beladenen auf dem

Erdenrund geholfen werden müsse und könne. Auf dem breiten Fensterbrett blitzte das Aquarium mit den putzigen Zierfischen. Darüber hinweg ging der Blick auf die zweitürmige armenische Kathedrale, die geschmückt war mit Lettern einer mysteriösen Schrift, und weiter auf die evangelische Kirche am Ende der Kastanienallee.

Ich hörte und zweifelte: Sozialistisch, das sei nicht wider die menschliche Natur, sondern ihr angemessen. Der Mensch, von Haus aus gemeinschaftswillig, könne sich endlich als gemeinschaftsfähig erweisen. »Gelingt es dem Jahrhundert, sozialistisch zu werden, so bietet sich dem Christentum eine große Chance. Entgegen dem bürgerlichen Slogan ›Alle Tränen trocknest du nicht, trockne eine‹ und der biblischen Verheißung ›Gott wird abwischen alle Tränen‹ werden alle Tränen gestillt, nunc et hic!« Mit Neugier verfolge Gott dies großartige Experiment und verweigere seinen Segen nicht. Doch noch halte er sich bedeckt. »Laßt euch nicht abschrekken von den Kinderkrankheiten dieser virulenten Zeit. A la longue wird der Geist der Liebe Christi ans Ziel kommen. Der Staat ist interessiert, uns Sachsen zu gewinnen: als Träger einer der ältesten Demokratien Europas und als fleißige und geschickte Arbeiter.«

Mit leuchtenden Augen hatte der alte Herr mir zugerufen: »Eure Generation, vor allem aber ihr Studenten, die Intellektuellen von morgen, seid die Monaten einer sozialistischen sächsischen Volksgemeinschaft! Gott denkt in Völkern. Nur das Völkische ist ihm ein Greuel.« Und legte mir ans Herz: »Gewinnt das Vertrauen dieses Staates durch radikalen Bewußtseinswandel, im Neuen Testament *metanoia*. Neubeginn von Grund auf. Denkbar, daß der Staat uns Selbstverwaltung gewährt, ähnlich wie der ehemaligen Wolgadeutschen Autonomen Republik oder der Ungarischen Autonomen Region heute bei uns.« Das ist es, blitzte es mir: Neubeginn von Grund auf. Aber andernorts, wo man niemandem im Weg steht und endlich dazugehört. Zum Beispiel in Sibirien.

Solches schwebte dem Pfarrer vor und keineswegs das Dasein verwöhnter Fische im Aquarium. Somit ermanne ich mich und erläutere dem Herrn vor mir die Gedanken von Arnold

Wortmann, wenngleich es mir scheußlich ist, seinen Namen hier auszusprechen. Während ich mit Bedacht das Meine sage, mißt mich mein Gegenüber mit stechendem Blick, als wolle er jedes meiner Worte aufspießen für später.

Als ich geendet habe, sagt mein Gebieter: »Wir bauen das Reich Gottes hier auf Erden – ohne Gott!«

Ich schlage die Augen nieder und lehne mich leicht zurück, das ist nicht verboten. »Danke für das Buch. Ich habe es seit langem gesucht. Pfarrer Wortmann …«, ich stocke, ehe ich den Namen über die Lippen bringe, »der Stadtpfarrer ist vom letzten Wort Fučiks beeindruckt: Menschen, ich habe euch lieb.«

»Eben nicht das letzte. Danach sagt Fučik, und das ist sein allerletztes Wort: Seid wachsam! *Vigilent!* Aber wie dem auch sei, Sie sehen, Kommunisten können nicht nur wachsam sein, sondern auch der Liebe frönen – und sich opfern. Das, was die Kirche *Imitatio Christi* nennt. Alles Private hintanstellen, gehorchen bis zur Selbstzerstörung, das gehört zum Credo der Kommunisten.«

»Gewiß«, sage ich höflich, »eben das meint der Stadtpfarrer: Kommunismus sei säkularisiertes Christentum. Der ursprüngliche Geist christlicher Nachfolge, der Opfermut der Märtyrer sei bei den Männern der Illegalität anzutreffen.«

»Und bei den Frauen. Überhaupt: Wenn es um Verschwörung geht, sind die Frauen, die Mädchen gefährlicher als die Männer. Doch das wissen Sie besser.«

»Ich weiß das weder besser noch weiß ich überhaupt etwas davon. Außer, daß die Frauen und die Mädchen die Tapferen sind, die Mutigeren.« Ich schlucke. »Und die Mütter.«

»Außerdem werden Sie sehen, vis à vis der Gestapo in Prag sind wir das reinste Sanatorium.«

Nun wünscht der Major sich über psychische Krankheiten zu unterhalten. Insulinkomata und Elektroschocks hält er für brutale Heilmethoden. Aber Psychoanalyse, die ja. Obwohl reaktionär, weil primär auf den bürgerlichen Menschen mit seiner Ichbezogenheit und seinem Rollenverhalten zugeschnitten. Leider sei diese Art der Bewußtseinserhellung in unserem Land noch verpönt. »Aber das kommt alles noch.« Es gebe Gemeinsamkeiten zwischen der Tiefenpsychologie und den Aktivitäten hier: Man bemühe sich hier wie dort, die Kellergewölbe des Bewußtseins auszuleuchten, das Verdrängte an Lügen und Heimlichkeiten ins Tageslicht zu heben. Mit dem Ziel, dem so geläuterten Menschen zu einer neuen sozialen Existenz zu verhelfen. Nur in den Methoden unterscheide man sich in dieser Anstalt um einiges von den Übungen der Psychoanalyse. »Was gut an der bürgerlichen Gesellschaft ist, soll man ruhig für die neue Ordnung übernehmen ...«

»Sagt Lenin in seiner Rede an die kommunistischen Jugendorganisationen Anfang der zwanziger Jahre«, falle ich ein.

»Bravo« lobt der Major, »Sie nähern sich unserer Wahrheit, versuchen es, mit parteilicher Wahrhaftigkeit.« Ich beiße mir auf die Zunge: Jedes Wort ist hier ein Wort zuviel.

»Das Verwendbare der Psychoanalyse übernehmen wir gerne. Zum Beispiel sind wir hier an allen Spielarten von Assoziationen interessiert, nicht nur der Gedanken, sondern auch der Personen. Sie haben ja eine Analyse hinter sich, bei Dr. Nan in Cluj.« Ein neuer Name. Wie sich wehren?

»Aufschlußreich sind Fehlleistungen: Versprechen, Stokken. Zuvor haben Sie gestockt, ehe Sie den Namen von Pfarrer Wortmann aussprachen. Sie wissen genau, weshalb Ihnen der Name so schwer über die Lippen gerutscht ist. Und wir wissen es auch: Sie sind im Zwiespalt. Für Ihr Unterbewußtsein sind wir schreckliche Menschen, wahre Monstren, vor denen man sich in acht nehmen muß. Andererseits bemerken Sie, daß wir uns wie gesittete Menschen benehmen, mit denen man sich unterhalten kann. Eine andere Art von Zwiespalt in Ihrem Unterbewußtsein, nämlich zwischen bürgerlich von einst und angepaßt an heute, wurde evident, als von Hugo Hügel die Rede war. Ohne zu wollen, versprachen Sie sich dreimal: Statt Stalinstadt sagten Sie Kronstadt, statt deutschsprachig deutsch, statt Parteiblatt Volkszeitung. Das läßt tief blicken, wie das so schön heißt.«

Er fragt, wie meine Analyse bei Dr. Nan ausgesehen habe.

»Nan de Racov, eine alte rumänische Familie in Transsylvanien, stammt aus der *Maramureş*.« Ich presse die Fingernägel in die Handballen, es müßte Blut fließen. Und schildere brav, wie der junge Arzt mich Nachmittage lang aussprechen ließ, was mir durch den Sinn irrte.

»Ist es zu einer fachmännischen Synthese gekommen?«

»Nein. Die Sitzungen zweimal die Woche im Frühjahr 1955 hatten genügt, um meine Seele zusammenzuflicken. Auch bin ich ja nun weg von dort.«

»Was hat der Arzt aufgedeckt?«

»Ein gestörtes Verhältnis zur Zeit«, sage ich hastig. »Ich erlebe die Zeit immer wieder vom Tode her, vor mir aufgestaut als schwarze Mauer.«

Habe mich der Doktor nicht geheilt?

»Geheilt? Die Zeit ist wieder in Fluß geraten. Doch hier verhärtet sie sich ungeheuerlich, erdrückt die Seele, verfinstert das Gemüt. Die Gefahr besteht, unheilbar krank zu werden.«

»Es ist eine Sache der Einstellung und Intelligenz, wie man mit der Zeit umgeht, was man mit der Zeit anfängt.« Mehr sagt er nicht und nicht, daß man mich entlassen werde. Doch erwähnt er den *Zauberberg*. Ich behaupte, dort sei die Zeit Herr der Handlung. In der ersten Hälfte des Buches geschehe fast nichts. Ein Mittagessen dauere hundert Seiten. Und nachher kaum etwas.

Er winkt ab. Und läßt sich über Hydrologie belehren und ist sichtlich erheitert, zu hören, was für eine weitherzige Wissenschaft das sei: »Ob nun in der Hydrologie die Berechnungen zu sechzig oder zu hundert Prozent stimmen, die Ergebnisse sind gleich zufriedenstellend.« Daß man die Hydraulik den Tummelplatz der Koeffizienten und das Exerzierfeld der Wahrscheinlichkeitsrechnung nenne, ist für ihn neu. Es leuchtet ihm ein, daß eine Wirkung mehrere Ursachen haben kann. Weniger, daß eine Ursache mehrere Wirkungen zu zeitigen vermag.

Endlich ein neutrales Thema. Ich doziere über Gerinne und Abflüsse, Durchflußmengen und Wasserspenden. »Überraschend finde ich die gesetzmäßige Entsprechung zwischen

der Bernoullischen Gleichung für hydraulische Strömungen und den Kirchoffschen Regeln des elektrischen Stroms – geheimnisvolle Zusammenhänge im Untergrund der Materie.«
Ich stocke.

Der Herr vor mir wartet ab, sagt dann: »Sehr schön. Und damit sind wir mitten in der Materie: Auch uns interessieren die geheimen Zusammenhänge im Untergrund und inwieweit sie den Regeln und Gesetzen unserer Republik entsprechen, damit wir vor Überraschungen sicher sind.« Er läßt sich noch einmal bestätigen: »Ob hundert oder sechzig Kubikmeter Wasser vorbeifließen, das ist bei Ihnen egal?«

»Etwa, etwa«, erwidere ich.

»Wir hier arbeiten effizienter«, sagt er abwägend. »Wenn zwei Leute von einer Sache wissen, dann decken wir sie zu hundert Prozent auf, wenn einer etwas weiß, bekommen wir es zu neunzig Prozent heraus.«

»Das heißt, daß zehn von hundert sich ausschweigen.«

»Ja und nein«, sagt er. »*A priori* bekommen wir von jedem alles heraus. Doch auch die letzten zehn von hundert würden wir zum Reden bringen. Nur sind wir leider gezwungen, ihr Schweigen *a posteriori* zu respektieren. Übrigens rate ich Ihnen, arbeiten Sie gelegentlich die Sittenlehre von Kant durch. Dann wird Ihnen aufgehen, wie handlich unsere Ethik ist: Gut ist, was dem dient, der von seiner Arbeit lebt.«

Der Major erhebt sich, verschanzt sich hinter dem Schreibtisch. Er zieht die Samthandschuhe aus und klatscht den Wachsoldaten herbei.

Kaum habe ich am nächsten Morgen das Frühstück geschluckt und die Mäuse gefüttert, holen sie mich. Das Geknatter der Schritte auf dem Gang schwillt an, läuft voraus, zielt hierher. Die Tür springt auf. Entlassen sie mich jetzt, könnte ich am Abend in Klausenburg sein. Obwohl der Sendbote mich kennen müßte, fragt er stotternd nach meinem Namen, als ob noch jemand wäre, mit dem er mich verwechseln könnte. Er wirbelt die Brille um den Zeigefinger, ehe er sie mir mit einer gezierten Bewegung zuwirft. Seine Augen glänzen selig, und ich erwarte, daß er eine Hora zu pfeifen beginnt. Locker schiebt er seinen Arm unter den meinen – ich rieche den *Sfântu Ion* an ihm – und dirigiert mich beschwingt vorwärts. Einmal bleibt er ohne Vorwarnung stehen, ich komme fast zu Fall. Er faßt mich um die Mitte und dreht mich im Kreis, flüstert: »Ich habe mich verlobt. Und die *adorată* heißt Ioana, wie auch ich, welches Glück!« Um nach dieser Eröffnung barsch zu kommandieren, wo es weitergeht.

Der Major vom Vortag ist in Uniform. Er fragt mich nicht, was ich noch mache oder ob ich gut geschlafen habe. Auf dem Tisch liegen Papiere, Bücher, Hefte, die er durchblättert. Es riecht nach Arbeit und Gefahr, seine Miene ist streng.

»Sie erwähnten gestern zwei physikalische Formeln. Können Sie sie mir nennen?« Ich sage sie her. »Prima, es wird immer besser mit Ihrem Gedächtnis.« Er notiert etwas. Das ist neu.

Ob ich sagen könne, wie die Straße heiße, in der ich in Arad geboren bin.

»Dr. Rusu-Şirianu.« Ob sie nahe dem Zentrum liege? »Ja, sie mündet in den Hauptplatz.« Ob sie heute noch so heiße wie damals vor etlichen zwanzig Jahren? Fast stolz antworte ich: »Ja, heute wie damals.« Wie alt ich gewesen sei, als wir von Arad wegzogen? »Drei Jahre.« Ob ich Erinnerungen an das Haus in Arad habe, an die Wohnung, an den Hof, die Leute?

»*Sigur.*« Wir sprechen rumänisch.

»*De exemplu?*« Ich muß mich konzentrieren. »Zum Beispiel ist das Kindermädchen unter dem Tor ausgerutscht und hingefallen. Ich aber habe nachher im Betonboden ein Loch bemerkt und gedacht: Sieh an, die Veronika hat in den Boden ein Loch geschlagen.«

»Aufschlußreich! Schon in der Kindheit falsch gedeutete Kausalzusammenhänge.« Er notiert. »Was meinen Sie? Ist dieser Dr. Rusu-Şirianu ein Reaktionär oder ein fortschrittlicher Mann gewesen?«

Ich zögere. »Da sein Namensschild selbst heute noch diese Straße benennt, kann er schwerlich ein Reaktionär sein. Er muß ein überragender Rumäne sein, ein Mann jenseits aller Ideologien. In den Städten sind fast alle Straßenschilder rumänischer Persönlichkeiten durch russische Namen ersetzt worden.«

»Durch die Namen sowjetischer Helden und kommunistischer Kämpfer«, verbessert mich der Major. »Bezeichnende Fehlleistungen.« Jedes Wort gilt es, auf die Waagschale zu legen!

Er sagt: »Das ist keine stichhaltige Argumentation für einen Dialektiker. Als solcher müßten Sie auch das Umgekehrte für möglich halten, selbst wenn es paradox anmutet.« Und fällt ins Deutsche: »Ist Ihnen bekannt, daß paradox mit Gegenlicht, Widerschein übersetzt werden kann?« Ohne eine Antwort abzuwarten, fährt er rumänisch fort: »Denkbar, daß die Arader Behörden nicht *vigilent* genug gewesen sind und den Namen übersehen haben oder noch ärger: daß reaktionäre Elemente im Stadtsowjet das Schild absichtlich beibehalten haben. Diversion! Sabotage!«

Fast fühle ich mich schuldig, nicht in einer Mondscheingasse oder Veilchenstraße geboren zu sein. »Ich weiß nichts von diesem Doktor. Somit kann ich nicht beurteilen, ob er ein Reaktionär ist oder nicht. Dazu ist er tot. Und überhaupt: Es ist eine kleine Gasse.«

»Aber im Zentrum der Stadt. Noch einmal: Alles im Licht und Gegenlicht der Dialektik betrachten! Darum wundert es uns, daß Sie ein völlig falsches Bild von diesem westdeutschen Paßinhaber Enzio Puter gezeichnet haben.« Er hebt einen Bogen Papier hoch. »In Ihren sehr dürftigen Ausführungen vom ersten Sonntag haben Sie ihn zum Freund des sozialistischen Lagers hochstilisiert. Das ist erwiesenermaßen falsch. Was wollen Sie verbergen?«

Während ich die gefährliche Frage bedenke, schlägt er ein dickes Merkheft mit schwarzkartonierten Deckeln auf, fährt mit dem Finger die Seite hinab. »Was können Sie mir sagen über diesen, diesen ...«, er blättert um: »zum Beispiel einen gewissen Hans Troll?«

»Nichts«, sage ich.

Ob ich ihn kenne?

»Einmal gesehen.«

»Wo?«

»Bei uns zu Hause in Fogarasch. Auf einer Bizykelfahrt hat er bei uns für eine halbe Stunde Halt gemacht.«

»Na bitte«, sagt der Offizier und schreibt auf. »War er allein?«

»Allein«, sage ich erleichtert.

»Was hat er in dieser halben Stunde gemacht, gesagt?«

»Er hat einen Teller Suppe gegessen. Nachher hat er Danke und Grüß Gott gesagt.«

»Nur Suppe? Was für eine Suppe?«

Zwei Fragen auf einmal. »Kartoffelsuppe«, sage ich. Und füge eilfertig hinzu: »Ohne Fleisch. Aber mit jungen Zwiebeln dazu.« Schluß nun!

»Und der zweite Gang?«

»Topfenknödel. Zehn Stück Topfenknödel hat er gegessen. Garniert mit Fünfleizwanzig-Marmelade.«

»Aha! Und welches ist seine Einstellung zum volksdemokratischen Regime unserer Republik?«

»Ich weiß es nicht. Ich kenne ihn nicht.«

»Wie können Sie das behaupten, wo er Sie besucht hat? Und Sie ihn zum Essen eingeladen haben?«

»Alle sächsischen Jugendlichen kehren bei uns ein. Fogarasch liegt genau in der Mitte zwischen Hermannstadt und Kronstadt, pardon: Stalinstadt, je siebzig Kilometer weit.«

»Schon wie einer am Markt Gemüse kauft oder bei Tisch das Besteck handhabt, verrät, ob er dem Regime ergeben ist.«

Ähnlich meine Omama, denke ich: Jeder ist, wie er ißt.

»Ist Ihnen etwas Besonderes an diesem Menschen aufgefallen?« »Ja«, sage ich unbedacht, »seine kniefreien Hosen waren kürzer als bei anderen Jungen.« Offenbar eine kapitale Information. Der Major macht Notizen. Was hat er angemerkt? Zu kurze Hosen? Topfenknödel? Vielleicht »Grüß Gott«.

Der Herr des schwarzen Buches schlägt es zu. Unvermutet ist er wieder bei Enzio Puter, kommt aber auf die letzte, so bedrohlich klingende Frage nicht zurück. Aus den Aussagen der anderen und den eigenen Informationen gehe hervor, daß er ein Agent des westdeutschen Spionagedienstes sei, mit dem Auftrag, junge Leute hier im Land zur Untergrabung des

Regimes zu motivieren und ein Netz von subversiven Gruppen zu organisieren. Das sei während seiner zwei Besuche im Spätherbst 1956 und Spätsommer 1957 gelungen, wobei meine ehemalige Geliebte Annemarie eine Schlüsselrolle gespielt habe. Scheinheilig fragt er: »Daß sie ihn geheiratet hat, wissen Sie doch?«

»Ja«, sage ich gepreßt. Meine Mutter hatte die Neuigkeit in der Milchschlange aufgeschnappt. Die Sensation war, daß die zwei Liebenden die Heiratsgenehmigung auf der Stelle erhalten hatten, was sonst Jahre dauerte, wenn sie überhaupt erteilt wurde. Das schien den Leuten vor dem Milchladen in Fogarasch zu Recht bemerkenswert.

»Geheiratet haben sie im Nu, aber für eine Ehe würde es nicht reichen«, ergänzt der Major vieldeutig. Und fügt in scharfem Ton hinzu: »Diese hochgefährliche Person, die Annemarie Schönmund, hat den westdeutschen Agenten in konspirative Kreise eingeführt. Sie ist bis Ende 1957 die Kontaktperson zwischen hier und dem Westen gewesen. Über sie ist alles weitergeleitet und gesteuert worden.« Er erhebt sich und geht hinaus. Er darf!

Wie war das genau? Bis Ende 1957 ist sie die Kontaktperson gewesen. Also ist sie es nicht mehr. Das kann nur heißen: Auch sie hier! Wie tut sie mir leid, meine ehemalige Freundin, die nicht mehr zu lieben ich mich seit eineinhalb Jahren bemühe. Die Haft wird sie völlig zerstören. Sie ist auf einem Auge blind, das zweite ist gefährdet. Es schielt abwegig, was ihr einen besonderen Charme verleiht. Auf Multiple Sklerose tippen die Ärzte. Verzweifelt denke ich: In der verwüsteten Landschaft der Gefängnisse, wo kein zärtlicher Flieder über Gartenbänken blüht, kein Jasmin seine gierigen Düfte verströmt, wird sie für den Rest ihres Lebens dahindämmern. Wenn die *Securitate* recht behält – ich wage plötzlich nicht, daran zu zweifeln –, muß sie, als die Hauptschuldige, zur Höchststrafe verurteilt werden. Lebenslänglich, schwerer Kerker, allein. Und gefesselt an den Füßen.

Der Major ist zurück. Er fragt nach der Krankheit Annemaries. Ich gebe einsilbig Antwort. »Sie hören ja zu? Oder sind Ihre Gedanken anderswo?«

»Ja und nein.« Das hänge mit meiner Gemütskrankheit zusammen. »Es überfällt mich eine Leere, eine Art von Absence, ich sacke ab in ein Loch, wo ich den Begriff der Zeit und des Ortes verliere und mich Obsessionen, widersinnige Gedanken in ihr Netz ziehen.«

Unvermutet habe ich eine Eingebung: Wenn diese hier jeden Unschuldigen, dessen sie habhaft werden, einer Schuld überführen können, warum sollten sie umgekehrt nicht mich, den nur scheinbar Schuldigen, laufen lassen? Es geht um eine paradoxe Möglichkeit, so wie der Major es empfiehlt: dialektisch zu argumentieren, im Licht und Gegenlicht. Ich presse die Knie zusammen, nehme mir ein Herz, schöpfe tief Atem und sage rasch und beschwörend und in meiner Muttersprache: »Ich kann nicht beweisen, daß ich unschuldig bin. Das kann hier keiner. Trotzdem meine ich, daß wir zu einem Ende kommen sollten. Ich muß zurück in die Klinik. Ich muß auch zurück zur Universität. Ich bin länger als eine Woche hier, wir schreiben Januar. Die letzten Semesterprüfungen beginnen in ein paar Tagen: Wasserwirtschaft, Prognose der Wasserführung und Dialektischer Materialismus. Von Februar an gilt es die Diplomarbeit vorzubereiten. Das Thema ist kompliziert und die Lösung eine Innovation, die der Volkswirtschaft zugute kommt: mathematische Formeln zur Bestimmung der Wassermenge bei fließenden Gewässern. Es bedarf vieler Messungen vor Ort und der Versuche im Labor. Gelingt es, den Abfluß im natürlichen Gerinne am Schreibtisch zu berechnen, dann muß man die Messungen nicht mehr am Fluß vornehmen und spart Ausrüstungen und Gehälter in Millionenhöhe. Die Zeit drängt. Bedenken Sie: Es geht um meine berufliche Zukunft, ich stehe kurz vor dem Ziel. Bitte setzen Sie mich in Freiheit.«

Der Major sagt: »Um im Bild zu bleiben, der Zigeuner ertrinkt in der Nähe des Ufers.«

»Inzwischen hat sich alles geklärt. Was diese Grünschnäbel getan haben …«

»Welche Grünschnäbel meinen Sie?«

»Die aus Ihrem schwarzen Buch. Das ist im Grunde genommen dummes Geschwätz, blödes Gerede, dem man kein

Gewicht beilegen sollte. Strenggenommen hieße das, jedem von uns Sachsen den Prozeß zu machen. Wer hält schon den Mund? Ja, und daß ich kein Staatsfeind bin, wissen Sie.«

»Das mußt du uns beweisen.« Er duzt mich.

»Was jedoch Annemarie Schönmund und Enzio Puter angeht, haben Sie, Herr Major, Informationen die Menge. Folglich kann man auf mich verzichten. Doch bleibe ich dabei: Die beiden können nicht gefährlich sein. Auf keinen Fall sind sie das, wofür Sie sie halten.«

»Wie kannst du so etwas behaupten? Belege es!«

»Weil sie dafür total ungeeignet sind. Kein Geheimdienst stellt solche Leute ein.« Ich vermeide die gräßlichen Begriffe Agent, Spion.

»Wieso«, fragt er, »Beweise, Zeugen.«

»Ich habe einen schlagenden Beweis.«

»Welchen denn?«

»Zusammengenommen ist die Sehkraft dieser beiden Geschöpfe kaum stärker als die eines intakten Auges. Auf einem Auge sind beide blind, und mit dem andern sehen beide schlecht. Dazu ist dieser Enzio Puter nachtblind. Bei diesem dunklen Gewerbe aber braucht ein Mann gerade bei Nacht scharfe Augen. Kann ein Blinder einen Blinden führen, ohne daß beide in die Grube fallen?« Ich höre mich mit bebender Stimme sagen: »Lassen Sie das Mädchen ihrer Wege gehen, sie ist todkrank. Das hier ist Männersache.« Und wiederhole rumänisch: »*Daţi-i libertatea!*«

Der Major kräuselt die Stirn. Er antwortet deutsch: »Wenn ich richtig gehört habe, sagtest du vorhin: Ich sacke ab? Ich könnte mir vorstellen, was das Wort meint: zusammenfallen wie ein leerer Sack. Das wirst du nicht. Das lassen wir nicht zu. Dafür mußt du viel mehr hergeben. Noch ist dein Sack übervoll.«

Er klatscht den Wachsoldaten herbei und sagt rumänisch: »Steck ihn in den Sack!«

6

Fast ziehe ich den Leibwächter nach, der, obwohl sehenden Auges, anscheinend mit den Treppen nicht zurechtkommt. Die aufgestörten Gedanken eilen im Rösselsprung voran. Als mich die Dämmerung der Zelle umfängt, verkrieche ich mich in den letzten Winkel.

Ich siebe die Gespräche mit dem Major durch. Nichts bleibt, was auf ein baldiges Ende schließen ließe. Außer einem Nebensatz: »... wobei Sie namhafte Autoren antichambrieren lassen.« Gesprochen im Präsens, was sich so anhört, als erwarte der hohe Herr, daß ich die übergangenen Autoren demnächst einladen würde, und zwar nicht hierher. Alles Sonstige deutet an, daß der Major und sein Stab unbefristet Zeit an mich wenden wollen. Keinesfalls jedoch lasse ich mir von dem Herrn mit Samthandschuhen vorschreiben, was ich mit meiner Zeit hier unten anfange, womit ich mich in Gedanken beschäftigen werde: »Wenn Sie nichts Besseres zu tun haben, nehmen Sie sich Zeit und denken Sie die Sache mit Annemarie Schönmund durch.« Ich habe Besseres zu tun: Während ich hundemüde auf dem Urineimer hocke, verbeiße ich mich in eine partielle Differentialgleichung zweiten Grades, von der ich weiß, daß ich sie ohne Papier und Bleistift kaum lösen werde können. Doch gleite ich schon kurz darauf zu einem Zitat aus dem *Zauberberg*, das der Major mir zugerufen hat. Heißt es: »Krankheit ist verwandelte Liebe«? Oder: »Liebe ist verwandelte Krankheit«? Und ertappe mich – nach Minuten, Stunden, Tagen? –, daß ich doch an Annemarie denke, wie von höchster Stelle empfohlen.

Erblindet war sie aus Hunger, so hieß es. Eine hilflose Familie, nach dem Krieg auf sich gestellt: die verstummte Mutter, eine stolze Bauerntochter, die es in die Stadt verschlagen hatte, der ungebärdige Sohn Herwald, der seiner Mutter über den Kopf wuchs, und die halbflügge Tochter Annemarie, die sich für alle Seelen verantwortlich fühlte, von der Hausfliege bis zum Kieselstein.

Der Vater Franz Joseph Schönmund war der Familie auf seltsame Weise abhanden gekommen. Seines Zeichens Uhrmacher, war er bei der rumänischen Eisenbahn zuständig für die Bahnhofsuhren. Die stellte er so genau, daß die Lokführer aus dem Häuschen gerieten, ihm auflauerten, ihn zu bestechen suchten und ihn schließlich verdroschen. Mit einem blauen Auge kam er davon. »In so einem Land, wo Pünktlichkeit mit Prügeln belohnt wird, kann der deutsche Mensch nur unter Lebensgefahr ein deutscher Mensch bleiben.« Zuflucht bot die Deutsche Erneuerungsbewegung in Rumänien. Der Volksgenosse Franz hatte Sorge zu tragen für den genauen Gang der Uhren und Chronometer bei Sportfesten, Wettkämpfen und Geländemärschen. Und in der neuen Bewegung gutzustehen für Pünktlichkeit zu jeder Stunde. Während der Olympischen Spiele 1936 in Berlin wurde er von der Führung in Kronstadt ins Reich beordert, zu Diensten des Obersten Reichsuhrensportwarts. Dort blieb er, obschon ostischer Rasse, und heiratete die nordische Tochter des Hauses. »Heim ins Reich«, bemerkten die zurückgebliebenen Kameraden. »Er hat die Treue gebrochen«, hieß es in der Frauenschaft.

Seine Uhr lief ab bei Stalingrad. Er erfror, wo er sich einen unterirdischen Schutzraum zurechtgemacht hatte, haargenau nach jener Skizze, die der Führer eigenhändig konzipiert und als Flugblatt hatte abwerfen lassen. Mit Minutengenauigkeit hielt er fest, wie sein Körper auskühlte, bis die Finger klamm wurden und das Blut in den Adern gefror. Vier Kinder hinterließ der tote Mann in der Trümmerstadt Berlin und zwei in der alten Heimat. Die Frauen wurden nicht mitgezählt.

Kaum den Kinderschuhen entwachsen, schlüpfte die Tochter in die Haut einer Sozialrevolutionärin und erhielt politischen Anschauungsunterricht von einem Onkel, der als Kriegsgefangener in der Sibirischen Roten Legion mitgekämpft hatte. Schon in der Volksschule stellte sie sich an die Spitze der Wenigen, die in der großen Pause Schmalzschnitten kauten, und führte sie an im Kampf gegen die mit Schinkensemmeln. Es kam zu Klassenkämpfen, wo am Ende den wohlgenährten Mädchen und Buben die Fettbrote am Kopf klebten, indes die minderbemittelten Schüler Lappen von Schinken verschlangen. Auf dem Lehrertisch schwenkte das rebellische Mädchen die blau-rote sächsische Schulfahne und schrie: »Proletarier aller Schulen, vereinigt euch!«

In den Hungerjahren nach dem Krieg klaubte Annemarie eßbare Abfälle aus den Mülltonnen, meist Kartoffelschalen und Krautblätter. Der ältere Bruder verfaßte erste Sonette und war davon völlig ausgefüllt. Die Mutter verdiente etwas Geld, indem sie Grassamen sortierte und die Enden von Schuhbandeln versteifte.

Eines Morgens, als Annemarie die Augen aufschlug, wich die Nacht nicht. Zwei geschlagene Jahre war sie ganz ohne Augenlicht, blieb ans Bett gefesselt, mußte still liegen, in der Hoffnung, daß die verletzte Netzhaut sich erholen würde. Mit dem Blick nach innen erging sie sich in phantastischen Gefilden.

In dieser dunklen Zeit machte sie an ihrem inwendigen Menschen außergewöhnliche Entdeckungen. Gleichzeitig gewann sie arge Einsichten in den Charakter der Menschen. Tröstlich war die Erkenntnis, daß der Mensch pädagogisch verbesserbar sei, und versöhnlich, daß allen Wesen und Dingen die Weltseele einwohne. Dies und anderes vermerkte sie auf Bogen Packpapier mit taumeliger, nahezu unleserlicher Schrift. Ihre Aufzeichnungen hatte ich zur Zeit der ganz großen Liebe lesen dürfen. Die Menschen schnitten nicht gut ab, bis hin zu ihrem schöngeistigen Bruder und der demütigen Mutter. Ich war noch nicht dabei.

Auf ihren seelischen Schleichwegen begleitete sie als Brieffreund jener ominöse Enzio Puter. Als Mensch von Fleisch und Blut aber blieb er getrennt durch unpassierbare Grenzen. Aus dieser Welt jenseits aller Vorstellung riet er ihr, Psychologie zu studieren, selbst unter dem derzeitigen Regime. Das Augenlicht werde sie wiedergewinnen. Einer rumänischen Schülerin der siebenten Klasse namens Claudia Manu, die sie Deutsch lehrte, diktierte Annemarie die Briefe an den fremden Freund. Die allein durfte ihr die Briefe von »oben« vorlesen, nicht der dichtende Bruder Herwald und nicht die verstummte Mutter.

Nach zwei Jahren klärte sich das eine Auge wie durch ein Wunder, ohne daß das andere seine Schönheit verlor. Zurück blieb ein leichtes Schielen.

»Durch die Kraft des dreifachen Weltgeistes Gottes, der dank meiner wirkt«, sagte der Wunderheiler und Hellseher Marco Soterius, der noch viele andere befremdliche und abwegige Künste beherrschte. An dessen okkultem Ruhm rüttelte niemand mehr, nachdem er auf die Minute genau den Tod von Fritzonkels erster Frau Rosamunde ausgependelt hatte, noch ehe das Telegramm aus Wien in der Tannenau eingetroffen war.

Marco Soterius saß am Kopfende von Annemaries Bett. Teilnahmslos baumelte das goldene Pendel über dem Antlitz der Gebannten. Und dann begann das kostbare Gerät an den Fingern des Heilkundigen zu zerren. Über dem Oval ihres Gesichtes schlug es vertrackte Haken. Der tolle Mann leistete Übermenschliches, oft flogen Schweißtropfen davon. Er tat alles, was in seiner Macht stand, »um dem versiegten Augenlicht der blinden Jungfrau Lichtquellen zu erschließen aus dem dreifarbig schwingenden Herzen des göttlichen Weltgeistes«.

»Alles Unsinn,« resümierte Annemarie später. Wir saßen im Garten ihrer Klausenburger Hausleute, in der lauschigen Ecke, überdacht von Flieder, gesäumt von Jasmin.

»Wäre der Soterius wirklich ein Bote Gottes, hätte er an meinem Gesicht ablesen können, daß seine Botschaft bei mir nicht ankommt. Ohne Glaube keine Heilung. Kannst du dir vorstellen, was für ein Gesicht ich während der Prozedur geschnitten habe?«

»Nicht sehr«, wich ich aus.

»Überhaupt Gott: eine Erdichtung schwacher Menschen, eine leere Vokabel, gegen alle Logik. Wenn schon, dann Gott in mir, ich allein, durch mich selbst.«

»Und in allen Geschöpfen, in allen Dingen«, erinnerte ich. »Du sprichst so gerne von der Allbeseelung …«

»Das ist die logische Erweiterung des Obersatzes. Doch laß das jetzt! Sehend geworden bin ich aus eigener Kraft. Als ich mir selbst überlassen darniederlag, vergegenwärtigte ich mir stundenlang den Kastanienbaum unseres Nachbarn Töpfer. Nachdem die Maikäfer das erste zarte Laub zernagt hatten, waren ihm sprühendgrüne Blätter nachgewachsen. Warum sollte sich nicht auch meine zerrupfte Retina regenerieren? Das nennt man übrigens einen Analogieschluß. Alles ist Logik.«

»Und Pädagogik«, erinnerte ich.

»Eben«, sagte sie eifrig. »Die Pädagogik ist die Logik der Menschenformung. Sie hat für jeden Menschen eine Formel zur Hand, die präzise ausdrückt, was er ist und was er sein soll. Bin ich nicht blind geboren, dann habe ich nicht blind zu sein.« Technische Pädagogik nannte sie das und scheute kein Mittel, um die Menschen nach ihrem Bilde zurechtzubiegen. »Oder ein verzwickteres Beispiel: Meine Mutter, die sich nun in der Rolle der verlassenen Frau gefällt, hat im Grunde genommen meinen Vater weghaben wollen. Sie hat nicht verwinden können, daß sie, die Tochter aus einem ansehnlichen Burzenländer Bauerngeschlecht, einem vermögenslosen Handwerker in die Stadt gefolgt war. Wäre sie geblieben, was sie war, nämlich eine Bauerstochter, oder wäre sie geworden, was sie hätte sein sollen, eine Handwerkersfrau, dann wäre ich mit einem Vater aufgewachsen, wie jedes andere sächsische Kind in Stadt und Land.«

Die theoretische Pädagogik wiederum war für sie ein Raster von Pawlowschen Reflexen und marxistischen Lehrsätzen. »Kaum einer aus ihrer Umgebung«, bemerkte mein Bruder Kurtfelix, »der nicht ein Etikett verpaßt bekommt: Der ist so, die sollte anders sein. Niemand besteht vor ihr. Von unserer Mutter meint sie, sie sei eine biedere Hysterikerin, ihren Bruder klassifiziert sie ab als einen, der seine fleischlichen Gelüste durch Sonette tarnt. Einmal bist auch du an der Reihe.« Das hörte ich nicht gern. Andererseits mußte er sich auskennen: Er studierte Anthropologie und transsylvanische Geschichte an der ungarischen Universität »János Bolyai«.

»Und der Mensch als Geheimnis, der Mensch in seinem Widerspruch?«

»Jedes Geheimnis ist rationalisierbar. Jeder Widerspruch strebt nach Auflösung. Du mußt das Bewußtsein des Menschen nur richtig sezieren, um es dann nach genauen Regeln aufzubauen. Man muß den Mut haben, schonungslos alle Dinge beim Namen zu nennen.«

Unsere Hertatante sagte es anders: »Das ist die unfeine Art solcher Leute, ungeniert in die Intimsphäre einzudringen. Es gibt Dinge am Menschen, die man nicht einmal denken darf, geschweige aussprechen.« Sie sagte es erst, als Annemaries große Liebe zu mir jäh ihr Ende gefunden hatte.

»Man muß den Mut haben«, wiederholte Annemarie unter dem nächtlichen Flieder, »den Dingen auf den Grund zu gehen.« Die Bank hatte keine Lehne, also mußte ich meinen Arm um sie legen. Ich sagte: »Jeder Mensch ist soviel wert, wieviel an ihm Geheimnis ist, habe ich gelesen.«

»Das ist ein anderes Wort für Lüge.«

»Und die Psychologie: das Unterbewußtsein, die Träume, die Scham, die Seele?«

»Die Seele? Unser Professor Roşca behauptet, die Psychologie sei eine Wissenschaft ohne Gegenstand.«

»Und deine Seele?«

»Meine Seele?« Ihre Stimme klang traurig. »Meine Seele verfliegt wie Asche.«

»Hoffentlich bleiben ein paar Stäubchen in diesem Flieder hängen«, sagte ich betroffen und zog sie an mich.

»Tröste dich: Es bleibt die Weltseele.«

Die Weltseele: an der hielt sie fest mit letzter Konsequenz. In Klausenburg war's: Wir hatten tüchtig zu essen eingekauft, das Beste vom Billigsten: Pariser Wurst zu neun Lei das Kilo und Paradeis und grüne Paprika, zusammen fünfzig Bani, eine rote Zwiebel hatte ich hinter dem Rücken der Verkäuferin stibitzt. Das Schwarzbrot auf Karten hatten wir uns für zwei Tage ausfolgen lassen. Wir waren hungrig. Ich hatte in der letzten Nacht zehn Lei verdient, indem wir, mehrere Studenten, einen Waggon Sonnenblumenkerne ausgeladen hatten. Im Ruhepark I. V. Stalin wollten wir beide uns die Leckerbissen schmecken lassen, als ein Hund daherwankte, nur Haut und Knochen. Tränen traten ihr in die Augen. »Wie können wir es übers Herz bringen, im Angesicht solcher Not zu schmausen?« Die einfachste Lösung schien mir, ihn wegzujagen. Oder die Bank zu wechseln. »Wo denkst du hin, er hat genauso eine Seele wie du und ich!« Und sie warf ihm die Wurst und alle Scheiben Brot vor die Schnauze. Der hungrige Hund beschnupperte das Brot, leckte an der Wurst. Und trollte sich. Ich aber rollte ihm die Paradeis nach. »Paradeis einem Hund? Wo bleibt die Logik?« Die Paprika bekamen die Fische, nachdem die Vögel sie verschmäht hatten. Dann aß ich die Zwiebel mit gutem Appetit.

Gleich zu Anfang unserer Liebe, als wir noch das Wort Glück auszusprechen wagten, hatte ich mich mit Annemarie bei Tante Herta und meiner Großmutter eingefunden. Ich wünschte, daß meine Leute sie genauso liebten wie ich. »Ja, gut. Wir freuen uns. Ein schönes Plauderstündchen am Nachmittag«, sagte meine Omama. Tante Herta hatte nichts dagegen. »Nur sag uns, aus was für Kreisen sie kommt?«

»Aus gar keinen.«

»Ich meine ja nur, damit wir uns einstellen können.«

Von der bescheidenen Dreizimmerwohnung war den beiden Damen eine Stube geblieben, Blick gegen Norden. In dieser drängte sich der Restbestand an Sachen, die sie in den letzten vierzig Jahren aus den historischen Untergängen zwischen Budapest und Hermannstadt herausgerettet hatten, Nützliches und Unnötiges, dazwischen ein wenig Silber und Elfenbein. Und im Geheimfach des wackligen Sekretärs ruhte der Familienschmuck. In den anderen zwei Zimmern wohnte je eine Familie mit Kindern. Drei Parteien teilten sich in den Sparherd, das Bad, die Speisekammer.

Während der Teestunde am liebevoll gedeckten Tisch gab Annemarie ihre letzten pädagogischen Entdeckungen zum besten, nannte die Dinge forsch beim Namen. Bereits an anatomischen Merkmalen lasse sich feststellen, ob ein Mädchen defloriert sei »Bildet sich bei einer mannbaren Adoleszentin mit geschlossenen Knien zwischen den Schenkeln eine Lücke so groß, daß, sagen wir, eine Ratte hindurchspringen könnte – in der Praxis prüft man das am besten, indem man eine Bierflasche dazwischenschiebt –, dann ist das Mädchen noch *virgo intacta*.«

Tante Herta fragte nach dem Ergehen von Annemaries Vater und Mutter.

»Dem Vater geht es vermutlich gut, er ist tot. Der Mutter geht es schlecht. Sie ist seit Jahren depressiv.« Und sprach weiter: »Ein anderer Hinweis, wie es um die Unbeflecktheit einer Jungfrau steht: Trägt sie einen Busenhalter, hat sie bereits mit einem Mann geschlafen. Freischwebende Brüste sind ein Zeichen, daß sie noch Jungfrau ist.«

Meine Großmutter mischte sich ein: »Das edle Wort Jungfrau wird nur noch selten gebraucht.«

Tante Herta fragte, ob der Vater schon lange tot sei.

»Bei Stalingrad erfroren.«

»Die Winter in Rußland sind sehr, sehr kalt«, bemerkte Tante Herta, ohne zu erwähnen, daß sie solche Winter fünfmal mitgemacht hatte.

»Ein spezielles, man könnte sagen ein persönliches Opfer Hitlers ist er geworden.«

»Das sind wir alle«, sagte Tante Herta.

»Nicht alle. Dezidiert habe ich speziell, persönlich gesagt.« Und Annemarie berichtete, daß der Soldat Franz neunzig Zentimeter unter der Erde erfroren sei, in einem Einmannbunker, dessen Maße Hitler selbst ausgetüftelt habe. »Unglaublich, wo die Frostgrenze bei achtzig Zentimeter liegt!«

Ich sagte: »In Rußland liegt die Frostgrenze dreißig Prozent tiefer als in Europa.«

»Wissen ist Macht«, sagte Annemarie triumphierend. »Hätte Hitler das gewußt, wären die Männer nicht erfroren.«

Die Großmutter deckte die Teekanne auf, die unter einer bestickten Haube warm geblieben war. Unter dem Bolschewikenführer Béla Kun in Budapest hatte sie zu zittern begonnen. Unter Stalin war es damit nicht besser geworden. Tante Herta schenkte den Tee ein, den wir aus henkellosen Tassen tranken, Lindenblütentee. Spitzbuben und Szekler Kuchen hieß das Gebäck.

Die Großmutter sagte verlegen: »Den Honig habe ich vergessen. Hoffentlich finde ich ihn noch vor.« Auf dem Weg zum Flur wandte sie sich um, schloß die Tür wieder und flüsterte: »Fräulein M.«, das war die eine Nachbarin namens

Mihalache, Kaderchefin bei der Friseurgenossenschaft »*Higiena*«, »verwechselt manchmal die Fächer in der Speisekammer. Auch Frau A. hat es bemerkt. Aber Fräulein M. zieht halt die verwaisten Knaben ihrer Schwester auf. Eine gute Seele.« Sie trippelte hinaus.

Frau A. das war das Kürzel für Frau Antonese, Französischlehrerin mit Studien in Paris. Mit Mann und zwei erwachsenen Kindern bewohnte sie das Eckzimmer. Ihr Gemahl, Kavallerieoberst a. D., führte den Haushalt. Mit dem Säbel schob er auf dem Küchenofen die Töpfe der Mitbewohner beiseite. Beim Abwasch stellte er sich so in die Ecke, daß niemand die Küchentür öffnen konnte. Als es Fräulein M. trotzdem vollbrachte, schnappte der mächtige Kavalleriesäbel vor ihr nieder, verletzte sie am Busen. Der *Colonel*, Blut und Kriegsgeschrei gewöhnt, spülte weiter das Geschirr. Da er niemanden eines Wortes würdigte, konnte man sich mit ihm weder streiten noch verständigen. Manchmal stieß er ein rätselhaftes Wort hervor: »*Merde!*«

»Die alte Oma hat gewiß einen dominierenden Ehemann gehabt«, wechselte Annemarie das Thema. »Mit ihrem Zittern hat sie sich gegen ihn durchsetzen wollen.«

»Und warum zittert sie heute noch, wo unser Großvater schon lange tot ist?« fragte ich.

»Jetzt zittert sie, um Mitleid zu erregen.«

Tante Herta fragte, ob die Wohnverhältnisse in Kronstadt erträglich seien.

Annemarie sagte: »Als mein Vater sich davongemacht hat in blaue Fernen, hat meine Mutter in der Lotterie ein Häuschen gewonnen.« Tante Herta erkundigte sich nicht, wo die blauen Fernen lagen.

Die Großmutter sagte freundlich: »Gott war schon immer ein Beschützer der Witwen und der Waisen.« Sie stellte das Honigglas mit zittriger Hand auf den Tisch.

»Keineswegs. Die richtige Zahlenkombination war es. Übrigens: Hat man die psychologischen Ursachen ergründet, kann dem Zittern abgeholfen werden. Das ist dann eine klare Sache der Pädagogik. Nur muß der Mensch es wollen.«

»Wie nicht«, sagte meine Großmutter entgegenkommend.

»Wenn Sie es wollen, warum zittern Sie dann stärker?«

»Vor Freude«, sagte ich.

Es klopfte. Noch ehe jemand »herein« rufen konnte, wurde die Tür aufgestoßen, und es traten zwei Jungen ein mit je einem Tablett in der Hand, gefolgt von einer Frau im bekleckerten Hauskleid und mit Schlappen an den nackten Füßen. Der kleinere Junge, mit karierter Schürze und im Kleidchen, war in der verordneten Kindergartentracht, die keinen Unterschied kannte zwischen Buben und Mädchen, der andere im verpflichtenden Schüleranzug, petrolfarben, mit blaßblauem Hemd und dunkelblauer Krawatte.

»Hier, eine kleine *dulceață*«, sagte Fräulein Mihalache und strahlte übers ganze Gesicht. »Die Buben sind neugierig auf die hochgelehrten Genossen Studenten. Der Ionica weiß jetzt schon, was er studieren will. Sag es den Genossen!«

»Schiffsbau in *Galați*«, sagte der Junge mit ernster Miene.

Fräulein Mihalache zwängte sich zwischen Menschen und Möbeln hindurch und verteilte ungefragt die Tellerchen mit der verzuckerten Konfitüre. Dazu legte sie vier winzige Mokkalöffel, die sie aus dem Busen zauberte. Während Annemarie an der Delikatesse schnupperte und ich mich wortreich bedankte, saßen Tante Herta und meine Omama wie versteinert da, blickten argwöhnisch auf die rotschillernde Schleckerei, als wäre es Gift. »Wie, Sie greifen nicht zu?« sagte Fräulein Mihalache enttäuscht. »Ah, ich habe das Wasser vergessen. Das gehört dazu. Ein bißchen *dulceață*, ein Schluck Wasser.« Sie bahnte sich einen Weg zum geblümten Fauteuil neben dem Fenster, in den sie die beiden Buben verstaute, und watschelte hinaus, nachdem sie den Tisch an die Anrichte gerückt hatte. »Es ist zuwenig Platz für so viele Leute.«

Kaum war sie draußen, stieß Tante Herta hervor: »Ihr dürft die *dulceață* nicht anrühren!«

»Das Silberbesteck ist gewiß gestohlen«, sagte Annemarie, sichtlich erfreut über diese Beobachtung. »Silberlöffel mit Monogramm, so etwas hat nicht einmal unsereins. Dann erst diese.«

»Mit Monogramm«, sagte meine Omama. Sie klappte das

Stielglas auf, betrachtete das Löffelchen und rief bestürzt: »Um Gottes willen, das sind die Löffel von der guten Hanni. Seht, JG, Johanna Goldschmidt. Was wir die gesucht haben! Was tun wir nur? Unmöglich, dem Fräulein M. zu sagen, daß das nicht ihr Hab und Gut ist. Das würde die arme Seele kränken. Lassen wir alles auf sich beruhen. Hin ist hin und weg ist weg.« Das Löffelchen entglitt ihrer Hand, fiel in den Schoß, als wolle es sich verstecken.

Annemarie sagte: »Eine pädagogische Denksportaufgabe. Das haben wir im Nu.«

Fräulein Mihalache kehrte zurück, mit einem Tablett und vier Gläsern voll Wasser. Tante Herta holte vier Tellerchen aus der Vitrine und schob sie unter die Wassergläser. Die Omama ließ das ihre fallen, es zerschellte. Fräulein Mihalache bückte sich, um die Scherben aufzulesen. Dabei verschob sich ihr Kleid, und man sah ihren geräumigen Busenhalter. Für einen Augenblick dachten wohl alle das gleiche: Das Fräulein ist keine Jungfrau mehr. Sie ließ sich auf Tante Hertas Bett fallen, die Scherben im hochgerafften Kleid. Alle sahen wir, daß die Schenkel aneinanderklebten. Keineswegs konnte eine Ratte hindurchschlüpfen.

Annemarie pflanzte sich vor der Genossin auf, eines der Löffelchen in der Hand, und sagte freundlich: »Wie haben wir diese Löffelchen vermißt. Wir danken Ihnen, daß Sie sie uns gebracht haben. Sie stammen von einer verstorbenen Tante aus Freck, deren Geist umherirrt und diese Dinger sucht.«

»Von einer toten Genossin?« flüsterte die Frau entgeistert. »Schien mir nicht gestern im WC, daß ein Gespenst im Spülbecken gurgelte? Das war die Tante!« Sie schlug das Kreuz. Annemarie legte ihr den Löffel in die Hand. »Seht, hier das Monogramm. JG.«

»Ein Satansmal«, rief das Fräulein und hielt das verteufelte Ding weit weg von sich.

Annemarie setzte sich neben sie. »Keineswegs, sondern der Ausdruck, daß auch dies Besteck eine Seele hat.«

»Das tote Ding eine Seele! Noch schlimmer.« Sie schüttelte sich, spuckte dreimal aus. Annemarie umarmte die Geängstigte mütterlich, rückte ihren Busenhalter zurecht, schloß das knopflose Kleid über Brust, Bauch und Schenkeln, zog den Gürtel fest an. Die Frau auf dem Bett schleuderte das Löffelchen hinter den Kachelofen, mit feinem Silberklang sprang es über den Boden.

»Hört ihr die Allbeseelung?« Wahrhaftig: Wir hörten alle das selige Greisenlachen der guten Hannitante. Die Genossin Mihalache raffte die Knaben und entfloh, festgegürtet um den Leib, aber mit verstörtem Gemüt.

Wir verabschiedeten uns. Annemarie schloß die kleine Omama in die Arme, die nun am ganzen Leib zitterte, und hatte Tröstliches zu vermelden: »Wer so zittert, friert weniger.« Vor Tante Herta, die keine Hand frei hatte, um sie Annemarie zu reichen, weil sie geflissentlich das Tablett mit der *dulceaţă* in Händen hielt, machte sie einen Knicks. »Wer sich so vornehm gibt, lebt länger.«

Zu einem weiteren Plauderstündchen kam es in den folgenden vier Jahren nicht mehr.

Am Heiligen Abend in Klausenburg fiel Annemarie auf, während sie ihre Notizen und graphischen Darstellungen durchblätterte, daß mein Bruder Kurtfelix ihrem Raster an sozialen Reflexen momentan nicht entspreche. »Wir müssen ihn ausladen.« Einen kleinen Kreis hatte sie für diesen Abend ausgewählt und zu sich gebeten. Ich steckte gerade die letzten Kerzen an den Baum. Annemarie erklärte sich nicht. »Verlaß dich auf mich, ich habe seinen Fall gründlich studiert.« Ich verließ mich auf sie, war es doch Weihnachten. Wenngleich ich hätte fragen können: Und Liuben, wieso darf der bleiben, wo der in kein Raster paßt? Und Michel Seifert?

Das Zimmer bewohnte Annemarie mit zwei Studentinnen, einer Rumänin und einer Ungarin, Lavinia und Marika. Sehnlich warteten diese beiden auf Kurtfelix nicht nur als Kavalier und Unterhalter, sondern auch als Eulenspiegel und Spaßmacher. Seinetwegen hatten die beiden Mädchen ihren Teil des Zimmers freigegeben und auf die eigenen Freunde verzichtet.

Aus Feingefühl den beiden Kolleginnen gegenüber und aus Rücksicht auf den unerwünschten Gast selbst war es logisch, daß man ihn vor dem Tor abfangen sollte. Und wer anders war dazu berufen wenn nicht ich? Beides sah ich ein. Und tat wie geheißen. Von weitem bereits rief ich ihm zu: »Du hast hier nichts zu suchen!« Wortlos verschwand er in der Dunkelheit.

Statt mit ihm zu gehen und nach der Mitternachtsmesse im Dom die Heilige Nacht mit ihm im verschneiten Park zu verbringen, gesellte ich mich zu den anderen in die heimelige Stube und sang gedankenvoll im Kerzenlicht Lieder der Allbeseelung, die Annemarie als Hausherrin anstimmte: »O Tannenbaum, o Tannenbaum, wie grün sind deine Blätter«, »Schneeflöckchen, Weißröckchen, bald kommst du geschneit«. Bei »Winter ade, scheiden tut weh« schneuzten sich einige Mädchen in die Schnupftüchlein, die sie dann rasch in den Ärmeln ihrer Barchentblusen versteckten. Es roch nach Lavendel. Fragte jemand, wo mein Bruder sei, antwortete Annemarie lächelnd: »Wie ihr seht, ist er nicht da.«

Beim Lied: »Horch, was kommt von draußen rein« blickten alle zur Tür. Michel Seifert stand singend auf und öffnete die Tür, es wurde still. Und er rief: »Kurtfelix, alter Gesell! Hebe die Beine und spute dich schnell!« Wie gut, wenn er hereinspazierte und die Leute lachen machte, sie fröhlich würden! Doch niemand kam hereingeschneit. Nur das Schnarchen der Vermieterin war zu hören, die im Vorraum bereits unter ihrer Tuchent lag und von Engeln träumte, bekränzt mit Bratwürsten. Lavinia und Marika begannen lauthals zu gähnen, ohne die Hand vorzuhalten, als wären sie unter sich. Das war ein deutliches Zeichen, daß der Abend sie langweilte.

Doch noch hatte sich Annemaries Festordnung nicht erschöpft. »Ich lese jetzt eine Weihnachtsgeschichte vor von einem gewissen Hans Seidel, ein empörendes Stück. Und ihr werdet euch dazu äußern.« Sie knipste eine Leselampe an. Schon nach den ersten Sätzen hatte sie mit ihrer Stimme die Hörer in den Bann geschlagen. Kurzum: Am Heiligen Abend bleibt der Schlitten der Gutsherrschaft in einer Schneeverwehung stecken. Das Dienstpersonal eilt herbei, schaufelt die Familie frei, die Mamsell ist mit Wärmeflaschen und Punsch zur Stelle, der Hausdiener klemmt Kerzen an die Tannen am Wegesrand und zündet sie an. Und alle singen Weihnachtslieder.

Die Mädchen fanden die Geschichte schön, zu Herzen gehend. Notger Nussbecker merkte an: »Ganz im Sinne der biblischen Botschaft.« Er hatte sich auf Vorgeschichte spezialisiert, insbesondere auf die Zeit der Urgemeinschaft und der Sumpfehe: »Das hat den Vorzug, daß man sich aus dem Klassenkampf heraushalten kann.«

»Wichtig ist, daß man eine Sache weiter- und zu Ende denkt«, befand Annemarie. Man saß gedrängt auf den drei Betten der Einwohnerinnen. Um Raum zu sparen, hatten einige Burschen ihre Mädchen auf den Schoß genommen. Das Kerzenlicht stimmte elegisch.

»Was ist das Empörende an dieser Geschichte?« Keiner äußerte sich. Annemarie sagte streng: »Man merkt, daß niemand von euch Dienstmagd oder Hausknecht gewesen ist. Himmelschreiend finde ich, daß man das ausgebeutete Volk auch noch an so einem Abend zu Frondiensten aufbietet.« Paula Mathäi, eine Kronstädterin, Studentin der Mineralogie, deren Vater bei Narvik verschollen war und die sich mit Übersetzungen durchschlug, sagte: »Mein Vater war einfacher Buchhalter in der Schmutzlerischen Fabrik. Wir hatten kein Dienstmädchen. Aber eines sage ich dir: Genau so hätten wir Christbaum und trautes Heim sein lassen und wären wem auch immer zu Hilfe geeilt, wenn Not am Mann gewesen wäre, gerade wegen Weihnachten. Ohne weiteres wären wir bis in die Tannenau gelaufen, gute fünf Kilometer, wo die Schmutzlers ihre Villa hatten, um ihnen beizuspringen. Auch die Reichen haben eine Seele.«

»Laß dieses schwammige Wort!«

»Du bemühst jeden Moment die Logik, machst dich dauernd stark für die Allbeseelung. Wenn jeder Stein eine Seele hat, dann auch ein Kapitalist, um mich modisch auszudrücken.«

Notger meinte: »Paßt vortrefflich, die Geschichte. Fragt man uns, was wir hier getrieben haben, läßt sich sagen: sozialkritische Prosa gelesen, Winterlieder gesungen.«

Annemarie kündigte den nächsten Punkt an: Gedichte von Anwesenden. Gunther Reissenfels, der Mediziner, bemerkte, daß Gedichtefabrizieren das probateste Mittel gegen Konstipation sei. Notger Nussbecker sagte: »Selig, wer das kann.« Michel las Schwermütiges vor. Dank eigenwilliger Wortschöpfungen ergaben sich Reimpaare, die zum Lachen reizten: Schmücke reimte er mit Krücke, Tücke, Lücke; Bröte mit Kröte, sogar Goethe.

»Letzter Punkt: Achim Bierstock.«

Der Student der Germanistik bequemte sich umständlich, einiges vorzulesen. Lange rückte er die beiden Kerzen auf dem Tisch hin und her. Seine Brauen waren an den äußeren Ecken versengt. Verkürzt wie sie waren, wirkten sie aufgesetzt. Man nannte ihn Pierrot, was er sich gutmütig gefallen ließ. Er wohnte im Vorort Monostor-Klosdorf bei Leuten, wo es kein elektrisches Licht gab. Flankiert von Kerzen in Augenhöhe, studierte und dichtete er. Wandte er unversehens den Kopf, einer lyrischen Eingebung folgend, so kam er den Flammen zu nahe, ebenso, wenn sein müdes Haupt auf das Papier niedersank. Es roch nach verbranntem Haar.

»Hybride Prosa oder Lyrik, eine neue Gattung«, stimmte Annemarie das Auditorium ein. Es waren lange Sätze, die wir zu hören bekamen. Jedesmal, wenn es schien, daß sie sich zu einer prosaischen Geschichte auswachsen könnten, brach die Zeile mit einem poetischen Schlenker ab, und ein neuer Anfang deutete an, daß es ein Gedicht werden könnte.

Gunther Reissenfels bemerkte: »Je größer die Verstopfung, desto länger die Verszeile.« Ansonsten schwieg man sich respektvoll aus.

Wir sangen dann doch noch »Stille Nacht, heilige Nacht«, auf Wunsch aller. Besonders drängten Paula Matthäi und die beiden Hausgenossinnen Annemaries, Lavinia und Marika: Das singe man heute in aller Welt, selbst japanisch und zigeunerisch. Und in unserem Land in jeder Familie, sogar bei der *Securitate*. »Rumänisch gibt es zwei Übersetzungen«, sagte Lavinia. »Und im Ungarischen ebenfalls zwei, wenn nicht drei«, sekundierte Marika. »Es ist die christliche ›Internationale‹.« Annemarie mußte nachgeben.

Zuletzt erklang die sächsische Hymne, »Siebenbürgen, Land des Segens«. Alle erhoben sich. Kurz vor dem Ende des getragenen Liedes packte Notger ein Schüttelfrost. Er riß die Hände der beiden Studentinnen neben sich in die Höhe, das Schütteln pflanzte sich fort. Keiner konnte sich entziehen, selbst Annemarie nicht, die alle Logik aufwandte, um nicht mitzumachen. Die ganze Corona hielt sich an den Händen, alle rüttelte es wie im Veitstanz. Wegen der aufgewirbelten Luft erloschen die Kerzen. Schließlich hielt Notger schnaufend inne, Speichel sprühte. »So wehrten die Urmenschen böse Geister ab und erschreckten die wilden Tiere.« Nur noch eine Kerze brannte. Annemarie drehte das Licht an. Paare, noch immer von Zuckungen befallen, lagen sich in den Armen, wer immer der nächste sein mochte, und küßten sich.

Gunther Reissenfels stellte fest: »Gruppenhysterie mit Symptomen von *chorea minor*. Küssen ist die beste Therapie. Die Erregungen in den Nervenbahnen werden abgeleitet.« Und er küßte Annemarie, daß es spritzte.

»Das sind die Quäker«, widersprach Elisa Kroner. Sie war an Michel Seifert geraten. Als er sie losließ, wischte sie sich den Mund ab – mit dem Handrücken.

Lavinia und Marika stürzten sich auf Liuben: »Wir, das balkanesische Dreieck!« Der war den ganzen Abend über stumm dagesessen, schemenhaft, wie ein fauler Zauber seiner selbst, und hatte die Blicke nur dann auf sich gezogen, wenn er schmatzend an seinen Zähnen zuzelte. Zu Tode hätten sie ihn geküßt, wenn er sie nicht auf russisch angefahren hätte, in einer Sprache, die hierzulande jeden ins Bockshorn jagte.

Die *Házinéni* klopfte an die Tür, mit der Krücke ihres verstorbenen Mannes, mit der sie jeden Abend ins Bett ging. Wir schlichen uns im Gänsemarsch hinaus.

Wo mein Bruder die Heilige Nacht verbracht hatte? Ich wußte es nicht. Er hauste damals mit Bauarbeitern in einem halbfertigen Wohnblock, ich teilte mit der gebrechlichen Gräfin Clotilde Apori eine Kellerwohnung. Wo also? Ich habe es nicht herausbekommen. Trafen wir uns später, grüßten wir stumm über die Straße hinweg.

Nach der Bescherung bei Annemarie begleitete ich Elisa Kroner nach Hause. Sie hatte darum gebeten. Endlos zog sich die *Strada Pata* mit ihren ebenerdigen Häusern hin. Elisa hatte Liuben heimgeschickt, der uns wie ein Schatten gefolgt war: »Habe schönen Dank. Du mußt nicht mitkommen. Ich bin in guten Händen.« Und zu mir: »Wo ist dein Bruder?« Wahrheitsgemäß konnte ich sagen, daß ich das nicht wisse. Doch schämte ich mich, den ganzen Hergang preiszugeben. Sie hängte sich bei mir ein. Ich geleitete sie behutsam über die vereisten Pfützen.

»Was ist mit Liuben, diesem steinernen Gast? Wo sich zwei, drei unserer Leute treffen, macht er sich hinein. Studiert er an der ›Bolyai‹, möge er sich an die Ungarn halten. Ist er tatsächlich der Neffe des bulgarischen Staatschefs, dann wird er beschattet, und wir mit ihm mit. Und ist er es nicht, noch schlimmer: Dann ist er ein Spitzel. Wir haben zwar nichts zu verbergen. Daß aber die *Securitate* auch noch deine Küsse zählt ...«

»Er ist unglücklich verliebt.«

»In dich.«

Sie lachte: »Wer mich liebt, ist glücklich verliebt.«

»Dann in wen?«

Einen Augenblick zögerte sie: »In eine sächsische Studentin.«

»Darf man nicht wissen, wer es ist?«

»Gewiß. Sie trägt einen grünen Tirolerhut mit einer Hahnenfeder.«

»So einen Hut hast du auch.«

»Und noch dreißig unserer Studentinnen.«

»Und nun sitzt er Tag für Tag bei dir in der Küche unter der Leibwäsche der *Házinéni* ...«

»Manchmal hängt auch von mir ein Stück dort«, sagte sie.

»Und schaut dich voller Weltschmerz an. Und auf ihrem Schragen hockt die Alte und glurt stumpfsinnig zu dir hin.«

»Die *Pirosnéni* und ich, wir hausen beide in der Küche. Um Holz zu sparen«, sagte Elisa.

»Stört es dich nicht, wenn dir jemand so nah auf den Leib rückt?«

»Ich laß jeden Menschen an mich herankommen, aber die Distanz bestimme ich.« Wir hatten es nicht eilig. Sie trug eine von ihrer Großmutter geerbte schwarze Friesjacke, die wie angegossen paßte. Es schien, als sei Elisa einer alten Photographie entstiegen. Der Rock war aus dickem Wollstoff, den ihr Vater, Dr. Arthur Kroner, ehemaliger Fabriksdirektor, eigenhändig auf dem altertümlichen Webstuhl gewebt hatte, auf dem noch der Großvater dem Enkelsohn diese Handfertigkeit beigebracht hatte, ehe aus der Wollweberei eine Textilfabrik geworden war. Ihr Kopf war unbedeckt. Das dichte, wuschelige Haar hielt sie warm.

Auch ich war barhaupt. Zu stolz, selbst bei beißender Kälte eine Mütze aufzusetzen, schützte ich mich notdürftig, indem ich mein Haar wachsen ließ, so lang, wie es die Partei erlaubte: hinten bis zum Rockkragen, vorne bis zu den Brauen, seitlich bis zu den Ohrmuscheln. Mehr nicht.

Sie schlüpfte mit ihrer linken Hand in meinen Handschuh: »Feine warme Fäustlinge! Traulich wie in einem Ponystall.« Meine Mutter hatte sie aus Zeltstoff genäht und mit Lammfell ausgekleidet. Ich trug eine Windjacke, die ebenfalls meine Mutter zurechtgeschneidert hatte, aus einem feldgrauen Regenmantel, den ein deutscher Offizier bei uns vergessen hatte. Gefüttert war die Jacke mit ausgelaugtem Flanell aus der Hinterlassenschaft der Adeletante in Freck.

Elisa sagte: »Annemarie wird an sich selbst scheitern. Ihr Konzept vom Menschen ist falsch.« Und zitierte: »›Ich bin kein ausgeklügelt Buch, ich bin ein Mensch mit seinem Widerspruch.‹ Das Geschehen in der Welt läßt sich nicht rationalisieren. Immer bricht das Unkontrollierbare ein, oft von keinem erwartet, von niemandem gewollt. Der heutige Abend ist ein Paradebeispiel dafür. Kein Weihnachten, eher ein Hexensabbat.«

»Und die objektiven Gesetze der sozialen Entwicklung? Der Widerspruch zwischen arm und reich? Der Klassenkampf als überprüfbare Motorik der Weltgeschichte? Und dann die faszinierende Formel: Das Sein bestimmt das Bewußtsein, womit alle Bereiche des Menschlichen erhellt werden können?«

Sie blieb stehen und blickte mich an. »Der Widersprüche

sind unendlich viele. Hüte dich vor Formeln im Leben. Das tut weh!«

Wir waren vor dem Häuschen angekommen, wo sie im Quartier wohnte. Eine Straßenlaterne warf schütteres Licht. »Ich könnte mir denken, daß Annemarie deinen Bruder ausgeladen hat.« Ich nickte. »Und du hattest nicht die Courage, einfach mit ihm zu gehen?« Tränen traten mir in die Augen.

»Ich werde mich aufmachen«, sagte ich hastig. »Meine Gräfin erfriert mir sonst. Ich muß Holz nachlegen. Sie rührt kaum noch einen Finger, weil sie meint, ihre Knochen würden brechen: Osteoporosis.« Ich stieß die Worte hervor, als legte ich eine Beichte ab. Die Kälte fiel mit tausend weißen Nadeln über uns her. Der Atem gefror, die Dunstschwaden vor unseren Mündern verquickten sich. Wir traten voneinander weg. Doch ihre Hand beließ Elisa in meinem Handschuh. Somit konnte ich die Tränen nicht von meinen Augen wischen.

»Und was macht die Dame den ganzen Tag?«

»Sie zählt die Tage.«

»Weiß sie denn, wann sie stirbt?«

»Nein, nicht ihre, sondern die Tausende von Tagen, die der Kardinal Mindszénty seit 1948 in Ungarn im Gefängnis sitzt. Und betet stundenlang für seine Freilassung. Damit hält sie ihre Hände warm, die in fingerlosen Handschuhen stecken.«

»Warum nicht in Fäustlingen?«

»Damit das Gebet Wirkung zeigt, müssen die bloßen Finger sich berühren. Übrigens ist es am Morgen so kalt bei uns, daß sich die Feuchtigkeit in Eiskristallen an den Fenstern niederschlägt. Doch nie hörst du von ihr ein Wort der Klage. Sie ist überzeugt, daß sie den Kardinal freibeten kann.«

»Und heute, am Heiligen Abend, ist sie allein?«

»Nein, heute trifft sich dort die ungarische *Haute volée*, präsidiert von ihrer Durchlaucht, der Fürstin Klára Pálffy. Ihr Vorfahre war Fürst von Siebenbürgen. Eine Dame wie ein Streitroß. Nie geht sie aus, ohne den ungarischen Streitkolben ihres Mannes mitzunehmen. Sie hat mir erklärt, wie man ihn benützt: Man rennt ihn dem Gegner in den Unterleib, durchstößt das Bauchfell, drängt die Spitze tief in die Eingeweide und dreht darauf den Stiel einige Male herum, bis sich die aufgerissenen Därme um die Schlagblätter wuzeln.«

»Pfui Teufel! Aber wo leben sie? Wie leben sie?«

»Wer nicht verschleppt worden ist, den haben die Behörden ausquartiert, meistens ins Kellergeschoß des eigenen Stadtpalastes. Und wovon sie leben? Vor allem von Erinnerungen. Und dann: Rührend, wie die einst von ihnen ausgepowerten Bauern für ihre ehemalige Herrschaft Sorge tragen. Fast jede Woche kommt ein Mütterlein vom Dorf zu meiner Gräfin, kniet vor ihr nieder, küßt ihr die Fingerspitzen, macht ihr Mut zum Weiterbeten, bringt ein paar Leckerbissen. Komm mich besuchen. Du kannst mit meiner Gräfin englisch und französisch sprechen. Und deutsch sowieso.«

»Ich komme.«

»Wann?«

»Zu unvorgesehener Stunde.«

»Regelmäßig treffen sich die ungarischen Aristokraten. Und unterstützen sich. In jeder Lebenslage befleißigen sie sich der erlesensten Manieren, reden sich mit allen Titeln an, verlieren nie die Contenance. Kurios ist, daß Ehepaare sich ein Leben lang siezen. Entdecken sie aber einen, der irgendwie zu ihnen gehört, duzen sie ihn auf der Stelle. Sie leben von Joghurt und Knäckebrot. Um fünf trinken sie Apfelschalen- oder Nußschalentee. Wenn sie sich bei uns im Keller versammeln, bin ich auch geladen. Und meistens dabei. Schon, um bei Tisch zu dienen. Meine Großmutter ist eine ungarische Vonische.«

»Und was machen sie, wenn sie zusammen sind?«

»Sie sehen sich alte Photos an. Manchmal spielen sie ›Meine Tante, deine Tante‹. Und nie ein Wort über das Regime.«

»Aus Vorsicht?«

»Aus Verachtung. Tante Klára mit dem Streitkolben findet dafür die deutschen Redewendungen zutreffend: jemanden keines Wortes würdigen. Oder: Es ist nicht der Rede wert. Benennt man etwas nicht, existiert es nicht, und man kann darunter nicht leiden. Ja, und noch eine Merkwürdigkeit: nie ein Lob.«

»Warum? Lob tut einem gut, macht Mut, baut auf.«

»Ist für sie eine Kränkung. Und sie haben recht: Lob setzt voraus, daß etwas auch schlechter sein könnte.«

Unvermittelt sagte ich: »Jetzt muß ich gehen. Alsdann: Frohe Weihnachten. Und Adieu.«

Sie schlüpfte aus meinem Handschuh. »Ich würde dich zu mir hereinnehmen, aber die Alte lauert schon. Sie hat eben Licht gemacht.«

Weshalb es der 31. März war, da Annemarie Schönmund wünschte, daß ich sie verführe? Und nicht der 1. Mai, der Tag der Arbeit, oder noch später, Pfingsten etwa, wo der Heilige Geist mit Feuer und Brausen Türen aufbricht? Ich weiß es nicht. Ich zögerte es hinaus. Es grauste mir vor der Entzauberung nachher, vor dem Schrecken der Leere ein Leben lang; *horror vacui* heißt das wohl. Wenn dies geschehen war, was blieb noch an Übergängen, an Geheimnis jenseits der Vorstellung? Allein der Tod.

Sie war die Ältere. Somit war es der 31. März. Die Logik? Vielleicht waren es nach den Regeln von Knaus-Ogino die gefahrlosen Tage für die Frau – Schonzeit für hochgestimmte Liebende.

Es geschah auf einer Erde ohne jede Blume und ohne das grüne Gras. Auf weiter Flur war keine Blüte zu brechen. In wärmeren Winkeln des Feldes steckten Brennesseln ihre Triebe heraus. Brachland im Norden von Klausenburg, jenseits des Bahnhofs und der Fabriken, hoch über der Stadt. Rauchwolken trübten den Himmel, und die Luft roch nach Schwefelgasen. Wir gingen nicht Hand in Hand, sondern einer hinter dem andern. Mich schickte sie voran. Hie und da erhob sich ein kahler Baum. Irgendwo am Horizont zerflatterten Dörfer, deren Namen uns nichts sagten. Das Gebell der Kettenhunde und das Geläute der Mittagsglocken rührte uns nicht an. Denn fernab lag die Landschaft unserer Kindheit, jenes waldbekränzte Hügelland im Angesicht der Südkarpaten zwischen Honigberg und Mühlbach, Stolzenburg und Kronstadt, und darin eingebettet die spitzgiebeligen Städte und unsere Dörfer mit den Kirchenburgen.

Endlich winkte der Waldrand. In Nischen zwischen die

Bäume hatte der Wind Blätter gewirbelt. Ich wies stumm auf eine Erdmulde mit Herbstlaub, nach Süden ausgerichtet. »Du weißt es. Du bist der Mann«, sagte sie und begann sich auszuziehen. Beschienen von dem bißchen Sonne, bot der Unterschlupf kaum Raum zu Intimität und Verzückung. Das welke Laub raschelte bei jeder Bewegung und vom Grund der Mulde stieg faulige Feuchtigkeit auf. Linkisch hingelagert auf ihren amerikanischen Regenmantel, konnten wir uns nicht zurechtfinden. Es fröstelte uns.

Kopfscheu machte mich die ungeheuerliche Erscheinung ihrer Nacktheit. Das bloße Becken mit dem rötlich behaarten Venushügel leuchtete wie eine Sonnenblume, die großen, schönen Brüste, so noch nie gesehen, schwappten seitlich weg in hilfloser Offenheit. Die Augen hielt sie geschlossen. Ihr Gesicht mit den strengen Bögen von Brauen und Wimpern und den geschlossenen Lippen ähnelte einer aufgemalten Maske. Auch ich schloß die Augen vor Schreck und Beschämung.

Dabei hätte ich den verengten Horizont über dem Rand der Grube ausspähen müssen, ob nicht Dritte im Anzug waren, die es sich vom Leibe zu halten galt: Wilderer mit ihren lautlosen Hunden und Milizionäre, stets dann zur Stelle, wenn sie entbehrlich waren, und Zigeunermädchen, versessen darauf, einem Karten aufzuschlagen, und Hirten, die mit ihren Herden ungerührt über Disteln und Liebende hinwegzokkelten. Dazu hieß es im Kopf die Regeln auseinanderzuhalten, die man sich über die Kunst und Technik des Liebens angelesen hatte. »Hoffentlich hast du das alles gründlich studiert!« Und nicht zuletzt war ihr Katalog an Wünschen und Forderungen zu beachten: zärtlich und wild zugleich hätte ich für Liebesspiel und Liebesglut zu sorgen. Ja, und schließlich blieb ich verantwortlich für die Allbeseelung dieser Sternstunde.

Sie aber lag entrückt da, in ihrer versteinten Nacktheit ein Anblick für Götter. Und kam mir in keiner Schwellung ihres Körpers entgegen. Sie ließ mich im Stich. Ich wußte nicht ein noch aus. Mithin nahm blindlings und wirr seinen Lauf, was ich gewissenhaft vorbereitet hatte und was wir wunderschön in Szene setzen wollten. Es geschah mit Ach und Krach und Au und Weh und anders als ausgemalt.

Auf dem trübseligen Heimweg verlor keiner ein Wort. Hie und da schnippten wir ein modriges Buchenblatt von unseren Kleidern. Wir gingen hintereinander, jeder auf seine Weise angegriffen an Leib und Seele.

Vorwürfe gab es Monate später, nachdem sie von einer Stippvisite in Kronstadt zurückgekehrt war. Dort war der geliebte Hund Bulli gestorben, und man hatte ihn beisetzen müssen. Ihre Mutter war dem allen nicht gewachsen gewesen.

Schon am Bahnhof in Klausenburg, bei der Ankunft gegen Mitternacht, hatte Annemarie schlechte Laune. Sie beklagte sich, daß ich nicht erkennbar und fühlbar genug auf sie zugegangen sei. Wie war das zu verstehen? Meinte sie, daß ich nicht hurtig genug über den Perron auf sie zugeeilt war, um ihr den Koffer abzunehmen? Oder daß ich nicht prompt genug auf ihre umflorte Seele eingegangen war? Sobald ich sie zu Gesicht bekam, spielte sich jedesmal das gleiche ab: Ich verlor den Kopf. Sie nie. Sie machte ihrem Unmut Luft, und ich war betört von ihrem Liebreiz.

Wie gut hatte sich alles angelassen nach dem stümperhaften Beginn im März. In den Wochen des Lernens enthüllte sich bei ihr eine Sinnlichkeit, die von Mal zu Mal leidenschaftlicher mir galt, weil ich sie aus ihr gelockt hatte. Im Garten ihrer Hausleute, beim Jasminstrauch, unter dem Fliederbusch, spät am Abend, nachdem die beiden Zimmerkolleginnen Lavinia und Marika ihre Liebhaber mit Schmatzen und Kichern beim Hoftor abgefertigt hatten, nachdem zum letzten Mal das Klo aufgerauscht und sein Gurgeln erstorben war und endlich die Lichter erloschen und das Haus zur Ruhe fand, schlug unsere Stunde. Wir küßten uns wie Engel, wir liebten uns wie Räuber. Auf der Gartenbank spielten sich Szenen habgieriger Wollust ab. Der Flieder blühte wie besessen, und der Jasmin verströmte sich in orgiastischen Düften.

Es geschah, daß ihr Wohllaute des Entzückens entschlüpften. Einmal war die lustvolle Verlorenheit soweit gediehen, daß das geliebte Mädchen zurückfiel in das Kucheldeutsch der Kindheit und rief: »Jessesmarandjosef, meine Knoche!« Auf der harten Gartenbank war ihr Steißbein zu Schaden gekommen. Dieser Ausrutscher in den Jargon der Leute vor den Toren der Stadt bewirkte, daß ich sie mehr liebte denn je, so wie auch der Silberblick ihre Holdseligkeit für mich erhöhte.

Doch gereizt war sie nun vom Hundebegräbnis aus Kronstadt zurückgekommen. Viel hatte sie an mir zu bemängeln auf dem Weg vom Bahnhof bis zu ihrem Tor. Grußlos verschwand sie im Haus, ließ mich stehen. Ich war auf dem Sprung zu gehen, als sie daherschlich, im Hauskleid und barfuß. Sie führte mich zur Gartenlaube beim Jasmin, dessen Geruch einem die Sinne verwirrte. »Du glaubst nicht, daß die Steine eine Seele haben, aufschreien vor Schmerz, wenn man auf sie tritt?« sagte sie mißgelaunt.

»Nein«, wollte ich kurz angebunden antworten, hörte mich aber sagen: »Es fällt mir schwer.«

»Dabei gibt es mehr als die farblose Allbeseelung.« Und sie rückte mit der Sprache heraus: daß sie auf so poesielose Art ihre Unschuld verloren habe, dazu im März, in kahler Landschaft, bar jeder Ekstase, ein trivialer Vorgang und technisch unzulänglich durchgeführt, das sei ihr bei Bullis Funeralien aufgefallen. Sie saß auf der Holzbank, stützte sich seitlich ab, das Kleid blähte sich im Nachtwind. Ich lehnte am Gartenzaun. Vermißt habe sie das Mysterium der Paarung. »Wo ist das Moment der Hierogamie geblieben? Nichts habe ich verspürt vom Rausch der Heiligen Hochzeit zwischen Himmel und Erde, dieser Urform aller Begattung.« Die Nacht war hell, als ich mir das anhören mußte.

»Ja wirklich, das hat gefehlt«, gab ich kleinlaut zu. »Und manches andere ebenso«, ergänzte ich mutig. »Denn zur Liebe gehören zwei wie auch zur Höflichkeit.« Was sie da vorbrachte, das stammte nicht von ihr. War ein belehrender Brief von Enzio Puter angekommen? Sollte sie sich ihm mitgeteilt haben? Jäh wandte ich mich ab, wollte gehen. Doch sie sprang auf, vertrat mir den Weg, drängte sich an mich, hielt mich umklammert, zog mich Schritt für Schritt zur Gartenbank. Durch das Kleid spürte ich ihre fiebrige Haut. Unter dem dünnen Fetzen war sie nackt, nackt vom Kopf bis zu den Füßen, von den harten Brustwarzen bis zur Schwellung des Schoßes. Ich trotzte ihr. Selbst als sie mein Hemd aufknöpfte und abstreifte, hastig und zärtlich, konnte sie mich nicht unterkriegen. Und nichts änderte sich, als sie mir mit der Fußsohle zärtlich über die Beine strich. Als sie aber die Herrschaft über ihre Hände verlor und in die verborgene Mitte meines Leibes griff, zischte ich: »So nicht, Herr Baron!« Sie zuckte zurück. Voll Zorn bückte sie sich, hob mein Hemd auf und warf es kurzerhand über den Zaun. Und zerfetzte ihr Kleid. Mit einem Zug riß sie es mittendurch, von oben bis unten. Ein Windstoß fuhr durch die Blätter. Im Widerschein der aufgewühlten Blätter schimmerte der Bauch leichenblaß und grünlich schillerten die Brüste. Ich aber bahnte mir durch die Büsche einen Weg zum Tor. Und ließ sie stehen in der knisternden Nacht, allein, in ihrem zerrissenen Gewand.

Ich lief zu meiner Bude mit bloßem Oberkörper, viele Straßen entlang. Bei jedem Tritt hörte ich das Wehklagen der Steine.

7

Mit dem Frühstück schiebt man mir einen Mann in die Zelle. Kaum hat er die Eisenbrille von den Augen gestreift, wittert er zur Fensterluke hinauf und sagt: »Es hat geschneit.« Wir begrüßen uns in aller Form mit Handschlag, flüstern deutlich unsere Namen. Er wirft sein Bündel auf das freie Bett. »Woher wissen Sie, daß es geschneit hat?«

»Ich rieche das, ich bin Jäger.« Jäger? Für mich bisher ein grüner Klecks, umflattert von Lügengeschichten. Ich mustere den Mann verstohlen. Sein Gesicht ist fahl. Er muß schon Monate in Gewahrsam sein. An den Füßen trägt er Pantoffeln. Somit hat man ihn aus einer andern Zelle hierher verlegt.

Mißmutig beginnt er zwischen den Betten hin und her zu traben. Ich mache Platz, verdrücke mich in die Ecke neben den Eimer und schweige. Wenn einer schweigt, sind beide allein. Warum ist er so gereizt? Meinetwegen doch nicht. Vielleicht dachte er, als man ihn aus der Zelle holte und es hieß: »Schnür dein Bündel!«, es ginge in die Freiheit. Ohne im Hin und Her innezuhalten, zeigt er mit dem Finger auf mich: »Ungar?«

»Nein, Siebenbürger Sachse.«

»Wie, auch die lammfrommen Sachsen verirren sich hierher? Meine Frau ist auch eine eurige und eine echte.«

Damit ist das Eis gebrochen. Er reicht mir noch einmal die Hand, drückt mich an seine Brust, setzt sich. Und breitet sein ganzes Leben vor mir aus, beginnt sofort damit. In Mediasch ist er zu Hause. Sein Vater war königlicher Kapellmeister im Schloß Pelesch, der Sommerresidenz zu Sinaia. »Ein nobler Posten. Nur im Sommer mußte der Vater aufspielen. Im Winter langweilte er sich. Darum sind wir so viele Geschwister, alle im Mai und Juni geboren. Wenn der König Ferdinand und die Königin Maria von Bukarest in die Sommerfrische kamen, mußte das Kindlein fertig sein. Das erlauchte Paar und andere noble Herrschaften sind unsere Taufpaten.«

Seine Mutter war die Tochter des Hofgärtners, eine echte Deutsche aus dem Kaiserreich. Doch hatten er und seine sechs Brüder und die eine Schwester diese Sprache nicht erlernt. »Ob das jammerschade ist oder ein Glück, wer kann das heutzutage sagen? Mit oder ohne Deutsch, du landest hier.«

Er starrt auf den Fliesenboden, der zwischen den Betten zu einer Hohlkehle ausgetreten ist. »Doch meine beiden Mädchen, Lenutza und Petrutza, zwei und vier Jahre, sprechen deutsch mit ihrer Mutter.« Die Mädchen seien am selben Tag im Februar geboren, doch im Abstand von zwei Jahren. »Ein Meisterschuß, wie ich das getroffen habe!« Seine Frau Hermine, gelernte Bibliothekarin, ist in der Stadtbücherei Mediasch zuständig für die deutschen Kinderbücher. Ihr Vater ist ein bekannter Trinkbruder. »Wohlgelitten unter allen Zechern der Stadt, ohne Unterschied der Rasse und Religion, wie es der proletarische Internationalismus fordert. Weniger geehrt in der Familie, aber heißgeliebt von den Enkelkindern. Marxistisch gesehen gehört mein Schwiegerherr zum Lumpenproletariat in Mediasch. Die Sachsen haben keine echten

Proletarier hervorgebracht, dazu sind sie zu feine Leute. Jetzt tut es ihnen leid.«

»Wie mein Großonkel in Hermannstadt. Ein verkrachter Adeliger, geschätzt, ja bejubelt vom einfachen Volk, das bei seinem Leichenbegängnis Spalier gestanden ist und in drei Sprachen geschrien hat: Hoch soll er leben! Seinen Lebensabend hat er im Siechenhaus verbracht.«

»Siehst du: Ein Lump von Proletarier kann jeder werden.« Aus der Hemdtasche zieht er eine vertrocknete Apfelschale, zeigt mir die verschieden großen Einbißstellen von je zwei kindlichen Schneidezähnen. »Als sie mich ausgehoben haben, hat mir meine Frau einen Apfel zugesteckt. Ich ließ die Mädchen hineinbeißen. Nur soviel ist mir von ihnen geblieben.« Kaum nennt er ihre Namen, schwimmen seine Augen in Tränen. »Schon der Mädchen wegen muß ich sofort nach Hause. Jetzt sind sie noch klein und süß und anhänglich. Bereits mit sieben beginnen sie zu lügen, werden frech. Dann ist es alles eins, wo ich bin.« Wieder erstickt seine Stimme.

Ich lenke ab. »Sie haben richtig gehört: Auch Sachsen sind hier. Doch bei mir speziell handelt es sich um einen Irrtum.«

»Das habe ich in den ersten Wochen von mir auch behauptet. Und bin bereits seit Oktober weg von zu Hause. An wen die Hand legen, den halten sie fest.«

Sogleich nach dem für Rumänien halb verlorenen, halb gewonnenen Krieg, am 9. Mai 1945, hat Vlad Ursescu sich in die Kommunistische Partei eingeschrieben, mit knapp achtzehn. Von Beruf ist er Fräser, einfacher Eisenfräser, der im Stücklohn bezahlt wird, nachdem er acht Stunden oder länger an der Drehbank gestanden ist. Ich muß es glauben, er zeigt mir seine Krampfadern. Als Aktivist der Partei aber hat er dreizehn LPGs aus dem Boden gestampft. Und zwischendurch dreihundertvierunddreißig Wildschweine erlegt. »Ein Goldjunge bin ich für unsere Partei gewesen!« Denn das Wildbret ging voll und ganz an die volkseigenen Kühlhallen in Neumarkt am Mieresch. Dort wurde es eingefroren. Brauchte man Valuta, wurden die Eisfossilien an den kapitalistischen Westen verkauft.

Er gehört zu den ganz wenigen, denen die Volksrepublik

den Titel »Verdienter Meister des Waidwerks« verliehen hat. Im Rayon Mediasch war er Herr und Meister jeder Hetzjagd. Alle Schießgesellen mußten ihm gehorchen bis zum Schlußpfiff, ob es ums Schießen oder Trinken ging, selbst der Garnisonskommandeur, ein *Colonel*, und ebenso der Kommandant der *Securitate* von Mediasch, ein Major. Das konnte auf Dauer nicht gutgehen. Als Ursescu dem *Securitate*-Chef die Schnapsflasche aus der Hand schlug, die dieser, noch im Stand und vor dem ersten Schuß, zu leeren angehoben hatte, war es tags darauf um ihn geschehen. Von der Drehbank weg wurde er verhaftet. Bei der Durchsuchung seines einen Zimmers fand man auf dem Fensterbrett sieben Schrotpatronen, die bei der *Securitate* nicht registriert waren. Damit war seine Schuld erwiesen.

Uns beiden steht ein stilles Wochenende ins Haus. Für mich ist es mein zweiter Samstag hier. Am Nachmittag werden wir zum Duschen geholt, danach rasiert. Die zwei freien Tage schleichen dahin. Der Jäger redet und redet. Von den beiden Töchtern und von anderen Angehörigen berichtet er trübselig wie ein Pope, der am Ende der Liturgie die Verstorbenen aufzählt. Er redet, um sich zu retten. Ich höre zu. Und sage mir zwischendurch lautlos auf, was ich in der Kindheit und Schulzeit auswendig gelernt habe. Wohl denen, die mich animiert haben, auswendig zu lernen! Die fromme Großmutter, die lyrische Lehrerin Essigmann, der beflügelte Pfarrer Stamm, die musische Mutter und unsere Lehrerin in Rumänisch und Französisch, Adriana Roşala. Deutsche Balladen, rumänische Romanzen, das französische Vaterunser, Psalmen, Luthers Katechismus, die Bergpredigt: »Selig sind, die da geistlich arm sind.« Der verlorenen Geliebten bleibe ich verbunden durch Gedichte von Rainer Maria Rilke.

Am Sonntag gibt es zu Mittag Braten mit Kartoffeln und Reis. Das Fleisch schmeckt süßlich. »Was kann das bedeuten?«

»Sieg des Sozialismus«, sagt der Jäger. »Das ist Pferdefleisch, ein gutes Zeichen. Die Mechanisierung der Landwirtschaft ist abgeschlossen. Auf unseren Kollektivwirtschaften ist ein Pferd billiger als eine Bratwurst. Doch mein ältester

Bruder Nicu in Mediasch wird das sehr beklagen. Er ist Major der Kavallerie gewesen.«

Tage vergehen. Nein, sie vergehen nicht, denn die Zeit lauert, stellt sich in den Weg. Rosmarin und der Major haben recht: Will man davonkommen, muß man sie totschlagen. Oder sie erschlägt einen.

Mein Gefährte ergeht sich in spektakulären Treibjagden. Das Erzählen dauert ebenso lange wie das Jagen und Treiben draußen in Wald und Flur. Oft wird es Abend. Er nimmt sich Zeit, die in Säcken um uns herumsteht.

Nach dem Frühstück versammeln sich Jäger und Hunde in unserer Gefängniskammer. Vlad Ursescu flüstert ein Halali. Los geht die wilde Jagd in eine andere Zeit. Das Gaukelspiel schlägt mich so in Bann, daß Zelle und Draußen verschmelzen. Doch immer geistert durch meinen Hinterkopf, daß wir von der Welt weggeschlossen sind. Und während der Jäger im grünen Wald das Wild daher schießt, gleichwie es ihm gefällt, verfolgt mich eine Strophe aus *Lenore*: »Und das Gesindel, husch, husch, husch! kam hinten nachgeprasselt, wie Wirbelwind am Haselbusch durch dürre Blätter raschelt ...« Schließlich der Todesschuß: Der Jäger hebt das imaginäre Gewehr und legt auf mich an. Aus! Es kommt das böse Ende, das Erwachen. Statt daß uns nach abgeblasener Jagd ein märchenhaftes Gelage vereint, das sich in Rausch und Schlaf auflöst bis ums Morgenrot, verliert sich die Jagd in blutiger Ferne.

Einig sind wir uns beide, daß wir es eilig haben, von hier wegzukommen. Er zu Frau und Kind. Und ich? Der zehnte Jahrestag der Republik hat keine Amnestie beschert. Somit muß der sagenhafte General in Aktion treten, den es in jeder rumänischen Familie gibt, als Freund oder Paten oder als Verwandten.

Ein Jugendfreund seines Vaters, so Herr Vlad, habe es bis zum General der *Securitate* gebracht. Der werde handeln. Gute Gründe gebe es: allein schon das Unrecht, das dem Jäger widerfahren sei, dann der Schaden fürs Vaterland, hielte man einen solchen Meisterschützen fest. Und nicht zuletzt die Jugenderinnerungen ... Beide, Vlads Vater und dessen anonymer Freund, hatten ihre militärische Laufbahn als königliche Unterleutnants begonnen. Doch Ursescu senior hatte die objektiven Gesetze verkannt, die laut Stalin den Gang der Geschichte bestimmen. Somit war er königlicher Kapellmeister geworden und im Range eines Hauptmanns aus dem Dienst bei Hof geschieden, noch ehe man seinen erlauchten Brotgeber, König Carol II., verjagt hatte. Der Jugendfreund hingegen stieg beim militärischen Nachrichtendienst ein, wußte vorher und im voraus, wo es weiterging und worauf es hinauslief. Nach seinem Avancement zum General beim Geheimdienst trat er als Familienfreund nicht mehr sichtbar in Erscheinung. Selbst beim Begräbnis von Vlads Vater wartete man vergeblich auf ihn. Der Ehrenplatz neben dem Popen beim Tränenmahl war leer. Doch über ein Mitglied des Zwerghühnerverbandes in Mediasch schickte der Jugendfreund ein paar Beileidsworte an die trauernde Familie.

Und oft zeigte sich der hohe Genosse bei Jagdveranstaltungen im Mediascher Revier, bewehrt und gekleidet wie jeder andere auch. Und gehorchte dem Jagdmeister Vlad Ursescu aufs Wort. Bei einer der grandiosen Treibjagden stellte der Jäger es so geschickt an, daß der geachtete Mann aus Bukarest drei Wildschweine auf einmal zu Fall brachte, einen Keiler und zwei Sauen. Als Gegengabe für die gelungene Unternehmung stellte einige Tage später ein Spezialkurier aus Bukarest einen Korb mit zwölf Flaschen Krimsekt vor die Tür des verdienten Jagdmeisters. Da die eine Stube, wo er mit Frau und Töchtern wohnte, zu eng war, entkorkte er die explosiven Flaschen im Hof. Das Geböller hörte man bis zum sächsischen Kirchturm. Es wurde ein überschäumendes Fest der Verbrüderung mit allen Parteien des Mietshauses. »Sogar die Zigeuner haben Champagner gesoffen, bis er ihnen aus den Nasenlöchern und Ohren gespritzt ist!«

Der General nahm es hin, daß der Jäger ihm regelmäßig zum Väterchen-Frost-Fest die besten Stücke eines frischerlegten Wildschweins als Eilfracht zustellte mit der Inhaltsangabe: Vogelfutter. Absender: Verein der Zwerghühnerzüchter. Den Namen des Generals kannte der Jäger nicht. Das blieb Staatsgeheimnis. Doch die Deckadresse in Bukarest hatte der Verantwortliche für die Zwerghühner von Mediasch im Kopf.

»Es muß sich jemand finden, der den General von meinem Ungemach unterrichtet. Kräfte in diesem Haus trachten, das zu vereiteln.« Und er weist mit dem Finger drohend zu den Stockwerken über uns. Im Herbst, einige Wochen nach seiner Festnahme, sei der bewußte General auf Inspektion durch alle Arrestzellen gegangen, habe aber um das Quartier des Jägers einen Bogen geschlagen. »Klar ist, daß die da oben eine Begegnung zwischen ihm und mir vermeiden wollten. Das ist für mich Beweis genug, daß der General die Macht hat, mich herauszuholen.«

»Woher wissen Sie, daß es Ihr General gewesen ist? Sie kennen doch seinen Namen nicht.«

Der Jäger antwortet, ohne zu zögern: »So etwas weiß man. Bis zuletzt kommt im Gefängnis alles auf. Und dich holt unser General auch heraus. Um deine Sache steht es nicht schlecht.« Soll ich mich freuen? Oder eher wundern? Ich sehe es vor mir, wie die Eisentür sich öffnet, der General blitzend und klirrend unsere Gefängniskammer betritt, den Jäger umarmt und küßt, selbst mir die Hand reicht. Und sich irritiert umsieht: »Eine häßliche Sache, das hier!«, um mit einer wegwerfenden Geste dem Begleitsoldaten zu bedeuten, das Bündel des Jägers aufzunehmen. Ich sehe, wie sie durch die weit offene Zellentür davongehen. Und ich hinterher!

Die Riegel rasseln. Kein General, nur der Begleitsoldat. Zum Verhör geht es.

»Sie müssen sich konzentrieren«, sagt der Major. Konzentrieren? Ich bin noch beunruhigt davon, daß ich beim Öffnen der Zellentür aufgesprungen bin und mich vorschriftsmäßig mit dem Gesicht zur Wand gestellt habe, zum ersten Mal, seit ich hier bin. »Sie müssen heute sehr aufmerksam sein, genau achtgeben. Es geht um brisante Sachen.«

»Das gelingt immer weniger. Es verfolgen mich Zwangsideen, ich höre Stimmen. Böse Bilder bedrängen mich.«

»Zum Beispiel?«

»Zum Beispiel *Lenore*«, sage ich mit dumpfer Stimme.

»*Lenore* von August Bürger«, den Gottfried unterschlage ich, weil zu fromm. »Ein grausiges Gedicht, es rast durch meine Gehirnwindungen, bis sie sich heißlaufen.« Ich fächle dem glühenden Hirn Kühle zu, indem ich mit spinnigen Fingern durch die Haare fahre.

Der Major sagt tadelnd: »Ein mystisches Gedicht, feudale Lyrik. Nichts für einen lesenden Arbeiter. Aber meisterhaft ins Rumänische übersetzt.«

»Von Stefan Octavian Josif. Die rumänische Dichtung hat sich nicht nur von Frankreich beeinflussen lassen, sie hat ebenso auf deutsche Stimmen gehört. Ihr größter Lyriker Eminescu, Herr Major – in Berlin, in Wien war er zu Hause. Und der Komödiendichter Caragiale, der ist in Berlin gestorben.«

Der Major rügt: »Die Russen, die Russen, das sind die großen Vorbilder in Geschichte und Gegenwart!«

»Die Russen, Herr Major! Nichts versetzte uns Kinder mehr in Schrecken als dieses: ›Wenn die Russen kommen!‹ Und sie kamen. Ich war überzeugt: Sofort werden sie uns alle massakrieren.«

»Angst ist ein schlechter Berater«, sagt der Major tonlos.

»Gewiß. Aber wenn Sie, Herr Major, uns Sachsen wahrhaft für den Sozialismus gewinnen wollen, müssen Sie diese Angst mitbedenken. Was sich nach dem Herbst 44 bei uns getan hat, das hat sich eingefressen ins Bewußtsein. Bilder des Schreckens. Es war der Tod. Nicht auf der Stelle, wie ich als Knabe befürchtet hatte, aber ein Sterben in Raten. Übrigens beginnt jede echte Philosophie mit der Frage nach dem Tod.«

In die Maske seines Gesichts kommt Bewegung. Er fragt spitz: »Somit ist der Dialektische Materialismus keine Philosophie?« Und antwortet nachdenklich: »Sie haben recht. In unserer Weltanschauung ist kein Platz für den Tod.«

Ich sage höflich: »Vielleicht darum die Todesverachtung der Männer und Frauen in der Illegalität, ihr unfaßlicher Mut.«

»Nein, nein«, sagt er abweisend, »das verstehen Sie nicht. Unsereiner denkt nicht gerne an den Tod.«

»Das merkt man an den sowjetischen Filmen«, entfährt

es mir, »bei Sterben, Tod, Begräbnis versagt die Regie.« Ich schiele zu ihm hin. Er schweigt.

So spreche ich weiter, plötzlich vorwärts getrieben: »Doch hören Sie, *domnule maior*, wie es uns nach dem Krieg ergangen ist. Und Sie werden verstehen, weshalb wir so sind, wie wir sind.« Der Major blickt mich aus gelblichem Gesicht regungslos an. Ich aber schildere, was uns zugedacht war, indem wir als Kollektiv hineingemischt wurden in die Schuld des Krieges. Ich schleudere es heraus, das Ungemach, bedenkenlos, ohne auf Marx und Lenin zu achten oder auf die *Securitate* Rücksicht zu nehmen und ohne die Wahrheit nach den Regeln der materialistischen Dialektik zu deklinieren. Es wird ein riesiger blecherner Baum, behangen mit Unheil und Schrecken.

»Meinen Vater haben sie im Januar 45 nach Rußland verschleppt, obschon er über das Alter hinaus und beim rumänischen Heer eingezogen war. Männer und Frauen hat man zusammengetrieben wie das liebe Vieh und bei eisiger Kälte in Viehwaggons verfrachtet. Alle sind sie nach Rußland, pardon, in die Sowjetunion, deportiert worden, ungeachtet dessen, ob sie arme Häusler oder Fabrikanten gewesen sind, bei Hitler mitgemacht oder zugeschaut haben oder dagegen waren.«

Warum sagt er nicht: Das weiß ich alles? Er sagt es nicht. Ich eile weiter. »Als meine Mutter am Bahnhof in Fogarasch ihre Empörung herausschrie darüber, daß man Menschen wie Vieh behandelte, befahl der russische Offizier, sie in den nächsten Waggon zu werfen. Ich zog sie weg, und die Gendarmen schützten uns. Zu allem Hohn hielt meine Mutter den Entlassungsschein meines Vaters in der Hand, ausgestellt vom Obersten Rudenko, dem russischen Platzkommandanten von Fogarasch. Soviel nützte dies Papier, daß meine Mutter dem abfahrenden Zug damit nachwinken konnte. Mit der bitteren Genugtuung, daß er hätte frei sein können, ist mein Vater nach Rußland abgedampft, wo er vor Hunger und Kälte fast krepiert ist. Was für einen Eindruck konnte ich als Heranwachsender von den Sowjets gewinnen? Befreier der Menschheit, Hüter der Menschlichkeit?«

Ich bin in Hitze geraten und hege nur die Befürchtung, daß mich der Offizier mit einem Donnerwetter unterbrechen wird, ehe ich mir alles von der Seele geredet habe.

»Nach den Massenaushebungen im Januar waren nur die Großeltern und Enkelkinder zurückgeblieben. In demselben Frühjahr nahm man unseren Bauern Grund und Boden, vertrieb sie von Haus und Hof, nicht etwa im Zuge der neuen Klassengerechtigkeit, sondern als Kollaborateure Hitlers, ob sie es waren oder nicht.«

Ob der Major zuhört? Er fixiert die Wand.

»Darf ich Ihnen erzählen, wie es meiner Tante Adele in Freck ergangen ist, einem alten, alleinstehenden Fräulein? Die neuen Hauseigner hatten nicht etwa vor, zu arbeiten, sondern es sich gut gehen zu lassen. Die ganze Sippe, Mann und Frau, Kind und Kegel, Urahne und Säugling hatte nur eines im Sinn: alles im Haus wegzuputzen. Kammer und Keller wurden kahlgefressen, die Möbel verkauft oder verbrannt, wie auch alles andere, das nicht niet- und nagelfest war. In der Küche legten sie ein Stück Walzblech auf den Fußboden und fachten darauf das Feuer an; damit der Rauch abziehen konnte, brachen sie in die Decke eine Öffnung. Das Feuer unterhielten sie mit allem, was brennbar war, von der Barockkommode der Tante bis zu den Wickelgamaschen meines Großvaters. Sogar die Fensterflügel zerhackten sie, so widersinnig das war, denn nun drang die Kälte ungehemmt herein. Darauf stemmten sie die Holzlaibungen aus der Wand und verfeuerten alles. In der guten Stube über dem Keller sägten sie ein Loch in den Dielenboden, wo sie ihre Notdurft verrichteten. Als es nichts mehr zu essen gab, nichts mehr zu verheizen, als ihr Dreck bis auf die Gasse stank, machten sie sich auf die Socken. Auch die hatten sie geklaut. Und den Girardihut aus Triest, den Operngucker aus Budapest und den Sonnenschirm von den Fidschi-Inseln. Steht alles hinten in der Familienbibel.« Unbewegt hört der Major zu.

»Mit diesen Erfahrungen kann man von uns nicht erwarten, daß wir Hurra schreien und von Befreiung reden und den Sozialismus zu unserer Sache machen. Da muß sehr viel geschehen, um das vergessen zu lassen. Nicht nur ideologische Aufklärungsarbeit tut not. Vertrauenerweckende Maßnahmen müssen her, damit der einzelne spürt: Ich gehöre dazu.«

Der Major schweigt, und ich rede: »Im Gegenteil: Ob wir wollten oder nicht, auf Teufel komm raus wurden wir zu Deutschen gestempelt, mit dem Stigma und vom Format der dreißiger Jahre. Somit dürfen Sie sich nicht wundern, Herr Major, daß ich die Basisbücher des Nationalsozialismus erst nach 45 gelesen habe: *Mein Kampf* und Rosenbergs *Mythus des 20. Jahrhunderts.* Später dann, beeinflußt von Stadtpfarrer Wortmann, habe ich mich der sozialistischen Literatur zugewendet. Und begriffen, daß wir keine Deutschen sind, sondern Deutsch bloß unsere Muttersprache ist, wie auch bei den Schweizern und Österreichern. Ich frage Sie: Was geschieht mit uns nun in diesem Land, die wir in der falschen Wiege gelegen, die wir später falsch gewickelt worden sind?«

Der hohe Herr antwortet nicht, läßt nicht mit sich reden. »Den Juden im Reich ist es ähnlich ergangen: Eines Morgens wachten sie auf und mußten jüdische Juden sein. Und wußten meist nicht, was das war, was man von ihnen verlangte. Sie wurden gezwungen, viel jüdischer zu sein, als sie es in ihrem Selbstverständnis waren, so sie es je waren.«

Der Major entgegnet mit Schärfe: »Und wurden vergast! Juden und Deutsche in einem Atemzug zu nennen, deren Schicksale zu vergleichen, das ist – Blasphemie. Ihr Sachsen wußtet genau, worauf es ankam, als das Deutsche in euch erwachte.«

»Verzeihen Sie«, sage ich. »Ich werde mich allein auf unsere Leute beschränken. Wir wurden auf Schritt und Tritt als Hitleristen und Faschisten verteufelt. Mir haben sie beim Rodeln die Skimütze vom Kopf gerissen, weil sie an die deutschen Gebirgsjäger erinnerte, meinem Bruder den Pullover mit den Norgemustern ausgezogen, weil der sie zu germanisch dünkte. Selbst die kurzen Hosen hat man uns verbieten wollen.« Doch kaum habe ich das ausgesprochen, weiß ich schon, was der Offizier hinter seinem Schreibtisch antworten müßte: Was ist das gegenüber dem anderen?

Unbewegt hört er: »Und nun als letztes, was ich am eigenen Leib erlebt habe, was meiner Familie passiert ist. Nur die Rosinen aus dem Kuchen picke ich heraus, Herr Major! Im November 48 war's, wir saßen beim Abendessen – mein Vater, eben aus Rußland zurück, die Mutter, wir drei Buben und die kleine Schwester –, als das Dienstmädchen hereinstürzte: Sie sind hier! Ja, wir hatten noch ein Dienstmädchen.«

Der rothaarige Bürgermeister von Fogarasch riß die Tapetentür auf, trat ein, ohne zu grüßen, brüllte: »Wieso habt ihr das Haus noch nicht geräumt. Hierher zieht die Kaderschule der Partei!« Hinter ihm drängten sich vier Lackel.

Meine Mutter sagte: »*Bună seara.*« Wir Kinder sagten: »Grüß Gott.« Ohne sich von ihrem Platz zu erheben, fügte sie hinzu: »Sie, *domnule primar*, haben uns keine Wohnung angeboten.«

»Doch«, schrie er, »ganz nahe, in der Lagerhalle gegenüber, sehr bequem, ihr braucht keine Fuhrwerke bis zur andern Straßenseite.«

»Nein«, sagte meine Mutter. Das sei eine riesige Halle mit Betonboden, nicht heizbar. »Wir sind kein Lumpenpack. Und keine Kriegsverbrecher.« Außerdem handle es sich um vier unmündige Kinder. »Von hier bewegen wir uns nicht weg, bis Sie uns etwas Menschenwürdiges offerieren, wo man überleben kann.«

»Dann bewegen wir euch. Und zwar sofort und auf der Stelle.« Zwei der Burschen traten zwischen meine kleine Schwester und mich, schoben uns samt den Stühlen weg, faßten nach dem Tischtuch, hoben es hoch mit allem, was drauf war; es entstand ein Sack, in dem Gedecke und Gerichte durcheinanderpurzelten. Der *primar* öffnete das Fenster und alles flog hinaus, es klirrte und schepperte. Und die Möbel hinterher!

»So war das: Wir sind im wahrsten Sinne des Wortes aus dem Haus geworfen worden. Das Schwierigste war das Klavier. Um das Riesending durch das Fenster zu bekommen, mußten die Handlanger mit Eisenstangen die Fensterrahmen aus der Wand brechen, während meine Leute fassungslos zuschauten …«

»Die Armen«, sagt der Major halblaut. Er hat nichts

notiert, sondern das Bild des Ersten Parteisekretärs an der Wand fixiert, des Genossen Gheorghe Gheorghiu-Dej. Hat der Major es wahrhaftig ausgesprochen, das Wort voll Mitgefühl? Es wird mir fast warm ums Herz. Während ich berichte, was in jener Novembernacht geschehen ist, sehe ich meine kleine Schwester vor mir: Ohne einen Laut von sich zu geben, suchte sie im Licht der Straßenlaterne ihre Puppen zusammen, deren Haare vom Nieselregen verklebt waren, deren Kleidchen vor Morast trieften. Erst als sie über den zerborstenen Puppenwagen stolperte, der so geräumig war, daß sie selbst darin Platz fand, begann sie zu weinen, leise wie der Nachtregen. Wir Armen, denke ich.

»Die armen Burschen«, sagt der Major. »Sie hätten es einfacher haben können. Sie hätten nur die drei Füße herausschrauben müssen und dann das Klavier über das Fensterbrett kippen – einfach und elegant. Aber was haben schon Proletarierkinder mit einem Klavier am Hut?«

Ich breche den Bericht ab. Und dann überfällt es mich: Ich beginne zu deklamieren. *Lenore*, deutsch und rumänisch, so wie ich die Ballade in der Brukenthalschule in Hermannstadt und im *Liceu Radu Negru Vodă* in Fogarasch auswendig gelernt habe.

»Lenore fuhr ums Morgenrot
empor aus schweren Träumen ...«

Der Major betrachtet noch eine Weile seinen Dienstherrn an der Wand. Dann wendet er seinen schwarzgescheitelten Kopf zu mir. Er steht auf, zieht die mausgrauen Samthandschuhe an und kommt langsam zu meinem Tischchen, an dem ich sitze, die Hände brav auf der Tischplatte, und die Bilder des Gedichtes beschwöre, zerstückelt, verstümmelt:

»›O Mutter, Mutter! hin ist hin!
Bei Gott ist kein Erbarmen.
O weh, o weh, mir Armen!
Verloren ist verloren.
Der Tod, der Tod ist mein Gewinn!‹«

Der Major bleibt vor mir stehen. Aber er schlägt mich nicht. Vielmehr zieht er einen Stuhl heran und setzt sich mir gegenüber wie bei dem ersten Treffen, als er mit mir über seelische Krankheiten und über den *Zauberberg* geplaudert hat. Er folgt der Ballade mit ihren makabren Verrenkungen, indem er mir auf die Lippen schaut.

> »Und außen, horch! gings trapp trapp trapp,
> als wie von Rosseshufen,
> und klirrend stieg ein Reiter ab
> an des Geländers Stufen.«

Hat der Mann vor mir etwas gesagt? Hat er befohlen: aufhören? Sofort aufhören! Er hat es gesagt. Er hat es befohlen: »*Termină! Termină imediat!*«

> »Hurra! Die Toten reiten schnell!
> Graut Liebchen auch vor Toten?«

Der Major ruft herrisch, ohne sich vom Fleck zu rühren: »*Gardianul!*« Er klatscht nicht wie sonst den Bewacher herbei, er ruft mit schriller Stimme – es ist das erste Mal, daß jemand die konspirative Betulichkeit durchbricht: »Die Wache herbei!« Und wiederholt streng: »*Termină! Termină cu moartea!*« Mach Schluß mit dem Tod! Doch er unternimmt nichts: Weder haut er mir eine herunter noch fährt er mir über den Mund. Selbst den Platz mir gegenüber verläßt er nicht. Das Gesicht nahe an meinem, hört er sich die letzten Verse an, die ich hervorstoße:

> »Es blinkten Leichensteine
> rundum im Mondenscheine.
> Die Toten reiten schnelle!
> Wir sind, wir sind zur Stelle ...«

Ob er dem Wachsoldaten etwas zugerufen oder ein Zeichen gegeben hat – ich habe nichts bemerkt. Der Soldat macht kehrt. Als er wieder auftaucht, hält er einen Glaskrug voll

Wasser in der Hand. Der Major schreit mir zu: »Hör sofort auf«, während ich Zeile um Zeile herunterrase. Schon senkt der Soldat den Krug mit dem Schlund zu mir hin, als der Major die Handschuhe abstreift und ihm das Gefäß entreißt. So gelingt es mir, die letzte Strophe herzusagen.

> »Ha sieh! Ha sieh! Im Augenblick
> hu hu! ein gräßlich Wunder!
> Des Reiters Koller Stück für Stück,
> fiel ab, wie mürber Zunder.
> Zum Schädel ohne Zopf und Schopf,
> zum nackten Schädel ward sein Kopf,
> sein Körper zum Gerippe
> mit Stundenglas und Hippe.«

In diesem Augenblick gießt der Major den Krug über meinen Kopf aus, eigenhändig, und mit dem zweiten Schwung den Rest des Wassers in mein glühendes Gesicht.

Ich sage geistesabwesend: »So haben wir gelebt, die Jahre seit der Befreiung.« Und wiederhole rumänisch: »*Dela eliberare.*« Und pruste die Tropfen weg.

Der Major sagt: »Hier geht es nicht um Poesie, sondern um Hochverrat, *trădare de patrie.*« Und zum Soldaten: »Hinunter mit ihm!«

8

Noch ist das Wasser auf mir nicht getrocknet, als ich schon wieder geholt werde. Ich habe eben die Krautbrühe ausgelöffelt, die Bohnen muß ich stehen lassen. Blind stolpere ich an der Hand des Bewachers über Gänge und Treppen, in denen die Luft verkommt.

Der Major ist nicht mehr in Zivil wie heute morgen. Auf den Achselklappen seiner *Securitate*-Uniform erstrahlt der Stern in gefährlichem Glanz. Mit einer strengen Handbewegung heißt er mich Platz nehmen. Auf dem Parkett vor meinem Tischchen schimmern in häßlichem Grau Wasserflecken.

Er geht sofort an die Arbeit. Ohne Umschweife und auf rumänisch erklärt er: »Da du Enzio Puter so positiv bewertest, drängt sich der Verdacht auf, daß du etwas vor uns versteckst. Warum sollte dieser Geheimagent dich nicht auch für seine staatsfeindlichen Pläne angeworben haben wie die übrigen, an die er sich herangemacht hat?«

Ohne eine Antwort abzuwarten, fährt er fort: »Zusammen mit Annemarie Schönmund – pardon, seit vier Monaten *doamna* Puter – ist ganze Arbeit geleistet worden. In ein paar Tagen hat sie mit dem Agenten Puter ein konspiratives Netz auf die Beine gestellt. Die beiden haben Kontakt aufgenommen: in Bukarest mit einer Aktionsgruppe von jungen rumänischen Intellektuellen bourgeoiser Herkunft, die sich starkmachen für ein vereintes Europa, hier in Stalinstadt mit einer subversiven Vereinigung sächsischer Burschen, Halbgebildete freilich, doch um so gefährlicher. Und schließlich ist eine Verbindung zu den Studenten in Cluj hergestellt worden. Diese Studenten gedachte man als Lanzenspitze gegen die volksdemokratische Ordnung in Marsch zu setzen.«

Wird das hier geglaubt, dann ist es um die dreihundert Studenten meines Literaturkreises geschehen. Kerker und Ketten.

»Und der Verbindungsmann nach Cluj bist du! Du hast eine ganze Nacht mit dem Agenten Puter gesprochen. Worüber sonst, wenn nicht über diese Sache?« Er sieht mich stechend an. Ich nehme mich zusammen, weiche seinem Blick nicht aus. Er ergänzt: »Wer die Studenten auf seiner Seite hat, die Intellektuellen von morgen, besitzt eine Bombe auf Zeit, besitzt die Zukunft.«

Ich raffe mich auf, sage beschwörend: »Genau das ist es, Herr Major, was mir vorschwebte: Durch den ›Sächsischen Literaturkreis Joseph Marlin‹ einen ideologischen Rahmen zu schaffen, wo die Studenten zum neuen Menschen umgeformt werden. Diese sollen das sächsische Volk für die Ideen des Sozialismus gewinnen: gewissermaßen als Bomben mit Zeitzündung, wie sie es sagten. Stoßtrupps …«

Der Major unterbricht mich. »Stadtpfarrer Konrad Möckel von Stalinstadt hat denselben Ausdruck benützt, als er am zweiten Adventsonntag vor euch Studenten in Cluj gepredigt hat und gefordert, ihr möget Stoßtrupps bilden. Aber anders, als du es darlegst. Nämlich mit dem Ziel, unseren volksdemokratischen Staat zu zerstören. Oder erinnerst du dich nicht?«

Ich erinnere mich.

Vorwurfsvoll fügt er hinzu: »Es sind überall dieselben Studententrupps: zum einen lassen sie sich von reaktionären Pfarrern einseifen, versammeln sich in der Sakristei zu Adventfeiern. Und zum andern machen sie an der Universität in Parteigeist und Linientreue. Ein und dieselben sind es, die sich am Mittwoch abend haufenweise in deinen Literaturkreis beim Kommunistischen Studentenverband drängen und abends darauf mystische Lieder im Kirchenchor singen, mit Kerzen in der Hand. Was ist Maske, was ist echt? Merke dir eines, junger Mann: Wer nicht mit uns ist, ist gegen uns. Das hat schon euer Hitler gesagt.«

»Und der Apostel Paulus«, ergänze ich tapfer.

Der Major übergeht den Apostel. »In dem Moment, wo du diese gefährlichen Subjekte wie Puter und Möckel sowie andere Verschwörer, Spione und Banditen in Schutz nimmst, beschönigende Angaben zu ihrer Person machst, erscheinst du selbst in höchstem Grad verdächtig. Paß auf: Der Zug fährt! Wer nicht aufspringt, kommt unter die Räder. Weißt du, wer das gesagt hat?«

»Vermutlich ebenfalls Hitler.«

»Tatsächlich«, bestätigt mein Gebieter. »Es gilt aber auch für hier: Wer den Zug verpaßt, kommt unter die Räder. Warum übrigens Sächsischer und nicht Deutscher Literaturkreis? Die offizielle Bezeichnung für Sie, *mon cher*, und Ihresgleichen ist: rumänische Staatsbürger deutscher Nationalität in der Rumänischen Volksrepublik.«

»Wir wollten damit verdeutlichen, daß es um die Weiterführung unserer sächsischen demokratischen Traditionen geht. Pfarrer Wortmanns These lautet: Die Identifizierung in den letzten hundert Jahren mit Deutschland hat nur Unheil über uns Sachsen gebracht. Nachdem uns die Habsburger

1867 den Ungarn ausgeliefert hatten, die uns um jeden Preis magyarisieren wollten, klammerte man sich an die Rockschöße des deutschen Kaiserreichs. Es scheint sich der verantwortlichen Generation damals nur diese Alternative angeboten zu haben: Untergang als Siebenbürger Sachsen oder deutscher zu werden, als man es schon war.«

Der Major notiert. Da er nichts fragt oder sagt, fahre ich fort – in meiner Muttersprache: »Neue Menschen heranbilden, wie Marx es empfiehlt und Lenin es getan hat, sozialistisch im Denken und Handeln, das betrifft unsere Generation, meint Pfarrer Wortmann. Für unsere Jugendlichen, die hin und hergerissen werden, wie Sie vorhin, Herr Major, festgestellt haben, bedeutet das als erstes Anknüpfen an unsere Geschichte vor den dreißiger Jahren bis zum Sozialismus der Einwanderungszeit vor achthundert Jahren. Das genossenschaftliche Zusammenleben hat uns bis heute geprägt. Wie Stephan Ludwig Roth es sagte: Die Gemeinschaft trägt einen von der Wiege bis zur Bahre. Keiner geht verloren, keiner muß fürchten, allein zu bleiben. Das wäre das eine.«

Der Major fällt mir ins Wort: »Das gilt nur für euch Sachsen in Transsylvanien. Ihr habt euch immer für die Besseren gehalten, ein Herrenvolk, und seid schließlich Faschisten geworden.«

»Ein Volk von Herren waren wir, weil freie Menschen. Übrigens hat die Sächsische Nationsuniversität in Hermannstadt für die Rumänen auf Königsboden bereits im April 1848 die Gleichberechtigung mit uns Sachsen ausgesprochen. Und die Leibeigenschaft aufgehoben. Und strebt Ihre neue Ordnung, Herr Major, nicht das Nämliche an? Gleichberechtigung aller ohne Unterschied, verankert in der Verfassung. Das zweite aber ist: Ich habe in meiner Erzählung nachzuweisen versucht, daß die Zielsetzungen des Sozialismus mit unseren Traditionen und Lebensformen gleichlaufen. Unsere Leute davon zu überzeugen, über alle gegenteiligen und bitteren Erfahrungen mit dem Regime hinweg, das wollten wir in Klausenburg versuchen. Schwierig, vielleicht unmöglich, aber gewagt haben wir es.« Ich bin so erregt, daß ich am Tischchen zu rütteln beginne. Tränen treten mir in die Augen.

»Es ist angeschraubt«, erklärt der Major. Und bemerkt: »Diesen sächsischen Sozialismus wollt ihr exklusiv für euch. Das Los der anderen schert euch wenig. Das ist ein Sozialismus, der nicht marxistisch ist, sondern nationalistisch. Und der ohne den Segen der Kirche nicht auskommt. Das heißt: Gott allein für die Sachsen. In sächsischer Tracht spaziert er durch die Himmel wie einer von euren Dorfkuratoren: Otterfellmütze, bestickter Kirchenpelz, leinener Überwurf mit Tulpen und Margaritenmustern, Schnürstiefel. Wir wollen mit so einem Gott nichts zu tun haben, der sich hie und da ein Volk herauspickt, es eine Zeitlang verwöhnt und dann fallen läßt, ja, sich in seiner gekränkten Eitelkeit an ihm rächt, wie am Volk Israel.« Nennt er da nicht Juden und Sachsen in einem Atemzug? Mir hat er es verboten. Er fährt sichtlich befriedigt fort: »Nun hat dieser grausame Gott euch am Wickel. Weißt du, warum?«

»Nein. Ich weiß nicht einmal, ob es ihn gibt.«

»Weil ihr euch in den dreißiger Jahren fremden Göttern zugewendet habt.« Das ist die These unseren jetzigen Bischofs Müller. Woher weiß der Major das alles? denke ich bestürzt.

»So finsteren Göttern wie Wotan, Donar und dem Bösewicht, der den Lichtgott hinterrücks umgebracht hat – wie heißen die beiden nur?«

»Loki und Baldur«, sage ich prompt. Und beiße mir zu spät auf die Zunge.

Der Major notiert etwas und sagt: »Wie spricht euer Gott: Ich bin der Herr, dein Gott. Du sollst nicht fremde Götter haben neben mir. Das habt ihr Jahrhunderte über beherzigt. Darum behauptet euer Bischof, daß ihr das auserwählte Volk Gottes im Neuen Bund seid.«

Um den Offizier zurückzuholen auf die Bahnen des historischen Materialismus, spiele ich vorzeitig meinen letzten Trumpf aus: »Über unsere demokratische Verwaltung und genossenschaftliche Verfassung haben sich Engels und Lenin in ihren sozialpolitischen Schriften lobend ausgelassen.«

Ungerührt von Engels und Lenin führt der Major seinen Gedanken zu Ende: »Wir aber wollen das Himmelreich auf Erden. Für die Werktätigen aller Völker. Doch ohne Gott.

Dort machen eure Leute nicht mit. Zum Beispiel: Eure alten Nazis sind bei der Kirche untergekrochen, aber nicht um bessere Christen zu werden, sondern um gegen die neue Ordnung zu schüren.«

Ich stocke, höre höflich zu, lasse mich aber nicht aus dem Konzept bringen. »Was uns Siebenbürger Sachsen im Sozialgefüge fehlt, sind bewußte Proletarier. Nach den Gesetzen des historischen Materialismus ist die Befreiung für uns zu früh gekommen.«

Der Major scheint etwas sagen zu wollen, schreibt lieber.

»1944 gab es bei uns noch keine nennenswerte soziale Differenzierung von unten nach oben, keinen Zerfall der Volksgemeinschaft in antagonistische Klassen. Wir kannten keine Großgrundbesitzer und keinen Adel. Doch ebenso fehlte eine kämpferische Arbeiterklasse. Bei uns hustete sich kein ausgebeuteter Arbeiter zu Tod, es gab keine Habenichtse, die am Rande der Verzweiflung geschrien hätten: Eine gerechte Gesellschaftsordnung muß her um den Preis, daß das eigene Bürgertum erledigt wird!« Ich rede, der Major hört, notiert: »Bei uns wünschten selbst die Zukurzgekommenen nur eines: aufsteigen und es zu Wohlstand bringen.« Ich spähe zu ihm, der das Blatt wechselt, rede weiter: »Vielleicht hätte es dieses Auseinanderklaffen ein paar Jahrzehnte später als gesetzmäßige Evolution gegeben: hüben sächsischer Proletarier, der sich von der Volksgemeinde ablöst und die Waffe gegen die eigenen Landsleute richtet, drüben der steinreiche Ausbeuter, der auf den Arbeiter schießen läßt. Aber daß einer die Fronten wechselt, das gibt es bei uns bis heute nicht. Ein Klassenbewußtsein, das die Nation der Sachsen auseinanderdividierte, fehlt; durchwegs gilt das Bewußtsein einer historischen Schicksalsgemeinschaft auf Gedeih und Verderb. Die Individualität des Siebenbürger Sachsen beruht in seiner Kollektivität.«

»Also sind die Sowjets zu früh gekommen?«

Ich wechsle ins Rumänische: »Nicht die Sowjets, sondern das Jahr 44.« Und schließe hastig: »Wenn Partei und Regierung und Sie, Ihre Institution, mit uns schonungslos nach den ehernen Regeln des Klassenkampfes ins Gericht gehen, dann müssen sie uns konsequenterweise den Garaus machen, uns allesamt ausrotten. *Exterminare.* Wir haben vorläufig noch keine Proletarier hervorgebracht. So gesehen gibt es für uns keinen Platz unter Ihrer Sonne. Uns bleibt allein die schwarze Sonne.«

»Die am Ende von Scholochows *Der stille Don* über dem Haupthelden aufgeht. Wissen Sie, warum? Weil er sich nicht für den Sozialismus entscheiden konnte.«

Durch das Gittergeflecht vor dem Fenster zwängt sich mein Blick ins Freie und unterscheidet farbige Tupfen auf dem schwarzkarierten Schnee: Menschen in Anoraks oder Fabelwesen, die im Zinnensattel hin und her schweben. Ich bin todmüde und wünsche, in meinem Verlies zu sein. »Für meine Klausenburger Studenten lege ich die Hand ins Feuer. Für ihre loyale Gesinnung bürge ich.« Für mich ist das Gespräch zu Ende.

Der Major klatscht nicht in die Hände. Sein dunkles Haar schimmert im Widerschein der Sonne, die sich kaum bis an die vergitterten Fenster heranwagt.

Wechselt er das Thema? »Sie kennen doch Bilder von Menschen, Porträts, deren Augen einem folgen, wo man steht und geht.«

»Ja«, sage ich eifrig, ein Gespräch über Malerei wäre eine Ablenkung, »wir haben zu Hause ein solches Bild, vor dem wir uns als Kinder gefürchtet haben. Man konnte dem Blick des bösen Mannes nicht entrinnen.«

»Wen stellt es dar?«

»Ach«, sage ich vage, »es ist ein altes Bild, wahrscheinlich ein Vorfahre, ein Handwerker oder so. Die Vorfahren meines Vaters waren allesamt Handwerker in Birthälm. Zum Beispiel Tschismenmacher und Rotgerber ...«

»Und die Vorfahren Ihrer Mutter? Sie sind zu bescheiden, *mon cher.* Immerhin das Porträt eines Mannes mit dem Orden vom Goldenen Vlies um den Hals, dazu ein echter Martin van Meytens. Ihre Eltern halten es im Schlafzimmer versteckt, hinter dem Schrank.« Sie wissen alles.

»Ihr Buch – es hat etwas von so einem Bild.«

»Wieso«, frage ich, der ich nicht fragen darf, »ideologisch

ist es in Ordnung. Zwei Kommissionen von Parteikadern haben es geprüft, ehe es einen Preis erhalten hat.«

»Es gibt doppelbödige Literatur, wo der Autor eines sagt und etwas anderes meint. Inversionismus nennen wir diese staatsgefährliche Strömung. Unsere Verlage werden davon unterwandert. Ihr Buch könnte dazugehören. Und andere! Wir durchleuchten es eben. Sie haben diese Erzählung im Sommer 56 bei ihrer Großmutter in der Tannenau Jugendlichen vorgelesen. Daraufhin wollten diese Wirrköpfe eine Munitionsfabrik in die Luft sprengen. Es ist die Bande, die sich mit dem Agenten Enzio Puter eingelassen hat und mit dem Pfarrer Möckel konspiriert.«

»Das glaube ich nicht«, entschlüpft es mir.

»In ihrer Erzählung treffen sich sächsische Jugendliche einer kleinen Stadt und bedenken ihre Lage heute und hier. Und leitmotivisch heißt es: Es muß etwas geschehen! Diese Halunken haben genau zugehört und Sie beim Wort genommen.«

»Das habe ich so nicht gemeint«, erwidere ich. »Die Aussagen im Buch sind sonnenklar. Eingliederung in den Sozialismus.«

»Sonnenklar ist in Ihrem Buch nichts.«

Er kommt zu meinem Tischchen und breitet ein Heft vor mir aus: »Hier die Aufzeichnungen von einem dieser Burschen, nennen wir ihn Folkmar, dem Strategen der Bande. Sie, *mon cher*, führt er als Chefideologen dieses Geheimbundes an, ja, und in einem Schattenkabinett will er Sie als Kulturminister haben. Und lesen Sie hier, welch noblen Namen der Kreis sich gibt, einen sprechenden Namen: Edelsachsen. Schwer zu glauben, daß das junge Kommunisten sind auf der Linie der Partei, im Einsatz für den Sozialismus.« In einer Handschrift, die ich nicht kenne, steht das dort. Und mehr. Das Mehr läßt der Major mich nicht lesen. Er zieht das Heft weg. »Was sagen Sie dazu?« fragt er und setzt sich an seinen Schreibtisch.

»Die Bezeichnung Edelsachsen habe ich hier zum ersten Mal gehört, nie vorher. Und diesen Folkmar habe ich nie in meinem Leben zu Gesicht bekommen.« Und sage abschließend mit gekränkter Würde: »Meine Erzählung habe ich auch vor anderen Jugendlichen gelesen, und niemand hat daran gedacht, Fabriken in die Luft zu sprengen. Übrigens darf man es nicht ernst nehmen, was diese Gernegroß daherquatschten. Geht man allem nach, was bei uns in Zirkeln und Kränzchen getratscht wird, so muß man neben jeden einen Aufpasser stellen. Oder alle einsperren. Alles Palaver.«

»Palaver? Vielleicht Tacheles! So hat man bisher bei uns und höheren Orts gedacht«, sagt der Major mit ungewöhnlicher Schärfe. »Aber jetzt stellt sich heraus, daß es sich um massive, dazu geschickt getarnte nationalistische Aktionen handelt. An denen alle beteiligt sind, von den Jugendlichen bis zur Kirche, von den alten Nazis bis zu den enteigneten Fabrikanten, von den Pionieren in den deutschen Schulen, verkleidete Pimpfe, bis zu euch Studenten, die ihr euch unterm Deckmantel von Kultur und Literatur nicht nur dem dekadenten Westen verschrieben habt, sondern auch von imperialistischen Agenten einspannen laßt für subversive Ziele. Und du scheinst auch ein Doppelspiel betrieben zu haben! Oder?« Es ist das zweite Mal, daß er mich direkt beschuldigt. »Dem allen müssen wir nachgehen. Auch Sie, *mon cher*, sollten darüber nachdenken. Ich gebe Ihnen einen Tip: Das erste ist, daß Sie sich endlich daran erinnern mögen, was Sie partout zu vergessen wünschen. Zeit ist die Fülle, um Licht in diese dunkle Sache zu bringen. Und Mittel haben wir genug, denen das Handwerk zu legen, die mit den Mächten der Finsternis paktieren. Ich bin neugierig, wie Sie beweisen werden, daß dieser Puter ein harmloser Mann ist, ja ein Freund unserer Volksdemokratie. Wenn alle nackt sind, lacht man über den im Hemd. Wenn es bei euren Faschingsbällen heißt: Masken herunter, sind verdächtig die, die sie aufbehalten. Denken Sie an das Gesetz der Korrelation.«

Der Major klatscht. Und verläßt den Raum, noch ehe der Wachsoldat eintritt.

In der Hydrologie hört sich das Gesetz der Korrelation so an: Wenn in einem begrenzten Einzugsgebiet Regen fällt, klettert der Pegel in den Bächen, was bei allen hydrometrischen Beobachtungsstationen zu Buche schlagen müßte. So kann man kontrollieren, ob ein Flußwächter tatsächlich die Werte von der Meßlatte im Gerinne abliest oder zu Hause die Eintragungen nach eigenem Ermessen festschreibt. Der Major hat recht: Wenn die anderen, Folkmar und Companie, Enzio Puter als Staatsfeind und Meisterspion dargestellt haben, völlig abweichend von meinen Angaben, dann werde ich unglaubwürdig wie der Flußwächter, der die Meßwerte vor dem Schlafengehen vom nackten Bauch seiner Frau abliest. Ich sitze in der Falle.

Mein Treffen mit Enzio Puter – geplante Einführung in den Dienst eines Verschwörers ... Wie das Gegenteil beweisen? Die Rettung wäre Annemarie. Durch sie könnte ich den Major überzeugen, daß die Begegnung mit dem Puter ein Zufall war.

Wie fuchtig war sie, daß ich ihr dies Zusammentreffen abgetrotzt habe, ihr die letzte Nacht mit ihm entrissen!

Ich war am 11. November 1956 in Kronstadt angekommen. Annemarie hatte ich unter Druck gesetzt, sie möge mich beim Bartholomäer Bahnhof erwarten, damit ich nicht die Einmütigkeit aller drei gegen mich hätte, Mutter und Tochter und Brieffreund, wenn ich das Haus betreten würde. Die Begegnung mit ihm hatte ich gegen ihren Willen durchgesetzt, vor allem weil ich wünschte, daß man mir reinen Wein einschenke. Den bekam ich reichlich zu kosten.

Es war früher Nachmittag, als wir bei ihrer Mutter ankamen. Auf dem endlosen Weg in den Skei, die äußerste Vorstadt – wir gingen zu Fuß, weil ich Annemarie eine Weile für mich haben wollte –, schwätzte sie ins Blaue hinein, ein erschreckend fremder Zug an ihr. Wie nobel war es ihr im Hotel »Ambasador« in Bukarest ergangen, wohin Enzio Puter sie bestellt hatte, weil er als westdeutscher Tourist die Hauptstadt nicht verlassen durfte. »Mein Brieffreund hat mir ein tief ausgeschnittenes, ockerfarbenes Seidenkleid mit Trompetenärmeln geschenkt. Alle Hoteldiener haben sich verneigt, wenn ich die Treppe herunterkam. Der Direktor hat mir jedesmal beide Hände geküßt und einmal sogar die Armbeuge.« Sie hatte ihn zu unseren rumänischen Freunden ge-

lotst, Vintilă, Florin, Adrian.»Am besten hat es meinem Brieffreund dort gefallen. Die wollen ein gemeinsames Europa mit
den Amerikanern an der Spitze. Sie haben französisch und
englisch gesprochen. Alle Sprachen kann mein Brieffreund.
Wir können nicht einmal Russisch. Die Tage sind wie im
Flug vergangen. Und immer wieder stehlen uns fremde Menschen die kostbare Zeit miteinander.« Ich fühlte mich nicht
betroffen.

»Hier in Kronstadt wollten wir ins Kino gehen. Am Abend
mußte das sein, denn er hätte gar nicht herkommen dürfen,
der Enzio. Kaum sind wir aus dem Tor getreten, stürzt sich
der Peter Töpfner auf meinen Brieffreund, zieht uns beide zu
sich in den Hof: Kommen Sie, noch nie war ein leibhaftiger
Westdeutscher bei uns! Wir sind ein Kreis lesender Arbeiter,
die wir uns jeden Mittwochabend bei mir versammeln und
uns den Kopf zerbrechen über unser sächsisches Schicksal,
über den Lauf der Welt und seit drei Wochen auch darüber,
welches unser Beitrag zur Revolution in Budapest sein könnte. Raten Sie uns!«

Als ich ins Zimmer trat, das als Schlafraum und Wohnstube diente und ausnahmsweise wegen des hohen Gastes als
Speisezimmer, frohlockte ich: Dieser kann mir nicht zur Gefahr werden. Mitleid überkam mich: so abstoßend häßlich,
der arme Teufel! Ich trat auf Enzio Puter zu und wollte ihn
umarmen. Sichtlich beunruhigt nahm er die Brille mit den
dicken Linsen ab und begann sie mit einem Lederlappen zu
putzen. Meine ungestüme Bewegung blieb als leere Geste in
der Luft hängen. Ich setzte mich auf ein Holzscheit am Ofen.
Jetzt erst begrüßte er mich. Trotz der rauschenden Freude, die
mich durchpulste und die meine Sinne benebelte, nahm ich
wahr, daß er eine Reihe steiler, gelblicher Zähne entblößte,
daß er meiner Freundin kaum bis zum Kinn reichte, daß sein
sommersprossiger Handrücken struppig bewachsen war, daß
rotes, borstiges Haar auf seinem Kopf emporstand und daß
die beiden Augen, hinter der Brille riesig vergrößert, in drei
verschiedenen Farben davonschwammen. Ja, und daß er mich
mit freundlichen Blicken maß und ein Gespräch begann. Worüber eigentlich?

Während ich vor mich auf das Tischchen starre und wir beide auf den Major warten, der Soldat und ich, fällt mir manches ein, woran erinnert zu werden ich partout nicht wünsche. Ruhig lächelnd hatte der Puter zu bedenken gegeben, daß die Sowjetunion keineswegs monolithisch zusammengefügt sei, wie im Ostblock behauptet, graniten wie ein Fels. Zum Beispiel bröckle es an den Rändern. Zwischen den islamischen Republiken und dem Zentrum in Moskau gebe es Spannungen. Uns jungen Sachsen riet er, in die kommunistischen Jugendorganisationen einzutreten, um diese zu unterwandern. Habe er seine Freundin recht verstanden, dann seien die Intentionen des Klausenburger Studentenkreises ähnlich gelagert: sich in einem Stück sächsischer Eigenständigkeit und demokratischer Tradition gegen die uniformisierenden Tendenzen des Staates abzugrenzen.

Mir schienen die Ausführungen so absurd, daß ich sie keiner Antwort würdigte, abgesehen davon, daß ich von einem einzigen Gedanken beherrscht war: Annemarie bleibt bei mir!

Kann ich den Major davon überzeugen, daß ich es, benebelt von Glückseligkeit, an politischer Wachsamkeit habe mangeln lassen und Puters politische Redereien nicht ernst genommen habe? Sie erscheinen mir auch jetzt naiv und dilettantisch. Wenngleich sie in den Ohren der *Securitate* ihre Arglosigkeit verlieren mögen. Soviel habe ich bereits gelernt.

Der Major kommt zurück. Ich sage nichts.

Er ist bester Laune. Vielleicht hat er eine Cremeschnitte genossen. Er sagt versöhnlich: «Gewiß, gewiß, wir zweifeln nicht an der lauteren Gesinnung Ihrer Erzählung und an Ihren guten Absichten. Aber es genügt ein Tropfen Gift in einem Wasserkrug, um alles zu verderben. Wer sind die Giftmischer? Das zu klären, haben wir euch hier versammelt.»

Er klatscht. Der Soldat nimmt mich beim Arm, und wir machen uns auf den Weg.

Der Jäger hat den Rest meines Mittagessens aufbewahrt, das kalt ist und schleimig schmeckt und das ich trotzdem esse. Der Hunger hat begonnen.

»Du warst lange weg«, sagt er, während ich auf den Bettrand niedersinke. »Du fühlst dich gewiß wie ein Wildschwein, das den Bauch aufgeschlitzt hat.« So fühle ich mich: Wie ein Wildschwein, das in die Falle geraten ist. Die Eingeweide hängen mir aus dem Leib. Ich beschreibe meinen Offizier. Er weiß Bescheid: »Das ist der Major Blau.«

Major Blau? Ein Siebenbürger Sachse? Unsere Leute heißen Roth, vor allem Roth und Grau, sie heißen Schwarz und Braun, ja sogar Grün, Uwe Grün, und Gelb, Erika Gelb. Aber Blau ...

Noch habe ich nicht die letzten Bissen verschluckt, als wieder aufgeschlossen wird. Ich habe das Kommen des Wachsoldaten überhört. Ohne es zu wollen, springe ich auf und stelle mich mit dem Gesicht an die Wand.

Oben nimmt mich ein anderer Major in Empfang. Laut Rosmarin ist es der Chefermittler Alexandrescu, ich erkenne ihn an den gelben, gesträubten Brauen. Er drückt mir einen Bleistift und etliche Bogen Papier in die Hand. »Sie schreiben auf, was Sie bisher zur Geschichte der Siebenbürger Sachsen ausgesagt haben. Es ist die erste marxistische Analyse eurer Geschichte mit den Mitteln des dialektischen und historischen Materialismus, die uns zu Ohren gekommen ist. Doch bitte ohne die blumigen Beispiele aus Ihrem Verwandtenkreis. Streng wissenschaftlich. Sie sind ja nicht nur ein Poet, sondern auch ein Studierter.« Das gebe einen Bezugsrahmen ab, um die politischen Vergehen meiner Landsleute richtig einzuordnen. »Keineswegs will unser volksdemokratischer Staat die Sachsen vernichten, aber Licht müssen wir in diese zweifelhafte Angelegenheit bringen. *Facem lumină*!« Und das dürfe der deutschen Jugend dieses Landes nicht noch einmal angetan werden: als Kanonenfutter mißbraucht zu werden. Es habe genügt, daß die Elterngeneration »*la SS*« gegangen sei und an den gefährlichsten Frontabschnitten ihr Blut vergossen habe, als der Krieg bereits verloren gewesen sei. Zur selben Zeit hätten die *soldaţii Reichului* in Paris sich mit den Französinnen vergnügt. Das dürfe sich nicht wiederholen. Recht hat er, denke ich: wir im Elend und andere flanieren in Paris herum? Nie mehr!

»Nicht nur Staat und Partei erweisen Sie einen Dienst,

sondern auch Ihrem Volk. Wenn Sie sich bewähren, können Sie der neue Führer der Sachsen werden, auf den die in Bukarest schon seit langem warten.«

Ich schreibe, bewacht von einem Soldaten, der stehen muß. Es wird eine lange Darlegung über viele Seiten. Als mein Wächter es nicht mehr aushält, nimmt er Platz auf dem einzigen Stuhl hinter dem massiven Schreibtisch und bittet mich, es nicht zu bemerken; angstvoll starrt er auf die Tür, die sich jeden Moment öffnen kann. Von mir fällt jegliche Angst ab. Wie im Rausch rücke ich mit dem Instrumentarium der marxistischen Gesellschaftstheorie der Geschichte der Siebenbürger Sachsen zu Leibe – eine Verteidigungsschrift über das Werden und Sosein meines Volkes. Es ist Nacht, als der Offizier vom Dienst eintritt und die Papiere an sich nimmt. Der Wachsoldat steht auf Posten. Kaum ist der Vorgesetzte weg, gähnen wir beide herzhaft. Dann trennt uns die Hausordnung: Ich verkrieche mich in die Finsternis der Brille, er läßt einen saftigen Furz fahren.

Der Jäger liegt im Bett, Hände auf dem Kotzen, Gesicht zur Funzel, ein Taschentuch über den Augen. Es ist nach zehn. Das Abendessen habe ich verpaßt.

Am nächsten Morgen nach dem *program* wünscht der Jäger alles durchzuhecheln, was sich in der letzten Zeit angestaut hat. Er läßt sich alles haarklein berichten, vom ersten Verhör mit Major Blau an, und kommentiert jeden Satz. Doch kommen wir nicht über die lächerliche Sache mit der Straße meiner Geburt in Arad hinaus. Ich seufze: »Hätte ich nur geantwortet, ich hätte keine Erinnerungen an damals. Schließlich war ich drei Jahre alt, als wir von dort weggezogen sind.«

Der Jäger meint: »Dann hätte er anders herausbekommen, was er zu erfahren wünschte. Daß er mit jeder noch so ungereimten Frage etwas verfolgt, ist über jeden Zweifel erhaben. Wahrscheinlich hat er wissen wollen, als er dich über diesen Dr. Rusu-Şirianu ausgequetscht hat, wie genau dein Gedächtnis funktioniert. Oder aus welchen Kreisen du stammst. Oder etwas drittes.«

Er überlegt: »Was muß der für ein Chamäleon gewesen

sein, daß er alle Regimes überstanden hat.« Und zählt auf,
man hört den politischen Unterricht der Partei heraus: »Die
bürgerlichen Regierungen der dreißiger Jahre; die Allein-
herrschaft des Königs Carol II. Ich war als Knabe dabei, in
Mediasch, als sie seinen Zug beschossen haben, mit dem er
im September 1940 das Land verlassen hat, mit seiner Kebse,
der Lupescu. Darauf die Schreckenszeit der Faschisten, der
Grünhemden; dann die Militärdiktatur des Marschalls Antonescu – den hat man im 46er Jahr hingerichtet, noch waren
wir Kommunisten nicht am Ruder. Und bis 47 die konstitu-
tionelle Monarchie des jungen Königs Mihai – ich war als
Fallschirmjäger in seiner Leibgarde. Und schließlich die Diktatur des Proletariats, nachdem der König gehen mußte. Wer
das überlebt, ist verdächtig.«

»Aber dieser Rusu-Şirianu muß längst tot sein. Was von
ihm übrigblieb, ist ein Straßenschild.«

»Das spielt keine Rolle. Hier sind Tote und Lebende gleichermaßen verdächtig.«

»Wieviel Zeit sie mit solchen Kinkerlitzchen verlieren«,
sage ich. Er flucht, spuckt aus, das ist nicht verboten: »Es ist
nicht ihre Zeit, es ist unsere Zeit.«

Immer dasselbe: Wir grasen die Geschehnisse ab nach einer
Spur, die in die Freiheit weist, und bleiben in einem Dornen-
gestrüpp stecken.

Nach dem Frühstück werde ich hinaufbeordert. Major Alexandrescu ist nicht allein. Eine junge Frau sitzt vor einer
Schreibmaschine. Sie blickt an mir vorbei ins Leere. Eine gepflegte Erscheinung, die Lippen leicht geschminkt, fein nach-
gezeichnet die seidigen Brauen, die Haare vom messingfar-
benen Blond der Rumäninnen, madonnenhaft gescheitelt.
Diktieren möge ich ihr, was ich gestern verfaßt habe. Man
habe beschlossen, meinen Kommentar ans Zentralkomitee
nach Bukarest zu schicken. Und noch einmal sei es gesagt:
»Ihre Befürchtung schlagen Sie sich gefälligst aus dem Kopf,
daß man die Sachsen ausrotten will, nur weil sie nicht ins
gesellschaftspolitische Konzept des Staates passen. Das ist
eine mechanistische Weise, die Dinge zu lösen. Befürchte also

keine *catastrofă naţională*. Alle Vorgänge muß man in ihrem Kontext überprüfen.«

»*Interdependenţa fenomenelor*«, sage ich erfreut, »das erste Gesetz der Dialektik.«

»*Exact!*« Es gehe darum, die Leute umzuerziehen. Wenn nicht anderswo, dann hier. »Übrigens habt ihr Deutsche euch dies alles eingebrockt. Hegel und Feuerbach und Engels und Marx sind deine Landsleute. Nun müßt ihr das auslöffeln.« Er lacht, die gelben Brauen sträuben sich. Ich spüre die Gänsehaut. Zuletzt schärft er mir ein: »Kein Wort zur Genossin. Doch anschauen darfst du sie.« Er lächelt, und das ist grausam, und geht lautlos hinaus.

Ich diktiere, die Genossin tippt. Sie schreibt, ohne aufzusehen, ohne ein Wort zu verlieren, als sei sie ein Bestandteil der Maschine. Manchmal ergeben sich Pausen, dann stürzt der Wachsoldat herein: »Fertig?«

»Nein«, sage ich, denn sie schweigt.

Nach dem letzten Satz rufe ich »*punct*« und »*gata*«. Sie erhebt sich automatisch. Zum ersten Mal erblicke ich ihre Gestalt von blumenhafter Zartheit. Sie bündelt die Papiere, tut das mit trägen Bewegungen, nimmt sich Zeit. Der Wachsoldat springt vom Gang herein: »*Gata?*«

»*Nu*«, sagt sie mit tonloser Stimme. Es ist ihr erstes und letztes Wort. Er schließt die Tür von außen.

Die Genossin geht nicht den geraden Weg hinaus, sondern tritt zu mir in die Ecke, wo ich hinter meinem Tischchen sitze und warte, die Hände auf der Tischplatte. Sie verhält den Schritt, beugt sich zu mir nieder, küßt mich auf die Stirne, küßt mich auf den Mund, während ihre Brüste die Bluse wölben und eine Halskette mit einem silbernen Kreuz sich aus dem Versteck löst. Sie reckt sich, nestelt mit der linken Hand an der Halskette, verbirgt sie in der Bluse.

Der Jäger erfährt von diesem allen nichts.

9

Erfasse ich, daß ich hinter Schloß und Riegel sitze, dann gerate ich außer mich: Die sieben Eisentore müssen auf der Stelle aufspringen. Nur weg! Nur weg!

In Fogarasch, im großen Garten der Kindheit, ertappte ich einen Gassenjungen beim Äpfelklauen. Als er wieselflink über den Zaun zur Franziskanerkirche entkommen wollte, fing ich ihn à la Tom Mix mit dem Lasso und sperrte ihn in den Luftschutzgraben, der von massiven Türen verschlossen war. Der Knabe gebärdete sich wie toll, schlug mit Händen und Füßen um sich. Es kostete Mühe, ihn unterzukriegen. Das Getrommel der Fäuste aus der Unterwelt hörte sich erbärmlich an. Er schrie nach Wasser. Das holte ich aus dem Haus. So lange sollte die Strafe dauern. Als ich zurückkam, war es im Unterstand still. War er entwischt? Als ich die Bohlentüre öffnete, lag er auf dem Boden, besinnungslos, den Mund an der Türritze. Gesicht und Kopf waren blutig. Minuten bloß waren vergangen.

Der Major ruft nicht. Weiße Wände in endloser Wiederholung und in den Eingeweiden das Ticken jeder Sekunde. Die Zeit wird zur Bedrohung. Ausharren und doch entfliehen, wie das? Mich in der großen, bösen Zeit einrichten, wie unsere Mutter es versucht hatte?

Noch wohnten wir in dem Haus mit dem Löwen. Und obzwar die Kommunisten sich mit dem König in die Herrschaft teilen mußten, fürchteten wir uns vor ihnen rund um die Uhr. Aber zu wenig und zu ungenau. Was wir uns damals herausnahmen, hätte uns den Kragen kosten können, wie ich jetzt einsehe. Nach dem Umsturz 1944 war es unsereinem verboten, Radios zu besitzen. Desungeachtet hatte meine Mutter, als man die Empfänger zu requirieren begann, gleich zwei zurückbehalten – hinter dem Rücken meines Vaters. Den kleinen, fast ovalen Philips-Volksempfänger mit zwei Wellen, ein kompaktes und schweres Ding, hielt sie in ihrem Kleiderschrank versteckt, im länglichen Flickkorb.

Bei einer nächtlichen Hausdurchsuchung im Herbst 1946,

als die Männer der königlichen *Siguranţa*, begleitet von Rot-
gardisten, von Zimmer zu Zimmer trampelten und mit finsteren Mienen alles auf den Kopf stellten, fanden sie den
Henkelkorb. Uns Kindern hatten sie befohlen, aufrecht in
den Betten zu sitzen, die Hände auf der Decke. Wir durften
kein Wort sprechen. Und weinen auch nicht. Ein Verbot, an
das sich die kleine Schwester tapfer hielt, wenngleich ihr die
Tränen über die Wangen liefen bis zu den Mundwinkeln, wo
sie sie mit der Zungenspitze auffing, mal rechts, mal links.

Als die Männer den Kleiderschrank der Mutter aufris-
sen, der uns Kindern als einziges im Haus verwehrt war und
den wir manchmal einen Spalt weit öffneten, um uns an den
Wohlgerüchen zu ergötzen, erblickten sie den fatalen Korb.
Noch ehe sie zulangen konnten, bückte unsere Mutter sich
zuvorkommend, ergriff den Korb, stellte ihn leichthin auf den
Boden und sagte: »Bloß Kinderstrümpfe zum Stopfen!« Und
sah zu, wie die Männer in ihrem Schrank wühlten, alles durch-
einanderwarfen und nachher nichts mehr an seinen Platz zu-
rücklegten. Sie aber stellte das verhüllte Radio an seinen Platz
zurück, während die Finsterlinge weitereilten.

Den zweiten Radioapparat hatte die Mutter in der Diwan-
ecke verstaut, verkleidet als Zierkissen: ein größerer Empfänger der Marke Telefunken mit magischem Auge, das nun
im Verborgenen grünlich glühte. Den Antennendraht hatte
sie durch den Schornstein geführt und oben am Aufsatz aus
Drahtgeflecht angelötet. Musik aus dem bestickten Ruhekis-
sen zauberte vergangene Zeiten ins Gemüt. Und die Nachrichten ferner Sender aus dem Flickkorb entführten uns in eine
irreale Gegenwart.

Wäre das auf hier übertragbar? Restauration der Zeit?
Nein.

Trotzdem: gibt es keine Zeitnischen, in denen ich mich vor
den Drohungen der Tages verstecken könnte?

Geweckt werden wir um fünf. Jedesmal ist es der Urschreck,
der sich in Einzelängste auflöst, wenn der Tag mit seinen
siebzehn bleiernen Stunden über mich herfällt.

Im Nu habe ich den Strohsack glattgestrichen; er wird von
Nacht zu Nacht dünner, das Stroh rinnt als Staub heraus.

Und im Handumdrehen den Kotzen über das Bett gebreitet und das mit Sägespänen gefüllte Kissen aufgeschüttelt.

Anziehen! Ich habe es gut, ich habe unter meinen Sachen aus der Klinik einen Pyjama, aus dem ich in die Tageskleidung schlüpfe. Fertig! Und nun horchen. Warten.

Die Tür springt auf. Die Schaufel wird hereingeschoben, der Besen nachgereicht. Graue Haare, dunkle Haare, ein brauner Nähfaden, Schnitzel von Butterpapier, Lippenstift an einem Zigarettenstummel.

Einmal die Woche ein Lappen zum Aufwischen. Das mache ich, lustlos. Auf dem Steinboden verfliegt die Feuchtigkeit, ehe ich alle Ecken betupft habe. Dafür fegt der Kollege jeden Morgen die Kammer mit hektischem Eifer. Fertig. Warten.

Endlich: »*La program!*« Auf zur Toilette. Hurtig den Darm entleert, gleichzeitig pissen, eilig den Hintern ausfleihen. Weiter! Der nächste bitte! Wehe, wenn sich dir die Hämorrhoiden blutig aus dem After stülpen oder Dünnschiß dich aushöhlt. »*Repede, repede!*« Wir Gesunden zweigen Zeit ab, damit der Leidende selbstquälerisch seine Notdurft verrichten kann. Schlimm, wenn die ausgemergelten Waden ihn nicht mehr tragen, wenn er die Hockstellung über dem Schlund des Aborts nicht durchhält. Doch der kräftigere Schicksalsgefährte greift ein: Die eine Hand bietet er dem Schwankenden als Haltegriff, mit der andern spült er sich den Mund aus. Der Büttel trommelt mit dem Bündel der Eisenbrillen an die Tür: Schluß machen! Du raffst die Hosen, den stinkenden Topf. Im Gänsemarsch geht es zurück in die Zelle. Warten. Horchen. Endlich Frühstück.

Dazwischen entdecke ich eine Zeitnische. Schon Rosmarin hatte bemerkt: »Bis zum Frühstück hamer Ruh.« Ich verkrieche mich unter den Wandtisch. In dieser Höhle lasse ich niemanden an mich heran. Manchmal schimpft der Aufseher, aber er verjagt mich nicht. Die Angst schweigt. Gedanken schweifen.

Dann aber beginnen die Verhöre. Stiefel trampeln über den Gang. Türen dröhnen, Menschen werden abgeführt, elf Stufen so, elf Stufen anders. Wir sitzen wie im Unterstand, erbeben: »Eine Kugel kommt geflogen, gilt sie dir oder gilt sie mir …«

Endlich die rettende Insel des Mittags. Das Essen mit Geschmack von Blech und Absud. Wer ein Verhör hinter sich hat, kann die verzehrende Erregung kaum dämpfen, kommt schwer zur Ruhe. Was im alltäglichen Leben gang und gäbe ist, erhält hier furchtbare Namen: Verschwörung, Hochverrat, Spionage.

Ich verbeiße mich in eine Differentialgleichung, um der Obsession eines solchen Vormittags zu entrinnen, kritzle mit dem Fingernagel neue Formeln der Himmelsmechanik auf den Pferdekotzen, entwerfe einen Geländewagen, von einer Luftschraube angetrieben, der sogar im Morast dahinfliegt. Nie vorher, nie nachher und nirgendwo anders als hier, in der sterilen Stille der Zelle, gelangen mir solche Kraftakte intellektueller Konzentration.

Dienstag und Freitag verbreitet sich nach dem Essen gedämpfte Unruhe. Die Befrager sind am Werk, stellen einen zur Rede. An den übrigen Nachmittagen herrscht amtlich verordnete Ruhe. Aus der Nische des Mittags wird ein endloser Stollen. Das Gemüt verfinstert sich. Unvermutet sagt der Zimmerkollege auf dem Bett gegenüber mit munterer Stimme: »Erinnerst du dich, wie ich hergekommen bin?« Zeigt hinauf und sagt: »Durch den Plafond.« Und hört Glocken läuten, wo die Stille einen erstickt. Oder schnellt vom Bettrand und rennt mit dem Kopf gegen die Wand, daß Blut aus Nase und Ohren spritzt.

Und der Kerkermeister draußen auf dem Gang? Er ist laut Rosmarin schlimmer dran als wir: Er ist allein. Langweilt sich zu Tode. Neidisch wird er, wenn es in den Zellen hoch hergeht. Es kommt vor, daß die Gefangenen sich im Flüsterton Witze erzählen, Anekdoten aus einem früheren Leben, und lachen, was laut Hausordnung verboten ist. Ja, daß sie sich manchmal vor Vergnügen auf die Schenkel schlagen, was nicht verboten ist, doch nicht gerne gesehen wird, wie auch Turnen und Tanzen. Der Wachhabende aber ist eingekastelt, selbst er. Die Tür zum Treppenhaus ist von außen versperrt. Die Zeit setzt ihm zu. Reden darf er mit uns nicht.

Lesen kann er nicht. Singen tut er nicht. Und tanzen, im Dienst? Wohl nicht. Sich selbst Witze erzählen, das bereitet wenig Spaß. Er schleicht dahin, glurt durch den Spion in die Zelle, bis das Auge tränt – Arbeit und Abwechslung zugleich.

Doch sorgt der Mann im Gang auf seine Art für Unterhaltung, wenn er den Rauchern in den Zellen Feuer gibt. Wie viele Arrestkammern kann er mit einem brennenden Zündholz abfertigen? Er rennt von einem Guckloch zum anderen, klappert mit dem Deckel und hält die Flamme hin, wo der Häftling bereits wartet: »*Repede, repede!*« Mit der Zigarette im Mund hängt der Nikotinsüchtige vor dem Guckloch. Und reißt mit einem Atemzug seinen Teil der Flamme an sich, ist am Rekord mitbeteiligt. Die Zigarette qualmt. Der Beglückte ist betäubt. Raucht die Zigarette auf, bis sie ihm die Lippen versengt. Der Wächter aber hüpft mit dem entflammten Hölzchen weiter. Wir zählen die Zellen.

Es kann passieren, daß der Deckel zur Seite geschoben wird und der Häftling mit der Zigarette vorspringt. Aber keine Flamme erscheint, obschon alles so klingt und riecht. Vielmehr füllt ein Auge die Öffnung, das Auge eines gehobenen Beobachters, der auf Stiefelspitzen von Loch zu Loch schleicht und uns beschaut und dem nun die Zigarette ins Auge fährt. Der Unsichtbare aber muß unsichtbar bleiben. Und darf, trotz Tabak im Auge, keinen Ton von sich geben.

An einen solchen geriet ich, als der Jäger mich anlernte. Er steckte mir seine Zigarette in den Mund, ich hielt sie zum Guckloch hin. Als er rief: »Jetzt hurtig zugestoßen! Sonst bleiben wir bis abends ohne Feuer!«, fuhr ich mit dem Stengel in die Öffnung. Kein flatterndes Flämmchen züngelte, vielmehr war ein wehleidiges Krächzen zu hören, gefolgt von einem Knurren. Die Klappe flog auf, eine fleischige Nase füllte die Luke. »*Idiotule!*« Der Jäger erkannte die Epauletten eines Hauptmanns. Bis zum Abend sog der Jäger an der kalten Zigarette. Ich mußte im Winkel stehen.

Doch auch am Nachmittag, wie immerfort und überall hier: warten, horchen, hoffen. Wird sich nicht jetzt die Tür öffnen und nie mehr hinter einem schließen?

Samstag nachmittag wird in einer offenen Doppelkabine

geduscht. Kein reines Vergnügen, denn außer uns selbst müssen wir auch die Wäsche waschen, alles mit dem einen schmutzigbraunen Stückchen Seife von der Größe einer Zündholzschachtel. Ich betreibe es locker: bloß die Manschetten und der Kragen vom Hemd werden geschrubbt und von der Unterhose noch weniger. Die Socken säubern sich von allein: Sie liegen über dem Abfluß.

Nach dem Bad wird uns der Bart geschabt, von einem echten Friseur. Der rasiert uns, als seien wir Herren: in der ersten Zeit zünftig mit geschlagenem Schaum und mit einem Rasiermesser Marke Solingen. Irgendwann einmal entreißt ein Häftling dem Barbier das Messer und schneidet sich die Pulsader auf. Das Blut zischt hervor und bekleckert den schneeweißen Kittel des Meisters. Seit damals schert man uns die Bartstoppeln mit einer Haarschneidemaschine. Unsere Hände sind an der Armlehne festgebunden.

Geschnitten werden die Haare einmal im Monat, nicht ratzekahl, sondern militärisch kurz. Noch sind wir keine überführten Übeltäter, Sträflinge ohne Namen und Würde, sondern Untersuchungshäftlinge. Und einmal im Monat pusten zwei Soldaten scharf riechendes Pulver in das Bettzeug und in jeden von uns hinein: Hosen runter, Hemd rauf. Der eine Soldat betätigt den Blasebalg, der andere streicht mit dem Schlauchende über deine Haut. Weißbepudert gleicht dein Unterleib einer Gipsfigur.

In unregelmäßigen Abständen geht der Arzt um, ein graumelierter Major, dessen Kunst darin besteht, Simulierer von echten Kranken zu unterscheiden. Die Krankheit spielt keine Rolle.

Der Abend gehört uns. Die Dämmerung in der Zelle wird von der Funzel oben hinter dem Gitter erhellt. Mit dem letzten Bissen des Abendessens sehnt man sich nach der Herberge der Nacht. Vorher heißt es noch einmal: »*La program!*«

Um zehn Uhr Zapfenstreich. Wir schaffen uns künstliches Dunkel unter dem Taschentuch, das wir über die Augen ziehen. Jetzt wären die obskuren Brillen am Platz. Der Schlaf … Selbst der gehört denen.

Als Major Blau mich nach Tagen holen läßt, verliert er kein Wort über Annemarie Schönmund, Enzio Puter und den Studentenkreis. Noch weniger verstrickt er mich in ein hochgeistiges Gespräch. Er sieht zum Fenster hinaus, als er mit mir zu reden beginnt.

»Sie haben eine sächsische Mitstudentin, Frieda Bengel, unter Druck gesetzt, ihren Freund nicht zu heiraten, weil er ein Rumäne ist. Andererseits werfen Sie sich in Pose, daß Sie für Völkerverständigung und Sozialismus sind. Wie erklären Sie diesen Widerspruch?« Sich gegen völkische Mischehen aussprechen gilt als nationalistische Agitation, ist strafbar. »Müssen wir nicht zum Schluß gelangen, daß Sie sich mit unlauteren Absichten in die Partei haben einschleichen wollen?« Was er sagt, klingt nicht streng, eher gelangweilt, als wolle er sich mit mir nicht mehr einlassen. Er ist in Uniform. Daß er die blaue Schirmmütze aufbehält und die Samthandschuhe nicht ablegt, gibt seiner Gegenwart etwas Flüchtiges. Ich bin beunruhigt, nahezu gekränkt.

»Ganz einfach. Laut Lenin behalten Nationalitäten ihre Existenzberechtigung, solange das Staatsvolk überdauert. Will man uns in der Rumänischen Volksrepublik als Siebenbürger Sachsen haben, muß es uns geben. Vor dem Krieg lebten in Rumänien insgesamt achthunderttausend Deutsche – übrigens ebensoviel Juden. Nun sind wir auf weniger als die Hälfte geschrumpft, Tendenz fallend. Es handelt sich um reine Statistik: Mischehen zerstören die Substanz.«

Der Major klatscht in die Hände, anders als gewöhnlich. Ein Leutnant erscheint, nimmt Haltung an. Wortlos schiebt der Major ihm einen Zettel zu. Nach einer halben Stunde hat er die Antwort. »Uns können Sie nicht hinters Licht führen. Bitte, frischeste statistische Angaben: Mischehen fallen nicht ins Gewicht. Bei dreißigtausend Angehörigen Ihrer Nationalität ist der Anteil von rumänisch-deutschen Paaren verschwindend klein, *quantité négligeable.«*

Und sagt: »Selbst wenn Sie sich nicht in strafbarer Weise von rassischen Vorurteilen haben verblenden lassen, haben Sie dennoch der reaktionären Propaganda Ihrer Landsleute das Wort geredet. Als vigilenter Marxist hätten Sie sich von

der Realität her absichern müssen. Was meinen Sie nun?«
»*Mon cher*« sagt er nicht mehr.

»Genau das habe ich getan. Pfarrer Wortmann, den ich unlängst danach fragte, hat ähnliche Daten angeführt. Mischehen bilden keine Gefahr für unsern Fortbestand.«

»Und Sie, Sie haben in der alten Manier weitergemacht.«

»Nicht doch. Bei einer andern Studienkollegin habe ich versucht, die Eltern umzustimmen, um so mehr ich überzeugt war, daß die Liebe stark genug sei für das heikle Unternehmen einer Ehe. Die Eltern haben mich hinausgetan, während die Tochter in der Speisekammer geheult hat.«

»Sind Sie der Herrgott der Sachsen?« fragt der Major, wendet sich zu mir und betrachtet mich von allen Seiten.

»Nein«, sage ich.

Er wünscht zu wissen, wer die Familie sei, die ihre Tochter nicht an einen Rumänen hergeben wollte. »Das sage ich nicht. Sie werden es ohne mich herausbekommen.«

Der Major vertieft sich in das Staatswappen an der Wand, sagt: »Glauben Sie ja nicht, daß unsereiner begeistert ist, wenn Fremde in unsere Familien einheiraten, vor allem Deutsche. Mitnichten!«

Er erhebt sich, rückt die Offiziersmütze zurecht, zupft am Uniformrock, zieht die Handschuhe aus, um sich schneuzen zu können. Ohne mich eines Blickes zu würdigen, macht er sich auf den Weg. Bereits bei der Tür, tritt er zu mir hin, wirft die Samthandschuhe auf mein Tischchen und verläßt wortlos den Raum.

Wir warten aufs Frühstück. Auf dem Flur das übliche Morgenspektakel. Der Jäger sitzt auf seinem Bett und riecht an der Apfelschale seiner Töchter. Ich kauere unter dem Wandtisch, meiner Ruhestätte, und versuche, nicht an das zu denken, was ich vergessen will. Doch hin treiben die Gedanken wie zappelnde Spinnen im Bach.

Eine jener Großveranstaltungen im Literaturkreis am Mittwoch abend war zu Ende. Elisa Kroner hatte über *Doktor Faustus* referiert. Wenige Wortmeldungen. Keine verfänglichen Fragen. Ich atmete auf.

Elisa zog mich an der Hand fort, noch ehe die Masse der Zuhörer sich durch die zwei Türen auf den Flur gezwängt hatte. »Sei lieb und begleite mich. Tu alles, was ich dich bitte. Und wundere dich über nichts.« Sie sah sich vorsichtig um. »Es verfolgt mich einer seit Tagen. Es ist einer von denen, denn er trägt stinkteure Schuhe. Ich will herausbekommen, ob er mir überallhin nachgeht. Und wenn ja, dann will ich ihm auf eine elegante Art die Hundsmucken austreiben.« Liuben, der wie ein entwichener Flaschengeist herbeiflatterte, schickte sie weg. »Geh, tröste die Paula Mathäi. Ich bin in guten Händen.«

Wir rannten einen der spärlich beleuchteten Korridore entlang, weg von der Haupttreppe. Tatsächlich, ein Schatten folgte uns. »So«, sagte sie hastig, als wir um die Ecke bogen, »das ist er. Ich geh jetzt aufs Damenklo und bleibe dort so lange, bis seine Blase platzt. Gewiß hat er ein, zwei Bier getrunken, vorher. Drei Stunden ist er bei uns im Saal gesessen, übrigens halbverdeckt hinter der dritten Säule rechts. Irgendwann einmal muß auch er austreten. Dann ruf mich, noch besser, komm leise herein, ich bin sowieso allein, und wir laufen weg. Als erstes aber verschwind du! Sonst erwischt es dich vor ihm.«

An alles hatte sie gedacht, die Elisa Kroner. Als ich hinaustrat, stand der Schattenmann hinter seiner Zeitung verborgen unter der Lampe, die die beiden Toiletteneingänge mit den Kürzeln »To«, für *tovarăsch*, »Ta«, für *tovarăscha*, beleuchtete. Welch kolossal trainierte Blase der kopflose Mann haben mußte! Sie gab nicht nach, lief nicht über, hielt stand. Aber dann, nach endlos langer Zeit, begann er in seinen kostspieligen Schuhen zu tänzeln. Plötzlich drückte er mir das Blatt in die Hand und sagte, indem er sich wegdrehte, ich konnte sein Gesicht nicht sehen: »Heb mir die Zeitung auf, bis ich zurück bin!« Es war eine ältere Nummer der Studentenzeitschrift *Viaţă studenţească*. Mit zusammengepreßten Arschbacken trippelte er zu den Türen der Toilette, gottlob dorthin, wo »To« stand. Ich klemmte seine Zeitung in die Türklinke »To« und stürmte durch die Türe »Ta«, sah mich kurz um – bei den Damen war es fast wie bei uns, nur Pissoirs fehlten –, und Elisa und ich schossen davon, die Treppen hinunter zur Eingangshalle und hinaus ins Freie.

Vor dem Portal der Universität, unter einer der gußeisernen Straßenlaternen aus alter Zeit, verhüllt von der Zeitschrift *Viaţă studenţească* wartete er schon, der Mann, der sein Gesicht verloren hatte.

Verdutzt verhielten wir den Schritt. Wohin mit uns? »Du kommst für diese Nacht zu mir«, sagte ich.

»Gut«, sagte sie. »Aber wohin wir uns auch verkriechen, nie werden wir diesen Dunkelmännern entrinnen.« Nie, dachte auch ich.

»Liuben hat dem Schattenmann unlängst am Abend die Zeitung weggerissen und ihm mit seinen Winterstiefeln kräftig auf die Schuhspitzen getreten. Der hat sich sofort weggedreht, hat aber erstmals einen Ton von sich gegeben: ›*Dumnezeule*‹, Gott im Himmel, meine teuren Schuhe!‹ Gewichen ist er nicht.«

»Liuben, der Balkanprinz, kann sich vieles herausnehmen. Ich verspreche dir aber: Diesmal wird dieser Unhold das Fürchten lernen. Und du wirst ruhig schlafen können.«

Wir nahmen den Umweg über den Zentralfriedhof, der mitten in der Stadt einen Berghang überwucherte. Der Schnee knirschte. Schon nach einigen Gräbern steckte der Mann hinter uns die Zeitung weg. Er zückte eine Taschenlampe, mit der er vergeblich nach uns fahndete, die wir uns still verhielten. Unversehens machte der Lichtkegel kehrt und wankte zum Eingang zurück. Elisa sagte: »Die fürchten sich vor den Geistern der Toten.«

Ich wählte den Weg über den orthodoxen Teil des Friedhofs, wo an jedem Grab eine Ewige Lampe ihr frommes Licht verbreitete. Elisa ließ sich willig an der Hand führen. »Ich habe das bisher als Aberglauben abgetan. Ich schäme mich. So eigenartig mutet mich dieser Weg an – illuminiert von einer Girlande Ewiger Lichter, lindgrün, scharlachrot. Wie auf der Flucht nach Ägypten komme ich mir vor, wo Engel mit Sternen im Haar der Heiligen Familie leuchteten.«

Das Haus der Gräfin Apori lag an der Flanke eines Hügels. Das Untergeschoß, halb in der Erde, rutschte mit dem

Hang mit. Durch den Holzkeller traten wir in einen dumpfen Vorraum, wo ich im Sommer hauste, durchquerten ihn und waren im Zimmer meiner Hausherrin. In der Wand klafften Risse. Obschon ich regelmäßig Fetzen hineinstopfte, zog es erbärmlich. »Tritt vorsichtig auf, der Fußboden ist voller Löcher und Ritzen.« Um Brennholz zu sparen, hatte ich für den Winter hier mein Lager aufgeschlagen. Eine Ecke hatte ich mit einem Kaschmirteppich abgeteilt. Elisa flüsterte: »Wie wundersam, auch hier das Ewige Licht, doch rubinrot.« Der schwimmende Docht war tief in das Innere des roten Überfangglases gesunken.

Die Gräfin Clotilde Apori lag auf ihrer Bettstatt, zugedeckt mit fadenscheinigen Plaids, über den Beinen den Stadtpelz ihres Mannes. Ein Holztrog diente tagsüber als Ruhestätte. Er war mit einem Formguß von Gips ausgekleidet, angepaßt ihrem verkrümmten Körper.

»Du kommst spät, mein lieber Chlorodont«, monierte die Gräfin. »Man muß Öl in die Ewige Lampe gießen und das Feuer schüren muß man auch.« Und zu Elisa: »Wundern Sie sich nicht, mein Fräulein. So nenne ich ihn; sein Vorname ist zu schrullig, als daß man ihn benützen könnte. Nehmen Sie Platz, irgendwo. Es ist überall gleich kalt. Der Vorzug, gelähmt zu sein, ist auch der, daß man weniger spürt. Ich sehe bloß den Hauch.«

Ich brachte Holz, entfachte das Feuer. Clotilde Apori hatte eben die Nachrichten der »Stimme Amerikas« gehört. Sie berichtete, daß Kardinal Mindszénty den ganzen Tag an die Wand seines Zimmers in der amerikanischen Botschaft geklopft habe. Vor ein paar Monaten hatte ein ungarischer Aufständischer den hohen Würdenträger nach achtjähriger Haft aus dem Gefängnis befreit und im Hof der Botschaft auf eine Bank gesetzt.

Auf ihrem kleinen Volksempfänger »Pionier« figurierten nur die Sender des Ostblocks mit Namen. Die westlichen Posten waren an den Heulgeräuschen der Störsender zu erkennen. Die Dame hörte trotzdem, was sie zu hören wünschte. »Wir Aristokraten haben ein von Jahrhunderten geschärftes Gehör. Dauernd mußten wir auf der Hut sein, nicht nur vor dem Volk, sondern vor jedermann. Das hieß die Ohren spitzen, hören und horchen: was die Mägde und Knechte tuschelten, die Kammerfrauen flüsterten, die Jobagyen ausheckten, der Pfarrer in der Predigt uns durch die Blume sagen wollte, was der Verwalter uns vorlog.« Sie setzte sich mit einem Ruck auf, es knackten die Gelenke. Ich stopfte ihr Kissen ins Kreuz, Elisa ließ sich auf einem Fußschemel neben ihrem Bett nieder. »Danke, aber ich bin noch nicht fertig: ergründen, was der Gutsnachbar hinter seinen Worten verbarg, der feindliche Bruder im Schilde führte, die Schwägerinnen hinter deinem Rücken klatschten und was die uferlose Verwandtschaft an Intrigen ausbrütete. Denn das wißt ihr ja: alle Adeligen sind miteinander verwandt oder verschwägert. Adelig sein heißt doppelt allein bleiben: als einzelner und immer schon als bedrohte Minderheit.« Sie bat um Joghurt mit etwas Knäckebrot. »Nach diesem Exkurs *pro domo* muß ich mich ein wenig stärken.« Elisa klemmte den Joghurtbecher zwischen die verkrüppelten Finger der Gräfin und zerkleinerte die dünne, spröde Scheibe Brot. »Und trotzdem, merkt euch das fürs Leben: Schutz und Schirm gewährt nur der eigene Stand.«

Mit einem Röhrchen sog sie die Sauermilch aus dem Becher, ließ sich weiter nicht helfen. »Danke, ich mache alles allein, soweit ich es noch kann. Übrigens, lieber Chlorodont, richte ein kleines Abendessen an. Ihr beide seid gewiß hungrig. Marmelade, Joghurt, Margarine, drei Speilchen Knoblauch und Thymian zur Würze, ja und das erzgesunde Knäckebrot, mit dem kann ich dienen.«

Und fuhr fort: »*A la longue* haben wir sogar gelernt, Gedanken zu lesen. Zum Beispiel lese ich, mein guter Chlorodont, daß du dich mit dem Gedanken trägst, dieses bildschöne Fräulein über Nacht hier zu behalten. Ein nobler Gedanke. Wohl darum bist du wie ein Fidschipfeil davongeschossen und hast Holz geholt. So eilig hast du es sonst nicht gehabt. Auf unserm Schloß in Szent-Márton haben wir es mit Schlafgästen so gehalten: die Liebespaare zusammen, die Ehepaare auseinander. Damit jeder sein Pläsierchen hat.«

Elisa nahm ihr das Tablett ab. »Stell es in den Vorraum«, sagte ich, »dann haben auch die Mäuse etwas davon.«

»So, mein Chlorodont: und nun ein paar Tropfen Atropin in die Augen, damit ich euch besser sehen kann.« Mit erstarrten Pupillen, riesig geweitet, musterte die Dame Elisa. »Jetzt können wir Bekanntschaft schließen.« Elisa machte einen Knicks. »Gewiß heißt du Klara. So klare Augen, voller Güte und Weisheit. Edel geformt die Glieder, vielleicht ein wenig zu klein die Statur. Aber bis fünfundzwanzig wächst man ja noch.« Unverhofft kniete Elisa nieder und küßte der Frau die gichtigen Finger.

Das Feuer prasselte. Die Fenster beschlugen sich. Es wurde warm. Ich bezog das Bettzeug. »Hier schläfst du, Elisa. Das ist mein Bett. Nimm vorlieb mit einem Strohsack, allerdings ohne Stroh, sondern mit Kukuruzblättern gefüllt. Ich strecke mich drüben aufs Sofa. Waschen kannst du dich hinter der Spanischen Wand. Dort, beim Ofen.«

Die Gräfin sagte: »Japanisch. Den Paravent mit den Pelikanen haben wir aus Japan mitgebracht. Mein Mann und ich haben in den vierziger Jahren dort gelebt. Bitte, mein Chlorodont, gib dem Fräulein ein Nachthemd von mir. Und nachher sei so lieb und massiere mir den Bauch mit Franzbranntwein. Ich habe Migräne, Schmerzen bis in den Nacken. Sie werden sich ja, liebe Klara, vor dem nackten Bauch einer alten Frau nicht erschrecken.«

»Nein«, sagte Elisa. Selbst ich erschrak nicht mehr.

Ich entnahm dem Reisekoffer, der auch als Bank diente, ein spitzenbesetztes Seidennachthemd von verblichener Pracht, das Elisa überstülpte. Es roch nach Naphthalin und einem Hauch von *Magie Noire*. Sie sah so drollig aus, daß ich sie in die Arme schließen mußte. Ihr Scheitel reichte mir bis zum Kinn. Ich hörte ihr Herz klopfen. Sie flüsterte: »Wie tiefrot das Ewige Licht in seinem Glaspokal leuchtet! Laß es so. Gieß kein Öl nach.«

Mit dem aromatischen Alkohol rieb ich meiner Hausherrin den Bauch ein, der recht absonderlich aussah. Durch vieles Massieren war der Nabel bis zum Brustbein hinaufgerutscht. Dort hing er fremd und traurig.

Und auf einmal sah ich es vor mir: damals, im noch kahlen Wald, auf dem Lager von fauligem Laub, wie Annemaries

Nabel unter einer Hautfalte verschwand und nur noch ein abnormer Bauch übrigblieb und sie dalag als ein erschreckendes Fabelwesen. Und erinnerte mich, während der Franzbranntwein in die Nase stach, wie wir beide unsere Fettbrote gemuffelt hatten. Meines war dick mit Senf bestrichen: »Verstärkt die Manneskraft!«, ihres knallrot mit Paprika bestreut: »Befeuert das Temperament der Herzensdame!« Beides hatte einer ihrer Onkel vom Dorf versichert. Und hörte Annemarie mit vollem Mund sagen, Lippen und Kinn bepudert mit Paprika: »Schriftlich will ich es haben, daß du mich heiratest.« Nun war sie verheiratet, hatte es schriftlich.

Mitten in der Nacht weckte mich Elisa mit leiser Stimme: »Es raschelt im Strohsack.« Die glühende Glaskugel verströmte einen roten Schein, der erst in den Ecken der Stube erlosch. Die Gräfin schnarchte behutsam.

»Das sind nur Mäuse.«

»Huh«, machte Elisa, doch ohne einen Schrei auszustoßen, wie es sich gehört hätte. Ich bog den orientalischen Teppich zur Seite und setzte mich an ihr Bett. Das Flackern der winzigen Flamme in der Öllampe warf Traumfiguren auf den Plafond. Neunundneunzig Tage waren vergangen, seit ich Annemarie für immer Adieu gesagt hatte. Gunther hatte mir unlängst zugeflüstert, daß sie die Staatsprüfung nicht geschafft hatte und abgereist war.

»Die Mäuse haben ein ganz weiches Fell«, erklärte ich und wollte mich neben Elisa ausstrecken.

»Nicht doch«, sagte sie sanft. »Es ist zu früh.« Sie blieb zusammengerollt liegen. »Ich vertreibe sie schon auf meine Art.« Und begann eine Mäusepolka zu pfeifen. Tatsächlich, die Mäuse hüpften aus dem Strohsack, plumpsten auf den Bretterboden und drehten sich im Reigen. Jetzt sang sie ein Lied dazu aus dem Schwabenland: »Widele, wedele, hinter dem Städtele hält der Bettelmann Hochzeit. Alle Tiere, die Wedele haben, sind zur Hochzeit geladen. Pfeift das Mäusele, tanzt das Läusele, schlägt das Igele Trommel. Winden wir 's Kränzele, tanzen wir 's Tänzele, lassen wir 's Geigele brummen.« Weg waren sie, die Wedele. Still wurde es in Stube und Bettsack.

»Weißt du, wieso die Gräfin nicht erwacht ist?« fragte Elisa. »Weil sie sich vor uns nicht fürchtet. Und jetzt erzähl ich dir eine Geschichte, die niemand kennt, nicht einmal meine Lieblingsschwester.

Eines Tages, ich bin auf dem Heimweg, legt jemand ganz sanft den Arm um mich. Ich drehe mich verwundert um und schaue in ein Männergesicht, aus dem mich blitzende Zähne anlachen. Ich weiß sofort: Das ist ein Rumäne aus einem Gebirgsdorf. Deren Zähne sind tadellos in Ordnung. Und schöne braune Augen hat er auch.

Er sagt: ›*Domnişoară*, darf ich Sie nach Hause begleiten?‹ Und im selben Atemzug: ›Nein, dann verliere ich Sie schon nach ein paar Schritten aus den Augen. Vielleicht wohnen Sie ganz nahe oder verschwinden spurlos hinter einer Straßenecke. Ich lade Sie in die nächste Konditorei ein, Rote Sichel, welch komischer Name, finden Sie nicht auch? Was Ihnen am besten schmeckt, das mögen Sie bestellen. Mein Herz läßt es nicht mehr zu, daß ich Sie immer nur aus der Ferne ansehe. Eine so liebliche und schöne Sächsin ist mir noch nie vor die Augen gekommen.‹«

Elisa bewegte sich auf ihrem Schragen, es knisterte, sie hatte sich aufgestützt. »Dabei komme ich mir häßlich vor. Fühl hier!« Sie nahm meine Hand und führte sie zu ihrem Gesicht. »Diese Backenknochen, wie sie hervorstehen. Und die Augen, zu weit auseinander, und der Mund bis zu den Ohren!«

»Bis zu den Ohren nur, wenn du lachst«, tröstete ich.

»Der junge Mann sieht mich treuherzig an. Warum nicht, denke ich. Unsereiner kennt die Rumänen bloß von der Straße. Sie sind die bedrohlich vielen, die anderen, die Fremden, deren Sprache wir mühsam erlernt haben. Doch zurück zu diesem Decebal Traian Popescu. Wir treffen uns immer wieder. Eine neue Welt tut sich vor mir auf. Er stammt aus dem großen Schafzüchterdorf Reschinar. Dort schauen die Männer mit ihren Fellmützen und den schulterlangen Haaren tatsächlich aus wie die Daker auf der Trajanssäule in Rom. Reschinar ist das Nachbardorf von Heltau, wo wir Kroners zu Hause sind. Er kennt unsere Fabrik, rühmt die jahr-

hundertelange glückliche Symbiose von rumänischen Schaf-
züchtern und sächsischen Wollwebern, läßt durchblicken, daß
er unsere Familie vom Hörensagen kennt, bedauert, daß
man uns Sachsen nach dem Krieg so hart angefaßt habe. Und
ist immer höflich und lieb, wenn wir zusammen sind, und
voll Freude in den Augen, wenn wir uns treffen. Die rumänischen Männer sind ja von einer knabenhaften Liebenswürdigkeit, können sich für eine Frau begeistern wie ein Kind
für das Christkindl und sind vollendete Kavaliere; sie küssen
dir sogar unter freiem Himmel die Hand. Kurzum. Er ist
charmant, sehr aufmerksam, wißbegierig, bildungshungrig.
Manchmal reden wir englisch. Er arbeitet als Forscher beim
Agronomieinstitut, das liegt, wie du weißt, weit draußen vor
der Stadt, bei Monostor. Und wohnt mit seiner alten Mutter
in einem dieser neuen Wohnblocks.«

Ich spürte die Kälte an meinen Beinen emporkriechen wie
Kröten. In feinen Nadelstreifen strich Zugluft über mein Gesicht. Ich legte zwei Scheite Holz nach, die Glut entzündete sich allmählich, das Feuer bullerte im Ofen, die Gräfin
schnarchte leise. Ich setzte mich zu Elisa an den Bettrand.
»Und jetzt kommt es: Nach einigen Wochen lädt er mich zu
sich ein. Seine Mutter möchte mich kennenlernen, von der er
mit Verehrung und voll Liebe spricht.«

Ich bestätigte: »Die Rumänen reden ihre Eltern mit Ihr, ja
Sie an. Und genauso unsere sächsischen Landleute.«

»Eben«, pflichtete Elisa mir bei. »Ja, und die rumänischen
Kinder grüßen alle Älteren mit: Küß die Hand! Selbst Männer.«

»Das tun die unsrigen nicht«, sagte ich.

»Ich hab in diesen paar Wochen viel gelernt. So und anders.« Sie schwieg, fuhr nach einer Weile fort: »Ich zögere. Er
wiederholt seine Einladung. Drängt nicht. Ich denke mir, was
kann schon viel passieren, und sage ja. Ein Turmblock. Wir
fahren im Lift hoch. Er ist todernst. Meidet meinen Blick. Ich
denke: Er ist wahrscheinlich nervös, weil er nicht weiß, was
seine Mutter von mir, einer Sächsin, einer Fremden, halten
wird. Fühle mich unbehaglich, ja gedemütigt: Warum? denke
ich. Man wird vorgeführt wie ein Zuchttier.

Eine Tür ohne Namensschild. Er sperrt auf. Ohne mich weigern zu können, muß ich als erste eintreten, er mir auf den Fersen. Er schließt zu, zieht den Schlüssel ab. Die Luft ist abgestanden wie hier bei euch im Keller. Totenstille. In einem kitschig eingerichteten Zimmer heißt er mich Platz nehmen. Er ist sehr bestimmt in dem, was er sagt, eigentlich anordnet. Überall fingerdicker Staub. Er braut einen Tee. In den Tassen krepierte Fliegen. Er sagt: ›Meine Mutter kommt später.‹

Ich sage: ›Sie kommt nicht.‹

›Wieso?‹ fragt er.

›Weil Sie mich betrogen haben!‹ Ich bin den Tränen nahe. Nicht, weil er sich als Hauptmann der *Securitate* zu erkennen gibt, mich dort stundenlang gefangen hält, sondern weil er mich …, du verstehst.

Ich schütte den Tee auf die vertrockneten Blumen in ihren Plastiktöpfen. Er sagt: ›Bleiben Sie sitzen. Rühren Sie sich nicht!‹ Er will mich als Agentin anheuern. Ich sage nein und nein und nein!

›Es ist eine Auszeichnung, wenn wir jemanden für würdig erachten, bei uns mitzuarbeiten.‹ Ich sage nein und nein und nein! Er läßt sich nicht beirren: ›Sie sind in bester Gesellschaft: Ingenieure, Professoren, Direktoren, selbst Bischöfe und Pfarrer tun ihre patriotische Pflicht und informieren uns über alles, was unserm Staat schaden könnte. Jede noch so nichtige Information ist wichtig. Den Anfängen muß man wehren.‹ Und sagt plötzlich deutsch: ›Aus einem Strohfeuer kann ein Flächenbrand werden! Seit der Konterrevolution in Ungarn laufen genug Wirrköpfe herum. Was würden Sie tun, wenn in ihrem Freundeskreis jemand den Vorschlag machte, den Bahnhof in die Luft zu sprengen? Merken Sie? Schon werden Sie nachdenklich.‹ Und spricht rumänisch weiter: ›Sie, als Tochter eines Fabrikanten, genießen das volle Vertrauen der reaktionären Elemente. Ideal für einen *informator*.‹ Ich sage nein und nein und nein!

Er überhört das, nimmt mich nicht ernst, es ist zum Verzweifeln. ›Dazu sprechen Sie drei Sprachen. Außerdem vergessen Sie nicht: Sie haben unserem volksdemokratischen Staat gegenüber eine Schuld abzutragen. Wir haben Sie – trotz ihrer ungesunden sozialen Herkunft – studieren lassen.‹ Und jählings leise, aber schneidend: ›Als Tochter eines Ausbeuters gehören Sie an eine Maschine in der Fabrik! Und hinter Gitter, wenn sie nicht bald mit dieser Farce von Literaturkreis aufhören, diesem suspekten Zirkel. Schon Ihr Leitungsrat ist verdächtig: Sie, eine Fabrikantentochter, dann euer sogenannter Präsident, Sohn eines Kaufmanns mit eigener Firma, und der Reissenfels, ein Hanswurst, Sohn eines k. u. k. Obersten.‹

Spät am Abend läßt er mich gehen. Mit kalten Augen sieht er mich an und sagt tonlos: ›Mit mir werden Sie noch zu tun haben, verbohrte Sächsin.‹ Seit damals werde ich beschattet.«

Plötzlich zitterte ich vor Kälte. »Im Literaturkreis unbeirrt weitermachen, bis man die eines Besseren belehrt hat!« Und fügte hinzu: »Nehmen die einen in die Zange – nein sagen, immer nein sagen. Einmal muß es ihnen zu dumm werden, und sie lassen dich laufen. Selbst wenn sie dich einsperren, lassen sie dich einmal laufen. Nein sagen wie du, Elisa, auf Teufel komm raus.«

»Oder ja sagen«, ergänzte sie. »Ja sagen, wenn man so durchdrungen ist von der Idee, daß man auch diese letzte Konsequenz zu ziehen vermag. Denk an ihre Leute in der Illegalität, die Leben und Freiheit aufs Spiel gesetzt haben, selbst Frauen. Doch soweit ist keiner von uns. Schlafen wir also in guter Ruh. Ich danke dir für alles.« Sie rückte zur Seite, machte Platz, die Kukuruzblätter raschelten. Ich hätte mich neben sie legen können. Aber ich tastete mich zu meinem Sofa.

Nach einer Weile sagte Elisa, ich hörte, wie sie sich zusammenrollte: »Morgen früh die erste Doppelvorlesung: Geschichte der Kommunistischen Partei, Bolschewiki.« Sie sagte es genau so, vermied die gängigen Abkürzungen. »Dafür haben sie uns die Geschichte Englands gestrichen. England? Purer Feudalismus. Eine reaktionäre Räuberbande bis heute, mit einer Königin auf dem Thron.«

Eine Sprungfeder unter mir ächzte. Die Gräfin erwachte. »Was ist los, lieber Chlorodont?«

»Das Sofa …«

»Ja, es stöhnt und ächzt, gewöhnt sich partout nicht an die neuen Zeiten. Aber wieso auf dem armseligen Sofa und nicht in deinem Bett?«

»Dort schläft Klara«, flüsterte ich und wunderte mich, daß ich sie Klara nannte.

»Eben«, sagte die Hausherrin. »Bei ihr solltest du schlafen, um ihr warm zu halten, um sie zu beschützen, das arme, verschreckte Kind.« Und bat mit leiser Stimme: »Komm, mein Sohn, dreh mich. Dreh mich auf die linke Seite. Mein Herz ist schwer. Vielleicht findet es Frieden.«

Am Morgen ging alles sehr rasch vonstatten. Noch ehe ich Feuer gemacht hatte, hörte ich, wie Elisa hinter dem japanischen Wandschirm das Eis in der Waschschüssel zerschlug und zu plätschern begann. Im Kachelofen steckte ich das Feuer an. Dann duschte ich kalt unter einer Brause, die ich in der Waschküche eingerichtet hatte. Elisa und ich geleiteten die Gräfin zum Zimmerklo. »So, und jetzt macht, daß ihr fortkommt. Ich finde mich zurecht. Den Rest besorgt die Klára Pálffy.« Bevor wir gingen, füllte ich die Feuerung mit Holzscheiten bis obenhin. »Das wird für einige Stunden ausreichen.«

»Danke, Chlorodont. Danke, Klara. Ein schönes Paar!« Sie schickte uns Kußhände nach, mit Fingern in verstümmelten Handschuhen.

Wir trabten zur Uni hinunter. Nicht über den Friedhof, der die Flanke des Berges zerfurchte, sondern wie gesittete Menschen auf dem Bürgersteig. »Ich habe eine gute Nachricht für dich, Elisa. Der gestern unten vor der Uni war ein anderer, nicht der von oben. Alle tragen sie die gleichen Schuhe und verstecken sich hinter den gleichen Zeitungen. Raffiniert, nicht? So erwecken sie den Eindruck, daß ein und derselbe Mann allgegenwärtig ist. Ich hab nämlich ausgerechnet: Selbst wenn er mit Schallgeschwindigkeit seine Geschäfte erledigt hätte und mit Lichtgeschwindigkeit zum Ausgang der Uni gesaust wäre, er hätte es nicht geschafft.«

»Eine gute Nachricht«, sagte Elisa zweifelnd. Die Uhr über dem Portal zeigte halb acht. »Es ist noch zu früh«, bemerkte sie. »Zu früh. Sieh, daß du dich nicht verrechnest und es einmal zu spät sein wird.« Wir verabschiedeten uns. Ein jeder ging seines Weges.

Auf dem Korridor ist Stille eingekehrt. Das *program* ist zu Ende. Ich kauere in meiner Morgenhöhle und gehe Erinnerungen nach. Mit Bestürzung stelle ich fest, daß ich mich an die Anweisungen des Majors halte. »Als erstes müssen Sie lernen, sich an das zu erinnern, was Sie unbedingt vergessen wollen.«

Studentenleben unter der Flagge der Partei. Wie harmlos, wie verdächtig war das alles? Denn nach den Ereignissen von Budapest war der Begriff Student in Verruf geraten, ein Reizwort für Partei und Regierung.

Harmlos war, wenn wir uns zu Anfang des Semesters im Herbst auf dem *Feleac* trafen, am Buchenhag vor dem bunten Wald. Es bildete sich ein Kreis von fast dreihundert jungen Leuten in mehreren Ringen, in dessen Mittelpunkt für ein paar Worte der eine, die andere der Neulinge trat und Namen, Studium und Heimatort bekanntgab, oft mit glühenden Wangen und zitternder Stimme. Die meisten stammten aus Siebenbürgen, waren in Ortschaften zu Hause zwischen Broos und Draas, den äußersten Grenzpunkten des Sächsischen Königsbodens. Sie kamen von Schäßburg und Agnetheln, Sächsisch-Reen und Deutsch-Kreutz und aus Dörfern mit so lustigen Namen wie Wurmloch und Zeppling, Katzendorf und Hundertbücheln, nicht zu vergessen Neithausen und Leblang.

Harmlos und fröhlich ging es zu, wenn wir nach der Vorstellung der neu Hinzugekommenen »Drittabschlagen« und »Der Kaiser schickt Soldaten aus« spielten oder zur Ziehharmonikamusik über den Rasen und die Maulwurfshügel walzten. Und zum feierlichen Abschluß »Siebenbürgen, Land des Segens« anstimmten. Dabei hätten auch die Partei und die *Securitate* das Tanzbein schwingen können, hätten innig umschlungen die Strophe »Und um alle deine Söhne schlinge sich der Eintracht Band« mitsingen und bei »Drei Groschen heraus« mit uns um die Wette laufen mögen, im frohgemuten Fliehen und Haschen, oder beim Kaiserspiel sich die Handgelenke auskegeln. Mulmig jedoch wurde es uns, den Verantwortlichen, zumute, wenn Lieder erschallten vom deutschen Wald oder wenn auf dem Nachhauseweg, bereits in den Straßen der Stadt, immer noch im Gleichschritt marschiert wurde. Und aufregend wurde es, wenn die Begeisterung des Singens in die Stadt hinunterschwappte und neben den Liedern »Am Brunnen vor dem Tore« oder »Mariandl, -andl, -andl, du hast mein Herz am Bandel, Bandel« Soldatenlieder erklangen aus vielen verlorenen Kriegen. Sie lag eben noch so nahe, die Zeit, wo in unseren Städten an Königs Geburtstag der rumänische General, umgeben von deutschen Stabsoffizieren, bei klingendem Spiel die Parade der Wehrmachtskompanien abgenommen hatte, die im preußischen Stechschritt vorbeidefilierten mit einer Präzision, daß das frenetisch klatschende Publikum meinte, es sei ein Truppe von dressierten Phantomen, und Damen der rumänischen Gesellschaft, über die Dienstmädchen Sonnenschirme hielten, vor Entzücken in Ohnmacht fielen, während wir Pimpfe uns heiser schrien: »Sieg Heil! Sieg Heil!«

Wir, die Verantwortlichen an der Spitze der akademischen Marschkolonne, spürten, wie verborgene Augen und Ohren argwöhnisch alles aufnahmen. Und vermochten doch nicht, uns dem Bann des Gesanges zu entziehen.

Der Wächter reißt die Klappe auf: »Was machst du dort?« »Ich sitze und denke nach.« Zum Jäger sagt er: »Hab ein Auge auf den Sachsen dort. Denken ist gefährlich!«

Der Literaturkreis, dies ungeliebte Kind der Obrigkeit … Ein Eiertanz. So mußten wir von Mittwoch zu Mittwoch für jeden Leseabend Parteikomitee und Rektorat die Genehmigung abluchsen. Oft war die Tinte der letzten Unterschrift noch nicht getrocknet, während das Getümmel der Literaturbeflissenen schon den Eingang der Universität verstopfte.

Doch war er tatsächlich so forsch fortschrittlich, wie ich ihn dem Major dargestellt habe? Mit den Augen der *Securitate* gesehen, wünschte ich, daß die Augen der *Securitate* manches nicht gesehen hätten.

An jenem Mittwochabend, als Elisa Kroner mit mir gegangen war, waren wir noch glimpflich davongekommen. Ihre Ausführungen über *Doktor Faustus* waren so scharfsinnig und verzwickt gewesen, daß es nur zu mattherzigen Erörterungen am Rande kam, ohne verfängliche Fragen. Paula Mathäi und Elisa wechselten sich ab beim Aufsetzen des Sitzungsprotokolls. Am Tag darauf mußte beim Rektorat ein detaillierter Bericht abgegeben werden mit allem, was gesagt, gelesen und geredet worden war. Elisa ging auf alles gelassen ein, was aufs Tapet kam.

Michel Seifert alias Basarabean bemerkte tadelnd: »Das hat doch mit unserem sächsischen Schicksal rein nichts zu tun, die Sache mit dem Adrian und dem Faust, das geht uns Sachsen nichts an.«

»Nicht ganz nichts«, entgegnete Elisa und lächelte entwaffnend. »Vereinfacht gesagt: es geht in dem Roman um einen stellvertretenden Lebenslauf, inspiriert zwar von Nietzsches Biographie …«

Ein zukünftiger Tierarzt unterbrach sie: »Nietzsche? Der hat doch gesagt: Gehst du zum Weib, so nimm die Peitsche mit!«

Elisa berichtigte ernsthaft: »Vergiß die Peitsche nicht. Kann auch heißen, daß sie dir eins um die Ohren knallt.«

Die Veterinärmediziner hörten nur mit halbem Ohr zu. Sie bildeten einen literarischen Zirkel für sich, debattierten halblaut über Fachliteratur, gerade eben über die Geschlechtskrankheiten der Schmeißfliege. Ich selbst war auch nicht ganz bei der Sache, zermarterte mir das Gehirn: Wie war das nur? Thomas Mann hatte etwas Treffendes über den Kommunismus gesagt. Den *Faustus* hatte ich aus Höflichkeit Elisa gegenüber bis zur Hälfte gelesen. Den Rest hatte ich mir für den Lebensabend aufbewahrt.

Elisa ließ sich nicht aus dem Konzept bringen: »… doch so, daß Zeit und Schicksal dieses Tonsetzers selbst uns Sachsen sehr wohl etwas angehen, lieber Michel. Vereinfacht gesagt: Es ist bei Thomas Mann eine Auseinandersetzung mit dem gesellschaftlichen Gesamtprozeß seiner Zeit, eine Abrechnung mit der modernen bürgerlichen Gesellschaft und der Geschichte der Deutschen von Luther bis Hitler.«

Ich nickte hinauf zu dem Bild des Gheorghiu-Dej an der Stirnwand des Saales: Das hörte er gerne!

Hier und dort im gestuften Saal ließ sich eine Stimme vernehmen. Ein Mediziner bemängelte, daß der Autor übersehen habe, die Syphilis sei schon damals heilbar gewesen.

»Das hat er nicht übersehen, der Thomas Mann«, entgegnete ein Psychologe. »Aber der Hauptheld, Adrian Leverkühn, wünscht zu sterben. Es ist Selbstmord in Raten. Der Mensch ist das einzige Lebewesen, das sich gezielt zugrunde richtet, beziehungsweise sich freiwillig den Garaus macht.«

»Stimmt nicht«, sagte ein Biologe. »Unter den Tieren hat man Ähnliches beobachtet. Lemminge stürzen sich gruppenweise ins Meer, kollektiver Suizid. Und die Zieselmaus macht sich in aller Stille aus dem Staub, erhängt sich in einer Astgabel.« Ein Mädchen wollte wissen, woher man die übermenschliche Kraft hernehme, seinem Leben ein Ende zu setzen.

Eine Studentin im letzten Semester, die der langjährige Verlobte über Nacht verlassen hatte, um tags darauf eine junge ungarische Ärztin zu heiraten, rief aus: »Es gibt Grenzsituationen, wo es übermenschlicher Kraft bedarf, um am Leben zu bleiben.« Und brach in Schluchzen aus. Gunther Reissenfels, zuständig »fürs Grobe«, kam mit einem Glas Wasser, labte die Unglückliche und geleitete sie sanft hinaus, unterstützt von einer ihrer Freundinnen.

Ein Theologiestudent, Theobald Wortmann, mein ehemaliger Bankkollege aus der Honterusschule, sagte dumpf: »Freuds Todestrieb!«

Das geht zu weit, erschrak ich. Jetzt mußt du eingreifen. Sowas gefällt dem Bild an der Wand nicht. Ich sagte: »Der Tod ist ein natürlicher Lebensvorgang. Im Tod sind wir alle gleich. Von der *amoeba viridis* bis zum König von Thule erwischt es alle und jeden.«

»Alle und jeden. Und somit nicht nur die Pantoffeltiere und die gekrönten Häupter, sondern auch die Tyrannen«, sagte Theobald. »Aber wie man stirbt, Brüder und Schwestern, das ist nicht alles eins. Jeden Abend beten wir: Herr, verleih uns ein seliges Sterben. Das heißt keineswegs, daß wir ohne Schmerzen heimgeholt werden, vielmehr will das besagen, daß wir frei von irdischer Schuld und im Horizont einer jenseitigen Hoffnung ins ewige Leben hinüberrutschen.«

Ohne daß ich mit den Augen Gunther ein Zeichen geben mußte, nahm dieser den Gottesmann beim Arm:»Komm, Genosse, lüfte dich!« und führte ihn hinaus. Der rief zurück in den Saal:»Wo bleibt die Meinungsfreiheit, verbürgt in der Verfassung? Gott läßt sich nicht spotten und wird jeden Lauen aus seinem göttlichen Mund ausspeien.«

Worauf ein angehender Jurist alle aufklärte, wie das mit der Meinungsfreiheit in einer Volksdemokratie gedacht sei: »Freiheit des Wortes und der Rede, ja. Aber abgezirkelt auf Bereiche. Mystische Propaganda gehört Samstag, Sonntag in die Kirche, schon am Montag nicht mehr, und keineswegs hierher, in eine staatliche Universität.«

»Jedem das Seine«, sagte ein Historiker, »die Devise der Hohenzollern.« Ich überhörte das, hoffend, daß auch das Bild an der Wand, der Lauscher im Saal es mir gleichtun würden.

Endlich fiel mir das Wort Thomas Manns zur Stunde ein, willkommen nach all den Seitensprüngen weg von der geraden Linie der Partei. »Der Antikommunismus ist die Grundtorheit unseres Jahrhunderts, hat der große Thomas Mann gesagt«, verkündete ich, und niemand war anderer Meinung.

Achim Bierstock äußerte sich bedächtig zum Thema Tod und Freiheit, wie üblich im Konjunktiv: »Zu bedenken sei, daß der dialektische Materialismus die Rolle der Persönlichkeit keineswegs leugne, so daß man auch von einem individuellen Tod sprechen könne, bis dorthin, daß man ihn selbst an sich vollziehe. Ist Freiheit die Einsicht in die Notwendigkeit, wie Lenin sagt, so böte sich an, den selbstgewollten und -verursachten Tod als einen Akt der Freiheit zu betrachten, soweit er sich als notwendig und einsichtig erweise.«

Michel Seifert wollte sofort ein Gedicht über den Tod und den Teufel vortragen, doch Paula Mathäi kam ihm zuvor und zitierte Rilke. Das Wort »O Herr« in der ersten Zeile ersetzte sie mit politischem Takt:

»Schicksal, gib jedem seinen eignen Tod,
das Sterben, das aus jedem Leben geht,
darin er Liebe hatte, Sinn und Not.«

»Aha, Liebe! Man kann nicht früh genug damit beginnen
und nicht genug davon haben«, tönte es von den hinteren
Rängen, »die versüßt nicht nur das Leben, sondern sogar den
Tod, wie wir es eben zu hören bekommen haben. Auf also
zum fröhlichen Sterben!«

»In einem orthodoxen Nonnenkloster«, schwärmte Notger.

Gunther Reissenfels, der Mediziner, mischte sich ein: »Jeder stirbt anders und furchtbar. Nachher allerdings ist es
Katz wie Mitz, ob du in Formol dich auflöst, die Studenten
dich zerschnippeln, die Würmer dich fressen oder du im Krematorium durch den Schornstein entweichst.«

Veronika Flecker, eine Jüdin, die mit uns das Honteruslyzeum in Kronstadt absolviert hatte und nun Russisch studierte, stand auf und sagte: »Ist es wirklich unerheblich, was
nachher mit dir geschieht? Ob deine letzte Ruhestätte sich
irgendwo in der Luft verflüchtigt, im Meer zerrinnt? Oder
ob du mit Liebe in ein Grab gebettet wirst, auf das jemand eine Blume hinlegen kann? Für uns Juden ist es das
Schlimmste, wenn es im Psalm über die Toten heißt: Und niemand kennet ihre Stätte mehr.« Und setzte sich still nieder.

»Damit ist alles zu Ende«, sagte Notger vom roten Tisch
des Präsidiums.

Ich sagte die Pause an.

Paula Mathäi sollte die Geschichte *Der Kleiderschrank* von
Thomas Mann vorlesen. Nach der schweren Kost, die Elisa
den Hörern vorgesetzt hatte, etwas Leichteres. Doch an der
Stelle, wo der Hotelgast van der Qualen im Schrank ein nacktes Mädchen aufspürt, begann Paula zu stocken, legte Pausen
ein, unterbrach die Lesung. Je spannender es wurde, desto
weniger bekam man zu hören. Sie verlor die Fassung, klappte das Buch zu, sagte abwesend: »Sich nackt im Hotelschrank

verkriechen! Daß ein Mädchen so weit kommen kann: so verlassen, so verzweifelt!« Offenkundige Anteilnahme und verhohlene Heiterkeit hielten sich die Waage.

Frieda Bengel, ein Mädchen mit flammend blauen Augen, deren Eltern ihr den rumänischen Bräutigam ausgeredet hatten, erhob sich und sagte aufgebracht: »Lacht nicht!« Obschon niemand lachte. »Lacht nicht! Das verlassene Mädchen ist ein uraltes Motiv in der Volksdichtung, auch bei uns Sachsen: ›Ech gohn auf de Breck, kun nemi zereck‹, sagt der Bursch und meint: ›Wonni werdn ich wederkun? Won de schwaz Ruowe weß Federn hun.‹ Aber eins sage ich euch, ihr Burschen: Das Blatt wendet sich. Bis zur Jahrtausendwende werdet ihr es erleben: Wir Mädchen lassen euch sitzen, und ihr weint bittere Tränen. Dann wird es heißen: ›Herzallerliebste mein, wann kommst du aber wieder?‹ Und die Allerliebste wird antworten: ›Wenn es Büffel schneit und die Pferde Ostern feiern!‹«

»Wer liest die Geschichte zu Ende?« Ich sah mich um: niemand. »Wer kommt der Paula zu Hilfe?«

Liuben verließ seinen Platz in der zweiten Reihe, kam mit düsterer Miene herbei, erstieg das Podium, zuzelte erregt an seinen hohlen Zähnen, man hörte es. Und dann sahen es alle, wie er Paula das Haar aus der Stirne strich, ja einen Augenblick sein Gesicht auf ihren Scheitel legte, ehe er sagte: »Zeig mir bitte, liebe Pawlowa, wo du aufgehört hast.« Liuben Tajew las, las Thomas Mann auf deutsch, aber mit bulgarischem Timbre und ungarischem Akzent. Und alle glaubten endlich, daß er ein Bulgare sei und kein Spitzel. Und nahmen respektvoll zur Kenntnis, daß auch durch lineare Beziehungsreihen viel Herzeleid entstehen kann, nicht nur durch Dreiecksverhältnisse, einfach so: Liuben liebt Paula, Paula liebt einen Unbekannten, auf den wir alle neugierig waren, der Unbekannte liebt eine andere, und diese einen anderen, und so geht das fort bis unendlich.

Ich bedankte mich bei Liuben und schüttelte ihm überaus herzlich die Hand, erfreut, daß nicht Elisa die Quelle seiner Verdüsterung, seines Kummers war.

Dietrich Fall, Student am Konservatorium, rief in den Saal:

»Vergeßt nicht, morgen abend Kirchenchor in der Sakristei der evangelischen Kirche. Wir üben für die Passionszeit. Als erstes das *Stabat mater*.«

10

Eine Woche ist rasch vergangen. Aber der Tag erdrückt einen. Und eine Stunde erschlägt dich. Früh am Morgen ist es. Ich kauere unter dem Wandtisch, verliere mich an Erinnerungen, die ich vergessen will.

Sommer 1955. Hydrologen am Fluß. Sechsundzwanzig waren wir, darunter sechs Mädchen. Das Praktikum führte uns an die Kleine Samosch, Standort im Dorf Gyelu, bekannt durch sein feudales Kastell Kinizsi. Wir hausten in der rumänischen Liliputschule. Das eine Klassenzimmer wurde zum Schlafen für uns Burschen hergerichtet. Wir schoben die Bänke in eine Ecke und türmten sie übereinander. Von der Kollektivwirtschaft rollten zwei Wagen mit frischem Heu herbei, den einen kutschierte der Präses selbst, ein Ungar mit hochgezwirbeltem Schnurrbart. Er fühle sich sehr geehrt durch die Anwesenheit von studierten Leuten. In schlechtem Rumänisch bot er seine Dienste an: »Nennt mich András-bácsi.« Er spendierte das Bettzeug: Pferdedecken. Und Damastleintücher, geziert mit einer neunzackigen Krone. Das Heu wurde die Wände entlang aufgeschüttet. Als Kissen dienten Rucksäcke, mit Stroh gefüllt. Ich besetzte die Ecke zwischen der verriegelten Tür zum Nebenraum und dem Kanonenofen, ersparte mir mithin Nachbarn. Um den stechenden Geruch von Petroleum zu dämpfen, mit dem der Boden eingelassen war, schraubte ich die Wandtafel ab und richtete mich darauf häuslich ein. Annemarie Schönmund hatte mir ein Kissen mitgegeben. Es duftete nach getrockneter Lavendelblüte und Basilienkraut. Den Bezug hatte sie eigenhändig bestickt. Zwei Rehe hopsten über den Anfang meines Konfirmationsspruchs: »Sei getreu bis in den Tod.«

»Diese Worte mögen dich an mich erinnern: zumindest in der Nacht!«

Das andere Zimmer diente als Werkraum. In die Kinderbänke gezwängt, fertigten wir auf engen Pulten Skizzen und Zeichnungen an, stellten Tabellen mit Meßwerten zusammen. Diese werteten wir graphisch aus, übertrugen sie auf Kalkpapier und erstellten Blaupausen unter Einwirkung von Ammoniakdämpfen und der Sonnenbestrahlung. Es stank nach Pisse bis in den Himmel.

In Annemaries Zierpolster hielt ich mein Tagebuch versteckt. Zum Lesen hatte ich die *Geschichte der Siebenbürger Sachsen für das sächsische Volk* eingesteckt, Band eins, bis 1699, verfaßt von Bischof Georg Daniel Teutsch. Hier, fern der Heimat, wollte ich der Geschichte meines Volkes nachgehen. Pfarrer Wortmann hatte diese Lektüre schon lange angeraten: »Schöpft Mut daraus, ihr Jungen. Kein Jahrzehnt, daß wir nicht an Leib und Leben bedroht gewesen wären. Das beschwingt die Hoffnung, beflügelt die Phantasie. Und derer bedarf es, damit aus bedrohlicher Gegenwart erkennbare Zukunft wird. Und Sie, junger Freund«, das war ich, »machen Sie sich frei von der Fin-de-siècle-Stimmung. Thomas Mann und Tonio Kröger sind keine rechten Seelenführer, und Vorreiter für die heutige Zeit erst recht nicht!« Somit ließ ich Thomas und Tonio schweren Herzens dahinfahren und nahm mir die sächsische Geschichte vor. Und näher an der Zeit Anna Seghers, *Die Toten bleiben jung*.

Die Studentinnen waren besser untergebracht: Für sie hatte die LPG Strohsäcke bereitgestellt. Die Mädchen drängelten sich im winzigen Sprechzimmer. Auf einem Tisch hatte Dr. Julian Hilarie seinen Strohsack ausgebreitet, Dozent am Lehrstuhl für Hydrologie und Parteisekretär der Fachschaft. Allgemein schlug man einen Bogen um ihn, trat ihm nicht zu nahe. Ozeanographie und Geodäsie waren seine Fächer.

»Den ekeln wir im Nu hinaus«, versprach die blonde Ruxanda Stoica. Gerade von diesem Hilarie hatte sie viel Ungemach zu erleiden gehabt, nachdem sie pietätvoll den Filzhut unseres Marxismusprofessors Raul Volcinski an sich genommen hatte, der ihm bei seiner gewalttätigen Festnahme vom

Kopf gerollt war. Dr. Hilarie hatte bewirkt, daß sie wegen »Solidarisierung mit einem Staatsfeind« für ein Semester exmatrikuliert worden war. Vor kurzem hatte er sich am Magen operieren lassen. Doch den säuerlichen Ausdruck der Magenkranken hatte er beibehalten. Mitten in den praktischen Arbeiten, ja manchmal sogar wenn er vortrug, knöpfte er sein Hemd auf und musterte betrübt die stachlige Narbe, die wir alle kannten. Ob er verheiratet war oder Junggeselle oder etwas anderes, die Mädchen bemühten sich, es zu ergründen. Bereits in der zweiten Nacht erschien er verstört im seidenen Pyjama bei uns, den Strohsack auf dem Rücken. Dauernd hatten die jungen Frauen etwas Intimes zu bereinigen gehabt, bei Kerzenlicht und unter Kichern oder Tränen. Er aber mußte das Lokal räumen oder wurde ausgesperrt. Doch auch unter Männern gibt es störende Intimitäten, wenn auch eher windiger Natur. So blieb ihm nur der Rückzug in den Arbeitsraum, wo er auf dem Lehrertisch die Nächte verbrachte und in schlaflosen Stunden seinen Nabel beschaute oder unmutig unsere Feld- und Flußmessungen überprüfte.

Ordnungsgemäß bildete eine Sitzung den Auftakt zu den praktischen Übungen. Aus der Rede des Dr. Hilarie, diesmal Parteisekretär, vom rotverhangenen Tisch aus, wo nur die verrußte Petroleumlampe an das Nachtlager erinnerte, erfuhren wir:

»Da die Arbeiterklasse sich den Luxus leistet, euch unter Opfern für das Hochschulstudium freizustellen, seid ihr auf dem Holzweg, wenn ihr glaubt, hier auf Sommerfrische zu sein – ohnehin eine Erfindung parasitärer Bourgeois, die sich vor Nichtstun und Faulheit tagaus, tagein zu Tode langweilten. Und weil Partei und Regierung euch für dies Praktikum die besten Bedingungen geschaffen haben – vier Wochen werdet ihr kostenlos durchgefüttert …«

»Nur mit Frühstück und Mittagessen«, rief Maria Bora aus.

»… ist es recht und billig, wenn höchsten Orts erwartet wird, daß ihr nicht nutzlos und sinnlos an Feld und Fluß herumhantiert, in der autistischen Manier der L'art-pour-l'art-Fexe oder«, er stockte, »der weiland narzißtischen Hesychasten, vielmehr handgreifliche Leistungen erbringt zum Wohle von Volk und Vaterland. So fällt euch die Aufgabe zu, die Vermessungen durchzuführen an der seit 1944 unbenutzten Landstraße zu der Brücke, die von den deutschen Hitleristen auf der Flucht vor der glorreichen sowjetischen Armee heimtückisch in die Luft gesprengt worden ist und die von unserer Arbeiterklasse in diesem Sommer neu aufgebaut wird«, gespannt luchsten Ruxanda und ich, wie er diesen Monstersatz bis zu dem Punkt bringen würde, wo man klatschen mußte, »dergestalt alles zu vermessen und zu berechnen, daß die billigste und beste technische Linienführung für die Straßenanlage aufgesucht werden kann, tunlichst unter Beibehaltung des bisherigen Untergrunds und in Anpassung an die Geländehöhe und somit mit geringster Erdbewegung, ökonomisch also, wodurch auch wir mitkämpfen, um den Fünfjahresplan ein Jahr früher zu erfüllen, und nicht nur einen Monat rascher, wie das unser weiser und großer Führer Gheorghe Gheorghiu-Dej in seiner echt proletarischen Bescheidenheit angemahnt hat.« Er klatschte heftig.

»Bravo!« flüsterte Ruxanda mir zu. »Ideologie, Technik und Personenkult in einem Satz ...«

Mechanisch fielen einige ältere Studenten ein, die seltsam verwittert und fremdartig die Szene bevölkerten. Es waren ehemalige Arbeiter. Die hatte die Partei aus der Kesselschmiede, von der Kalkgrube, vom Mistführen wegbefohlen und in die Hochschulen eingeschleust. Zuvor hatten sie im Laufe von zwei Jahren an der sogenannten »Arbeiterfakultät«, im Volksmund »Ballettschule«, das Lyzeum nachgeholt. Würdevolle Patriarchen, so saßen sie mit gerunzelter Stirn in den Hörsälen herum, sahen sich nach einer akademischen Braut um und tranken Bier. Höflich wurden sie durch die Prüfungen kutschiert, bis man ihnen endlich das Diplom in die Hand drücken konnte und sie erschöpft in einem Direktorensessel versanken. Die Partei konnte aufatmend sagen: »Endlich haben wir unsere hauseigenen Intellektuellen.«

Ruxanda wollte das Wort »esichast« erklärt haben, das der Herr Professor benützt habe. Er wurde rot, sagte, er sei noch nicht am Ende seiner Rede, später. Und sagte trotzdem:

»Eine reaktionäre religiöse Sekte, deren Mitglieder Nabel-
beschau treiben, auch Nabelgucker genannt. Übrigens mußt
du mich mit Genosse anreden. So sieht es das Gesetz vor.«
»Genosse? Sie, mein Genosse? Nie!« antwortete Ruxanda
aufgebracht. Sie wand sich aus der Schulbank heraus, »das
tut dem eingeklemmten Bauch gut«, schwang sich auf das
Pult der ersten Bank, setzte sich dem Aurel Buta, einem der
Patriarchen, vor die Nase, rief: »Auf, ihr Mädchen!« Sie lüpfte
ihre Bluse und beschaute ernsthaft den Nabel, dies versöhn-
liche Ornament beider Geschlechter. Die Mädchen taten es
ihr kichernd nach. Leuchtende Bäuche blendeten die Augen
des Parteisekretärs.

»Ich bitte euch!« wehrte der ab. »Ihr wißt doch, Nackt-
kultur ist der Partei ein Greuel!«

»Wir ahmen nur Sie nach, Genosse Professor, der Sie sich
dauernd in Ihrem Bauch spiegeln wie ein Hesychast!« sagte
Maria Bora, Tochter eines verstorbenen Altkommunisten.
Ins Auditorium aber rief sie: »Heute beim Fluß wählen wir
die Miß Nabel, mit Bauchtanz à la Rumba! Und ihr, liebe
lüsterne Alterchen mit euren gewitzten Augen, ihr werdet die
Jury abgeben!«

Eilig schloß Dr. Hilarie: »Da aber die neue Brücke ein
Juwel des volksdemokratischen Staates sein wird und man
darauf achthaben wird müssen wie auf eine unbescholtene
Jungfrau, wollen Partei und Regierung wissen, mit was für
Hochwasser und Überflutungen in fünfhundert Jahren zu
rechnen sei. Eigentlich eine unmögliche Prognose, da das bürgerlich-gutsherrliche Regime uns kaum Meßwerte hinterlas-
sen hat.«

»Das ist das Einfachste«, sagte Ion Posea, einer der Patriarchen, »das saugen wir uns aus den Fingern. Was immer
wir angeben, es ist richtig. Heute in fünfhundert Jahren –
niemand kann's kontrollieren! Aber die Nabelschau am
Nachmittag, das ja!« Er leckte sich die dicken Lippen.

»Dummheit«, fuhr ihm Maria Bora über den Mund. »Keineswegs will man wissen, Alterchen, welches der Wasser-
stand heute in fünfhundert Jahren ist. Vielmehr, wann im
Laufe der nächsten fünfhundert Jahre mit Flutschäden gerech-

net werden kann. Das heißt, bereits von morgen an, also überprüfbar, noch zu Lebzeiten von uns und vielleicht auch der Partei.«

»Sintflutmarken oder Hungersteine hieß das bei den Heimgesuchten«, sagte ich zu Ruxanda. »Solche Katastrophen prägen sich tief ein ins Gedächtnis des Volkes.«

Ion Posea trat zornentbrannt zu Maria Bora, die neben Ruxanda auf dem Pult der ersten Bank hockte. Seine aufgeworfenen Lippen waberten. Ohne sich um den roten Präsidialtisch zu kümmern, packte er die junge Frau an den Schultern und begann sie zu schütteln. »Glaub ja nicht, als Tochter eines toten Illegalisten kannst du dir alles erlauben! Treibst deinen Spott mit mir, nennst mich Alterchen, der ich ein dekorierter Stachanowist bin! Außerdem hab ich genau gehört, was du gesagt hast: wenn wir leben und vielleicht auch die Partei. Die Partei wird heute in fünfhundert Jahren noch leben, wenn die Würmer längst krepiert sind, die dich aufgefressen haben, du Teufelsweib! Beim nächsten Mal dreh ich dir den Hals um!« Doch seine Hände legten sich jetzt schon um ihren Hals. Sie musterte ihn aus schmalen Augen, ohne mit der Wimper zu zucken. Und plötzlich schleuderte er seine schwammigen Lippen auf ihren Mund, daß es gluckerte.

Dr. Hilarie rief schmerzvoll: »Laßt das öffentliche Poussieren, das sieht die Partei nicht gerne. Und seid höflich zu Maria! Sie ist die Tochter eines kommunistischen Märtyrers.« Was tat die Tochter des Märtyrers, angefallen von dem kollernden Gockel? Sie stieß ihn nicht etwa weg, spuckte auch nicht aus vor ihm, sondern zog aus ihrem Ärmel ein Batisttüchlein, befeuchtete es mit Speichel und säuberte ihre Lippen. Dann entnahm sie einem Beutelchen Puderdose und Lippenstift und machte sich schön.

»Ein großartiges Programm der Partei, das uns von früh bis Abend in Atem halten wird«, schloß der Parteisekretär.

Ruxanda unterbrach ihre Nabelschau. »Reich mir meine Mappe«, bat sie Aurel Buta. Sie klemmte den Rock zwischen die Knie und las laut aus einer Verfügung des Ministeriums vor: »Im Hochschulpraktikum wird sechs Stunden gearbeitet. Für Überstunden bedarf es einer Sonderbewilligung des Ministers. Haben Sie gehört, *domnule doctor*?«

Der *domnule doctor* war zum Fenster getreten, knöpfte sein Hemd auf und beschaute die Narbe über dem Nabel, die einer riesigen rostbraunen Raupe glich. Ruxanda sagte: »Nach sechs Stunden laß ich alles stehen und fallen. So wie der tolle Charlie Chaplin. Wissen Sie, *domnule doctor*, wie der es anstellte, wenn die Sirene Schichtschluß ankündigte – er war Bauarbeiter an einem Wolkenkratzer? Beim ersten Ton öffnete er die Hände und ließ Hammer und Meißel hundert Stockwerke auf den Broadway hinunterfallen. Herrgott, dies Amerika, wieviel Freiheit! Packt dich die Lust, stellst du dich auf einen Wolkenkratzer und fliegst davon wie ein Vogel.« Verzückt schloß sie die Augen.

»Und nun zu den fünfhundert Jahren von Partei und Regierung … Wir befragen die alten Leute am Fluß auf ihre Erinnerungen an Hochwasser und Dürre. Es kommen gewiß genug Angaben zusammen, daß man sich mittels Statistik und Wahrscheinlichkeitsrechnung ein ungefähres Bild machen kann, was die glorreiche Brücke erwartet.«

»Ein bestechender Gedanke«, sagte Aurel Buta. »Wir teilen den Wasserlauf in Abschnitte und spazieren von Dorf zu Dorf. Und zwar zu zweit. Ein *camion* müßte uns hinausfahren und tags darauf einsammeln.«

»Das wäre eine Idee«, sagte Dr. Hilarie. »Man müßte einen Fragebogen ausarbeiten. Und bei dieser Gelegenheit könntet ihr den Leuten ins Gewissen reden, daß sie der LPG beitreten. Das würde die Partei gewiß freuen.« Er fand sichtlich Gefallen an diesem Vorschlag, denn sein säuerlicher Gesichtsausdruck machte einem Lächeln Platz.

»Und die Mädchen verlosen wir«, ergänzte Buta, den die Studentinnen mieden, wer weiß warum. Er war Bergarbeiter gewesen. Wegen dem Kohlenstaub, der sich in sein Gesicht eingefressen hatte, hieß er *maurul*, der Mohr. »So könnte jeder dritte, vierte von uns mit einer Partnerin durch die Auen lustwandeln.«

»Du irrst«, sagten Maria und Ruxanda wie aus einem Mund, »wir wählen uns die Beschützer.«

Das Menü, das Partei und Regierung sich für uns Praktikanten ausgedacht hatten, bestand am Morgen aus einem Kipfel und einem Glas Joghurt. Das Mittagessen bekamen wir in der Arbeiterkantine bei der Brücke billig und entsprechend in Geschmack und Menge: meist eine *ciorbă*, eine dicke Gemüsesuppe. Als zweiten Gang etwa dies: Pferdefleisch, mal mit Kraut, mal mit vorjährigen Kartoffeln oder Gerstel oder weißen Bohnen. Manchmal waren es Fleckel mit Marmelade. Statt Brot erhielten wir oft ein Stück körnigen, graugelben Palukes. Am Abend bediente sich jeder aus dem eigenen Brotbeutel: Speck mit Zwiebeln oder Fettbrot mit Knoblauch oder Käse mit Paradeis, manchmal ein Bier, und oft Palukes, anderswo Polenta genannt, den die Patriarchen kunstvoll anrührten, dazu Kuhmilch oder scharfen Käse. Es schmeckte.

Wegen des Mittagstisches kam es bereits am dritten Tag zum Krach. Posea sprang nach dem ersten Schluck Suppe auf, warf den Blechnapf mit der bräunlichen Brühe, diesmal Paradeissuppe, an die Barackenwand und rief: »Möglich, daß dieser Fraß den einfachen Arbeitern mundet, aber für uns ist das eine Beleidigung, eine Herabsetzung für Kopfarbeiter, die Intellektuellen von morgen!« Und brüllte, man möge den Kantinenoberen herbeischaffen, diesen Erzbetrüger, der offenkundig in die eigene Tasche wirtschafte. Schon rannten zwei seiner Kumpane los, zogen den Verantwortlichen, einen ehemaligen Offizier, aus dem Verschlag, der ihm als Büro diente, und zerrten ihn im Polizeigriff herbei. Noch ehe jemand einschreiten konnte, schüttete Posea ihm die restliche Suppe in den Nacken. Der Mann, der auf seiner verschossenen Uniformbluse einen königlichen Orden angesteckt hatte, »*Bene merenti*« mit der Devise »*Forti et Devoto Servatori*«, tat nichts anderes als die Hände schützend auf seinen Scheitel zu legen. Die Arbeiter schauten schlafmützig zu, einige umschlangen die Blechterrinen mit den Armen und zogen sie zur Sicherheit zu sich heran. Maria und Ruxanda befreiten den Mann, dem die Suppe durch die Hosenbeine troff und der nun zu jammern begann: »Meine einzige Hose! Was wird meine Frau sagen!«

Jetzt aber stürzte sich Maria Bora auf Posea, packte ihn am Hemd, daß die Knöpfe absprangen, und schrie glühend vor Zorn: »Ihr niederträchtigen Nichtsnutze, die ihr dem Herrgott die Zeit stehlt und das Geld des Staates verplempert! Nennt euch Kopfarbeiter? Intellektuelle von morgen? Eure Köpfe sind leer wie eine Misttonne. Nicht einmal Stroh ist drin. Spielt euch großartig auf, die ihr jetzt erst gelernt habt, mit dem Taschentuch euch den Rotz wegzuwischen. Ihr, die ihr aus Erdhütten gekrochen seid, empört euch über das Essen hier, mit dem diese Leute zehn Stunden schuften müssen! Und wir anderen, aus anständigen Häusern, sind mit allem zufrieden. Gibst du dir Rechenschaft, alter Kracher, daß du die Arbeiter hier gekränkt hast? Auf der Stelle bittest du sie um Entschuldigung, du Mummelgreis!« Doch Posea bat nicht die Arbeiter um Entschuldigung, die froh waren, ihre Suppe auslöffeln zu können; vielmehr holte er aus und verabreichte der jungen Frau eine Ohrfeige, daß es knallte. Dr. Hilarie, der noch immer in seiner Suppe herumstocherte, sagte beunruhigt: »Was hör ich da, was seh ich da? Eine Frau vor aller Augen schlagen, das ist nicht im Sinne der Partei.« Maria Bora aber setzte sich wieder auf ihren Platz und aß die Suppe zu Ende. Und wir übrigen taten das gleiche. Nur der Club der Patriarchen ging leer aus. Deren Suppe klebte an der Wand.

Gegen Abend kam ein fremder Herr mit Brille in die Schule. Er unterhielt sich angeregt mit Dr. Hilarie. Die beiden mußten sich rasch nahegekommen sein, denn unser Assistent lüpfte das Sommerhemd und zeigte ihm die häßlich verheilte Wunde. Der Besucher richtete ein paar Worte an die Gruppe: Die Parteispitze setze bezüglich der Zufahrtsstraße zur Brücke große Erwartungen in uns und warte ungeduldig auf das fertige Projekt. Vorgestellt hatte er sich nicht. Wahrscheinlich ein Genosse vom Rayon, ein Luftinspektor, wie Ruxanda solche Exemplare nannte.

Der geschniegelte Herr setzte sich neben Maria Bora und lobte, wie präzise und akkurat sie die Ergebnisse der Vermessungen auf Kalkpapier übertrage. Er nahm ihr das Papier weg und bat sie hinaus, wo man die Skizze im Abendlicht besser studieren könne. Sie gingen. Und blieben verschwunden, beide.

Nach dem Abendessen nahm mich Ruxanda bei der Hand. »Komm, wir haben uns noch vieles zu erzählen.«

Wir setzten uns wie die Abende zuvor auf die Steinbank an der südlichen Burgmauer. Unter dem Laubdach eines überhängenden Ahornbaums bildete sich ein Nest von Wärme, das den Luftzug vom nächtlichen Fluß her abhielt. Die alten Mauersteine wärmten wohlig den Rücken.

»Du wirst sehen«, sagte Ruxanda und schob ihre Hand unter meinen nackten Arm, »die beiden heiraten.«

»Wer«, fragte ich zerstreut.

»Maria Bora und der Posea.«

»Niemals. Er hat ihr doch eine heruntergehaut. Übrigens: Wieso ist niemand gesprungen und hat sich vor sie gestellt?«

»Warum nicht du?«

»Ich? Das hat mit mir nichts zu tun. Geht mich nichts an. Ich bin kein Euriger.«

»Deine Begründung ist falsch. Richtig ist: Hättest du es gewagt, dann hätten die beiden sich über dich getan und dich verdroschen. Mein Lieber: Dresch ist für eine Frau das unleugbare Zeichen, daß ihr Mann sie wahrhaftig liebt.«

»Nicht für jede. In unseren Kreisen gilt das Schlagen einer Frau als schwere Kränkung, ja Erniedrigung.«

»Na gut, dann eben nur bei uns Rumänen.«

»Und den Ungarn«, fiel mir ein. »Als ein ungarischer Theologiestudent, ein Kollege von mir seinerzeit, seine Herzensbraut windelweich geschlagen hatte und der Senat der Universität darüber beriet, machte der anwesende reformierte Bischof Vásárházi allem disziplinarischen Pro und Contra mit einem Satz ein Ende: ›Das ist kein wahrer Ungarmann, der die Frau seiner Wahl nicht nach Herzenslust durchwalkt, um ihr seine Liebe zu beweisen.‹«

»Na bitte«, sagte Ruxanda, »nur ihr Deutschen seid wieder einmal Extrawurst. Eigentlich seid ihr uns unheimlich. Andererseits bewundern und verehren wir euch, zwar ein wenig wie außerirdische Wesen, aber dennoch. Doch zurück zur Liebe: Nie würde ich es gutheißen, daß ein Mann nur aus Treue zu mir hält, gegen sein Gefühl und sein Begehren, bei mir ausharrt allein aus Anstand, wegen der Moral.«

»Die Treue ist das Mark der Ehre«, sagte ich.

»Ein Hundsdreck. Sie ist eine Form der Verlogenheit. Liebe ist alles! Liebt er mich, ist er frei. Er kann sich auch mit einer andern einlassen. Und wenn wir Frauen verhindert sind, unsern Männern im Bett zu Diensten zu sein …«

»Wann denn? Wenn ihr bockt oder uns bestrafen wollt?«

»Für uns orthodoxe Frauen gelten immer noch die biblischen Reinheitsgebote, wo wir uns über Wochen verweigern müssen …«

»Zum Beispiel die sechs Wochen nach der Geburt«, sagte ich.

»Und erst wenn der Pope uns entbindet, dürfen wir uns von neuem hingeben …« Sie schlug das Kreuz. »Doch laß mich ausreden: Wenn der Mann, so oder anders, für lange vom Ehebett getrennt ist, zum Beispiel für Monate dienstlich verreist, sind wir Frauen es, die ihn zu einer andern schicken, damit seine Manneskraft nicht Schaden erleidet, erlahmt, verkümmert.«

»Und ihr wärt nie eifersüchtig?«

»Nur wenn ich wüßte, er liebt mich nicht mehr. Schau, da gibt es einen Vetter von mir, unser gemeinsamer Großvater ist Protopope fünf Täler weiter von hier, in Ribitza. Eine große Liebe verbindet uns, seit wir Schüler gewesen sind. Wir beide sind wie verlobt. Nun, seit Jahr und Tag habe ich ihn nicht mehr gesehen«, sie begann zu zittern. »Wohl habe ich ihn aus den Augen verloren, aber nicht aus dem Sinn. Und siehe: es ist mir alles eins, ob und mit wem er sich hinlegt, ja, im Gegenteil …«

»Das gibt es nicht.«

»Doch, denn ich weiß, daß er mich liebt. Er läßt mir immer wieder Zeichen seiner Liebe zukommen. Allerdings: Das Blatt würde sich wenden, sollte ich draufkommen, daß der geliebte Mann sich mit Leib und Seele an die andere verloren hat, mich verlassen will oder mir nur noch falsche Gefühle vorgaukelt. Hat die elende Hure ihn so eingewickelt, dann schütte ich ihm gestoßenes Glas in den Kaffee und ihr Vitriol ins Gesicht!« Ruxanda war außer sich. Sie stand auf und trommelte mit den Fäusten an die Mauer der Burg. »Wehe ihm, wehe ihnen!«

»Weiter mit Posea und Maria«, lenkte ich ab.

»Na ja,« fuhr sie fort, »bei euch Deutschen ist das doch so: Ihr erkennt euch erst in der Hochzeitsnacht.«

»Es gibt Ausnahmen«, sagte ich. »Aber Posea und Maria?«

»Posea, der liebt sie schon lange. Hast du nicht gesehen, wie er sie mit den Augen auffrißt, seine dicken Lippen leckt wie bei einem Hühnerbraten? Übrigens war es eine zärtliche Ohrfeige, die er ihr geklebt hat, mit viel Gefühl. Sag mal, bemerkst du nie etwas von dem, was in unserer Gruppe vorgeht?«

»Leider zuviel, wo ich mit diesen Leuten Tag und Nacht zusammen sein muß«, sagte ich vergrämt. »Wenn es nach mir ginge, würde ich den ganzen Tag mit geschlossenen Augen herumlaufen.«

»Darum stibitzen sie dir deine Sachen weg.«

»Stehlen, stehlen heißt das«, sagte ich voll Ingrimm.

»Nicht doch. Da du jeden hochmütig abwimmelst, der dich um etwas bittet, sei es auch nur ein Radiergummi, stößt du sie dauernd vor den Kopf. Die Klauerei ist eine Form subtiler Rache. Wegen deiner Eigenbrötelei mußt du dir nach den Semesterprüfungen jedesmal von der Partei vorwerfen lassen, du hättest zwar gut abgeschnitten, doch gereiche das dem Kollektiv so nicht zur Ehre, weil du dein Wissen nicht mit den Schwächeren teilst.«

»Das ist mein Eigentum, vom Radiergummi bis zu meinem Wissen. Wo steckt da der Hochmut«, fragte ich unwillig.

»In der Geringschätzung, die du die anderen auf Schritt und Tritt spüren läßt. Nichts trifft einen mehr, als wenn man nicht beachtet, nicht geachtet wird.«

»Dich achte ich sehr«, sagte ich ernst. »Ja, ich hab dich lieb. Wir kommen aus der gleichen Kinderstube.«

»Nur darum?« fragte sie und schmiegte sich an mich.

Ich stockte, fuhr fort: »Wir beide haben uns einmal Photos angesehen von unseren Eltern, als sie jung verheiratet waren. Erinnerst du dich? Die Damen trugen die gleichen Hüte und Frisuren, die Herren Anzüge nach dem modischen Schnitt von damals. Aber mit den übrigen aus unserer Studiengruppe weiß ich nichts anzufangen.« Ich seufzte. »Unsereiner ist nicht für den Umgang mit dieser Spezies von Leuten erzogen worden. Schon daß diese Burschen kein Benehmen haben … Das ist doch das erste, worauf man sich im gesellschaftlichen Verkehr verlassen muß. Ehe Posea der Maria eine heruntergehaut und sie geküßt hat, hat er sich mit dem Handrücken den Mund abgewischt und darauf die Hand an seiner Hose.«

»Bravo!« sagte Ruxanda. »Du bemerkst ja doch einiges. Apropos, ist dir aufgefallen, wie gepflegte Fingernägel der Hilarie hat? Und tadellose Manieren. Der kommt aus keiner Erdhütte.« Das war mir aufgefallen. Zum Beispiel belud er bloß die umgekehrte Gabelspitze, selbst wenn es sich um Graupen handelte, nie häufte er die Bissen in die Beuge der Zinken. Und beim Kauen schloß er den Mund.

»Ferner ist er viel zu stark auf der Linie. Kein Kommunist würde dauernd die Partei zitieren, Losungen verzapfen.«

Ein Schatten huschte heran. Maria setzte sich aufatmend zu uns. »Hört uns jemand?«

»Nur der Burggeist«, sagte Ruxanda. »Gut, daß du da bist.«

»Zünd ein Streichholz an. Ich will mich ein wenig zurechtmachen.«

Aus ihrem Kosmetikbeutel nahm sie Lippenstift und Puderdose. Im Aufflackern des Zündholzes schienen ihre Gesichtszüge davonflattern zu wollen, so unstet blickten die Augen.

»Jetzt weiß ich, was mein Vater meinte, wenn er von der königlichen *Siguranţa* nach Hause kam und sagte: Ich fühl mich wie ein lebendig gerupftes Huhn.« Und sie berichtete: Der bebrillte Herr hatte sie untergefaßt, »als ob wir verlobt wären«, und hatte sie vorwärtsgeschoben wie eine Schaufensterpuppe, immer lächelnd: »Ein kleiner Spaziergang.« Kaum waren sie im Lokal der Miliz angekommen, hatte er die Maske fallen lassen.

»Was ich mir hab anhören müssen, mein Gott! Daß alle

Studentinnen aus Cluj Huren seien, so daß die echten Freuden-
mädchen im Herbst zu Beginn des Semesters sich verzweifelt
fragten: Wohin mit uns, ihr Mädchen, die Studentinnen kommen? Daß die wahren Studenten der Arbeiterklasse noch
lange nicht die seien, die aus Arbeiterfamilien kämen, sondern
solche, die sich vorher ins Geschirr gelegt hätten, wie Posea
und Konsorten, Handwerker und Kopfarbeiter in einem.
Das seien die Intellektuellen von morgen, auf die sich die Partei verlassen werde können. Und fragte unvermittelt: ›Was
hast du gegen Erdhütten einzuwenden, du aufgeplusterte
Gans?‹

›Gegen Erdhütten an sich nichts. Nur gegen das Benehmen.‹

›Und was verstehst du unter einem anständigen Haus?‹

›Ein Haus, wo ein Schreibtisch steht.‹

›Ein was? Ein Schreibtisch? Das sind ja reine Bourgeois-
allüren. Und womöglich daneben noch ein Klavier.‹

›Ohne Klavier.‹

›Bei euch gab es einen Schreibtisch?‹

›Gewiß.‹

›Und wo stand der?‹

›In der Küche.‹

›Dein Vater, ein Kämpfer und Märtyrer der Arbeiterklasse,
Eisenbahner, das waren doch die Stoßtrupps der Revolution,
hat in der Küche einen Schreibtisch gehabt? Wie das? Warum?‹

›Aus Respekt vor Engels und Marx, Lenin und Stalin. Wo
hätte er die Klassiker studieren sollen? Auf dem Küchentisch
meiner Mutter zwischen Abwasch und angeschissenen Win-
deln?‹«

Maria Bora weinte fast. »Er stand so nahe bei meinem
Stuhl, daß ich sehen konnte, wie der Schweiß durch seinen
Rock zu sickern begann. Dazu zupfte er mich dauernd am
Schlafittchen. Dann trat er von mir weg, blickte mich ratlos
durch seine Brillen an und sagte: ›Dein Vater würde sich im
Grab umdrehen, wenn er sehen würde, was für ein Früchtel
aus dir geworden ist. Beleidigst die Kopfarbeiter der Arbeiterklasse!‹ In dem Augenblick ist mir die Hand ausgerutscht,
und ich habe ihm eine gewischt, daß ihm die elegante Brille

von der Nase geflogen und auf dem Boden zerschellt ist. Als ich mich gebückt habe, um die Reste aufzuklauben – so bin ich eben erzogen worden –, was sehe ich? Splitter von Fensterglas. Ich habe ihn angegafft, und er hat kleinlaut erklärt: ›Eigentlich brauch ich sie nicht. Aber mit einer Brille auf der Nase schaut man intellektueller aus.‹

Ich habe ihn angezischt: ›Wenn mein armer Vater wüßte, für was für eine Spezies von Genossen er jahrelang im Gefängnis Doftana gesessen und nachher an Schwindsucht gestorben ist, er würde sich aus dem Grab erheben und mit dem eisernen Besen Ordnung schaffen!‹ Er sagte, daß auch er aus einer Erdhütte stamme, und ich sagte, ich wolle jetzt gehen, und er sperrte die Tür auf, ja, er riß sie vor mir auf und sagte: ›*La revedere!*‹ Und ich sagte: ›Gott bewahre!‹ Darauf sagte er nichts mehr.«

Im Bauernhaus gegenüber, das etwas unterhalb der Straßenböschung lag, öffnete sich eine Tür zum Gassenzimmer. Mit einer Petroleumlampe in der Hand erschien eine Frau, gefolgt von einem Mann, dessen Leinenhemd bereits aufgeknöpft war. Die Frau stellte die Lampe auf den Tisch. Sie band das geflochtene Haar auf. Beide gähnten herzhaft.

Ruxanda und ich erhoben uns, als hätten wir uns vorher abgesprochen. »Wie im Kino«, sagte Maria. »Bleiben wir noch.«

»Kommt, ihr Kinder«, sagte Ruxanda, »morgen ist auch ein Tag.«

Es wiederholte sich Abend für Abend vor unseren Augen, was Ruxanda und ich für uns behalten wollten. Das junge Ehepaar kleidete sich gemächlich aus. Er legte sein Hemd sorgsam über die Stuhllehne. Dann bückte er sich mehrmals, die Hände verschwanden unterhalb der Fensterbank. Schließlich stand er da, nackt, soweit man es sehen konnte, und wartete. Weiß war seine Haut vom Hals abwärts, die Brust bedeckt mit dem Gekräusel rötlicher Haare, braungebrannt der Nacken und das Gesicht, rosa die Stirne, tagsüber vom Hut beschirmt vor den Strahlen der Sonne.

Die Frau öffnete die gefältelte Leinenbluse, zog sie über den Kopf und warf sie irgendwohin. Volle weiße Brüste wölbten sich vor, zitterten leise. Einige Augenblicke rieb sie sie voll Wohlbehagen. Darauf knüpfte sie den Rock auf und ließ ihn einfach zu Boden fallen. Nun trat der Mann hinter sie, lehnte sich mit Bauch und Brust an ihren Rücken. Er faßte mit der rechten Hand unendlich sanft unter ihren Busen, den er zärtlich emporhob. So verharrten sie, eine ganze Weile. Dann beugten sie sich über die Petroleumlampe, beide zugleich, und pusteten das Licht aus. Es wurde dunkel.

Am Abend darauf setzte sich Maria Bora wieder zu uns, doch wir nahmen sie nicht in die Mitte. »Ob es nicht doch einen dritten Weg gibt«, seufzte sie, »zwischen Kapitalismus und diesem Sozialismus? Ich muß immer an meinem armen Vater denken. Und mich schämen.«

Ruxanda berief sich auf ihren Großvater in Ribitza, der gemeint hatte, die k.u.k. Monarchie sei jenes Staatengebilde gewesen, wo sich jedes der vielen Völker zu Hause gefühlt habe. »Auf jeder Banknote sind alle Angaben in elf Sprachen abgedruckt gewesen, auch rumänisch. Als Soldat konntest du den Eid in deiner Sprache ablegen, und zwar auf den Kaiser, dessen Gestalt fast ins Überirdische entrückt war. Und wenn er sich an seine Untertanen wandte, hieß das: An Meine Völker, mit majestätisch großem M.«

»Anders als euer König Michael«, fiel ich ein, »der in seiner Proklamation vom 23. August in jedem Absatz allein die Rumänen angesprochen hat: *Români*!«

»Ein kapitaler Fehler«, befand Ruxanda. »Denn nach dem Ersten Weltkrieg gab es viele Rumänen hier bei uns, die sich gegen den Anschluß an Altrumänien wehrten und aus *Transilvania* eine Schweiz im Osten schaffen wollten. Unsern großen Prosaschriftsteller Jon Slavici haben die aus Bukarest des Landesverrats bezichtigt und eingesperrt. Die Rumänen von hier befürchteten zu Recht die Balkanisierung dieses Landstrichs.«

Maria erwiderte halbherzig: »Wenn alles so wunderbar war, warum hieß das Habsburgerreich Völkergefängnis und warum haben sich alle Völker nach 1918 selbständig gemacht? Und dann die schreienden sozialen Gegensätze, vergeßt nicht. Feudale Zustände mitten in Europa.«

Maria fror. Wir wechselten die Plätze. Sie ließ sich von uns warm halten. Wie anders die Sinnlichkeit ihrer Schenkel und Hüften als die von Ruxanda ... Ich rückte unmerklich ab, lehnte mich an die Burgmauer.

Ich hatte meiner Hausherrin Clotilde Apori versprochen, sie nach Gyelu zu bringen. Als sie gehört hatte, wohin es mich im Praktikum verschlagen würde, hatte sie gegreint: »Nimm mich mit, lieber Chlorodont! Dort, bei meiner Tante Krisztina, habe ich die glücklichste Zeit meines Lebens verbracht, ehe ich geheiratet habe.« Eine Formulierung, die offen ließ, ob mit der Ehe das Glück sich erschöpft hatte oder im Gegenteil gewachsen war. Auf der Steinbank an der Burgmauer beriet ich mich mit Ruxanda, wie die Aktion über die Bühne gehen sollte. In Klausenburg würde die Fürstin Pálffy alles in Szene setzen, zusammen mit Annemarie, die sich aparte psychologische Beobachtungen versprach. Das Billigste und Bequemste sei es, so die Fürstin, die Bettlägrige mit einem Eselskarren bis zum Bahnhof zu befördern. Ich schloß: »Abgeholt am Abend nach der Rückkehr wird sie von ihren Cousins. Ich muß nur ein Telegramm aufsetzen, und sie trudelt mit dem Nachmittagszug hier ein. Aber was dann weiter?«

»Lașă pe mine«, sagte Ruxanda. Drüben, im Haus mit dem Fenster, schob eine Hand die Petroleumlampe durch die Tür. Die Frau trat in Erscheinung. Sie stellte die Lampe auf den Tisch. Hinter ihr kam der Mann. Genüßlich begannen sich die beiden auszuziehen. Ruxanda flüsterte: »Sieh, wie herrlich behaart die Brust des Mannes ist. Und die Brüste der Frau, sie strotzen vor Lebenslust, und sie tätschelt sie im Vorgenuß der Umarmung.« Ruxanda schlüpfte auf meinen Schoß. »Warum klopft dein Herz so laut?« flüsterte sie, deren Wange an meiner Brust ruhte.

»Ich weiß es nicht« sagte ich, meine Stimme war wie ausgetrocknet.

Ruhig näherte sich der Mann seiner Frau. Er lehnte seinen Leib an sie. Sie krümmte leicht den Rücken, um mehr von der Berührung an sich zu ziehen. Währenddessen umfaßte er ihren Leib mit beiden Armen. Sie ließ ihre Brüste in seine

Hände schlüpfen. So verblieben sie lange. Das Licht der Öllampe beleuchtete ihre still gewordenen Gesichter von unten,
die Augen versanken in Höhlen voller Schatten. Zwischen
den Ästen des Ahorns, die über die Burgmauer hingen, glitten die Sterne vorbei. Irgendwann bliesen die beiden das Licht
aus. Die Stube versank im Dunkeln.

Einige Tage später schickte ich ein Telegramm nach Klausenburg: »Aktion Clotilde übermorgen Mittwoch, Chlorodont.« Da das Telegramm unterschrieben werden mußte, setzte ich hinter Chlorodont meinen Nachnamen.

Die Fürstin Pálffy war eben dabei, mit dem Streitkolben
den Teig für Knäckebrot anzurühren, indes ihre ehemalige
Kammerfrau Julia, jetzt Mädchen für alles, den Messing-
kessel im Gleichgewicht hielt, als ein Bote die Treppen in den
Keller des Palais herabstolperte. Er forderte die Dame des
Hauses auf, sich bei der Hauptpost ein Telegramm aus Gyelu
abzuholen. »Sagte ich nicht, teure Julia: Die Proleten haben
die Welt auf den Kopf gestellt. Wo hat man noch gehört, daß
einer sich sein Telegramm selbst abholen muß? Begleiten Sie
mich, ich kann ja nicht Rumänisch. Wer weiß, was die von
mir wollen.« Julia wusch und polierte den Streitkolben, den
die Fürstin schulterte, und die beiden Frauen zogen los.

Im feudal ausgestatteten Direktorenzimmer im obersten
Stockwerk des Postpalastes aus königlich-ungarischer Zeit
erwarteten sie zwei Herren. Sie vergaßen, den schweratmen-
den Besucherinnen einen Platz anzubieten. Der betreßte Postdirektor hielt der Fürstin die Depesche hin, die sie überflog.
»Gut, sehr gut; Clotilde wird sich freuen. Sie hat dort im
Schloß ihre schönsten Ferien verbracht.« Der andere Genosse riß ihr das Blatt aus der Hand und fuhr sie an: »Reden Sie
rumänisch und erklären sie mir, was sich hinter der Aktion
Clotilde und der Geheimparole Chlorodont versteckt! Dazu
in deutsch, in der vermaledeiten Sprache der Hitleristen! Und
wer ist der Absender mit diesem unleserlichen Namen?«

Inzwischen hatte sich die Fürstin in einem der Fauteuils
niedergelassen und ihre Kammerfrau aufgefordert, im zweiten Platz zu nehmen. Die Damen saßen, die Genossen standen.

Julia sagte: »Ihre Durchlaucht, die Fürstin Pálffy, versteht nur mangelhaft Rumänisch.«

»Genossin Fürstin«, sagte der Postdirektor, sagte es auf ungarisch, was wesentlich freundlicher klang, »Sie werden verdächtigt, mit den Banditen im Gebirge Kontakt aufgenommen zu haben.«

»Ich und Banditen? Nie im Leben! Ich kenne sie nur aus den Journalen: Chicago, Al Capone und so …«

»Gnädige Frau: Banditen heißen die kriminellen Elemente bürgerlich-gutsherrlicher Herkunft, die im Gebirge bewaffnet gegen das volksdemokratische Regime operieren.«

»Ah, Herr Direktor, Sie meinen die tapferen Partisanen.«

»Zuviel Palaver! Ich nehme die beiden Bojarinnen gleich mit. Bei uns klärt sich alles, im Nu oder in der Zeit.«

»Gemach, Genosse!« Und zur Fürstin: »Durchlaucht, Sie sind in großer Gefahr. Das verschlüsselte Telegramm …«

Jetzt begriff die Dame: das fatale Reizwort, kaum zu erklären, war Chlorodont. Sie begann schallend zu lachen und sagte schließlich: »Wie amüsant. Darum haben Sie uns herbemüht! Meiner bettlägerigen Cousine Clotilde Apori letzter Wunsch ist es, sich vor ihrem Tod noch einmal die Zähne mit der guten alten Zahnpasta Chlorodont zu putzten. Mein Neffe, der in Gyelu im Sommereinsatz ist, hat dort, im Konsum, noch einige Tuben entdeckt. Mittwoch soll die Aktion Clotilde abrollen.«

»Und das ist eine Aktion, Zahnpasta zu kaufen?«

»Heutzutage ist alles eine Aktion geworden«, sagte die Fürstin mit Würde. »Nicht einmal Zündhölzer kann man auftreiben. Und hat man sie, durch Beziehungen selbstverständlich, brennen sie nicht.«

»Das sind die Anfangskrankheiten des Sozialismus«, beschwichtigte der Postdirektor.

»Ihre Cousine? Hat die überhaupt noch Zähne? Wie viele?« fragte der Genosse in Zivil argwöhnisch.

»Genug, um sie putzen zu müssen«, sagte die Fürstin kühl.

»Wir werden alles kontrollieren: die Zähne, die Paste! Das Telegramm bleibt bei uns.«

Der Genosse neben dem Postdirektor sagte zur Fürstin: »Dies Werkzeug in ihrer Hand, mit dem kann man einen Menschen totschlagen?«

»*Nu.*« Es war das einzige rumänische Wort, das sie kannte, ohne daß es ihr in den letzten Jahren viel genutzt hätte. Trotz »*Nu! Nu!*« war sie im Keller ihres Palais gelandet.

»Wir müssen dies Schlageisen konfiszieren.« Julia übersetzte. Die Fürstin versteckte die fürchterliche Waffe hinter ihrem Rücken. »*Nu!*« Und sagte auf ungarisch: »Es ist das nicht, was er denkt, nicht mehr.«

Frau Julia übersetzte: »Kein Totschlaggerät.«

»Was dann?« bohrte der Genosse weiter.

»Davon leben wir«, erläuterte Frau Julia. »Es ist nämlich ein Quirl, mit dem wir den Teig für des Gebäck anrühren.«

»Was für Gebäck«, fragte der Postdirigent.

»Knäckebrot«, sagte die Fürstin. Sie sprach es deutsch aus. »Gut für den Herrn dort.« Sie wies auf den Genossen. »So ungalant und taktlos kann einer nur sein, wenn er Verstopfung hat.« Aus dem perlenbesetzten Ridikül holte sie eine Packung und reichte sie dem Mann hinüber.

»Mich könnt ihr nicht hinters Licht führen«, drohte der Genosse und steckte das Knäckebrot ein. »Wir sehen uns noch! Wer weiß, was ihr Bojaren dort in euren Kellern ausheckt.«

Die Frauen machten sich auf den Weg. Bereits im Treppenhaus spannte die Kammerfrau den Sonnenschirm auf, mit Rubingriff und fliegenden Fischen.

Vor dem Postgebäude winkte die Fürstin einen Eselskarren heran. »Eine kranke Dame muß um viertel fünf beim Bahnhof sein.« Sie nannte die Adresse. »Vom Ende der *Matyas-Király-utca* rechts am Friedhof vorbei …«

»Heißt nicht mehr König-Mathias-Straße, heißt *Bulevard Molotow*«, brummte der Eselstreiber. »Muß die Dame liegen? Dann breite ich eine Wattadecke über das Heu.«

»Und Sie, Julia, fix, fix, verkaufen Sie einige Packungen Knäckebrot, damit wir die Fahrscheine begleichen können.«

Der Nachmittagszug brachte die Dame Clotilde wohlbehalten nach Gyelu, wo zwei Arbeiter ehrerbietig die zerbrechliche Fracht aus dem Zug hoben.

Unsere Mädchen überreichten Sträuße von Wiesenblumen, Ruxanda ein Blumenkreuz, geflochten aus Johanniskraut, gelbleuchtend, darin eingebunden die purpurne Pechnelke. Solche kreuzförmigen Blumengebinde prangten im Dorf an den Toren der rumänischen Höfe. Es waren die magischen Nächte Ende Juni zwischen dem Johannistag und Peter und Paul, wo die Töchter des Erlkönigs, die *Sânziene*, viel Unruhe in die Herzen der ledigen Jungfrauen hexten, mit halben Hinweisen auf das kommende Glück. Wie verwirrte der orakelhafte Ausspruch der Gräfin die Gemüter: »Merkt auf, ihr Jungfrauen: das große Glück – immer vorher.« Posea und Buta ließen es sich nicht nehmen, die Gräfin im »Kaiserstuhl« zum Schloß zu befördern: Auf ihren gekreuzten Händen thronte die Dame. Sie hatten noch nie eine Adelige zu Gesicht bekommen, geschweige mit den Fingern berührt. Aus dem politischen Unterricht wußten sie bloß, daß man es mit schlimmen Erscheinungen zu tun habe, Blutsaugern und noch ärger. Ihr ganzes ideologisches Gebäude kam ins Wanken, als sie die filigrane und verhutzelte Frau auf den Armen trugen. »Wie meine Großmutter schaut sie aus«, sagte Posea. »Wie hat die im Alter sich beklagt, daß sie nicht mehr imstande ist, aufs Feld zu gehen, den Garten zu bestellen, die Hühner zu versorgen! Und hat immer noch Arbeit für ihre Hände gefunden. Zuletzt, als sie nichts mehr hat verrichten können, hat sie ihren Urenkelchen biblische Geschichten erzählt. Daß man in der Schule keine Religion mehr lehrt, hat sie sehr gekränkt.«

»Ja, so ist es, etwas Sinnvolles kann man immer noch machen«, sagte die Gräfin, die auf den verschränkten Armen der Patriarchen wie in einer Sänfte dahinschwebte. »Zum Beispiel: beten für andere, bis zum letzten Atemzug.«

»Das gleiche sagte meine Großtante Amalia auch«, mischte sich Buta ein. »Saß unterm Lindenbaum, dessen Blätter schwarz waren vom Kohlenstaub, knüpfte Fetzenteppiche, trennte später alte Pullover und Wolljacken auf, klagte nie und sprach zuletzt: Jetzt, wo ich keinen Finger mehr rühren kann, tue ich das Wichtigste in meinem Leben. Ich bete für euch bei Tag und bei Nacht, die ihr an nichts mehr glaubt.«

Im Hof der Burg, halb Schloß, halb Kastell, mit starrenden Fensterhöhlen und herausgebrochenen Türen, nun Sitz der neugegründeten Kollektivwirtschaft, wartete der Präses im Sonntagsstaat. Er begrüßte die Gräfin mit Handkuß und einer Rede. »Als Mädchen wie eine aufgeblühte Rose, die erlauchte Gräfin und immer noch schön wie eine Tabaksblume.«

Er sprach ungarisch. Eine Lobeshymne auf den toten Grafen Kinizsi war das erste: Wie ein Vater habe er sich um seine Bauern gekümmert, ihnen moderne Landwirtschaft beigebracht, immer wieder die Pachtschulden erlassen und die Namenstage aller katholischen Heiligen mit dem Dorf groß gefeiert, der erlauchte Herr. »Er möge hochleben, dort wo er gerade ist!« Auch die alte Gräfin Krisztina wurde in den Himmel gehoben, wo sie gewiß auf einer Wolke dahintreibe, enthoben dem Durcheinander in diesem Dorf. Die habe sich nicht nur um die Kranken im Dorf gesorgt, ja in Notfällen sogar den Arzt aus der Stadt herbeikutschieren lassen, sondern ihr Herz auch den gefallenen Mädchen und unehelichen Kindern zugewendet, mit denen niemand etwas zu tun haben wollte. »Im Schloß ging es oft zu wie in einem Kindergarten. Und wunderbar für die ledigen Jungfrauen: wenn sie im Wonnemond die Wollust zwickte, mußten sie sich keinen Zwang auferlegen. Welch herrliche Zeiten das waren!«

Er vergaß auch nicht den Genossen Gheorghe Gheorghiu-Dej in Bukarest. »Unser weiser Führer in Bukarest hat uns Bauern eine strahlende Zukunft versprochen. Als Besitzer, Erzeuger und Nutznießer von Grund und Boden sind wir Herren unserer Hände Arbeit. Alles gehört nun allen. Doch diese alle sind so viele, bis hin zum Rayon in Koloszvár und zum Zentralkomitee in Bukarest und sogar bis zum neuen Väterchen Stalin in Moskau, wie heißt man ihn nur gleich? Chruschtschow. So viele, die alle gleich sind und mit denen wir teilen müssen, daß für uns hier in Gyelu kaum etwas übrigbleibt. Es ist wie mit einer Kuh: Wir füttern sie vorne, und andere melken sie hinten.« Betrübt fragte er: »Ihr studierten Genossen, nicht wahr, die Zukunft ist ja etwas, was noch nicht ist, immer nur kommt, somit niemals sein wird? Und dann erst wird es besser sein. Also niemals.«

Die Dame Clotilde bat er, sie möge nicht erschrecken. Das Kastell müsse noch eine Zeit für alles herhalten: Stall, Warenlager, Büro. Es dauere noch, bis man eine eigene Farm aufbauen könnte, ganz modern, nach dem Vorbild der großen Sowjetunion.

Eine Kuh wankte aus dem geräumigen Empfangssaal, entleerte sich klatschend auf das pompöse Parkett und blieb im Portal zum Schloß stehen, mit dem Antlitz zum Hof, würdig und ernst.

Der Präses sagte entschuldigend: »Wir haben das Parkett noch nicht herausgerissen, weil sich der Kuhmist so leichter beseitigen läßt. Es ist eine Freude, mit der Schaufel über die spiegelglatte Fläche zu fahren und den Dreck hinauszuschubsen.«

Die Dorfbewohner kamen und küßten reihum der Gräfin die Hand. Adrett gekleidete Mädchen machten einen Knicks, hielten ihr Blumen hin. Unsere sechs Studentinnen nahmen der Dame die Sträuße ab, darunter immer wieder Rosen, und luden sie Dr. Hilarie auf.

Die Gräfin ließ sich durch die Zimmer tragen, die Arme kindlich um den Hals der beiden Recken geschlungen. In den nördlichen Fluchten hatte man den Weizen untergebracht. »Die zweite Ernte, seit es unsere Wirtschaft gibt«, sagte der Präses stolz. »Unter besten Bedingungen gelagert. Die Partei hat uns belobigt.«

Die Gräfin erinnerte sich: »Hier hatte ich und meine Cousine Antonia unsere Schlafzimmer.« Jetzt hingen an riesigen Haken Pferdegespanne an der getäfelten Wand. »Was wir hier Jux miteinander hatten! Ich erinnere mich, wie aufregend es war, als meine Cousine mir die neuen Strumpfhalter aus Paris zeigte. Sie ist früh an Herzeleid gestorben.«

»Wie?« wunderte sich Posea, »eine Adelige stirbt an Herzeleid?«

»Gewiß, auch unsereiner hat ein Herz«, sagte die Gräfin.

»Antonias Mutter, meine Tante, wollte nicht zulassen, daß sie den Dorflehrer heiratet.«

»So ist es«, sagte der Präses. »Jetzt wäre sie eine große kommunistische Dame. Der Lehrer wohnt in Koloszvár in einem Palast. Er ist einer der obersten Parteimenschen.«

»Hätte er sie geheiratet«, flüsterte Ruxanda, »wäre er das nie geworden.«

Dr. Hilarie, behangen mit Blumengirlanden wie ein Maharadscha, lächelte säuerlich. »Strumpfhalter aus Paris. Dafür mußte ein Bauer drei Tage Frondienst leisten.«

Posea und Buta hatten die Dame Clotilde auf eine Fensterbank gesetzt, stützten ihr den Rücken. Sie vertiefte sich in den Ausblick, hin über die Flußau mit Weiden und Erlen bis zu den sanften Linien des Westgebirges. »Ihre erste große Liebe war ein Leutnant, ein entfernter Vetter von uns. Ich mußte ihm die Brieflein zustecken. Denn nie ließ meine gestrenge Tante die beiden allein. Überhaupt: Wir waren dauernd unter Kontrolle. Ab zwölf Jahren durften wir Mädchen nicht mehr nackt in der Wanne baden. Unsere Gouvernante und die Kammerfrau überwachten das. Zogen wir uns aus, mußten wir die Augen schließen. Ehe wir in die Wanne stiegen, stülpte uns das Stubenmädchen ein greuliches Badegewand über. Wir sahen aus wie Büßerinnen …«

»Warum das«, fragten Posea. »Soll ich mich vor mir schämen?«

»So war das in unseren Kreisen. Nacktheit war verpönt. Sogar die eigene.«

»Und war man verheiratet? Mit dem Ehemann, wie war das«, fragte Maria.

»Noch schlimmer. Außer dem Nabel hab ich von meinem Mann selig nie was zu sehen bekommen. Und der war keine Sensation. Ja, wo war ich stehengeblieben: Einmal versteckte ich das *billet d'amour* im Dessert. Antonias Vater, der mit uns hielt, geriet aus Versehen das Kuchenstück mit dem Zettel zwischen die Zähne. Er zwinkerte uns zu und schluckte dann alles hinunter. Eines Nachts entdeckte ich, daß Antonias *Adoré* aus der Kammer des Stubenmädchens davonschlich. Hättet ihr es weitergesagt oder für euch behalten, sagt an, ihr Jungfrauen? Und ratet, was ich getan habe?« Keine antwortete, aber man sprach noch tagelang darüber. Und über alles andere auch.

Im Frühstückszimmer logierten die Hühner. Die Käserei hatte ihren Sitz im Boudoir der Dame des Hauses, die Stuckornamente an der Decke harmonierten mit den dekorativen Käseformen. Die Schweine hatte man klugerweise im Rauchsalon untergebracht. »Leider sind die Wirtschaftsgebäude angezündet worden, als die Russen kamen, pardon, als die Deutschen sich zurückzogen.«

Die Grabstätten hinten im Park unter den Föhren waren verwüstet worden, die Gruft aufgebrochen, Teile der Eichensärge aus den Nischen gezerrt. Der Präses erläuterte: »Die Front ist hier vorübergegangen.«

»Seit damals ist es gut zehn Jahre her«, sagte die Dame Clotilde. »Was ist aus den Gebeinen geworden? Habt ihr sie auf eurem Friedhof beigesetzt?«

»Die Gebeine«, sagte der Präses betroffen. »Ich weiß nicht so recht ... Wir sind erst vor drei Jahren hier eingezogen.«

Eine Bäuerin begann zu schluchzen, andere fielen ein, ein Klagegeschrei hob an, daß es bis zum Himmel schallte. Eine alte Frau mit schwarzem Kopftuch trat auf den Präses zu, packte ihn an der Krawatte und kreischte: »Du gottloser Bolschewik, du elender Lügner! Du weißt es genau? Dir soll es so ergehen wie den Herrschaften, wenn du einmal verröchelt bist. Die Hunde haben die Knochen verschleppt ...«

Totenstille. Dann sagte der Präses: »Nicht die Hunde. Die wilden Tiere des Waldes waren es.«

Die Gräfin sagte: »Ja, das soll vorkommen.«

Mit dem Abendzug fuhr sie zurück. »Ich danke dir, mein teurer Chlorodont. Doch vielleicht hätte ich nicht kommen sollen.« Am Bahnhof in Klausenburg, noch ehe die Abordnung von Aristokraten die Gräfin in Empfang nehmen konnte, wurde sie von *Securitate*-Männern mit Beschlag belegt. Man durchsuchte ihre Handtasche. »Ah, tatsächlich Chlorodont!« Gottlob hatte ich im Genossenschaftsladen einige Tuben bröckeliger Zahnpasta dieser Marke gefunden, ja, sogar Fliegenpapier mit dem Aufdruck: D. R. P. Deutsches Reichspatent.

Mit dem Auto der *Securitate* wurde sie nach Haus gefahren. Der Chauffeur und ein Feldwebel trugen sie in den Keller, betteten sie auf die Chaiselongue. Inzwischen inspizierte der Offizier das Zimmer und den Verschlag im Vorraum, in dem ich im Sommer hauste. Als ich zurückkam, fehlten zwei Bücher: *Das Heilige* von Rudolf Otto und *Der Hungerpastor* von Raabe.

11

Ich hocke im Türkensitz in meiner Morgenhöhle und tue, was der Major mir empfohlen hat und ich mir verwehren wollte: Ich denke an tapfere Mädchen, an Frauen im Untergrund und immer wieder an Annemarie. Die Riegel rasseln. Der Fluß, der Abend unterm Ahorn, die aufgewühlte Frau an meiner Seite, aus! Beim Aufspringen stoße ich mit dem Kopf an die Tischplatte über mir. Zu dieser Stunde bin ich noch nie gestört worden. Gesicht zur Wand. »Linksum kehrt euch!« Der Soldat zeigt auf mich. Ich? Will Major Blau sich in aller Herrgottsfrüh mit mir unterhalten? Hoffentlich nur über Freud und Adler, Gauß und Bernoulli. Oder es geht hinaus. Schon befällt mich Bangnis: wohin mit mir ... Unwillig stößt mich der Soldat vom Nachtdienst vorwärts. »Paß auf! Elf Stufen hinauf!«

Eine barsche Stimme befiehlt: »Nimm die Brille ab!« Ich nehme die Brille ab. Aus der Ecke, wo der Schreibtisch steht, bricht eine Sturzwelle von Licht. Böses Licht ... Ich hebe die Hand vors Gesicht. Eine körperlose Stimme lärmt: »Was fällt dir ein? Schon getraust du dich, die Hand gegen mich aufzuheben? Hock dich hinter die Tür. Und schau nicht so blöde drein.«

Geblendet taste ich mich in meine Ecke. Überscharf schälen sich die Konturen von Tisch und Stuhl aus der Lichtflut. »Sieh mich an!« Ich versuche den Herrn der Stimme auszumachen, schlage nach den gleißenden Schwaden. Die Stimme bleibt unsichtbar.

Ins Gegenlicht hinein beginne ich mich zu beklagen: »So lang hat man sich nicht um mich gekümmert. Ich fühle mich elend und muß zurück in die Klinik. Vor allem mit dem Major der ersten Stunde wünsche ich zu sprechen, der meine Verfassung genau kennt.« Seinen Namen behalte ich für mich.

Schneidend ertönt die Stimme aus dem Hintergrund: »Von heute an wirst du dir an mir die Hörner abstoßen. Miserabel fühlst du dich? Sei versichert: Ich werde Sorge dafür tragen, daß du dich hundsmiserabel fühlst. Du bist nicht hier, um in Wohlgefühlen zu schwelgen wie ein Bourgeois in der Sommerfrische, wie deine Familie seinerzeit im Rohrbacher Bad, sondern um einzugestehen, was ihr, du und deine Banditen, gegen das volksdemokratische Regime angezettelt habt.«

In die stechenden Strahlen hinein sage ich: »Sie beschuldigen mich zu Unrecht. Ich weiß von nichts.«

»Im Gegenteil! Viel zuviel weißt du. Und dies alles wollen auch wir wissen. Und werden es wissen.«

»Ich bin aus der Klinik hergebracht worden. Auf mich können Sie nicht rechnen.«

»Das war nur ein Trick, um uns zu betrügen. An dem Samstag, als wir dich verhaftet haben, hast du vorgehabt, mit der Musikschülerin Gerlinde Herter ins Kino zu gehen.«

»Dscherlinde«, sagt er. Daß er ihren Namen so ausspricht, ist schlimm. Schlimmer, daß er ihn ausspricht. Die Stimme stellt fest: »Wer krank ist, bleibt im Bett. Übrigens wird dich ein Psychiater untersuchen, der namhafte Dr. Scheïtan. Damit ist dieses unnütze Kapitel abgeschlossen. Und wir erwischen uns an dir, daß du die Engel kreischen hörst.«

Ich höre das Klatschen, mit dem der Wachhabende beordert wird. Über den Lichtwirbeln taumeln für einen Augenblick zwei abgesägte Hände mit weißglühenden Härchen.

Der Soldat öffnet die Tür. Automatisch zieht er die Schirmmütze in die Stirn. Er packt mich am Arm und zerrt mich davon, kaum habe ich die Brille aufgesetzt. Die Finsternis legt sich wie ein Umschlag über meine zerstochenen Augen. Ein Bibelzitat geistert mir durch den Sinn: »… und Gott, der da wohnt in einem Licht, da niemand zukommen kann.« In der Finsternis der Stehkabine komme ich zu mir. Als ich in die Zelle gelange, steht das Mittagessen auf dem Tisch.

Dem Jäger sage ich: »In ein paar Tagen werde ich von einem Facharzt untersucht und nachher bin ich frei.« Daran klammere ich mich. Dr. Scheïtan hat Autorität und Charakter genug, um auf meiner Entlassung zu bestehen. Doch ich ahne: Die Inszenierung heute morgen verheißt nichts Gutes. Die Lichteffekte, der rüde Ton ...

Während ich hin und herlaufe, sitzt der Jäger auf dem Bett. Seine Augen sind gerötet, als sei er bei Wind und Wetter auf der Pirsch gewesen.

Während ich unterwegs war, haben sie ihn geholt. Der Ermittlungsoffizier hat ihm eröffnet, daß Anklage gegen ihn erhoben sei, mit einem Strafmaß zwischen fünf und sieben Jahren. Dem Jäger kamen die Tränen. »Das bedeutet, daß ich meine Mädchen erst wiedersehe, wenn sie groß und frech sind.«

Der Leutnant fuhr ihn an: »Du, ein ehemaliger Parteimann, heulst wie ein altes Weib, schäm dich! Sieh, hier auf deinem Stuhl ist gestern eine achtzehnjährige Legionärin gesessen. Als ich ihr sagte, daß sie mit der Todesstrafe rechnen müsse, hat sie zu lachen begonnen und mich angespuckt.«

Der Jäger kann sich nicht fassen. »*A fi legionar este moarte sigură!* Und dennoch, nun auch die nächste Generation, junge *combatanţi* der *Legiune Arhanghelul Mihai*, sogar Frauen!«

Einige Tage später werde ich dem Direktor der Kronstädter Irrenanstalt vorgeführt, nicht ohne daß mir vorher der Offizier vom Dienst unter wohlmeinenden Drohungen beibringt, wie ich mich zu benehmen hätte.

Ich kenne Dr. Eusebiu Scheïtan vom letzten Sommer her. Damals besuchte ich mit meiner Tante Pauline aus Deutschland seine Anstalt. Er empfing uns persönlich. Erschöpfte, leicht entzündete Augen verliehen seinem Gesicht einen weltschmerzlichen Ausdruck. Graumeliert kräuselte sich das Haar an den Schläfen, darüber sich das weiße Käppi bauschte. Zwiespältig war sein Ruf in der Stadt: Einige schworen auf sein Charisma als Psychagoge, andere verteufelten ihn, wie es sein Name nahelegte: Scheïtan, der Teufel, der Höllenfürst.

Tante Pauline, hundert Jahre alt geworden, wünschte noch einmal ihr Familienhaus auf dem Schloßberg zu sehen, die »Villa Tubirosi«, wo nun recht unbequem die psychiatrische Klinik von Kronstadt untergebracht war. Allein dort war sie in ihrem langen Leben glücklich gewesen, als dritte Frau meines Großonkels Franz Karl Hieronymus. Die paar Ehejahre waren ein einziges Jubelfest gewesen, obzwar ihr Mann in kürzester Zeit die ganze Mitgift durchgebracht hatte. Außerdem hatte die Dame aus Deutschland Sehnsucht nach Zigeunern und Vagabunden, Bettlern und Purligaren, Greisinnen, die Pfeife rauchten, und ungarischen Dienstmägden, die mit ihren Soldaten in der Klostergasse Csárdás tanzten. Dies alle vermißte Tante Pauline schmerzlich im Straßenbild von Gauting, wo sie in einem Damenstift lebte, mit Seeblick.

Ich begleitete sie zu der Stätte absonderlicher Erinnerungen. Leicht wie ein verblühter Löwenzahn schwebte sie die Serpentinen zur Schloßzeile hinauf, im grauen Seidenkleid, ein Kapotthütchen mit gelben Pompons auf dem Kopf. In der rechten Hand hielt sie einen aufgespannten Sonnenschirm, der regelmäßig in ihrer Hand aufzuckte wie ein kranker Schmetterling. An der anderen Hand krampften sich die Finger periodisch zu einer Klaue zusammen.

Der Doktor sprach deutsch mit uns. Wohlerzogen vermied er das vorgeschriebene »Genossin« und redete Tante Pauline mit »Gnädige Frau« an. Zweimal sagte er sogar: »Frau von Zilah.« Mich stellte Tante Pauline nicht als »mein Neffe« vor, sondern akkurat so: »Der Großneffe meines lieben, geschiedenen und leider verstorbenen Mannes.«

Der Arzt bat, die betagte Dame untersuchen zu dürfen. Wenngleich die Geisteskranken sich als zählebig erwiesen, sei ihm ein solches Phänomen noch nie untergekommen: eine Hundertjährige, die zu Fuß den Schloßberg heraufkomme und dazu noch im Sinn behalte , daß sie ihn heraufgekommen sei. »Denn wer sich in einen Käfig zurückzieht, seien es fixe Ideen oder fixe Stäbe! ha, ha, der ist geschützt vor den Unannehmlichkeiten der Welt und lebt lange, aber er verdummt.« Und fragte: »Werden gnädige Frau von irgendwelchen Beschwerden geplagt?«

»Gewiß«, sagte Tante Pauline.

»Und das wäre?« fragte der Arzt wißbegierig.

»Momentan habe ich Zahnweh.«

«Zahnweh? Haben gnädige Frau noch eigene Zähne?«

»Einen. Und der tut weh.« Höflich betupfte der Arzt das Unikat mit Alkohol.

»Und sonst?«

»Ansonsten gähne ich mich zu Tod. Tödliche Langweile, das ist die Krankheit der Uralten. Niemand mehr meines Alters, über den man sich das Maul zerreißen kann, mit dem man sich in die Haare geraten könnte. Oder mindestens Erinnerungen tauschen.«

Die Dame möge sich oben freimachen. »Leider muß ich Sie enttäuschen, Herr Doktor: An sich fehlt mir nichts. Oft frage ich mich beunruhigt, ob es mir gelingen wird, zu sterben.«

»Todsicher, gnädige Frau.«

Mich schickte die Tante hinaus: »Nackte Frauen sind zu aufreizend für junge Männer.«

Nachher bestätigte der Arzt: »Ein Phänomen! Nervenreflexe und intellektuelle Mobilität wie bei einer Dreiundsechzigjährigen.«

Ich sagte stolz: »Als der Pfarrer in Deutschland meiner Tante zum hundertsten Geburtstag einen Psalm aufsagen wollte, ist er steckengeblieben. Meine Tante hat ihm flüstern müssen.«

Tante Pauline erläuterte: »Der Depp hat für mich, die ich kinderlos bin, den Psalm 128 ausgewählt, der dazu noch einem Mannsbild gewidmet ist.« Und sie begann: »›Wohl dem, der den Herrn fürchtet und auf seinen Wegen gehet. Du wirst dich nähren von deiner Hände Arbeit; wohl dir, du hast es gut ...‹ Sie stockte, wiederholte für sich: »Wohl dir, du hast es gut, hoffentlich!« Und fuhr fort: »Mein Mann ist nur krumme Wege gegangen; möglich, daß es die Wege des Herrn waren. Doch: sich nähren von seiner Hände Arbeit? Nie in seinem Leben hat er auch nur einen Finger gerührt. Sogar unser

Geld ist ihm durch die Finger geronnen, ist durch andere Hände verpantscht worden. Und die Schuhbandel mußte ihm das Dienstmädchen zuschnüren. Allein mich hat er auf Händen getragen. Ja, und das bis zum pläsierlichen Ende unserer Ehe. Und was für ein brillanter Tänzer er war! Und ein Charmeur wie kein zweiter. Ein echter ungarischer Edelmann vom Scheitel bis zur Sohle.« Tante Pauline saß kerzengerade auf einem weißgepolsterten Schemel, indes ich ihr Kleid hinten zuknöpfte.

Dr. Scheïtan ließ es sich nicht nehmen, uns durch sein Geisterrevier zu führen. In einem Zimmer mit vergittertem Blick gegen Osten, Honigberg zu, blieb Tante Pauline wie angewurzelt stehen, lüpfte die Lider, zupfte den Operngucker aus ihrem Ridikül. Sie beäugte die Wand und sagte tonlos: »Noch immer Blut!« Und ließ sich auf das Eisenbett einer kahlgeschorenen Frau nieder, die ihr mit Windeseile das Kleid aufzuknöpfen begann.

»Hesch, hesch«, schnalzte der Arzt, »*kuschtinje!*« Die Kranke ließ jäh ab von Tante Paulines Rücken, zog ihr Nachthemd über den Kopf hoch und zeigte dem Arzt ihre ausgedörrte Brust. Dr. Scheïtan sagte: »Wir können uns die Zeiten, in denen wir leben müssen, nicht aussuchen, doch sehr wohl die Zeit, in der wir leben wollen.« Er wies auf die Irre, die sofort unter ihren Kotzen kroch und still die getünchte Wand bestaunte. Die Tante sagte: »Nach Jahrzehnten immer noch Blut!«

»Ja, seltsam«, sagte der Doktor. »Wir waschen es ab, übermalen die Stelle, kratzen manchmal den Bewurf ab, die Flecken erscheinen von neuem. Das Blut muß tief drin stecken. Schon erwog ich, die Mauer abtragen zu lassen. Aber meinen Schutzbefohlenen macht das nichts aus. Sie sehen ja …« Eine resignierte Handbewegung. »Und die Pflegerinnen sind robuste Kreaturen.«

Was es mit den zuckenden Händen auf sich habe, fragte der Arzt nicht. Zu mir bemerkte er halblaut: »Selbstmordversuch durch Öffnen der Pulsader. Von einem Metzger zusammengeflickt.«

Und das war so und klang wie eine Kalendergeschichte:

In der Faschingszeitung der sächsischen Großkaufleute und Industriellen von Kronstadt war vor langer, langer Zeit eine seltsame Annonce erschienen, signiert mit »Pierrot und Pierrette«. Jeder wußte, wer sich dahinter verbarg. »Wir werden uns voneinander trennen, ohne uns voneinander zu trennen. Was ist das? Wer die richtige Lösung bis zum Rosenmontag postlagernd einsendet, erhält am Aschermittwoch als Belohnung ein Familienhaus in schöner Lage.«

Als am Aschermittwoch die Dienstmagd, aufgescheucht durch ein Gurgeln und Glucksen im Schlafgemach, sich gegen Mittag durch das Badezimmer heranschlich – die Herrschaften waren erst spät vom letzten Maskenball der Saison in der Redoute heimgekehrt –, lagen Tante und Onkel als Pierrette und Pierrot verkleidet in den Ehebetten, die Hände kreuzweise übereinander gelegt. Blut spritzte in Stößen an die Wand. Offensichtlich war, daß sie sich gegenseitig zur Hand gewesen waren beim letzten Liebesdienst.

Außer sich stürzte das Hausmädchen auf die Allee hinunter und schrie gellend: »Ochsenblut fließt aus der Wasserleitung!« Ihr Glück: sie lief dem Wunderheiler Marco Soterius in die Arme, der damals am Anfang seiner Karriere stand. »Lieber Nachbar«, schluchzte das Mädchen, »Blut spritzt aus der Wasserleitung! Ich will nach Haus zu meiner Mutter. Ich bin erst seit vorgestern hier.«

»Komm mit.« In der Küche hockte sie sich heulend auf die Holzkiste. »Trink ein Glas Wasser. Beruhige dich.« Dreimal schwang er das goldene Pendel über ihr Haupt. Schon schlief das arme Wesen tief. »Ah, heute habe ich einen guten Tag!«, prophezeite hochgemut der Gesundpendler. Doch trotz heftigsten Pendelns in den tollsten Arabesken des Orients gelang es dem Meister nicht, die Adern zu verschließen. So rüttelte er das Mädchen wach: »Renn zum Doktor Flechtenmacher, links um die Ecke, das erste Haus.« Das Mädchen verwechselte links mit rechts und holte den Veterinär Bullinger. »Bester Herr, kommt schnell mit mir! Blut spritzt aus der Wand. Schnell, Herr Doktor!«

Als der Veterinär die Bescherung sah, begriff er sofort, daß keine Sekunde zu verlieren war. Aus dem Nähkästchen angelte er die längste Stopfnadel, bog sie zurecht, glühte sie über einer Kerze aus und vernähte Adern, Sehnen und Nervenstränge recht und schlecht und so gut er's vermochte. Währenddessen pendelte Meister Marco verbissen weiter, mit dem Erfolg, daß die Blutflecken an der Wand selbst nach Jahrzehnten nicht wichen.

Das zusammengeflickte Ehepaar trennte sich, die Villa Tubirosi kam unter den Hammer. 1948 wurde sie verstaatlicht. Jahrelang war sie leergestanden. Obwohl solche Häuser bürgerlichen Anstrichs bei der proletarischen Prominenz begehrt waren, wollte niemand darin wohnen, trotz romantischem Blick auf die Innere Stadt und die Schwarze Kirche, trotz herrlichem Ausblick auf den bewaldeten Zinnenberg; nicht einmal der Kommandeur der *Securitate*, grundsätzlich ein Ritter ohne Furcht und Tadel, mochte dort Wohnung nehmen.

Indem die Partei die Villa Tubirosi den Narren überließ, hatte sie zwei Fliegen mit einer Klappe geschlagen: Sie war das verrufene Haus losgeworden. Und als Einfamilienhaus blieb die Zahl seiner Insassen von vornherein begrenzt, ganz nach der Doktrin: Da Sozialismus das Glück des Menschen bedeutet und ein glücklicher Mensch keinen Anlaß hat, den Verstand zu verlieren oder Schaden zu nehmen an seiner Seele, bedurfte es für die paar unerlaubten Ausnahmen nicht mehr an Raum und Platz, als eben war.

Aus der ehemaligen Villa Tubirosi haben sie nun Dr. Scheïtan herbestellt. Ob er sich an das Privatissimum vom vorigen Sommer erinnert? Fixe Ideen, fixe Gitterstäbe verbürgen Schutz und Schirm ... Dann bin ich seiner Meinung nach hier doppelt gut aufgehoben.

Das Vernehmungszimmer ist voll von Offizieren wie am ersten Sonntag, dem Tag nach meiner Verhaftung. Genauso glitzert der Schnee vor dem vergitterten Fenster. Doch ich mache die Augen klein, noch anfällig für stechendes Licht. Selbst der Kommandeur Crăciun ist dabei, der, wenn er sitzt, die Hände im Schoß gefaltet hält wie ein Pope, und der, wenn er steht und geht, eine Mappe unter dem Arm zur Schau

stellt, darauf in Majuskeln zu lesen ist: MINISTERUL DE SE-
CURITATE.

Er tritt zu meinem Tischchen, beugt sich über mich, erdrückt mich fast mit seiner Leiblichkeit. Er schärft mir ein,
strikt bloß die Fragen des Arztes zu beantworten, und nicht
einmal die: »Halt den Mund! Das ist das Beste. Der *domnule
doctor* weiß alles. Ja, er kennt bereits von allem Anfang an
das Resultat vom Ende. So beschlagen ist er.« Und ergänzt
mit einem Feixen: »Versteht sich nicht nur auf Narren, sondern auch auf Normale, der *domn' doctor*.«

Vor mein Tischchen wird ein Stuhl gerückt, auf mein Tischchen ein Glas mit Wasser gestellt. Inzwischen sehe ich mich
unter den Offizieren nach abgehackten Händen um mit weißglühenden Härchen oder Händen mit Samthandschuhen.

Beim Eintritt des Klinikdirekors in Begleitung des Chef-
ermittlers Oberstleutnant Alexandrescu erheben sich zögernd
einige der Offiziere. Ich springe auf, ohne es zu wollen, und
verbeuge mich. Alle starren mich an. Keiner spricht ein Wort.
Der Arzt im weißen Kittel mit Käppi kommt zu meinem
Tischchen und reicht mir die Hand. Oberst Crăciun, der sich
vom Schreibtisch nicht wegrührt, weist ihn an, bei mir Platz
zu nehmen: »Dort, Genosse Doktor.«

An den Fragen des Arztes erkenne ich, daß er mit meinem
Fall vertraut ist. Ich beantworte sie kurz und bündig, so daß
das Gespräch bald zu Ende ist, zur sichtlichen Genugtuung
der Assistenz. Dem Arzt bleibt bloß übrig, meine Reflexe zu
prüfen. Um an mich heranzukommen, versucht er, das Tischchen wegzurücken. Es bewegt sich nicht. »*Lăsați, domnule
doctor*«, sagt der Oberst schroff. Dann möge ich mit meinem
Stuhl hervorkommen. Der ist angeschraubt. »Einen Stuhl!«
befiehlt der Oberst. Ein Leutnant steht auf. »Hock dich hin«,
sagt der Oberst barsch zu mir. Ich ziehe die Hosen herauf,
presse sie an den Leib. Und setze mich zwischen die Offiziere
und schlage die Beine übereinander wie meine Nachbarn.

Der Arzt neigt sich zu mir, läßt den Gummihammer her-
abfahren. Mein rechtes Bein schnellt so zackig in die Luft, daß
er nicht rasch genug ausweichen kann. Die Fußspitze trifft
sein Käppi. Das verschiebt sich, steht windschief und fröh-

lich auf dem Kopf. Niemand lacht. Er läßt es so. »Die Reflexe sind etwas übertrieben.«

Dr. Scheïtan nimmt wieder Platz vor meinem Tischchen. Oberst Crăciun bläst mich an: »Zurück mit dir! Was wartest du noch!«

Der Irrenarzt wendet sich zum Kommandeur der *Securitate*: Seine Mission sei beendet. Die Konklusionen werde er in einem Attest festhalten und in Kürze hinterlegen, selbstverständlich als geheime Dienstsache. Mit keinem Zeichen verrät Herr Scheïtan, in Reichweite vor mir, daß er sich an mich erinnert. Ich könnte sein schief sitzendes Käppi leicht zurechtrücken. Doch brav liegen meine Hände auf der Tischplatte.

Colonel Crăciun verläßt seinen Schreibtisch, die gewichtige Mappe unter dem Arm. Die Garde der Offiziere erhebt sich wie auf Kommando. Auch Dr. Scheïtan macht sich auf den Weg. An der Tür wendet er sich mir zu, sieht mich aus geröteten Augen traurig an und sagt: »*Lux ex oriente!*« Der Offizier vom Dienst reißt die Tür auf, der Gast muß einen kleinen Schritt zurücktreten. Dabei berührt er den Bauch des Kommandeurs, der schnaufend nach hinten ausweicht. Eusebiu Scheïtan sagt auf deutsch in den Korridor hinein: »Zeiten nein, aber deine Zeit ja.« Er nickt mir leicht zu: »*La revedere.*«

Ein Hauptmann stürzt sich auf mich. Dessen fleischige Nase habe ich im Sinn behalten: Als ich mich einübte, Feuer aus dem Guckloch zu zupfen, war ich ihm mit der Zigarette ins Auge gefahren, an der Nase vorbei. Doch seine Hände? Die sind normal behaart.

»Was hat der alte Fuchs dir zugeflüstert? Sprich!«
Eine marxistische Losung. »Das Licht kommt von Osten.«
»In welcher Sprache?«
»Lateinisch.«
»Lateinisch, die Sprache der römischen Sklavenhalter.«
Und des rumänischen Volkes derzeit, denke ich.
»Und das andere, was war das? In welcher Sprache. Rede!«
»Deutsch. Doch Wörter ohne jeden Sinn: die Zeiten, die Zeit. Rumänisch *timpul, timpurile* ...« Und plötzlich geht

mir ein Licht auf, ich sehe die ausgedörrten Zitzen der Närrin vor mir, einst, vormals: »Wir können uns die Zeiten, in denen wir leben müssen, nicht aussuchen, doch sehr wohl die Zeit, in der wir leben wollen«, hatte der Doktor damals befunden.

»Deutsch. Die Sprache Hitlers ...«

»Und Goethes und Engels'.«

»Halt dein schmutziges Maul. Eine geheime Parole war es. Na wart nur, Brüderlein Doktor. Dir geht es auch noch an den Kragen.« Und zu mir: »So! Jetzt ist der Klamauk um deine Krankheit zu Ende, und es kann losgehen. Was folgt, hat nicht einmal Paris gesehen!«

Paris ... Auf dem Bettrand hocke ich und horche auf den Korridor hinaus. Noch ist dunkler Morgen, doch die von oben können jeden Augenblick hier einbrechen. Ich versuche den Erinnerungen zu entkommen, die mich nicht mehr schützen, dafür andere in Gefahr bringen. Und werde unentrinnbar hinabgezogen zu Versunkenem, das ich vergessen sollte. Noch ist der Sommer am Fluß nicht zu Ende.

Abend. Wir saßen unter dem Maulbeerbaum, Ruxanda und ich, lehnten an der warmen Wand. Barfüßig waren wir durch den Staub hergewatet. »Ich halte es in diesem Land nicht mehr aus«, sagte sie unter Tränen.

»Du als Rumänin? Es ist doch dein Vaterland. Wir Sachsen, ja, wir sind geduldete Fremde. Aber du?«

»Mein Vaterland ist es nicht mehr. Auch ich bin hier eine Fremde geworden, und mir selbst fremd. Immer eine Maske vor der Seele.« Und fuhr fort: »Entweder die Amerikaner kommen bald ...«

Seit dem Ende des Kriegs hatte ich diesen Satz im Ohr: Wenn die Amerikaner kommen! Viele waren darüber gestorben.

»Aber kommen sie jemals?« fragte sie kläglich. »Die Partisanen im Gebirge warten seit zehn Jahren darauf. Geschieht's nicht bald, dann ..., dann schwimm ich nach Amerika. Ja, du hast richtig gehört. Glaubst du nicht, daß ich es schaffe? Von Vama Veche ganz im Süden an der bulgarischen Grenze bis nach Istanbul. Nacht für Nacht die Küste entlang schwimmen, auch laufen, sechs, sieben Stunden. Und am Tag sich verstecken. Bulgarien soll voller Uferwälder sein.«

»Und wovon lebst du? Essen, Trinkwasser?«

»So wie hierzulande die Bauern und Pfarrer allenthalben die Partisanen im Gebirge unterstützen, so gibt es gewiß auch dort gute und mutige Menschen.«

»Und die Küstenwacht?«

»Für die bin ich eine Ameise. Und nun vertraue ich dir ein großes Geheimnis an. Sieh, es sind die letzten Tage am Fluß. Nie mehr werden wir so zusammen sein wie jetzt, ich mit dir. Ich spüre das. Doch wir werden uns daran erinnern. Und ich werde Sehnsucht haben nach hier mit dir. Wie sagt deine Gräfin Clotilde: Das große Glück – immer nur vorher!« Und sie umarmte mich und küßte und streichelte mich. Und setzte sich wieder auf ihren Platz.

»Dieser mein Vetter Mircea, von dem ich dir schon erzählt habe, den ich von ganzer Seele liebe, obschon ich ihn seit Jahren nicht mehr gesehen habe«, ihre Stimme senkte sich, sie flüsterte: »Seit der König gehen mußte, ist er bei den Partisanen, bei der gefürchteten Schuschmangruppe, die in den Westkarpaten operiert. Mit Spezialtruppen konnte die *Securitate* ihnen nicht beikommen.«

»Partisanen auch hier? Ich dachte, die gibt es nur bei uns, im Fogarascher Massiv. Dort schießen sie scharf.«

»Sie schießen nur in äußerster Gefahr, in Notwehr.«

In unserem ehemaligen Geschäftslokal, zur Gänze rot ausgeschlagen, hatte man ihn aufgebahrt, den *Securitate*-Leutnant, den es unter dem Bulea-Wasserfall getroffen hatte. Wir Lyzeaner bildeten tagsüber die Ehrenwache. Schon daß der schreckliche Mann still dalag, als hielte er Siesta, gab ihm etwas bestürzend Harmloses. Und es beunruhigte mich, als sei ich mit schuld, daß diese dunkle Existenz sich am hellichten Tag allen Blicken darbot. Ja, und daß ein solcher Mensch beweint wurde, herzzerreißend wie jedermann ... Verstört stand ich an seinem Sarg habt Acht, während Frauen sich mit Wehgeklage über den Leichnam warfen und das grünliche Gesicht küßten und ihre Lippen auf das Einschußloch in der

Stirne preßten, das mit Heftpflaster verklebt war. Und gellende Flüche ausstießen gegen die *bandiţi*.

Im Volksmund Partisanen: ehemalige Offiziere, königstreue Bauern waren es. Stolze Bäuerinnen, Dorflehrer und Popen, Handwerker und Fabrikantensöhne gehörten dazu. Studentinnen und junge Ärzte setzten ihr Leben aufs Spiel, sogar Schüler. »Meine halbe Klasse vom Knabenlyzeum *Radu Negru Vodă* in Fogarasch haben sie ausgehoben. Gut, daß ich ein Jahr vorher auf die Honterusschule nach Kronstadt gewechselt bin. Diese Schüler haben die Partisanen mit Nahrungsmitteln, Waffen und Munition versehen. Zu schwindelnden Strafen hat man sie verurteilt. Wenn sie zurückkommen, sind es alte Männer.«

»Wenn … Und wären sie über achtzehn gewesen, hätte man sie sogleich hingerichtet.«

»Respekt vor diesen tollkühnen Jungen und Männern, aber …«

»Und Frauen«, unterbrach Ruxanda leidenschaftlich. »Stell dir das vor: Kinder werden in den Schluchten und auf den Triften geboren, und unsere Popen taufen und beerdigen bei Nacht und Nebel, nehmen die Beichte ab, spenden das Abendmahl, setzen sich und ihre Familien höchster Gefahr aus.«

»Aber was wollen die Partisanen eigentlich?«

»Was sie wollen?« Es klang verwundert. »Darüber habe ich nie nachgedacht. Was weiß ich? Ihrem Haß Luft machen. Den Leuten Hoffnung einflößen. Dieser selbstgefälligen, ruhmredigen Bande in Bukarest einen Schrecken einjagen. Ortstyrannen in Schach halten. Ein Zeichen setzen! Es ist doch das Nächstliegende, daß man gegen dies widernatürliche Regime antritt, irgendwie, in einer Geste. Selbst so wie wir, indem wir verheimlichen, daß wir schwimmen können.«

Wir beide waren die einzigen in der Gruppe, die nach allen Regeln der Kunst als Kinder schwimmen gelernt hatten. Doch um nicht verdächtig zu erscheinen – oder aus Trotz? –, stellten wir uns so ungeschickt an, daß Posea, der mit aufgekrempelten Unterhosen nur bis zu den Knien im Fluß stand, spöttisch ausrief: »Ihr Städter, ihr schwimmt ja wie eine Axt!«

»Das Volk nennt die Partisanen unsere letzte Hoffnung.«

Ich sagte nachdenklich: »Unsere Hoffnung sind sie nicht. Wenig erwarten wir uns von solch waghalsigen Unternehmungen. Wir Sachsen haben uns jeder Art von Obrigkeit gebeugt. *Circumspecti* nannte man uns von alters her in Siebenbürgen, und so hießen wir bis zur Hohen Pforte und bis nach Wien.«

»Das kann in Feigheit ausarten«, warf Ruxanda ein.

»Liebste: Restlos bewundere ich diese Guerillakämpfer«, lenkte ich ein, »aber was sie tun, scheint mir aussichtslos. Und unheimlich. Ich kann mir nicht vorstellen, daß ich gegen das Regime Front machen würde, in welcher Form auch immer. Schon weil ich ein zu großer Hasenfuß bin.«

»Mein Hasenfuß«, sagte Ruxanda zärtlich. »Wie schön das im Rumänischen klingt.« Sie legte beide Hände in meinen Schoß. »Huh, soviel Leder! Ihr mit euren Tirolerhosen. Man spürt nichts von dir. Aber was schlägst du vor? Die Alternative für das Land, das Volk?«

Ich sagte nur: »Es ist euer Volk, es ist euer Land.«

Sie schwieg. Lange. Der Kleine Bär tappte vorbei. Sie sagte etwas Seltsames: »Nach 44 haben wir alle unsere Unschuld verloren.« Und fügte hinzu: »Außer dem König.«

Drüben erglänzte das Fenster. Die Frau war ins Zimmer getreten, die Haare bereits gelöst, was ihr etwas Traumwandlerisches gab. Auch ihr Mann hatte das kragenlose bestickte Hemd geöffnet. Eilig entledigten beide sich ihrer Kleider, indem sie alle Stücke achtlos von sich warfen. Im Nu waren sie nackt und bloß. Ohne sich um das Licht zu kümmern, das sie auf einen Stuhl gestellt hatten, kehrten sie sich einander zu, stürzten sich in die Arme. So heftig zog der Mann die geliebte Frau an sich, daß ihr Busen im Gewusel seiner behaarten Brust verschwand. Sie strich ihm mit den Fingerspitzen über die Lenden.

»Gehen wir«, sagte Ruxanda und zog mich fort. Doch wir blieben. Bei einer trunkenen Bewegung des Paares kippte der Stuhl mit der Öllampe um. »Um Gottes willen, sie verbrennen bei lebendigem Leib!« In derselben Sekunde wurde es hinter dem Fenster stockfinster.

Mit einem Lastkraftwagen, der auf Vollgummirädern lief, fuhr uns der Präses flußaufwärts. Wir kauerten auf der Ladefläche. Jeder von uns hatte einen aufgeschnittenen Zuckersack mit der Aufschrift »Cuba« über den Kopf gezogen. Das wasserdichte Material schützte vor Wind und Regen. Die Bauern hielten im Mähen inne und blickten verwundert der Schar von weißen Gartenzwergen nach.

Ruxanda und ich waren die ersten, die den Weg unter die Füße nahmen, vor uns greifbar nahe das Gebirge. Der *camion* kehrte um, tuckerte nun talab. Alle paar Kilometer würden zwei Insassen abspringen, um bis zum nächsten Tag die Auen zu besichtigen und die Menschen zu befragen. Geschlafen wurde beim Bauern im Nachtquartier. Uns war dieser Abschnitt durch Los zugefallen. Er reichte bis dorthin, wo sich die Warme und die Kalte Samosch am Fuße einer Bergnase zu einem Wasserlauf vereinigten.

Wir wanderten gemächlich dahin, befragten die Leute, die auf ihren Wiesen Heu machten, verweilten bei Gehöften, die auf den Flußterrassen errichtet waren. Ruxanda sagte: »Schreibt euch ja nicht in die Kollektivwirtschaft ein, die Amerikaner kommen. Oder wollt ihr euer Hab und Gut – von den Vätern geerbt, im Schweiße eures Angesichts erarbeitet – diesen Räubern in den Rachen werfen?« Ich sagte nichts.

Der Staat zwacke ihnen von der Ernte soviel ab, klagten die Bauern, daß sie im Herbst mit leeren Händen dastünden, ja ohne Saatgut blieben. Unerbittlich trieben die Behörden die Quoten ein. Einige müßten sogar noch Frucht dazukaufen, um nicht im Gefängnis zu landen.

»Nur Mut und Geduld. Es kann nicht mehr lange dauern.«

Hochwasser und Überschwemmungen noch und noch: Doch konnten die Alten kaum Jahreszahlen nennen, mußten die Wassernot an anderen Zeitereignissen festmachen: als der Kaiser Franz Joseph seinen Sohn Rudolf erschossen hatte, als ein elender Kommunist die schöne Kaiserin Elisaveta mit einer Feile erstochen hatte, als der große Krieg ausgebrochen war, als danach die Schwarze Grippe grassierte, als der rumänische König Ferdinand starb, so abgemagert vor

Kummer über seinen Sohn Carol, der sich mit einer Jüdin verbandelt hatte, daß er samt Orden nicht mehr als neun-unddreißig Kilo wog.

Doch je näher man in der Zeit kam, desto weniger waren es Hochflut und Unwetter, die die Erinnerung aufstachelten. Vielmehr die Stürme der Geschichte: Die deutschen Solda-ten, obwohl auf dem Rückzug, hätten ihre Quartiere den Hausleuten blitzblank aufgeräumt übergeben, die Betten ge-macht, den Boden gefegt. Und sie bezahlten mit gutem Geld den letzten Liter Milch, den sie zum Frühstück getrunken hatten, während bereits die ersten Gewehrsalven der Russen einschlugen. »Und immer gewaschen und rasiert und parfü-miert, die Deutschen, als rüsteten sie sich für den Tanzboden.«

Die Russen dagegen ... Die Leute schlugen das Kreuz.

Wir mußten in den Keller steigen. Dort standen die Wein-fässer mit den Einschüssen, die den Russen als Spundloch gedient hatten; einige waren im Wein ertrunken. Und wir mußten auf den Dachboden klettern, bis wohin es die voll-gesoffenen Russen nicht geschafft hatten, und die Zuflucht für Frau und Tochter begutachten, im Rauchfang oder in der Räucherkammer. Manch einer der Barbaren habe sich Hals und Bein gebrochen, haha. Gegen diese Heimsuchungen sei jegliche Wassernot eine Freundlichkeit Gottes.

Zu Mittag aßen wir von unserer Wegzehrung: Käse mit Zwiebeln, Marmeladenbrot. Ich entfachte ein Feuer, indem ich mit dem Vergrößerungsglas Heu in Brand setzte. In einer Konservendose kochte Ruxanda die zwei Eier, die uns eine Bauersfrau zugesteckt hatte. Wir brieten junge Kartoffeln, die wir aus ihren Nestern geholt hatten. Die eklen Colorado-käfer, die die Kartoffelstauden zerfraßen – von den Ameri-kanern aus Flugzeugen abgeworfen, um die Kollektivierung der Landwirtschaft zu verzögern, so die offizielle Version –, knipste ich in die Kohlenglut. »Hier gibt es ja noch keine Kollektivwirtschaften«, entschuldigte ich mich bei Ruxanda, die das amerikanische Ungeziefer jubelnd begrüßt hatte: »Jedes Mittel ist recht, um diesem Regime zu schaden!«

»Jedes? Dann könnten sie ja gleich Atombomben abwer-fen.«

»Gott bewahre uns«, wiegelte sie ab.

Wasser tranken wir aus dem quellklaren Fluß. Und badeten. Wir suchten eine tiefe Stelle am Prallhang und schwammen nach Herzenslust, als gäbe es keine Volksrepublik. Wir wetteiferten in dem, was wir gelernt hatten, kraulten gegen die Strömung an. Ruxanda demonstrierte mir das Neueste aus Amerika: Schmetterling, Butterfly. Sie schnellte aus dem Wasser und warf die Arme gegen die Strömung, hob bei jedem zweiten Flügelschlag das Gesicht aus der Flut, das umsprüht war von Schaum und Tropfen, sog in einem Atemzug die Luft ein und ließ sich wieder unter den Wasserspiegel fallen. Zoll um Zoll rückte sie talaufwärts. Und dann Delphin: Sie glitt aus dem Wasser heraus und glitt ins Wasser hinein, und ihr Leib leuchtete. Wir lagen in der Sonne und zählten die Schmetterlinge, die vorbeigaukelten.

Gegen Abend erreichten wir die Stelle, wo die beiden Quellflüsse zusammenflossen. Auf der Landzunge, geschützt von beiden Seiten durch die Wildbäche, stand eine aufgelassene Mühle. Ein Teil war abgebrannt. Verkohltes Gebälk ragte in die Luft. Die Fenster des Wohnhauses schienen blind. Das Wasserrad war stillgelegt, das Gerinne ausgetrocknet. Die funktionslose Mechanik der Anlage gab dem Ganzen etwas Verhextes. Dahinter erhob sich eine Felswand, eine überkippte Falte, als ob ein Riese die Granitmassen verbogen hätte. Der Absturz riegelte die kleine Halbinsel ab, ehe oberhalb der Mischwald begann. Keine Hängebrücke, kein Holzsteg. Wir schnallten die Rucksäcke fest und wankten durch das gischtende Wasser, an riesigen runden Steinen vorbei.

Ruxanda rief, und wir warteten. An einem der winzigen Fenster zeigten sich zwei Augen, lugten lange heraus. Dann öffnete sich die Bohlentür, eine Frau sah uns mißtrauisch an, fragte nach unserem Begehr. Ob wir hier übernachten könnten? Sie trat einen Schritt vor, nahm ein Glas mit Sauerteiggurken auf. Die Gurken hatten in der Sonne gegoren, obenauf das gequollene Brot. Ohne Antwort zu geben, schlug sie die Türe zu. Wir warteten, während hoch oben auf der Spitze des Berges die Sonne sich in den Tannenspitzen verstrickte.

Ein Mann mit stoppligem Kinn trat zu uns ins Freie, setzte

sich auf einen Felsbrocken vor der Scheune und begann uns auszufragen. Ruxanda gab geduldig Auskunft. Als sie sich als die Enkeltochter des Protopopen von Ribitza zu erkennen gab, war das Eis gebrochen. »Wir wissen Bescheid: ein Sohn an der Ostfront gefallen im Kreuzzug gegen den Bolschewismus, der andere aus russischer Gefangenschaft nicht heimgekehrt. Worauf die Russen die Hand legen, das halten sie fest, wenn sie es nicht sofort kaputtschlagen oder niederbrennen. Und sein Enkelsohn: hier oben!« Er zeigte zur Felswand, zum Hochwald. »Und was ist mit dem jungen Mann?« Er wies mit dem Finger auf mich.

»Ein Studienkollege.«

»Ja, gut. Doch ich muß mehr über ihn wissen.«

»Er ist ein Siebenbürger Sachse.«

»Ein Sachse aus Siebenbürgen? Dann ist er unser Mann.«

Wir traten in die Küche. Die war durch eine Petroleumlampe spärlich beleuchtet. Am Tisch saß die Frau von zuvor. Die Trachtenbluse hatte braune Flecken. Sie las in der Bibel. Auf einem Schragen lag eine alte Frau. »Wer sind die?« krächzte sie und blickte uns aus trüben Augen an.

»Das ist die Enkeltochter von Vater Stoica aus Ribitza und *un neamţ.*« Mit einem Ruck setzte sie sich auf: »Ein Deutscher?« Dünne weiße Zöpfe baumelten ihr bis zu den Schultern. Sie fragte, während ihre gelblichen Augen zu glimmen begannen: »Wann kommen endlich die Deutschen und machen bei uns Ordnung?« Und legte sich zurück.

Der Mann sagte: »Wären sie geblieben, die Deutschen, würde sich auch heute das Mühlrad drehen. Alles haben uns diese kommunistischen Räuber genommen: Als erstes waren es die Russen, die haben die Mühle in Brand gesteckt. Sie wollten beweisen, daß auch eine Wassermühle brennen kann. Jetzt sind es die Kommunisten, die einem das Fell über die Ohren ziehen. Mit ihren Abgaben ersticken sie uns. Und zwischendurch tanzt einem die *Securitate* auf dem Kopf herum. Sie verdächtigen mich, daß ich die Partisanen unterstütze. Aber die Leute von der *Securitate* sind wir losgeworden.« Und er erzählte, wie er sich zur Wehr gesetzt hatte: Zuerst hatte er den Steg über den Bach zerstört, dann, nachdem ihm Pferd und Wagen beschlagnahmt worden waren, die Holzbrücke kassiert. Doch hätte das alles nichts genützt, wenn nicht der *Sfântu Ilie*, Elias im Feuerwagen, zur Hilfe geeilt wäre. Als am 23. Juli, seinem Namenstag, zwei von der *Securitate* über die Steine herüberturnten, von unten bis oben angespritzt, da habe sich ein Unwetter entladen. Den einen habe der Blitz getroffen, den Bach habe es ihn hinuntergespült. »Ob er mit dem Leben davongekommen ist, weiß ich nicht. Dem *Căpitan* aber hat sich der Blitz um den Unterleib gewuzelt. Koppel und Pistole, ja, sogar die Khakihose hat er ihm vom Leib gerissen, so daß der Offizier mit nacktem Arsch und bloßem Gemächt, das Fräulein möge entschuldigen, mitten im Gischtbach und Platzregen dagestanden ist.« Bekleidet immerhin mit Stiefeln, auf dem Kopf die Tellermütze, war er laut schreiend zu dem nahen Frauenkloster gerannt. Dort hatten die Nonnen den halbnackten Mann mit Weihwasser besprengt und hurtig mit Weihrauch eingenebelt, so daß man seine Scham und Blöße nur noch erahnen konnte. In Nonnenkleidern hätten sie ihn dann nach Hause geschickt. Auf diese mirakulöse Weise habe der heilige Elias dies Haus vor weiterer Unbill bewahrt. Ja, und darüber hinaus den ehrwürdigen Müttern, den frommen Himmelsbräuten männliche Intimitäten vor Augen gezaubert, hoho! die ihnen erst im ewigen Leben geblüht hätten. »*Slava lui Sfântu Ilie!*«

Ob sie in dieser Wildnis und Ödnis keine Angst hätten, fragte Ruxanda. Die Frau antwortete, ohne uns anzusehen: »Ich selber, ich selber bin's, der euch tröstet. Wer bist du, daß du dich fürchtest vor einem Menschen, der sterben muß, dahingegeben als Gras? Jesaja.« Der Mann sagte: »Nein. Nie mehr hat sich die *Securitate* hergewagt.«

Wir aßen auf dem gescheuerten Tisch zu Abend, Mann und Frau aus demselben Blechnapf. Es gab Kümmelsuppe, in die wir uns die Kruste des Schwarzbrots brockten. Und Ziegenkäse, mit Schnittlauch und Dillkraut gewürzt, dazu Sauerteiggurken. Die alte Mutter wurde gefüttert. Ihre Tochter weichte die Brotstücke in der Kümmelsuppe und schob sie der Greisin in den zahnlosen Mund. Als Nachtisch gab es Blaubeeren: Die Frau zerkleinerte sie mit den Zähnen zu einem Brei, den sie der Bettlägerigen einflößte, von Mund zu Mund.

Vor dem Essen hatte die Frau dem Hausvater die Bibel gereicht. Der las den 23. Psalm: »Der Herr ist mein Hirte, mir wird nichts mangeln ... Du bereitest vor mir einen Tisch im Angesicht meiner Feinde«, das wiederholte er. Nach getaner Mahlzeit erhoben wir uns und sagten das Vaterunser, jeder in seiner Sprache. Der Mann bekreuzigte sich über Kopf und Brust. Er wandte sich zur schwarzen Felswand und beschwor die guten Engel der Nacht, sie möchten über Haus und Hof Wache halten und über alle, die darin ein und ausgingen.

»Ihr werdet in der Scheune schlafen, oberhalb des Stalls. Im Stall selbst sind uns nur noch ein paar Ziegen geblieben.«

Dort schliefen wir, die Sinne betört vom Duft des Heus, eingelullt vom wilden Rauschen der beiden Bäche.

Bis uns etwas weckte. Als wir über die Kante des Stallbodens zur Tenne hinabblickten, bot sich dem Auge eine phantastische Szene. Ein Pope in rotgoldenem Hochornat zelebrierte an einem Tischchen die Liturgie. Zwei Kerzen spendeten mildes Licht. Der kleine Altar war mit einem buntgewebten Linnen bedeckt. Darauf stand ein verhüllter Kelch, daneben lag ein mit Edelsteinen besetztes Goldkreuz. Vor dem Priester kniete ein Mensch in einem Anzug mit Tarnanstrich. Sein Kopf und Rücken waren verdeckt von der goldgesäumten Stola, unter der ihm der Priester die Beichte abnahm.

Zwei andere Gestalten, ähnlich gekleidet, lehnten erschöpft am Scheunentor, Gewehr im Anschlag. Die Augen tasteten rastlos die Umgebung ab. Alle trugen Hosen. Ihre Gesichter waren wettergebräunt und ausgemergelt und ähnelten einander, wirkten wie Masken. Einer von den Anwesenden schien eine Frau zu sein. Obschon sie eine Maschinenpistole trug, war um ihre Hände ein Hauch von Zärtlichkeit.

»Das sind sie«, flüsterte Ruxanda und wollte aufspringen. »Das ist die Stunde Gottes. Ich gehe mit ihnen mit.« Wir lagen auf dem Bauch, lugten hinunter. Ich hob leise meinen Arm und drückte ihren Oberkörper ins Heu nieder. Sie hatte nur das Unterkleid an. »So kannst du nicht weg.«

Indes sang der Pope halblaut seine Litanei zu Ende. Darauf lüpfte er die Stola, betupfte das Gesicht des Knieenden mit geweihter Salbe, damit die bösen Geister keine Macht über ihn hätten. Und dann sprach der Geistliche den Sünder los, sprach ihn frei und ledig von allen seinen Sünden kraft des Befehls Christi an seine Kirche, zu binden und zu lösen, wie auf der Erde, so im Himmel. Aus dem Silberkelch schöpfte er mit dem Löffelchen ein bißchen Brot mit Wein gemischt und schob es dem Mann zwischen die Lippen. Dreimal schlug er das Kreuz über ihn. Der Mann erhob sich, taumelte leicht, als erwache er, kehre von weither in die Welt zurück. Er küßte dem Popen die Hand, der ihn umarmte.

»Ich geh mit ihnen mit! Sieh, eine Frau ist unter ihnen, ich gehe mit«, flüsterte Ruxanda, deren Kopf ich hinabdrückte, daß sie kaum noch atmen konnte.

Mit überirdischer Langsamkeit wiederholte sich das Ritual noch zweimal. Ohne sich beirren zu lassen von den bedrängenden Umständen, folgte der Pope demütig der Liturgie dieser Stunde. In seinem Singen und Beten hob er die tödliche Zeit auf, beschwor ein Stück Ewigkeit herab, die alles Böse bannte, die alle beschützte.

»Ich gehe mit ihnen mit! Zu meinem Vetter Mircea, nach dem sich meine Seele und mein Leib in Sehnsucht verzehren.«

Der Priester löschte die eine Kerze, rollte die Stola ein, gab ihnen die Hand, der Frau und den beiden Männern, wartete ergeben, bis sie sich ihre Zeltplanen umgehängt und so ihre Gewehre darunter verborgen hatten. Er kniete nieder im Gebet, wartete wohl, bis die drei in der Nacht verschwunden waren. Dann löschte er die zweite Kerze und tastete sich davon.

Jetzt erst vernahmen wir, wie die beiden Bäche rauschten, jeder ein wenig anders, hörten ihre Wasser schäumen, aus den kalten, aus den warmen Quellen, ehe sie sich vereinigten.

Wir legten uns zurück auf unsere Zuckersäcke mit dem Sigel »Cuba«. Ruxanda kuschelte sich in meine Armbeuge, ihre Tränen tropften auf mein Hemd, näßten meine Brust. Der Duft des Heus schlug über uns zusammen.

»Nimm mich! Laß endlich dein Herz sprechen. Ihr seid zu stolz. Nimm mich!«

Stiefel knallen über den Gang. Die Riegel rasseln. Es ist wieder soweit, zu früher Stunde. Ihre Lider, weich wie Lippen ... Ich lasse mich abführen. Elf Stufen so, elf Stufen anders.

Der Augenblick kommt, wo die oben mich aus allen tröstlichen Nischen des Tages vertreiben. Kaum geweckt, befehlen sie mich in dunkler Morgenstunde zum Verhör. Zu Mittag, der Blechnapf ist noch nicht ausgelöffelt, heißt es: »Hier die Brille, komm mit!« Am Abend dröhnen die Riegel: »Wie heißt du? Vorwärts marsch!« Keine eigene Zeit mehr. Sie hetzen mich durch den Tag vom Morgengrauen bis zum Abendläuten. In die äußerste Ecke der Zelle habe ich mich geflüchtet, hocke auf dem Urineimer. Beklommen horche ich, ob sich in das Schlurfen und Scharren auf dem Flur, wo das Morgenprogramm abläuft, nicht das Knattern von Stiefeln mischt, das mich meint. Und erwarte die bewahrende Nacht.

Die rettende Zeit muß her! Wenn nicht anders, aus den glühenden Nasenlöchern Gottes, von der goldenen Schnalle seiner Schuhe aus Krokodilleder. Eine neue Zeit muß her!

Ich versuche es von neuem, hockend, horchend. Die Zeiten, in denen wir leben, können wir uns nicht auswählen. Aber die eigene Zeit, ja. Wo beginnen?

Hand in Hand saßen wir auf einer Bank im Stalinpark. Annemarie Schönmund las aus Rilkes *Stundenbuch*, das ich ihr mit klammen Fingern nahe an die Augen hielt, während Nebelschwaden die nackte Venus verhüllten: »Jetzt reifen schon die roten Berberitzen, alternde Astern atmen schwach im Beet.« Was ihre Seele zum Klingen brachte, mußte ich auswendig lernen. Und ich lernte es: »Die Zeit ist mir mein tiefstes Weh ...« Und merkte mir auch dies:

»Da neigt sich die Stunde und rührt mich an
mit klarem, metallenem Schlag:
mir zittern die Sinne. Ich fühle: ich kann –
und ich fasse den plastischen Tag.«

Die Stunde, die sich neigt, könnte das nicht bedeuten: Aus anderen Gefilden und Sphären schwebt Zeit herab, die bewahrt? Nebel und Venus. »Und rührt mich an«: wie in der Silvesternacht hier. Zeit voller Wunder, alle die zwölf heiligen Nächte zwischen Weihnachten und dem Dreikönigstag, in denen auf unseren Dörfern die Haustiere mit den Sonntagskindern und dem Gesinde sächsisch sprechen.

Verlacht hatte ich solches in den Vorlesungen über Religionsgeschichte. Professor Albert Sontag, der rot wurde, wenn er uns ansah, und deshalb seine Vorlesungen in den Bart murmelte, hob schließlich den Kopf und wetterte gegen die materialistisch verflachte Jugend, der das Sensorium für das Numinose abgehe. Geflissentlich blickte er auf einen Luther aus Gips, der wunschlos in einer Ecke stand, Gesicht zur Wand. Jemand hatte ihm die Bibel aus der Hand geschlagen.

So wenig höflich es mir schien und so sehr ich meinen Professor bedauerte, ich ließ nicht locker. Die Bibel als Lug und Trug zu entlarven wurde für mich zur Gewissensfrage. Das mit dem Numinosen sei ein raffiniertes Gedankengebilde, ausgeklügelt, um die Leute ins Bockshorn zu jagen, laut Marx Opium des Volkes. »Zum Beispiel die Bundeslade – ein elektrischer Kondensator! Das ist die Erklärung, wieso vorwitzige Menschen tot umfallen mußten, nachdem sie den verhexten Kasten berührt hatten. Alles ist sonnenklar: Gold – Ebenholz – Gold, so steht es in der Bibel. In der Sprache der Elektrostatik: Metall – Isolator – Metall. Die Leidener Flasche, aufgeladen mit Elektrizität und keineswegs mit dem Zorn Gottes. Was ist das übrigens für ein fragwürdiger und abscheulicher Gott«, höhnte ich, »der Menschen zu Tode bringt, wenn die an sein Mobiliar rühren? Ein elektrischer Kondensator, das ja, gebastelt von dem findigen Mose, dem Zauberlehrling ägyptischer Priester.«

Ich ließ mich durch das Rotwerden des Professors nicht aus dem Konzept bringen. »Heute weiß man, wie diese scheinheiligen Kleriker ihre Erfindungen mißbraucht haben, um das Volk am Nil mit panischem Schrecken zu erfüllen und ihre Machtgelüste zu stillen.«

Sechs Neunzehnjährige, saßen wir in einem Kellerraum des Protestantischen Theologischen Instituts in Klausenburg an einem Ping-Pong-Tisch um den Professor herum, benebelt vom Duft der Parfüms, mit dem das ehemalige Depot einer Drogerie geschwängert war. In diesem Gewölbe, Hades genannt und Abstellraum für Plunder und Sperrmüll – nur unsere Fahrräder waren in Funktion –, führte uns der Professor durch die Wüsteneien des Alten Testaments und der archaischen Religionen, während wir begehrlich nach den Waden der Frauen und Mädchen spähten, die auf dem Gehsteig an den Kellerluken vorbeiflanierten.

In den Pausen schwangen wir uns auf die Fahrräder und jagten hintereinander her. Einer hakte das Harmonium ein und zerrte das kreischende Instrument mit, bis die Saiten sprangen.

Nach einem Jahr kehrte ich der Theologie und dem Hades den Rücken, unbekehrt und hochmütig.

Doch nun bin ich begierig nach dem Flüchtigen. Ich starre die gekalkte Wand an, und zermartere mir das Hirn. Was ich damals in den Vorlesungen mit Spott und Hohn abgetan hatte, versuche ich heraufzuholen. Aus der Tube mit Zahnpaste opfere ich einen Tupfer und bestreiche die Wand. Ein Duft von Essenzen und ätherischem Öl kitzelt die Nasenlöcher, löst Signale im Gehirn aus: alte Gerüche, Angelerntes, Gehörtes, Verlachtes. Es steigt aus den Kellergewölben der Erinnerung, aus dem Dunst des Hades, ein Schauer rührt mich an! Ich reize das Gehirn und es reagiert: wie ich mich erinnere! Im Aufleuchten des Gewußten genieße ich mich selbst. Da wetterleuchtet die heilige Zeit, und der Himmel tut sich auf. Wie war das mit Jakob auf der Flucht, der mitten in der Wüste sich zur Nacht niederlegte, einen Stein unter dem Haupt? Rilke ahnte es. »Ein jedes Ding ist überwacht, von einer flugbereiten Güte wie jeder Stein und jede Blüte ...« Die Bibel aber berichtet: Der Himmel öffnete sich, und er schaute die Engel, wie sie auf der Leiter hin und her wandelten. Und sagte am Morgen, auf den Knien, die Hände erhoben, zitternd wie Espenlaub: »Heilig ist diese Stätte!«

So hoch hinaus mag ich nicht. Das ist mir zu nahe dem biblischen Gott, an dessen heißer Heiligkeit ich mir die Finger verbrannt habe. »Flugbereite Güte« im Irdischen genügt. Seit ich hier gefangen sitze, habe ich das Wort Gott nicht in den Mund genommen. Und nicht gebetet und gebettelt.

Es läßt mich nicht los: Heißt diese sonderbare Zeit, die den Frommen überfällt wie ein Sternenregen, nicht hierophanische Zeit? Eine Begriffskonstruktion, über die ich mich mokierte, die ich aber damals lernsüchtig zur Kenntnis nahm: Hierophanie – Erscheinung von Heiligem, Göttlichem in der profanen Welt.

Durch die Zahnpaste animiert, erinnere ich mich, im Hades gehört zu haben, daß Eingeweihte eine heilige und eine profane Zeit unterscheiden. Wobei diese beiden Kategorien sich ausschließen und dann wiederum ergänzen, ja durchdringen. Professor Sonntag behauptete, daß die religiöse Zeit in die Welt einfließe, Jenseitiges herabschwemme und den Menschen der profanen Zeit entnehme.

Ich entsinne mich schnüffelnd, daß jeder beliebige Zeitpunkt und jeder Gegenstand in der Welt sakral aufgeladen werden kann. In jedem Augenblick kann sich der Himmel öffnen, und du entkommst über die Himmelsleiter dem Irdischen. Es kann der Ort, wo du gefangen bist, im Durchgang des Sakralen zur Achse der Welt werden.

Aber wie geht das zu? Wie kann ich sie herbeirufen, herzaubern, diese Zeit aus höheren Sphären, um mich von ihr wegtragen zu lassen wie Henoch und Elias? Denn als gelernter Lutheraner weiß ich bis zum Ekel, daß Gott sich selbstherrlich verweigert. Nicht einmal Luther selbst hat ihn durch alle Möncherei herbeizwingen können, handelt es sich doch um einen Gott der Willkür und der Unberechenbarkeit.

Bescheiden und erdnah bei den Naturvölkern in die Schule gehen, das ja. Von ihnen lernen, wie im Ablauf eines Tages jede Stunde ihre besondere Bestimmung und Beschaffenheit hat. Wie jede Stunde ihren Vorrat an Schutz besitzt, aber auch ihr Teil an Bedrohung. Die Dayaks …? Mein Gedächtnis wird durchsichtig wie geschmolzener Kristall. Ich rekonstruiere deren fünf Tageszeiten, abgestimmt auf Ungunst und Verschonung.

Bei Sonnenaufgang steht die Stunde günstig für eine Unternehmung. Nur zur Jagd und zum Fischen sollte man jetzt nicht aufbrechen. Davor wird man hier bewahrt. Aber auch zu einer Reise heißt es, sollte man sich nicht aufmachen. Hoffentlich schicken sie mich nicht gerade dann von hier weg, wenn die Sonne aufgeht.

Gegen neun Uhr morgens: Unglücklich läßt sich dieser Moment an. Das stimmt, um diese Zeit verschleppen normalerweise die oben einen zum Verhör. Ebenfalls neun Uhr: Macht man sich auf den Weg, ist man vor Räubern sicher. Auch das ist so: Hier können uns Räuber nichts anhaben, wenn wir bewacht unterwegs sind, elf Stufen so, elf Stufen anders.

Mittags: besonders glückliche Zeit. Das kann man sagen.

Drei Stunden nach Mittag: erfolgreich für die Feinde. Gut zu wissen. Nachmittagsverhöre: Da muß man auf der Hut sein.

Gegen Sonnenuntergang: kleine glückliche Zeit. Gewiß, wenn man Glück hat.

Mit dem ließe sich etwas anfangen. Denn allein wo das Heilige in der Welt am Werk ist, verkündete Professor Albert Sontag, gebe es reale Wirklichkeit. So gesehen leben wir außerhalb der Realität. Wie aber beschwöre ich das Heilige?

Doch als Letztes gibt es einen Ausweg, den ich mir zu Anfang erdacht habe, angemessen der großen Zeit! Schlußstück.

Die Realität des Todes hatte mir früh zu schaffen gemacht Siebzehneinhalb war ich, als mich eines Sonntags im Hof der Rattenburg der Tod überfiel. Ein dunkler Schlag traf meine Augen. Die Sonne verfinsterte sich. Ich spürte zum ersten Mal, daß ich sterben mußte. Jäh erfuhr ich meinen Leib als Leiche im Sarg, wußte mich zernagt von Würmern.

In der Schule, im *Liceu Radu Negru Vodă*, während ich nachschrieb, fühlte ich, wie das Fleisch von den Fingern abfiel. Hob ich den Blick zu den Lehrern, grinsten mich Totenköpfe an. Mitten in der Physikstunde schrie ich auf: »Nein! Nicht! *Nu vreau*!« Schrie, daß der Pendelversuch stockte und der Lehrer mich hinaustat. Ich rannte in den Fluchten und Flügeln des Gebäudes die hallenden Korridore entlang, die Hände an den Schläfen.

Ein letztes Röcheln – aus! Mein Körper eine schwabblige Gliederpuppe. Greuelgestalten würden an mir herumhantieren: Formolstöpsel in die Löcher des Leibes, darauf die Maskerade mit der Kostümierung: dunkler Anzug, hinten aufgeschnitten, an die Füße schwarze Socken, durch die würden die Nägel wachsen, doch keine Schuhe, so ist das bei uns sparsamen Sachsen Sitte. Zuletzt, bevor der Sarg zugenagelt wird, das Lösen der Fesseln von Händen und Füßen, damit man beschwingt ins ewige Leben marschierte, und schließlich das Poltern der Schollen in das knapp geschaufelte Grab.

Während der Nacht weckte ich die ganze Familie in dem einen Zimmer, das Wohn-, Schlaf- und Kinderzimmer zugleich war. Dann kletterte meine Mutter zu mir in die obere Etage des Bettgestells. Sie tröstete mich im Flüsterton, sagte, daß sie meine Traurigkeiten verstehe, ihr sei es vorzeiten ähnlich ergangen, bat um Verständnis, daß sie nun keine Zeit habe für anderes, als bei Tag und bei Nacht zu arbeiten und sich den Kopf zu zermartern, wie das tägliche Brot auf den Tisch käme. Früher, als die Zeit noch ihr gehört habe und sie sich Traurigsein habe leisten können – »damals im Haus mit dem Löwen, wie ihr Kinder es nennt; ach Gott, als ob es nie gewesen wäre!« –, da habe sie dagegen ein probates Mittel angewendet: Sie habe sich Reisen in extravagante Länder ausgemalt, San Marino oder Andorra oder Liechtenstein. Geträumt habe sie von Spaziergängen durch Hauptstädte mit verschnörkelten Namen, zum Beispiel Tananarive oder Abidjan oder Monrovia.

Wir hausten in einem verfallenen Bau, den uns die Partei nach unserer Vertreibung aus dem Haus mit dem Löwen und nach dem Winter im Möbelmagazin als Wohnung angewiesen hatte. Das Gebäude hatte leergestanden, weil es abgerissen werden sollte. Wir nannten es die Rattenburg. Die Ratten waren überall. Sogar auf dem Abtritt schnappten sie nach deinem nackten Hintern. Mein Bruder Kurtfelix vergaß nie, seinen Dolch mitzunehmen. Oft kam er mit einem Rattenschwanz als Trophäe zurück, an dem noch die Gedärme voll Kot und Blut baumelten.

Die zwei Stuben der Bruchbude waren vollgestopft mit übereinandergetürmten Möbeln. Die Lehnstühle thronten auf den Schränken wie Ungeheuer, Stockbetten bildeten Sarkophage. Die Ratten drangen in das Zimmer vor, wo wir zu sechst schliefen, jeder für sich in seiner Bettstatt – eine bürgerliche Reminiszenz. Die Mutter hatte über die Ehebetten, die nicht mehr nebeneinander standen – warum auch? –, zwei Schlafgestelle genagelt. Im Erdgeschoß waren der Vater und die Mutter untergekommen, oben lagen wir zwei Großen, Uwe rollte sich auf dem Kanapee zusammen.

Die kleine Schwester schlief auf dem Tisch. In der Nacht wurde sie von einer Ratte angefallen, die sie in die Nasenflügel biß. Vor Schreck blieb ihr der Atem weg, sie konnte nicht schreien, nur wie eine Erstickende japsen. Erst als die Mutter mit dem Kochlöffel der Ratte und dem Kind eins auf den Rücken gehaut hatte, ließ diese ab von dem Mädchen, das in ein erlösendes Schluchzen ausbrach.

Dort in der Rattenburg war der Tod über mich hergefallen.

Und dann brechen sie in die Nacht ein, bis dahin meine letzte Zuflucht in der Zeit. Glühende Engel. Rote Ratten. Sie rütteln mich aus dem Schlaf: »Anziehen! *Repede*!« Ausgeräuchert haben sie mich aus meinen Schlupflöchern und Nischen. Wie immer ich um mich schlage, was immer ich anstelle, es gibt keine Stunde ohne Erpressung. Keine Minute, die nicht des Teufels ist. Ich wünsche mir den Tod.

Die Nacht des Bruders

12

Als sie mich zum ersten Mal in der Nacht wegbringen, bin ich so verdattert, daß es mir kaum gelingt, in die Kleider zu schlüpfen, so flattern meine Hände. Der Schließer in Pantoffeln geht mir verschlafen zur Hand, während der nächtliche Bote die Eisenbrille kreisen läßt. »*Repede, repede!*«

Grabesstille in den Gängen. Sogar der Soldat an meiner Seite flüstert: »Elf Stufen hinauf, drei Schritte ...« Eine letzte Hoffnung getraut sich kaum Gedanke zu werden: Vielleicht hat Dr. Scheïtan meine Entlassung erwirkt.

Der Hauptmann, es ist der, der mir vor ein paar Tagen mit Paris gedroht hat, nimmt keine Notiz von mir. Während er durch eine Sonnenbrille in die Winternacht starrt, die Tellermütze in die Stirn gezogen, fragt er: »Welche Ärzte kennst du in Stalinstadt?«

»Dr. Scheïtan?« Ich schaue erwartungsvoll hinüber.

»Deutsche Ärzte!« schnaubt er.

Deutsche Ärzte? Um Zeit zu gewinnen, sage ich: »Ich kenne nur sächsische Ärzte.«

Er wendet sich um: »Schreib dir das hinter deine ungewaschenen Ohren: Ihr Sachsen seid Deutsche. Und nun los, sonst mach ich dir Feuer unter dem Arsch!« Feuer unter dem Arsch? Das ist neu, hier noch nie gehört. Verwirrt sage ich: »Dr. Paul Scheeser.« Ein schwarzes Schaf unter der sozialistischen Ärzteschaft. Da er seine Rezepte mit grüner Tinte ausstellte, warf ihm die Partei vor, Sympathien für die Grünhemden zu hegen. Er fiel aus allen Wolken. Was hatte unsereiner mit denen schon am Hut? Wir ergötzten uns am traulichen Grün ihrer Hemden, wunderten uns, daß sie dreimal die Hand zum römischen Gruß erhoben, indem sie sie von der Brust wegschnellen ließen und riefen: »*In numele Tatălui și a Fiului și a Sfântului Duh.*« Im Namen der Heiligen Dreieinigkeit erschossen sie auch ihre Feinde. Daß Dr. Scheeser schleunig auf rote Tinte umstieg, nützte nichts. Sie verfrachteten ihn ins Arbeitslager an den Donaukanal.

»In Klausenburg?« Er gähnt. Ist das gut, schlimm?

»Dr. Klaus Schmidt.« Ein Okulist mit Zulauf. Man versetzte ihn aufs Dorf, wo er Bauchweh und Schluckauf heilte und den Parteifunktionären Glasbrillen verpaßte.

»In Hermannstadt?«

»Dr. Gunther Hart.« Dieser Dr. Hart liegt richtig. Wurde von den Nazis öffentlich diffamiert. Statt in der Volksgruppe mitzumarschieren oder sich in Waldläufen zu strapazieren, saß er im »Römischen Kaiser«, mit Halbzylinder, rauchte Zigarre und las den *Pester Lloyd*. Als ihm einmal ein Kellner mit Hakenkreuz am Revers den *Völkischen Beobachter* hinhielt, zündete Dr. Hart mit dem Feuerzeug das Blatt an, das samt Bambushalter verbrannte. Kaffee und Sodawasser reichten kaum aus, um das Feuer zu löschen.

»Und wen noch?«

»Dr. Meedt.« Das ist ein angeheirateter Onkel.

»Vorname?« Er heißt Adolf. Das unterschlage ich.

»Dr. Meedt, Kinderarzt. Mehr weiß ich nicht.«

Der Mann der Nacht öffnet ein schwarzes Buch. Ich sehe ihn im Profil: Mützenschild und Sonnenbrille verdecken den oberen Teil des Gesichts. So scheint sein Gesicht allein aus der Nase zu bestehen, die witternd über die Oberlippe kippt. Mit dem Zeigefinger fährt er die Buchseite hinunter, sagt: »Aha! Adolf heißt er. Du deckst also einen Hitleristen.«

»Der Doktor ist vor 1889 geboren«, sage ich erleichtert.

»So, so. Auch wann Hitler geboren ist, hast du im Sinn behalten.« Er notiert etwas. »Weiter: Ärzte in Fogarasch?«

»Dr. Feder.«

»Was weißt du über ihn?« Manches, denke ich. Narbe auf der linken Backe. Schlagende Verbindung. Schmiß. Schlimm! Doch schlechte Mäuler behaupten, er sei betrunken in ein Kanalloch gefallen. Kanalloch klingt hier wohl besser als Schmiß. Ich sage: »Er ist Arzt in der Poliklinik.«

»Anders jemand?«

»Dr. Schul. Unser ehemaliger Hausarzt. Der ist Jude.« Ich sage es trotzig.

»Interessiert nicht. Den knöpfen sich andere vor. Weiter!«

Dr. Mike Schilfert, den Freund des Hauses, übergehe ich. Ich schlucke. Teestunde. Sitzecke und Stehlampe. November. Es nieselt ... Ich muß mir Orte der Erinnerung retten.

Die Mutter lehnte im Sofa, reihte Perlen auf. Dr. Schilfert saß im Ohrensessel. Musik erklang aus dem versteckten Radio hinter dem Kissenüberzug. Ich durfte dabeisein, hielt ein Buch auf den Knien: Zane Grey, *Das Gesetz der Mormonen*. Vielleicht verlor der Doktor ein Wort an mich. Es wurde Hetschepetschtee serviert. Die Türen des Hauses waren verrammelt. In der stillen Gasse übernachteten russische Soldaten mit ihren Panjewagen. Wir bewegten uns auf Zehenspitzen. Plötzlich wurde die Tapetentür aufgerissen, ein Soldat trampelte in den Salon, dahinter die Haushälterin, kreidebleich. Seine Hand blutete: »*Wratsch*«, rief er. Blut spritzte auf die Teppiche. Im Badezimmer verband ihn Dr. Schilfert. Als Dank zog der Sowjetmensch ein verschrecktes Kaninchen aus seiner Uniformbluse. »*Blagadariu!*« Er trollte sich, verschwand im Nebel. Es roch nach Nässe und Schweiß. Dr. Schilfert griff zur Geige, spielte aus den *Zigeunerweisen* von Sarasate, am Klavier mühsam begleitet von der Mutter. Alles fast wie einst, doch *con sordino*. Trotzdem: Noch war der Krieg nicht verloren, Budapest hielt sich, die Wunderwaffe konnte jeden Augenblick vom Himmel fallen.

»In Mediasch?«

»Niemanden.« Der Offizier gähnt und klatscht. Kaum eine halbe Stunde hat das Verhör gedauert.

Ich bin benommen, verkrieche mich in Kleidern unter die Pferdedecke. Diese rüde Sprache, dazu mitten in der Nacht. Und überhaupt ... Es ergeht mir wie den Dayaks: Bricht die böse Stunde über sie herein, dauert es, bis die Seele nachkommt. Der Jäger flüstert: »Bald wecken sie uns. Ich hab einen Hahn krähen gehört. Und der Hirsch hat im Hof unten geröhrt.«

Tags darauf stürmt der Kommandant vom Arrest herein,

der Oberleutnant, namenlos, Solotänzer genannt, in der Hand die Liste meiner Wertgegenstände. Das sind: die Parker–Füllfeder vom Fritzonkel, eine Armbanduhr Marke »Moskwa«, erstanden von Honoraren für Zeitungsartikel, ein Sparbüchlein mit der ersten Tranche des Honorars für die Erzählung *Gediegenes Erz*. Der schmale Band müßte bereits in den Buchhandlungen aufliegen. Das Geld ist am Tag vor meiner Festnahme überwiesen worden.

Der Intendanzoffizier, mit zierlichem Schnurrbart und in Stiefeln mit überhohen Absätzen, wippt in die Höhe, dreht sich nach rechts, nach links. Die Sachen müßten weggeschickt werden. »An wen?« Ich gebe die Adresse meines Vaters in Fogarasch an. Die Liste unterschreibe ich mit meiner Füllfeder. Die Finger, wie Eiszapfen, gehorchen kaum. Umständlich male ich meinen Namen hin, als lernte ich eben die Buchstaben. »*Bystro! Bystro!* Rasch, rasch!« flötet der Offizier. *Bystro!* Als ob Stalin noch lebte. Er nimmt die drei Bücher mit, die Major Blau mir in die Zelle geschickt hat: *Der Aufstand der Gehenkten*, *Natur*, VEB-Verlag Enzyklopädie, Leipzig, und die Zeitschrift *La Littérature soviétique*. Voll Bangnis frage ich nach meinem Major. Wortlos stelzt der kleine Mann davon. Die Bücher trägt ihm der Soldat in Patschen nach.

Am Morgen darauf nimmt man mir die Fingerabdrücke ab. Ich werde en face und im Profil photographiert, in der Pyjamajacke, so früh haben die mich aus dem Bett gescheucht. Die Illusion, daß die sieben Eisentüren wie im Märchen aufspringen könnten, ist dahin.

Als ich zurückgebracht werde, ist es hell. Durch das Panzerglas oben schimmert der Widerschein von Schnee, den der Jäger riecht. Zu hell für Traurigkeit. Ich beuge mich über den Wandtisch und verberge mein Gesicht in den Händen. Es gibt keine andere Ausflucht. Doch der Aufseher will mein Gesicht sehen. Ich zeige es ihm.

Und sehe zum ersten Mal, seit ich hier bin, den Tatsachen ins Gesicht. Ein Hinaus gibt es nicht. Hier bleibe ich! Weder rettet mich der Irrenarzt noch macht der ominöse Genosse General mich frei. Und nicht holt Gevatter Tod mich weg, ja, selbst kein Engel hebt die Türen aus den Angeln. Die Gebete der Mutter und das Wehklagen der Tanten und Großmütter und die verzweifelte Liebe der kleinen Schwester – sie ändern nichts. Und mit dem Kopf durch die Wand, das vergiß! Die hierophanische Zeit aber läßt sich nicht herbeiklatschen. Nur noch ich durch mich. Laut und feierlich spreche ich zu mir: Diese sieben Quadratmeter sind die Freiheit. Und die Zeit ist ihr Material. Sieh zu, was du draus machst! Eine verwegene Neugier packt mich. Dreieinhalb Schritt so, drei zurück. Allein die Gegenwart gilt. Sehnsucht nach niemandem. Keine Erinnerung. Kein Traum, kein Wunsch. Das Draußen hereinholen, Augenblick für Augenblick, als spiele es sich hier und jetzt ab. Der Tagesablauf – ein Stundenplan. Vor allem aber: den Tod vergessen.

Ich mache mich an die Arbeit, beginne ein erstes Programm herunterzuspulen. Ein Tag als Student. Zweitausendzweihundert Schritte zähle ich im Hin und Hertrippeln. Etwa das ist der Weg von der Türkenschanze, wo ich gewohnt habe, bis zur Universität. Erste Vorlesung: Hydrobiologie. Im Gehen doziere ich über die Fortbewegungsart der Wasserinsekten, rumänisch. Von denen verhält sich der Taumelkäfer am kuriosesten, *gyrimus natator*. Mit einem quirlenden Paddelbein taumelt er gleich einem Kreisel über den Wasserspiegel. Somit legt er jede gerade Wegstrecke zwei Pi-mal zurück, mehr als sechsmal also. Und gelangt ans Ziel.

»Wie ein Solotänzer«, bemerkt der Jäger auf seinem Bett, während er mir mit dem Kopf folgt: rechts, links … Nach zweitausendvierhundertfünfundneunzig Wörtern ist die Fünfzig-Minuten-Vorlesung zu Ende. »Pause«, sage ich.

Der Jäger erhebt sich benommen: »Mir ist ganz schwindlig.« Er dreht sich um seine Achse, beginnt zu tanzen, von der Tür zum Tisch und zurück zur Tür.

»Hast du den Verstand verloren?« zischt der Wärter.

»Ein wenig. Aber ich find ihn wieder!«

Doch bereits diese erste Pause überdehne ich. Mit Macht drängt sich Vergangenes in die programmierte Zeit, ich verliere mich im Land der verbotenen Erinnerungen.

Spiegelungen des Flusses. Der Taumelkäfer ... Posea am Ufer hatte sich mokiert, wie schlecht wir schwammen, Ruxanda und ich. Dieser liebwerte Posea, vor der Gräfin hatte er zum Abschied am Bahnhof einen Kratzfuß gemacht. Doch nicht konnten ihm unsere jungen Damen abgewöhnen, den Fuß auf den Lehrertisch zu heben, dem Dr. Hilarie unter die Nase, um mit der Papierschere die Fußnägel zu schneiden, die aus riesigen Löchern in den Socken hervorragten.

Ich raffe mich zu einer weiteren Stunde auf: Hydrometrie. Indirekte Messung. Statistische und analytische Methoden.

Ich versuche mir die deutschen Fachausdrücke ins Gedächtnis zu rufen, sie klingen fremdartig, und ich muß sie immer wieder zu den rumänischen Benennungen in Bezug setzen, um zu verstehen, was gemeint ist. Doch bald begeben sich die Begriffe ihrer mathematischen Striktheit, und Wörter voll Wunderlichkeiten lösen Erinnerungen aus: benetzter Umfang, Abflußspende, geköpfte Täler, Kinderstube des Flusses, Kümmerfluß. Und die zweifelhaften Eigenschaften des Wassers tröpfeln ins Gedächtnis, mit unangenehmem Beigeschmack: seine wendige Form, die sich stets den Gegebenheiten anpaßt und in der Fortbewegung das Prinzip des geringsten Widerstands.

Benetzter Umfang, das Wort verführt mich ... Nachdem Ruxanda als letztes Delphin geschwommen war – damals, am Fluß, als wir den Hochwassern nachspürten –, hatte sie sich bebend vor Kälte in die pralle Sonne gestellt. Die Konturen ihres Körpers waren naß von Wassertropfen, die sie wie ein Schleier umfingen. Noch verharrten die Tropfen im Schwebezustand zwischen Sonne und Schwere, blinkten auf in den Regenbogenfarben, wenn die junge Frau Atem schöpfte. Die Nässe verdunstete, und die Linien ihres Leibes traten zutage.

»Das Prinzip des geringsten Widerstands, das ist deine Devise«, »hatte sie mich am Vormittag während unseres Fußmarsches angefaucht, als ich mich weigerte, den magyarischen Bauern entlang der Flußau abzuraten, sich in die Kollektivwirtschaft einzuschreiben. »Du kannst Ungarisch. Klär sie auf.«

Abflußspende, zwinge ich mich zu denken. Das ist die Menge Wassers in Litern, die eine fließende Quelle in der Sekunde spendet. Und höre mich sagen: »Du, Ruxanda, versprühst wie eine Wunderkerze, bis nichts mehr von dir übrigbleibt. Ich aber halte es mit der Quelle: Sie spendet nur soviel, wieviel sie erhält. Nie fließt mehr ab, als ihr aus der Tiefe zuströmt.«

»So seid ihr Sachsen: Die Buchhaltung muß stimmen, selbst bei Gefühlen oder hehren Zielen: Wieviel man bekommt, soviel gibt man, eher weniger, ja nicht mehr.« Sie hatte mir einen Stoß versetzt, daß ich vom Steilufer in die Tiefe stürzte.

Wir saßen an der Uferlehne, ließen die Füße über den Prallhang baumeln, blickten in das brodelnde Wasser unter uns. Aus den Wirbeln tauchte ein krepiertes Schwein auf, bläulich gedunsen, drehte sich behäbig im Kreis, verschwand lautlos. Friedlich geworden, sprachen wir von der Tannenau, wo sie als Schülerin bei ihren Cousinen Diana und Steffi Rusu die Ferien verbracht hatte. Dann hatte man deren Eltern verschleppt. Das Haus im Schweizer Stil kannte ich, es lag unfern vom Anwesen des Onkel Fritz und fiel auf durch eine Gruppe von verstümmelten Steinfiguren, die den Eingang säumten. Die Grosi schickte Tante Maly des öfteren hin mit einer Tasche voll Gemüse: »Die armen Würmchen, allein mit der kraupigen Großmutter.«

Ruxanda sagte: »Ich weiß, wo deine Großmutter wohnt. Euer Garten ist so riesig, daß wir drei Mädchen mehr als eine Stunde gebraucht haben, um ihn zu umkreisen. Übrigens, das ist dir ja bekannt: Deine Leute haben meinen Onkel Rusu versteckt gehalten, bei euch im Getreidespeicher, in der Kammer vom Johann.« Der Getreidespeicher, ein verschachteltes Gebäude, und dann die unheimliche Kammer des armen Knechts Johann … Plötzlich fühlte ich, wie verloren ich hier war, an diesem Fluß ohne meine Vergangenheit. Selbst die Schmetterlinge schillerten in fremdartigen Farben und Mustern.

Versteckt gehalten … Das war mir nicht bekannt. Freiheit und Leben gewagt für einen, der Rusu hieß? Ich war verwirrt. Wo Onkel Fritz noch immer die drei großen Deutschen in Verwahrung hatte: den Alten Fritz, den Eisernen Kanzler, den Führer. Die Bildtafeln, einst eine Dreiheit über seinem Schreibtisch, nach dem 23. August zerschnippelt – als erstes Hitler, später Bismarck, nach dem 8. Mai 1945 der preußische König –, waren im Getreidespeicher untergekrochen, an finsterem Ort, drapiert mit Mäusefallen und Fangeisen für Ratten.

Ihn versteckt, den Dr. Rusu … Wo die Malytante doch jeden Abend, nachdem sie sich zu ihrer Mutter ins Ehebett gelegt hatte und ihr Mann zu beider Füßen schnarchte, »Deutschland, Deutschland über alles« anstimmte, unter dem Plumeau!

Und die Grosi mitbeteiligt? Die seinerzeit für mich, den einzigen Hitlerjungen in der Familie, am laufenden Band weiße Dreiviertelstrümpfe gestrickt hatte, mit feingesponnenen Hakenkreuzen als Muster, seufzend, weil das eine ganz ungewöhnliche Kunstfertigkeit erforderte?

Ruxanda sagte: »Mein Onkel hat sich gestellt, als die von der *Securitate* die Tannenau durchkämmten. Um deine Leute nicht ins Unglück zu stürzen.«

»Ist seine Frau noch im Gefängnis?« fragte ich. Eigentlich wollte ich keine Antwort.

»Gefängnis? In den Reisfeldern von Arad hat sie vier Jahre geschuftet, im Wasser bis zu den Knien. Sie ist unlängst heimgekommen. Nun ist sie Tagelöhnerin in der Schamottfabrik. Mein Onkel sitzt lebenslänglich. Wegen der Partisanen. In den Bleiminen von Baia Sprie richten sie ihn zugrunde.«

»So gescheite Menschen«, sagte ich bedauernd, »er Jurist, sie Lehrerin, und lassen sich auf so etwas ein. Übrigens sieh, wie absonderlich die Schmetterlinge hier sind.«

»Das Prinzip des geringsten Widerstands«, sagte sie spöttisch. »Anders als bei uns, die Schmetterlinge«, fuhr ich fort.

»Mir sehr vertraut«, antwortete sie. Wir folgten einem Kleinen Feuervogel, der wie ein Irrwisch vor uns hergaukelte. Er führte uns zu einem aufgelassenen Bachbett, wo Kräuter und Gras die Kieselsteine überwucherten. Lange lagen wir dort, im Schatten des wilden Rhabarbers, seidenweich das

Gras, geschmeidig die Steine, über uns die panische Stille des Mittags – wir hörten den Flügelschlag des einen Raben.

Stiefel knattern heran, halten bei der Nebenzelle, die Riegel knirschen. Nun das todmüde Geschlurfe auf dem Flur, begleitet vom ungeduldigen Getrappel der Stiefel. Es überläuft mich siedendheiß. Könnte das meine Großmutter sein? Die man zum Verhör schleppt, ausquetscht über den staatsgefährlichen Flüchtling im Getreidespeicher? Alle drei hier … Tante Maly: »Seid gegrüßt, ihr deutschen Recken!« Onkel Fritz: trotz tschechischer Kokarde mit Führerfrisur? Selbst die Griso: mein Gott.

Geköpfte Täler, streunt es durch mein Gedächtnis, während ich wache und horche. Ich zwinge mir die Definition auf: Heißt das nicht, wenn ein Fluß sich rückwärts durchfrißt, die Wasserscheide verschiebt und den Gegenfluß köpft? Ich sehe die drei Menschen in der abgebrannten Mühle. Der Müller und seine Frau mit gesenktem Kopf. Einmal an jenem Abend hatte er den Kopf gehoben und uns aus leeren Augenhöhlen angesehen, nachdem Ruxanda gefragt hatte: »Wie heißt Eure Frau mit Vornamen?«

»Warum?«

»Weil Gott allein die Vornamen der Menschen kennt.«

»Das ist Gott. Aber warum willst du ihren Namen wissen?«

»Ich bete jeden Abend für die Menschen, denen ich begegnet bin.«

»Auch für deinen Feind Hilarie?« flüsterte ich.

»Auch für ihn. Aber nur für den Julian von ihm.«

Ein leises Flackern kam in seine Augen: »Unter der Woche rufe ich sie Stana in diesem Tal der Tränen. Aber am Sonntag nenne ich sie Maria Magdalena.« Seine Frau, den Kopf über den Blechnapf gebeugt, hatte beim Wort Stana genickt. Es war Freitag.

Die Greisin auf ihrem Schragen setzte sich auf und krächzte: »Dem Raben haben sie den Kopf abgehackt, aber er kratzt ihnen die Augen aus. Allen seinen Folterknechten kratzt der tote Rabe die Augen aus. Verflucht sollen sie sein.« Sie schlug das Kreuz.

Die Partisanen bei der nächtlichen Messe in der Scheune: Der eine Mann kniete im Schutz der goldgewirkten Stola, die Sohlen der Schuhe waren abgetreten von Flucht und Felsen. Kein Kopf war zu sehen unter dem Baldachin der segnenden Hände. Und die beiden Gestalten bei der Tür, sie standen da, Gewehr im Anschlag, doch barhaupt vor Andacht. Ihre Gesichter sahen sich ähnlich, wie die Gesichter von Hingerichteten.

Ich laufe nicht mehr endlos hin und her, sondern hocke sprungbereit auf der Bettkante.

Die Kinderstube des Flusses ... So nennt man manchmal das Geriesel und Gerinnsel im Quellgebiet.

»Alles in deinem späteren Leben entscheidet sich in der Kinderstube.« Darüber hielt mir Annemarie einen Vortrag auf der Insel im Fluß. Dorthin waren wir entwichen, um allein zu sein, als sie mich in Gyelu am Wochenende besuchte. »Du entrinnst ihr nicht. Sie verrät dich. Keine Maske schützt dich. Weißt du, weshalb gestern abend der mit den porösen Lippen, der ältliche Student, mich immer wieder zum Tanz gezerrt hat, bis mir alles weh getan hat?«

»Weil du ihm gefallen hast. Übrigens, Posea heißt er. Und sein Freund Buta. Arbeiterstudenten sind das.«

Die Jugend des Dorfes hatte sich zum Tanz eingefunden, Rumänen und Ungarn getrennt, jeder vor der eigenen Kirche, unter seiner Kastanie: bei der orthodoxen zum Gezirpe einer Fiedel, bei der reformierten zum Schall einer Ziehharmonika. Wir, wenngleich von der rumänischen Universität, hatten uns bei den Ungarn eingeladen. »Wie aufreizend sind die roten Stiefel der Mägde«, hatte Posea vermerkt. »Und wenn sie sich im Csárdás drehen, heben sich die Röcke, und die Jungfrauen sind nackt bis zum Nabel!« Doch keine Ungarin ließ sich von den Fremden zum Tanz führen: »Wir verstehen nicht, was ihr wollt. Wir können nicht rumänisch!«

»Na bitte. Du sagst es: Arbeiterstudent!« rief Annemarie, drehte sich zu mir, stützte den Kopf in die Hand und zog die Beine an. Ihre Knie berührten meine Hüften. »Er und ich – die gleiche Kinderstube, das wittert einer. Gleich und gleich gesellt sich gern.« Sandkörner glitzerten auf ihrer Haut.

»Nicht nur«, antwortete ich betreten. »Gottlob heißt es ja auch: Gegensätze ziehen sich an.« Ich meinte, uns beide trösten zu müssen, mich und sie. »Sieh zum Beispiel, unsere Eliteproletarier: Buta und Posea. Seit sie die Gräfin auf Händen getragen haben, ergehen sie sich in Lobeshymnen auf den Adel.«

»Du vergißt den Einfluß des Milieus. Das modifiziert. Sind die beiden einmal Ingenieure, werden sie sich nicht mehr so schneuzen, wie sie es in der Kindheit gelernt haben.«

»Indem sie ein Nasenloch zuhalten und den Rotz herauspusten«, sagte ich, um zu beweisen, wie gut ich sie verstand. Sie streckte sich wohlig in der Sonne, rückte näher. »Eben«, sagte sie und legte ihre Hand auf meine Hüfte. »Wie dieser Posea oder Buta gestern abend, ehe er mich aufgefordert hat.« Ich dachte leise für mich: Also ist die Kinderstube doch nicht alles. Und dachte noch leiser: wie wunderbar geschnitzt, ihr Nabel.

Annemarie strich bedachtsam die Sandkörner von meiner Haut. Sie hatte sich ein riesiges Blatt auf den Kopf gesetzt. »Und weißt du, weshalb euer griesgrämiger Professor mich nicht zum Tanz aufgefordert hat, nur mit deiner Ruxanda getanzt hat?« Tatsächlich hatte Dr. Hilarie allein diese auserwählt. Sie hatte eine Sekunde gezögert und sich dann mit versteinerter Miene zum Tanzplatz führen lassen.

»Mit meiner Ruxanda?« fragte ich gedehnt.

»Tochter des ehemaligen Generaldirektors der Firma *Deruciment*, einer deutsch-rumänischen Aktiengesellschaft während des Kriegs. Von wegen gleicher Kinderstube, ihr beide!«

»Woher weißt du das alles?«

»Unsereiner weiß Bescheid, wenn es um die geht, die höher stehen als wir. Gewiß hatte deine Ruxanda schon als Kind Strumpfhalter. Frag sie mal. Wir mußten uns mit Gummistrumpfbändern behelfen, wie die Dienstmägde. Sehr ungesund. Schnürt das Blut im Oberschenkel ab.«

Ich lenkte ab: »Warum, denkst du, hat der Hilarie, ein Mann mit Manieren, dich, den Gast, nicht zum Tanz gebeten?«

»Manieren hin, Manieren her. Entscheidend ist, daß er aus einer anderen Kinderstube kommt.«

»Denkbar, daß du recht hast.« Hatte nicht Herr Hilarie der Gräfin Clotilde Apori auf dem Bahnsteig die Fingerspitzen geküßt, obschon er kurz vorher bemäkelt hatte, für einen ihrer Strumpfhalter aus Paris hätten die Fronbauern drei Tage fuhrwerken müssen? »Denkbar …«, sagte ich noch einmal.

»Sieh dir seine polierten Nägel an«, sagte Annemarie.

Die Sonne verhielt im Zenit. Ich hatte aus Farnkräutern ein Lager bereitet. Die Insel gehörte für diesen Sonntag uns und ein paar Ziegen. Annemarie lag auf dem Rücken, ich neben ihr, den Kopf aufgestützt, ihr zugekehrt. Ich hörte mit halbem Ohr zu, verschlang sie mit den Augen. Mit dem Zeigefinger zeichnete ich das Muster ihrer Adern nach, die sich auf ihrer Brust verästelten zu einem Dekor von Linien in Lilablau.

Annemarie fuhr fort: »Das Modell deiner Biographie entsteht in der Kindheit, und zwar im Widerspiel von Reiz und Reaktion. Zum Beispiel: Unendlich wichtig ist für das Verhalten eines Kindes das Verhältnis zwischen Vater und Mutter – Küsse ja, nein, oder gar Ohrfeigen oder noch schlimmer: nichts. Ferner: das Verhältnis zwischen Eltern und Kindern. Hat dein Vater dich gestreichelt, auf den Schoß genommen oder nur Watschen verteilt? Oder dich einfach übergangen? Oder war er ganz abwesend? Anders dein späteres Schicksal, wenn es für die Eltern getrennte Schlafzimmer gab, und ganz anders, wenn sich alles in einem Raum abspielte.« Ich kitzelte ihren Nabel. Sie sagte: »Laß das! Sieh lieber, die Blätter der Weiden, wie schön. Unten sind sie silbrig. Übrigens: Aus Weiden wird das Aspirin gewonnen. Das weißt du ja.« Ich hatte davon gehört.

Sie schlug nach einer Gelse, die sich an ihrer nackten Haut vollsog. »Au! Dies verdammte Biest.«

»Schimpf nicht. Es ist eben die Kinderstube …«

»Die wird ihr zum Schicksal.« Sie traf die Stechmücke, die an ihrer schneeweißen Brust kleben blieb als ein zuckendes Knäuel, in einem Kranz von Blut.

»Der Fluß rauscht«, sagte sie. Kümmerfluß, dachte ich.

In der Nacht darauf heißt es: »In einem der vorigen Verhöre hast du gestanden, mit Dr. Hart in Sibiu bekannt zu sein. Was hast du über diesen Sittenstrolch zu berichten?«

»Nichts.« Ich weiß, das ist zuwenig.

»Wie, nichts?«

»Ich kenne ihn kaum.«

»Warst du bei ihm zu Hause?«

»Nein.« Der Hauptmann ist in Zivil, übertrieben elegant, und mit Sonnenbrille. Er verläßt den Raum. Schläfrig stellt sich der Wachsoldat neben mich. Nach einigen Minuten ist der Hauptmann wieder da. »Du lügst, du Gauner. Dreimal warst du bei ihm in der Wohnung. Was habt ihr geredet?« Kann ich schließen, daß Dr. Hart hier ist?

»Nur Allgemeines. Eine flüchtige Bekanntschaft.«

»Warst du bei ihm zum Essen eingeladen?«

»Einmal, am Abend.«

»Na bitte. So flüchtig kann eure Bekanntschaft nicht gewesen sein. Behält man einen zum Essen, muß man sich nahestehen. Das deutet auf intime Beziehungen hin. Politischer Art! Oder auf noch Ärgeres, hat er es doch auf junge Männer abgesehen.«

»Gar nichts steckt dahinter. Der Doktor weiß, daß ein Student immer hungrig ist.«

»Schämst du dich nicht, die Partei und den Staat zu beschimpfen? Einer wie du, der fünf Jahre hindurch Stipendium bezogen hat. Welches ist die politische Einstellung dieses Schubjaks?«

»Dr. Hart ist ein Sozialist.«

»Bist du von Sinnen? Dieser Erzreaktionär, ein Sozialist! Nicht einmal ein Nationalsozialist war er. Sogar gegen die Hitleristen hat er Front gemacht.«

»*Bine*. Dann eben ein Kommunist.«

»Du treibst deinen Spott mit uns.« Er tritt zu mir und haut mir zwei herunter. Auf dieselbe Backe. Bei der ersten Ohrfeige weiche ich aus. Bei der zweiten halte ich still.

»Auf dem Nachttisch von Dr. Hart liegen die Beschlüsse des ZK der Rumänischen Arbeiterpartei«, würge ich heraus, »die er eifrig studiert.«

»Du warst in seinem Schlafzimmer?«

»Schlafzimmer? Ein Zimmer hat man ihm gelassen.«

»Welche Beschlüsse? Wir wissen alles. Rede!«

»Über die Lösung der Nationalitätenfrage und die Rechte der Minderheiten.«

»Um uns zu bekämpfen, studiert er die Parteidokumente. Euch Studenten will er als Stoßtrupps in Nordsiebenbürgen einsetzen, damit ihr die laxen Sathmar-Schwaben wieder zum Deutschtum bekehrt, gegen den Staat aufhetzt. Darum will er dort deutsche Schulen einrichten. Doch die Leute dort haben die Nase voll, sind froh, nun Ungarn zu sein.«

»Das sind verbürgte Rechte jeder Minderheit.«

»Du hast das Recht verloren, von Rechten zu sprechen.« Er schlägt mir seine Schlüssel an den Kopf. Blut fließt keines, aber es tut weh. »Und warum hast du uns den Dr. Schilfer verheimlicht? Rede!«

Ich schweige. Er bohrt mir jeden Schlüssel gezielt in die Kopfhaut: »Dieser korrupte Doktor, Spitalsarzt in Fogarasch! Wir werden ihn auf ein Kaff schicken. Der miese Fiedler, tanzen wird er, wie wir pfeifen.« Der Hauptmann dreht sich zum Fenster, kratzt sich zwischen den Beinen, klatscht. Die Nacht ist zu Ende.

Am Morgen behandelt der Jäger die geplatzten und geschwollenen Stellen mit kaltem Wasser aus dem Trinknapf und mit leichter Massage: »Ein sicheres Zeichen, daß deine Tage hier gezählt sind. Weil er weiß, daß du frei wirst, rächt er sich. Gleichzeitig will er dir eine Lektion erteilen für draußen.«

»Vorbeugende Pädagogik«, sage ich zweifelnd.

Obschon ich in den Nächten beschäftigt bin, werde ich am Morgen mit allen anderen um fünf geweckt, als sei alles im Lot. Ich weiß nicht mehr, was oben und unten ist. Immer wieder sinkt mein Kopf auf das Tischchen. Mit einer trägen Bewegung greift der Offizier mir ins Haar, zieht den Kopf hoch.

Nach den Spitzengenossen in Bukarest wird mit derselben verächtlichen Formel gefragt wie nach einem erwiesenen Reaktionär: Wer ist dieser elende Kerl und was hat er gegen das volksdemokratische Regime angezettelt? Selbst der allseits verehrte Genosse Anton Breitenhofer, der jeden Besucher mit der Floskel verabschiedet: »Bleib S' treu der Idee!«, entgeht dieser schändlichen Frage nicht.

»Er ist ein alter Kommunist«, sage ich, zähle alle seine Verdienste auf. Und werde trotzdem mit Ohrfeigen traktiert. »Der Genosse ist ein alter Kämpfer aus der Illegalität.« Zwei Schläge mit dem Lineal hinter die Ohrmuscheln. »Weißt du, weshalb ich dich zweimal gepatscht habe?« Ich weiß es nicht. »Erstens hat man dir von allem Anfang an verboten, hier jemanden mit Genosse zu titulieren. Und zweitens ist es hierorts verboten, Gutes über jemanden zu sagen.«

»Er ist Chefredakteur der Tageszeitung *Neuer Weg*.« Mit der Kante saust das Lineal herab. »Mitglied im Zentralkomitee der Rumänischen Arbeiterpartei.« Messerscharf trifft seine Schneide. »Und ein fortschrittlicher Schriftsteller der Arbeiterklasse, dessen Bücher alle gedruckt werden.« Ich bin fertig. Es braust mir in den Ohren.

Der Offizier ergänzt: »Und die niemand liest. Du behauptest ja, ein Kommunist zu sein. Hast du womöglich eines gelesen?«

»Noch nicht.«

»Oder eines in der Hand gehabt?«

»Nur in der Auslage mir angesehen.«

»Mindestens soviel. Schön. Lobenswert. Weiter: Ernst Breitenstein? Was hat dieser elende Kerl gegen das volksdemokratische Regime unternommen?«

»Das ist der zweite Mann bei der Zeitung, ein linientreuer Kommunist, ein ideologisch versierter Mann der Partei.«

Vielleicht weil es der zweite Mann ist, rückt mir der Stockmeister nur mit den Schlüsseln zu Leibe. Über seine konterrevolutionären Machenschaften will der Offizier Auskunft haben. »Zum Beispiel hat dieser Falschspieler das von dir vorgelegte Projekt einer deutschsprachigen Hochschule befürwortet. Das ist eine chauvinistische Masche.«

»So wie die Ungarn in Klausenburg müßten auch wir das Recht auf eine Universität in der Muttersprache haben. Das garantiert die Verfassung den mitwohnenden Nationalitäten.«

»Halt die Gosche! Das Wort Verfassung hat nichts in dei-

nem stinkigen Mund zu suchen.« Er brüllt, die Stille erschrickt:
»Die Redaktion *dela noierveg*, das ist die reinste Volksgrup-
penführung in Neuauflage. Diese Schwindler betreiben nicht
die Politik der Partei, sondern treiben das Spiel der alten Nazis und Hitleristen.«

»Wieso?« frage ich entgeistert, »Genosse Breitenstein ist
doch Jude und damit über jeden Verdacht erhaben.«

»Das denkst du! Außerdem ist er Halbjude. Trotzki war
ein ganzer Jude und ein doppelter Verräter.«

Er rasselt mit den Schlüsseln, gähnt mit weit offenem Mund,
die goldverbrämten Zähne blitzen. »Weiter: Enric Tuchel?
Heraus mit allem, was du über diesen Betrüger weißt, der auf
seiner Krawatte deutsche Flieger gemalt hat.«

»Kommt aus der Banater Arbeiterbewegung. Bergland.
Reschitz. Ein Spanienkämpfer.« Dieser Enric Tuchel ist dem
Hauptmann drei Watschen wert. Wie nah er bei mir steht!
Sein scharfes Parfüm reizt die Schleimhäute. Und wie zuwi-
der mir die Berührung mit seinem stickigen Fleisch ist. Darum
wünsche ich keine zweite Ohrfeige, möchte artig sein.

»Ha! Die Spanienkämpfer. Als sie heimgekommen sind,
hat König Carol II. sie mit seiner Hure, der Magda Lupescu,
am königlichen Privatbahnhof in Bukarest empfangen – mit
Pauken und Posaunen.«

»Das waren die anderen. Die für Franco gekämpft haben.
Die kommunistischen Frontkämpfer hat die königliche *Sigu-
ranța* aus dem Zug geholt und ins Gefängnis Doftana gesteckt.«

»Auch das weißt du. Du weißt zuviel. Mich aber sollst du
nicht belehren. Wir wissen alles. Und wissen jeden Tag mehr.
Weiter! Dem Enric seine konterrevolutionären Quertreibe-
reien, die interessieren uns.«

»Der Herr Enric ist ein Kampfgefährte vom Herrn Brei-
tenhofer.« Herr sage ich, statt Genosse, nur damit ich seiner
Leiblichkeit entkomme. »Und ist ein profilierter Ideologe. Eine
Art Schdanow der deutschen Minderheitenliteratur. Alle un-
sere Literaten beugen sich vor Herrn Tuchels marxistischer
Unbestechlichkeit. Er ist Chefredakteur der Zeitschrift *Die
Neue Literatur*.«

Der Mann hebt die Hand, aber dann gähnt er und vergißt, was er mit der Hand vorhat. Er tritt von mir weg und läßt sich an seinem Schreibtisch in den Stuhl fallen, streicht über sein dunkelbraunes Haar, das nach hinten gekämmt ist und von Brillantine glänzt. Auf seiner Tischplatte hat er Stifte und Kugelschreiber liegen, einige Lineale und Dreiecke, Schreibutensilien, die in strenger Planmäßigkeit angeordnet sind. Er rückt sie hastig hin und her, schafft neue geometrische Gebilde. »Alles abgefeimte Reaktionäre, deine Literaten. Fabrizieren auf Staatskosten doppelbödige Literatur. Auch dieser Bursche Enric arbeitet mit doppelter Buchführung.« Davon weiß ich nichts.

Nach der Preisverleihung im Sommer 1956 hatte mich Genosse Enric Tuchel zu sich bestellt – er war einer der Jury. In seinem Büroraum hing eine Fotokopie von Picassos Riesengemälde *Guernica*. Genosse Tuchel begrüßte jeden, der sein Büro betrat, selbst Damen und Putzfrauen und Schornsteinfeger, und Parteifunktionäre sowieso, mit der Frage: »Campesino, hast vielleicht auch in der Internationalen Brigade in Spanien gekämpft?« Und antwortete sogleich: »Nein, nein, so einer wie Sie hat in Spanien nichts verloren. Denn Sie und Ihresgleichen sind zu lauwarm für dorten. Beim Franco mußte man brennen wie eine Fackel!« Er trug eine himmelblaue Krawatte. Die war tatsächlich bemalt mit deutschen Stukas, erkennbar am Balkenkreuz. »Die haben uns den Garaus gemacht! Und haben wehrlose Zivilisten, Mütter und Kinder niedergemäht. April 1937, Legion Condor, Tiefflug, Maschinengewehr!« Aus dem Heck der bunten Stukas qualmten Rauchwolken, schlugen Stichflammen. »Haben meine Enkelkinder gemalt. So ist dem Hitler sein Reich in Rauch und Flammen aufgegangen.«

Nach der einleitenden Frage an mich: »Waren S' in Spanien dabei? Nein, nein, du bist zu jung«, eröffnete er mir, daß meine Erzählung mehr als einen Trostpreis verdient hätte. Die Preisrichter hätten sie zweimal gelesen. Aber er habe aus ideologischen Gründen ein Veto einlegen müssen. Es fehle der Klassenkampf. »Die sächsische Bourgeoisie, diese erzreaktionäre Klasse, kommt zu gut weg. Wissen S' warum? Weil es sie überhaupt nicht gibt in Ihrem Werk, die Bourgeois. Wo sind die? Die tun doch nicht sitzen in ihre Mauslöcher. Etwas müssen die alten Nazis und Hitleristen doch gegen das Regime ausbrüten. Fallt Ihnen nichts ein, geb ich Ihnen einen Tip: eine nette kleine Brandstiftung. Sprengen S' nicht gleich die Dynamitfabrik von Fogarasch in die Luft, das gibt ein Malheur wie in Guernica, die arme Leit! Aber ein kleines Feuer beim neugebauten Kulturhaus, das macht sich gut für einen Anfänger in Sachen sozialistischer Realismus. Das müssen S' noch in die Erzählung einflicken, damit wir sie drucken können.« Wir traten zu dem furchtbaren Kolossalbild, und er zeigte mir die Art der Flamme, die er sich wünschte. »Nicht gleich lichterloh. Gerad wabern sollt' es. Genug, daß die Herren Ausbeuter a bissel eingesperrt gehen. Von wegen der Pädagogik: zu ihrem Besten. Umerziehung!« Genosse Tuchel hatte sich von seiner Sekretärin einen Kaffee kommen lassen, mit Sahne. »Sie, junger *campesino*, trinken ja keinen Kaffee nicht. Dafür sind Sie zu jung. Und Sahne tut jungen Leuten schaden. Macht das Blut träge. *Buenos dias, compañero.*«

Der Offizier befiehlt: »Unterschreib.« Außer der Zeitangabe: begonnen 11.35, beendet 3.45, ist das Blatt leer. Ich unterschreibe am unteren Rand, wie geboten, mit der Formel: »Von niemandem gezwungen, habe ich die Wahrheit und allein die Wahrheit gesagt.« Damit das auch stimmt, streiche ich die blanke Seite durch.

Ich denke: Wenn sie mit ihren eigenen Spitzengenossen so ins Gericht gehen, was haben dann wir zu erwarten? Den sicheren Tod. »*Moarte sigură!*« sage ich unvermittelt. Mein Kopf fällt auf die Tischplatte. Der Offizier zieht ihn an den Haaren empor. Er zerreißt das Blatt. Und plötzlich will ich nicht mehr leben. Und ich sage es ihm: »*Nu mai vreau să trăiesc.*«

»Und wie du leben wirst. Erst wenn wir dich ausgepreßt haben wie eine Zitrone, dann kannst du dich davonmachen. Ihr Sachsen hängt euch ja auf. Ich persönlich seife dir den Strick ein.« Er klatscht in die Hände.

In den drei kommenden Nächten folgt die Probe aufs Exempel. Wehe den anderen, den Nichtgenossen!

Stadtpfarrer Konrad Möckel von Kronstadt, wie höhnt ihn der *Căpitan* mit ordinären Worten: Er schimpft ihn einen bigotten Scharlatan, einen mystischen Seelenvergifter, einen nationalistischen Jugendverführer. Wegen diesem Mann Gottes hetzt mich der Offizier drei Nächte durch den Dornenwald spitzfindiger Fragen. »Alle Christen sind Kommunisten«, wiederhole ich stereotyp. Was zuwenig ist an Information. Seine Schlüssel prasseln auf mich herab, gerben die Kopfhaut.

Und zum Schluß schreit er es heraus: »Die Sache mit dem Studentenkreis ist klar. Wir wissen alles. Aber alles rundum wollen wir auch noch wissen. Das wird ein Prozeß werden, *mamă, mamă*! Deine dreihundert Studenten vor Gericht. Die Burschen in Ketten, die Studentinnen in Handschellen. Schau hier die Liste, in kyrillischen Buchstaben, aufgesetzt von dem Geheimniskrämer Notger. Sogar euer verschlafener Herrgott wird aufwachen und sich wundern. Und der amerikanische Präsident wird vor Schreck und Ärger alle Atombomben im Meer versenken.«

Und dann legt er mir grinsend ein Papier auf mein Tischchen, das Attest von Dr. Scheïtan: mental und psychisch normal.

Die Eisentore schließen sich.

13

Glühende Engel höre ich kreischen, so hetzen die mich. Es gibt keine Minute, wo sie nicht nach mir greifen. Ich sitze im äußersten Winkel der Zelle auf dem Urineimer und beobachte die Rattenfalle in meinem Kopf. Es wuselt von Rattenleibern, deren Hälse im Fangeisen verbluten, indes der Unterleib davontanzt.

Sogar am Samstag nachmittag zerren sie mich vom Duschen weg. Nach Wochen der Vernehmungen unter einem Schauer von Beschimpfungen und Hieben bemerke ich zum ersten Mal ein dumpfes Gefühl der Wohligkeit. Ich fühle mich bewahrt im Käfig der Wasserstrahlen. Das warme Naß rieselt über meinen Kopf, der Jäger massiert die verspannten Nakkenmuskeln. Die Tür wird aufgerissen, in den Wasserdampf hinein ertönt die Stimme: »Dreht euch her!« Nackt und triefend stehen wir habt Acht, Gesicht und Scham preisgegeben. Mit nassen, stoppligen Haaren, notdürftig bekleidet, die glitschige Brille auf dem gedunsenen Gesicht, so jagt mich der Soldat hinauf: elf Stufen so, elf Stufen anders. Ich gehe sie wie im Wahn. Meine Füße finden den verruchten Weg allein.

Sie schleifen mich in der Nacht zum Verhör. Wenn der Wachhabende von Zelle zu Zelle schlurft und durch das Guckfenster ruft: »Das Licht löschen!«, das niemand löscht, dann lege ich mich hin, Hände auf dem Saum des Kotzens, wie befohlen. Während ich jeden Augenblick bereit bin, hochzuschnellen, sind alle Gedanken auf einen Punkt ausgerichtet: Sie kommen, schlaf nicht ein, sie holen dich. Schlafe nicht! An nichts anderes denken, sie kommen! Das Taschentuch als Blendschutz über den Augen haben sie mir verboten. Fiebrig hell bleibt es hinter meinen Lidern, denen es nicht gelingt, das vergitterte Geflimmer in Dunkelheit zu verwandeln. Kaum hat mich bleierner Schlaf übermannt, sind sie zur Stelle, das Verlies erdröhnt unter dem Lärm der Riegel und Stiefel. »Repede!« Schlaftrunken und blind taumle ich am Arm des Soldaten hinauf, der mich voranstößt oder im Polizeigriff abführt. Ich halte gerade noch die Hosen fest, die mir vom Leib rutschen.

Ende Januar war es, als sie mich wieder holten, nach einer Pause von etlichen endlos langen Tagen. Nicht zu meinem Major, sondern zu einer bissigen Stimme hinter einem weißen Wall von Licht. Die Stimme gehörte zu einem Hauptmann mit langer Spürnase. Nach dem Verdikt von Dr. Scheïtan, daß ich vernehmungsfähig sei, gab es für meinen Stockmeister kein Halten mehr.

Die böse Stunde, sie läßt sich nicht narren. Verklungen ist das zärtliche Getändel mit der Erinnerung. Abblasen muß ich die verspielten Spekulationen über Zeit und Zelle. Die Scheinwelt aus Schritten mit imginären Zielen erlischt. Es bleibt die Erbärmlichkeit im Angesicht des Richters.

Die Nacht gibt keinen Laut von sich. Der Mann mit der

Spürnase springt auf, kommt auf mich zu und schlägt mir seine Schlüssel an den Kopf, den ich demütig neige. Ich bin übersät von Beulen und Wunden, denen von gestern und vorgestern. Jetzt schreit er: »Sieh mich an, du Biest! Heb den Kopf!« Er greift in mein Haar und zieht mit einem Ruck meinen Kopf zu sich empor. »Öffne die Augen, du Starrkopf!« Ich öffne sie. Der Offizier hat die Tellermütze abgenommen, so daß sein zügelloses Gesicht ganz zu sehen ist. »Du bist bösartiger als ein Legionär! Redest du oder redest du nicht?«

Hellwach bin ich. Diese exaltierte Wachsamkeit vor der Gefahr bemächtigt sich meiner wie ein Rausch, läßt Lichter im Gehirn aufflammen, dämpft die Angst, die in jeder Faser schwelt.

»Ich rede ja.«

»Aber nicht, was wir hören wollen. Denn keiner weiß soviel wie du.« Während mein Kopf in seinen Händen hängt, muß ich sein Gesicht über mir betrachten, den geifernden Mund, die Haare in seinen Nasenlöchern. Daß er durch mich so außer Rand und Band gerät, ja häßlich wird – es berührt mich peinlich, fast tut es mir leid.

»Sagst du endlich, was du weißt, oder müssen wir die Wahrheit aus dir herauspressen? Krepieren wirst du im Zuchthaus wie die verfluchten Banditen aus den Bergen.«

Ich sage leise: »Ich will tot sein.«

»Im Gegenteil«, schreit er, »wir werden dich um jeden Preis am Leben erhalten, aber was für ein Leben ...« Er schnappt nach Worten. »Dagegen ist die Hölle herrlich wie Paris. Solange bearbeiten wir dich, bis du rote Ratten siehst!« Er trommelt mit den Schlüsseln auf meinem Schädel herum. Ich senke den Kopf. Mit dem Rockärmel streife ich über das Gesicht, wische die Tränen weg. Ich sage: »Über das Leben eines Menschen können Sie, *domnule Căpitan*, nach Gutdünken verfügen. Messer und Brot sind in Ihrer Hand. Aber über seinen Tod hat der Mensch allein die Freiheit, zu entscheiden. Keineswegs dürfen Sie ihm das Recht auf den eigenen Tod rauben.«

»Alles dürfen wir! Hier hat einer wie du das Recht auf jede Art von Freiheit verloren.« Er tritt von mir weg und läßt

sich an seinem Schreibtisch in den Stuhl fallen, streicht über
sein dunkelbraunes Haar, das nach hinten gekämmt ist und
ölig glänzt. Ich werfe einen verstohlenen Blick zu ihm. Was
hat er vor? Auf seiner Tischplatte hat er Stifte und Kugelschreiber liegen, einige Lineale und Dreiecke. Die legt er mit
nervösen Bewegungen um, schafft neue geometrische Figuren.
Die Proportionen könnten dem Goldenen Schnitt entsprechen. Prästabilierte Harmonie?

»Die Sache mit dem Studentenkreis ist klar. Du mußt nur
noch zu Papier bringen, was dieser Spion und Agent Enzio
Puter dir für subversive Aufträge erteilt hat. Dann fügt sich
alles. *Armonie perfectă!*«

»Nie werde ich etwas gegen die Studenten aussagen.« Ich
hebe den Kopf und sehe ihn an. »Eher laß ich mich erschießen.«

»Das würde dir gefallen«, höhnt er. »Gut, daß wir wissen,
womit wir dir zusetzen können. Mit deinem eigenen Leben
werden wir dich quälen, quälen, daß die Ratten von Paris Can-
can tanzen. Und nun weiter im Text: Wer ist dieser Schurke?«

Anders als bisher nennt der Hauptmann sofort den Namen
der Person, über die er Auskunft haben will. Und nach allen
fragt er mit derselben Formel: »Wer ist dieser Schurke und
was weißt du über seine konterrevolutionären Aktivitäten,
was hat er gegen das volksdemokratische Regime angezettelt?«

Fällt hier ein Name, ist der Mensch verdammt und ge-
schändet. Und für mich verloren. Es kränkt mich so, daß ich
mir die Erinnerungen an den Benannten verbiete. Und ich
spüre: einem, der hier einen Namen bekommen hat, wird man
nie mehr in die Augen sehen können, nachher.

Auf die genormten Fragen habe ich mir stereotype Antworten zurechtgelegt: Der ist ein Kommunist, das ist ein
loyaler Bürger, die und die sind für den Sozialismus ... Und
drumherum nur Gutes. Fest glaube ich: Indem ich das Gute
ausspreche, besteht es in Wahrheit. Wobei mich tröstet, daß
niemand so unverständig, ja leichtsinnig sein dürfte, den objektiven Gesetzen der Geschichte zu trotzen in einer Gesellschaftsordnung wie der unsrigen, die sich als Vollendung

aller Menschheitsentwicklung darstellt. Auf das leere Blatt Papier vor mir zeichne ich ein Schaubild vom Werdegang der menschlichen Gesellschaft. Ausgehend von der Sumpfgemeinschaft schwingen sich die Bestimmungslinien der Produktivkräfte und Eigentumsverhältnisse empor im Widerstreit, bis hin zur Ära des Sozialismus, wo sie parallel verlaufen, um sich in der Unendlichkeit die Hand zu reichen. Eitel Harmonie herrscht nun: Die antagonistischen Klassengegensätze haben sich erledigt, der schaffende Mensch, Erzeuger, Besitzer und Verbraucher der Güter in einem, ist frei für immer.

Der furiose Mann über mir sieht sich das Schaubild an und warnt: »Daß du ein schlauer Marxist bist, rettet dich nicht.«

Ich sage vergrämt: »Ich will nicht gerettet werden. Hat man das hier noch nicht verstanden?«

»Reden sollst du, nicht zeichnen.« Doch er zerreißt das Blatt nicht, sondern schiebt es in eine Schreibtischlade, wie seinerzeit Major Blau, dem ich ebenfalls eines verehrt habe. »Du bist hier, um die Staatsfeinde zu entlarven.«

Daß der Mann anderes hören will, als was ich zum besten gebe, bereitet mir Pein und Schmerz. Sage ich: Das ist ein Kommunist, kriege ich Ohrfeigen. Antworte ich: Das ist ein loyaler Bürger der Volksrepublik, läßt er seine Schlüssel auf meinem Kopf tanzen. Behaupte ich ganz allgemein, der sei für den Sozialismus, erwischt er mich am Haar und manchmal schlägt er mir den Kopf gegen die Wand. Bald habe ich heraus, was ich als Reaktion auf meine Antworten zu erwarten habe, je nachdem. Meistens bleibe ich beim loyalen Bürger, weil ich damit der Berührung mit seinem widerlichen Fleisch entkomme.

Und wünsche sehnlich, daß der Genannte es auch sei: zumindest loyal, wenn nicht ein Kommunist. Von ganzer Seele aber begehre ich es bei denjenigen, wo ich manch Abträgliches vergessen muß. Zum Beispiel, als der Mann mit lüsterner Nase nach Ruxanda Stoica fragt und verdrossen nach der Fürstin Pálffy.

Uferlos die Zahl der beschuldigten Menschen. Mädchen sind darunter: sogar die vierzehnjährige Musikschülerin Gerlinde Herter, die ich am Tag meiner Festnahme ins Kino führen wollte. Annemarie Schönmund fehlt noch, auf die ich mit Beklommenheit warte.

Die Verbrechen gegen das Regime erschöpfen sich in zwei Gattungen. Hochverrat, wenn eine fremde Macht die Fäden zieht. Ansonsten bleibt es bei der Verschwörung.

Auch das Raster, in das die Gezeichneten hineingepreßt werden, kennt kaum Variationen. Der Mann zählt auf mit grimmig gerunzelter Nase: »Bist du kein Proletarier oder Kommunist, und das sind die wenigsten, dann bist du ein Bourgeois, Mittelständler oder Kleinbürger, ein Reaktionär also und als solcher entweder Nationalist oder Kosmopolit, mit den Steigerungen Faschist, Hitlerist und Imperialist. Ein Kapitalist auf alle Fälle, weil getrieben von der Begierde nach Hab und Gut. Schon die geringste Akkumulierung von Gütern führt zum Kapitalismus. Darum werden wir Wohnungen ohne Speisekammern bauen«, sagt der Stockmeister triumphierend. »Dann kann man nichts hamstern. Und Spitäler ohne Untersuchungsräume. Alles haben die Ärzte am Bett des Kranken zu erledigen. So kann man ihnen nichts zustecken.« Er gerät in Eifer. Allenthalben wimmle es von Verrätern und Feinden. »Sogar die Apolitischen und Mystiker, die sich in ihren Löchern versteckt halten, sind eine Bedrohung.«

»Wieso?« entschlüpft es mir, der ich nicht fragen darf, »das sind doch harmlose Spinner.«

Ich sehe mir den Mann an, der heute nacht in Zivil ist, von lackierter Eleganz wie immer: grün-lila gemustertes Jackett, schwarze Rippsamthosen, Winterschuhe aus gelbem Kalbsleder. Beim rechten Beinkleid guckt das Unterhosenbandel hervor. Gereizt klärt er mich auf: »Falsch. Strafbar sind sie wie Landesflüchtige. Diese hinterhältigen Subjekte versuchen, sich aus dem sozialistischen Klassengefüge davonzustehlen. Zum Beispiel einige eurer ehrenwerten Autoren: apolitisch im Elfenbeinturm. Wo sie lauern, um uns in den Rücken zu fallen. Und die Mystiker, hirnverbrannt, aber nicht geheuer. Zum Beispiel dieser Scharlatan Marco Soterius oder der Pfarrer Möckel mit seinen ewig gefalteten Händen. Die pendeln und beten insgeheim das Böse auf uns herab, ohne daß wir sie überführen können. Gott allein weiß es. Doch auch den werden wir zum Reden bringen.«

Keiner besteht. Heruntergezogen werden Autoren wie Getz Schräg und Hugo Hügel, evident Männer des Regimes, ihre Werke preisgekrönt von Staat und Partei und belobigt von der marxistischen Literaturkritik. Angeprangert Peter Töpfner, aus einer sächsischen Proletarierfamilie, fast ein soziologisches Unikat. Und Michel Seifert, ein halber Waisenknabe, wenn auch ein ganzer Wahlsachse. Beides Jungkommunisten. Ich werfe das alles in die Waagschale. Hiebe und Watschen sind der Lohn.

Posea und Buta, echte Proletarier aus den Erdhütten, Arbeiter der Faust und der Stirn zugleich, werden mit Spott und Hohn bedacht. Maria Bora wird beschimpft, die Tochter eines wahrhaften Kommunisten, verfolgt zu Königs Zeiten. »Zurück mit der Verräterin in den stinkigen Schoß ihrer Mutter!« Und jedesmal wird nach Hugo Hügel gefragt, zu dem ich aufschaue mit banger Verehrung. Nichts ändert an der Sache, daß ich reinen Gewissens antworten kann: »Er ist ein Kommunist.« Es folgt das Watschenritual.

Selbst der Genosse Anton Breitenhofer, zur Zeit des bürgerlich-gutsherrlichen Regimes im Gefängnis schmachtend, wird schmählich verdächtigt. Kein gutes Haar lassen sie an Bischof Friedrich Müller, von Haus aus ein Waisenknabe aus einer untertänigen Gemeinde. Und auf meinen verehrten Mentor, Pfarrer Wortmann mit der roten Fahne, sind sie auch fuchtig, weil er, nahezu sechzig, im Januar 45 freiwillig mit seiner Kirchengemeinde nach Rußland mitgegangen ist, und zwar nicht, um sich dort in den Sozialismus zu vertiefen, sondern um seine Leute zu trösten, mit der Bibel und dem Wort Gottes. Und neuerdings, weil er grüne statt rote Virginia raucht. Bei jedem finden sie ein Haar in der Suppe.

Keiner kann sich halten. Die gesamte volksdemokratische Republik – ein wüster Haufen von Abtrünnigen und Umstürzlern! Und wir Sachsen vorne dran. Ich komme kaum nach, ihre patriotische Redlichkeit unter Beweis zu stellen.

Von allen, die hier angeprangert werden, möchte ich das Böse fernhalten. Ich liebe sie. Selbst über einen wie den Genossen Breitenhofer möchte ich meine Hand halten. Und sogar den lieben Gott unter meine Fittiche nehmen, der in Gefahr schwebt, daß man ihn hier nun doch zum Reden bringt. Wiewohl ich dem Herrgott nicht verzeihen mag, daß er sein Antlitz verhüllt und den Schemel seiner Füße umgestoßen hat: Mit einem einzigen Fußtritt seiner Krokodillederschuhe, mit einem Niesen aus seinen feurigen Nüstern könnte er diesem allen ein Ende bereiten.

Sogar von der Grosi in der Tannenau will der Mann mit der begierigen Nase wissen, ob sie in der NS-Frauenstaffel war. Ein Beweis, daß auch sie hier ist?

»Sie war damals über siebzig.«

»Die moldauische Fürstin Ghika war neunzig und ist mit den Grünhemden mitmarschiert, in der ersten Reihe. Und war nicht zu alt für hier.«

»Die Großmutter hat Krampfadern und ewig geschwollene Füße.«

»Sie war gewiß für Hitler, wie ihr alle. Die alte Hitleristin, wie hat sie geantwortet, wenn du sie mit Heil Hitler begrüßt hast?«

»Gar nicht. Sie ist schwerhörig.« Doch erinnere ich mich mit Schaudern an die Kniestrümpfe mit den Hakenkreuzen. Schon daraus können sie ihr einen Strick drehen. Und ganz schlimm der Dr. Rusu in der Getreidekammer … Rasch füge ich hinzu: »Sie ist eine Kommunistin.« Obwohl es darauf Ohrfeigen setzen wird. Das nehme ich für die Griso gerne in Kauf. Und bin ein wenig enttäuscht, daß sie dem Offizier nur eine Watsche wert ist. Onkel Fritz und Malytante Kommunisten? Vor lauter Lachen vergißt der Hauptmann, mir eine herunterzuhauen.

Oder ist ihr Los bereits entschieden? Hörte ich nicht auch heute morgen ältliches Schlurfen am Flur? Blind und im Gänsemarsch tappen sie dahin, geschubst vom Wachtmeister: Onkel Fritz mit dem Urinkübel, die Malytante mit hängenden Haaren und die Grosi den Morgenchoral summend: »Brich an du schönes Morgenlicht, das ist der alte Morgen nicht«.

Wenig gilt, daß der Onkel sich mit dem ehemaligen Ortsgruppenleiter Savarek in den tschechischen Klub eingeschrieben hat, die blau-weiß-rote Kokarde im Knopfloch. Und nichts nützt es, daß er den Hitler-Scheitel von rechts nach links umgelegt hat, wenn er doch dem Führer noch immer so ähnlich sieht, daß manch einer sich vergißt und entsetzt grüßt: »Heil Hitler, Herr Hitler!« Die Malytante aber mit ihrer herrlichen germanischen Haarkrone – wer könnte das Bild aus dem Gedächtnis tilgen, wie sie die Truppen der Wehrmacht im vierziger Jahr in der Klostergasse mit einem Jubelschrei begrüßte: »Seid gepriesen, ihr reichsdeutschen Recken, seid willkommen, ihr großdeutschen Brüder!« So hinreißend, daß die Menge einfiel in Jubel und Ruf, indes die Hakenkreuzfahnen sich blähten und die Hakenkreuzwimpel zu knattern anhuben!

»Rede! Sieh mich an! Deine Leute in der Tannenau?« Ich sage wahrheitsgemäß: »Alle meine Verwandten sind immerfort loyale Bürger gewesen.«

»Und dein Vater? Ein doppelzüngiger Kapitalist! Zwar grüßt er die Leute auf der Straße in vielen Sprachen, aber das ist Täuschung. Denn im Grunde haßt er unsern Staat.«

»Haßt den Staat?«

»Durch die Verstaatlichung am 11. Juni 1948 habt ihr euer Geschäft verloren. Was ist er also? Ein eingefleischter Hitlerist oder ein Liberaler ohne Charakter? Ein Betrüger ist er in jedem Fall. Wie Spekulanten und Geschäftemacher es sind. Sieh mich an, du Rüpel. Was hast du zu sagen?«

Ich habe nichts zu sagen, und ich sehe ihn nicht an. Er greift in mein Haar, will meinen Kopf hochziehen. Diesmal rutscht seine Hand ab. Er flucht: »Des Teufels Mutter! Dein Haar ist zu kurz! Von nun an wirst du nicht mehr gestutzt.« Und fährt zornig fort: »Euch Sachsen sollte man allesamt nach Sibirien umsiedeln, oder in den Bărăgan, wie eure Komplizen, die Schwaben aus dem Banat, oder ins Donaudelta.« Das ist es, schießt es mir durch den Kopf: Wer nicht hier ist, den haben sie verschleppt, und ich weiß es nicht; verschleppt, irgendwohin zwischen Donau und Jenissei, hinter Stacheldraht.

»Sieh mich an und rede! Was für eine Abart von Reaktionär ist dein Vater?«

Ich sehe ihn nicht an, aber ich rede: »Er ist mein Vater.«

»Und der Posea, den die Partei unter Opfern vom Schraubstock auf die Schulbank befördert hat, was hast du über diesen Schubjak zu vermelden?«

»Er ist Kommunist«, sage ich im Brustton der Überzeugung. Und heimse eine Watsche ein. »Das glaubst du! Schon gewöhnt er sich bourgeoise Allüren an: Mit der Schere schneidet er sich die Nägel an Händen und Füßen.« Womit sonst, denke ich.

»Die Arbeiteraristokratie ist gefährlicher als die abgehalfterte echte. Wer hat uns das gelehrt? Sag an!« Wer sonst als Lenin. Aber ich sage es nicht. »Posea und das andere Bürschchen Buta, diese beiden Verräter am Volk, haben eine echte Gräfin, Exponentin der feudalen Ausbeutung, öffentlich durch Gyelu getragen.« Er fährt mich an: »Das Landvolk habt ihr gegen die Kollektivierung aufgebracht und die Studenten habt ihr ideologisch irreführen wollen. Denn diese Demonstration gegen Staat und Partei ist von dir angestiftet worden, zusammen mit der verrückten Fürstin Pálffy! Das kostet dich ein paar Jahre mehr und die alte Närrin ein geruhsames Lebensende hinter Gittern.«

»Es war ein Liebesdienst an einer schwerkranken Frau.«

»Das kommt im Vokabular eines Kommunisten nicht vor. Und nun der Studentenkreis.«

Der Offizier kratzt sich zwischen den Beinen, murmelt: »Meine arme Frau« und legt ein neues Blatt Papier vor mich hin. Aus Erfahrung weiß ich: Kratzt er sich dort, neigt die Nacht sich dem Ende zu. »Schreib auf, wie dich der westdeutsche Spion Enzio Puter als Agent angeworben hat, mit dem Auftrag, in Cluj eine Rebellion in Szene zu setzen, nach dem Modell des Budapester konterrevolutionären Studentenkreises Alexandru Petöfi. Mit eigener Hand schreibst du das hin.«

»Sándor Petöfi heißt er«, sage ich und schreibe das hin.

»Wieder ein leeres Blatt. Warum?«

»Ich bin kein Agent des Imperialismus. Und meine Studenten sind keine Verschwörer.«

»Auch ohne dich haben wir genug Beweismaterial, um sie

an den Galgen bringen zu können. Ein lustiges Bild, wenn dreihundert Jungfrauen und Jünglinge hin und herschaukeln, aufgeknüpft wie Fähnchen beim Maifest.«

»Vielleicht«, sage ich.

»Du weißt ja, die Todesstrafe haben wir wieder einge-führt.« Ich weiß es nicht. Woher auch? »Wie zur Zeit des gutsherrlich-bürgerlichen Regimes. Es gilt, das Nützliche von früher zu übernehmen. Wer hat uns das gelehrt?« Lenin. Aber ich schweige.

Er blickt auf die Uhr und sagt zu sich: »Meine arme Frau, was wird sie von mir denken, ein Nachtvogel bin ich ge-worden.« Der Watschenmann sieht mich böse an, murmelt: »Alles wegen dir, du siebenfach geschwänzter Teufel.«

Er klatscht den Soldaten herbei, befiehlt: »Schaff ihn hin-unter!« Ich atme auf. Wohin immer, wie tief immer, selbst in die Keller der *Securitate*. Nur weg. Doch so tief hinab ge-lange ich nicht. Bis zum Morgenkaffee halten sie mich in einem der Stehkästen gefangen. Es ist gut so.

Eines Nachts kratzt der Offizier sich recht bald zwischen den Beinen. Erbost sagt er: »Verlorene Zeit, Zeit, die du uns gestohlen hast. Das wirst du büßen.« Danach werden die Nachtverhöre seltener. Man kann sich nicht einmal auf die Schlechtigkeit der *Securitate* verlassen.

Doch von Mal zu Mal werden die Verhöre länger. Sie sind fün-dig geworden. Die Dialoge entbehren der routinierten Kürze von einst, wenn es zum Beispiel hieß: »Dr. Hilarie? Was hat dieser Gauner …?«

»Ist ein Kommunist und loyal.« Darauf folgerichtig: Wat-schen und Schlüssel. Der nächste kommt dran: »Wer ist die-ser Schuft …?« Das hat sich überlebt.

Namen, die ich für immer verschollen meinte, sie tau-chen wieder auf. Der Mann mit der witternden Nase legt mir Schriftstücke vor, die meine freundlichen Porträtskizzen des Anfangs Lügen strafen. Ich stürze in Abgründe von Erschrek-ken. Und ahne: Zuviel habe ich aus meinem Gedächtnis ge-tilgt, damit das Bild vom guten Menschen stimme. Anderes wiederum, was sie mir an belastendem Material über diese

Menschen auftischen, ist für mich schockierend neu. Das darf doch nicht wahr sein! Stück für Stück verliere ich den Glauben an die patriotischen Tugenden meiner Landsleute. Mit triumphaler Nase heißt mich der Mann zu belegen, daß der eine ein Kommunist ist, die andere für den Sozialismus und allesamt loyale Bürger sind.

Immer stärker muß ich mich verrenken, um sie als solche herauszuputzen. Ich erfinde Verdienste, erdichte Gefühle, kann endlich mit Inbrunst lügen. Und glaube, was ich sage. Und wünsche, daß mir geglaubt wird. Der Hauptmann lacht sich bucklig: »So viele begeisterte Kommunisten wie bei deinen Sachsen gibt es nicht einmal unter uns. Bisher habt ihr euch jahrhundertelang gebrüstet, eine adlige Nation zu sein. Und nun willst du beweisen, daß ihr durch und durch Demokraten seid.«

»Wir sind beides«, sage ich. »Bereits im Feudalismus waren wir eine Demokratie, doch als königliches Privileg. Alle verantwortlichen Führer wurden vom Volk gewählt, selbst die katholischen Leutepriester. Übrigens waren das keineswegs Nationen im Sinne von Ethnien, vielmehr die Landstände Siebenbürgens.«

»Schweig mit deinem verdammten Mund! Du brauchst mich nicht zu belehren. Ein Bündnis der ungarischen und Szekler Adeligen und der reichen Specksachsen, gerichtet gegen die Jobagyen. Und vor allem gegen uns Rumänen, denen ihr Sachsen und Ungarn, hergelaufene vaterlandslose Gesellen, jegliche Rechte gestohlen habt. Und du willst demonstrieren, daß ihr Demokraten und Kommunisten seid? Schau her, Beweise, wie du lügst: Briefe und Tagebücher deiner Kumpanen, Aussagen deiner Komplizen, was willst du mehr?« Er schiebt mir ein Schriftstück unter die Nase. Doch läßt er mich immer nur einen Satz erhaschen, entlang seinem zugespitzten Fingernagel. Bei Töpfner im Skei jeden Mittwoch Versammlung. Die Edelsachsen beraten das Schicksal der sächsischen Nation. Während des Ungarnaufstands ist Enzio Puter mit Annemarie dabei. Aus. Der Mann über mir nimmt mir das Blatt weg.

Ich hocke auf dem Pischtopf und lasse die Dinge auf mich zukommen. Ich horche, ich warte, ich zerbreche mir den Kopf. Kaum daß ich die Arrestkammer wahrnehme. Faßbar ist allein der Jäger, der mit Hingabe an mir herumhantiert. Kaum bin ich in die Zelle getreten, da stürzt er sich schon auf mich und beschnuppert meine Schädeldecke, als böte ich ihm auf einem Tablett Konditorkuchen dar, Ischler und Savarin. Mit kundigen Fingern befreit er die Wunden von Haarbüscheln und betupft mit dem feuchten Hemdsärmel die Beulen, die unter den Eisenbärten herangeblüht sind. Und tröstet mich auf seine Art: »Die Hirsche und Rehböcke in der Brunftzeit tun sich das gleiche an.«

»Vielleicht.« Ohne darauf einzugehen, werkelt er weiter.

Da überfällt es mich: Sie sind alle hier. Nicht nur meine Familie. Auch die anderen. Hat nicht ein Wachsoldat, ein Zigeuner mit glitzernden Mäuseaugen, mir zugeflüstert: »Voll ist es von deinen Leuten und Freunden!« Alle … Von meiner Großmutter, der die Augen triefen, selbst wenn sie nicht weint, so daß immerfort Tränen unter dem Gummirand der blinden Brillen hervorquellen, bis hin zu Elisa. Heute morgen – sie war es doch, die geweint hat? Ich kenne ihr Weinen von jener Nacht im Botanischen Garten. Und Ruxanda sowieso, der ich zutraue, daß sie dem Offizier ins Gesicht gespuckt hat – rieb sich der *Căpitan* nicht dauernd die eine Backe? Und auch Maria Bora: Ungebrochen in ihrem Selbstbewußtsein als Tochter eines wahren Kommunisten, schalt sie weithin hörbar den Intendanzoffizier aus, unsern Solotänzer.

Der Jäger besänftigt meine Kopfhaut. Und redet vor sich hin. Das mit den Schlüsseln sei eine sanfte Stufe im Arsenal der Folterungen, die sich, raffiniert ausgedacht, steigerten bis … hoho! Er hebt die Hand und zeichnet die Sprossen einer Leiter bis an den Rand des Himmels. Sie prügeln dich bewußtlos und erwecken dich mit Wassergüssen.

»Vielleicht«, sage ich.

Wer hier genannt wird, ist unentrinnbar in Gefahr. Am ehesten aber, wer dir nahesteht. Von dem weißt du vieles, manchmal alles. Schon darum wäre es das beste, tot zu sein. Begier und Kalkül reichen sich die Hand.

»Zum Tode verurteilen sie dich nicht. Das schlag dir aus dem Kopf. Und auch lebenslänglich wird es nicht sein, dafür reden sie zuviel mit dir.« Aber mit weniger als fünfundzwanzig Jahren würde ich nicht davonkommen. »Schon daß sie dich den Legionären gleichstellen, zeigt, wie aufgebracht sie sind.« Er kräuselt die Stirn und sagt nach einer Weile wohlgemut: »Wenn du Glück hast und in den Bleiminen von Baia Sprie oder in den Urangruben von Baiţa unterkommst, dann könnten es fünfzehn, vielleicht bloß zehn Jahre sein.«

Über den Flur sehe ich einen Zug Maskierter tappen, die Augenhöhlen mit Blechkappen vernietet. Und spüre, wie meine Haare zu Berge stehen, die der Hauptmann hat wachsen heißen. Der Jäger aber tritt zurück, ruft bestürzt: »Was tust du denn? Dein Haar sträubt sich wie bei einem Wildschwein, wenn es den Wolf wittert. Meine ganze Arbeit als Doktor und Friseur ist dahin.«

Wochen werden zu Monaten. Einmal bemerke ich im Verhörraum durch den Maschendraht, daß der Schnee im Zinnensattel verschwunden ist. Ein Schein von Grün, ein leises Leuchten liegt über der vergilbten Grasnarbe. Auf rumänisch rufen das einem die Kinder so zu: »Eine Fee hat den Rost des Winters weggewaschen. *Vine primăvara!*«

Der Tag reicht nicht aus, die Nacht muß wieder her. Aus den Augenwinkeln verfolge ich, was der Mann in Uniform tut. Er rückt die Lineale und Stifte hin und her, verpaßt ihnen ein neues geometrisches Muster. Schließlich legt er eine Liste mit Namen auf mein Tischchen. »Hier, eure Autoren: Falschspieler oder Faschisten.« Verfasser und Werk möge ich nach ihrer Gefährlichkeit sortieren. »Bei den einheimischen grassiert der Inversionismus. Bei den Geflohenen der Antikommunismus.« Da sind von A bis Z, beginnend mit Aichelburg, *Andrasch aus dem Brunnen schrie*, sieben Jahre Gefängnis, Arbeitslager und zwischendurch Zwangsaufenthalt in der Donausteppe, bis hin zu Zillich, *Zwischen Grenzen und Zeiten*, seit den Jahren des Dritten Reichs am Starnberger See, mit Seeblick.

Unter ihnen Herwald Schönmund, Annemaries Bruder,

Pfarrer in Eisenstadt, der für den Hausgebrauch Sonette drechselt, zum Beispiel über die nackte Venus, lila gefroren im winterlichen Park von Klausenburg.

Im Nu bin ich fertig. Die Emigranten lasse ich links liegen. Für die hiesigen gilt: Alle machen sich stark für das Regime, freilich nuanciert. Bei Getz Schräg, Verfasser des ersten sächsischen sozialistischen Romans, *Da niemand Herr und keiner Knecht*, und einer *Ode an Stalin*, schreibe ich flugs: Kommunist. Und bei Hugo Hügel ebenso, in Anbetracht der preisgekrönten Novelle *Der Rattenkönig und der Flötenspieler*. Wenn auch nach einigem Zögern. Beim Pfarrer Oinz Erler, wiewohl auch er ausgezeichnet, notiere ich bloß: loyal.

Doch diesmal wird das Ritual durchbrochen: Mit schnaubender Nase greift mir der Mann in die Haare, reißt meinen Kopf in die Höhe und dreht ihn mit beiden Händen nach links, daß die Halswirbel knacken. »So, du Kerl, von heute an wirst du dich einer neuen Sicht befleißigen, sonst brechen wir dir den Hals. Deine Lügengeschichten haben wir satt.« Die Schirmmütze kippt ihm vom Kopf, plumpst auf mein Tischchen. Ich schnaufe: »Vom Regime anerkannte Autoren sind es, gesiebt und gefiltert.«

Durch seine geblähten Nasenlöcher pustet er mir seinen Zorn ins Gesicht: »Schwindler und Betrüger sind sie. Viel Geld haben sie von Staat und Partei kassiert und trotzdem unsere Werktätigen mit fauler Ware betrogen.«

Die Tür fliegt auf. Major Alexandrescu stürmt herein, wirft sich in Positur, er ist in Galauniform mit Orden und Medaillen, mitten in der Nacht. Der Hauptmann nimmt Haltung an. Ich glätte mein Haar.

Der Besucher bellt mich an: »Wir wissen genau, weshalb du uns seit Monaten an der Nase herumführst, alles durcheinanderbringst, schamlos lügst, uns ausgemachte Staatsfeinde als sozialistische Attrappen präsentierst.« Der *Căpitan* hat die Mütze wieder aufgesetzt, er nickt eifrig. »Du hast Angst, daß wir deine Sachsen mit Stumpf und Stiel ausrotten. Das tun wir nicht. Denn von alleine macht ihr euch den Garaus. Sieh zu mir!« Sachte hebt er mein Kinn empor. »Trotz eurer Vergangenheit als Hitleristen haben wir euch in den Reigen der befreiten Völker aufgenommen.« Drei Schritte tritt er zurück. »Ihr habt unser Vertrauen von der ersten Stunde an mißbraucht. So merke auf: Mit dir oder ohne dich, ihr seid erledigt. Der Gang der Geschichte verdammt euch.«

Er nähert sich blitzend und knisternd von neuem. »Du aber könntest der erste Sachse sein, der seine bourgeoise Herkunft abstreift. Denk an Alexej Tolstoi …« Ich aber denke nur an eines: Dann sind nicht alle verschleppt, dann müßte es noch einige von uns geben, diesseits von Donau und Dnjestr. »Tolstoi war Graf. In der Trilogie *Der Leidensweg* schildert er, wie Familien aus den höchsten Kreisen während der Großen Sozialistischen Oktoberrevolution den Weg zum gerechten Kampf der Volksmassen finden. Denk an Ilja Ehrenburg, den bourgeoisen Juden; in seinem Roman *Die neunte Welle* hat er den Großen Vaterländischen Krieg der Sowjetvölker verherrlicht. Denk an Scholochow, der in seiner Epopöe *Der stille Don* grandios nachzeichnet, wie der erzreaktionäre Volksstamm der Kosaken, noch reaktionärer als ihr Sachsen, hinfindet zur neuen Ordnung. Wir erleben eine große Zeit. Entweder du gehörst zu den Feinden des Sozialismus oder …«

»Ich bin kein Feind des Sozialismus!« falle ich ihm ins Wort. »Das mußt du durch Taten beweisen. Sehr viel von deiner Strafe können wir dir erlassen.« Von hoch oben läßt er die Hand stufenweise herabfallen. »Entscheide dich. Beachtlich werden wir dein Strafmaß herabsetzen. *Considerabil!*«

»Ich will tot sein«, sage ich tonlos.

Der Major lacht. »Das vergeht dir mit den Jahren.« Er läßt sich vom Hauptmann die Liste reichen. »Ha, Schräg. Hätte der Sohn des Kutschers bleiben sollen. Nein, läßt sich adoptieren vom stinkreichen Fabrikanten. Damit verleugnet er seine Klassenzugehörigkeit. Spricht sich selbst das Urteil. Das Sein bestimmt das Bewußtsein.«

»Ein Reicher kann sich alles kaufen, sogar Kinder«, sagt der Hauptmann weise.

»*Ode an Stalin.*«

»Mußten wir in der Schule auswendig lernen.«

»Rettet ihn nicht. Und sein Roman? Na ja, zumindest einer räumt ein, daß es auch bei euch Herren und Knechte gibt.«

»Doch ohne Klassenkampf.« Der Major überhört das.

»Am korrektesten dieser dichtende Baron von Pottenhof. Apolitisch bis dort hinaus. Nie ein Wort gegen das Regime, nie ein Wort für das Regime, keine Oden an Stalin, keine dagegen. Gedichte über griechische Bäume und römische Brunnen. Und jedesmal mit einem höflichen Lächeln ins Gefängnis, mit einer selbstkomponierten Kantate heraus. *Noblesse oblige.*«

Und fährt fort: »Schlimm, daß jetzt auch noch eure Popen zu dichten beginnen, an die Öffentlichkeit drängen. Gleich zwei sind es: Erler, Schönmund. Gelernte Wortverdreher. Denen muß man besonders scharf auf die Finger sehen.«

Ich sage: »Herwald Schönmund hat nie etwas veröffentlicht.«

»Noch schlimmer. Tischladenliteratur. Überhaupt ist es ein Elend mit euch Sachsen. Jeder Stallknecht und Schuhputzer kann lesen und schreiben und fühlt sich bemüßigt, seine Gedanken und Gefühle zu Papier zu bringen.«

Der Hauptmann schüttelt betrübt den Kopf. Ich sage: »Bei uns hat es in jedem Dorf Schulen gegeben. Bereits im Jahrhundert nach der Einwanderung. Um 1300 erwähnt.«

»Das ist euer Pech. Einem Analphabeten kann man schwerer etwas nachweisen. Hugo Hügel? Dieser eingefleischte Nazi, dieser ewige Hitlerjunge, dieser doppelzüngige Literat ein Kommunist? Da lachen die Hühner.« Ein stechender Blick zu mir: »Gib dich geschlagen, du Narr. Das eine ist, was du glaubst, das andere ist, was du weißt.« Und zu uns beiden, dem Hauptmann und mir: »Die Sache mit dem Studentenkreis ist ja geklärt. Er hat doch unterschrieben?« Beide verhalten wir uns still. »Alles andere sind Lappalien, wo wir bereits im Bilde sind. Es geht um dich allein, junger Mann. Entscheide dich! Dafür, dagegen.« Wie ein Wirbelwind verläßt er den Raum, die gelben Brauen gesträubt. Die Sterne und Kreuze auf seiner Brust klirren.

Eines Vormittags stapfen schwere Schritte durch die Zellen. Man hört, daß sich das Geknalle der Türen taktmäßig nähert. Wer kommt? Der Arzt, ein Entlausungskommando oder gar ein Schub neuer Strohsäcke? Es kommt der *Colonel* Crăciun.

Der Jäger und ich stehen bereits mit dem Gesicht zur Wand. Die Tür springt auf. »Linksum kehrt euch!« Wir kehren uns linksum.

Der Kommandant in Person. Seine Leiblichkeit füllt den Raum, schwer findet er Platz zwischen den Betten. »Welch Gedränge«, bemerkt er vorwurfsvoll. »Und kaum Luft!« So mächtig zieht der große Mann Luft in seine Lungen, daß es uns den Atem benimmt. Begleitet wird er von einem Schwarm Betreßter, angeführt vom Major Alexandrescu. Während dieser mit einem Fuß in der Zelle hält, drängen die anderen sich beim Eingang.

Mit dem kleinen Finger, in dessen Fettwülsten der Ehering versinkt, weist der *Colonel* auf den Jäger: »Wie heißt du? Hast du etwas zu vermelden.« Er hat, jawohl.

»Als politische Häftlinge haben wir laut internationalen Abmachungen das Recht auf Presse. Zumindest eine Tageszeitung wünsche ich mir. Sobald Sie, *domnule colonel*, belieben zu befehlen.« Er schlägt die Hacken zusammen.

»Selbstverständlich«, sagt dieser gefällig und versucht sich mit seinem massiven Oberkörper zum Major Alexandrescu hinzuwenden, um ihm zuzuzwinkern. Und schafft es nur halb. Somit blinzelt er hinüber in die Ecke zum Stinktopf und befiehlt: »Täglich *Le Monde* für den *domnu* Vlad! Und ein Kaffeechen dazu, mit Sahne obenauf, *la ora fixă*!«

Mich fragt der hohe Herr nicht nach dem Namen. Warnend erhebt er den Zeigefinger und sagt das Seine: »Du Mensch! Umsonst willst du mit dem Kopf durch die Wand! Die Wände hier sind dick.« Er streckt die linke Hand aus und klopft mit dem Ehering an die Wand. »Nimm endlich Vernunft an. Ansonsten wird es ein schlimmes Erwachen geben.«

Als wir allein sind und zu uns kommen, bemerkt der Jäger: »Wenn ein solcher wie dieser dich mit Namen kennt und dazu auch noch den Finger hebt, sind das Jahre.«

Ich aber höre mich sagen: »Wißt Ihr, *domnule* Vlad, wer mächtiger ist als dieser Mann? Gott der Herr!«

Der Jäger, der vor Zeiten davon gehört hat, sagt verwundert: »*Dumnezeul?*«

Eines Nachts befiehlt mich *Căpitan* Gavriloiu, so heißt mein Verfolger, in sein düsteres Kabinett. Er ist in Uniform.

Zum ersten Mal versucht er ein Lächeln. Er setzt sich mir gegenüber an mein Tischchen. Ich kann es nicht wegschieben. So lehne ich mich zurück, das einzige, was ich mir erlauben kann. Seine Stimme und Miene bemühen sich um Nettigkeit. Er siezt mich nicht gerade, benützt aber die höchste Höflichkeitsanrede im gängigen Rumänisch: »*dumneata*«. Und beginnt. Was er von mir alles hält: jung und vielversprechend, Gaben des Geistes, Charaktereigenschaften noch und noch. Einer der wenigen von den Sachsen, die erkannt hätten, worauf es mit der Geschichte der Menschheit hinauslaufe. »Wir haben Ihre marxistische Analyse über die Lage der Siebenbürger Sachsen an das Zentralkomitee weitergeleitet. Wir nehmen Ihnen ab, daß Sie die Ideologie und Ordnung in unserem gemeinsamen Vaterland bejahen. Somit ist die Zukunft für Sie offen. Das einzige, was Staat und Partei von Ihnen verlangen, ist, daß Sie die Wahrheit sagen und nichts anderes als die Wahrheit. Kein Wort mehr.«

Ich blicke starr auf das vergitterte Fenster.

»Diese Zukunft beginnt schon jetzt. Zum Beispiel stehen Zigaretten für Sie bereit. Die feine Sorte Virginia, mit grünem Band, die Sie so gerne rauchen.«

»Ich rauche nicht.«

Er steht auf, nimmt seinen Stuhl auf, geht zu seinem Schreibtisch, die Stiefel knarren.

»Monate und Tage haben wir uns in Geduld gefaßt, haben Nachsicht geübt. Wir wollen Ihre Antwort, jetzt: ja, nein.« Ich schweige, die Nacht vergeht. Ich schweige. »Machst du aber so weiter, dann verschlucken dich die Gefängnisse. Wird man dich dann nach Jahrzehnten entlassen, bist du ein alter, gebrochener Mann. Wahrscheinlicher aber ist, daß deine Knochen irgendwo verkommen.«

»Wäre es nur soweit!«

Der Offizier erhebt sich zu seiner vollen Größe. Mit gellender Stimme ruft er: »*Garda!*« Zerstört die Stille im Haus der begrabenen Seelen. »*Repede!* Schaff ihn weg von hier!«

In derselben Nacht werde ich zum zweiten Mal von meinem Strohsack aufgestört. Das ist noch nie passiert. Vertrauensvoll und traumlos hatte ich mich dem Schlaf hingegeben.

»Nehmen Sie die Brillen ab!« Ich nehme sie ab, warte auf seine Befehle, »Welches Datum haben wir heute?«

»Je nachdem. Ist es vor Mitternacht, den 7. April.«

Herr Gavriloiu steht beim Fenster. Die Nacht ist schwer. Er hat sich umgezogen. Wildlederjacke – Tante Herta hatte ihrem Mann eine solche zu Weihnachten geschenkt. Schlüpfschuhe und gestreifte Strümpfe – wie bei meinem Großvater auf einem Photo aus Budapest, 1913. Seidenkrawatte mit Windsorknoten, Popelinehemd, die Ecken versteift – mein Vater besaß eine mit Seide überzogene Kragenschachtel, von unserer Mutter mit Kolibris und Heckenrosen bemalt.

Mit dem Finger, den plötzlich ein Siegelring ziert, reibt der modische Mann sich die Nasenspitze. Willst du wissen, wie ein Ring wirkt, höre ich meine Mutter sagen, heb den Ringfinger an die Nase. Und denke entsetzt: doch nicht sie hier?

Endlich wendet er sich um, kommt auf mich zu. Schon fürchte ich, er will mir die Hand reichen. Mit einer jovialen Bewegung bittet er mich, in meiner Ecke Platz zu nehmen, und setzt sich seitlich an den Schreibtisch. Den Arm aufgestützt, die Armbanduhr hat er nach innen gedreht, von mir weg, sagt er mit süßer Stimme: »Stellst du dir nie die Freiheit vor, wie wunderbar das ist?«

»Nein.«

»Frauen warten voll Leidenschaft auf dich, die üppigen Brüste geschwellt, der feurige Schoß bereit, sich dir hinzugeben. Und diese Freiheit bietet sich dir an in Bälde. Du mußt nur sprechen.«

»Laßt mich sterben.«

»Und das Leid deiner Mutter, das macht dir nichts aus? Wie kannst du so grausam sein? Bei den hohen Strafen, die du verbüßen wirst müssen, verliert sie den Verstand, die Mutter deine. Dich, ihren Liebling, ihren Erstgeborenen, wird sie nie mehr zu Gesicht bekommen. Zuletzt wird sie an gebrochenem Herzen sterben.« Die Nase kippt nach unten. Er läßt sie tragisch hängen. »Du aber wirst sie auf dem Gewissen haben! Tu ihr sowas nicht an. Das Wort Mutter, wie süß!«

»Ich will nicht mehr leben.«

Er läßt sich nicht beirren. »Es geht um nichts anderes, als daß du mit deinem Engagement für den Sozialismus ernst machst, endlich zu Taten schreitest. Soviel und nicht mehr.« Ich schweige.

»Und keinen Gedanken verschwendest du an dein Schwesterchen, das dich vergöttert. Umso mehr, als euer ältester Bruder, dieser«, er zieht einen Zettel heraus und sieht nach, »dieser enigmatische Engelbert, so jung und sinnlos gestorben ist, auch er ein Opfer von Hitlers Krieg. Du bist nun der Älteste, und dein Schwesterchen beweint mit bitteren Tränen dein Los. Kommst du aus dem Zuchthaus, ist sie eine alte Frau.«

»Ich will tot sein«, sage ich.

»Ihr Bild, stell es dir vor Augen! Ruf sie dir ins Gedächtnis, deine kleine Schwester.«

Ich sehe sie vor mir auf dem Photo, das sie mir bei meiner Verhaftung abgenommen haben. Ich sehe die kleine Schwester im sommerlichen Hof, mit dem Hund, dem Kätzchen, beide Tiere zärtlich an die Brust gedrückt, die sich leise rundet.

»Dein Schwesterchen wartet auf dich«, sagt der fürchterliche Mann. Er kommt auf mich zu und hält mir ihr Bild hin.

Ich sage nichts. Aber ich schreie: »Du fürchterlicher Gott!«

14

Was sie nur haben mit diesem Hugo Hügel? Wegen ihm beginnen die Nachtverhöre von neuem mit allem Drum und Dran. Wegen ihm schlägt mein Stockmeister mich ins Gesicht. Und mehrmals auf beide Backen.

Zu den ersten paar Ohrfeigen kommt es so: Auf die Frage »Wer ist dieser gemeingefährliche Bursche namens Hugo Hügel?« erfolgt meine Antwort prompt und mit einem Anflug von Schadenfreude: »Ein Staatsbürger, auf den unsere Republik stolz ist.« Das scheint der Offizier nicht erwartet zu haben. Nach einem Augenblick der Fassungslosigkeit schnellt er hoch und kommt herbeigesprungen, die Schlüssel rasseln. Ich beuge ergeben den Kopf. Doch er greift mir unters Kinn, hebt mein Gesicht zu sich empor und schlägt zu, rechts und links, rechts mit dem Handteller, links mit dem Handrücken. Dann reinigt er mit einem parfümierten Taschentuch seine Hände, jeden Finger für sich. Und schreit: »Eine solche Unverschämtheit leisten sich nicht einmal die verbiesterten Legionäre. Stolz sein auf so einen wie diesen Hugo Hügel, diesen Niemand, stolz sein, wir? Das getraust du dich zu sagen, wo es stadtbekannt ist, daß er ein verkappter Hitlerist ist, aus einer Nazifamilie stammt? *Lup tot lup naşte!* Der Wolf, was anderes als einen Wolf gebiert er. Wie, du weißt nicht, daß sein Vater Ortsgruppenleiter in Schnakendorf bei Rosenau gewesen ist, miserabler Heuchler, der du bist? Blutjunge Burschen und ältere Familienväter hat er drangsaliert, bis sie sich zur Waffen-SS gemeldet haben. Als deren Verwandte ihm die Fensterscheiben eingeschlagen und geschrien haben, er möge endlich auch an die Front gehen, zusammen mit seinem Sohn, weißt du, was der Schamlose geantwortet hat? Was falle den Leuten ein! Seine Ehefrau, die arme Zini, sei herzkrank und würde das nicht überstehen, Mann und Sohn im Krieg. Und die Glasscheiben müßten sie bezahlen, wenn nicht, würde er die Deutsche Feldpolizei rufen.«

Er öffnet den obersten Uniformknopf. Doch wirkt er nicht weniger gefährlich als vorher. »Kaum hat die glorreiche Sowjetarmee, unterstützt von der Rumänischen Kommunistischen Partei, Hitlers Horden vom heiligen Boden Rumäniens weggefegt, schon ist die ganze Familie ins andere Lager umgeschwenkt. Sie gehören zu den ganz wenigen Sachsen«, seine Stimme klingt hämisch, »die sich romanisieren haben lassen. Muntenel nennt sich nunmehr der alte Nazi. Der Wolf wechselt sein Haar, doch seine Tücken nicht. Wir wissen Bescheid.«

Diese Neuigkeiten schüchtern mich nicht ein. »Mag sein, daß das damals so war. Jetzt aber steht es in der Zeitung: Die

Volksrepublik ist stolz auf ihn, von allen Sachsen gerade auf diesen Hugo Hügel. Das Sein bestimmt das Bewußtsein, habe ich in Marxismus gelernt.«

»*Exact*«, sagt der Offizier und zieht sich zurück, verschanzt sich hinter seinem Schreibtisch. »In der Zeitung? In welcher Zeitung?«

»In der Zeitung *Neuer Weg* vom 20. Dezember 1957, acht Tage vor meiner Verhaftung« – Verhaftung sage ich, es macht mir nichts mehr aus –, »steht in Riesenlettern: Zu Ehren des zehnten Jahrestages der Volksrepublik – Staatsbürger, auf die wir stolz sind. Darunter mehrere Porträts von hiesigen deutschen Aktivisten, zum Beispiel einer Kuhmelkerin Katharina Minges, einer Stachanowistin. Gekonnte Federzeichnungen, diese Porträts, entworfen von Nic Sturm. Übrigens dieser Herr Sturm, noch ein sprechendes Beispiel, daß die verfehlte Vergangenheit eines Menschen ausgelöscht werden kann, ist doch das Individuum laut Marx formbar. Sein Wesen paßt sich den Umständen an.« Der Mann hinter seinem Schreibtisch brummt: »Eben. Gefährlich ist es, gegen den Wind zu pissen.« Und schnauzt mich im selben Atemzug an: »Schweig aus deinem schmutzigen Mund! Mich mußt du nicht belehren. Über Hugo Hügel habe ich dich befragt. Und nicht über Marx und noch weniger über Nic Sturm. Aus dem hat die große Sowjetunion wahrhaftig einen neuen Menschen gemacht.«

»Ja, und mitten in der Galerie von Helden der Volksrepublik: Hugo Hügel. Mehr kann ich nicht sagen. Lügt die Zeitung, lüge ich auch.«

Der andere murmelt: »Wir wissen alles, und jede Stunde wissen wir mehr. Vor allem wissen wir, daß du lügst.«

»Außerdem ist er Kulturredakteur bei der *Volkszeitung*, dem deutschsprachigen Parteiblatt von Stalinstadt, und damit ein geeichter Parteiaktivist. Einen literarischen Preis hat er für sein Buch bekommen. Eine historische Erzählung, inspiriert von echt revolutionärem Geist. Sie ist im Verlag der Arbeiterjugend erschienen.«

»Über dieses doppelzüngige Machwerk werden wir noch sprechen«, zischt der Offizier und klatscht mich weg.

Und holt mich in der nächsten Nacht wieder.

Ich sitze in der Ecke des Befragungszimmers und schweige. Es steht nicht gut, und ich zittere am ganzen Leib.

»Ein Held der Republik? Ha! Lies hier.« Der Kommissar schiebt mir höhnisch lächelnd einen Brief von Hugo Hügel zu, der an mich gerichtet ist. Ich muß ihn übersetzen, obschon der Mann weiß, was darin steht. Ich erkenne die Handschrift des Freundes. Er benützt hauchdünne Federn, die Buchstaben haben etwas Akrobatisches. Er berichtet von kolossalen Erfolgen bei Lesungen in den Dörfern des Burzenlandes. Es brodle allenthalben unter den Bauern, seit er ihnen den Schlüssel zum Verständnis seiner Erzählung geliefert habe: Der Rattenkönig sei der oberste Parteiführer Gheorghe Gheorghiu-Dej in Bukarest. Und der Flötenspieler, der im Kerker schmachte und die roten Ratten zum Tanzen bringe, das sei er, Hugo Hügel. Mich packt Entsetzen: Dieser Brief bricht ihm den Hals. Er ist ein verlorener Mann.

»Ist nun für dich der Beweis geliefert«, fragt mein Zwingherr, »daß dieser Bandit sich mit solcher Agitation Handlungen schuldig gemacht hat gegen die Partei, *agitaţie antipartinică*, und gegen den Staat, *contra statului*, die ihn als Kriminellen ausweisen? Der Brief spricht Bände!«

»Nein«, sage ich bockig. »Das ist keineswegs erwiesen. Nicht *antipartinic*, höchstens *nepartinic* ist, was in dem Brief geschrieben steht, nicht gegen die Partei, sondern an der Parteilinie vorbei. Und keineswegs gegen den Staat, der sich doch nicht von einer Tierfabel bedroht fühlen kann.« Ein paar Watschen, und ich fahre fort: »Das sollte man nicht weiter ernst nehmen. Vielleicht sind das Bewußtseinstrübungen gewesen, die er durch seine Tätigkeit in den letzten Jahren im Dienst der Partei gewiß überwunden hat.« Eine geschlagene Nacht dauert es, bis der störrische Offizier die paar Sätze festschreibt.

Daß Hugo mich schon vorher über die Doppelbödigkeit der Novelle aufgeklärt hatte, im Juli 1956 in Bukarest, verschweige ich.

Kaum war ich damals im Hotel Union erwacht, neben ihm im selben Bett, hatte er sich über mich gebeugt und zu reden begonnen, im Nachthemd: von sich und seinem Werk. Das war am Sonntag der festlichen Preisverleihung. Hugo Hügel hatte einen dritten Preis erhalten. Das Bettzeug war grün.

Die Preise eins und zwei mußten sich Pitz Schindler und Oinz Erler teilen. Der erste war der Sohn eines Wurstfabrikanten aus der Lohmühlgasse in Hermannstadt; er hatte sich öffentlich von seiner Herkunft als Sachse und Fabrikantensohn losgesagt. In den setzte die Parteispitze in Bukarest berechtigte Hoffnungen, drängte er doch darauf, das überlebensgroße Denkmal des Sachsenbischofs Georg Daniel Teutsch vor der Evangelischen Stadtpfarrkirche in Hermannstadt zu schleifen. *Sieben Liter Giebelwein* hieß der preisgekrönte Roman.

Oinz Erler war ein älterer Pfarrer, der vor dem Krieg in Deutschland Bücher herausgebracht hatte und sich nach zwölf Jahren Schubladenliteratur ans Licht wagte mit einer Erzählung, *Primeln*, verfaßt mit allen literarischen Finessen im Gefolge von Knut Hamsun und mit einer verhohlenen Spitze: »Es war mir daran gelegen zu beweisen, daß man über einen ehemaligen SS-Mann schreiben kann, selbst hier in diesem Land und in dieser Zeit. Ja, und daß es gedruckt wird.«

Die Zeitschrift *Neuer Weg*, die für das Quartier aufkam, hatte Hugo Hügel und mir dasselbe Zimmer zugeteilt. Das war mit einem der üblichen Doppeldiwans ausgestattet, rumänisch treffend *studio* genannt, entworfen für Arbeiterehepaare in Blockwohnungen. Wir hatten uns nie zuvor gesehen. Und mußten schon zusammen schlafen.

Kaum hatte ich die Augen aufgeschlagen und den fremden Mann neben mir entdeckt, der spät in der Nacht aufs Zimmer gekommen und lautlos zu mir unter die Doppeldecke geschlüpft war, rauschte es schon auf mich nieder. Er belehrte mich nicht nur über die Bauelemente seiner Novelle, zeichnete den Spannungsbogen der Handlung mit zackigen Gesten nach, umweht von grünen Bettlaken, wies auf die einmontierten Ritardandi vor dem Höhepunkt hin – nein, jenseits von Kunst und Technik offenbarte er auch politische Untergründe.

Für ihn sei diese Preisverleihung nicht nur ein literarischer Erfolg, sondern auch ein politischer Triumph. Hugo Hügel hockte hoch über mir auf der Bordleiste des Diwans, gedacht für Nippsachen, rumänisch *bibelouri*. Durch die Schlitze im Nachthemd bekam ich zu sehen, wie männlich behaart er war. Zwar seien ihm die Genossen vom Staatsverlag für Literatur und Kunst – »lauter gewitzte Juden!« – auf die Schliche gekommen und hätten das Manuskript abgewiesen mit der Feststellung, sie seien bestens informiert über die Doppelbödigkeit der Geschichte; doch er, Hugo Hügel, habe den Arbeiterjugendverlag drangbekommen, der die Novelle drucken werde – »dort lungern nur proletkultistische Tölpel herum. Ja, und nun ist es mir gelungen, auch die Preisjury hinters Licht zu führen.«

Ich war von seinen Ausführungen niedergeschmettert, bewunderte ihn restlos und beschloß, nie mehr eine Zeile zu schreiben.

Er bevorzugte mich, ja er nannte mich manchmal Freund. Ich verehrte ihn mit dem neidischen Respekt des Andersgearteten. Und sah zu ihm auf mit der Schüchternheit des Anfängers. Hugo Hügel gab sich ehrgeizig und kampflustig, bot der Gefahr die Stirne, packte den Stier bei den Hörnern. Er zitierte Logau: »Tapfere Männer sollen haben was vom Fuchse, was vom Leuen.«

Leu und Reineke, sie standen mir ferne. Am ehesten erkannte ich mich im Hasen. Statt brüllend und mit grollend geschwungenem Schweif herumzutraben oder Hühnerställe zu beschleichen, suchte ich mein Heil in der Flucht, verkroch mich am liebsten. Bereits im Garten meiner Kindheit wimmelte es von Verstecken. Unter den riesigen Schwertlilien hatte ich mir eine Lagerstatt eingerichtet, von der nur die Hausmeisterstochter Irenke wußte. In der Krone der Linde hing die Hängematte, unerreichbar; einmal verstieg sich unsere Mutter bis dorthin. Im Kinderhäuschen bei der verfallenen Laube hatte ich mein eigenes winziges Lesezimmer, das die Geschwister nicht benutzen durften. Spielten wir aber Räuber und Gendarm, dann gehörte ich zu den Gendarmen.

Hugo Hügel, dunkelhäutig wie ein Sizilianer, mit blitzenden schwarzen Augen, verkleidete sich auf Maskenbällen als Teufel mit echtem Pferdefuß. Sein pechschwarzes Haar bürstete er zu Hörnern auf. Ich wiederum schlüpfte in den Hochzeitsfrack meines Vaters, behängte ihn mit den k. u. k. Orden meines Großvaters und setzte den Fez auf, den Onkel Franz Hieronymus als einziges Kleidungsstück aus einem Schiffbruch im Marmarameer gerettet hatte.

Von Ausbildung war Hugo Volksschullehrer, wie seine Vorväter auch. Und von Berufung Sportler, Meister im Abfahrtslauf. Klein von Statur, schoß er dahin wie ein Gletscherfloh, stürzte sich die steilsten Hänge hinab, daß den Konkurrenten der Atem wegblieb und sie im Lauf innehielten. Er sauste als Erster durchs Ziel. Ich wiederum zottelte in weiten, wohlbedachten Kristianiabögen talab.

Er liebte große Gesten und männliche Worte, ein Gebaren, das ich gerne nachgeahmt hätte. Im Hotel Continental in Klausenburg drückte er im Zimmer auf alle drei Klingelknöpfe zugleich: um zu erkunden, wer kommen würde. Herbeigeeilt kamen das Zimmermädchen und ein Kellner, und als er diese weggeschickt hatte, noch ein unauffälliger, höflicher Herr in teuren Schuhen, der sich nicht wegschicken ließ. »Den wollte ich zu Gesicht bekommen!«

In der Öffentlichkeit zeigte er sich meist in Begleitung bildhübscher Mädchen, tunlichst Studentinnen, die einen Kopf größer waren als er und blond dazu, mit langen Zöpfen, die über einen kecken Busen baumelten.

Daß er mich in meiner Andersartigkeit annahm, darüber war ich erstaunt, fast beunruhigt, befürchtete ich doch dauernd, in Ungnade zu fallen. Trotzdem fühlte ich mich durch seine Zuwendung bestätigt. Und durch seine Männlichkeit beschützt.

Zu Hugo Hügel hatte ich mich geflüchtet nach der vergeblichen Nacht mit Enzio Puter, in der ich versucht hatte, ihm Annemarie Schönmund abzubetteln. Einige Tage zuvor war der Budapester Aufstand niedergeschlagen worden.

In jener Nacht schliefen Enzio Puter und ich in der Stube, die Mutter und Annemarie schlugen ihr Lager in der Küche auf. Noch tänzelte Annemarie um uns herum, die sonst still saß und vor sich hinsann. Für einen Augenblick setzte sie sich zu uns an den Tisch, sagte:»Marco Soterius, das ist doch ein Scharlatan!« Lief dann in die Küche, holte Holz, fachte das Feuer im Kachelofen an. Sie flog zu mir, lehnte sich an meinen Stuhl, legte ihren Arm um meine Schultern. Und sagte zu Enzio Puter:»Parapsychologie, das ist Humbug. Daran glaube ich nicht.«

Dieser stand auf und trat zum Ofen. Mit dem einen Fuß im Reisepantoffel stützte er sich auf den Diwan, mit dem andern stand er auf dem Boden. Indem er uns beide väterlich anblickte, sagte er:»Den Sowjets ist der Schreck mit der ungarischen Revolution gewaltig in die Knochen gefahren. Bis in den Kreml fürchten sie sich.«

»Konterrevolution heißt das offiziell«, sagte ich und:»Jemand behauptet, der Eiffelturm sei nicht nur hoch, sondern auch außergewöhnlich breit, an seiner Basis.«

»Die Regierungen der Ostblockländer werden noch ein Jahr zuwarten, um sich zu vergewissern, daß sie fest im Sattel sitzen. Danach werden sie zuschlagen. Dann beginnen die Massenverhaftungen.«

Ich sagte:»Wissen Sie, welches die längste Brücke der Welt ist?« Er wußte es nicht, und ich klärte ihn auf:»Die Brücke bei Cernavoda über den rumänischen Teil der Donau.«

Er gähnte, und Annemarie sagte vorwurfsvoll zu mir:»Der Enzio muß sich niederlegen. Wir haben in den letzten Nächten wenig geschlafen.« Sie küßte mich auf den Mund, ihre Lippen waren heiß, fühlten sich trocken und rauh an. Ihm reichte sie die Hand, die er nahm, festhielt. Und wieder losließ.

Es wurde still im Haus. Im engen Gäßchen taumelte manchmal ein Betrunkener gegen die Front des Hauses.

Irgendwann in dieser Nacht erfaßte ich dann, was die beiden längst wußten, was vielleicht sogar der geistesabwesenden Mutter nicht entgangen war: Die sind ein Paar.

»Herr Puter, nehmen Sie sie mir nicht weg,« flehte ich. Daß die Formulierung falsch war, erkannte ich erst tags darauf: Das konnte er gar nicht. Es hing nicht von ihm ab.»Sehen

Sie, ich bin das Opfer eines seelischen Unfalls. Mehrere Monate habe ich im Nervenspital zubringen müssen, sechsundvierzig Insulinkomata habe ich über mich ergehen lassen. Meine Sinne sind wie abgestorben gewesen. Die Welt ist weggefallen. Ich habe in einer schwarzen Kugel gelebt. Die Verzweiflung war sehr groß. Annemarie ist es, die das Letzte verhindert hat. Sie ist jeden Tag zu mir in die Klinik gekommen. Viel Zeit hat sie an mich verschwendet. Zeit haben für jemanden ist doch ein Ausdruck der Liebe. Nicht wahr?«

Er bekam nicht alles mit, der Enzio Puter, weil er zwischendurch einschlief; ich hörte ihn schnarchen. Damit erging es mir seltsam: Hörte sein Schnarchen auf, wußte ich ihn wach, erschrak ich.

»Sie hat mich das Fühlen neu gelehrt. Sie ist für mich die ganze und die einzige Welt. Lassen Sie sie mir. Außerdem gehört sie hierher nach Siebenbürgen, in die Landschaft ihrer Kindheit.«

Er schnarchte friedlich. Erwachte er, räusperte er sich höflich, sagte aber kaum etwas. »Eine kalte Nacht, hoffentlich werde ich hier nicht eingeschneit.« Oder: »Wie fesch! Hier krähen noch die Hähne!« Oder: »Welch Land der Duldung, diese kommunistische Republik: vor dem Fenster ein echtes Marterl mit dem Ewigen Licht, wie bei uns im Freistaat Bayern.« Als ein streunender Hund vor dem Haus bellte, sagte er: »Wo gibt es noch soviel Freiheit für Hunde wie hierzulande!«

Und sagte nicht, was nahelag: Seien Sie froh, daß ich Sie Ihnen entführe. Damit befreie ich Sie von einer unheilvollen Regression. Sie haben dies arme Kind nicht geliebt, wie ein Mann eine Frau liebt, sondern Sie haben sich an sie geklammert wie ein Patient an seine Pflegerin, wie ein infantiler Erwachsener an die Mutter. Jetzt werden Sie endlich mündig. Und werden mir einmal dankbar sein. Nein, das sagte er nicht, wiewohl er als Diplompsychologe dazu qualifiziert gewesen wäre. Er schnarchte. Einmal sagte er: »Der Eiffelturm hat keine Erinnerungen. Und auch Hunde haben keine.«

Ich aber hatte sie.

Gegen Morgen meinte Enzio Puter gähnend, es war noch

stockfinster, im Gäßchen hörte ich das Getrappel der Arbeiter, die in die Fabriken eilten: »Ich werde Annemarie heiraten, wir sind uns einig. Ich hoffe sie bald bei mir zu haben. Ich werde sofort mit unserem Außenminister, dem Herrn von Brentano, Fühlung nehmen, damit sie postwendend den Paß bekommt.«

Sagte es und schlief wieder ein.

In meinem Schmerz wiederholte sich ein Satz bis zum Irrsinn: Und von diesem hast du gedacht, er könne dir nicht zur Gefahr werden. Von diesem hast du gedacht, er könne dir nicht … Von diesem hast du gedacht …

Zum Abschied blickte er mich mit seinen dreifarbigen Augen an, reichte mir die rotbehaarte Hand, sie fühlte sich an wie ein Samthandschuh, und meinte treuherzig: »Auf Wiedersehen.« Und rief – bereits in der Küchentür und halb im Hof, an Annemarie vorbei, die seine Reisetasche mit den Hotelaufklebern schwenkte – ihrer Mutter und mir zu: »Haltet aus! Es dauert nicht mehr lange.«

Als Annemarie zurück war, trat sie sofort zu mir ins Zimmer. Ich kauerte auf dem Diwan neben dem Ofen, die Knie an die kalten Kacheln gedrückt. Sie stellte sich vor mich hin, ihre Lippen brannten, sie schielte stärker als sonst. Sie strich mir über das Haar und sagte: »Ich habe dich noch lieb, aber ich weiß nicht, ob ich dich nicht verlassen werde.« Ich aber wußte es. Und begann bitterlich zu weinen.

Ich zog meinen Trenchcoat an, einen dünnen, hellen Mantel von einem verschollenen Onkel, und verließ das Häuschen in der Sichelgasse 8. Vor dem Tor gabelte sich der Weg. Es war kalt wie im tiefen Winter. Bei Weggabelungen stellt der fromme Rumäne ein Kreuz auf. Ein rotes Licht glühte vor dem Christus aus Blech. Aus seinen Wunden rann brauner Rost.

Wohin die Schritte lenken? Ich lenkte sie nirgendwohin und gelangte zu Hugo Hügel in der Oberen Sandgasse. Zum Eingruß sagte ich nur: »Ich komme als seelischer Flüchtling.« Den Mantel wollte ich nicht ausziehen.

Ohne ein Wort zu verlieren, drückte er mich in einen Lehnstuhl, nahm aus dem Regal einen schmalen Band, in blaues Ballonleinen gebunden, und später noch einen.

Er sagte: »Du erkennst den erlauchten Dichter? Diesen vom heiligen Geist der deutschen Sprache Ergriffenen?«

Gewiß. Die Titel sah ich mit geschlossenen Augen vor mir: *Späte Krone* und *Adel und Untergang*. Öffnete ich die Augen, zerfiel die Welt in Dinge, die alle schmerzten. Während der Hausherr in Schlafrock und Pantoffeln die Quader der Worte über mich türmte:

»Zur Erd gesenkt den Schild und zerhaun das Schwert,
zerbrochen, nackt, des heiligen Helms beraubt,
beraubt erlauchten Schirms die Stirn, des
Schattenden über dem schönen Auge:
So fiel er hin ...«,

entdeckte ich das Kind auf seinem Korbstuhl, das sich in die Nische neben den Kachelofen zurückgezogen hatte. Behutsam umfing es seine Puppe, als wolle es sie vor den wuchtigen Versen schützen. Dabei ruhte sein Blick auf mir, ohne sich beirren zu lassen dadurch, daß ich immer wieder die Augen schloß.

Als der Freund geendet hatte, erhob ich mich schwerfällig. Doch er hielt mich zurück: »Bleib noch, es ist zu früh für dich, um wegzugehen.« Wortlos ließ ich mir den Mantel abnehmen und setzte mich wieder. Als ich die Augen zumachte, sagte er: »Betrachte die Bilder an der Wand. Alle von meiner Frau. Such dir eines heraus, darin deine Seele sich erkennt.« Ich tat wie geheißen. Jeder Strich brannte sich ein, jeder Farbton schrie auf. Aber ich fand keines, darin sich meine Seele erkannte. Ein Satz aus den Gedichten verfolgte mich: »Schatten über dem schönen Auge, Geliebte, so fielst du hin.«

War eine Frau durch den Raum gegangen? Offensichtlich. Auf dem Tisch standen zwei Teetassen, daneben eine silberne Zuckerdose mit Monogramm SSCH und einem Schlüsselchen, gegen naschhafte Dienstmägde, und ein Tablett mit belegten Brötchen: Schnitten von Wecken mit Butter und Käse, dekoriert mit Schnittlauch.

Auf dem Tisch erkannte ich Rosenbergs *Der Mythus des 20. Jahrhunderts*. Das kleine Mädchen legte die Puppe in eine blau-rote Wiege, bemalt mit den sächsischen Tulpenmotiven. Es rückte sein Stühlchen an den Tisch, stieg darauf und grapschte mit beiden Händen nach dem Buch. Das Stühlchen kippte um, doch das Kind fiel nicht hin. Es trug das schwere Buch zur Tür hinaus, hocherhoben über seinem Kopf. Darauf setzte es sich still in seine Ecke. Und blieb stumm. Es liebkoste die Puppe, als sei sie einer Gefahr entgangen.

Ich trank den Tee so heiß, daß er mir die Zunge verbrannte. Das tat gut. Das Kind trippelte herbei, wollte vom Vater auf den Schoß genommen werden. Er setzte es an den Tisch, holte Farbstifte und Zeichenpapier. »Male etwas Schönes!«

»Für den Onkel?«

»Ja.«

»Ist das ein armer Mann?«

»Er friert.«

Das Mädchen malte einen Schneemann. »Der friert noch mehr.«

Dann legte es ihm einen roten Mantel um, pelzbesetzt. Das war tröstlich. Jetzt ähnelte der Schneemann einem Nikolo.

Die Brötchen verschmähte ich. Der Freund drängte nicht.

Ich nahm Abschied. Die Tochter ließ sich im Zeichnen nicht stören. Seine Frau blieb unsichtbar. Ich sagte: »Danke für alles.« Und ging davon, durch einen langgestreckten Vorgarten voll Astern, bepudert von Reif. Geblieben war ein Satz, dem ich keinen Glauben schenken wollte: »Ertragbar ist das Unglück, besiegt zu sein.«

Beim Tor drehte ich mich benommen um. Hatte ich etwas falsch gemacht? Am Fenster erkannte ich das Töchterchen, das mir nachschaute, das Gesicht in die Hände gestützt, tief in Gedanken versunken. Darüber schwebte wie eine weiße Maske das Gesicht von Hugo Hügels angetrauter Frau. Er selbst war in der Haustür stehengeblieben, in Pantoffeln mit Purpurpompons und im Schlafrock mit blaßblauen Seidenaufschlägen. Er winkte nicht. Aber er rief mir nach: »Vergiß nicht, daß ich vorhabe, demnächst deinen Literaturkreis zu beehren!«

Ich aber lief davon in großen Sprüngen. Kinder, die mit ihren Schlitten über die gefrorene und bereifte Straße rutschten, stoben auseinander. Entsetzen hatte mich gepackt. Soviel häusliches Glück, welch Wagemut! Das konnte nicht gut enden.

Durch die Langgasse trottete ich zum Bartholomäer Bahnhof, wo ich gestern um dieselbe Stunde abgestiegen war und mich nicht getraut hatte, Annemarie in die Arme zu schließen. Wohin mit mir?

Mitten in der Nacht will der Kommissar wissen: »Was hast du am 12. November 1956 vormittags zwischen elf und ein Uhr in der Sandgasse bei Hugo Hügel gemacht? Was habt ihr geredet, was gegen Staat und Partei in Szene setzen wollen? Zwei gerissene Regimegegner!«

Daß er mit keiner nennenswerten Antwort rechnet, finde ich bestätigt, als er sich neben mir aufpflanzt, statt an seinem Schreibtisch mit gezücktem Stift zu warten, um meine Antworten aufzuschreiben. Der Wahrheit entsprechend sage ich: »Nichts.«

»Wie, nichts? Nichts miteinander abgesprochen, nichts angezettelt, nach der Nacht, wo dich dieser westdeutsche Spion als Agent angeheuert hat: *pentru acte de diversiune?* Dir aufgetragen hat, aus dem Klausenburger Studentenkreis eine subversive Vorhut der imperialistischen Aggressoren zu machen? Wir wissen alles! Und täglich wissen wir mehr. Also was habt ihr geredet, was ausgebrütet?«

»Nichts«, sage ich sachte, »gar nichts. Wir haben nichts gemacht, nichts geredet. Er hat mir Gedichte vorgelesen.«

»Warum?«

»Um mich zu trösten.«

»Gedichte, um zu trösten? Das gibt es nicht. Von wem?«

Ich überlege blitzschnell, sage: »Von Majakowski.«

»Du lügst«, schreit der erboste Mann, »du lügst. Ihr lest keine Gedichte von Majakowski. Aber wir werden das kontrollieren. Womit könnte ein Majakowski dich trösten?«

»Doch, doch«, sage ich. »Die berühmten Blankverse zum Tod Lenins. Und dann Verse über die Oktoberrevolution. Mitten im November beschreibt er den Anbruch des Völkerfrühlings, *primăvara popoarelor*. Das macht Mut.«

»Und warum mußte man dich trösten?« fragt er. Und gibt

sich selbst die Antwort, als ich schweige: »Ja, ja, ich weiß, das ist dein Trick, um eure konspirativen Machenschaften zu kaschieren: Du hast mit diesem Enzio Puter nichts zu schaffen, weil er dir deine Dirne ausgespannt hat. Ich werde alles prüfen. Wehe, wenn du mich angelogen hast. Dort unten bleichen deine Knochen.« Und er dreht den Daumen nach unten.

»Und nun heraus mit der Sprache: Was habt ihr Banditen im Hotel Union in Bukarest miteinander gesprochen, im Juli 1956, als ihr im selben Zimmer einquartiert wart?«

»Nichts«, sage ich. »Es war keine Zeit. Hugo Hügel kam spät ins Hotel, ich hatte mich bereits niedergelegt und schlief; am nächsten Tag mußten wir um zehn im Lokomotiv-Saal bei der Festveranstaltung sein. Zudem hatte man uns auf einer Doppelliege zusammengepfercht, *un studio.*«

»Jetzt machst du dich auch noch über die Schlafgewohnheiten der Arbeiterklasse lustig.«

»Nichts haben wir geredet. Ich war unausgeschlafen, er mürrisch. Und wir kannten uns nicht. Worüber hätten wir uns unterhalten sollen?« Ich bremse mich: Je mehr du redest, desto mißtrauischer wird der Aushorcher. Schluß! Doch eine Information gebe ich preis: Das Bettzeug war grün.

Er hält mir die spärlich beschriftete Seite hin: »Unterschreib! *Repede, repede!*«

»Zuerst will ich lesen.«

»Was willst du lesen? Was du nicht gesagt hast?«

»Nein«, sage ich, »was Sie aufgeschrieben haben.«

Der Wachsoldat kommt, ich wanke in die Zelle. Der Morgen graut.

15

In der nächsten Nacht gibt es endlich wieder eine zünftige Vernehmung. Ein älterer, glatziger Offizier mit einem einzigen Stern auf der Achselklappe, der ihn als sitzengebliebenen Unterleutnant ausweist, beginnt mit einer Befragung nach allen Regeln, wie ich es gewöhnt bin.

Ob ich ein Fahrrad besitze?

»Ja.«

»Woher das Geld?«

»Im letzten Sommer habe ich Schweineställe geweißelt.«

»Das Bizykel – welche Marke?«

»Mifa, DDR.« Was ich damit mache? Fahren. Ich möge ihm alle Radfahrten aufzählen, seit 1953. Mit wem, wohin. Ich zähle alle auf, wo ich allein unterwegs war.

»Im Sommer 1957, bevor du hergekommen bist?« Ich werde hellhörig. Zwei Fahrten hatte ich unternommen: eine allein durch das Alte Land, eine mit Elisa ins Burzenland.

»Eine Radtour habe ich gemacht.«

»Mit wem?«

»Allein.«

»Wohin?«

»Zu Kollektivwirtschaften.«

»Warum?«

»Um eine Reportage zu schreiben.«

»Warum?«

»Weil die Zeitung *Neuer Weg* es gewünscht hat.«

Ob ich sie geschrieben hätte. »Gewiß.« Er fragt nicht, ob sie auch veröffentlicht worden sei.

»Welche Mädchen kennst du, die Bettina heißen?«

Noch während der Schrecksekunde antworte ich: »Keine.«

Er besieht vergrämt das Protokoll, kratzt sich die Glatze, läßt mich unterschreiben und klatscht mich davon.

In dem Jahr, nachdem ich Annemarie Schönmund verloren hatte, unternahm ich eine Radtour im Alten Land zwischen Aluta und Kokel. Ich besuchte Kollektivwirtschaften, die vorwiegend von unseren Leuten bewirtschaftet wurden und sich bereits einen Namen gemacht hatten. Mir schienen es Modelle eines Neuanfangs in den genossenschaftlichen Strukturen sächsischer Landwirtschaft von einst.

Wenn es sich machen ließ, las ich aus meiner Erzählung *Gediegenes Erz*. Diese und eine zweite mit dem Titel *Odem* führte ich im Rucksack mit. Bei den Manuskripten lag ein weißes Hemd mit Schlips und Manschettenknöpfen, eine schwarze Hose hatte ich mir von Theobald Wortmann ausgeborgt. Alles so, wie es sich für einen Literaten beim Vortrag schickt.

Präses Valentin Stamp in Mortestal, Feuer und Flamme – »Ein bissel Kultur kann nicht schaden!« –, wollte die Lesung dort über die Bühne gehen lassen, wo am meisten Platz war und das ganze Dorf dabei sein konnte: im Freilaufstall. Noch unlängst war das der letzte Schrei aus Bukarest gewesen, wie mich der Dorflehrer Tumes Schuller aufklärte, mit Übernamen Tabak-Mieser, weil sein Großvater mit Anpflanzung von Tabak »in die Mieser« geraten war. Eben hob er ein rotverkleidetes Weinfaß als Lesepult auf den Futtertisch und stellte einen Melkschemel daneben. Eine Innovation, die Kühe im Winter nicht mehr angekettet in Boxen zu halten, sondern frei herumlaufen zu lassen. »Eine Schnapsidee von unfertigen Leuten in Bukarest, die noch nie eine Kuh gesehen haben! Wir fürchten uns, was die dort als nächstes ausbrüten.«

»Jedes Jahr ein neues Zauberwort«, ergänzte Präses Stamp. »*Stabulaţie liberă*: Das Rindvieh feierte Urständ.« Die Kühe liefen frei im Stall herum, konnten entfernte Nachbarn aufsuchen und sich wahllos aneinander reiben. Futter wurde einfach durch die Fenster gekippt. Sie fraßen und misteten nach Belieben und ließen sich nieder, wo es ihnen behagte. Schließlich versanken sie in ihrem eigenen Kot, von dem niemand voraussagen mochte, »nicht einmal der Parteisekretär«, wohin er fallen würde. Und konnten kaum noch gemolken werden. Man mußte die Euter aus dem stinkigen Morast heben und ihnen die Milch nach oben abzapfen. »Wider alle Natur. Schwere Zeiten für unsere Bauern!« Die nahmen mit Ernst und Nachdruck den Kampf mit dem Dreck auf. »Sie putzten sich zum Krüppel, wie der Riese Herkules.« Bis dem Präses die rettende Idee kam: die Dielen des Stalls in Falltüren umzuwandeln, darunter Betonkanäle anzulegen und mit den Kompressoren den Unrat in die Jauchegrube zu blasen. Gesagt, getan. Als alles fertig war, hatten sich die Freilaufställe totgelaufen. »Doch den Arbeitsorden hat unsere Kollektive schon bekommen!« schloß triumphierend der Präses. Der Orden hing wohlverwahrt in seinem Büro, in einem ausrangierten Sakramentshäuschen aus vorreformatorischer Zeit, unter dem Bild des Generalsekretärs. Begeistert schrieb ich in meinem Artikel für die Zeitung: »Im bewußten Rückgriff auf Bewährtes der Vergangenheit erfolgt der produktive Zugriff auf die Gegenwart und der schöpferische, phantasievolle Vorgriff auf die Zukunft.« Der Artikel wurde nicht veröffentlicht, aber bezahlt.

Die Veranstaltung wurde dann doch in den Festsaal der ehemaligen Evangelischen Schule verlegt. Das hatte der Parteisekretär, der *Tovarăsch* Nicări angeordnet, ein Zigeuner mit dem sicheren Gespür, daß ein studierter Mensch, dazu noch von einer Zeitung aus Bukarest, mit Vorsicht zu genießen sei, der sich noch dazu weigerte, dem eigenen Pfarrer, dem *popa saşilor*, seine Aufwartung zu machen. Das stimmte: Ich mied die Pfarrhöfe. Und sagte, warum: »Ich bin Jungkommunist.« Worauf Genosse Nicări verdutzt antwortete: »Ich auch!« Und das Kreuz schlug.

Tenor meiner Lesungen: Für uns Sachsen hätten heute und hier die nächsten achthundert Jahre begonnen. Wobei ich im Gespräch danach feststellen mußte, daß die Leute nicht so sehr an den nächsten Jahrhunderten interessiert waren als daran, ob es in den nächsten paar Tagen regnen werde und ob die Partei sie auch an diesem Sonntag zur Arbeit aufbieten würde oder ob man endlich einmal ruhigen Gewissens in die Kirche gehen könne. Auch beim abendlichen Umtrunk, Giebelwein, für den Gaumen des Hausherrn das Köstlichste von der Welt, war es nicht die glorreiche sozialistische Zukunft, die die Gemüter bewegte, sondern der verlorene Krieg, mit Bravourstücken von Narvik bis Tobruk, von Cherbourg bis Odessa. Und statt daß die trinkfreudigen Besucher unter dem Birnbaum der Nationalitätenpolitik der Partei in bezug auf die deutsche Minderheit gebührende Aufmerksamkeit schenkten, ereiferte man sich über den Pfarrer und dessen Familie, wie all die Jahrhunderte vorher. Wenig Beachtung fand das Rad der Geschichte, von dem man wußte, daß es sich nicht zurückdrehen ließ, leider. Vielmehr war man in Sorge, ob man bis zur Ernte den eigenen Leiterwagen mit Gummirädern bestücken könne: woher ausrangierte Autoreifen von »Luxusmaschinen« nehmen?

Und als ich mich wunderte: »Ihr habt doch bei der Kollektivwirtschaft Traktoren! Wofür braucht ihr Wagen?«, wurde ich kurz abgefertigt: »Das versteht einer wie Ihr nicht. Das siebente Gebot gilt für die Kollektivwirtschaft nicht.«

Statt auf den Pfarrhöfen einzukehren, wie es gute protestantische Sitte war, ließ ich mich vom Präses einladen. Meist wurde ich im Paradezimmer gegen die Gasse zu einquartiert, wobei ich bald begriff, daß ich dort am wenigsten störte. »Das Vorderhaus brauchen wir nur mehr, wenn einer stirbt.« Darum auch waren die Spiegel zwischen den Fenstern mit schwarzen Schürzen verhängt. Ich schlief auf hochlehnigen Sofas. In den Prachtbetten selbst türmte sich das Bettzeug, aus selbstgesponnenem Garn und eigenhändig gewebtem Linnen. Kaum zurück in ihren ausgeplünderten Häusern, hatten unsere Landleute in die Hände gespuckt und alles neu gerichtet und bestellt. Ja, im Handumdrehen manch ein Haus von Grund auf erbaut, unter Beihilfe der Nachbarschaften, wie eh und je seit der Einwanderung. Wie sagt der Rumäne: »Wenn der Sachse sich, langweilt, reißt er sein Haus ab und baut ein neues.«

In Mortestal logierte ich beim Präses Stamp. Seine Frau war im Spital in Schäßburg: »wegen der Pfarrerin ist ihr die Galle übergelaufen«. Die »Frau Mutter« hatte allen Frauen vor der Kirche die Hand gegeben, nur ihre übersehen, weil die sich gerade geschneuzt hatte. Da mein Hausherr den Krieg als rumänischer Soldat mitgemacht hatte, waren ihm Haus und Hof geblieben. Bevor er mich in die gute Stube einwies, zeigte er mir das Versteck, das jeder sächsische Bauernhof bereithält: Über dem Kuhstall, der in die Scheune hineingebaut war, gab es einen geräumigen Bretterverschlag, in dem man bequem liegen und sogar aufrecht sitzen konnte. Eigentlich vom Großvater angelegt, 1918, »als die Walachen aus dem Regat, aus dem alten Königreich über uns gekommen sind«. Von denen hatte man gewußt, daß sie »große Rauber« seien. Über dem Versteck war das Heu gehäuft. Von unten stieg die gute, satte Wärme auf.

Im Herbst 1944 hatte sein Ohm, der jetzt todkrank in der

Sommerküche lag, einem deutschen Offizier für einige Tage hier Unterschlupf gewährt. »Die Deutschen im Reich sind ja unsere Brüder!« Im Januar 45 war dann für gut einen Monat die neunzehnjährige Tochter des Ortsgruppenleiters untergekommen, auf der Liste für Rußland. Ihre Eltern waren gleich nach dem Kommen der Russen als Hitleristen ins Lager nach Caracal nahe der Donau geschafft worden, der Bruder kämpfte bei der Waffen-SS.

Doch der respektabelste Gast, der es am längsten ausgehalten hatte, war ein rumänischer Partisan gewesen. Der hatte bereits fünf Winter mit seinen Gefährten in einer Erdhütte verbracht, zwischen Negoi und Urlea. Dann aber, von der *Securitate* aufgespürt, hatte er sich weit ins Hinterland hineingewagt und eines Abends hier angeklopft. »Ein studierter Mann, ein walachischer Baron«: Dr. Cornelius Mircea Şerban de Voila, Sohn des ehemaligen Präfekten von Fogarasch, Gymnasiallehrer. Ein schwerer Winter sei es gewesen. Denn ein Mensch muß nicht nur essen, er »macht auch das Seine, wie das Getier«. Pissen konnte man direkt in die Scheune. Da sei kein großer Unterschied zwischen Kuh und Mensch. »Aber mit der Kacke war das dennoch gar ein Gefrett!« Und niemand durfte es sehen, hören, riechen. Denn einmal in der Woche ging ein Spion von der *Securitate* von Haus zu Haus und fragte, ob keiner von den Banditen vorbeigekommen sei.

Ich sagte: »Für uns bietet sich ein neuer Weg an.«

»*Neuer Weg*«, sagte Präses Stamp. »An den bin ich abonniert. Aber ich bekomm ihn drei Tage später oder gar nicht. Denn oft fällt der Postknecht betrunken vom Pferd oder verliert den Postsack, wenn er von der Station in Hendorf heraufreitet.«

Am zweiten Morgen wurde ich früh aus der guten Stube geklopft. Zwei Männer standen vor der Tür und baten um Vergebung, daß sie mich aus dem »süßen Schlaf der Jugend« gerissen hätten: Der Ohm sei heute morgen gestorben, gerade als der Kuhhirt geknallt habe. Der junge Herr möge entschuldigen, aber der Tod kenne kein Pardon. »Wieviel Tage der Herr einem gibt, soviel darf man leben. Und nicht einen Tag mehr.« In den nächsten zwei Nächten käme die ganze Freundschaft zum Wachen, die Verwandten also, und die Nachbarschaft vom »Falltor« ebenso. Man sitze still und stumm um den Toten herum und nachher stärke man sich mit Schnaps und Milchbrot. »So ist das Recht hier. In manchen Gemeinden küßt man dem Toten die Hand und schreit laut, wie das bei den Walachen der Gebrauch ist. Aber diese Komedi gibt es hier nicht.«

In der ebenerdigen Sommerküche hatte der alte Mann seine Tage beschließen wollen. Von seinem Lager aus hatte er durch die offene Tür das Treiben im Hof verfolgt. Am Morgen verließen die beiden Kühe das Haus, spätabends kehrten sie von der Weide zurück. In der Nacht ermaß der Todkranke am Wiederkäuen aus dem nahen Stall, daß es eine fette Weide war, wo sie den Tag über gegrast hatten. Und am wohligen Grunzen der Schweine schätzte er ab, daß sie gut gefüttert worden waren.

Tagsüber spazierten die Hühner an sein Krankenlager und taten sich am Kukuruz gütlich, den er auf den Lehmboden rieseln ließ. Die Gänse schnatterten auf der Schwelle, watschelten herein und machten dem Hühnervolk das Futter streitig. Frühmorgens verkündete der Hahn, das die beschwerliche Nacht zu Ende war. In der letzten Woche hatte der Alte sich den Sarg an sein Bett bringen lassen und mit den knotigen Fingern das Holz geprüft auf Güte und Beständigkeit. Daß er es erleben durfte, auf dem Hof seiner lieben Eltern sterben zu können, und nicht im Elend, trieb ihm die Tränen in die Augen: »Das ist eine große Courage bei unserm Herrgott.«

Der Sterbende ließ den Pfarrer rufen, damit der ihm das Abendmahl reiche. Vorher hatte er sich nach alter Sitte mit Verwandten und Nachbarn versöhnt. Diese wiederum hatten ihm aufgetragen, ihre Lieben im Himmel grüßen zu lassen.

Es war nicht einfach, alles unter einen Hut zu bringen, als der Ohm frühmorgens zu einer Stunde starb, wo das Vieh fertig gemacht werden mußte für die Weide, die Frau in Schäßburg im Spital darniederlag und dazu noch ein Gast die vordere Stube besetzt hielt. Hin und her lief der Hausherr zwischen Viehstall und Sterbebett. Er molk die Kühe und sagte ihnen dabei den 23. Psalm vor. Zwischendurch eilte er zum Onkel, dem er ins Ohr flüsterte, daß die Kühe bald fertig für den Austrieb seien. Der Alte nickte. Wieder im Stall, lehnte sich der Präses an die rauhen Leiber der Kühe und weinte. Darauf öffnete er in der Sommerküche die Fenster, damit der Ohm besser den Auszug der Kühe verfolgen konnte, ehe er starb, ja, und damit auch die Seele Gelegenheit hatte, zu entweichen, wie sie es gewohnt war. Als der Kuhhirte des Dorfes, der Zigeuner Subţirelu, vor dem Tor mit der Peitsche knallte und die Kühe gemessenen Schrittes zum Tor zogen, hauchte der Onkel seine Seele aus, mit einem Lächeln auf den Lippen, wie wir alle feststellen konnten.

Nun war es in der Sommerküche still geworden. Die Hühner standen unschlüssig herum, hüpften auf das Fußteil der Schlaftruhe und besahen mit zwinkernden Augen das leere Lager. Mit strenger Miene, die Köpfe hoch erhoben, zogen die Gänse an der Totentruhe vorbei, die für einige Augenblicke im Hof abgestellt worden war. Ich verbeugte mich vor dem offenen Sarg, ehe ihn die Nachbarn in das Vorderhaus trugen mit den Worten: »Gott tröste ihm die Seele im ewigen Leben!« Und erkannte betreten: Marx, Engels, Lenin und Stalin hatten hier nichts verloren.

Ehe ich mich aufs Rad schwang und davonfuhr, nahm ich Abschied vom Paradezimmer, wo ich zwei Nächte verbracht hatte. Auf der Bank mit der Jahreszahl 1828 lag der Tote in seinem Sarg, vornehm und hilflos, eine Pelzmütze auf dem Kopf. Von den Wänden grüßten zwei Behänge mit Burgen und Rittern und mit den kunstvoll gestickten Sprüchen: »Ein feste Burg ist unser Gott« und »Hier stirbt der Deutsche nicht, darauf vertraut«.

Vor Forkeschdorf rutschte in einer zu scharfen Kurve das Fahrrad unter mir weg, die Lenkstange brach entzwei. Ich lag im warmen Staub der Landstraße und sah über mir einen Himmel, der die Stille nicht fassen konnte. Nach einer Zeit setzte ich mich auf und blieb so sitzen, mitten im Weg, vor mir am

Horizont Hügel und Wälder, irgendwo im Rücken versteckt das Dorf.

Dünne Stimmen in fremden Lauten flatterten herbei. Es waren Zigeunerkinder, die aufgeregt in ihrer Ursprache plapperten und wie bunte Schmetterlinge um mich herumtanzten. Ein Bub nahm ohne weiteres mein kaputtes Fahrrad auf die Schulter. Ein Mädchen hob seinen Rock, wischte damit den Staub von meinen nackten Beinen, entdeckte Schürfwunden. Es spuckte in die Hände, vermischte den Speichel mit Kot und klebte die feuchte Masse auf die blutigen Stellen. Das kühlte. Darauf nahm es mich bei der Hand, Rozalia hieß es, und zog mich hinter sich her, dem Buben nach, der mit dem Wrack meines Fahrrads davoneilte. Hinter dem Wiesenbach, in den ich mich hineinkniete, kräuselte sich Rauch über mehreren Feuerstellen.

Zwei Zigeunerfamilien hausten hier in ihren Lehmhütten. »Alle anderen im Dorf sind Sachsen«, klärte man mich auf. »Rumänen haben wir hier gottlob keine.« Die Frauen mit Röcken noch und noch über den wuchtigen Hüften hockten auf den Schemeln, rauchten Pfeife und rührten in einem gußeisernen Schmortopf. Die Männer, mit Bärten bis zum Bauch und mit breiten Gürteln um die Lenden, hockten unter dem Dach der Feldschmiede auf dem Boden. Ein Kind betätigte den Blasebalg und fächelte ihnen Luft zu. Sie luden mich ein, bei ihnen Platz zu nehmen. Der eine lötete Schnapskessel zusammen, obschon Schnapsbrennen verboten war, der andere trieb aus Kupferblech Ziernäpfe, wenngleich Kupfer vom Staat unter Verschluß gehalten wurde. Sie unterbrachen freudig die Arbeit und setzten mich ins Bild. »Wißt Ihr, wie das mit uns ist, junger Herr? Wir haben unsere eigenen Gesetze. Unser Bulibascha wollte eine Wallfahrt zum Zigeunertreffen nach Frankreich machen, wo am 15. August, am Namenstag der heiligen Maria der Großen, alle Zigeuner der Welt zusammenkommen. Als er *la Sibiu* ein Reisevisum beantragt hat, haben die zuerst nein gesagt. Dann: Wir werden alles prüfen. Als man ihn Mitte September zur *Securitate* nach Hermannstadt gerufen und ihm den Paß ausgehändigt hat, da hat unser Bulibascha gesagt: danke, ich bin schon zurück!«

Der Schmied veranschlagte zwei bis drei Tage Reparatur. Er müsse die Dörfer rundum abklappern, um sich zu beraten. Wohin mit mir? In der Ortschaft gab es keine Kollektivwirtschaft. »*Slava Domnului*, sie haben uns vergessen!«

Von Ruxanda wußte ich, daß man über solche Zwischenfälle nicht einfach hinweggehen durfte, vielmehr sie auf ihre verschlüsselte Nachricht hin befragen sollte. Während ich gequollene Kukuruzkörner in Zuckermilch aus einem Blechnapf löffelte, den mir das Mädchen Rozalia gereicht hatte, dachte ich nach, worin sich das Gemeinsame verbergen mochte in all den Absonderlichkeiten des heutigen Tages, beginnend mit dem Ortsschild in gotischen Lettern bis zu dem Menü aus gesüßten Maiskörnern und dem Zigeunermädchen, das nicht von meiner Seite wich. Dachte nach und dachte: War nicht der gemeinsame Nenner all dieser Vorkommnisse – die Ausnahme? Ich entschloß mich, am Pfarrhaus anzuklopfen.

Ein Knabe öffnete. »Ich möchte den Herrn Pfarrer sprechen.« Zögernd setzte ich hinzu: »Wahrscheinlich muß ich ein paar Tage bei euch bleiben.« Es fiel mir ein, daß Luther die Pfarrhöfe angehalten hatte, nach Auflösung der Klöster deren Gastfreiheit fortzusetzen. »Bitte«, fügte ich hinzu.

»Hier ist kein Pfarrer«, sagte der Bub und schloß die Tür. Es war die Familie des Lehrers, die das verwaiste Pfarrhaus bewohnte und mich aufnahm. »Solange es Ihnen bei uns gefällt.«

Zur Familie gehörten: der Lehrer Caruso Spielhaupter, der eine Büffelkuh namens Florica hielt, seine Frau Cäcilie, dann die vier Buben Abraham, Albert, Armin, Adolf, die beiden Ältesten waren Arbeitssoldaten in den Kohlengruben von Petroschen. Dazwischen die zwei Töchter Beate und Bettina. Zwei Großmütter machten sich im Haushalt nützlich und sagten zu Feierstunden ellenlange Balladen her. Unentwegt am Befehlen war ein Urgroßvater, unter der Woche mit blauer Arbeitsschürze, sonntags mit k.u.k. Orden behangen, obschon er nie im Krieg gewesen war.

Angebaut an den Wehrturm, lugte das Pfarrhaus ins Tal. Zusammen mit der kleinen Kirchenburg und der Schule krönte es einen Hügel. Dort, im Talgrund, am Fuße des Friedhofs, zogen sich in einer Zeile die Häuser mit den Walmdächern den Bach entlang. Der Tanzplatz vor dem Friedhofstor war überwuchert. Außer den Mädchen des Lehrers, sechzehn und achtzehn, und dem täppischen Sohn des Burghüters gab es keine Jugend. Ein von Staat und Partei vergessener Ort, dieses Forkeschdorf am Harbach. Die Aufschriften waren in gotischen Lettern hingemalt, stehengeblieben aus der Zeit vor 1944. Ein Dorf, wo sonntags der Lehrer ungeschoren in der Kirche die Orgel spielen konnte, wenn einmal im Monat Pfarrer Ernst Hell aus Spiegelberg zum Gottesdienst herüberkam. Keine Kollektivwirtschaft beunruhigte die Gemüter der Bauern, die zu enteignen man verschlampt hatte.

Eine Zwergschule mit den Klassen eins bis vier duckte sich auf dem Kirchberg. In ein und demselben Raum wurden zehn Kinder gleichzeitig unterrichtet, davon drei des Lehrers. So bekam jeder Schüler den Stoff viermal eingetrichtert.

Lehrer Spielhaupter wußte nicht nur in der Viehhaltung Bescheid – »Weil Büffel schwarz sind, müssen sie zigeunerische Namen tragen, Florica, Rozalia, Crina; Kühe dagegen heißen Berta und Adele« –, er kannte sich auch bestens aus in der Philosophie. Besonders Schopenhauer hatte es ihm angetan. Lehrer Spielhaupter hegte die Vorstellung, einstmals so frei zu sein von Verpflichtungen an die Weltgeschäfte, daß er dem tyrannischen Willen würde entkommen können und ganz eintauchen in das »Nichtsmehrwollenmüssen«. Am ehesten hatte er Zeit, sich philosophisch zu verbreiten, wenn ich ihm beim Melken im Stall zuhörte. Dort kauerte er unter dem Hinterteil der Büffelkuh, listig vermummt in Frauenkleidern, denn nur so ließ sich das Biest die Milch entlocken. Und während der üppigweiße Strahl in den Kübel strudelte, vernahm ich, daß die idealistischen Philosophen so dumm nicht gewesen seien, wie die Ideologen des philosophischen Materialismus sie hinstellten, und daß eine funktionstüchtige Welt sogar als Außenprojektion des eigenen Ich gedacht werden könne, so daß alles um einen herum Einbildung sei und trotzdem real. »Eine wunderbare Schau der Dinge, mit der man sich vor der Unbill der Welt rettet. Zum Beispiel«, sagte er, während die Büffelkuh ihm mit der kotigen Quaste des Schwanzes übers

Gesicht fegte, »jetzt sage ich mir, das ist nur Einbildung.« Er legte den Schwanz liebevoll zwischen ihre verdreckten Schenkel. »Oder wenn ein Mensch mich kränkt, bedroht, wie einfach: alles nur Einbildung. Dieser Fichte – nicht ohne.«

»Ja und nein«, sagte ich. »Die Illusionen bewahren einen nicht vor der bösen Welt. Einmal muß man den nackten Tatsachen ins Auge sehen, das Böse bei den Hörnern packen.«

»Packen Sie es, junger Mann! Zum Beispiel das mit den Gummirädern an den Pferdewagen ist so: Unsere Leute leben in der Vorstellung, sie müßten sich etwas von dem zurückholen, was man ihnen im 45er Jahr und danach geraubt hat. Und da das auch ihr Wille ist, fahren sie zur Erntezeit mit ihren Wagen auf lautlosen Gummirädern bei Nacht und Nebel durch ihre enteigneten Felder, ja, und schaffen sich selbst die Gerechtigkeit.«

»Aber das sind doch die Felder der Kollektivwirtschaft. Sie bestehlen sich somit selber. Brauchen sie, was sie sich nehmen?«

»Ja und nein. Sie brauchen es nicht, denn um das tägliche Brot müssen sie nicht mehr fürchten. Was sie aber brauchen, ist die Gerechtigkeit – das Brot der Seele.« Ich blieb …

Vor jeder Mahlzeit sprach ein Kind reihum das Tischgebet. Immer dasselbe:

»Dank Vater für die Gaben dein,
Laß sie uns diesmal zum Segen sein.
Vor Hunger, Plünderung, Verschleppung, Leid
bewahr uns Herr in dieser Zeit.
Gib auch den fernen Lieben Brot,
behüte sie in jeder Not.«

Zu Abend gegessen wurde früh am Tag, und die Zeit danach gehörte allen gemeinsam. Das Licht der einen Petroleumlampe auf dem Tisch im Wohnzimmer zog die ganze Familie in ihren Bannkreis. Jeder kam zu Wort: Die Buben verhandelten des Tages Arbeit, die Mädchen erzählten das Neueste aus dem Dorf. Es wurde über Ferienlektüre geschwatzt. Die Eltern sagten das Ihre. Die Zeit glitt zurück. Alles an Welt verlor sich in dämmriger Ferne. Der letzte Krieg, die Aushebungen im Januar 1945: Die sechzehnjährige Tochter, deren Namen niemand auszusprechen wagte, war beim Transport nach Rußland im Viehwaggon erfroren. Obschon zwei Jahre unter der vorgeschriebenen Altersgrenze, hatte man sie ausgehoben, weil andere sich versteckt hatten. Seit damals hatte die Mutter den Namen der Toten nicht mehr über die Lippen gebracht. Und hatte alle ihre Bilder verbrannt. »Im Herzen. Im Herzen!«

Die Großmutter Anna mit dem Filetnetz im Haar deklamierte Balladen: Beim *Lied von der Glocke* blieb sie stecken, Mutter Maria Sophia mußte einspringen. Dagegen lief die *Bürgschaft* wie am Schnürchen. Beide häkelten ohne Brille im milden Licht der Lampe. Der Urgroßvater mit der Pfeife im Mund mischte sich ein und schilderte mit Fistelstimme seine Husarenstücke bei der Annexion von Bosnien-Herzegowina 1908 und wie vertrackt es gewesen sei, den vermummten muslimischen Frauen tief in die Augen zu sehen. Von großer Zeit war die Rede. Doch konnte nichts den Großvater mehr aus der Ruhe bringen. Er hatte beim Militär auf zwei österreichische Kaiser und drei rumänische Könige den Eid abgelegt und war noch am Leben. »Und dann die zwei großen Kriege, mein Gott!« Die Frauen seufzten.

Beim Zubettgehen schwebten die Gestalten davon, verloren sich in verschwiegenen Winkeln. Die Kinder fanden sich im Dunkeln zurecht, die Erwachsenen ließen sich heimleuchten von Kerzen in Messinghaltern. Mir hatte man ein Lager im Turm aufgeschlagen, auf dem letzten Treppenabsatz, hinter einem quer gestellten Schrank. Als Tür diente eine rote Decke. Das Holzbett mit Strohsack stand vor einer Fensterluke, zu der sich die Wipfel einer Linde neigten. In den Zweigen des Baumes hörte sich der Nachtwind anders an als gewohnt, den Blättern entströmte ein fremdartiger Geruch, herb und heftig, über der Krone flimmerte der Himmel. Ich hatte Sehnsucht nach niemandem.

Als ich in diesem Haus eingekehrt war, freundlich hereingebeten, hatte der Lehrer die Schürze weggelegt und mich auf einen Plausch in seine Studierstube gebeten. Alle Kinder wurden herbeibeordert und mir vorgestellt. Während die

Buben ihren Diener machten und Unverständliches murmelten, die Ältere, Dunkle mir steif die Hand reichte und mit gesenktem Blick »Beate« sagte, geschah bei dem jüngsten Mädchen etwas, das mich in meiner Schwermut anrührte: Sie schlug die Augen weit auf und sah mich strahlend an, ohne den Blick von meinem Gesicht zu wenden. Die Hand reichte sie mir anders als ihre Schwester, mit damenhafter Eleganz und einem Hauch von Zärtlichkeit. Laut und fröhlich sagte sie »Bettina« und knickste dazu kleinmädchenhaft. Zum ersten Mal seit dem gewaltsamen Abschied von Annemarie fühlte ich mein Herz höher schlagen. So standen wir Hand in Hand, bis der Vater sie mahnte: »Geh nun, mein Mädel! Sei nicht unhöflich.« Schülerinnen beide, die eine an der Schwesternschule in Hermannstadt, Bettina am Stephan-Ludwig-Roth-Gymnasium in Mediasch.

An einem Regenabend las ich aus *Odem* vor, eine traurige Geschichte über viele Seiten. Ein lungenkranker Proletarierjunge namens Gernot rast mit geklauten Skiern eine Sprungschanze hinunter, will dem Mädchen Elisabeth, das zwischen alten Möbeln immerzu Geige spielt, beweisen, daß er ein Mann sei. Dabei erstickt er. Erstickt in einem Meer von Luft.

Alle saßen geduldig dabei. Der Großvater schnarchte streckenweise. Rüttelte man ihn wach, sagte er jedesmal im Dialekt: »Cha cha, der Odem giht mir ous.«

Nach der Lesung, beim Zubettgehen der Familie, zog mich das Mädchen Bettina an der Hand fort, hinaus und hinunter in die Laube. Unter meinem Arm an mich gelehnt weinte sie hemmungslos, bis ich sie auf den Schoß nahm und sie im Weinen einschlief. Als die Kälte gegen Morgen mit einem Schlag hereinbrach, trug ich sie ins Haus. Ich stellte sie in der finsteren Küche ab, küßte ihr Augen und Ohren, sie drückte unbeholfen ihre Lippen auf meine Wange. Dann gab ich ihr einen Klaps auf die Schulter und schickte sie schlafen. Ich stieg in mein Wolkenkuckucksheim, fassungslos darüber, daß ich bereit schien, von meinem Gram Abschied zu nehmen.

Sonderbarerweise predigte am Sonntag darauf Pfarrer Hell über meine Geschichte und fragte in der Predigt die Leute, ob die Kirche nicht auch Schuld daran habe, daß es mit dem Knaben Gernot, Sohn einer Witwe und eines verunglückten Bahnarbeiters, ein so böses und widersinniges Ende habe nehmen müssen. Die Frauen nickten zustimmend. Er ließ die Frage offen. Und schloß: «Ein Wunder ist es schon, in einem Meer von Luft zu ersticken, wie ein Fisch auf dem Trockenen. Aber bei Gott ist kein Ding unmöglich. Amen.»

Ich hatte gemeint, um die Kirche einen Bogen schlagen zu müssen, besonders seit ich mich zu den fortschrittlichen Dichtern zählte. Nun saß ich mittendrin, sang und betete in einer Reihe mit den alten Frauen und Männern. Und blickte wie sie geradeaus auf den Schmerzensmann, der sich in der Mitte des Altarbildes am Kreuz verrenkte. Hatte ich beim Eintritt noch gedacht: Je länger das sichtbar gewordene Leid andauert, desto weniger beeindruckt es, so verwandelte sich nun vor meinen Augen, während die Orgel brauste und der Pfarrer die Liturgie zelebrierte, das leidende Gesicht des Gekreuzigten in das erlöste Antlitz des Toten von Mortestal, löschte die bärtigen Profile der vier Klassiker des Sozialismus.

Obschon der Dorfschmied das Fahrrad bald zusammengeflickt hatte, blieb ich länger als gedacht und gewollt. Jeden Vormittag trabten wir zum Salzsee, der eine Stunde weit entfernt versteckt im Röhricht lag. Der längliche See, eher ein Teich, wurde gespeist von einem Brunnen, über dessen Rand das Salzwasser in Holzröhren nach vier Seiten abfloß. Die Anlage stammte aus ungarischer Zeit, vor 1918, als Salz rar war und die Frauen das würzige Wasser in Eimern nach Hause trugen, zum Suppekochen und zum Einlegen von Gurken.

Ich lehrte die Buben kraulen und die Mädchen Rückenschwimmen. Noch immer kannte ich die Farbe von Beates Augen nicht. Einmal, als sie das Schwimmen auf dem Rükken übte, ich unterstützte sie bloß noch mit der Kante meiner rechten Hand und mahnte: »Strecken! Kopf und Körper mutig untergehen lassen, das Wasser hält einen, das Salzwasser sowieso« –, während sie mit geschlossenen Augen dahintrieb und ich sie bereits frei schweben ließ, klappte sie unversehens zusammen, verlor den Grund unter den Füßen, umklammerte meinen Hals. Ich trug sie ans Ufer, fühlte ihren nassen Körper an mir, wie er zitterte. Sie hatte Gänsehaut. Ihre Hände umschlangen noch immer meinen Hals.

Tag für Tag wanderten wir zum Teich. Die Kinder trieben viel Unfug. Den Bruder Abraham rieben die Geschwister mit Schlamm ein. Als sich bei der Jause auf der Wiese herausstellte, daß man Salz vergessen hatte, hieß es: »Macht nichts.« Mit flinken Zungen leckten die Geschwister das Salz von der Haut des andern. Und würzten so die Paradeiser, indem sie hineinbissen, daß es spritzte. Ich blieb bei salzlos. Mit dem Kamm, über den ich ein Schilfblatt gelegt hatte, spielte ich ihnen auf. Dann tanzte Bettina mit den Brüdern um den Salzbrunnen, während die dunkle Schwester leise den Takt klopfte.

An den warmen Abenden trafen Bettina und ich uns in der Laube, mit dem stillschweigenden Segen der Familie. Wir hatten nichts zu verbergen und doch vieles zu verschweigen. Wie rasch sie lernte, was eine sächsische Lehrerstochter von sechzehn aus Forkeschdorf hinter den sieben Bergen wissen mußte, wenn sie verliebt war. Und eines Nachts stand sie im Hemd und barfuß vor meinem Bett und zitterte wie Espenlaub. Sie hielt eine Kerze in der Hand, die sie jäh ausblies. Ihr rötliches Haar schimmerte im Dunkeln, in den Augen glitzerten Tränen. Betäubt von den hohen Winden in der Linde, murmelte ich: »Komm.« Sie hatte kalte Hände und Füße. Das Zittern ließ nach. Zeit verfloß. Mit einem Mal warf sie das Hemd ab und küßte mich. Wie spröde noch ihre Brüste waren. Und das Herz darunter – ich spürte es schlagen. Der Wirbel von Haaren in ihrer Achselhöhle kitzelte meine Hand. Der Bauch fühlte sich glatt und kühl an, meine Fingerspitzen nahmen die Rosette ihres Nabels auf, ehe die Hand weiter hinabglitt. Seidig schmeichelte das Gekräusel über dem Venushügel. Ihre Haut schmeckte salzig nach dem Badeteich im Röhricht.

»Schick mich nicht weg«, flüsterte sie zwischendurch, wenn sie sich von ihrer ungebärdigen Hingabe ausruhte. Sie schlief nicht, obschon ich sie darum bat. »Nein, die Augenblicke sind zu kostbar!«

Beim ersten Hahnenschrei zog ich ihr das Hemd über die Schultern, hob sie sacht aus dem Bett mit dem zerwühlten Strohsack, stellte sie auf den Bretterboden, der kühl war wie

Stein, und lüpfte den roten Vorhang. Die Treppen im Turm knarrten.

Tags darauf packte ich meine Siebensachen, schnürte mein Bündel. Ich nahm Abschied von Menschen und Abenden und rätselhaften Dunkelheiten und fuhr ins Ungewisse.

In diesen letzten Tagen des April öffnet sich die Tür. Zwei Soldaten bugsieren ein Eisenbett herbei, und wir stocken meine Bettstatt auf. Kurz darauf dröhnt es von neuem, jemand wird hereingeschoben. Wir hören hinter uns den Befehl: »Nimm die Brille ab!«

Es ist ein Mann von zarter Statur, der sich ohne weiteres aufs Bett streckt. Sein Bündel hat er achtlos in die Ecke neben den Pischtopf geworfen. Dieser Mann lärmt zwei Tage durch unsere Zelle und hinterläßt nicht nur das dritte Bett, sondern auch Lebensweisheiten und einen eigenen Stil, mit den Wachen umzugehen. Seine Methode ist einfach: Er widerspricht sofort, setzt sich in Worten zur Wehr und duzt den, der ihn mit Du anredet. Weist ein Bewacher ihn zurecht, so fährt er ihn an, hält dagegen, droht, daß er ihn beim Kommandeur verklagen werde.

»Du darfst nicht liegen!« bellt der Wachsoldat durch die Luke in der Tür.

»Wie«, fragt der Liegende und bleibt liegen, »du weißt nicht, daß ich eine Sondergenehmigung habe? Wart nur, Freundchen, ich kenne dich und werde mich beim Kommandanten Crăciun beschweren. Man wird dich nach Periprava verschicken. Weißt du, wo Periprava liegt?« Keine Antwort.

»Im nördlichen Deltaarm an der russischen Grenze. Von dort holen dich nur der Teufel und der Tod heraus. Deiner Familie wird es auf der Insel wunderbar gefallen. Ewiger Ausflug. *Excursie eternă!* Kein Licht, kein Kino, keine Schule. Nur Natur. Trinkwasser vom Fluß. Alle Klosette Europas säufst du mit. Die Gelsen werden deine Kinder lebendig auffressen. Und alle werdet ihr an der Cholera verderben.« Lautlos schließt der Mann die Klappe in der Tür.

»Dr. Ghiosdan«, sagt der Herr vom Bett aus und streckt

uns die Hand hin. Wir sitzen ihm gegenüber und betrachten das Weltwunder. »Dr. jur., Richter bis 47.« Nachdem sie den König verjagt haben, Möbelschieber in einer Lagerhalle, Major a. D. Und Ritter des Michaelsordens. »Wißt ihr, was das ist?«

Ich erinnere mich. Im Kloster Sâmbăta bei Fogarasch, rechts beim Eingang, prangt auf dem kanonischen Platz der Stifterfigur in Überlebensgröße der junge rumänische König Mihai I. in der Gewandung der Michaelsritter, mit weißem Umhang und dem blau emaillierten Kreuz auf der Brust.

Der Jäger zuckt die Achseln. Er ist Kommunist und bleibt es. »Siehst du, dieser junge Sachse weiß Bescheid. Und du«, wendet sich der Richter an den Jäger, ohne den Blick von der Decke zu nehmen, »wieso weißt du das nicht?«

»Ich bin nur ein einfacher Arbeiter.«

»Warum bist du dann hier? Ihr seid ja jetzt die Macher! Es schwant mir, daß du in der Partei warst.«

»*Sigur, domnule doctor*«, sagt der Jäger schlicht.

Der Doktor springt vom Bett, faucht: »Ihr Lumpenpack, ihr habt das Land an die Russen verschachert. Das werdet ihr büßen. Aufknüpfen wird man euch! Kopf nach unten, wie es die Ungarn im vorigen Jahr mit ihren Kommunisten getan haben!«

Von den deutschen Soldaten schwärmt er. Sogar die Maultiere hätten sie in Lastwagen zum Kaukasus gefahren, mit Staubbrillen auf der Nase.

Ich frage, ob viele von unseren Leuten hier seien.

»In jeder Zelle einer.«

»Studenten aus Klausenburg?« Das wisse er nicht. In der Zelle sei er mit einem jungen Sachsen namens Guntar Folkmar zusammen gewesen, der habe alle verrückt gemacht. Er sei auf den Wandtisch gestiegen, um zum Oberlicht hinauszuschielen, während die übrigen das Guckloch in der Tür verdeckt hielten. Jedesmal habe er in höchster Panik geflüstert: »Ich sehe Rauch aus einem Krematorium steigen! Dort äschert man unsere Leute ein! Alle Sachsen, die hier im Arrest sind, müssen vergast werden, als Rache für die Juden, und dann kommt Kronstadt an die Reihe und zuletzt alle!«

»Das gibt es nicht«, sage ich.

»Sehr wahr«, beruhigt der Gast. »Für so eine Aktion sind unsere Rumänen technisch zu unbegabt und vor allem zu schlafselig. In keinem anderen Land der Welt bewegen sich die Menschen so lässig, trotten sie so träge dahin wie bei uns. Nein, nein. Für so etwas bedarf es deutscher Perfektion. Was erwarten Sie von einem Volk, das vom Anfang seiner Geschichte an hat kuschen müssen, zweitausend Jahre von Fremden kujoniert worden ist? Der Rumäne will überleben. Palukes explodiert nicht. Einige wenige setzen sich zur Wehr wie die Partisanen im Gebirge. Hut ab vor denen! Alle Ehre! Wenn auch potentielle Selbstmörder. Die Masse jedoch … Der einfache Rumäne sagt: Möge es nicht schlimmer kommen. Zieht man ihm die Haut über die Ohren, ist er froh, daß man ihm die Knochen beläßt, und zerschlägt man ihm die Knochen, bleibt immer noch das Mark übrig. Und er freut sich, daß nichts Schlimmeres passiert ist.«

Seine Hämorrhoiden spült er über dem Waschbecken, was ihm der Wachsoldat mit unflätigen Worten verbietet.

»Dann wasch du mir den Arsch!« Und reckt ihm das Hinterteil zur Nase hin. Uns stockt der Atem. Der Wärter flieht.

»So redet man mit Gesindel! Es gibt außer dem Glauben drei Lösungen, um das Gefängnis zu überstehen.« Er rückt die blutigen Aderklumpen im After zurecht und zählt auf:

»Nummer eins: Schnappen sie dich, sagst du dir: Das ist der Tod. In diesem Augenblick bin ich gestorben. Nichts da Freiheit. Aus mit Wein, Weib, Gesang«, er sagt das deutsch. »Schluß für immer. Wer so denkt und redet und handelt, der ist unschlagbar. Und gerettet. Sie können einem nichts anhaben.

Nummer zwei: Du spielst den Blöden. Gebärdest dich wie ein Narr, dem an der Welt nichts liegt. Bist der unbehauste Mensch. Hat einer das Eigene aufgegeben, bleibt nichts zu verlieren. So einer ist überall und nirgends zu Hause und somit frei, selbst eingekastelt im Loch. Illusorisch für die«, er zeigt mit drohender Gebärde nach oben, »dich festnageln oder erpressen zu wollen.

Nummer drei: Im Angesicht der tödlichen Gefahr läßt du

dich nicht fallen, sondern im Gegenteil: Es packt dich eine aberwitzige Lust, zu kämpfen, das Menschenunmögliche zu versuchen. Churchill gestand der rumänischen Prinzessin Bibescu 1939 beim Tee, daß er wohl wisse, Krieg bedeute Tod und Verderben für England und das Empire, er aber fühle sich um zwanzig Jahre jünger. Je toller die Übermacht, um so gezielter muß man um sich schlagen, selbst wenn es aussichtslos scheine. Die Moral von der Geschicht«, er sagt es in holprigem Deutsch: »Ihnen Feuer unterm Arsch machen! Oder frei nach Freud: über dem Ich kein Über-Ich dulden.«

Stockend berichte ich auf französisch – weshalb ich mich damit plage, ich weiß es nicht genau, den Jäger will ich nicht kränken – über die ersten vier Monate hier und daß die Untersuchungen einen Punkt erreicht hätten, wo ich so nicht mehr weitermachen könne. Etwas müsse geschehen, doch was? Während ich mühsam das Meine zu Ende bringe, blickt er mich, seitlich liegend, aus stechend schwarzen Augen an. Er unterbricht mich nicht, um nachzufragen, hilft nicht, wenn ich nach einer Vokabel suche. »Manchmal meine ich, wir alle versinken in einem Sumpf.« *Marécage* fällt mir nicht ein. Ich sage es rumänisch, *mlaştină*.

Schon reißt der Jäger, der mit eifersüchtigen Augen unser Parlieren verfolgt hat, das Wort an sich. Er muß eine Geschichte loswerden. So hören wir zu. Zeit ist. Er hatte sich im Sumpf verirrt, damals noch als Wilderer, hatte den Pfad durch das Moor verfehlt und mußte machtlos zusehen, wie der Boden unter seinen Füßen nachgab und er im glucksenden Wasser unterging. In seiner Not hatte er mit dem verbotenen Gewehr Schüsse abgegeben. Lieber eingesperrt als tot. Es erbarmte sich seiner ein Wildschwein, das in der Mittagswärme in der Nähe ein Moorbad nahm. Mit der Kraft der Verzweiflung erwischte der Jäger den Eber, krallte sich ein in die Borsten, packte den Schwanz und ließ sich von dem Tier an das Ufer schleifen. Gerettet, aber in der Zwickmühle: Bring ich das Schwein um oder laß ich es laufen? Keiner von uns beiden fragt, wie der Jäger entschieden hat.

Der Herr Doktor schweigt lange, nun wieder auf dem Rücken liegend. Nachdenklich bemerkt er: Habe er richtig verstanden, so hätte ich die zwei ersten Modalitäten für das *survivre* hinter mich gebracht: sterben wollen und den Narren spielen. »*Maintenant essayez-vous la troisième manière. Agir avec fermeté et courage.*« Wie, erläutert er nicht.

»*Mais que faire vraiment?*« frage ich schüchtern.

»*Seulement l'homme lui même est le maître de son destin.*« Ich bin enttäuscht. Faßliche Ratschläge will ich. Mein Schicksal? Das habe ich vergessen. »*Destinul meu?*« sage ich.

Wieder ein Stichwort für den Jäger, der mit seiner Geduld am Ende ist. »Wenn es ein Schicksal gibt, dann sind es die Frauen«, faucht er. Und wendet sich Bettgeschichten mit Volksgenossinnen zu, sein Repertoire quillt über. Wir lassen ihn gewähren.

Des Teufels seien die Ungarinnen, besonders die Rothaarigen mit Sommersprossen bis zum Schambein. Ihre Wildheit sei gerade noch erträglich, mit ihnen sich hinzulegen ein Vergnügen. Aber anstrengend und unersättlich seien sie. Ja! Und voller Hundsmucken und Einfälle. Wunderbar als Frauen für Herz und Bett. »Aber als Geliebte, neben der eigenen Frau, werden sie gefährlich: Erstens kann man sich nirgends mit ihnen im Verschwiegenen treffen, denn wenn du mit ihnen Liebe machst, geben sie Laute von sich wie sibirische Tiger – man merkt, daß sie aus Asien kommen, von Hunnen abstammen. Und weiter: Sie schlagen um sich, krallen sich in deine Haut, zerkratzen dich, beißen zu. Nie kannst du deiner Frau weismachen, daß du diese Kratzer aufgeklaubt hast, weil du im Dorngestrüpp Pilze gesucht hast.

Die Rumäninnen«, des Jägers Augen leuchten, »die ja! Liebreich, anschmiegsam, leidenschaftlich und viel Gefühl. Genug reinlich. Und kaum hast du sie defloriert, wissen sie bestens, wie es weitergeht, haben sie heraus, worauf es ankommt. Wie ein Rehkitz, nachdem es geboren ist. Es weiß vom ersten Atemzug alles, was es zu tun hat.«

Seufzt und sagt: »Und schließlich die Sächsinnen. Hübsch, elegant, verlockend, mit herrlich vorwärtsdrängenden Zitzen, weiß wie Apfelblüten, gebildete Mädchen und Frauen, *cu educaţie distinsă* – höhere Wesen! Sie halten sich sauber.

Duften überall nach feiner Seife und frischem Wasser.« Er zieht die Luft ein, schnalzt mit der Zunge. »Doch unbedarft, wenn es um die *viaţa sexuală* geht. Und das Traurigste: Sie wollen nichts dazulernen. Ungerührt wie Palatschinken liegen sie da, lassen alles über sich ergehen und zählen die Fliegen an der Wand, während du dich abrackerst.« Und schließt betrübt: »Sie haben kein Begehr. Nichts verstehen sie von *amor fati*.«

»*Ars amandi*«, sagt Herr Ghiosdan und gibt damit zu verstehen, daß er vielleicht doch zugehört hat. Und berichtet von einer Spezies Rumäninnen, die der Jäger höchstens aus den Illustrierten kennt: von den *domniţe române*, den Töchtern aus Familien des Hochadels und des Großbürgertums, die sich sofort nach Kriegsbeginn 1941 an die Front zum Lazarettdienst gemeldet hatten unter der Oberin Fürstin Ghika. Wie sie Kälte und Hunger mit den Frontkämpfern teilten und wie sie sich zu jedem verwundeten Soldaten mit derselben Liebenswürdigkeit beugten und ihn verarzteten wie einen Stabsoffizier. Wie peinlich hatte er sich gefühlt, ein blutjunger Leutnant, im Lazarett bei Charkow, als die Prinzessin Caragea sich bei seinem Bett eingefunden hatte! »Eine adrette Krankenschwester, wie aus einem Journal.« Er habe sich geweigert, die Decke zurückzuschlagen und die Wunde preiszugeben, so habe er sich geschämt, ein Streifschuß gerade an der Stelle ... »*Maica Domnului*, Muttergottes, wohin die hinterhältigen Kugeln sich verirren! An den verschwiegensten Ort meiner Mannheit ...«

Doch entschieden, wenn auch mit erlesenster Delikatesse, habe sie mit ihren verwöhnten Fingern, als spiele sie ein Notturno von Chopin in einem Bukarester Salon und ohne zu erröten, ja verschmitzt lächelnd wie eine Bauernmagd, habe sie ihn, der rot übergossen dagelegen sei, mit ihren wunderbaren Fingern ...

Die Riegel rasseln. Weg ist er!

16

Der Vernehmungsraum ist in Neonlicht getaucht. Schatten keine. Jeder Winkel ausgeleuchtet. Drei Männer in Zivil. Ihre wächsernen Gesichter sind lila angehaucht. Es ist totenstill. Drei sind es. Das ist neu. Hauptmann Gavriloiu hat am Schreibtisch Platz genommen. Die andern stehen. Einer stützt sich auf die Fensterbank, der zweite lehnt an der Wand. Ich sitze bei meinem Tischchen, die Hände auf die Platte gelegt. Und schäme mich ein wenig: Die Fingernägel stehen zerfranst in die Luft. Ich habe vergessen, sie abzuknabbern. Somit rolle ich die Finger ein. Die Helligkeit schmerzt. Die Farben sind entstellt. Ich kneife die Augen zusammen. Der Hauptmann fährt mich an: »Reiß die Augen auf! Schau auf uns!« Und beginnt mit dem gängigen Lamentieren: daß ich ihnen das Leben sauer machte. Wäre ich geständig, müßten sie sich nicht die Nächte um die Ohren schlagen. Bis nach Bukarest wisse man über meine Widersetzlichkeit Bescheid. »Sag endlich die Wahrheit! Und du bist nicht nur rascher unten und schläfst dich aus, sondern du bist Jahre früher frei. *In libertate!*« Die drei heben die Hände wie auf Verabredung, lassen sie in Stufen abwärts sinken. Jahre früher …

»Andererseits haben wir dich in der Hand«, sagt der Mann beim vergitterten Fenster, »wir können dich zerdrücken wie eine Laus. Wir wissen alles über dich. Im Nu bist du zu lebenslänglich verurteilt.« Pause. »Und zu mehr, *mai mult.*«

»*Foarte bine*«, erinnere ich die Herren.

»Das würde dir gefallen, so leichten Kaufs davonzukommen«, sagt der Mann an der Wand. Über ihm gleißt das Staatswappen der Volksrepublik im trügerischen Neonlicht: Umrahmt von einem Ährenkranz, der ins Gräuliche spielt, erhebt sich über Bergen und Tannenwäldern in Braun die ausgelaugte Sonne. Auf ihren Strahlen balanciert ein fünfzackiger Stern, rot wie gestocktes Blut. Und mittendrin ragt eine einsame Ölsonde. Unten aber rauscht ein lila Fluß. Ein Fluß …

»Machen wir es kurz. Für uns ist alles klar. Dein Putschistenkreis in Cluj ist erwiesenermaßen eine Untergrundorganisation, getarnt als fortschrittlicher Verein. Die Höhe an Raffiniertheit: offiziell und subversiv zugleich. Dazu gesteuert vom Ausland: Enzio Puter. Und du bist der Rädelsführer. Das ist nur eines von vielem, was wir dir aufpelzen werden. Dreihundert Studenten, angeklagt wegen Hochverrat – der Jahrhundertprozeß. Genosse Chruschtschow wird vor Freude Gopak tanzen, eurem Adenauer aber wird das Jodeln vergehen.«

Noch ehe ich mir das alles vorstellen kann, den tanzenden Chruschtschow im Kreml und Adenauer als Tirolerbub, schreit der Mann beim Fenster: »Und nun erhebe dich und dreh dich zur Wand. Hände in den Nacken! Und spitz die Ohren! Eine kleine Kostprobe, was deiner harrt, *un aperitiv*.«

Ich stehe, Gesicht zur Wand. Während meine Hände im Genick zu zittern beginnen, spüre ich, wie meine Hosen abwärts rutschen. Die Unterhosen folgen. Ich bin mager geworden. Leibriemen und Gummiband hat man mir abgenommen.

Ein anderer nimmt das Stichwort auf: »*Aperitiv!* Du hast versucht, eine Aktion von Staat und Partei zu vereiteln. Das ganze Deutsche Lyzeum, hier, einige Häuser weiter talab hast du aufgehetzt und in Marsch gesetzt, als es hieß, die Bourgeois von Stalinstadt zu evakuieren, unschädlich zu machen. Vor einigen Jahren im Monat Mai. Du erinnerst dich.« Ist das eine Frage? Nein. Somit schweige ich. »Du bist der Anstifter gewesen.«

»Ich? Einer ist zuwenig für so eine Unternehmung.«

»Das wirst du uns bezahlen. Ihr alle werdet büßen. Denn eine reaktionäre Bande sind sie allesamt, *dela Liceul German*. Schüler und Lehrer. Ein Fehler, daß die Partei euch eine eigene Oberschule genehmigt hat. Ein Verschwörernest von Hitleristen habt ihr daraus gemacht: Honterusschule!«

»Unsere Lehrer hatten mit jenen Ereignissen im Mai nichts zu schaffen. Sie sind loyale Staatsbürger der Volksrepublik.« Ich sage es zur Wand hin und warte, daß der Hauptmann handgreiflich wird wie gewohnt. Nichts geschieht.

»Das denkst du. Aber die Partei hat Nachsicht geübt. Nur euren Direktor hat man abgesetzt. Wie heißt er?«

Kann ich behaupten, ich wisse es nicht?

»Franz Killyen.«

»Und was ist aus ihm geworden?«

»Tagelöhner beim Bau«, sage ich widerwillig.

»Zu glimpflich ist das abgegangen. Aber jetzt wird die Rechnung beglichen.«

Während mir die Unterhosen vom Leib gleiten, sage ich: »Eine Staatsaktion verhindern, wer erkühnte sich? Wir Sachsen sind von Haus aus treue Bürger, jeglicher Obrigkeit untertan. So ist das, seit wir ins Land gekommen sind. Und heute nicht anders. Anstiften? Aufhetzen? Ich habe nichts anderes getan als die Schulkollegen gebeten, den vom Schicksal geschlagenen Familien zu helfen.«

»Schicksal, sagst du hinterhältig. Aber uns meinst du! Nun gut: Jede der Ausbeuterfamilien hat für ihr Gerümpel einen Viehwaggon bekommen, geräumig, daß man Walzer tanzen konnte.«

Ich spreche hastig weiter: »Die Mädchen sind zum Einpacken in die Häuser gegangen, die Jungen zum Schleppen der Möbel. Nicht zu beschreiben, welch Elend, welche Verwirrung. Manche der Hausleute waren wie gelähmt, andere wußten nicht, wo Hand anlegen. Kann sich einer vorstellen, was zu geschehen hat, wenn in einigen Stunden ein Haushalt aufgelöst werden muß, voll Sachen von Generationen her?«

»Das ist es«, unterbricht mich einer giftig, »was du vereitelt hast: daß nämlich Hab und Gut, welches ihr, die sächsischen Ausbeuter, seit Generationen der Arbeiterklasse abgezwackt habt, in deren Besitz zurückkehrt. Eigentum ist Diebstahl, das weißt du. Darum so knappe Termine, die Partei bedenkt alles und macht nie Fehler: damit die Begüterten möglichst wenig wegkarren konnten. Und viel in den Wohnungen zurückbleibe für die Arbeiterfamilien, die dort einziehen würden. Im Marxismus heißt das: *exproprierea exproprietarilor.*«

Ja, so heißt das im Marxismus. Doch so war es nicht. Während wir Jungen mit der letzten Rosenholzkommode aus der Wohnung des Alex von Boor hinaushetzten und sie auf dem Bürgersteig niederstellten, schlug es vom Turm der Schwarzen Kirche sechs Uhr abends. Die Frist war um. Die Expropriateure der Expropriateure stürzten herbei, Mann und Frau und Kinder und hintendran die Schwiegermutter in Opanken und mit dem schwarzen Wolltuch um Schultern und Kopf. Sie tobten durch die gähnend leere Wohnung. Mit hängenden Nasen setzten sie sich auf das Parkett und weinten bittere Tränen, indes die Alte ein Klagelied anstimmte. Dann schneuzten sich alle in ihre Schürze. Und trollten sich. Vor der Tür wartete die Kommission mit Siegellack und brennenden Kerzen.

»Du warst der Anführer: Du hast die Hilfsaktionen organisiert.«

Einer allein? Aber ich widerspreche nicht.

»Du hast bei Dr. Scheeser, den wir von der Liste gestrichen haben und der den Boden hätte küssen müssen, einen Telephondienst eingerichtet. Du hast im Haus des Architekten Deixler, dem wir erlaubt haben, zu bleiben, angeregt, Essen zu kochen. Mit dem Feldkessel am Rücken bist du auf dem Bizykel in der Stadt spazierengefahren und hast das Essen in den Häusern der Volksfeinde ausgeteilt. Alles kriminelle Handlungen. Paktieren mit dem Klassenfeind ist dein geringstes Vergehen.« Der heiße Blechkanister im Rucksack ... Ich spüre das Brennen auf der Haut.

»Du hast am Rangierbahnhof bei den Möbelwaggons eine Schutzwache von Schülern eingerichtet.« Nur ich? »So blieben unsere Werktätigen ohne Hausrat. Du hast ...«

Unversehens tritt einer zu mir, dreht mich mit einem Ruck zu sich; es ist mein Hauptmann. »Bedecke deine Blöße, was stehst du da mit nacktem Arsch! Kein bißchen Schamgefühl hast du!« Ich will mich bücken, die Hosen heraufziehen. Doch er befiehlt: »Stillgestanden!« Schreit mir ins Ohr: »Das hast du nicht allein ausgeheckt! Wer sind die anderen? Rede, du Unverschämter. Wir wissen alles! Aber wir wollen mehr wissen!«

»Es war allein meine Idee.« Ich rede mit der Wand. Nicht ohne Würde, wenn auch mit blankem Hintern sage ich: »Böse kann daran nichts sein. Ich habe Menschen in Not helfen wollen.« Hinzufügen will ich: Das wird man ja noch dürfen?

Doch ich schließe schlicht: »Ich habe nirgends gehört, daß Helfen in der Volksrepublik verboten ist.«

»In der Volksrepublik nicht. Aber bei Klassenfeinden, ja.«

»Dreh dich um!« Sie gähnen. Einer steckt den andern an. Der Mann unter dem Staatswappen hält die Hand vor den Mund. Sie klatschen in die Hände, alle zugleich, doch nicht auf die gleiche Art. Drei Soldaten stürzen herein, schwenken die Brillen. Der Erstbeste packt mich. Die Hosen darf ich heraufziehen. Ich tappe hinunter in meine Zelle.

Architekt Arnold Deixler in der Rochusgasse ... Die älteste Tochter Armgard war unsere Klassenkollegin. Sie hatte uns für den 2. Mai nachmittags eingeladen: Annemarie Schönmund, Gunther Reissenfels, mich. Wir drei standen kurz vor der Matura. Dazu auf Annemaries Vorschlag noch Achim Bierstock, Notger Nussbecker und Paula Mathäi: »Sie sind zwar jünger, aber geistesbeflissen wie wir.«

Auf ihr Geheiß hatten wir sechs Reinhold Conrad Muschlers Novelle *Die Unbekannte* gelesen. Darüber sollte gesprochen werden, bei Knäckebrot, Salzstangen und Brennesseltee. *L'inconnue de la Seine* ... Man hatte die junge Frau aus der Seine gezogen, auf den Lippen ein verklärtes Lächeln. Das Photo der Toten war um die Welt gegangen. Bei Muschler hatte sie eine Geschichte bekommen, ja sogar einen Namen: Madeleine Lavin. Jeder von uns sollte nun, so Annemarie, eine eigene Geschichte dazu erfinden: »Lebensgestaltung vom Tode her.«

Wir ließen uns in der winterlich verglasten Laube nieder. Annemarie verkündete: »Ich habe mir eine Geschichte zurechtgelegt, die gewiß stimmiger ist als die von Muschler. Ein Mädchen aus diesem Milieu erliegt nicht eins, zwei den Verlockungen eines Hotels und eines Lords. Ich kenne mich aus.« Wer wagte zu widersprechen, wo sie allein von uns über zwanzig war. Wegen ihrer Augenkrankheit war sie in vielem spät dran. Für die meisten aus der Klasse, in die sie sich für das letzte Jahr verirrt hatte, blieb sie »ein höheres Wesen aus Geist und Lametta«, wie Gunther diagnostizierte, »wenn auch paradoxerweise begabt mit einem aufreizenden Frauenleib«.

Um die Laube rankte sich der kahle Bärenklau. Auch die Obstbäume hielten sich bedeckt, wenngleich ihre prallen Blütenkapseln zu zerspringen drohten. Alles wartete auf einen ersten warmen Lufthauch. Im Gebirgstal unter der Zinne zieht das Frühjahr spät ein. Noch im Juni fällt Schnee.

Paula war verspätet. Notger bemerkte: »Matthäi am Letzten. *Comme d'habitude.*« Es war der einzige französische Satz, den er sich gemerkt hatte.

»Stichle nicht dauernd!« mahnte Annemarie. »Du weißt ja als ihr Klassenkamerad, wie sie sich plagt, den rumänischen Kindern Deutsch beizubringen. Praktisch lebt ihre Familie von diesen Privatstunden. Vater gibt es keinen.«

»Wo ist ihr Vater?« fragte Gunther.

»Wo alle unsere Väter sind, wenn sie nicht mehr sind.«

Plötzlich hüllte uns Wärme ein, wedelte um unsere Füße.

»Habt ihr denn eine Waschküche im Keller?« fragte Gunther.

Über dem Salomofelsen jenseits der Zinne hatte die Maisonne die Atmosphäre erhitzt. Warme Luft wallte durch die Hohlwege ins Tal herab, verzweigte sich in den steilen Gäßchen, legte sich wie ein flauschiger Teppich in die Gärten. Wir traten ins Freie, zogen die Strickjacken aus, kleideten die Gartenstühle damit aus, räkelten uns darin, krempelten die Ärmel hoch. Käsig schimmerte die Haut, wir schämten uns ein wenig. Dazu juckte sie. Es wurde Frühling. Armgard knöpfte die Bluse auf, schloß die Augen, lehnte sich zurück, murmelte: »Die arme Madeleine, vielleicht ist sie in der letzten Nacht doch noch mit dem Lord aufs Zimmer gegangen. Gönnen würde ich es ihr.« Der rechte Ärmel glitt ihr von der Schulter, man ahnte die Brust. Ich bemerkte ein Muttermal.

Die Tante des Hauses trippelte herbei. Eine Tante, wie es sie in jeder guten Bürgerfamilie gab: unverheiratet und klassisch gebildet. Sie hieß Melanie Julia Ingeburg Konst von Knobloch. Vorsichtig setzte sie einen Fuß vor den andern, der Steg war frisch geschottert. Auf ihrem Kopf tummelten sich die Lockenwickler, in der Hand schwang sie einen Schürhaken.

Tante Melanie wohnte in der Mansarde, umschmeichelt von Katzen, mit denen sie sich auf lateinisch unterhielt. Obschon die Katzen Nonnennamen trugen, von A bis Z, vermehrten sie sich zusehends. Den Uringeruch dämpfte die Dame mit Weihrauch und Wacholder oder mit köstlichen Tees.

Saßen wir bei ihr, Armgard und ich, um die alte Sprache zu üben oder aus anderem Grund, dann überkam es uns wie wunderliche Trunkenheit, so benebelte das ätzende Aroma die Sinne. Oft hielt Armgard die Zopfenden an ihre Nase und filterte damit die Luft. Die Katzen glitten in einem endlosen Reigen um uns her, entwarfen Muster von Voluten und Spiralen, verstrickten uns in ihre Schlangenbewegungen. Armgards Kopf sank benommen auf meine Schulter. Oder sie barg ihn in meinen Schoß. Manchmal flüchtete sie sich mit ihren Händen in die Taschen meiner Lederhose oder kreuzte sie auf meinem Knie. So lauschten wir unter schrägen Wänden den Geschichten der Tante.

Die Holzwände waren tapeziert mit Photographien von Landschaften entlang der Meridiane, vom Bismarck-Archipel in der Südsee bis zum Franz-Josephs-Land im Nordmeer. Bewandert war die Tante nicht nur in der Geographie, sondern auch in den Biographien des Allerhöchsten Erzhauses. Ein Farbdruck zierte die einzige Mauer: Kaiser Franz Joseph hatte sich schluchzend über den Katafalk seiner Gemahlin geworfen, in Generalsuniform, während die Kapuzinermönche wie Gartenzwerge danebenstanden, den Rosenkranz beteten und devot darauf warteten, den Sarg wegzutragen.

In letzter Zeit hatte Tante Melanie sich in die Menschenrechte vertieft. »Alle Menschen gleich ... Recht und billig, daß die Kommunisten die Domestiken abgeschafft haben. Somit brauchen wir kein schlechtes Gewissen mehr zu haben. Ansonsten sind wir ja nun alle gleich, nämlich alle gleich arm und armselig. Es erinnert mich an die Zeiten der Einwanderung. Erste Generation Tod: Das haben wir hinter uns. Zweite Generation Not: Mittendrin sind wir. Hoffentlich folgt noch zu Lebzeiten: dritte Generation Brot!«

Einige Jahre zuvor hatte sie versucht, über die grüne Grenze nach Jugoslawien zu pilgern, mitten am Tag. Ein knallrotes Parasol sollte Schutz und Schirm sein. »Rot, zwar eine pöbelhafte Farbe, aber was tut man nicht, um die Kommunisten freundlich zu stimmen.« In einem Kukuruzfeld bei Hatzfeld/Jimbolia hatte man sie gestellt. Auf die Frage, wo der Paß sei, hatte sie die *Erklärung der Menschenrechte* gezückt und in gebrochenem Rumänisch geantwortet: »Jeder Mensch hat das Recht, sich auf dieser Erde frei seinen Wohnsitz zu wählen.«

»*Fii serioasă, doamnă*«, hatte der Leutnant erwidert, während er ihr Handschellen anlegte. Auf die Frage: »Wohin des Weges?« hatte sie geantwortet: »In das Franz-Josephs-Land. Hier ist es mir zu heiß geworden.«

Freitag: Wir saßen bei ihr und tranken grünen Tee aus Tassen mit den Porträts der vier Monarchen, die den Ersten Weltkrieg verloren hatten, drei davon auch noch den Thron. Die Tante erging sich in Monologen: »Friedliches und gerechtes Zusammenleben der Völker! Unerreichbar bleibt darin das Kaisertum Österreich.« Und schloß: »Was ein Republikaner nie begreift: Die Monarchie ist ein Fenster zum Himmel.« Sie seufzte. »Dies Fenster haben die Kommunisten zerschlagen, als sie unsern König Michael weggejagt haben. Damit haben sie es sich mit dem Herrgott verscherzt. Sie werden scheitern, bei all ihrem Elan für eine bessere Welt. Gott läßt sein Angesicht nicht nur leuchten, er kann es auch verhüllen.« Frau von Knobloch kraulte drei Katzen auf einmal, die sich den Platz auf ihrem Schoß streitig machten.

Armgard barg ihren Kopf in meinem Schoß: »Wie gut! Es riecht nach Leder und Moos.« Ich streichelte ihre Wangen. An meinen Knien spürte ich das leise Kitzeln ihrer Zöpfe. Sie nahm meine Hand, geleitete sie über die bloße Haut und sagte: »Fühl, hier habe ich ein Muttermal.« Ich fühlte es.

»Geht nun! Mir genügen die Stimmen von einst.« Wir gingen. Und wußten nicht mehr, wer wir waren, und wußten nicht, was unser Herz wünschte. Auf der Treppe hielten wir inne und küßten uns. Später und draußen waren wir wie die anderen.

Der Kies knirschte. Frau Melanie stützte sich tiefatmend an einen Birnbaum: »*Salvete, iuventus!*« Die Jungen sprangen auf und riefen: »*Salve, pia anima!*« Der Neuling Notger stotterte verdutzt: »*Gummi arabicum!*« Und mir passierte ein Lapsus: »*Ave, domina, morituri te salutant!*« Damit aber waren wir mit unserm Latein am Ende. Achim sagte bescheiden: »Grüß Gott.« Und Annemarie grüßte gemessen: »Guten Tag.«

Wir boten der alten Dame unsere Stühle an. Die Jüngeren wollten sich vorstellen. Sie winkte ab: »Behaltet eure Namen für euch. Erstens merke ich sie mir nicht, zweitens ist es in dieser närrischen Zeit besser, niemanden zu kennen. *Nomen est omen.* Der Name wird zum Verhängnis.«

Gestützt auf den Schürhaken, drehte sich die Tante mit dem Rücken zur Sonne: »Hütet euch vor der Frühlingssonne. Gletscherbrand!« Sie öffnete die Seidenbluse, fuhr mit dem Schürhaken die Wirbelsäule hinab und kratzte sich. »Der Winter war zu lang. Die Haut ist ausgedörrt. Es juckt.« Sie erblickte das Büchlein: »Ah, Muschler! Die Begeisterung legt sich, je mehr man liest.«

Annemarie sagte: »Lebensgestaltung vom Tode her.«

»Vom Tode her? Dann lest die tragischen Biographien von den Mitgliedern des Erzhauses: Kaiser Maximilian von Mexiko, standrechtlich erschossen, Kronprinz Rudolf, Liebestod, Kaiserin Elisabeth, Meuchelmord. Tod noch und noch. *Sic transit gloria mundi!* Und jeder von ihnen wußte davon seit frühester Kindheit. Aber Muschler. Edelschnulzen und dazu noch geschmacklos.«

Annemarie sagte: »Begründen Sie es. Beispiele!«

»Beispiele? In einem der beiden Schmachtfetzen, *Bianca* oder *Diana*, da schlüpft die Sonntagsgeliebte nackt ins Bett des Arztes. Was aber tut sie vorher? Sie zieht sich aus.«

»Das ist logisch«, stellte Annemarie fest.

»Und versteckt ihre Dessous unter Rock und Bluse. Und faltet dann noch diese beiden armseligen Sächelchen extra zusammen. Lächerlich!«

Ich gab mutig zu bedenken: »Mein Großvater hat uns von klein auf angehalten, bevor wir zu Bett gehen, unsere Kleider ordentlich hinzulegen. Es könnte in der Nacht eine Feuersbrunst ausbrechen, und dann sollte alles griffbereit sein.«

Die Tante ließ sich nicht aus dem Takt bringen: »Extra betont wird, daß die Wochenendgeliebte sich noch Zeit nimmt, ihre Klamotten sorgfältig auf den Stuhl zu legen. Für nachher, wie zu lesen ist.« Sie schüttelte sich, ihre Lockenwickler sirrten. »Wenn mir das passiert wäre, daß ein echter Mann, dazu noch ein leibhaftiger Arzt ...« Sie hielt inne. »Meiner Seel, ich hätte Oberkleider und Unterkleider und Überkleider im hohen Bogen von mir geworfen und alle Kleider in den nächstbesten Fluß geschmissen, damit es ja kein Nachher mehr gebe! Aber es sollte nicht sein.«

Von der Gassentür eilte ein Mann im Wintermantel, eine Aktenmappe unter den Arm geklemmt, den Gartenweg herauf, gefolgt von einem Milizionär in Uniform. Der hatte einen Revolver am Gurt und weiße Zwirnshandschuhe an den Händen; er kaute an einem Wurstbrot.

Der Mann in Zivil wünschte »Guten Tag« und ließ sich in den Stuhl fallen, der für Paula bereitstand. Der Milizionär umkreiste das Haus, blickte in alle Kellerfenster. Ohne sich vorzustellen, fragte der Mann im Wintermantel nach dem Genossen Architekten. Armgard sagte: »Ich rufe meinen Vater.«

»Laß nur.« Er wies mit dem Zeigefinger auf den blauen Zettel vor sich mit sieben Namen: die Eltern, Armgard, ihre vier Geschwister. »Alle diese wohnen hier?«

»*Da.*«

Der Mann reichte Armgard einen Bleistift und hieß sie unterzeichnen, nachdem er sich vergewissert hatte: »Du kannst ja schreiben?« Und sagte: »Bis morgen abend um achtzehn Uhr müßt ihr das ganze Haus geräumt und eure Sachen weggeschafft haben. Die Bahn stellt euch einen Güterwagen zur Verfügung. Lastwagen könnt ihr bei der Stadtverwaltung bestellen.«

Tante Melanie trat auf den Plan: »Wie, und ich bin nicht auf der Liste?«

»Nur diese sieben«, sagte der Mann.

»Seit zwanzig Jahren warte ich in diesem Haus, daß etwas

geschieht. Und nun wollt ihr mich hier lassen. Setzt mich sofort auf die Liste!«

»Das kann ich nicht.«

»*Cum nu?*« Sie sei genauso eine Sächsin wie alle hier im Haus.

Annemarie legte sich ins Mittel: »Soziologisch und psychologisch gesehen hat die *doamnă* recht. Sie gehört zum Haus.«

»Wer bist du, daß du dich einmischst?«

»Die Tochter einer Arbeiterin *dela Fabrica Tractorul Roşu.*«

»Und die anderen, was suchen die da? *Un club conspirativ?*«

»Nicht doch«, sagte Annemarie. »*Colegi de clasă.*«

»Und was treibt ihr hier?«

»Wir sprechen über den Tod eines jungen Mädchens.«

»Ah!« Er nahm den Hut ab und bekreuzigte sich. »Es geht nicht gegen die Sachsen. Es ist der Klassenkampf. Es trifft alle Ausbeuter. Sogar Juden, und auch die beiden armenischen Familien sind darunter.« Der Mann im Wintermantel dampfte. Aber er legte nicht ab.

»Der hat eine Pistole«, flüsterte Gunther.

»Atamian und Cegherganian. Das ist nett«, sagte Tante Melanie zu Armgard. »Hoffentlich verschlägt es sie aufs selbe Kaff wie uns. Dann muß ich nicht um meine Tees bangen.« Und zum Mann mit dem Bleistift: »Klassenkampf? *Foarte bine! Una nobilă sunt.* Selbst wenn ich eine arme Schwarte bin – wie sagt man das auf rumänisch? –, eine Adlige bleibe ich dennoch. Und nun schreibt Ihr mich auf.«

»*Nu se poate*«, wehrte sich der Mann.

»Und noch wie es geht!« Sie fuhr ihm mit dem Schürhaken in die Knopflöcher des Mantels und schüttelte und rüttelte ihn, daß ihm der Hut vom Kopf rollte. »Aufschreiben! Und alle meine Katzen auch.« Und zu uns: »Abgesehen davon, daß ich *per toto* keine Lust verspüre, hier in diesem unserem Haus mit Proleten und Gesindel mein Leben zu beschließen. Schon für meine Katzen wäre das eine Zumutung. Ich gehe mit!«

Verwirrt malte der Mann ihren Namen auf den blauen

Zettel und ließ sich die Namen der Katzen diktieren, von Annunziata bis Zenobia. »*Alea iacta est!*«

»Jagt die vermaledeite Hexe weg«, schnob der Mann und ließ sich vom Milizionär den Hut reichen. Die Dame blieb sitzen.

Beim Gartentor tauchte Paula auf. Schon von weitem rief sie mit weinerlicher Stimme: »Es tut sich Schlimmes in der Stadt. Eben hat man meine Brotgeber, die Familie Vestemean von der Postwiese ...« Wir machten ihr verstohlen Zeichen. Sie verstand. An uns vorbei rannte sie ins Haus. Armgard trug ihr auf: »Ruf meinen Vater. Nein, besser meine Mutter.« Der Mann im Wintermantel hob den Kopf: »*Cine este?*«

Armgard antwortete: »Eine Freundin. Sie ruft meine Mutter.« Die Mutter kam, eine mittelgroße Frau mit hellen Augen und ruhigen Bewegungen. Das Haar hatte sie glatt nach hinten gekämmt und im Nacken zu einem Knoten geschürzt. Ihr Gesicht war gerötet von Skifahrten und Waldläufen. Ein Prise Sommersprossen erinnerte an Jungmädchenzeiten. Die beiden Boten wollten sich aus dem Staub machen, aber Frau Deixler hielt sie zurück: »Bleiben Sie«, sagte sie. »Ein Tee gefällig? Junge Brennnesseln, sehr gesund.« Die Herren dankten, sie wünschten keinen Brennnesseltee. »Wir sind in Eile.« Der Mann im Mantel seufzte.

»Eben, diese Eile, die wundert uns. Was geschieht zum Beispiel, wenn man den Termin nicht einhalten kann?«

Morgen um Schlag achtzehn Uhr würde die Wohnung versiegelt werden. »Was drin ist, bleibt eben drin.« Liebevoll betrachtete er seine Uhr. »Achtzehn Uhr. Das ist sechs Uhr nachmittags?« Und setzte hinzu: »Die Uhr, ganz neu. Marke ›Moskwa‹, siebzehn Rubinen.«

»Wohin geht die Reise?« Der Mann zögerte. Nicht sehr weit, nach Rupea, etwa siebzig Kilometer entfernt. Dort gebe es Wohn- und Arbeitsmöglichkeiten in Hülle und Fülle. Die Ortsansässigen zögen die leichtere Arbeit in der Stadt vor. »Die Siedlung dort leert sich. Während wir in unserem geliebten Stalinstadt ersticken.« Er nahm den Hut und schaufelte damit Luft auf uns zu, als wolle er uns wegblasen.

»Was für eine Art von Arbeit ist das, so in Hülle und Fülle?«

Jetzt wurde der Mann schlicht böse: »Haben Sie nie etwas von den berühmten Steinbrüchen von Rupea gehört? Reinster Kalkstein. Weiß wie die Unschuld einer Jungfrau.«

»Aha.« Alle sagten wir: »Aha.«

Die Hausherrin dachte nach. Sie schloß die Augen. Ihr Antlitz mit der Falte über der Nasenwurzel war weit weg von der Totenmaske der Unbekannten, die den Einband des Büchleins zierte. Keiner sprach ein Wort. Irgendwann setzte sie sich auf, nahm das Büchlein zur Hand, betrachtete das Photo der lächelnden Toten und sagte in unserer Muttersprache, ohne die beiden Fremden weiter zu beachten, die sich verabschiedeten: »Kinder, das schaffen wir nicht. Menschenunmöglich, bis morgen abend das Haus auszuräumen. Als junge Eheleute haben wir es gebaut, bevor unsere Armgard geboren ist.«

»Mit meiner Hilfe«, fiel Tante Melanie ein.

»Gewiß. Gewiß. Wir sind dir ja auch ewig dankbar. Wie gesagt, seit über zwanzig Jahren wohnen wir hier. Die Möbel hat mein Mann entworfen, zum Teil selbst getischlert. Die passen an keinen dritten Ort. Nein, wir machen es anders. Du, Armgard, such deine Geschwister zusammen. Weck den Vater. Die Siesta ist sowieso zu Ende. Jeder packt zwei Koffer. In den einen tut ihr, was euch lieb ist und gefällt. In den andern das Notwendigste. Damit könnten wir schon bis Abend fertig sein und somit ruhig der Dinge harren, die da kommen werden.«

Unbeholfen und erschrocken standen wir herum, wußten nicht ein noch aus. Am liebsten wären wir davongelaufen. Doch es machte sich wohl nicht, einfach mit einem »Grüß Gott« seiner Wege zu gehen.

Der Vorschlag mit den zwei Koffern erwies sich als kaum durchführbar. Schwierig war es schon, festzulegen, was zum Allernotwendigsten gehörte. Doch noch schwerer war, auszuwählen, was von dem Liebgewordenen in den zweiten Koffer kommen sollte. Das hieß, voll Gram und Zaudern zu entscheiden, was zurückgelassen werden mußte.

Der jüngste Sohn Arnulf bohrte Luftlöcher in den Koffer der Spielereien. Als erstes brachte er zwei Schildkröten darin unter, besann sich aber eines anderen und murmelte: »Die leben ja noch hundert Jahre, also finde ich sie wieder, wenn wir zurückkommen.« Er entschied sich für ein Paar Kaninchen, ließ auch diese laufen und versuchte die Tauben einzufangen, die ihm diesmal nicht aus der Hand fressen wollten.

Der nächstgrößere Bruder Horst schleppte die zwei sauber gebundenen Bände der *Olympia-Zeitung* herbei, Berlin 1936. Die der Vater ihm schweigend wegnahm. Der verlor auch sonst kein Wort.

Armgards jüngere Schwester Gerhild war als erste fertig: Sie stellte ihren Geigenkasten auf die Treppe des Hauses. Dann schwang sie sich auf die Schaukel, die vom Nußbaum hing, wiegte sich und sang Kinderlieder. Bei jedem Schwung nach vorne entblößte der Rock die Beine bis weit über die Knie hinauf.

Armgard kramte die Pucki-Bücher hervor, die schon ihre Mutter gelesen hatte, und räumte die Tiergeschichten von Ida Bohatta dazu. Sie schob eine Puppe mit ausgekegelten Gelenken samt Bettchen in die Ecke des Koffers. Unter dem Puppenplumeau versteckte sie ihr Tagebuch, in Saffianleder gebunden, das sie zur Konfirmation von Tante Melanie geschenkt bekommen hatte. Und obenauf tat sie nicht etwa *Die Unbekannte*, sondern ein Büchlein der Anna Seghers: *Der Ausflug der toten Mädchen*. Zornig schloß sie den Koffer und stieß alles andere an Sachen mit dem Fuß weg, darunter die Schmuckkassette, deren Deckel aufsprang. Der Inhalt sprühte in alle Winkel. »Das brauch ich nicht mehr!« Sie umarmte die Standuhr, in der es leise klingelte. Das Pendel blieb stehen. Sie flüsterte: »Hier hab' ich mich versteckt, als ich ein kleines Mädchen war.«

Annemarie sagte: »In Grenzsituationen schützt sich die Seele, indem sie sich in die Kindheit flüchtet. Regression. Laut Pawlow ist das Leben eine Abfolge von höheren Reflexketten, die kommen und vergehen. Ihr werdet neue einüben, und alles ist in Butter!«

Im Kinderzimmer stöberte ich hinter der Kulisse des Puppentheater das jüngste der Kinder auf, Magdalena, nach Krieg und Verschleppung geboren. Die Kleine saß in ihrem Korbstühlchen, die offenen Köfferchen leer neben sich und die Hände auf den Knien, leer auch diese. Tränen kollerten über die Wangen, die sie mit der Zunge auffing. Ich traute mir nicht zu, sie zu trösten. Vielmehr sah ich meine kleine Schwester vor mir: wie sie in jener Novembernacht vor ein paar Jahren im Nieselregen ihr Puppenhaus aus dem Morast zusammenklaubte, nachdem man auch das Klavier durch das Fenster des Hauses befördert hatte und Stille in die nächtliche Gasse eingekehrt war.

Einig waren sich alle: Die Skier gehen mit. An der Hauswand lehnten sie, von den größten bis zu den kleinsten. Daneben standen aufrecht wie scheckige Säulen die anatolischen Teppiche.

Achim Bierstock pflanzte sich vor Armgards Mutter auf, die in einem Ohrensessel ausruhte. Ihre Koffer rechts und links waren fertig gepackt für die Reise. Niemand wußte, was der zweite enthielt. Im andern Sessel hatte der Hausherr Platz genommen. Herr Deixler war bereits in die Bergsteigerschuhe gefahren, schien gerüstet für eine lange Wanderung. Schwere Lider bedeckten seine Augen bis auf einen Spalt. Er blickte schräg aufwärts, blickte durch die Wände seines Hauses in Fernen. Kein Wort sagte er. Er sagte kein Wort. Im dritten Fauteuil verlor sich die Tante.

Achim verbeugte sich: »Gnädige Frau,« sagte er, »hier geschieht Unrecht, wie ich sehe, aber ohne Empörung, wie ich feststellen kann. Der erste und der dritte Satz stammen von Bertolt Brecht. Ich meine, man sollte die Flinte nicht voreilig ins Korn werfen. Denn es bedarf dann mancher Finte, um sie wieder herauszufischen. Das mit der Finte ist von Eugen Roth. Meine Großmutter hat geraten: Probieren geht über studieren! Und: Eile mit Weile. Somit wollen wir es probieren, ohne alle Eile.« Er wandte sich an Frau von Knobloch: »Gestatten Sie, meine Gnädigste.«

»Gerne«, erwiderte diese, ohne sich zu erheben. »Mich könnt ihr gleich mitnehmen.« Achim und Gunther packten an und trugen den Sessel samt Tante hinaus. Dort stellten sie ihn unter den Birnbaum. Wieder zurück, sagte Achim zu Frau Deixler: »Wenn gnädige Frau wünschen, bringe ich das

Möbelstück zurück, mit oder ohne Frau Konst von Knobloch.« Was Frau Deixler wünschte, war nicht auszumachen. Sie schwieg.

Bis zum Abend hatten wir einen Großteil der Möbel in den Garten getragen und für den Transport fertig gemacht. Schleppend ging das Einpacken des Hausrats vor sich, tausend Handgriffe. »Mädchen müssen her«, befand Annemarie Schönmund. »Ihr Jungen seid nur zum Schönstehen.«

Inzwischen hatte man im Haus erfahren, daß es tatsächlich eine antibourgeoise Massenaktion war, quer durch die Völkerschaften der Stadt hindurch. Aus unserer Schulklasse, der Oktava, hatte es sieben Jungen und Mädchen erwischt, darunter Veronika Flechter aus jüdischer Familie.

In der Nacht hielten wir Wache im Garten. Armgard gesellte sich zu uns. Bevor wir zur Ruhe gingen, hatte Magdalena einen Sack herbeigeschleppt und unter der Hoflampe ausgeleert: Abenteuerlicher Kopfschmuck purzelte heraus, vom letzten Maskenfest und aus den Zeiten und Kriegen davor.

»Wunderbar«, sagte Armgard. »Brüder, laßt uns lustig sein. Das Schönste ist immer der Augenblick. Wißt ihr weshalb?« Wir wußten es nicht, aber wir ahnten es. Sie rief: »Kopfmaschkura!« Und stülpte jedem eine Kopfbedeckung über, nach ihrer Wahl. »Hält dazu noch warm in der Nacht.«

Achim erhielt den Fez ihres Großvaters: »Du bist ja ein wandelnder westöstlicher Divan.« Notger verpaßte sie einen österreichischen Raupenhelm von 1866: »Wenn du einmal den Kopf verlierst oder beim rituellen Schütteln auf den Kopf fällst.« Mir hatte sie ein Barett zugedacht: »Vielleicht wirst du Bischof!« Gunther setzte sie einen Florentinerhut auf: »Siehst aus wie eine echte Dame von anno dazumal.« Ohne sich zu erklären, behielt sie für sich den Judenhut. Und wortlos zog sie Annemarie eine Narrenkappe über, mit bimmelnden Schellen.

Kaum hatte sich Armgard auf einen der Orientteppiche gesetzt, die uns in der Laube als Nachtlager dienen sollten, kippte sie um und fiel in Schlaf, schlief ein auf einer blutroten Wiese zwischen Palmwedeln und Arabesken. Behutsam wikkelten wir sie in den schweren Teppich. Sie schlummerte weiter, den Judenhut auf dem Kopf, einen Teddybären an ihre Dirndlbluse gedrückt.

Dann rollten wir uns gegenseitig in die Teppiche ein, deren Flor sich weich an die Glieder schmiegte. »Wie Mumien mit apartem Kopfschmuck«, stellte Gunther fest und hielt uns einen Vortrag über die Einbalsamierung und Konservierung von Leichen. »Der menschliche Körper besteht eigentlich aus Öffnungen und Löchern, aus denen Sekrete ausgeschieden werden. Die Frau aber, die hat eine Öffnung mehr als der normale Mensch.«

»Wieso«, fragte Annemarie und hob den Kopf, die Schellen klingelten leise.

»Es ist die Scheide.«

»Nanu«, sagte sie. »Sehr interessant. Selbst die Geburt eine Sekretion?«

Doch unsere Gedanken flatterten davon, umkreisten ein und dasselbe. Achim deklamierte: »Edel sei der Mensch, hilfreich und gut. Goethe. Aber: Was tun? Lenin.«

»Alle Tränen trocknest du nicht, trockne eine«, sagte ich und erinnerte mich an einen Scherenschnitt bei meiner Großmutter: Eine Tänzerin hielt mit beiden Händen eine Schale hoch, in die eine Träne tröpfelte, indes zu ihren Füßen ein Bach von Tränen ungehindert dahinfloß.

»Mumpitz. Das ist ein bürgerliches Feigenblatt«, sagte Annemarie.

»Wie stellst du dir dies bürgerliche Feigenblatt vor.«

»Gar nicht. In der zweiten Hälfte dieses Jahrhunderts heißt die Devise: Alle Tränen müssen getrocknet werden. Denkt darüber nach. Darum seid ihr Jungen. Ich aber will schlafen, damit ich nicht mehr soviel denken muß. Übrigens, habt ihr bemerkt: Fallen die Ordnungen zusammen, fallen auch die Männer um. Droht Gefahr, ist das die große Zeit der Frauen. Armgards Mutter, die Tante – großartig. Aber vielleicht gibt es Haltung ohne Halt.« Sie würde dem auf den Grund gehen. Und schlief ein.

»Beim Jüngsten Gericht wird das Gott eigenhändig tun«, sagte Notger und rüttelte an seiner exotischen Schlafhülle. Der

Raupenhelm fiel ihm vom Kopf und kollerte lärmend den Gartenweg entlang.

»Was?« fragte ich.

»Die Tränen abwischen.«

»Bis dahin können wir nicht warten«, sagte Gunther. »Geübt haben wir es heute: Jungen zum Möbelschleppen, Mädchen zum Einpacken. Hände gibt es genug. So wird allen geholfen. Es muß nur organisiert werden.«

»Irgendwo sollte man eine Zentrale einrichten, um das Ganze zu überwachen und zu steuern«, sagte ich. »Einen sogenannten Dispatcherdienst.«

Notger warnte: »Hüten wir uns, dem, was wir tun, Namen zu geben. Namen sind gefährlicher als Tatsachen.«

Als der letzte zu schnarchen begann, schälte ich mich aus meinem Teppich, schielte zu Annemarie – die schlief fest, hatte kein Auge für mich, selten nur hörte man die Narrenschellen bimmeln – und trat zu Armgards Lager. Der Judenhut war ihr vom Kopf gerutscht. Ich küßte sie auf ihre Ohrläppchen, die sich kalt anfühlten. Darauf zog ich ihr meine Bischofsmütze bis tief über die Ohren. Sie gab keinen Laut von sich.

In der nächtlichen Nachbarschaft wurde ein Schwein geschlachtet. Obschon man ihm das Maul verbunden hatte, weckte sein Röcheln die Krähen auf ihrem Schlafbaum. Während die Sterne im Äther vor Kälte erzitterten, nach Mitternacht der Hauch vor unseren Lippen gefror, schliefen wir bis zum Morgengrauen.

Am Morgen spritzten wir auseinander. Jeder hatte das an Organisation übernommen, was ihm am besten zu liegen schien.

Annemarie wollte sich für die ungerecht Behandelten verwenden: »Unsereiner muß auf der Seite der Verlierer sein. Meine Mutter ist Arbeiterin. Mich muß man bei der Partei ernst nehmen.«

Notger eilte in die Zwirnwurstgasse zu Marco Soterius. Mit ihm wollte er den Weltgeist herbeipendeln und herbeischütteln, damit dieser die Unternehmung vor den Strahlungen tellurischer Mächte bewahre.

Achim und Gunther sollten versuchen, in der Höheren

Deutschen Handelsschule Anhänger für die Hilfsaktion zu gewinnen.

Und ich ging von Klasse zu Klasse der Oberstufe, von der Quinta aufwärts, und schilderte, was ich gestern nachmittag und heute nacht mit eigenen Augen gesehen hatte. Es gelang, auf der Stelle mobile Gruppen von Mädchen und Jungen zusammenzustellen. Im Büro des Rektors wurde der Telephondienst eingerichtet. Die vom Turnen befreiten Mädchen und zu dicke Jungen lösten sich in drei Schichten ab. Wer Hilfe brauchte, rief an: Sofort vier Jungen zum Aufladen, der Lastwagen steht bereits im Hof! Bitte morgen früh Mädchen zum Einpacken, eben ist der blaue Brief gekommen! Hilfsgruppen, die frei waren, meldeten sich ebenfalls dort.

Drei Tage fiel der Unterricht aus. Die Schulräume blieben verwaist. Daraufhin wurde unser Rektor Franz von Killyen zum Betonmischen abkommandiert. Wir aber handelten: In jeder Klasse wurden einige Schüler ausgesondert, jeden Tag andere, die dem Unterricht beiwohnten, schlafend. Die Lehrer drückten beide Augen zu.

Die Telephonzentrale verlegten wir zu Dr. Scheeser. Ärzte und Ingenieure waren im letzten Augenblick von der schwarzen Liste gestrichen worden, durften in der Stadt bleiben. Die junge Republik hatte eingesehen, daß sie vorerst auf solche Fachkräfte nicht verzichten konnte. Bei Deixlers trugen wir bereits am Dienstag die Möbel wieder ins Haus. Das schien geschrumpft. So paßte die maßgetischlerte Eckbank nicht mehr in ihre Ecke. Frau von Knobloch empfing niemanden mehr. »*De profundis*«, tönte es dumpf aus den höheren Regionen. Armgard und ich begegneten uns, als seien wir irgend jemand.

Theobald Wortmann, mein Banknachbar, machte sich rar in jenen hektischen Maitagen. Einmal nur hatte er bei Deixlers Station gemacht, einen Teppich geschultert und ins Haus getragen. Und dazu einiges über die Rotverschiebung im Spektrum fallen gelassen: »Je weiter weg sich ein Beobachter vom konkreten Kommunismus bewegt, desto röter leuchtet sein Bewußtsein. Denkt an die Salonkommunisten in Paris.« Danach war er aus der Stadt verschwunden. »Ich bin Pfarrerssohn: Wiewohl ich überall hineinsehen kann, muß ich mich aus allem heraushalten. Gott ist zwar überall, aber auch über allem. Braucht man ihn, ist er nie zur Stelle. Und mein Vater, selbst wenn er die rote Fahne schwingt, der schützt mich nicht.«

Mit Armgard war er von der Quinta bis zur Oktava gegangen, unentwegt und ungerührt: »Ist man einmal konfirmiert, gehört sich das so, schon daß man die angemessenen Erinnerungen an die Schulzeit hat. Ist man mannbar geworden und kann nicht mehr an sich halten, dann verdiene man sich die ersten Sporen mit älteren Witwen oder rumänischen Schülerinnen. Die Witwen kennen sich aus im Geschäft, für die Rumänninen ist das Ehre und Freude zugleich. So schützt man die eigenen Mädchen und tritt als erfahrener Mann in den Stand der Ehe.« Er war ein blendender Theoretiker.

Zweieinhalb Wochen dauerte die Operation, bis die Stadt von Ausbeutern gesäubert war. Tag und Nacht schwirrten wir durch Straßen und Gassen, Jungen in kurzen Hosen und Kniestrümpfen, Mädchen in Arbeitskitteln, alle bepackt mit Körben und Kisten, Koffer geschultert, das Wiesenwagerl hinter sich ziehend. Wir waren zur Stelle, wo es Not tat. Hießen uns Rattertataren, Möbelvandalen, Klavierritter.

Was trugen wir nicht alles aus den Häusern, verstauten es in die Lastwagen, hoben es in die Viehwaggons: turmhohe Maria-Theresia-Tabernakel und allerliebste Trumeaukästchen, goldgerahmte Barockspiegel, die beim Rangieren der Waggons zerbarsten. Haufenweise Luther und Honterus in Gips. Und Körbe voll Bibeln und Kleiderbügeln. Säcke mit Goethe, Schiller und Skischuhen. Und Koffer voll mit Tirolerhosen und bestickten Hosenriemen. Kisten mit Fleischkonserven aus den Beständen der Wehrmacht. Nachtgeschirre und Silberbesteck. Verstörte Meerschweinchen und Kanarienvögel. In den Kellern buddelten wir Champagnerflaschen der Marke Mott aus, 1911, und Weine von vor dem Ersten Weltkrieg. Wir turnten auf Böden herum, entdeckten Zimmerklos, mit Samt ausgeschlagen, porzellanene Leibschüsseln von Villeroy-Boch und hundertjährige Haarzöpfe mit Seidenmaschen.

So verfrachteten wir einen Haushalt nach dem anderen. Und geleiteten die schweigenden Menschen ins Zwangsdomizil. Irgendwohin, wo sie für Jahre festsaßen in Hütten und Baracken und ihr Brot in Ziegelbrennereien oder Steinbrüchen verdienten. Wie brannte unser Herz!

17

Ich warte, mit den Sinnen draußen auf dem lautlosen Korridor. Und stückle die Zeit zusammen, Stunde um Stunde.

Der Jäger, mein Zellenkollege, leidet, weil ich schweige. Ich referiere wortkarg über die Aktion vom 2. Mai und danach. Nun wird er gesprächig. Was immer ich antippe, er weiß eine eigene Geschichte dazu. »Zur Evakuierung der Bourgeois aus Stalinstadt kann ich nur soviel sagen: bei uns in Mediasch ist nichts desgleichen geschehen, leider. Denn andernfalls hätte auch meine Familie eine Wohnung von einem Sachsen erhalten. So sehr man sie gerupft hat, eure Sachsen, die Bessergestellten bei uns sind sie bis heute. Aber die Zukunft ist unser. Den Goldfisch fang ich noch. Übrigens hast du vergessen zu erwähnen, daß alle Ausgesiedelten nach Jahr und Tag in ihre Heimatstadt zurück durften.«

»Nur nicht in ihre Wohnungen, die besetzt waren. In der Garage, in der Waschküche, im Keller mußten sie sich einnisten.«

»So wie ich jetzt wohne, das möchte ich keinem von euren Bourgeois gönnen. Nichts, was dort geschieht, ist eines Menschen würdig, geschweige eines Proletariers.«

Alles ließ sich schwierig an, was sich beim Jäger in der winzigen Stube abspielte, die ihm das Wohnungsamt zugewiesen hatte und deren Tür direkt auf den Hof führte. Es fehlte an Platz bei Tag und bei Nacht. Neben dem Küchenofen stand die aufklappbare Couch, wo Mann und Frau mit äußerster Behutsamkeit die Nächte verbrachten. In der Bettzeuglade darunter waren drei Jagdgewehre verwahrt, samt Munition. Auch die paar Kleider, die man in der laufenden

Jahreszeit nicht brauchte, waren dort eingemottet, und Gläser mit Marmelade goren in der Dunkelheit. Auf der Couch lag eingerollt das Bettzeug. Zu ihren Füßen kuschelte sich das größere Mädchen. Das kleinere ruhte in einem länglichen Rutenkorb, der über dem Herd schwebte. Später rückte die Große in den Wäschekorb unter dem Tisch, die andere verkroch sich zu Füßen der Eltern. Schrank hatten sie keinen. Die paar Kleider hingen in der Türnische zum Nachbarn hin. Die unteren Ränge der Nische dienten als Speisekammer. Den Rest des Raumes füllten ein Tisch und vier Klappstühle. An der Wand hing ein Gestell mit Geschirr. Die Muttergottes mit Kind klebte daneben.

»Und dann erst die *viaţa sexuală*! Hörst du zu?« fragt der Jäger.

»*Aude*«, sage ich. »Gestell mit Geschirr, Muttergottes, *viaţa sexuală*.« Am hellichten Tag mußte er sich mit seiner Frau plagen, auf dem Fußboden in der Stube, hingelagert auf das Fell eines Wildschweins. Um Raum zu schaffen für das Liebesspiel, wurde jedesmal der Tisch vor die Tür gesetzt, zum Gaudium aller Nachbarn, die sich zuriefen: »Schon wieder treibt er es mit seiner Frau. Welch toller Mann!« Aber ein reines Vergnügen war es nicht, wie er betrübt zugibt. Die Frau wußte seine Kunstfertigkeit wenig zu schätzen. Während er sich auf dem borstigen Fell mit ihr abmühte, zählte sie die Fliegenschisse am Plafond und mahnte: »Vergiß nicht das Fliegenpapier.« Oder beschwerte sich, daß der Preis der Butter gestiegen war. »So sind die Sächsinnen«, klagt er. »Träge und undankbar.«

Der Jäger ist groß in Fahrt im Erzählen. Seine männliche Jungfräulichkeit habe er mit sechzehn verloren. Seit damals sei er von Frauen vieler Zungen begehrt worden, einmal sogar von einem russischen Flintenweib, mit vorgehaltener Pistole. Das habe sich zu später Stunde im sowjetischen Hauptquartier in Mediasch abgespielt, in der requirierten Villa des Senators Folberth, wohin man ihn am 7. November mit einem Feldhasen für den Kommandanten bestellt hatte, zu Ehren der Großen Sozialistischen Oktoberrevolution.

Zuerst schlug die soldatische Frau, Offizier vom Dienst

und behängt mit einem Geprassel von Orden und Medaillen, dem Verdutzten den toten Hasen aus der Hand, dann riß sie ihm die Kleider vom Leib. Ihre Uniformstücke schleuderte sie von sich wie Handgranaten. Sie war sofort nackt und bloß, denn sie trug keine Unterwäsche. Mit kiloschweren Brüsten und einem Bauch voll gesträubter Haare stürzte sie sich auf den Burschen und schob ihn mit ihrem kolossalen Körper durch das Zimmer. Hingerissen von seiner jugendlichen Gestalt schluchzte sie: »*Moi rumanskii geroi!*« Mein rumänischer Held!

Stehend faßte sie den Burschen an den Schenkeln unter, ließ sich auf einen Klavierstuhl fallen und schaukelte ihn hin und her, daß ihm Hören und Sehen verging. Die rasende Frau ließ ihn in ihren uferlosen Leib klatschen und drehte sich mit ihm auf dem Klavierschemel wie im Ringelspiel. Lehnte sie sich zurück, fielen ihre Ellbogen in die Tasten. Das Hammerklavier kreischte. Mit der Pistole stachelte sie sein Gemächt auf, noch einmal und noch einmal und ohne Ende. Und drohte, ihm die Genitalien in die Luft zu sprengen, versiege seine Sinneslust.

Blind vor Gier und wiehernd vor Vergnügen war dann das Flintenweib über den Kartenständer gestolpert und bäuchlings auf dem Boden gelandet. Über ihr Hinterteil breitete sich die Karte mit dem Sowjetimperium. Das riesige Reich hatte sie verschlungen. Der Fall der Sowjetunion war für den jungen Jäger der rettende Augenblick: er entwischte. Die Kleider blieben liegen. Aber den Wildhasen hatte er noch an den Ohren gerafft. Mit frierenden Arschbacken und ausgeronnenen Lenden galoppierte er am Posten vorbei, der im nackten Heros nicht mehr den Gast von zuvor erkannte. Selbst am Hasen nicht, den der Jäger dem Posten wie einen Passierschein unter die Nase hielt. Allem »*Stoj! Stoj!*«-Geschrei zum Trotz suchte der Flüchtige im Zickzack das Weite, umzischt von Kugeln. »Welch große Zeit!« Nie mehr sei ihm ein Weib dieses Kalibers über den Weg gelaufen.

Sie holen mich dann doch noch. Kurz nach dem Abendessen, ungewöhnlich früh. Kaum habe ich den letzten Bissen vom glitschigen Kraut hinuntergeschluckt, springt die Tür auf und im Eiltempo geht es die Treppen hinauf.

Mein Hauptmann und zwei andere erwarten mich. Lila und wächsern schimmern ihre Gesichter im Neonlicht. Ob die beiden dieselben wie beim letzten Mal sind, ich kann es nicht ergründen. Die Gesichter? Haben die etwas an sich, womit sie auffallen, sich unterscheiden? Schnurrbart, goldene Zahnkronen, gefärbte Brauen, eine Warze? Oder Müdigkeit um die Augen, die Unbeherrschtheit eines Gähnens, ein menschliches Rülpsen? Ich sehe es nicht.

Während ich wieder habt Acht stehen muß, gleiten die Hosen zu Boden. Irgendwann heißt es: »Setz dich. Die Hosen laß dort, wo sie sind. Du lüftest dich bei uns aus.« Ich lasse sie dort, wo sie sind. »Warum stinkt es nach Mottenpulver?« Die Herren rümpfen die Nase. Ich schweige. Man hat uns mit Naphthalinpulver bespritzt. Von Kopf bis Fuß. Und zwischen After und Genitalien besonders heftig. Gegen Wanzen.

Noch wehre ich mich gegen das gleißende Licht, da schießen sie schon los: »Wer hat dir gesagt, daß sich der Kreis der Edelsachsen um Töpfner bewaffnen will? Bewaffnen, um notfalls strategisch wichtige Ziele von Stalinstadt anzugreifen? Heb den Kopf! Schau zu uns!«

»Niemand«, sage ich, »niemand. Zum ersten Mal habe ich diese absurde Geschichte hier gehört. Der *domnule maior* vom Anfang hat mir Aufzeichnungen zu lesen gegeben. Von einem gewissen Folkmar, den ich übrigens nie gesehen habe. Dort stand Ähnliches.«

»Heb den Blick, schau uns an! Wer es dir gesagt hat, gesagt unter dem Siegel der Verschwiegenheit, ins Ohr gesagt hat, wie es sich unter Verschwörern geziemt? Das wollen wir hören.« Alle drei bellen mich an. Ich weiß nicht, wen ich im Auge behalten soll. Zwei stehen weit voneinander entfernt, *Căpitan* Gavriloiu sitzt am Schreibtisch.

»Wir wissen wer, wir wissen wo, wir wissen alles. Es geht um dich. Heute nacht schlägt die Stunde der Wahrheit.« Sie treten zu mir und schlagen mit der Faust auf mein Tischchen: »Die Stunde der Wahrheit!« Ich beuge mich zurück, stoße mit dem Hinterkopf an die Wand. »Genug, daß wir uns von dir vier Monate an der Nase haben herumführen lassen. Unsere Geduld ist zu Ende.«

Es redet der eine, es redet der andere, es reden alle drei.

Ich verdecke das Gesicht, aber sie schlagen mir die Hände weg. Der eine schreit: »Steh auf! Setz dich! Steh auf! Das Gesicht zur Wand! Hände in den Nacken.« Kaum kann ich dem Stakkato der Befehle folgen.

Der andere befindet: »Wenn du von hier weggehst, bist du ein neuer Mensch. Das willst du ja: ein Mann des Regimes werden, wie er im Buch steht. Nur muß einer wie du lernen, schonungslos mit sich und den Seinen umzugehen.«

Der erste löst ihn ab: »Du aber, was tust du? Du deckst die kriminellen Machenschaften dieser Dunkelmänner. Ein wahrer Kämpfer für die Sache des Volkes, der kennt nicht Vater noch Mutter, nicht Frau noch Freund. Der Freund von heute ist der Feind von morgen, der Genosse an deiner Seite ein heimlicher Verräter. Aus Liebe zur Partei muß ein Genosse jegliche Sentimentalität in sich ersticken, gegebenenfalls bereit sein, dem Allernächsten den Garaus zu machen.«

Sie wechseln sich ab. »Selbst für deinesgleichen ist Platz in unserer neuen Welt. Du könntest der Führer der Sachsen werden! Wenn du uns nicht angelogen hast, kennst du den Roman *Peter I.*« Ich hatte ihn meiner Schwester zur Konfirmation geschenkt. »Geschrieben von Alexej Tolstoi, einem echten Grafen. Er bricht mit seiner befleckten Vergangenheit und wird ein sozialistischer Schriftsteller. Du bist auf dem rechten Weg gewesen. Aber hier hat dich kleinbürgerliches Mitleid gepackt. Wer nicht für uns ist, ist gegen uns. Entweder, oder!« Sie haben recht. Wie recht sie haben! Seit ich hier bin, habe ich ihnen gegenüber ein schlechtes Gewissen. Ich bin auf dem richtigen Weg gewesen. Kleinbürgerliche Mentalität hat mich weich werden lassen.

Einer senkt die Stimme, tritt zu mir in die Ecke und flüstert von hinten: »In einem Buch habe ich gelesen, daß ein sowjetischer Held die Asche seiner Mutter im WC hinuntergespült hat, weil sie es zu Lebzeiten mit einem Weißgardisten getrieben hat. Das sind die echten Kommunisten!«

Das sind die echten Kommunisten ... Doch ich fürchte mich vor ihren Worten. Sie sprechen alles so deutlich aus.

»Hock dich hin, erheb dich! Nieder! Auf! Und jetzt sieh uns in die Augen wie ein Mann von Ehre.« Ich tue, wie befohlen: Auf! Nieder. Aber in die Augen sehe ich ihnen nicht wie ein Mann von Ehre.

»Im Nachtzug war es. *Acceleratul Cluj – Oraşul Stalin.* Ihr standet auf dem Gang, du und die andere Person. Wie man so schwatzt, wenn die Nacht lang ist. Ihr Sachsen seid ja eine einzige schwammige Familie, eine Klatschbude, ein Tratschkränzchen.«

Der zweite greift den Gedanken auf: »In zynischer Offenheit bildet ihr eine einzige Verschwörerclique. Das nenne ich einen genialen Trick: Wir? Wir haben nichts zu verbergen! Mit solchen wie euch hat der Genosse Stalin kurzen Prozeß gemacht. Im Nu waren die Deutschen von der Wolga in ganz Sibirien verstreut. Euer Glück, daß der große Genosse tot ist.«

Der nächste sagt: »Nicht einmal die Edelsachsen ...«, er verdreht das Wort, das ihm schwer von der Zunge geht, »nicht einmal die Edelsachsen vom Geheimbund Töpfner haben den Mund halten können.«

Der andere schnellt vor: »Wo und wann hast du das Wort Edelsachsen zum ersten Mal gehört?«

»Hier«, entfährt es mir. »Zum ersten und zum letzten Mal.«

»Wo hier, du Unverschämter? Unten auf dem Klo? Im Clubraum? Oder beim Kaffeetrinken in euren Zimmern? Hier bei uns ist es ja wie in einer Pension.«

»Vom Herrn Major.«

»Er verdreht wieder einmal alles«, mischt sich der Hauptmann ein. »Der Genosse Major hat ihn in den Tagebüchern des Töpfner-Kreises lesen lassen. Dort kommt das Wort vor.«

Es lärmen alle drei: »Und nun heraus mit der Sprache! Wer war's? Hol es ins Gedächtnis! Sonst kriegst du den Strang an den Hals.« Sie drängen: »*Repede, repede!*« Helfen nach: »Es ist eine Person, die dir nahesteht.«

Ich bemühe mich, ich strenge mich an, ich zermartere mir das Hirn, steif stehend, als wäre ich ein Zinnsoldat. Es ist Mitte April. Draußen müßte es Frühling sein. Aber in der

Zelle bekommen wir es nicht mit. Und während der Nachtverhöre ist das weite Land hinter dem Fenster schwarz.

Wieder das Geknatter: »Du weißt es! Im Zug! Ende November 1956, nachdem wir die Konterrevolution in Ungarn
niedergeschlagen haben. Du weißt es genau. Willst es nicht
sagen.«

So ist es. Ich weiß es. Und weiß schon lange, daß ich es
weiß. Aber so hirnverbrannt schien mir das Vorhaben, daß ich
es vergessen habe: daß junge Sachsen Autofahren lernen müßten, das hatte man im Töpfner-Kreis erwogen, um im Falle
des Falles Panzer lenken zu können. Empfohlen hatte man,
sich in die Schießclubs der Sportvereine hineinzumachen, um
mit der Waffe in der Hand gegen das Regime anzutreten;
überlegt wurde, wie man an Sprengstoff herankommen könnte, um das Maschinenbaukombinat »Rote Fahne« in die Luft
zu jagen. Jemand hatte davon berichtet. Im Zug. Ich war dem
Burschen über den Mund gefahren. Oder war es ein Mädchen gewesen? »Laß mich aus dem Spiel, ich will so hirnris-
sige Sachen nicht gehört haben«, hatte ich abgewehrt.

Laut sage ich: »Ich erinnere mich nicht.«

Der eine Offizier tritt dicht an mich heran. Bisher hat keiner mich angerührt. Er befiehlt: »Setz dich! Steh auf! Setz
dich! Gesicht zur Wand! Hände in den Nacken! Keine Bewegung.« Während ich mechanisch gehorche, denke ich krampfhaft nach: Wer war es? Das Zittern im Nacken pflanzt sich
fort, läuft die Wirbelsäule entlang. Meine Hosen ringeln sich
um die Knöchel. Die Scham treibt mir die Tränen in die Augen. Mit den Händen im Nacken muß ich sie dahinsickern lassen. Die Gangart wird schärfer, der Ton schriller: »Wer war
es? Rede? *Acceleratul de noapte.*« Sie hacken auf mich ein.

Im Schnellzug … Vor meinen Augen nimmt das Bild Konturen an. Auf dem Gang lehnten wir an einem Fenster, das
feucht und kalt war. Doch wer war das, der neben mir stand?
Wer, wer, wer? »Ich weiß es nicht«, sage ich ratlos. Fast hätte
ich gebeten: Helft mir!

»Setz dich! Steh auf! Setz dich! Rühr dich nicht! Laß die
Hosen, wo sie sind. Wir schütteln dir den Namen aus dem
Arsch, aus den Eiern, wenn dein Kopf nicht mithilft.« Kaum

sitze ich, schreit einer: »Auf, du fauler Hund! Hände in den Nacken!«

Auf einmal wird es still hinter mir. Kein Ton, kein Geräusch. Jetzt stürzen sie über mich her! Kalter Schweiß sammelt sich in meinen Achselhöhlen, läuft langsam die Haut entlang bis zu den Lenden, kitzelt eklig. Die Wand vor mir erlischt.

Eine Hand schüttelt mich rüde: »Hier wird nicht gefaulenzt!« Ich reiße die Augen auf. Auf dem Boden kauere ich in meiner Ecke, halbnackt. »Setz dich auf deinen Arsch! Wir müssen zu einem Ende kommen. Wer war es?«

Wer war es? Wer hat mir das im Zug geflüstert, vor eineinhalb Jahren im Spätherbst, eben war der Aufstand in Ungarn zu Ende? Bei uns im Land getraute sich niemand, ein lautes Wort zu sagen. Es wurde nur noch geflüstert.

Jetzt, jetzt erblicke ich die schattenhafte Gestalt im Zug.

Ehe jenes Wesen an meiner Seite zu flüstern begann, hatte es hingespäht, ob der Offizier der Artillerie, der einige Schritt weiter am Gangfenster stand und rauchte, nicht die Ohren spitzte. Eine Frau war an uns vorbeigewankt. Zum Klo tappte sie, die Ohrgehänge bimmelten. So aufgebläht war ihr Leib von Unrat, daß sie uns zwei an die Wand preßte, obschon wir die Bäuche einzogen. Das war bei Blasendorf gewesen. Als sie zurückkam, sauste Schäßburg vorbei. Zig Kilometer hatte sie an dem stillen Ort herumgedruckst. Nun war sie spürbar entleert. Kaum daß ihr Lodenrock uns streifte.

Die drei Männer belagern mein Tischchen. »Sag an! Sag an! *Vorbeşte, vorbeşte!*« Ich winde mich, kratze mein Gedächtnis wund – die schemenhafte Person im Zug bleibt ohne Gesicht. »Wir sagen es dir, und wir gehen alle schlafen.« Pause.

»So, und nun Schluß für heute. Hier der Name, den du sehr wohl kennst ...«

Doch ehe sie mit der Sprache herausrücken, frage ich bestürzt: »War es mein Bruder Kurtfelix?«

Sie lächeln, lallen fast: »So ist es. Dein Bruder, *fratele* Felix!«

»Nie und nimmermehr«, schrecke ich zurück, »mein Bruder kann es nicht gewesen sein. Im Herbst 1956 ist er am

Blinddarm operiert worden. Doch gehört hab ich's gewiß im Zug. Und damals, aber von anderswem.« Zu spät!

»Dein Bruder ist es gewesen. Blinddarm? Du springst vom Operationstisch und gehst spazieren.« Sie ertränken mich in ihrem Wortschwall, wir sitzen Gesicht an Gesicht, ich spüre das Sprühen ihres Speichels, ihr Atem raucht, ihre Zungen schäumen. »Gerade weil es dein Bruder ist, willst du es nicht zugeben.«

»Nichts muß ich zugeben. Er ist mein Bruder!«

»*Sigur, sigur!* Aber gestanden hast du eben, daß es dir jemand geflüstert hat. Wer sonst, wenn nicht der liebe Felix, *dragul de* Felix! Als er von zu Hause aus Fogarasch weggelaufen war, da hat dieser Töpfner ihm Arbeit verschafft, und zwar als Kokillengießer im Kombinat ›Rote Fahne‹, hier in Stalinstadt. Und hat ihn in jenem Sommer bei sich wohnen lassen, eben in dem Zimmer, wo jeden Mittwoch die *conspiratori* sich getroffen haben. Oder lügen wir?«

Nein, sie lügen nicht. Er muß es sein.

Und plötzlich klärt sich das Bild. Er ist es! Die namenlose Person im Zug erhält ein Gesicht. Ich erkenne es genau: Es ist das Gesicht meines Bruders. So nahe wie damals, als wir uns prügelten, er unter mir lag, in den Händen seine Tanzschuhe, mit denen er in ohnmächtiger Wut nach mir schlug.

Er war es, der mir diese gefährlichen Nachrichten zuflüsterte. Die Spitze seiner länglichen, edel geformten Nase wippte, wie jedesmal, wenn er etwas Amüsantes zum besten gab. Ich fuhr ihm sofort über den Mund: »Schweig!« Sein Gesicht verzerrte sich, wurde böse, wie immer, wenn er meinte, ich bevormunde ihn. Er allein aus meiner Umgebung wußte Bescheid über die Machenschaften Töpfners. »*Este fratele meu*«, sage ich fast erleichtert.

»Na bitte«, freuen sich die Herren, rücken die Stühle weg, heben die Blockade auf. »Du mußt nur unterschreiben, und das Protokoll ist fertig.« Das ist bloß eine Seite lang. Somit genügt eine Unterschrift, die ich mit zittrigen Fingern hinsetze. Und auf ihr Diktat hin mit der Floskel ergänze: Ich habe die Wahrheit gesagt und nur die Wahrheit, von niemandem gezwungen. So ist es!

»Und nun noch eine Frage, damit wir deine Aufrichtigkeit überprüfen können. Sag uns, sag uns alles über …«, der eine blättert im schwarzen Buch auf dem Schreibtisch, »über diese Person, zum Beispiel über Melanie Julia Ingeburg Const de …, de Cnobloc. Was sie gegen das Regime unternommen hat, womit sie sich beschäftigt. Du verkehrst ja in dem Haus.«

»Sie ist eine loyale Bürgerin der Volksrepublik, beschäftigt sich mit den Menschenrechten«, sage ich mechanisch.

»Die Katzenkönigin und die Menschenrechte? Eine royalistische Aufrührerin ist sie und eine alte Närrin. *S-o ia dracu!*« Sie lachen. Lachen, daß man das Fürchten lernt.

Vor dem Fenster graut der Morgen. Ist es hell geworden? »Hell ist es, wenn du im Gesicht des andern den Bruder erkennst.« So hell ist es nicht.

Und plötzlich versinkt alles in polarem Licht. Ich friere. Kurz entschlossen ziehe ich die Hosen herauf, wische Tränen und Schweiß weg, setze mich an mein Tischchen. Keiner hindert mich. Die drei Herren räkeln sich in den Polsterstühlen. Sie lassen Kaffee kommen. Einer der Offiziere winkt dem Serviermädchen. Das stellt eine winzige Tasse vor mich hin, tiefblau, Mond und Sterne in Gold, wie aus der Vitrine der Großmama … Wir trinken Kaffee. Der Duft hat etwas Melancholisches. Kaffeehausstimmung in Fogarasch in der renommierten Konditorei Embacher. Embacher, der Hoflieferant; das königliche Wappen zierte jede Schokoladenkugel. Der schicke Dress des *Securitate*-Mädchens, das mir den Kaffee in meine Ecke bringt, ist von dort entliehen. Gemütliche Sitzecken, viele Gäste, Grüße und Worte hin und her, wie das in der Kleinen Stadt so zugeht.

Mein Hauptmann rollt eine Schokoladekugel auf. Mit dem Daumennagel glättet er das lila Stanniolpapier. Und erläutert den beiden Kollegen das Landeswappen des Königreichs Rumänien: Den Wappenmantel, außen roter Samt, innen Hermelin, ziert eine Eisenkrone, geschmiedet aus einer eroberten türkischen Kanone. Zwei Löwen mit gereckter Zunge und erhobenem Schweif halten den Schild. Von Pranke zu Pranke schwingt sich ein blaues Band aus Seide, beschriftet mit dem Wahlspruch »*Nihil sine Deo*«. An dem Band hängt der Michaelsorden. Der Schild enthält die Wappen der fünf historischen Provinzen nach 1918: Walachei, Moldau, das Banat, die Dobrudscha. Und im linken Untereck das tradierte Wappen von Transsylvanien, in dem nur drei Nationen vertreten sind: die Szekler mit Sonne und Mond – als Grenzvolk Tag und Nacht auf der Hut –, die Ungarn mit dem Adler, dem es nicht gelingt, sich in den Himmel aufzuschwingen, und wir Sachsen mit unseren sieben Burgen. Und kein heraldischer Hinweis auf die Rumänen, das Mehrheitsvolk.

Mein Hauptmann schnalzt mit der Zunge und sagt zu den beiden Herren: »Genossen, die Heraldik, eine noble Wissenschaft und von edler Kunst. Seht, hier, der Herzschild, das Wappen der Herrscherfamilie Hohenzollern-Sigmaringen.«

Herr Gavriloiu dreht sich zu mir und wünscht, daß ich bestätigen möge: »Das ist ja euer Wappen?« Und klärt seine Nachbarn auf: »*Transilvania* heißt bei den Sachsen Siebenbürgen.« Und folgert richtig und spricht deutsch: »Siebenbürgen kommt von den sieben Burgen.« Und wünscht von mir zu wissen, welche die seien. Eben will ich antworten, daß das niemand so recht wisse, da schlägt das eisige Licht über mir zusammen. Es wird finster.

Wie ich in die Zelle gekommen bin, weiß ich nicht.

Ich schlief wie ein Toter. Sie ließen mich schlafen. Als ich am Spätnachmittag erwachte, fiel mir ein, wie sich alles zugetragen hatte. Nicht mein Bruder, sondern Michel Seifert-Basarabean hatte mir diese Undinge berichtet. Und nicht im Zug, sondern in meiner Studentenbude. Ich hatte ihn ausgelacht, als er sich im Zimmer wie ein Detektiv umgesehen, unter die Betten gespäht, hinter die Schränke geguckt und die Vorhänge zugezogen hatte. Und ihn bald unterbrochen: »Halt den Mund! Ich will nichts hören.«

Ich widerrufe die Aussage. Immer wieder. Zu spät.

Abend. Ich sitze in meiner Ecke und grüble. Der Bruder, der Bruder ... Der Jäger schildert fast belustigt, wie man mich heute morgen herbeigeschleppt hat. Zwei Wachsoldaten, fluchend und stöhnend, hätten mich wie einen Zementsack auf das Bett gekippt. Ich hätte keinen Ton von mir gegeben, war leblos dort gelegen. Ohnmächtig? Schlafend? Schockierend, daß ich an Bauch und Lenden nackt gewesen sei. Schuhe, Socken und die Hosen hatten sie lose über mich geworfen, kaum daß die äußerste Blöße bedeckt gewesen war.»Laß ihn schlafen«, hatte der Intendanzoffizier geknurrt, der die Prozession begleitet hatte.

Der Jäger hatte sich keinen andern Reim machen können, als daß man mich gefoltert habe. Mit weidmännischer Tüchtigkeit hatte er mich untersucht und zu seiner Überraschung konstatiert: kein Kratzer, keine blauen Stellen, die Haut kalt, nicht bloß die Nasenspitze, sondern auch das After, selbst die *bărbăţie*, die Mannheit, alles ausgekühlt. Kalter Schweiß in den Achselhöhlen. Sehnlich hatte er gewartet, daß ich aufwache. Der Wärter hatte ihn halbnärrisch gemacht, der jeden Piff die Türklappe aufgerissen hatte, um sich nach meinem Zustand zu erkundigen.

Diesmal bin ich nicht bereit, das Bild der Nacht vor dem Jäger zu entrollen. Ich schweige mich aus.

Ein Abend im August 1955 war es, nach einem festlichen Familienessen in der Rattenburg, als ich mit dem Bruder handgemein wurde. Der Anlaß zu dem außergewöhnlichen Mahl war, daß wir alle sechs zu Hause waren. Selbst in den Ferien geschah das selten.

Am Nachmittag hatte unsere Mutter die Gunst der Stunde genützt und uns zum Photographen gezerrt. Jeder hatte das Beste an: Ich war im Verlobungsanzug des Vaters, Kurtfelix im Verlobungsanzug des Großvaters, Uwe, glattgeschoren, weil er jüngst im Pionierlager die neue Hymne mit der Königshymne verwechselt hatte, in meinem Exitusanzug, die kleine Schwester in einem Barchentkleid, das ein Dienstmädchen bei uns vergessen hatte. Die Mutter lächelte wie die Marilyn Monroe und der Vater, der eine geschwollene Backe verdecken mußte, lächelte auch – auf seine Art.

Zur Feier des Tages gab es diesmal statt Palukes, in Öl getunkt, Dachziegel. Eine Spezialität des Vaters: Brotschnitten rieb er üppig mit Knoblauch ein und bestrich beide Seiten sparsam mit Schweinefett. Darauf schob er sie in die Backröhre. Zweiter Gang Palatschinken. Kurtfelix rührte den Teig an, Eier, Mehl, statt Milch Wasser, und buk sie in der Stielpfanne aus. Er schnellte den halb gerösteten Fladen so geschickt in die Luft, daß er sich drehte und mit der rohen Seite wieder in die Pfanne platschte. Wir klatschten Beifall.

Unter dem Maulbeerbaum wurde der Tisch gedeckt. Der Baum war von der Schwester festlich geschmückt worden, mit einem Engel aus Rauschgold und mit dem Bild vom Väterchen Stalin, der sich eben die Pfeife anzündete.

In dem engen Hof standen noch die Klos und der Schweinestall. Diese Behausung hatte unser Vater nach allen Regeln bürgerlicher Baukunst gezimmert: Tagesraum, Schlafzimmer, Freßdiele, Abort, wobei die Schweine oft das eine mit dem andern verwechselten. Doch hielt der Vater peinlich auf Sauberkeit. So daß sich die Schweine unbehaglich fühlen mußten, wie wir Buben bemerkten, wenn es uns manchmal der Vater überließ, den Schweinestall auszumisten. Jeden Abend setzte er sich mit der Stallaterne auf ein Stühlchen in den Koben und sprach sich mit den Schweinen aus. Auf Sächsisch. Mit Haustieren und Hausbediensteten sprach man Mundart. Dienstboten gab es keine mehr. Mit den Herrschaften waren sie verschwunden. Die Schweine waren geblieben.

Endlich waren wir alle vollzählig zu Hause und bei Tisch.

Den Disput über Gelddinge hatten die Eltern vorher abgewickelt. »Wo ist wieder einmal das Geld geblieben, Gertrud?«

»Ich frage dich, Felix: Wo ist dein Gehalt hingekommen?«

»Du weißt es doch: Futter für die Schweine habe ich gekauft.« »Für das ganze Geld. Und die Kinder? Ich alleine?«

»Die drei Schweine sind für die Kinder. Wofür plage ich mich? Zwei zum Verkaufen, damit die Buben höhere Schulen besuchen können und wir halbwegs Brennholz für den Winter haben, das dritte für uns zum Essen. Und du weißt es ja: Ich habe beim Altbach ein Stück Land urbar gemacht. Jeden Tag nach dem Büro geh ich schnurstracks hin und schufte, daß es kracht. Das Feld wird im nächsten Jahr tragen.«

»Gut, Felix, ich weiß es, aber wir kommen nicht aus.«

»Verlangst du etwa, daß ich stehle? Ich weiß schon nicht mehr, wo ich anpacken soll, damit wir uns über Wasser halten können. Hat mir einer von den Buben geholfen? Drei große Lackel … Sie tragen meine Hosen, sie verschleppen meine Socken, meine Hemden, meine Wäsche, sie ziehen meine Schuhe an. Aber ist mir einer zur Hand gegangen? Hundertzwanzig Schubkarren Geröll habe ich verfrachtet, ganze Fuhren Schotter befördert. Und Körbe von Ackererde aufgeschüttet. Dazu das Rigolen! Die Buben wissen nicht einmal, was das Wort heißt. Nur beschäftigt mit ihren Spassetteln. Und dauernd mit den Bizykeln auf Tour. Das wird noch böse enden!«

»Als ob du es heraufbeschwören wolltest, Felix. Das ist deine Stärke. An den Buben herumzumäkeln. Darum machen sie sich fort von zu Hause, fühlen sich bei anderen Leuten eher heimisch.«

»Was wißt ihr? Mit achtzehn hatte ich schon elf Isonzoschlachten hinter mir.«

»Jeden Sommer haben die Buben sich ihr Geld verdient. Als Handlanger beim Bau. Oder mit Ställeweißeln, Torfstechen, Viehtreiben.«

»Eben. Und was hast du ihnen in den Brotbeutel gesteckt, Gertrud? Das Beste vom Schwein.«

Bis zuletzt verlief das Essen friedlich. Jeder gab sich die denkbar größte Mühe. Die milde Abendbrise, die die drückende Hitze des Tages hinwegnahm, bot Gelegenheit zu Gedankenaustausch, ja zu Lob und Preis. Auch der Maulbeerbaum machte mit. Ein Wesen purzelte auf den Tisch. »Ein Raupe«, schrie die kleine Schwester und ließ die Dachziegel fallen.

»Keine Rede«, sagte Uwe, »es ist eine Maulbeere.« Er spießte den bläulichen Fruchtwurm mit der Gabel auf, steckte ihn in den Mund und verschluckte ihn, obschon es schien, als habe er gezuckt. Alles wegen des Hausfriedens.

Kaum hatten wir die Teller abgetupft und der Vater »Mahlzeit« gesagt, stoben alle davon. Gerade noch vermochte die Mutter zu erreichen, daß jedes Kind etwas vom Tisch ins Haus mitnahm.

Als ich mit dem Tablett voller Geschirr ins Vorzimmer trat, stieß ich auf meinen Bruder Kurtfelix. Wutentbrannt hielt er mir seine neuen Schuhe hin. »Der Tata hat seine Gartentreter auf meine nagelneuen Schuhe geschmissen!« Mit Schwung beförderte er die Stiefel des Vaters, die von Morast starrten, in den Hof. »Romarta-Schuhe! Ein Vermögen haben sie gekostet. Die ganzen Ferien habe ich mich dafür abrackern müssen. Soviel Geringschätzung von deinem Vater!« »Dein Vater«, sagte er, wenn er nicht mehr zur Familie gehören wollte. Seine Augen funkelten blau vor Zorn. Die Tanzschuhe hatte er über die geballten Hände gestülpt wie Boxhandschuhe. »Dein Vater ist immer gegen mich, was ich auch tu oder laß ...«

»Sei friedlich, sieh, der schöne Abend, beruhige dich, vielleicht war es gar nicht er, verdirb uns nicht die gute Laune.« Es fruchtete nichts, er war nicht zu bändigen. Überraschte uns der Vater, nahm das ein böses Ende. Mit Gewalt drängte ich ihn ins Wohnzimmer. »Schweig«, zischte ich. Ohne zu wollen brachte ich ihn zu Fall. Mit dem Hinterkopf stieß er an die Säcke voll Schrotmehl für die Schweine, die am Bücherregal lehnten. Bücher purzelten über uns. Ich kniete auf seinem Brustkorb, wehrte mit der einen Hand seine Schläge ab, hielt ihm mit der andern den Mund zu, im Blick *Das Wunschkind* von Ina Seidel und Jüngers *Afrikanische Spiele*.

Zu spät. Der Vater war zur Stelle. »Natürlich wieder dieser Bube!« Schon wollte er mich beiseite stoßen. Als das mißlang, ergriff er die Bilderbibel und versuchte, über mich hinweg an meinen Bruder heranzukommen. Während ich den am Boden festnagelte, mußte ich den wild gewordenen Vater hinter mir in die Schranken weisen. Inzwischen war die Mutter eingetreten und wortlos auf den Diwan gesunken. Uwe und die kleine Schwester vermehrten die Galerie. »Hinaus mit euch,« rief ich, »das hier ist Männersache.« Der Vater, der nicht zum Zuge kam, schrie unsere Mutter an: »Deine Erziehung, Gertrud!« Obschon sie schwieg, grollte er: »Kein Wort.« Und als sie weiter schwieg, schrie er: »Keine Bewegung, Gertrud. Ich verbiete dir, zu zittern.«

Mein Bruder räumte das Feld. Noch in derselben Nacht machte er sich davon, über dem Kinnladen einen Umschlag mit essigsaurer Tonerde, von der Schwester aufgetragen.

Fürs erste hauste Kurtfelix mit Bauarbeitern im Keller eines halbfertigen Wohnblocks beim Bahnhof in Fogarasch. Meine Mutter und ich besuchten ihn am Sonntag gegen elf Uhr. Ich wollte mich bei ihm entschuldigen. Es wurde bloß eine höfliche Viertelstunde.

Der Keller war von Zigarettenrauch geschwängert. Kaum konnte man etwas von der Einrichtung ausmachen. Die bestand vornehmlich aus stockhohen Eisenbetten. Ein umgestülpter Schubkarren in der Mitte diente als Tisch. Dort spielten Männer Karten. Sie knieten auf dem Betonboden. Stühle keine. Als wir eintraten, drückten sie die Zigaretten aus und verließen lautlos den Raum.

Unser Kurtfelix lag im Bett. Er war noch im Pyjama. Auf dem Bettrand hockten zwei Gassenjungen mit schmutzigen Füßen und glänzenden Augen, die er mit Keksen fütterte. Als er uns erkannte, setzte er sich artig auf. Der Strohsack raschelte. »Nehmt Platz!« sagte er mit großer Geste. Aber wo? Die Kinder muffelten weiter mit offenem Mund und gierigen Lippen. »Macht Platz«, beschied er die beiden. Doch die rührten sich nicht.

Wir standen. Das Gespräch stockte. Der Rauch und der Geruch von ungelüftetem Bettzeug machten meiner Mutter zu schaffen. Wir blickten uns um. Am Fußende des Bettes stand der Handkoffer mit seinen Sachen, alles tadellos in Ordnung gehalten. »Er ist halt ein Pedant«, sagte die Mutter später. »Das hat er von meinem Vater.« Immer noch stopfte er den Zigeunerkindern Kekse in den Mund, *petit beurre*, in Pflaumenmus getaucht. Die Mutter stellte ein Glas Apfelkompott und den Gitterkuchen neben das Kissen. Er bedankte sich gemessen. Wir gingen. Kurtfelix begleitete uns nicht die Treppe hinauf ans Tageslicht. Er hatte sich zurückgelegt, die Hände im Nacken verschränkt, und blickte zur Betondecke.

Jeden Mittag kam er in die Rattenburg, hinter dem Rücken unserer Mutter, und ließ sich von der kleinen Schwester füttern.

Als sich unser Bruder nach Kronstadt absetzte, lief er Peter Töpfner in die Arme. Er war eine Bushaltestelle zu spät ausgestiegen. »Komm zu mir«, sagte der Kumpel, »schone deine Tante. Dort ist es wie im Hasenstall. Bei mir kannst du wohnen. Ich verhelfe dir auch zu einem Posten. Und Vater hab ich gottlob keinen.«

Von Töpfner war er nach einigen Monaten ausgezogen, als dieser sich ein Mädchen kommen ließ, das auch das Mädchen meines Bruders war.

Im Garten der Deixlers baute er sich darauf vor dem Fenster seiner neuen Herzensfreundin Gerhild, Studentin am Konservatorium, aus Brettern eine Kalib. Das war eine winzige Holzbaracke, in der eineinhalb Menschen Platz hatten beim Liegen. Oder ein Liebespaar. Idyllische Nächte, als die Eltern auf Urlaub waren: Gerhild lehnte am Fenster und spielte ihm auf der Geige seine Lieblingsstücke vor, rumänische Tänze, rasend im Tempo, und langgezogene Romanzen. Und immer wieder »Zwei Gitarren am Meer«, das wir von unserer Mutter her kannten. Als aber die Katzen der Tante Melanie daraufhin tiefsinnig wurden, stieg die Tante herab und zündete kurzerhand die Bude aus Pappe und Kisten mit einem Fidibus an. »Endlich ein bißchen Nero!« Über den Köpfen der Verliebten, die friedlich schlummerten, begann es zu brennen. Mein Bruder konnte mit Müh und Not seine Habseligkeiten aus den Flammen retten. Und Gerhild ihr nacktes Leben. Die hohe Dame aber, umweht vom Nachthemd und von der Lohe, legte ihren Standpunkt klar: »Unsere Gerhild ist zu klein für die schmutzigen Geschäfte der Nacht.«

Am Morgen darauf, um halb fünf, klopfte mein Bruder mich im Haus der Schönmunds heraus, mit verbrannten Brauen und geschwärztem Gesicht. Eben war Annemaries Mutter in die Fabrik geeilt. Annemarie schlief. Er rief mir zu: »Was heißt: *Timor domini initium sapientiae?*« Das waren die Worte, die die entflammte Tante meinem Bruder nachgerufen hatte, als er in großen Sprüngen den Garten verließ, ein Häuflein Asche hinterlassend.

Wir hockten vor dem fremden Tor, im Widerschein des Ewigen Lichts, das vom Wegkreuz rubinrot herüberschimmerte, und fühlten uns auf die Straße gesetzt. Ich selber, ein geduldeter Gast mit Bett in der Küche, was konnte ich helfen?

Und bestätigten einander, daß wir kein Zuhause mehr hatten, nachdem man uns in jener Novembernacht aus dem Haus mit dem Löwen hinausgetan hatte.

Wohin mit dem Bruder? Immer unterwegs, nirgends daheim. Zur Großmutter in die Tannenau wollte er nicht. Kurtfelix hatte Onkel Fritz ins Gesicht einen rückgratlosen Wasserpolacken geschimpft. Was so nicht stimmte: Nach dem Abzug der deutschen Truppen im Sommer 1944 hatte der Onkel sich in den Tschechischen Club eingeschrieben, nachdem er getan hatte, was alle guten Deutschen in Kronstadt und Rumänien taten: das Bildnis von Adolf Hitler einem Wanderzigeuner schenken oder ins Klosett werfen oder in der Getreidekammer verstecken – einstweilen. Von nun an spazierte er mit der tschechischen Kokarde am Revers durch die Tannenau. Somit war der Wasserpolack fehl am Platz gewesen und kein Platz für den Bruder bei Onkel Dworak, Tante Mali und der Griso.

Kurtfelix erhob sich und machte Morgentoilette vor dem Pumpenbrunnen nahe dem Tor. Aus der Hosentasche holte er eine Zahnbürste, aus dem Rucksack Seife und Rasierzeug. Während ich das Wasser in dünnem Strahl fließen ließ, säuberte er sich von den Spuren der Nacht. Darauf schulterte er den Sack und ging wiegenden Schrittes die Gasse hinab. Bevor ich ihn aus den Augen verlor, rief ich: »Laß mich wissen, wo du untergekommen bist!« Ich lief ins Haus, schlich ins Zimmer und schlüpfte zu Annemarie ins Bett. Die maulte, fragte: »Was ist los?«

»*Timor domini initium sapientiae*«, antwortete ich.

»Das sind giftige Pilzarten«, sagte sie schlaftrunken. Im Gäßchen hasteten die Arbeiter in die Fabrik. Wir aber waren Studenten in den Ferien.

18

Am Boden zerstört: was für ein sonderbarer Ausdruck. Was ist das Gegenteil? In den Himmel erhoben? Ich sitze auf dem Zementboden in der Zelle, die kocht, und warte, daß sie mich holen.

Bei jedem Verhör bestehe ich darauf, daß die Aussage über meinen Bruder gestrichen werde. Neuerdings ist am Tag ein Leutnant dazugestoßen. Der Jäger weiß Bescheid. Scaiete heißt er. Weniger geschniegelt als Hauptmann Gavriloiu. Und mit einem gestörten Verhältnis zum Genitiv.

Doch sie zerreißen das Papier nicht vor meinen Augen, sondern wollen wissen, woher ich dann die Informationen hätte. »Du weißt von der Sache, das hast du gestanden. Von wem also?« Und folgern weiter: »Wer vom Verschwörerkreis Töpfner weiß, gehört dazu. Also gehörst du dazu. Ebenso wie du dem Kreis in Klausenburg angehörst. Womit erwiesen ist, daß das eine kriminelle Vereinigung ist. Oder wie? Einmal bist du ein Bandit und ein andermal ein Revolutionär. Einmal ein Betrüger, zum andern ein Ehrenmann. Was sagst du?«

Habe ich zu Anfang noch mit Leidenschaft behauptet: »Sie irren, wir sind keine konspirative Organisation, absurd, uns mit dem Budapester Petöfikreis zu vergleichen!«, so wird nun meine Stimme schartig, und ich wiederhole nur noch mechanisch: »Das ist nicht wahr, das ist nicht so!«

Beim Geschichtsstudenten Notger Nussbecker, der den Sekretär des Studentenkreises stellt und sich in Archäologie und Paläographie spezialisiert, hat man eine Kartei mit den Namen und Daten aller Mitglieder gefunden, in kyrillischen Lettern verfaßt. Damit nicht genug. Die Offiziere blättern mir seine vier Tagebücher auf den Tisch. Ich habe sie nicht gelesen. Aus Scheu. Und überhaupt – wegen der Schrift, und weil ich weiß, was darin steht: von der unerwiderten Liebe zur Cousine Emilie.

»Damit erweist er sich als eine Schlüsselfigur eures Geheimbundes.«

»Der trübt kein Wässerchen, lebt in prähistorischen Zeiten,

weiß nicht einmal, welches Datum wir heute haben. Kyrillisch geschrieben, um sich in Altslawisch zu üben.«

»Sehr nobel! Du willst alle beschützen. Als ob du der Herrgott der Sachsen wärst. Aber sieh, euer Herrgott kümmert sich einen Dreck.«

»Eben«, sage ich. »Darum bin ich der Herrgott nicht.«

In der Nacht darauf überfällt mich Hauptmann Gavriloiu mit einer Kaskade von Namen: Achim Bierstock, Notger Nussbecker, Gunther Reissenfels, Armgard Deixler, Paula Mathäi, Theobald Wortmann. Was ich über deren staatsgefährliche Umtriebe zu sagen hätte. Da mich die Kopfhaut brennt, entscheide ich mich für die Watschen: »Alles Jungkommunisten.« Während er mir eine nach der andern herunterhaut, verspüre ich unter den Striemen die Nähe der Freunde von dazumal; und im Prickeln des Schmerzes berührt mich – es ist wie eine Aufwallung von Glück – die jähe Wärme von Armgards Haut, wie einst, wenn sie meinen Finger zu verborgenen Stellen ihres Leibes hingeleitete. Doch der Mann der Nacht ist müde. Die letzte Watsche schenkt er mir. Gähnend klatscht er mich davon. Alle hat er genannt, überlege ich, die wir bei Deixlers geholfen haben – außer Annemarie.

Einen Brief legt man mir vor von Vintilă Săvescu, einem Bukarester Freund aus dem Zirkel, wo Annemarie den Puter als erstes hingeführt hat. Vintilă schreibt, daß er am 12. November im Zug von Kronstadt nach Bukarest dem Dr. Puter begegnet sei und daß sie sich bestens über ein Vereinigtes Europa unterhalten hätten. Leutnant Scaiete bemerkt ätzend: »Überall hat diese Krake ihre Tentakel hingestreckt, dieser hochgefährliche Agent des Imperialismus.«

Ich sage: »Ziel der Weltgeschichte ist ein vereinigtes sozialistisches Europa.«

»Aber nicht unter der Hegemonie Amerikas.«

»Laut Marx könnte Amerika, ein hochkapitalistisches Land, als erstes umkippen. Und sogar vor Europa sozialistisch werden.«

»Ist das möglich?« fragt der Leutnant den Hauptmann.

»Dann leben wir nicht mehr!« Und fährt mich an: »Du hast uns nicht zu belehren!« Aber er schlägt mich nicht.

Ein Geständnis, daß ich der Mittelsmann von Enzio Puter sei, würde die Beweiskette lückenlos schließen. Aber sie reiten nicht mehr darauf herum. »Du hast genug Kriminalromane gelesen, abends im Bett mit der Taschenlampe unter der Decke« – das haben sie aus meinen Tagebüchern, die ich seit meiner Kindheit führe –, »also weißt du, daß man deine Studenten aufgrund von Zeugenaussagen verurteilen kann. Ohne weiteres werden sie sich gegenseitig denunzieren. Die Sachsen sind immer feige gewesen. Dein Schuldbekenntnis brauchen wir nicht. Aber du würdest deine Lage erleichtern.« Sie höhnen: »Hinfort könnt ihr eure Festivitäten, eure literarischen Seancen, dieses ganzes progressistische Getue, und eure reaktionären Kirchenchöre und Oratorien ebenso, im Lager von Periprava im Donaudelta in Szene setzen, für den Rest eures Lebens. Ihr habt ja mit einem Arsch auf zwei Hochzeiten tanzen wollen.«

Am nächsten Tag – in den Nächten geben sie mir Ruhe – setzen sie noch einen Trumpf dazu: »Wir haben die Aussage von deiner Annemarie. Sie erklärt«, Hauptmann Gavriloiu schwenkt ein Papier mit ihren Schriftzügen, »daß Enzio Puter dich als Agent für Klausenburg angeheuert habe.«

»Sie war bei dem Gespräch in der Nacht nicht dabei.«

»An der Glastür von der Küche zum Zimmer hat sie gehorcht. Oder leugnest du, daß dort eine Glastür ist?« Ich leugne nicht, daß dort eine Glastür ist. »Somit hast du uns wieder angeschmiert: In der Nacht vom 11. zum 12. November 1956 hast du dich mit diesem westdeutschen Spion nicht über eure Liebesaffären unterhalten, sondern ihr habt hochgefährliche Pläne geschmiedet. Es müssen große Dinge auf dem Spiel stehen, daß eine leidenschaftlich liebende Frau auf die letzte Nacht mit ihrem Geliebten verzichtet, die letzte Nacht für lange, möglicherweise für immer! Und weiter: Schon daß du bestritten hast, über die Umtriebe der Töpfner-Bande unterrichtet zu sein, dieser zweiten Filiale des westdeutschen Agenten nach Bukarest, ist Beweis genug, was es mit dem Kreis in Klausenburg auf sich hat.« Was ich zu sagen hätte? Nichts habe ich zu sagen.

Elisa Kroner? Ihre Briefe ... Ich weigere mich, sie hier in

die Hand zu nehmen. Den beiden Herren bleibt nur, sich zu mokieren: »Treffen sich jeden Tag, die beiden, und schreiben sich jeden zweiten Tag Briefe *dela Cluj la Cluj*. Und was für alberne Ideen dieses Frauenzimmer hat: daß man einer Blume nicht zusehen sollte, wenn sie ihre Blütenblätter öffnet. Oder: Die Wahrheit sagen, kann von Fall zu Fall des Teufels sein.« Plötzlich tobt der Leutnant los: »*La dracu!* Wenn die Wahrheit des Teufels ist, dann sind Lügen heilig. Ist das richtig geurteilt, Genosse Hauptmann?« Der nickt zustimmend. Und sagt grimmig: »Ah, diese Dirne ist es, die dich gelehrt hat, zu lügen.« Und fragt: »Wann hast du das Buch *In Stahlgewittern* gelesen?« Im vorigen Sommer, erinnere ich mich. Und sage: »Bevor die Russen gekommen sind.« Sie sehen sich nur an.

Endlose Gespräche führe ich mit Elisa Kroner, ins Nichts hinaus oder in eine der Zellen nebenan. Dazwischen Bilder der Verdammnis. Wie ihre Alabasterhaut sich unter der Gluthitze der Donausteppe in Lappen abschält, während sie auf den Staatsplantagen zu roboten hat, wie der Aufseher mit dem Gewehrlauf in ihren gestreiften Kitteln wühlt oder mit einer Fahrradkette zuschlägt, weil sie eine Distel im Rübenfeld übersehen hat. Abermals taumelt sie an mir vorbei. Nackt. Major Vinereanu brennt ihr mit der Zigarette Muster in die Haut – das ist seine Liebhaberei –, oberhalb der linken Brust ein Herz, durchbohrt von einem Pfeil, wie es Verliebte in Baumrinden kerben. Es fällt mir ein, daß die Glut einer Zigarette die Temperatur der Sonnenoberfläche hat. Darum schluchzt sie in der Nebenzelle! Manchmal zeichne ich mit den Zigaretten des Jägers ihren Namen auf den Kotzen. Und klammere mich daran, daß die Vokale von Elisa gleich lauten wie die in meinem Namen. Vielleicht schützt das uns beide? Ich glaube es nicht mehr.

Der 1. Mai, der Tag der internationalen Solidarität der Arbeiter, fällt heuer auf einen Donnerstag. Tags darauf ist von Staats wegen frei. Vielleicht eine Atempause. Die Feiertage sind die Zeit der Aushebungen. Dann füllen sich die Kerker mit Männern und Frauen und Schülern und Mädchen. Der

Jäger ist in Erwartung: Vielleicht kriegen wir jemanden in die Zelle, mit brühwarmen Neuigkeiten von der Straße! Zu Mittag wird ein Festessen durch die Klappe gereicht, süßlicher Pferdebraten mit glasigen Kartoffeln. Zum Frühstück erhalten wir statt Palukes einen Kanten Brot. Am Abend türmen die Wärter Graupen in den Blechnapf.

Die Zeit kriecht. Auf dem Flur hie und da Gescharre, am Vormittag, am Nachmittag, sogar in der Nacht, doch immer an unserer Tür vorbei. Der Jäger ist unglücklich. Er fängt Mäuse und ertränkt sie im Urinkübel. Da nichts geschieht, turnt er auf den Wandtisch und schiebt eine Maus durch den Maschendraht auf das Gesims der Fensterluke. Mit dem Stiel vom Eßlöffel hat er eine Drahtmasche auseinandergebogen, die Maus hindurchgezwängt, die Spuren verwischt. Nun klopft er forsch an die Tür: »Dort oben, eine Maus!« Die rennt piepsend umher, wagt den Sprung in den Abgrund nicht. Der Intendanzoffizier tänzelt herbei, der Offizier vom Dienst gesellt sich dazu. Beide treten von einem Fuß auf den andern. »Wie ist das passiert? Du bist ja Jäger?«

»Wildschweine, nicht Mäuse«, antwortet er stolz. »Dreihundertsechsunddreißig Wildschweine. Davon fünf mit dem Genossen Drăghici, *Ministru de Interne.*« Die Offiziere sind nicht gestimmt, Jagdgeschichten anzuhören. Sie knattern davon. Die Feuerwehr klettert von außen hinauf und führt die Maus ab.

Endlich, am frühen Nachmittag – jenseits der Mauern ist das Hurrageschrei der Massen verhallt, die Marschmusik verklungen –, rasseln die Riegel. Der Jäger zappelt vor Neugier, als wir uns mit dem Gesicht zur Rückwand stellen. Doch die Tür schließt sich nicht und niemand befiehlt: »Dreht euch um.« Vielmehr bittet eine klägliche Stimme, wir möchten raten und helfen. Es ist der quirlige dunkelhäutige Wärter, Kenname Mausauge. Seine Nasenspitze reicht gerade bis zur Klappe. Manchmal versteckt er als besorgter Familienvater zwei Stück grauer Sträflingsseife oberhalb der Tür neben der Leuchte.

Zwischen den Betten, wer steht da, schwenkt vergrämt sein herrliches Haupt und blickt sich mit fiebrigen Lichtern um, das Geäse triefend von Rotz? Ein leibhaftiger Hirsch. Der Liebling des Kommandeurs Crăciun. Und ist krank, befallen von Schnupfen und Dünnschiß, das edle Tier. Letzte Rettung – der Jäger. Andernfalls ziehe »der Chef« dem Wärter das Fell über die Ohren. Seine dunklen Augen kullern erschrocken hin und her. Der Jäger aber zerfließt vor Glück. Er umarmt das Tier, das kaum das Geweih aufrecht halten kann, küßt es auf die schmierige Schnauze, redet ihm gut zu. Und versichert, daß sich alles zum Guten wenden werde. Als erstes muß der teure Patient Wasser saufen, darin gelöst Penicillintabletten. Auf leisen Sohlen läuft der Wächter davon, die Zellentür läßt er sperrangelweit offen. Kommt eilfertig zurückgehoppelt, schleppt gleich zwei Kübel Wasser herbei. Alles Gewünschte ist bei der Hand. Einen Eimer säuft der Hirsch leer. Darauf tupft der Jäger mit dem Taschentuch des Wärters alles Klebrige und Kotige von Maul und After weg. Die Schnauze reingewaschen, die Nüstern durchgepustet, der Hintern blankgefegt, richtet sich der seltene Gast häuslich ein. Wir machen Platz. Erschöpft läßt er sich nieder, legt sein Haupt zeremoniös zwischen die Vorderläufe, sein königliches Geweih aber erhebt er zu voller Höhe. Und sinkt in Schlaf.

Vom Hirsch ist der Durchfall auf den Jäger übergesprungen. Mit dem muß nun der Wärter zum Klosett galoppieren. Und kehrt sogleich um, der geplagte Mann in Pantoffeln. Will die Zellentür schließen, besinnt sich. »*Cerbul*, der Hirsch!« Er tritt herein, dreht sich benommen um die eigene Achse, die Hände an den Schläfen. Und setzt sich zu mir aufs Bett. Einträchtig behüten wir den Schlaf der kranken Kreatur. Es scheint so, als wolle sich auch mein Bettnachbar häuslich in der Zelle niederlassen. Er lehnt sich zurück, schließt die Augen, seufzt tief und flüstert mir zu: »Wie gut es euch geht. Essen, trinken, schlafen, ohne daß ihr einen Finger rührt. Keinerlei Anstrengung, *nici un efort*. Sogar auf das WC werdet ihr geführt, nicht einmal den Weg müßt ihr euch suchen, nur gerade einen Fuß vor den anderen setzen. Dafür wir …« Er schreckt zusammen, horcht auf den Flur, springt auf. Ich lege beruhigend die Hand auf seinen Arm, rücke seine Uniformbluse zurecht, nicke ihm ermunternd zu: »*Totul este*

bine!« Und lade ihn ein, wieder Platz zu nehmen. »*Zeu*, bei
Gott«, flüstert er, der nun aufrecht am Bettrand sitzt, als gehörte er her. Etwas Bestimmtes möchte ich von ihm herausbekommen, ohne ihn in Gefahr zu bringen. Ich zeige durch die
offene Tür auf die gegenüberliegenden Zellen, frage: »*Cluj?*«
Er besinnt sich. Und schüttelt den Kopf. Im Flur hört man
das Klopfen des Jägers. Der Schließer schießt davon. Im Nu
hat er ihn herbeibugsiert, beide sind außer Atem. Er reißt
ihm die Brille vom Kopf: »*Repede, repede!*« Wenn jemand
kommt … Der Hirsch aber rührt sich nicht. Vergebens kom-
plimentieren wir ihn hinaus. Er schüttelt sein Haupt, das Geweih scheuert am Stockbett. Am Wedel muß der Soldat das
Tier aus der Zelle zerren. Das letzte, was wir sehen, ehe die
Eisentür geschlossen wird, sind seine wehmütigen Augen.

Der Jäger bricht in Tränen aus: »Die Maus, der Hirsch …
Welch 1. Mai!«

Ich setze mich auf den Boden, der noch warm ist vom
fiebrigen Leib des Tieres. Festtag der Arbeiterklasse.

Die Nacht vom 30. April zum 1. Mai in Fogarasch vor
vier Jahren … Die Kastenwagen mit den festgenommenen
Menschen wendeten vor der Rattenburg. Das hieß, daß sie
jedesmal vor unserem Tor hielten, qualvoll lange, wie es uns
dünkte, ehe sie im Rückwärtsgang hin und herruckten. Und
abfuhren. Bei diesem Manöver glitten die Lichter der Scheinwerfer ins Zimmer, wo wir wach lagen. Hellwach die ganze
Familie, selbst die kleine Schwester. Sie war zur Mutter ins
Bett gekrochen, aber das Gesicht verhüllte sie nicht. Wie wir
alle lauschte auch sie zum Tor hinaus und blickte zum Fenster mit Augen, in denen die blanke Angst aufglomm, wenn
die Lichtkegel das Zimmer durchsuchten. Niemand rührte
sich. Niemand sprach ein Wort. Wir Kinder wußten, daß
Vater und Mutter keinen von uns würden schützen können,
auch sich selbst nicht, sollten die Türen aufspringen, die Uni-
formierten hereinstampfen und mit dem Gummiknüppel auf
den zeigen, den sie mitnehmen wollten: »*Repede, repede!*«

Und ich? Die Theologie hatte ich hinter mir samt Klinik.
Und widerwillig ein Semester Mathematik. Nun war ich Student der Hydrologie. Was lag vor mir? Angst. Jedesmal, wenn

das Gefängnisauto vor dem Haus bremste, wartete ich wehrlos, daß sie die Eingangstür aufstoßen und mich wegschleppen würden. Nur so. Ich krümmte mich auf der Fläche des Bettes, die sich monströs weitete, als schwebte ich mutterseelenallein im Weltall. Obzwar wir sechs Leute im Schlafzimmer waren, fühlte ich mich unendlich entfernt von jeder Nachbarschaft. Zehn Jahre, seit wir in den Höhlen der Angst hausten. Und immerfort hieß es: hinnehmen. Hinnehmen.

Ich hocke auf dem Steinboden der Zelle und starre die kalkweiße Wand an, die meinen Blick bricht. Und dann schlägt blinder Haß aus mir. Nichts werde ich hinnehmen! Rächen werde ich mich: Vor ihren Augen will ich krepieren, hier, verrecken in aller Häßlichkeit vor ihren Augen. Stiefel, Uniformen, gezischte Befehle, Flüche, weiße Kittel … Schadenfroh werde ich zusehen, wie sich der Arzt mit mir abquält, das blitzende Besteck auf der Pferdedecke, wie er seinen Helfer im weißen Kittel antreibt, der mir die Wange tätschelt und gut zuredet. Die Zellentür ist bereits aufgetan, draußen hört man das Geknatter der Stiefel, das Knistern der Nobelschuhe, das Geschlurfe der Pantoffeln. Weiden werde ich mich an ihren blöden Gesichtern, an ihrer ohnmächtigen Wut darüber, daß es doch ein Entkommen gibt, daß ich sie zwingen kann, mir alle verriegelten und verrammelten Türen und Tore zu öffnen. Vergeblich das Hasten und Rennen im Korridor, im Hof das Hupen der Ambulanz, ich tanze davon. Sie haben Gewalt über mich, aber keine Macht mehr. Als leerer Schädel werde ich ihren dreckigen Fragen ins Gesicht lachen: »Klaubt, was ihr wissen möchtet, mit der Pinzette aus den Klumpen von Kot, in die Gehirn und Gedanken zerfallen sind! Und habt ihr vor, mich zu verschleppen, einzulochen, zu verdammen, so bleibt euch nur eine Handvoll Würmer, an denen ihr euch ergötzen könnt!« Zur Hölle will ich fahren, auf einem Feuerstrom, gepiesackt von Teufeln mit glühenden Spießen, und will endlich in der Finsternis aufhören zu sein.

Während der Jäger mich mit Wasser anschüttet, aus dem Eimer, den Hirsch und Wärter vergessen haben, und ich mich schüttle, daß die Tropfen fliegen, komme ich zu mir. Das Wasser wischt der Jäger mit meiner Schlafjacke auf. Und wiederholt diese Worte: »*Ce unu Mai! Ce unu Mai!*«

Am Vorabend jenes 1. Mai vor vier Jahren, als die Gefangenenautos vor der Rattenburg hielten, hin und herzuckten und endlich abfuhren, alles wie in den Jahren vorher, hatte ich mich in einem Anfall von Panik mit dem Fahrrad aus Fogarasch davonstehlen wollen. In kurzen Hosen, es war ungewöhnlich warm, und ohne Gepäck, damit es nicht auffiel. Mich kriegen sie nicht! Aber wohin mit mir?

Zu Annemarie nach Kronstadt in die Sichelgasse wollte ich nicht. In den wenigen freien Tagen, die wir von der Universität Urlaub hatten, wollte sie Studien anstellen über die Störungen zwischen dem Hund Bulli und ihrer Mutter, wenn sie als Dritte dazukam. In die Tannenau? In die versteckte Kammer des Knechts Johann?

Armgard fiel mir ein, deren Haut im Frühling nach Holunder duftete, die ich in einer Mainacht auf die kalten Ohren geküßt hatte, am schlafenden Auge Annemaries vorbei. Wir hatten uns seit Jahr und Tag nicht mehr gesehen, seit dem Exitus, dem Abschiedsfest nach der Oktava. Damals hatte sich Theobald Wortmann in aller Form von ihr getrennt, mich dabei herbeigewinkt, als brauche er einen Zeugen: »Wir sind nun erwachsen, meine liebe Armgard, und der schönen Erinnerungen aus der Schulzeit sind genug. Elektronen auf der äußersten Schale des Atoms verlieren sich an andere Bahnen, gehen neue Kombinationen ein. Adieu.« Sie hatte zu weinen begonnen, allein geblieben mitten im Oval der Tanzpaare, die sich neu formierten zu den Klängen eines Walzers: »Wiener Blut«. Mein erster Impuls war, sie an der Hand zu nehmen und hinauszuführen in die Sommernacht, unter die stillen Föhren der Weberbastei, oder noch weiter weg, durch die Blumenau zum Schneckenberg, vielleicht bis in die Tannenau, wo wir uns in der Getreidekammer hätten verstecken können. Ich tat es nicht. Auch nicht das Nächstliegende tat ich: sie zum Tanz aufzufordern und so die Gedemütigte vor den Augen der anderen in meinen Armen verstecken. Ich schielte zu Annemarie, die im blauen Abendkleid meiner Mutter wie eine

Dame aussah. Sie drehte sich bereits mit Theobald im Walzertakt, blickte aber zu mir herüber. Und winkte heftig ab. So sagte ich: »Servus!« Und ließ den Dingen ihren Lauf.

Armgard war nun Kindergärtnerin in Kronstadt, wohnte im Haus der Eltern in der Rochusgasse. In die Dachstube der Tante Melanie, dorthin wollte ich mich flüchten. Die Tante würde den Kaffee zubereiten, Tee gab es keinen mehr, seit die Atamians in Rupea festgehalten wurden. Den Stieltopf mit den grünen Bohnen schob sie auf der Herdplatte hin und her, bis diese, braun geröstet, betörend dufteten. Ich durfte die noch heißen Bohnen mahlen, die viereckige Kaffeemühle hielt ich zwischen die nackten Oberschenkel geklemmt, wobei ich mir bei jeder Drehung die Haut einzwickte. Den Kaffee goß die Tante auf, einschießen hieß das, und servierte ihn eigenhändig, mit soviel Satz in den goldenen Mokkatassen, daß die Löffelchen mit fünfzackiger Krone darin stecken blieben. Aus dem Satz würde die Dame des Hauses wunderbare Zukunftsgebilde herauslesen. Das hatte sie in Bukarest gelernt, als sie dort ein Jahr in die Klosterschule der Englischen Fräulein gegangen war.

Und Armgard? Sie würde ihren Kopf an meine Brust legen und erkunden, wie mein Herz schlug. Und ich würde ihr erklären, weshalb ich sie beim Exitus mit einem kargen »Servus« hatte stehen lassen. Spürten mich die Verfolger auf, würde die Tante die Katzen auf sie loslassen, den Schürhaken in der Hand. Dort schien gut sein. Um so mehr, als der Garten in die Hohlwege mündete, durch die ich in die Schulerau entspringen konnte. Und von dort weiterlaufen in die Wälder der Karpaten, die sich bis in die Hohe Tatra zogen oder bis zum Bosporus verzweigten. Vielleicht würde Armgard mich begleiten.

Durch den Wildgarten versuchte ich auf Schleichwegen Fogarasch zu verlassen, zur Toten Aluta mich durchzuschlagen, um beim Dorf Mândra pe Olt die Landstraße zu gewinnen. Einen Bogen schlug ich um die Wasserburg, wo hinter Wall und Teich und meterdicken Mauern politische Häftlinge lautlos litten. Es war zum Verzweifeln in der kleinen Stadt! Allüberall die Polypenarme der *Securitate*. Verirrst du dich am Abend auf die Burgpromenade, schnappen dich die Scheinwerfer, die dir aus den Schießscharten nachstellen. Oder es nimmt dich eine Streife fest und überstellt dich samt der Herzensfreundin für eine Nacht dem Milizposten der Stadt.

Doch die Flucht mißglückte. Eine Reifenpanne nach der anderen hielt mich zurück, zuletzt brachen die Speichen des Hinterrads, die Felge verbog sich. Ich gab auf, noch vor dem Rand der Stadt.

Zum Chemiekombinat jenseits der Bahn, hinter der Papiermühle, schob ich mein angeschlagenes Vehikel. In der Barakkenkolonie wohnte ein junger Arbeiter, den ich kannte. Dort vermutete mich niemand. In den Sommerferien im Vorjahr hatte ich zwei Monate in der Fabrik gearbeitet: Montieren von Kesseln. Damals hatten wir uns angefreundet. Er schob mir oft den leichteren Teil der Arbeit zu. Die Blasen an meinen Handtellern waren am dritten Tag geplatzt, das rote Fleisch darunter brannte höllisch.

Die Kessel waren so riesig, daß man sie unter freiem Himmel auf die Fundamente setzen mußte und dann erst die Mauern um sie her aufführte. Mit Hau-Ruck und Winden und Flaschenzügen packten wir an, zwanzig, dreißig Männer unter einem Montagemeister, der so geschickt das Ganze deichselte, daß keiner sich den Finger abhackte oder eine Zehe zerquetschte. Der Boden, gesättigt mit Eisenstaub, glühte unter den Schuhsohlen, daß wir die Füße hoben wie der Tanzbär auf der Burgpromenade. Um die armdicken Zuleitungsrohre zu biegen, füllten wir sie mit Sand, stellten sie senkrecht auf, das untere Ende wurde zugestopft, und klopften mit Eisenstangen an die Wandung, bis der Sand sich innen verfestigt hatte, das heißt, bis der Meister »Ho!« schrie. Über dem offenen Feuer erhitzten wir die markierte Stelle und bogen in die Röhre ein Knie, dessen Querschnitt kreisrund blieb. Immer stand ein Genosse vom Parteikomitee dabei und achtete darauf, daß alles seinen rechten Gang nahm, schwitzend auch er – im Anzug mit Krawatte und Hut. Manchmal sang er die »Internationale«, und wir mußten klopfen, wie er sang.

Nicolae Magda, so hieß mein Arbeitskollege, war aus dem

Westgebirge hergewandert, wo die Bergbewohner als Küfer, Böttcher, Holzfäller und Schindelschnitzer ihr Leben fristeten. Er konnte weder lesen noch schreiben, begriff aber die Welt über die Märchen und Sagen seiner Heimat und die Leitartikel, die seine Frau Maria ihm aus dem Parteiblatt *Scînteia* vorlas. In der Mittagspause teilten wir die Jause. Meine grünen Paprika, gefüllt mit Marmelade, fand er *extraordinar*. Nur noch in den Märchen kämen so außergewöhnliche Speisen vor. Mir wiederum mundete sehr, was der Kamerad zu vergeben hatte: scharfen Schafskäse und grüne Zwiebeln. Jungverheiratet wohnte er in einer der Baracken. Erste Wohnblocks wurden eben aufgezogen, auf dem Schweinemarkt.

»Baracke Zoja Kosmodemjanskaja«, »Baracke Rosa Luxemburg«, las ich im Schein der Sterne. Endlich: »Baracke Elena Pavel«. Ich schlich mich den Mittelgang entlang, der geschwängert war mit Gerüchen von erhitztem Öl, an Türen vorbei, dahinter munteres Stimmengewirr und Frauenlachen erklang und wo überall die gleiche Radiomusik vom Stadtfunk ertönte: zackige Kampflieder und rasende rumänische Volkstänze.

Nummer neun. Ich klopfte. Als ich die Tür zur Stube öffnete und mein Fahrrad hineinschob, erstarb das Lachen. Das Ehepaar sah mich ungläubig an. Der Hausvater saß in langen Unterhosen auf einem Holzschemel und ließ sein Töchterchen auf den Knien reiten. Dessen Kleidchen gab bei jedem Schwung den rosigen Popo und das Bäuchlein frei. Das Kind kreischte vor Lust und Schrecken und hielt sich an der schwarzbehaarten Brust des Vaters fest. Die Frau, in einem Kattunkleid mit Imprimés, das aus den Nähten platzte und kaum den gewölbten Bauch und den strotzenden Busen zudeckte, hantierte am Ofen. Darüber klebte der oberste Parteimann, Gheorghe Gheorghiu-Dej, als vergilbter und gerösteter Zeitungsausschnitt. Die Stube war möbliert mit einem Eisenbett, einem Metallspind, einem Tisch, drei Hockern. An der Balkendecke spendete eine kümmerliche Birne Licht. Es war erstickend heiß. Ich hatte mein Fahrrad absichtlich nicht draußen abgestellt, wegen der Nachbarn. So stand ich unter dem Sankt Nikolaus mit den drei Goldäpfeln und hielt es an mich gepreßt. Der Lautsprecher dröhnte. Neben mir brummte ein Eisschrank, groß wie eine Baßgeige.

Die Frau öffnete den Spind, zog sich hinter dessen schmaler Tür um. In Rock und Bluse wirkte sie sonntäglich fremd. Der Rock spannte über dem Bauch, gab die Knie frei. Ihrem Mann warf sie Hemd und Hose hin. Er aber streifte allein das Hemd über, blieb auch weiterhin in Unterhosen, bloß die Bandel unten schnürte er zu. Das Töchterchen erhielt Strümpfe und ein Höschen. Endlich konnte ich mit meinem Anliegen herausrücken. Die Hausfrau stellte den Apparat ab. Dieselbe Melodie, »Genossen aus Zechen und Gruben ...«, drang von rechts, von links durch die Bretterwand. »Kann ich hier bis morgen schlafen, bitte schön?«

Einen Augenblick herrschte verlegenes Schweigen. Dann sagte der Hausherr voll Würde, indem er aufstand und das Kind auf den Boden stellte: »*Foarte bine!*« Seine linke Braue zuckte mehrmals. »Sei willkommen, Genosse. Es ist uns eine Ehre.« Er setzte sich, das Kind krabbelte auf seinen Schoß. Indem er zu mir aufsah, fuhr er fort: »Sie, junger Herr, können in unserem Bett Platz nehmen. Meine Frau und unser Schneewittchen Alba Zăpada werden auf dem Boden schlafen, auf dem Schafspelz meines Großvaters. Und wenn wir im Herbst eine Zweizimmerwohnung im Block bekommen, können wir Ihnen eine Stube abtreten, wann immer Sie uns mit Ihrem Besuch beehren wollen. Wir brauchen das zweite Zimmer nicht. Wir werden ja nicht unsere kleine Familie zertrennen, gerade jetzt, wo wir noch ein Herzenskind erwarten.« Und er strich seiner Frau über den Bauch, die seine Hand festhielt und den Kopf senkte. »Und sollte die Großmutter die Unbequemlichkeit auf sich nehmen und vom Land herkommen, werden wir sie doch nicht kränken, indem wir sie allein in ein Zimmer sperren.«

Die Frau ergänzte verschämt: »Auf meine Eltern können wir nicht zählen. Sie wohnen zwar nur eine Bahnstation weit, in Mândra pe Olt, wo mein Vater Streckenwärter ist, doch er hat mich verflucht.«

»Warum?« Sie schwieg. Ihr Mann sagte, vor Stolz sträubten sich ihm die schwarzen Brusthaare: »Ich habe sie geraubt, als sie siebzehn war. Nun aber müßt Ihr essen und trinken. Und ich auch.« Ich setzte mich zum Tisch.

Die fette Zeitung, die rotgerandete *Scînteia*, die als Tischtuch diente, wurde durch eine Wachsleinwand ersetzt. Dazu Papierservietten, auf denen zu lesen war: »Vor dem Essen, nach dem Klo, wasche deine Hände froh!« Der Tisch bog sich. »Zuerst essen wir, was das Weib da zubereitet hat.« Die Eierspeis mit resch gebratenem Speck, gewürzt mit Pfeffer und Paprika, schlangen wir Männer hinunter, daß uns das Fett aus den Mundwinkeln troff. Die Frau aß nicht mit uns, sie bediente. Freund Nikolaus sprach zur Lage im Land: Rund um die Festtage der Arbeiterklasse gehe es zu wie im Märchen von Tischlein deck dich. »Alles gibt es plötzlich in den Geschäften zu kaufen. Dazu pünktlich eine Prämie. Mit der vom 23. August werden wir uns ein *studio* kaufen.«

»Wo wir alle vier schlafen können«, ergänzte die Frau. »Und vielleicht sogar ein Radio ›Pionier‹.« Bis August hätten sie noch Ratenzahlungen für den Eisschrank »Fram« zu leisten.

»Und meine Uhr ›Pobeda‹ hat mich zwei Monatsgehälter gekostet, bares Geld auf den Tisch gezählt. Die Russen wollen immer alles auf einmal haben.«

Mit Speck und frischen Zwiebeln ging es weiter. Dazu füllte die Frau unsere Gläser nach jedem Schluck mit Bier. Zuletzt gab es Süßkäse und Eingemachtes. »Und hier, zur Feier des Tages, nicht die elende Fünfleizwanzig-Marmelade, von der es heißt, sie sei mit gelben Rüben untermischt, sondern eine leckere Konfitüre, *Gem* genannt und entsprechend teuer, sieben Lei fünfzig.« Und fügte freudig bewegt hinzu: »Wie in Amerika! Und statt Schwarzbrot auf Karten, ein Lei vierzig ein Doppelbrot, gibt es diesmal Wecken! Sehr teuer, fünfhundert Gramm kosten zwei Lei zwanzig, aber weiß und flockig wie die Blüte im Mai.« Sie hob das Prachtstück aus einem bäuerlichen Zwerchsack und schwenkte das Weckenbrot wie eine Trophäe. »Wie bei den Bojaren geht es bei uns zu! Ja, und endlich wieder Butter. Und nicht teurer als zu Weihnachten, das Stück fünf Lei vierzig.«

Der gemessen kauende Mann, der dem Kind auf seinem

Schoß die besten Bissen in den Mund schob, ergänzte: Das könne man sich leisten, wo beide arbeiteten, seine Frau mit ihren vier Klassen in gehobener Stellung, im Büro als Listenschreiberin. Und er vorläufig als unqualifizierter Arbeiter. Doch besuche er einen Alphabetisierungskurs. Schon könne er die Namen seiner Lieben schreiben, und das Einmaleins beherrsche er sowieso. Und auf dem Zifferblatt wisse er auch schon Bescheid: Punkt und halb. Zusammen kämen er und die Frau in guten Monaten mit Überstunden auf rund tausend Lei im Monat. »Das Mittagessen in der Werkskantine kostet den Arbeiter ein Lei fünfzig. Die Direktion schießt ebensoviel zu. Die Ganztagskrippe für unser Elflein aber ist gratis.« Er benützte die Papierservietten nicht und wischte sich mit dem Handrücken den Mund ab. Gutmütig lächelnd nahm er den Tadel seiner Frau zur Kenntnis. Und sagte: »Die Servietten sind doch für den Gast!« Fast hätte ich das übersehen.

Und daß ich, der ehrenwerte Gast, gerade heute die Nacht hier verbringen wolle, komme ihm recht gelegen. Das habe er gewiß der Märchenfee Ileana Cosânseană zu verdanken, die ihm aus den heimatlichen Gefilden gefolgt sei und ihn behüte und die Seinen beschütze immerdar. Ich müsse ihn nämlich nun entschuldigen. Höhere Pflichten riefen ihn. Es sei eine gefährliche Nacht, die heutige Nacht, wo der Klassenfeind sein giftiges Haupt erhebe. Seine schwarzen Augenbrauen zogen sich voll Sorge zusammen. Er stand mit einem Ruck vom Tisch auf, stellte die Tochter in einen umgekippten Hocker, eine winzige Gehschule, und holte unter dem Bett einen Sack hervor. Auf das Bett purzelten Uniformstücke in Tiefblau. »Die *Securitate* hat einige von uns aus der Arbeitergarde, Männer des Vertrauens, aufgeboten. Wir sollen den Genossen heute nacht zur Hand gehen.« Mehr sagte er nicht. Und begann sich mit feierlichen Bewegungen anzukleiden.

Mir reichte er die Hand im Lederhandschuh, Frau und Kind umarmte er in aller Form. An seinem Koppel baumelte der Gummiknüppel. Seine Frau schlug das Kreuz über ihn, er hatte die Ohrenmütze abgenommen, an der eine Kokarde mit Hammer und Sichel blinkte. Gestiefelt und gespornt stampfte er zur Stube hinaus.

Kaum hatte er uns den Rücken gekehrt, scherte ich mich davon, floh. Die Frau ließ mich wortlos gehen. Während ich mein Fahrrad schulterte, rollte sie bereits den Schafspelz zusammen.

Der Friedhof, überlegte ich. Vor dem fürchten die sich, besonders bei Nacht. Dort lagen vier Gräber: das von Engelbert, dem ältesten Bruder von schleierhafter Herkunft. Und Onkel Erichs Grab, peinlich gepflegt, von dem nur Eingeweihte wußten, daß es leer war – und vielleicht noch die *Securitate*. Und nebeneinander die Gräber der Großtanten Hermine und Helene. Nachdem die beiden Frauen einen russischen Soldaten in die Flucht gejagt hatten, der in ihr Haus im Wildgarten eingedrungen war, lebten sie noch einige Zeit. Und starben, gähnend vor Überdruß und Langeweile. Starben im Abstand von einigen Tagen. So versammelten sich zweimal hintereinander die nämlichen Gesichter am Friedhof, und der Pfarrer las zweimal die gleiche Leichenpredigt vor. Begraben wurden die Goldschmidtischen Damen in ihren maßgeschneiderten Särgen, die freilich im Laufe der Jahrzehnte zu groß geworden waren. Doch fand sich für den überschüssigen Raum Verwendung: Alle, die ihre Hakenkreuzfahnen nicht anders hatten loswerden können, legten sie über die toten Tanten. Auf diese Weise wurden in der kleinen Stadt die letzten Schnitzel und Schnipfel der Hitlerzeit feierlich zu Grabe getragen, unter den Klängen von »Santa Lucia« und »La Paloma«. Die Anteilnahme war groß.

Ich saß eine Weile auf der zierlichen Bank, die die Tanten vorsorglich für die Hinterbliebenen aufgestellt hatten, grün gestrichen, in der Farbe der Hoffnung, und die kaum benützt wurde. Dann gab ich mir einen Ruck und schlich mich nach Hause, auf alles gefaßt, zurück zu den Meinen. Hinnehmen! Hinnehmen! Die Nacht brach an, immer wieder durchlöchert vom Licht der Scheinwerfer bis in unsere Schlafstube hinein. Wir lagen wach und warteten.

Ich sitze auf dem Beton und starre die Wand an. Vor diesen gibt es kein Entrinnen, selbst wenn du in den Mutterleib zurückkriechst. Ich sitze und starre die Wand an, die weiß und hart den Blick zurückwirft. Und dann schlägt die Stunde der Wahrheit, es fällt mir wie Schuppen von den Augen. Ich erkenne und weiß selbst nicht, wie mir geschieht: Bei mir liegt die Schuld.

In Wahrheit will ich den Sozialismus nicht.

Wie auch niemand aus meiner Umgebung ihn will. Ich aber bin nicht besser als sie. Wiewohl ich im Denken die Idee bejaht habe, will ich im Grunde meiner Seele den Sozialismus nicht. Die Schuld liegt bei mir. Die oben haben recht, mir nicht zu glauben. Das wird sich ändern!

Ich atme auf, die glühende Haut wird kühl und glatt. Und warte, daß die Seele nachkommt. Die zwei Tage darauf sitze ich auf dem Rand des Eisenbettes, wie es die Hausordnung vorschreibt. Nie mehr im Leben will ich mich verstecken müssen. Stille Tage, inmitten der Unruhe und Erregung auf dem Korridor: Stöhnen und Gestolper, manchmal Schluchzen, öfter ein Fluch, dazwischen das Zischen der Wachen: »Halt's Maul!« Und immer wieder das Kreischen der Riegel. Erst jetzt geht es richtig los.

Am dritten Tag schiebt man uns einen jungen Mann in die Zelle, seines Zeichens Dreher in den *Tractorul*-Werken. Er wird verdächtigt, einen Kollegen im Klosett niedergeschlagen zu haben, der die Anhebung der Leistungsnormen gefordert hat. »Welch Schädel«, wundert sich der Bursche. »Mit der Rohrzange. Er ist auf der Stelle tot gewesen, der Genosse Stachanowist. Aber der Schädel ist ganz geblieben!« Unser neuer Kollege hat eine originelle Art, sein After zu säubern: Was ihn dort stört, schmiert er mit dem Zeigefinger an die Wand. Der Jäger, an sich hocherfreut über den Besuch, haut ihm zwei herunter, daß es schallt. Der Bursche stellt ungerührt fest: »Das ist nichts gegen die Prügel, die ich hier schon bezogen habe.« Und ist bereit, sich eines Besseren belehren zu lassen. Doch am Montagmorgen führt man ihn weg.

Ruhig fließen die Gedanken dahin, halten inne, wo es sein muß. Der Denkspruch geht mir durch den Kopf, den die Griso mir in meine Konfirmationsbibel geschrieben hat: »Wir sind nicht da, um glücklich zu sein, sondern um unsere Pflicht zu tun.« Wäre dagegen nicht eine plausible Maxime des Handelns: Ich will, daß alle Menschen zur Glückseligkeit gelangen? Und zwar, indem jeder einzelne sich in die Pflicht nehmen läßt und es als seine Schuldigkeit erachtet, so zu handeln, daß keiner mehr auf Erden hungern und frieren muß, ausgebeutet, erniedrigt und gedemütigt wird; vielmehr sich alle Menschen ihres Lebens freuen können? Wir sind hier, um unsere Pflicht zu tun so, daß alle Menschen glücklich werden!

Kämpfen, handeln.

Ich werde handeln.

Am Montag, dem 5. Mai 1958 klopfe ich an die Tür der Zelle und melde mich zum ersten Mal freiwillig zum Verhör. Der Soldat vom Dienst ist prompt zur Stelle. Ich bebe am ganzen Leib.

Căpitan Gavriloiu sitzt an seinem Schreibtisch. Er ist in Zivil. Ein süßlicher Hauch von Parfüm weht zu mir. Auf sein Geheiß nehme ich die Brille ab, grüße, wie befohlen, und will mich zu meinem Tischchen in der Ecke hinter der Tür begeben. Doch er ordnet an, daß ich mich zum Fenster setze, auf einen Stuhl, der dort bereitsteht. Er fragt nicht wie sonst: »Welches Datum schreiben wir heute, welchen Wochentag haben wir?« Als ich zu sprechen beginne, spüre ich die Pulsader bis zum Hals schlagen. Ich sage: »Ich habe eine Eröffnung zu machen, o *declaraţie*. Aber nur vor meinem Major.«

»Der ist nicht da.« Dann möge der Kommandeur mich anhören. »Beschäftigt.« Der Offizier ordnet die Utensilien auf dem Schreibtisch zu neuen geometrischen Gebilden, die ich nicht entziffern kann. Flor verdeckt meine Augen.

Da ich schweige, fragt er, ohne aufzusehen: »Was haben Sie zu erklären?« Ich kann kein Wort hervorbringen. Mein Blick ist tief in den Garten der *Securitate* gefallen, wo sich Rehe tummeln und der Hirsch sein majestätisches Geweih spazierenführt, genesen von Durchfall und Grippe, und wo eine Spiräenhecke, grün übersprüht, aufleuchtet. Es muß Frühling geworden sein.

Ich sage, die Worte habe ich mir genau zurechtgelegt, langsam und betont: »Von nun an können Sie mit meiner Aufrichtigkeit rechnen. Ich werde auf alle Ihre Fragen den Tatsachen getreu und wahrheitsgemäß antworten – unter zwei

Voraussetzungen«, ich umgehe das Wort Bedingungen: »Daß über die Klausenburger Studenten zu allerletzt verhandelt wird und daß ich über Mädchen oder Frauen nicht ausgefragt werde.« Ich starre auf den Boden, denn noch einen Blick in den paradiesischen Garten wage ich nicht. Und ergänze: »Wenn Partei und Regierung die Deutschen des Landes beim Aufbau des Sozialismus dabeihaben wollen, so braucht man als erstes die Studenten, die von früh auf im Geist des Marxismus-Leninismus erzogen sind. Sie zu erledigen, wäre ein nicht gutzumachender Verlust für das Land. Und für die Siebenbürger Sachsen.«

Der Hauptmann sagt weder ja noch nein. Aber er wartet mir ein Pfirsichkompott auf, ein bereits geöffnetes Glas, das er aus dem linken Fach des Schreibtisches hervorholt und mir eigenhändig serviert, auf einem Tablett. Ich verschlinge es heißhungrig. Der Offizier klatscht in die Hände. Der Wachhabende stülpt mir die Brille über, prüft, ob sie fest sitzt, und führt mich durch die Dunkelheit in mein Verlies.

In fremden Zungen

19

Alles ist hellgrün. So hell wie nie zuvor. In Augenhöhe prallt mein Blick an Stiefel, gesäumt von weißen Kitteln. In der Luft höre ich Gemurmel. Was ist das? Sind es Engel, die das viele Licht beschert haben?

Ein Mann öffnet mir die Augenlider, als sei ich tot. Er ist weißgewandet, trägt ein Käppi. Der Mann fühlt meinen Puls, steckt mir einen Löffel zwischen die Lippen. Ich muß laut A sagen. Ein zweiter setzt sich neben mich, der Strohsack raschelt. Ich starre an einem ikonenhaften Gesicht vorbei. Er streicht meinen Hemdsärmel zurück, schnürt mit einem Gummischlauch den Arm ab, säubert eine Stelle über der aufgeschwemmten Vene und sticht hinein. Eine prickelnde Wärme breitet sich sternförmig im Körper aus. Ich schließe die Augen. Doch mit sanfter Gewalt werde ich aufgesetzt. Wieder schiebt jemand meine Lider auseinander. Sie klemmen. »Halt ihn ein Weilchen wach. Gib ihm zu essen, er muß gut essen. Sieh zu, daß, er einige Schritte macht«, höre ich von hoch oben sagen. Wem aber gilt der Befehl, wo so viele Stiefel die Zelle bevölkern? Der himmlische Besuch verzieht sich, Kittel flattern davon. Die Eisentür schließt sich lautlos, es dröhnt nicht wie sonst im Höllenlärm.

Und wo ist der Jäger? Haben die Außerirdischen ihn mitgenommen? Nicht doch, er kniet an meinem Lager, in den Händen ein Tablett. »Hab keine Angst: Es ist der Militärarzt gewesen und ein Feldscher, begleitet von Offizieren, alle in Kitteln. Bleib wach, ich bitte dich, *întretimp*!« Manchmal käme aus der Stadt ein Doktor hinzu, *psihiatru important*.

»Warum soviel grünes Licht«, lalle ich.

»Es ist Sommer. Sieh, dort oben an der Wand, ein Sonnenstrahl. *Vară plină.*« Er hebt meinen Kopf. Ich erkenne ihn nicht, den Sonnenstrahl. Was er mir an Speisen anbietet, das ist gegenüber dem Grau in Grau von Kartoffeln, Graupen, Bohnen, Kraut teuflisches Blendwerk oder wunderbar wie aus Tausendundeiner Nacht. Ich rieche und schmecke alles und für den Moment begreife ich. Doch die Glieder sind schwer zu befehligen. Die Hände versagen den Dienst. Und der Kopf schwankt. Bleierne Müdigkeit drückt mich zu Boden. Trotzdem gelingt es dem Jäger, mir die Gerichte einzulöffeln.

Braune Suppe, eine aufwendige Delikatesse der siebenbürgischen Küche. Obendrauf schwimmen echte Fettaugen, umkränzt von Schnittlauch. In der Tiefe ein Markknochen. Das Mark läßt sich herausblasen. Suppenheiß wird es auf geröstete Brotschnitten gestrichen und mit Salz und Pfeffer gewürzt, eine begehrte Vorspeise. Bei diesem Hors d'œuvre, das der Jäger in mich hineinfüttert, wird es mir schwarz vor den Augen. Gierig schlürfe ich die Suppe. Zweiter Gang Stephaniebraten, bei uns Tradition am ersten Weihnachtstag im Haus mit dem Löwen: Ein dünn geklopfter Fleischlappen wird mit Speckscheiben belegt, um hartgekochte Eier gerollt und mit Bindfaden zusammengenäht. Bei uns Kindern nicht sehr beliebt, weil uns der Spagat zwischen den Zähnen hängen blieb. Hier ist der noble Braten, der an die unglückselige Kronprinzessin Stephanie erinnert, mit Prinzeßerdäpfeln und Fürstengemüse garniert. Etwas stört mich an dem erlauchten Menü, doch ich bin nur noch Magen. Und ohne Messer und Gabel sind die Gerichte schwierig zu verspeisen. Aber der Jäger weiß sich zu helfen: Er zerrt den Stephaniebraten auseinander, zerfleischt das Schnitzel mit den scharfen Fingernägeln, verrührt es im Blechnapf mit der Zuspeise und schaufelt mir mit dem Löffel alles in den Mund. Dazu reicht er englischen Salat. Er selbst langt tüchtig zu, bedient sich, kümmert sich einen Dreck, daß es verboten ist. »Aus der Offiziersmesse«, flüstert er, »doch hungert keiner deinetwegen, glaubst du mir?«

So lukullische Speisen wie hier hinter Gittern hat es keine mehr gegeben, seit die Russen gekommen sind, seit sie den

König weggejagt haben. Korrekt in den fremden Zungen gesagt, in denen ich mich zu reden übe, muß das so heißen: seit die glorreiche Rote Armee unser Vaterland vom faschistischen Joch befreit hat, noch genauer, nach dem Sturz der Monarchie haben wir keinen Braten mehr gerochen, geschweige gegessen. Oder doch?

Vorsicht! Hier herrscht gefährliche Präzision. Ein vergessener Punkt auf dem i wird zum Verhängnis für das ganze Leben. Also genaugenommen, *precis, exact*, wie die *Securitate* wünscht, daß man die Begebenheiten schildere, war es so: Nach der Ausrufung der Volksrepublik 1947 haben wir mit ungehemmtem Genuß und reinem Gewissen keinen Braten mehr gegessen. Denn einige Male hatte sich unsere Familie trotz allem einen Schmaus geleistet: wenn unsere Mutter Schmuck verkauft hatte und es gleichzeitig dem Vater gelungen war, unter der Hand ein Schweinskarree oder einen Kalbsschlegel zu ergattern. Doch wurde die leckere Mahlzeit in Eile und hinter verhängten Fenstern und versperrten Türen verschlungen. Zu Gänsebraten oder Hühnergulasch wurden wir in die Tannenau eingeladen. Doch verging uns der Appetit, wenn die Griso und die Malytante wie aus einem Munde zum Eingruß sagten: »Damit ihr wißt: Um euch dieses Essen aufzutischen, haben wir gehungert, daß wir schwarz gesehen haben. Nicht wahr, Fritzchen?« »Schwarz«, wiederholte Onkel Fritz. »Wohl bekomm's! Und den Mund halten! Überall schnüffelt der Pöbel! Feind hört mit!«

Ich sitze benommen auf meinem Eisenbett, schmatze laut, ohne mir Zwang anzutun. Beim letzten Leckerbissen, den ich hinunterwürge, es ist des Guten zuviel, stößt es mir auf. Ich wische mit dem Handrücken über den klebrigen Mund. Und rülpse genüßlich wie ein Fuhrmann.

Der Wärter öffnet eilfertig die Essensklappe: »*Terminat!* Jetzt die Schlafpillen!« Der Jäger räumt sie kunterbunt auf meine gereckte Zunge. Mit Wasser, das ich langsam aus dem Töpfchen trinke, spüle ich die Tabletten hinunter. »*Pace bună!*« wünscht der Wärter. Gut Friede bis zum Abend. Dann und am Morgen plumpse ich in den normalen Ablauf zurück mit Essen und Trinken und *la program*.

Ich versinke in die grünen Schluchten des Schlafs, mitten zwischen die Zeit ...

Zu Weihnachten gehörte nicht nur der Stephaniebraten. Am zweiten Feiertag ließ Herbertonkel zu bequemer Morgenstunde zwei Kutschschlitten vorfahren, zum letzten Mal 1943. Die Familie stand abfahrtbereit vor dem Tor. Jeder hatte ein neues Stück von der Christbescherung an und kam den anderen feierlich und fremd vor. Hinter den Fenstern, neben dem Tannenbaum, verfolgten die Großeltern den Aufbruch. Die schwarzen Ohrenschoner des Großvaters, die wollenen Pulswärmer der Großmutter deuteten an, daß die alten Herrschaften winterlich gestimmt waren. »Kommt zurück, bevor es dunkel wird«, lasen wir an ihren Lippen ab.

Das Gebimmel der sieben Schellen an der Deichsel lockte die rumänischen Nachbarn ans Fenster, die uns »*La mulţi ani*« wünschten: viele gute Jahre! Und vor den russischen Wölfen warnten. Die Pferde dampften unter den Decken, welche die Kutscher über ihre Rücken gebreitet hatten. In den dunkelblauen Mänteln mit Goldknöpfen, gigantische Pelzmützen auf dem Kopf, stapften sie in Filzstiefeln durch den Schnee, die Peitsche unterm Arm. »Wie die Ruprechte schauen sie aus«, rief die kleine Schwester.

Den Schnee schaufelte der Hausmeister Attila Szabo weg. Mit betont schlampigen Bewegungen schubste er die Schneemassen zur Seite, eine breite Holzschaufel in der Hand. Die erwachsene Tochter Irenke, bloß in der Bluse, streute Asche in die gefrorenen Stege, daß es zischte. Den Kübel, aus dem glühende Funken stoben, hielt sie mit den nackten Armen umschlungen. Ihre Augen funkelten. Als sie an mir vorbeikam, zwickte sie mich in die Backe. Allein die Frau des Besorgers, die mit einem riesigen Rutenbesen die Fahrbahn erweiterte, wünschte mit unterwürfiger Stimme einen guten Morgen: »*Jó reggelt!*« Wir antworteten auf ungarisch: »Glückliche Weihnacht!«

Wohin ging es? Zum übernächsten Gebirgstal, nach Sâmbăta, in die Klosterschenke. Das war knapp zwei Stunden Fahrt in schneidender Kälte. Die Kälte konnten wir an der

Glatze von Onkel Herbert ablesen, die rot und röter wurde. Als ein Mann von Vollblut, so die Malytante, trug er keine Mütze.

Wir richteten uns in den Schlitten ein, die mit rotem Plüsch ausgeschlagen waren. Ich saß Tante Herta gegenüber. Onkel Herbert, ihr Mann, stieg zu, als der Schlitten bereits anfuhr. Frau Sárközi, unsere Haushälterin, eine Kriegswitwe, hob die kleine Schwester samt der Puppe Nelke in den Schlitten und plazierte sie neben mich. Ihre Söhne Nori und Hansi, sommers und winters mit schwarzen Ringelstrümpfen, und in so kurzen Hosen, daß man die Strumpfbandel sah, standen mit trotziger Miene im Tor. Sie hielten Hakenkreuzwimpel in der Hand. Frau Sárközi verteilte Wärmflaschen und räumte heiße Ziegelsteine unter die Füße. Jeder Ziegel war in Zeitungen eingeschlagen, auf denen Siegesmeldungen und Führerbilder brenzlig rochen. Die gute Frau hatte sich am *Völkischen Beobachter* von Onkel Erich vergriffen, ohne zu wissen, was sie tat.

Uwe und Kurtfelix saßen im anderen Schlitten den Eltern gegenüber. Den Muff der Mutter hielt Uwe auf dem Schoß, geziert lächelnd wie ein ältliches Fräulein. Kurtfelix hatte wie immer bei Ausflügen Pfeil und Bogen bei sich. Bruder Engelbert? War er dabei? Ja. Wenn auch nirgends festzumachen, wie das seinem orakelhaften Wesen entsprach.

Die Kinder schlüpften in gefütterte Fußsäcke. Ich ließ mir einen heißen Ziegel unter die Schneestiefel schieben. Elke Adele neben mir verschwand in ihrem Sack bis zur Nase. Über die Plaids auf unseren Knien legten die Kutscher die dunstigen Pferdekotzen, die nach Heu und Dung rochen, ein Geruch, der an Krippe, Stall und Bethlehem gemahnte.

Wie eine gekränkte Pastete stand die andere Hausgehilfin da. Vor Jahr und Tag schlicht als Dienstmädchen Liso angestellt, wurde sie inzwischen als Haustochter Elisabeth geführt. Sie war gleichzeitig NS-Frauenschaftsführerin von Fogarasch und auch jetzt in Uniform. Somit rührte sie keinen Finger. Dafür stellte sie ein erschreckend nacktes Gesicht zur Schau: Statt der Augenbrauen wölbten sich zwei feuerrote Streifen in die Stirne. Die Brauen waren bei der Julfeier auf dem Hexenberg bei Felmern abgebrannt. Unser Onkel Erich, Hand in Hand mit ihr, hatte kurz vor dem Sprung über den Scheiterhaufen gebremst. Trotzdem war sie jauchzend davongesprungen! Als man die Gefallene aus dem Flammenmeer gezogen hatte, hatte sie gebrutzelt wie ein Schneeball auf der Ofenplatte und sehr verändert ausgesehen.

In dem Augenblick, wo die Pferde anzogen und mit einem Ruck die festgefrorenen Schlitten wegrissen, nahm sie Haltung an, hob die Hand und entließ uns hoheitsvoll mit einem »Heil Hitler«. Auch die beiden Buben in Strümpfen und mit zerfransten Strickjacken hoben die Hände, aber nicht zum deutschen Gruß, sondern um Schneebälle zu werfen. In einem Geschoß mußte ein Stein versteckt gewesen sein. Es krachte am Rückbrett.

Wir sausten davon, daß die Funken stoben. Durch die Rohrbacher Straße ging es zur Stadt hinaus. Hinter Voila bogen wir südlich ab zum Kloster am Saum der Gebirge. Die Wolke von Dampf und Atem über den Fahrzeugen wurde dichter, die Kälte nahm zu. Die Damen wärmten die Hände im Muff. Onkel Herbert rieb sich die Glatze warm. Wir duckten uns in die Pelze und Decken. Hinter dem Schleier von eisiger Atemluft glitzerten die Augen.

Bei der Ankunft in Sâmbăta war es Mittag. In der Klosterschenke huschten Mönche mit Bärten und bekleckerten Kutten zwischen den Eichentischen hin und her, unter dem Grinsen der Wildschweinköpfe an den Wänden und unter dem Nicken der Gehörne schwarzer Gemsen.

Als wir in den Mönchskeller traten, umhüllte uns die kalte Luft von draußen wie eine Tarnkappe. Trotzdem erkannte uns der Zigeunerprimas Dionisie Macavei und hielt im Fiedeln inne. Der Schlager »Trink, Brüderlein, trink« hörte mit einem Gurgelton auf. Dionisie Macavei stürzte sich auf meinen Vater, als ob er auf ihn gewartet hätte, machte einen Kratzfuß, haschte wie gewohnt nach seiner Hand, drückte einen Kuß darauf. Sein Gesicht war von Schweiß überperlt, auf der Stirne klebte ein halbierter Tausendleischein. Mein Vater zupfte den Fetzen Papier ab und zerriß ihn in winzige Stücke. Er steckte dem Primas eine Banknote in die Westentasche und sagte: »Ungarische Zigeunerweisen für die Damen!«

Wir erhielten unseren Tisch in der Fensternische, getrennt vom Speiseraum, mit Blick hinauf zur Fereastra Mare. Neben der Hütte brauste der Bach, kaum gebändigt von der Eisdecke. Unwilliges Gemurmel erhob sich an einem Tisch in der dunkelsten Ecke. Jemand schrie rumänisch: »Spiel weiter, du ungewaschener Zigeuner, sonst ziehen wir dir das Fell über die Ohren! Wir haben bezahlt. Die Hälfte hast du bekommen, du fauler Hund!«

»Lichtscheues Gesindel«, flüsterte Tante Herta. Wir starrten ins Trübe. Dort saßen Männer, die Krawatten über den Braunhemden gelockert und bester Laune. Es waren die Mannen von der »Deutschen Mannschaft«, der nationalsozialistischen Sportkampfgruppe. Darunter Onkel Erich, der jüngste Bruder und Kompagnon in der Firma. Mein Vater ging hinüber, grüßte mit: »Angenehme Feiertage allerseits!« Worauf ihm ein wackliges »Heil Hitler« entgegenscholl. Er beugte sich in die Bierrunde, sagte sanft und tadelnd, wie man mit einem jüngeren Bruder und Juniorpartner spricht: »Du kommst an unseren Tisch, wir spielen jetzt Familie. Sowieso hast du dich um die Christbescherung gedrückt. Zieh deinen Pullover an, daß du manierlich aussiehst und den Damen deine Aufwartung machen kannst.« Ohne Widerrede folgte Onkel Erich mit Pullover und Bierglas. Auf seinen Bärensohlen schaukelte er zu uns herüber und sagte friedlich: »Grüß euch Gott alle miteinander, alle miteinander. Frohe Weihnachten!«

Gekommen waren wir, um blaue Bachforellen zu speisen. Es war der Tag nach Weihnachten und nach dem Ende der Schonzeit. Frischer konnte kein Fisch sein.

Ein Mönch im weißen Kittel, auf dem Kopf eine Kochmütze, den struppigen, ungeschorenen Bart hygienisch in einem leinenen Sack verstaut, geleitete uns zu einem Becken im Hof, Herbertonkel, Engelbert, mich. Hinter uns schlich Kurtfelix, den Bogen über dem Rücken. Unter einem Holzdach nahe dem Klosterbrunnen mit dem geweihten Wasser sprudelte eine Quelle. Darin tummelten sich die Forellen. In dem glasklaren Element sah man ihre Leiber mit den blauen Punkten auf dem Rücken wie in einem Kaleidoskop. Doch ihre Minuten waren gezählt. »Alles Ding währt seine Zeit«, sagte Engelbert. Unvermutet griff unser Herbertonkel ins Becken, mit einer rabiaten Bewegung der Hände, die mich erschreckte. Es war, wie wenn ein Soldat auf der Burgpromenade einem ungarischen Dienstmädchen unter die roten Röcke fuhr. Doch die glitschigen Tiere entschlüpften. Kurtfelix pirschte sich heran, ein Pfeil surrte, traf. Wie ein Propeller drehte sich die Forelle um die metallene Achse des Geschosses. Das Wasser verfärbte sich. »Nicht doch, *domnişorule, pentru numele lui Dumnezeu!*« schrie der Mönch. »Um Gottes Willen nicht so, junger Herr! Die Forellen müssen lebendig in die Küche.« Mit dem bauschigen Kuttenärmel fuhr er in die Tiefe des Wassers. »Hoppla, da haben wir's!« In der Beuge des Ärmels, aus dem Wasser spritzte, zappelten die atemlosen Fische.

Hurtig rannte der Mönch in die Küche, wir hinterdrein. Dort kollerten die Fische in einen Weidling. Mit dem Griff des Küchenmessers tötete er jedes Tier durch einen Schlag auf den Kopf. Er kehrte den Bauch nach oben und stach mit Daumen und Zeigefinger in die zuckenden Kiemen. In kaltes Wasser getaucht wurde der Fisch ausgenommen. Damit er die beliebte Kipfelform erhielt, zog der Küchenmönch mit einen Faden Schweif und Kopf zusammen.

Ich hatte genug gesehen: wie der ahnungslose Fisch seinem Lebenselement entrissen und zu Tode befördert worden war, das ließ mich Topfenknödel bestellen. »Verzichtest du allen Ernstes?« hieß es kopfschüttelnd und mit dem Nebenton: Warum bist du dann mitgekommen? Engelbert aß zwei von den blaugesottenen Forellen, die nach Weinessig dufteten und mit Petersilie geschmückt waren. Er aß meine Forelle mit, deren Augen zu mir herüberschielten wie zwei Perlen aus dem Jenseits. »Man weiß nie, ob es nicht die letzte ist!«

So war das: Die Mönche tischten auf, was Küche und Keller hergaben. Man tafelte blaue Forellen, trank dazu Weißwein: Königsast und Mädchentraube. Der Primas fiedelte den Damen Pusztalieder in die Ohren, worüber meine Mutter von Herzen lachte, während Tante Herta sich die Ohren zuhielt. Als der Primgeiger jäh in den feurigen Csárdás wechselte, sprang unsere Mutter auf, faßte Onkel Erich um die Taile, nachdem unser Vater höflich Nein gesagt hatte, und drehte sich wie eine echte Ungarin, die rechte Hand hinter dem Ohr. Alle klatschten, sogar die orthodoxen Mönche und die deutschen Mannen.

Damals schwante dem Zigeuner Dionisie Macavei nicht, daß er Direktor des Dampfbads von Fogarasch werden würde und Parteisekretär aller Friseure und Coiffeusen, dazu der Verantwortliche der musikalischen und lyrischen Vereinigungen der Stadt, selbst des evangelischen Kirchenchors, der eigentlich verboten werden sollte, ein führender Kulturfunktionär, den wir Kinder mit »Küß die Hand, Genosse Direktor« zu begrüßen hatten.

Außer Engelbert und mir folgte niemand der Aufforderung von Tante Herta, das verräucherte Lokal zu verlassen und sich ein wenig die Füße zu vertreten, bis hinauf zum Kloster.

Ja, der älteste Bruder, er war mitgewesen, damals, bei jener Schlittenpartie, wenn auch nicht ganz dabei. Meistens hatte er sich auf seinen Schlittschuhen mitschleifen lassen, hinten an das Gefährt geklammert, umgeben von den Straßenjungen, die es genossen, im schlanken Trab über die vereisten Wege gezogen zu werden. Oder er war auf den Kutschbock geklettert. Er war mitgekommen und war doch immerfort anderswo.

Engelbert und ich führten Tante Herta behutsam am Arm. Wir ließen uns von einem Weg mitnehmen, den Tausende Füße während der Feiertage im Hineilen zur heiligen und göttlichen Messe in den Schnee getreten hatten. Unter dem Vordach der Kirche brannten in Blechwannen gelbe Kerzen, rechts für die Lebenden, links für die Toten, Kerze an Kerze. Wir studierten das grandiose und furchtbare Fresko vom Letzten Gericht: Im Feuerstrom aus dem Munde des Heilandes wurden die nackten Leiber der Verdammten in die Unterwelt geschwemmt, während Teufel glühende Gabeln in das Fleisch der Gepeinigten stachen. Die meisten der ewig Verdammten trugen Turbane oder rote Stiefel. Engelbert erfaßte als erster, daß das nicht die Feinde der Christenheit waren, sondern die Erzfeinde der Rumänen: Türken und Ungarn. Er sagte: »Der arme Gott!« Und ergänzte: »Wofür dieser arme Gott herhalten muß!« Und fragte: »Wen würdet ihr in die Hölle wünschen?« Tante Herta überhörte die Frage, während ich betreten feststellte, daß es mir zu soviel Haß an Kraft mangle. Er schloß mit einem Wortspiel, dessen zwei Aussagen uns identisch erschienen, deren Unterschiedlichkeit wir jedoch über Jahr und Tag mit Schrecken erkennen sollten: »Nicht wenn aller Tage Abend ist, kommt das Gericht, sondern wenn das Gericht kommt, dann ist aller Tage Abend.«

Es sei Sommer, versichert der Jäger, während ich in grünen Schlaf versinke. Zwischenzeit …

20

Die Tage nach dem 5. Mai, an dem ich die Spiräenhecke hatte blühen sehen … Endlich stehe ich auf der richtigen Seite. Wenn auch auf dem falschen Platz. Zwischen Tisch und Tür pendle ich hin und her, drei Schritt so, dreieinhalb Schritte anders, eine kolossale Erleichterung im Leib. Ich kann mich zu den Vielen dieser Erde zählen, nachdem ich seit meiner Geburt immer irgendwie, irgendwo zu den Wenigen gehört habe. Endlich kann ich aus voller Kehle die »Internationale« mitsingen. Fiebernd bin ich bereit, alles, was sich dagegenstellt, zu entlarven, zu bekämpfen, zu vertilgen. Ich lechze nach Weite und Bewegung, will dabei sein als einer der Ihren. Die Zukunft der Welt ist festgelegt durch die ehernen Gesetze des Materialismus. Für mich hat diese Zukunft noch kein Gesicht, hat allein eine eindeutige Ideologie. Aber ich suche redlich nach Rollen und Schauplätzen. Zum ersten Mal, seit ich bei der *Securitate* in Stalinstadt eingekehrt bin, wage ich, an nachher zu denken.

Schuften will ich Schulter an Schulter mit den Burschen, die ich am Bahnhof von Fogarasch gesehen habe, unterwegs zu den Landesbaustellen. Beim Staudamm von Bicaz möchte ich Beton rühren und abends todmüde auf der Pritsche in Schlaf fallen, geschützt von der proletarischen Faust des Jungarbeiters neben mir, des Genossen und Freundes. Oder als Tagelöhner die Wiesen mähen bei der Staatsfarm »Roter Sieg«, dem früheren Gut des Herrn Binder von Hasensprung, wo wir als Kinder mit den Töchtern des Hauses im Heu Verstecken spielten, eingelullt von den fernen Notturnos der Mutter am Klavier, aufgeschreckt vom Geböller des Großvaters, der von einem Holzturm aus Wildenten schoß. Kukuruz hacken möchte ich für das Volk, am Abend den Schweiß in der Aluta wegspülen und unter einer Weide mit der Jugendsekretärin die Nacht verschlafen, meinen Kopf an ihren Busen gelehnt, der gestählt und gehärtet ist von der Begeisterung heißer Sitzungen, vom Geist befeuernder Reden. Das wünsche ich mir. Voller Erwartung presse ich mich an die Wand, stehe auf den Zehenspitzen und ringe nach Luft von der Luke her, weit oben, dahinter ich die Freiheit vermute.

Politische Weiterbildung, dafür wäre ich der Mann, nach der Schulung hier. Und ich kann mir lebhaft vorstellen, wo sich in Fogarasch die ideologische Erschaffung des neuen Menschen abspielen würde: in unserem ehemaligen Geschäftslokal.

Dort hatte die Partei, hinten im Warenlager eine Bibliothek für kleinere politische Lehrveranstaltungen eingerichtet. Und hatte im Verkaufsraum, dem Marktplatz zu, einen Konferenzsaal ausschmücken lassen, in Rot von unten bis oben. Anspornende Losungen umrahmten die Farbdrucke der Klassiker des Sozialismus: Marx, Engels, Lenin (Stalin nicht mehr) und die Riesenphotographien der sieben einheimischen Parteiführer, an der Spitze der Genosse Gheorghe Gheorghiu-Dej. Diesen ausgenommen, mußten die übrigen öft ausgewechselt werden. Sie waren vom Weg der Partei abgewichen, mal nach rechts, mal nach links.

Eine erste politisch-literarische Veranstaltung, im Sommer 1957 von mir in Szene gesetzt, wurde ein Schlag ins Wasser. Ich wollte durch literarische Sommerkurse die Landsleute für die neuen Ideen erwärmen – freiwillige Kulturarbeit eines

Studenten. Zur zweiten erschien schon niemand mehr. Aber bei der Gründungssitzung waren sie da: Geschäftsfreunde und gewesene Kunden vom Vater, Leidensgenossen aus Rußland und Kameraden aus dem ersten Krieg. Warum wohl? fragte ich mich beklommen, wenngleich ich mich freute. Aus Anhänglichkeit oder mißtrauischer Neugier: daß ihm sein Sohn das antut! Die Kränzchenfreundinnen meiner Mutter eher aus Solidarität oder Mitleid: Er ist Bolschewik geworden, der ungeratene Sohn! Die Damen der zwei sächsischen Ärzte ließen sich gar nicht blicken.

Dafür unsere letzte Haushilfe, Jino Bertleff, die uns bis hin zur Rattenburg gedient hatte. Sie saß als klassenbewußte Arbeiterin in der ersten Reihe, war sie doch nun Köchin in der Werkkantine »Dinamita Poporului«. Ihr Gesicht war übersät von lila Narben, die Nase durchlöchert. Im staatlichen Speiseöl war Wasser eingemischt gewesen, das ihr siedendheiß ins Gesicht gespritzt war.

Und als ungebetener Gast hatte sich Irenke eingefunden, die Tochter unseres ehemaligen Hausbesorgers. Als Präsidentin des Verbandes Kommunistischer Frauen im Rayon Fogarasch hatte sie es weit gebracht. Und war dazu die Ehefrau von Antál Simon, dem gefürchteten Chef des Wohnungsamts. Den kannten alle, und wir am genauesten. Es hieß, daß ihr Appartement im Wohnblock am Schweinemarkt voll sei mit kostbaren Möbeln aus dem Besitz jener ein, zwei sächsischen Familien, in denen sich solche Stücke fortgeerbt hatten und die über Nacht ihre Häuser hatten räumen müssen. Stand sie dahinter, die rassige Frau im modischen Regenmantel, das bissige Mädel voller Hundsmucken von einst?

Das ich bestaunt und gefürchtet hatte, als ich ein Knabe war und sie eine Halbwüchsige. Aus ihrer Schönheit machte sie kein Hehl. Sie sonnte sich nackt in unseren Blumenbeeten, am liebsten hinter dem Spalier der Schwertlilien. Nahte ein Erwachsener, zog sie lässig ein Leintuch über die Haut. Uns Knaben aber ließ sie alles sehen, wenn wir uns heranschlichen. Auch beim Baden in der Aluta, wohin sie uns im Sommer täglich begleitete, bedeckte sie nur widerwillig ihre prächtige Blöße, die Schamhaare und Brüste waren von keinem Bikini zu bändigen. Und etwas anderes trug sie nicht, wiewohl unsere Mutter ihr einschärfte, daß die Eleganz stets einen Schritt hinter der neuesten Mode zurückbleibe.

Beim Leseabend hatte sie sich im hintersten Winkel auf den Ladentisch geschwungen, gar nicht Genossin, sondern herausgeputzt auf Dame. Die grüne Pelerine – aus dem Reich, flüsterten die Frauen – war noch betupft von Regentropfen und faßte dekorativ die grellgelbe Bluse ein. Den Lederrock hatte sie über die Knie hochgezogen, man ahnte die Strumpfhalter an den Nylonstrümpfen aus Amerika. Sie rauchte. Und nicht etwa rote, sondern grüne Virginia. Unsere Frauen nickten scheu zu der gefährlichen Person hinüber. Keine gehörte ihrem Frauenverband an. Aber die Männer gingen zu der Genossin hin und reichten ihr die Hände, die sie alle nahm. Diese Männerhände von zweifelhafter Gesinnung schüttelte sie mit einer Hingabe, daß sich die beiläufig zugeknöpfte Seidenbluse öffnete bis zum Spitzensaum des blauen Büstenhalters. Doch rauchte sie weiter. Als ich die Anwesenden begrüßte, drückte sie die Zigarette auf dem Ladentisch aus. Es roch nach rotem Tuch.

Unweit von ihr hatte sich mein Vater postiert. Er lehnte an dem Pult mit Glasplatte, darunter einst die Kassetten mit rostfreiem Besteck ausgestellt gewesen waren, Marke Solingen. Jetzt lagerten dort politische Broschüren in den Sprachen der mitwohnenden Nationalitäten. Er war im Staubmantel aus verblichenem Leder, ein Überbleibsel von seinem Auto Anno dazumal, einem Renault.

Es kamen Leute, die den größten Teil ihres Lebens unter dem bürgerlich-gutsherrlichen Regime zugebracht hatten. Einige Männer hatte der Krieg in entlegene Länder geführt. Wer nicht in fremder Erde ins Gras gebissen hatte oder im gevierteilten Deutschland Brosamen von der Sieger Tisch aufpickte, hatte bei Nacht und Nebel den Weg nach Hause gewagt. Solchen Heimkehrern, gezeichnet am Oberarm mit dem tintenblauen Siegel der Waffen-SS, blühte ein Empfang am unteren Ende der Gastlichkeit. In den Kellern der Staatssicherheit, in Strafkolonien und Arbeitslagern hatten sie Muße, sich in der neuen Zeit einzurichten. Andere hatten Rußland überstanden. Wer dort mit dem Leben davongekommen war, hatte Schweigen und Kuschen gelernt. Waren sie vormals Leute mittleren Formats gewesen, Handwerker, Geschäftsleute, Angestellte, einige Beamte, kaum Firmeninhaber, so waren sie neuerdings ganz klein geworden: Arbeiter beim volkseigenen Staat.

Sie saßen und sahen an mir vorbei. Von den Wänden spähten die bärtigen Vordenker des Sozialismus und die lächelnden Parteiführer der Volksrepublik. Über der Versammlung schwebte in ihrer knalligen Bluse Irenke Simon wie ein zitronengelber Drache. Wir dachten alle das gleiche: Die hat uns die *Securitate* als Spitzel geschickt!

Trotzdem getraute ich mich nicht, meine Zuhörer mit »Genossen, Genossinnen« anzureden. Vielleicht, weil hinten mein Vater stand, im schäbigen Staubmantel, und mitten drin meine Mutter saß, mit einem Lächeln wie beim Zahnarzt. Ich sagte: »Liebe Freunde und ...« Freundinnen ging nicht, Damen noch weniger. So sagte ich: »Liebe Freunde und Frauen!« Und mit einer Verbeugung zum letzten Rang: »Verehrte Genossin Präsidentin vom Frauenverband! Seid alle schön begrüßt.« Will man Interesse wecken, Menschen gewinnen, gehe man von Bekanntem aus. Ich stellte den Freunden und Frauen den sächsischen Bauerndichter Michael Königes vor: »Ein Zeitgenosse. In Zeiden beheimatet, fünfzig Kilometer von hier. Ihr kennt ihn ja.« Schweigen, Kopfschütteln. Dieser Bauer und Dichter Königes hatte im sächsischen Marktflecken Zeiden harsche Kritik geübt an den sozialen Ungerechtigkeiten zu Anfang des Jahrhunderts. Alle, die oben saßen, hatte er aufs Korn genommen und abgeschossen. Der Pfarrer wurde als erstes und immer wieder mit Spott und Hohn überschüttet. Als nächstes wurde den Notabeln und Großbauern die Larve der Ehrbarkeit vom Gesicht gerissen. Erbarmungslos wurde aufgeräumt mit allen Illusionen und Legenden von Gleichheit und Anstand in der sächsischen Volksgemeinschaft – nie gehörte, schrille Töne!

Als Probe aufs Exempel las ich die Erzählung *Die Flurschützen von Wolkendorf*. Der reiche Bauer Kasper stiehlt sein eigenes Heu und bittet die vier Flurschützen zur Kasse, versoffene, aber pflichteifrige Männer. Die stellen dem Protz nach und ertappen ihn diesmal auf frischer Tat, als er vierspännig in tiefer Nacht mehrere Fuder besten Weizens vom Nachbarn klaut.

Kaum hatte ich zu lesen begonnen, mußte ich innehalten: Jemand betätigte an der Eingangstüre von außen linkisch die Klinke, die endlich zurückschnappte. Herein spazierte eine blaue Angorakatze, blickte sich mit schwefelgelben Augen um, schlich zur ersten Stuhlreihe, wo allein Jino saß, und belegte dort einen Stuhl. Dann kam, wie erwartet, ihre Herrin Thusnelda Weinbrandt, meine einstige Lehrerin aus der Evangelischen Schule. Sie neigte hoheitsvoll den Kopf, auf dem sich das weiße Haar türmte, und sagte: »Gott zum Gruße!« Sie nahm die Katze auf den Schoß und setzte sich auf den vorgewärmten Stuhl. »Lies weiter«, befahl sie, »laß hören, was du gelernt hast!« Ich las, was ich gelernt hatte. Je länger ich die peinliche Geschichte zum besten gab, desto heißer wurde es mir. Ich hörte der Zuhörer widerborstigen Gedanken kratzen: so nicht! Eine Schande, sich selbst schlecht zu machen, das eigene Nest zu beschmutzen, pfui Teufel! Volksverräter beide, der sogenannte Bauerndichter, ein gehässiger Finsterling, und dieser siebengescheite Student, der plötzlich ein kommunistischer Schreiberling geworden ist. Und hörte etwas, daß es mir feurigrot vor den Augen wurde: Ich hörte unter meinen Fingern, mit denen ich die Zeilen des Lesestücks entlangfuhr, wie ich es bei der Lehrerin Weinbrandt gelernt hatte, das Herz der Irenke Simon schlagen, beschirmt von ihren herrlichen Brüsten, die unter der gelben Bluse glühten. Die Vorsitzende der Frauen saß auf ihrem erhöhten Platz und starrte an mir vorbei auf Lenins rechtes Ohr. Ihr Rock war nach oben gerutscht und warf zwischen ihren Schenkeln einen dreieckigen Schatten. Sie hielt die Hände neben dem Gesäß aufgestemmt. Es schien, als wolle sie mit einem Ruck von dem hohen Pult aus den Männern in den Nacken springen und mit ihnen davonreiten. Blickte ich auf, verzog sie keine Miene. Aber ihre Bluse flackerte im Halbdunkel.

Beim letzten Wort erhob sich meine Lehrerin, die Katze

schoß von ihrem Schoß weg, erreichte mit einem Sprung die Klinke, die Tür flog auf, Fräulein Weinbrand sagte: »Wie geschmacklos!« Sagte: »Grüß Gott allerseits!«Und rauschte davon. Meine Mutter folgte ihr auf dem Fuße, umschwärmt von den Kränzchenfreundinnen. Ich lief der Lehrerin nach. Im Flur drehte sie sich um, die Katze im Arm, und gab mir vor allen Damen eine Ohrfeige.

Bei der Diskussion meldete sich allein Jino zu Wort. Immer habe der Reiche in die eigene Tasche gewirtschaftet und die Herrschaft habe die Dienstboten schlecht behandelt. Und heute sei es nicht anders. Als ihr das Staatsöl ins Gesicht gespritzt sei, da habe die Fabriksleitung befunden, sie sei schuld. »Der kleine Mensch hat nie recht!« Sie erkundigte sich bei meinem Vater, wie es so gehe. Zum Abschied gab sie ihm leutselig die Hand. Mir gab sie niemand.

Drei Schritte auf, dreieinhalb zurück. Ich murmle unwirsch. »Zum nächsten Mal packst du es anders an. Seht ihr dort die Losung, werte Genossen und Genossinnen, liebe Landsleute? Schwarz auf weiß, nein weiß auf rot steht es geschrieben: Wer nicht für uns ist, der ist gegen uns!« Ich weise mit der Hand zur nackten Wand und sage laut: »Entweder – oder! Jeder muß sich entscheiden!« Und gewahre ein Beet mit flammenden Schwertlilien und spüre unter meiner Hand Irenkes Brüste zucken. Und schwöre mir: »Anders packst du das nächste Mal zu!«

Der Jäger, der am Fußende auf dem Bett sitzt, will wissen, weshalb ich wie der Bär im Käfig hin und herzottle, fünfzehn Stunden am Tag. Er habe bereits Muskelfieber im Nacken, und die Augen kollerten ihm aus den Höhlen. Neugierig sei er wie der Keiler auf die Wildsau. Ich möge endlich mit der Sprache herausrücken, über Montag berichten, den 5. Mai. Außer daß der Hirsch wohlauf sei, habe er nichts erfahren können. Und was ich vor mich hinmurmle in fremden Zungen, das verstehe er nicht.

Doch ich winke ab. Tage sind vergangen. Ich bin voll Ungeduld: Wann schicken die Genossen von oben nach mir? Schon damit die gefährlich aufgestaute Zeit endlich zu fließen beginne, mich wegtrage vom Gewesenen und aus meiner Welt.

Immerfort hatte ich mich vor dem Entweder – Oder gedrückt, wie auch an jenem literarischen Abend, mit einer klassenkämpferischen Spitze zwar, die alle verletzte, aber niemanden bekehrte. Und mit »Genossin« hatte ich gerade nur Irenke Simon angeredet, und auch das notgedrungen.

Trotzdem war ich nachher mit ihr im Kino gewesen.

Der sowjetische Held Matrosow wirft sich mit seinem Leib vor das deutsche Maschinengewehrnest und rettet so seine Kompanie. Ein schöner Tod für eine hohe Sache. Ich beneidete ihn, denn mir fiel im Kino nichts ein, wovor ich mich hätte stellen können, um, zersiebt von Schüssen, meine Seele wegen einer höheren Sache auszuhauchen. Nichts bot sich an, wofür ich den Heldentod hätte sterben wollen. Darüber wurde ich todtraurig. Ich legte die linke Hand auf Irenkes Knie, was keine Kunst war: Der Lederrock war bis über den Rand der Strümpfe gerutscht, wo im nervösen Wechsel des Kinolichtes die Schenkel bebten. Weiter hinauf traute ich mich nicht, denn Irenke Simon trug sich zwar wie eine große Dame, doch war sie gleichzeitig auch eine großmächtige Genossin. Und sehnsüchtig war ich nicht, hatte ich doch aus dem Garten unserer Kindheit vor Augen, was mich weiter oben und tiefer drinnen an Kitzel erwartete.

Als ob ich befürchte, rückfällig zu werden, so harre ich auf den Boten von oben. Aber die Gebieter halten still.

Zur Gefahr wird die Verführung der Vergangenheit. Mustere ich die bürgerlichen Erinnerungsstücke aus, was bleibt dann für hier? Fast nichts. Und das mit den Gedanken ist noch schlimmer: Die kann man keineswegs aussortieren, die sind nun einmal alle da.

Nein, nein, es ist eine Lebensentscheidung ein für allemal, es gibt kein Zurück. Ob daraus eine Geschichte wird, die man erzählt als exemplarisches Geschehen oder verschweigt als schreckliches Geheimnis, zum Mythos wird sie. Der Mythos sagt etwas aus, das neben dem »es ist« ein »ist nicht« enthält. Schon indem es gewesen ist, ist es nicht mehr, was es ist.

Ich versuche es andersherum. Stöbere in der Familienbio-
graphie Vorkommnisse auf, wo wir uns der Bürgerlichkeit
begeben haben und mit denen ich hier, an diesem Ort, bestehen könnte. Beispielhafte Geschichten also auf dem Weg
zum Mythos, die so waren und vielleicht nicht so waren.

Vom Geringeren zum Größeren: Es hatte mir nie etwas
ausgemacht, daß ich Schulkollegen hatte, die anders dran
waren als wir. Ich bekam das einfach nicht mit. Bemerkt hatte
ich bloß, daß sie anders wohnten und lebten als wir. Und somit störte einiges.

Es störte, daß beim Gebhart Schüßler, dem Sohn des Flick-
schusters Schüßler, die Küche klein und dunkel war und wir
den riesigen Kastendrachen nicht fertigbasteln konnten, das
Gestell berührte den Plafond, der Schweif leckte durch die
Tür in den schmalen Hof. Und das Licht in der Ecke beim
Küchentisch war so kläglich, daß wir eine Kerze anzünden
mußten. Das war ärgerlich. »Komm, wir gehen zu uns, im
Ping-Pong-Zimmer ist Platz genug und es ist hell.«

Doch daß es bei meinem besten Freund Johann Adolf Bediner bloß eine Wohnküche gab, das war wunderbar. Beim
ersten Schritt aus dem Hof hinein erhaschte ich mit einem
Blick alles, was ich wissen wollte. Freilich war ich betreten,
daß es außer den zwanzig roten Ullstein-Kriminalromanen
in der Bedinerischen Bibliothek keine weiteren Bücher gab.
Seines Vaters Anblick, er war Rauchfangkehrer, erschreckte
mich jedesmal, wenn ich die Küchentür aufriß und er unversehens bei Tisch saß. Zu tun hatte das damit, daß der sonst
schwarze Mann ein blütenweißes Hemd trug, saubere Hände
hatte und eine Gesichtsfarbe wie jedermann. Daß er Pfeffer-
minztee mit Schnaps trank, so ungewöhnlich es war, schien
eher tröstlich. Und daß er nie ein Wort an mich verschwendete, dafür war ich ihm dankbar.

Erst Annemarie Schönmund mit ihrem unbestechlichen
Blick für soziale Ungerechtigkeiten öffnete mir die Augen.
Sie tat es höhnisch, triumphierend, mitleidlos und so ankla-
gend, daß ich mich meiner Spielsachen und der Hausbälle bei
uns schämte, ja manchmal selbst meiner Mutter und des
Vaters.

Trotzdem verging mir der Appetit im Speisewagen, als wir am Steinbruch bei Rupea vorbeirollten, auf der Fahrt nach Kronstadt in die Ferien. Ihr Onkel Schorsch Untch, Präses der Kollektivwirtschaft in Kreuzbach, holte uns von Klausenburg ab, Annemarie, mich, Herwald, ihren Bruder, und dessen Braut Piroska Kiss. Diese paar Urlaubstage vor dem Sommereinsatz gönnte sich der wackere Mann. Und hatte jedesmal die Spendierhosen an: Operette und Restaurant, Zugfahrt erster Klasse und Speisewagen. Als der Zug aus der Station fuhr und wir vor der unerträglichen Helligkeit des Steinbruchs die Gesichter abschirmten, spähten in Augenhöhe Menschen zu uns herein, Männer und Frauen, die wir von Kronstadt her kannten. Sie mühten sich, mit Brechstangen, einen Kalkbrocken wegzustemmen. Und hielten inne und starrten mit ungläubigen Blicken auf unsern reich bestellten Tisch, der an ihnen vorbeiglitt. Ich fuhr zusammen, wollte mich verstecken, bloß um nicht erkannt zu werden. Um Gottes willen, das waren der Fabrikant Dr. Schmutzler und der Großhändler Cegherganian mit ihren Frauen, die hier roboteten! Und Herr von Schobel aus der Tannenau. Ich sagte: »Das ist doch unmenschlich, wie die hier schuften müssen!«

»Unmenschlich?« fragte Annemarie gedehnt und betrachtete neugierig die Szenerie. »Recht geschehen ist ihnen! Endlich kapieren die, was arbeiten heißt.«

Onkel Schorsch seufzte: »Was das für Herrschaften waren. Seit zwei Jahren schon hier. Ja, ja, die Modi rennt, bis sie wieder umkehrt.«

Herwald, der Theologiestudent und Dichter, bemerkte: »Wie die Kinder Israels im Stockhaus Ägyptens.« Und zu Piroska, seiner ungarischen Verlobten, Theologiestudentin: »Was fällt dir zu der braungebrannten Glatze ein?«

»Glänzt wie ein Osterei aus Schoko.«

»So? Mir scheint es eher ein Bild des Tragischen: Glatze und Brechstange, Brille und Steinbruch.«

Annemarie setzte dem Gespräch ein Ende, während der glasierte Schokoladekopf des Herrn von Schobel im Kalkstaub zerfiel: »Jetzt sind die an der Reihe. Das ist die ausgleichende Gerechtigkeit. Doch die fällt nicht vom Himmel. Die muß von den Erniedrigten und Beleidigten erkämpft werden. Mich haben die Töchter von diesen Leuten nie zu einem Geburtstag eingeladen, weil wir arm waren und elend wohnten.«

So war es nicht bei den Geburtstagen bei uns im Haus mit dem Löwen. Alle Schulkameraden und Schülerinnen waren willkommen, ohne Unterschied der sozialen Herkunft und der Volkszugehörigkeit, der Rasse und der Religion, wie das heute klar und deutlich in der Verfassung heißt.

Renata Sigrid, wie ich sie zärtlich nannte: mit Herzklopfen erwartete ich sie, die vom Gut mit der Kalesche heranrauschte oder mit dem Milchwagen herangeklappert kam, das Getöse der Blechkanister hörten wir in unserem Gäßchen von weither. Wir wußten um unsere unbegreifliche Liebe, die mich fast das Leben gekostet hatte. Deutsche Flieger hatten am 23. August 1944 beim Klassenfest unseren Garten unter Beschuß genommen. Ein Streifschuß streckte mich hin. Ehe mir die Sinne schwanden, hatte ich ihre Augen über mir gesehen. Waren es diese Augen gewesen, die mich vor dem Äußersten bewahrt hatten, mich zurückgeholt, kurz vor dem achten Himmel? Alfa Renata Sigrid Marie Jeanne Binder von Hasensprung zu Neustift. Später ohne Hasensprung, allein von Neustift, und zuletzt, ehe es die Familie verwehte, nachdem die Russen gekommen waren, schlicht Binder.

Binder wie der Hundefänger und Müllfahrer Adam Binder, der mit seiner verkrüppelten Hand virtuos beides konnte: die Pferde lenken und den Hunden die Schlinge um den Hals werfen. Auch dessen Töchter Amalie und Malwine gehörten zu den Geladenen, obschon man nie wußte, ob sie nicht ratzekahl geschoren und nach Petroleum duftend erscheinen würden – die sicherste Prozedur, um Kopfläuse loszuwerden. Und es fehlte nicht Karlibuzi Feichter, der Sohn des Sargtischlers, den die Apothekerstochter Henriette Kontesveller bei Damenwahl aufforderte, obschon sie einen Kopf größer war als er.

Alle waren dabei: die drei rumänischen Mädchen und eine Armenierin, Xenia Atamian, und auch das jüdische Mädchen

Gisela Judith Glückselig, selbst dann noch, als es die Deutsche Schule hatte verlassen müssen. Und später die Tatarin Tatjana Sorokin. Eine Sowjetunion im kleinen, könnte man sagen.

Doch nicht überspringen kann ich, daß solche Feste bedroht waren von Zaungästen, die man verjagen mußte. Mein Bruder Kurtfelix schoß mit dem Bogen auf sie, Onkel Erich schlug mit dem Bleiknauf seines Spazierstocks nach ihnen: nach den Mohrenköpfen der Zigeuner, nach den grinsenden Gesichtern der Gassenbuben am Zaun. Doch bleibt, daß alle Kinder dabei waren, gleichgültig ob sie mir einen Läusekamm vom Jahrmarkt schenkten oder eine Seidenkrawatte.

Der Jäger stoppt mein Pendeln, bettelt, ich möge mit ihm reden, ihm eine Geschichte erzählen. Er hilft mir, meine Hosen enger um die Hüften zu binden. Ich bin mager geworden. Nadel und Faden gibt es an dieser Stätte keine, man könnte sie als Waffe gebrauchen. Aber die Geschichte mit Irenke erzähle ich ihm nicht.

Sie hatte mir geholfen, eine Wette gegen die Buben und Mädchen zu gewinnen, nachdem ich getönt hatte: »Ich verstecke mich so, daß keiner von euch mich finden wird. Verlier ich die Wette, dürft ihr mich am Marterpfahl mit Brennnesseln britschen. Gewinne ich, zahlt mir jeder eine Ischler beim Embacher.« Als Versteck hatte ich an den Notausgang im Luftschutzbunker hinten im Garten gedacht, den nur wir im Haus kannten. Ich rief: »Verkriecht euch im Keller und zählt laut bis hundert. Dann sucht mich!«

Die Gespielen waren davongeschwirrt, als mich eine Hand am Fuß packte und auf den Rasen hinter die Schwertlilien zog: Die hitzigen Blumen mit ihren scharfrändrigen Blättern standen gegen den Garten hin aufrecht wie ein Staketenzaun, sie beugten sich zum Wassergraben, an dessen Rand die splitternackte Irenke sich sonnte. »Hurtig, mein Herzpinkel. Hier findet dich niemand, nicht einmal deine süße Mutter! Es ist Platz für uns beide.« Sie verstaute mich neben ihrem Leib. Dort lag ich eingeklemmt auf der Seite. Mein Unterleib war an ihren geschwungenen Hintern gepreßt, mein Rücken gepeinigt von den Blättern der Lilien. »Ruhig Blut!« riet sie. Später schnaubte sie: »Hör auf, mit dem Herzen an meinen Rükken zu trommeln, *urfi*! Es macht mich nervös. So laut schlägt es, daß man es im ganzen Garten hört. Nimm dich zusammen.« Konnte ich mich mehr zusammennehmen, wo ich in mich gekrochen war und alles mitgenommen hatte, was zu meinen Gliedern gehörte, froh, eine feste Lederhose um die Lenden zu tragen? Denn mit Schrecken und Entzücken hatte ich entdeckt, daß die Frauen auch hinten, wo sie so sind wie wir, anders sind als wir, liegt man hautnah neben ihnen.

Als sich die Schar der Mädchen und Buben bedrohlich näherte, setzte sich Irenke auf, nackt bis zum Nabel, und sah sich würdevoll um. Der Effekt war spektakulär: Die Mädchen stoben kreischend davon, die Buben ließen sich lautlos in die Farnkräuter fallen. Sie legte sich zurück, diesmal auf den Rücken, Brust und Bauch nach oben, und sagte: »Das ist mein Geburtstagsgeschenk an dich.« Und sagte, während mein Kinn an ihrer Schulter zu zittern begann: »Zittre nicht! Du bist ja kein altes Waschweib, sondern ein fescher Bub. Beiß die Zähne zusammen!« Ich biß die Zähne zusammen. Nach einer guten Weile sagte sie: »Steh nun auf, sieh mich an und geh weg, *urfi*!« Ich rappelte mich auf. Ich sah sie an wie gewünscht. Und ging weg wie befohlen.

Ich sammle Punkte und lege diese Geschichte dazu, wenn auch zögernd. Das ist doch was, daß ich, der Herrensohn, wie Irenke mich höflich nannte, zu ihr, der Hausmeisterstochter, unter die Schwertlilien gekrochen bin und daß sie, die Klassenfeindin, mich vor den Häschern geschützt hat. Und zähle gleich noch einen Pluspunkt dazu: die Freundschaft mit der Proletarierin Annemarie Schönmund, wie schlimm sie auch für mich geendet hat und wie fatal sie hier ausgehen mag.

Und ist das nichts, daß mein Großonkel Franz Hieronymus de Zilah, ein Aristokrat aus altem, ungarischem Geschlecht, im Armenasyl gestorben ist, ärger als der letzte Prolet?

Doch weitergeforscht. Da fällt mir jenes Intermezzo ein, als der Vater die Idee hatte, einen Lehrling bei uns im Haus unterzubringen. Der junge Mann bekam das schönste Zimmer gegen Süden und wohnte allen Mahlzeiten im Speisezimmer bei. Emilian hieß er, Emilian Mandea. Er kam zu Tisch, auf dem Kopf ein schwarzes Haarnetz, darunter glänzten die Haare von ranzigem Öl. In Socken schlurfte er heran, wie das rumänische Sitte ist, wenn man in die gute Stube tritt. Doch seine Füße umwedelte ein Geruch von Schweiß. Er sagte es lächelnd heraus: Schweißfüße habe er, wie der Herrgott sie ihm beschert habe, *»să fie cu pardon«*. Pardon, dies war das einzige Wort, das wir alle verstanden, denn richtig rumänisch konnte allein der Vater. Die Großmutter ließ sich das Essen im Gartenzimmer servieren. Unsere Mutter versprühte Parfum. Darauf erbrach sich die kleine Schwester Elke Adele. Beim Essen benahm sich der Eindringling unmöglich: Er schlürfte lauthals, was man noch hinnahm, denn die Suppe war oft zu heiß, und wir hätten ihn gerne nachgeahmt. Doch als er das Messer mit den Lippen abschleckte, den Teller mit Brotbissen auswischte und sich mit der feuchten Gabel hinter dem Ohr kratzte, und das jedesmal, floh selbst die Mutter. Kurtfelix und ich wollten nicht mehr zu Tisch kommen, nachdem uns Emilian ohne Scheu und Scham in seinem Zimmer beigebracht hatte, was ein angehender junger Mann für lustige Geschäfte an seinem Unterleib verrichten kann, und das am hellichten Tag. Sogar beim Vater meldete sich das Magengeschwür. Allein Uwe – er hatte einen Schweinsmagen – hielt durch. Und Engelbert. Der riet, Emilian als Einbildung abzutun.

Eines Tages war das Schreckgespenst weg. Die Großmutter desinfizierte sein Zimmer, Jino setzte den Fußboden unter Wasser, Frau Sárközi verbrannte das Bettzeug unter freiem Himmel. Die Welt war wieder heil. Das Experiment, es war mißlungen. Aber als Versuch, voll guten Willens die Klassenschranken zu überwinden, gehört es in die Liste.

Und jene Begebenheit Ende der dreißiger Jahre in Szentkeresztbánya, zu deutsch Karlshütte, im Szeklerland könnte auch zu Buche schlagen: als sich die Mutter die ewige Gunst des Bulibascha, des Zigeunerbarons von unten am Bach, einhandelte durch einen selbstverständlichen Samariterdienst. Ein Zigeunermädchen war dem einzigen Lastkraftwagen im Ort vor die Vollgummiräder geraten. Obschon meine Mutter das etwa zehnjährige Kind am Schlafittchen erwischt hatte, streifte es der Kotflügel. Das Auto ratterte im Schnekkentempo davon, wahrscheinlich schlief der Chauffeur. Das hübsche Kind lag wie tot im Straßenstaub. Mariska, unsere ungarische Dienstmagd, mußte es ins Haus tragen, brummend: »Viel Geseire wegen einem Zigeunerkind. Sie vermehren sich wie die Flöhe.« Die Mutter erweckte es mit einem Riechfläschchen zum Leben, zog ihm die kärglichen Kleider vom Leib, steckte es in die Badewanne. Wie sich das Mädchen in dem warmen Wasser wohlig reckte und streckte! Bekleidet mit Sachen von uns, Hose und Joppe, Hemd und Kniestrumpf, trippelte es stumm davon. Wir begleiteten es bis zur Flußau. Aus sicherer Entfernung äugten wir ins Zigeunerlager.

Ein paar Tage später stürzte Mariska in die Bastelstube der Mutter und lallte, daß eine Art von Herrschaft, kein *grofur* zwar, aber ein Mann gebieterisch wie ein Fürst und schwarz wie ein Räuberhauptmann, vorsprechen wolle. Mit einem Schritt stand der Angesagte mitten im Raum und schob mit seiner Leiblichkeit uns alle an die Wand. Er machte einen Kratzfuß vor der Mutter: »*Csokolom a kezét, nagyságasasszony*, ich küsse ihre Hand, Gnädigste!« Er sah sich mit fachkundigen und geschärften Blicken um, bremste die Töpferscheibe mit dem Fuß, hockte sich auf einen Schemel, der unter seinem Gesäß verschwand. Mit weitschweifigen Gebärden und hallender Stimme wuchs er von Wort zu Wort. Gekommen sei er, sich zu bedanken. Und er habe das Geschenk gleich mitgebracht, das stehe draußen. Ferner könne die gnädige Frau wann immer ins Zigeunerlager am Krebsbach zu Besuch kommen, auch die beiden Jungherren. Jeder werde mit Ehrerbietung empfangen werden. Auch von Hunden und Schweinen, die dort als freie Geschöpfe Gottes ungehindert herumliefen. Daß der Hund des Hauses nicht an der Kette liege, habe man mit Wohlgefallen vermerkt. Und ebenso, daß er den Namen des großen bolschewistischen Außenministers trage, Litwinow.

Zigeuner und Sachsen hätten als Handwerker und Gewerbetreibende, als Händler und Kaufleute vieles gemeinsam. Unverständlich sei, daß Herr Hitler die Zigeuner aus dem Reich ausgewiesen habe, obschon sie perfekt deutsch sprächen und als Hausierer den geschätzten Kunden alles ins Haus lieferten. Undank sei der Welten Lohn!

Mit einem Tritt setzte er die Töpferscheibe in Schwung, hielt seinen überlangen Fingernagel an das unförmige Tongefäß und kerbte die Voluten ein, um die die Mutter sich vergeblich bemüht hatte. Auch liege Böses in der Luft, er spüre das im Urin, aber mit Verlaub zu sagen nicht nur dort: er habe so seine Informationen. Ihn könne man nicht über den Gänsedreck führen. Herr Antonescu, der *conducător* in Bukarest, plane Schlimmes. Er wolle die Zigeuner einfangen und deportieren. Aber sie würden überleben. Gott der Liebliche segne sie mit Kindern noch und noch. Ferner hielten sie sich an das Gebot der Nächstenliebe des Herrn Jesus Christus – er schlug dreimal großmächtig das Kreuz. Sie umsorgten die Alten und Kranken, bis diese den Geist aufgaben. Ihre Kinder seien ihnen teuer und lieb, selbst die depperten und blöden, denn Gott, der Allerliebste, habe alle Kinder ohne Unterschied zum Segen der Eltern bestellt. Ferner seien Zigeuner genügsam wie die Lilien auf dem Felde, wie die Vögel unter dem Himmel. Sie gäben sich zufrieden mit dem, was Gott, der Alliebende, an Himmelsbrot schenke für jeden Tag. So brauche man sich keine Sorge um den morgigen Tag zu machen. Verschleppe man sie, brauchten sie bloß einen klaren Bach für Tier und Mensch. Und für die Jungfrauen, damit die darin bei Vollmond baden könnten, um schön und fruchtbar zu werden. Ferner etwas Wiese für die Ziegen und Pferde, hie und da ein umgefallener Baum für Brennholz, um das abendliche Lagerfeuer zu entfachen, ja und Uferweiden mit langen, geschmeidigen Ruten, um Körbe zu flechten, und ein Birkenwäldchen in der Nähe, aus deren Zweigen sie Besen bänden. Dazu noch ein Dorf mit bessergestellten Bauern nicht allzu ferne. So, und dann könne es sie verschlagen wohin Gott, der Liebenswerte es beschließe. Denn kein Haar falle ohne seinen Willen von eines Menschen Haupt! Er riß sich ein Büschel aus, um die Allmacht Gottes zu bekräftigen. Und fuhr schwermütig fort: »Heimat, das sind wir uns, einer dem andern, und die Sterne Gottes sind überall gleich schön.«

Der Bulibascha erhob sich und wurde noch mächtiger. Er redete rasch, als versäume er Wichtiges: »Wir werden verkannt. Wir werden verleumdet. Wir werden beschimpft. Doch gibt es Wald ohne trockenes Holz?« Nein, den gab es nirgends.

»Wen wir aber lieben, dem tun wir nichts zuleide. Wen wir in unser Herz geschlossen haben, für den gehen wir durchs Feuer.« Er schneuzte sich, indem er ein Nasenloch zudrückte und durch das andere einen Rotzfladen herauspustete. Er räusperte sich und spuckte auf den Boden, wo er die Spucke gutmütig zertrat.

Zum Abschied legte er mir seine Faust väterlich auf den Kopf, daß sich der massive Goldring vom kleinen Finger einkerbte. Meiner Mutter küßte er die Hand, daß es sprühte. Und dann langte der Gebieter aller Zigeuner von der Wiese am Bach zur Tür hinaus auf den Flur und hob die Dankesgabe herein. Das Zigeunermädchen Natalia stellte er vor uns hin, barfuß, doch fein herausgemacht in Bluse und Rock, das Bündel mit unseren Bubenkleidern unter dem Arm. Es lächelte. »Das soll euer Schwesterchen sein. Denn zwei Kinder, das ist nicht nur zuwenig, vielmehr ist das eine Kränkung des Allmächtigen und Barmherzigen. Nur zwei Buben ...«

»Drei, drei Buben«, verbesserte die Mutter den Mann, der sich nicht beirren ließ. »Ah, der älteste Sohn Engelbert, nun ja.« Von dem wisse man unten am Bach, daß er der Sohn des Hauses nicht sei. Abgesehen davon, daß er nie zu Hause sei, immer auswärts weile, irgendwo. Ja, man wisse sogar mehr ...

»Adieu«, sagte meine Mutter.

Eben! Und war das nichts, daß meine Eltern einen wildfremden Knaben großgezogen hatten, von ungenauer Herkunft? Erst als es ihn nicht mehr gab, den ältesten Bruder Engelbert, erfuhren wir, daß unsere Eltern ihn bei einem Spaziergang im verschneiten Wald gefunden hatten. Warm verpackt, steckte er in einem Busch, auf den unser Vater als Jux mit dem Zierstock geklopft hatte: »Man weiß nie, wann ein Hase aus dem Busch springt.« Heraus sprang das Greinen eines Säuglings. Meine Eltern nahmen ihn auf. Wer mochte der Knabe sein, den die Mutter Engelbert rief? Der Sohn einer verzweifelten Dienstmagd? Der Enkelsohn des Fürsten Sárkány von Sommerburg? Oder wer? Doch unsere Eltern wünschten bald darauf keine Antwort mehr. Kaum war der fremde Knabe im Haus, hörten alle Arztbesuche und Kuren auf, und die Frau des Hauses gebar, als es Zeit war, ihren ältesten Sohn.

Engelbert ging aus der Welt, wie er eingetreten war: Bei einer Übung der *Instrucția premilitară*, in der stillen Zeit zwischen dem Weggehen der Deutschen und dem Kommen der Russen im Herbst 1944, fiel er in eine Waldschlucht. Einige meinten, er habe den Tod gesucht. Ein halber Held. Nichts war eindeutig, vieles blieb offen. Alle hatten gewarnt, selbst der *Căpitan*, als Engelbert ohne ausdrücklichen Befehl auf einem Steg über den Wasserfall balancierte, hinüber ins Niemandsland, dahinwippte mit schwingenden Armen leicht und lächelnd zwischen den Zeiten: »Heiterkeit, güldene komm – …« Sein letztes Wort war: »Keine Sorge, ich glaube an die Intelligenz der Materie!« Das Brett brach, und der Abgrund verschlang ihn: »In grünen Lichtern spielt Glück noch der braune Abgrund herauf.«

Das schlimmste und beste zuletzt. Der Flickschuster Szész am Ende des Dorfes war ein Säufer. Jahr um Jahr zwang er seiner Frau ein Kind in den Schoß, das sie aus ihrem geschundenen Leib hervorquälen mußte, wenn die Zeit erfüllt war. Bis sie sich auf grausige Weise davonstahl. Während sie das Würmchen stillte, legte sie den Kopf zurück und starb. Das Kind sog weiter an der Brust, ihr Mann fuhr fort, sie anzupöbeln. Das geschah, als meine Mutter und ich mit Kinderkost eintraten. Erst als das in Lumpen gehüllte Kind der toten Frau aus den Armen rollte, begriff meine Mutter, was es geschlagen hatte. Sie verdeckte meine Augen und führte mich aus der Behausung hinaus und zu unsrer Nachbarin, ehe sie umkehrte.

Dieses Kind zog unsere Mutter mit der Zuzelflasche auf, ging jeden Tag mehrmals hin. Selbst wenn bei uns Kränzchen war, lief die Mutter hin, was die Damen unerhört fanden. Später holte der Schuster selber Haferschleim und Gemüsepapperl ab, war pünktlich und devot zur Stelle. Als die Mutter herausbekam, daß der Rabenvater alles auffraß, schickte sie mich hin. Das Bübchen lachte mich an, wenn ich mich über den stinkigen Korb beugte. Während ich das Kind fütterte, standen die älteren Geschwister stumm und hungrig um mich herum. Nur der Alte knurrte auf seinem Schemel: »Noch einen Hungerleider päppelt ihr mir auf! Für reiche Leute ist Gutestun ein Sport wie Tennisspielen. Vergeht ihnen die Lust, hören sie auf. Der arme Mann aber kann nur schlecht sein oder krepieren!«

21

Die Verführung der Vergangenheit ... Nie mehr Sarasate, geistert es in mir. Nie mehr Sarasate im Salon, die Mutter am Klavier, Dr. Schilfert mit der Geige ... Ich setze mich neben den Jäger, was nicht erlaubt ist, umschlinge seinen Hals, was verboten ist, und beschwöre uns beide: »Lieber Genosse Vlad, ist es nicht wunderbar, daß wir eine Welt aufbauen, in der niemand mehr darben muß, in der jeder alles haben kann?«

»Das ist die Wahrheit!« schreit der Jäger jäh auf. Ich muß ihm den Mund zuhalten. Schreien ist untersagt.

»Welche Wahrheit?« flüstere ich.

»Das ist die Wahrheit«, gurgelt es hinter meiner Hand. Er stößt sie weg und lispelt: »Hätte ich meine Mini nicht mit anderen Weibsbildern betrogen, ich wäre nicht hier. Wehe, hört unsereiner nicht auf die Partei! Wehe, wehe ...«

Um ein Haar haben wir das Tönen der Riegel überhört. Kaum stehen wir Gesicht zur Wand, springt die Tür auf. Wir warten mit gespannten Sinnen, was folgen wird. Nach einer längeren Pause heißt es in etwas verlegenem Tonfall mit einer Stimme, die mir bekannt vorkommt: »Kehrt euch zu mir.« Zu sehen ist mitten im Arrest, zwischen die Betten geklemmt, *Căpitan* Gavriloiu. Er ist nicht in elegantem Zivil, sondern in Uniform. An den Füßen trägt er Stiefel, als hätte er sich auf einen weiten Weg begeben. Die Schirmmütze mit dem securitateblauen Teller nimmt er nicht ab, obschon er in eine fremde Behausung eingetreten ist. Auch grüßt er nicht. Dieser Besuch erinnert ein wenig an den Hirsch von damals, prachtvoll anzusehen, doch mit Schnupfen und Durchfall. Auch wir sind nicht auf der Höhe der Situation. Wir sagen nicht einmal: Nehmen Sie Platz.

In der Hand hält der Offizier drei Bücher, die er mir wortlos hinstreckt. Es ist die Trilogie *Der Leidensweg*, in rumänisch. Der Jäger und ich stehen hinten an der Wand und behalten den martialischen Mann im Visier. Der blickt um sich. Bloß die Augen unter dem weit vorragenden Mützenschild läßt er kreisen. Und schiebt nahezu unmerklich die Stiefelspitzen zueinander, erinnert mit den einwärts gedrehten Füßen an ein Kindergartenkind, das sich ziert. Daß er sich hier nicht heimisch fühlt, verstehen wir, daß er es nicht verbergen kann, ist ein Fehler. Die Tür ist offen. Davor steht der Wachtmeister in Pantoffeln und hält Wache. Auf einen Wink schlurft er herbei, unter dem Arm ein Bündel Broschüren. Da er zu dem Tisch wegen uns nicht gelangen kann, räumt er die Hefte auf mein Bett. *Munca de Partid*. Die Parteiarbeit. Der Hauptmann sagt sybillinisch: »*Pentru a te familiariza.*« Muß ich danke sagen? Ich weiß es nicht. Schließlich fragt er, ob ich mich in dieser Einsiedelei gut fühle. »*Extraordinar*«, sage ich. Noch einmal mustert er die Zelle, zupft dann an Koppel und Querriemen, fährt mit den Fingern zum Kappenrand. Will er salutieren? Er rückt bloß an der Mütze, so daß sie schief sitzt. Mit verschobener Kopfbedeckung, doch tadellos sitzender Montur verläßt er das Lokal, grußlos, wie er gekommen ist.

Calvarul, Der Leidensweg, das sind die drei Bände, die ich in den kommenden Tagen verschlinge, sehr zum Leidwesen des Jägers, der den ganzen Tag quasselt und dennoch nicht zu Wort kommt. Ich bin für niemanden zu sprechen. Dieser Alexej Tolstoi: wie treffend er das bourgeoise Milieu schildert, in dem zwei Schwestern ein verwöhntes und nutzloses Leben führen, bis die Revolution von 1917 dem ein blutiges Ende setzt! Die Schwestern und ihre Männer, die anfangs in gegnerischen Lagern kämpfen, Weiß und Rot, werden in ungewöhnliche Schicksale verwickelt. Und schließlich zusammengeführt, nach vielerlei Leidenswegen, doch befreit von bürgerlichen Reminiszenzen und mancherlei lästigen Souvenirs. Am Ende des Buches hören sie Stalin in Person zu den Massen reden, hoch von der Tribüne herab, und werden erfaßt von Schauern der Begeisterung und Verehrung. Wobei die jüngere, Darja, eine Vision hat: Weit weg im Ural erblickt sie ein Blockhaus, gezimmert aus frischen Hölzern voll Harz. Dort will sie mit ihrem Mann Telegin für die neue Ordnung leben und arbeiten, viele Kinder aufziehen im Geiste des Sozialismus und glücklich sterben, betrauert von Genossen und Kameraden, beweint von Söhnen und Töchtern und vielen Enkelkindern mit roten Krawatten.

Ich lasse das Buch sinken, trete aus dem kargen Lichtschein, der von oben hereinsickert, in die Blässe der Zelle. Eine unstillbare Sehnsucht nach einer solchen Holzhütte irgendwo im Vaterland überfällt mich. Vielleicht im Westgebirge? Dorthin eine Bahnlinie zu legen, das empfiehlt der Jäger schon lange, der sich als Parteiaktivist und Agitator auskennt. Die Motzen des Westgebirges, meint er, das seien die Ärmsten der Armen: Maria Theresia und ihre Töchter hätten ihnen die Lustseuche beschert, die Ungarn die Muttersprache geraubt. Und der rumänische König Ferdinand? Der habe sich zwar 1922 in Alba Julia krönen lassen, aber sonst keinen Finger gerührt. »Eine Eisenbahn tut not!« Die Zusammenhänge sind dunkel, aber die Idee leuchtet ein.

Ich sehe die Holzhütte vor mir, hoch auf dem Berg, tief im Winter, mitten in der Ödnis, an der gewundenen Bahnlinie. Die Tannenstämme sind so frisch, daß aus ihren Poren beim abendlichen Herdfeuer Harz träufelt. Ich rieche, ich schmecke, ich fühle alles, nur hören kann ich nichts. Treten wir nach getaner Arbeit in die kalte Behausung, sie und ich, duftet es als erstes nach süßem Moder. Es ist das Aroma von alten Äpfeln, ein Bukett von Fäulnis, das die Sinne benebelt. Die Äpfel lagern auf Holzbetten an der Wand bis zur Decke hinauf. Erst wenn ich das Feuer anzünde, wird die Stube von Harzgeruch erfüllt. Doch ein Hauch von Gegorenem und frühem Tod bleibt. Unter diesem Gemisch von narkotischen Gerüchen verbringen wir die Nächte in einem geräumigen

Bauernbett, frisch gestrichen, rot und braun. Das Bett habe ich mit der offenen Flanke an den Ziegelherd geschoben. Friert sie, für die ich einen Namen erfinden muß, friert sie an den Knien, hat sie kalte Füße, dann preßt sie diese an die erhitzten Ziegelsteine. Und von hinten halte ich ihr warm, mit meinem ganzen Körper. Schlaftrunken atmet sie die Luft ein, die von wollüstigen Essenzen geschwängert ist. Ihren Kopf hat sie in meine rechte Armbeuge gelegt, die Wange ist heiß von Eifer und Traum. Ich aber liege wach, will kein Auge schließen, wo die Nacht erfüllt ist von solcher Sinnenlust. Mein Gesicht habe ich in ihrem Haar versteckt, das schwelgerisch auf dem Kissen liegt. Mit der linken Hand umwerbe ich ihre Brust. Die schmiegt sich in das zärtliche Spiel meiner Finger. Und manchmal streiche ich ihren Leib entlang, verwahre alle Schwünge und Buchten ihrer Glieder und verweile im flaumigen Labyrinth des Schoßes. Um die Hütte tobt der Schneesturm, die Wölfe leiern ihre Klagelieder, und wir schlafen und wachen. Und morgen ist wieder ein Arbeitstag, bewacht von der nächsten Nacht ...

Weniger anregend für Träumereien und Phantasien erweisen sich die Broschüren mit dem Titel *Munca de Partid*. Die Sprache erinnert an die monotonen Betonzäune aus Fertigteilen um Fabriken und Kollektivwirtschaften. Doch als einer, der hier heimisch werden soll – »*pentru a te familiariza*« –, versuche ich das zu verteidigen: In einer klassenlosen Gesellschaft, wo alle Eigentumsverhältnisse und menschlichen Beziehungen geklärt sind, hat die Sprache immer weniger zu leisten. Somit könnte ihre Reduktion zum Gradmesser für den Fortschritt hin zum Kommunismus werden. Ist aber Kommunismus der Zustand, wo der Mensch alles hat, was er braucht, und darüber hinaus, was er sich wünscht, erledigen sich Mißverständnisse und Widersprüche von allein, es verhallen alle Dialoge. Man hat sich nichts mehr zu sagen, es gibt nichts zu bereden – totale Wortlosigkeit. Das aber ist der Tod, das Inhumane schlechthin. »Wie? Der Kommunismus, in letzter Konsequenz ...« Mit einer heftigen Bewegung springe ich vom Bett auf, dabei wird es mir schwarz vor den Augen. Ich lege den Kopf an die kahle Wand und kühle die Stirne.

Wieder sind alle Gedanken beisammen, auch die ich nicht denken will und darf. Im Augenblick möchte ich weit weg sein, über die Burgpromenade flanieren im Zwiegespräch mit – ja, mit wem? Mich aussprechen über das tödliche Schweigen. Seit wir hier sind, ist keiner von uns an die Luft, an die Sonne geführt worden. Das ist allein den Hirschen und Rehen vergönnt, die im weiten Areal der *Securitate* herumspazieren, geschützt von Privilegien und Mauern.

Schluß mit Spintisieren und Lamentieren! Stalin sagte zu Gorki: »Ist denn Humanität möglich in einer so unerhört wilden Schlacht? Wo ist da Platz für Weichherzigkeit und Großmütigkeit?«

Der Wachsoldat reißt die Türklappe auf, winkt mich heran, drückt mir Zeitschriften in die Hand, feixt – das ist etwas vielsagend Neues – und entschwindet lautlos. Mehrere Hefte *Temps Nouveaux*, ein sowjetisches Wochenblatt. Und deutsch: *Interna der Komintern: V/1938*. Da an diesem Ort alles seinen triftigen Grund hat, durchforsche ich die Publikationen auf eine verschlüsselte Nachricht. Die *Neue Zeit* ist zehn Jahre alt. Nichts, was mir etwas sagen könnte.

In den *Interna* stoße ich auf den Artikel, der mir zugedacht sein dürfte, suggeriert er doch, wie sich ein Autor bourgeoiser Herkunft als Kommunist zu gebärden hat.

Vom 4. bis zum 9. September 1936 tagte in Moskau eine geschlossene Parteiversammlung von inquisitorischem Zuschnitt. Es war die deutsche Kommission des Sowjet-Schriftstellerverbandes. Mit welcher Lust am Bloßstellen Leute von der Distinktion eines Friedrich Wolf und Erich Weinert alles, was sie über Freunde und Frauen wußten, preisgaben, mit wem einer geschlafen oder wer Liebeskummer hatte – Indiskretionen und Intimitäten, die mit dem Wohl und Wehe der Weltrevolution wenig zu tun hatten! Auch ein Johannes R. Becher nahm Abschied von seiner bürgerlichen Kinderstube, in der man nicht nur Manieren mitbekommt, sondern auch, daß Klatsch und Tratsch verpönt sind. Und diese Zuträgerei geschah nicht unter dem Druck despotischer Verhöre, vielmehr als Herzensanliegen: »Wir haben nicht nur das Recht, sondern auch die Pflicht, alles zu sagen, was wir wissen.«

Daß es so illustren Namen leichtgefallen ist, mit tratschsüchtiger Redseligkeit Kameraden und Damen an den Pranger zu stellen, ans Messer zu liefern, daß sie so weit von sich abrücken konnten, so radikal anders geworden waren, entwirrt sich, als ich bei Stalin lese: »Wir Kommunisten sind ein besonderer Menschenschlag, eine Armee der Auserwählten.« Und daraus folgere: Das Besondere und Auserwählte dürfte darin bestehen, daß ein Kommunist jeden eigenen Gedanken loswerden muß, keinen Gedanken für sich behalten darf.

Erleuchtung und Zuflucht kommt von einem fast ketzerischen Satz, den Friedrich Wolf den Wagemut hatte, vor dem richterlichen Gremium am roten Tisch auszusprechen, wissend, daß er sich um Kopf und Kragen reden konnte. Den Sinn des Satzes verstehe ich erst beim zweiten Lesen und dreimaligen Überdenken: »Jeder Mensch, der dialektisch funktioniert, hat alle Gedanken im Kopf. Die Frage ist nur, welchen Gedanken ich 'raus lasse.« Nicht ungefährlich, diese Gedankenspiele des dialektisch funktionierenden Menschen. Plötzlich schaukeln die widersinnigsten Kombinationen durch mein Hirn: zum Beispiel, daß Lenin gesagt hätte, alle Becher füllt der Herrgott nicht. Alles Gedanken in meinem Kopf.

Doch weiter. Um die gewundenen Worte Friedrich Wolfs zu begreifen, mit denen er in Moskau seinen Lehrsatz erläuterte, muß ich ihn zerlegen und die Teile mir laut vorsagen: »Es ist selbstverständlich, der Mensch ist schuldig.« Das wäre die These. Es klingt fast biblisch: Der Mensch ist radikal böse.

»Daneben entsteht der Gedanke, der Mensch ist unschuldig.« Antithese: Der Mensch ist gut – idealistische Reminiszenz.

»Aber bloß der Gedanke, der ist da irgendwo … Der kommt nicht zum Vorschein, sowenig wie der Gedanke, daß man vor einem neugeborenen Kind steht und weiß, der Schädel ist offen da, und die Zwangsvorstellung hat, du mußt jetzt zudrücken. Das ist normal …« Daß das Ungeheuerliche normal ist, ist das normal? Eventuell als die Synthese im Dreierschritt der Dialektik.

»Unnormal ist nur, wenn man ihm nachgibt«, schloß der Dichter Dr. Wolf.

Als ich nach zehn Tagen Warten und Lesen den Kommissar im Vernehmungsraum zu Gesicht bekomme – er ist ganz in Schwarz bis hin zur Krawatte –, liegen auf seinem Schreibtisch Hefte und Mappen. Geblendet kneife ich die Augen zu, so schonungslos verpraßt der Mai sein Licht vor dem vergitterten Fenster. Draußen lümmeln Leute im Zinnensattel, eingetunkt in die ordinäre Farbe des Grases. Die Männer haben den Oberkörper entblößt, die Frauen und Mädchen die Blusen hochgezogen, die Röcke geschürzt. Sie wissen nicht, was sie uns antun.

Auf der rechten Seite des Schreibtischs erkenne ich meine Tagebücher, gestapelt im chronologischen Übereinander. Ganz unten das Heftchen mit dem grünen Einband aus der Zeit, als ich zwölfjährig bei der Großmutter im Quartier wohnte, für ein Jahr Schüler an der Brukenthalschule in Hermannstadt. Täglich schrieb ich die Geheimnisse meines Lebens auf: was die Großmutter auf den Tisch gestellt hatte – Speisen nach Kochrezepten aus dem Ersten Weltkrieg, phantastisch im Geruch und billig im Geschmack. Ich notierte vergrämt, wie rabiat sie vor jedem Essen meine »Kniewel« mit der Nagelbürste ausfegte, daß alle Bazillen davonstoben. Ich schrieb die Noten auf, immer bessere, so daß niemand mehr zu sagen wagte: du dummer Kerl von Fogarasch. Ich beichtete den weißen Blättern, daß ich hinter dem Rücken der Großeltern oder unter der Bettdecke die Bücher *Polnisch Blut* von Nataly von Eschstruth und *Firnenrausch* von Heinz Grabein gelesen hatte. Und mit bebender Hand schrieb ich auf, daß ich beim Schlittenfahren zur Kempelkaserne hinunter um ein Haar im Tor der Stadtmauer ein Mädchen umgefahren hatte, nicht größer als ich, das in der Dämmerung stehengeblieben war ganz still und mich sonderbar und lange aus grauen Augen angeschaut hatte, und ich sie auch. Dies liegt zutage auf dem Tisch der *Securitate*.

Die Schuljahre in Fogarasch: zwei dicke Hefte mit kariertem Einband. Die Geschichte mit dem besten Freund Johann

Adolf Bediner und das unerklärliche Ende. Und Sigrid Renata.

Weiter oben sticht das pompöse Tagebuch in die Augen, von der Großmama zur Konfirmation geschenkt: Lederrükken, Buchdeckel in bordeauxrotem Samt, der Verschluß jetzt aufgebrochen. Darin die bösen Jahre nach dem Kommen der Russen mit den Erfahrungen von Vertreibung, Einsamkeit und Tod. Und die ungewöhnlichen Jahre im rumänischen *Liceu Radu Negru Vodă*.

Die letzten Klassen bis zur Matura in Kronstadt, Honterusschule: ein Heft in blauer Wachsleinwand. Von Armgard.

Schließlich die Eintragungen als Student, Schreibheft um Schreibheft, die meisten selbst gebastelt aus altem Firmenpapier.

Die Frage nach der genehmen Vergangenheit wird hinfällig. Hier werden die Erinnerungen nach anderen Kriterien ausgemustert, akkurat und ohne Sentimentalität.

Auf der linken Seite des Schreibtischs liegen die Mappen mit den eingegangenen Briefen, auch die nach Jahrgängen geordnet. Der letzte Brief kurz vor meiner Festnahme ist vom Genossen Anton Breitenhofer in Bukarest, Mitglied im Zentralkomitee der Rumänischen Arbeiterpartei, worin er sich bedankt für meine Mühewaltung bei der Erstellung des Projekts einer deutschsprachigen Universität in Cluj.

Der Mann in Schwarz weist auf den Stoß von Heften und Mappen und sagt mit müder Stimme: »Viel Arbeit liegt vor uns.« Er hebt ein schwarz gebundenes Notizheft hoch und schwenkt es über die Aktenbündel: »Hier, sehen Sie – alle Namen aus Ihren Schreibereien!« Und versinkt in Schweigen. Alle Namen … Das sind mir nahestehende Menschen, die gewiß Gedachtes und Ausgesprochenes nicht wohlüberlegt getrennt haben.

Alles ist denkbar, nicht alles sagbar. Diese Worte habe ich mir auf dem Weg herauf eingehämmert. Doch wie den dialektischen Leitspruch in Einklang bringen mit meinem Angebot, auszusagen, was man mich fragen wird? Es geht nicht darum, beruhige ich mich, zu sagen, was ich denke, sondern was ich weiß. Zu wünschen wäre freilich, daß ich bloß das wüßte, was hier bereits bekannt ist, und daß ich allein solches dächte, was man hier ohne weiteres sagen könnte.

»Sie seufzen?« fragt der Kommissar, ohne den Blick zu heben. Und seufzt. Schließlich wendet er sich mir zu. »Unsereiner hat auch sein Kreuz zu tragen.« Kreuz und tragen ... Solche Worte in seinem Mund, sie verwirren mich. »Doch jetzt an die Arbeit.« Und sagt leise, als spräche er mit sich und meint dennoch mich: »Euch Deutsche werden wir nie verstehen. Ihr habt nichts übrig für die Dialektik, wiewohl deren *fondatori*, Hegel, Feuerbach und Engels, Deutsche waren. Euch liegt nichts am gelebten Leben. Glücklich seid ihr erst, wenn das Leben zum Problem wird, wenn man darüber reden kann. Auch diese jungen Burschen, die Bande von Töpfner: Statt mit Leib und Seele das Leben zu genießen, sind sie zusammengehockt und haben geredet und geredet. Auch, wie man das Regime stürzen könnte. Nichts getan. Nur geredet. Sich einen Strick um den Hals geredet. Für die ist das Gefängnis der rechte Ort. Viel Zeit zum Reden.«

Er blättert in meinem blauen Heft und sagt: »Und alles wird zu Papier gebracht. Die Arbeit danach haben wir. Doch das meiste ist an den Haaren herbeigezogen. Auch im Natürlichsten seht ihr Probleme. Zum Beispiel, wie man mit einer Frau umzugehen hat. Herrgott, da genügt ein loses Handgelenk. Oder ob es zulässig sei, ein Mädchen zu verführen, ohne sie zu heiraten. Warum nicht, wenn es ihr Spaß macht. Oder ob *contact sexual* Ehebruch ist. Zum Lachen! Mit einer Frau sich hinlegen, das ist wie Zähneputzen. Nichts ist natürlicher, als daß ein verheirateter Mann sich eine Geliebte hält, wo er regelmäßig einkehrt. Tut er das nicht, so drängt ihn die Ehefrau: Geh zu einer Hure, sonst verlierst du deine Mannheit, und wir bekommen idiotische Kinder.«

Er zupft an seiner schwarzen Krawatte, sieht zum Wappen der Republik auf und fährt mit sanfter Stimme fort – ich zucke trotzdem zusammen, ich muß mich an seine neue Stimme gewöhnen: Daß ich mich mehr als vier Monate geweigert hätte, Wesentliches auszusagen, *a declara ceva substanţial*, das sei eine Marotte gewesen, die sie mir großzügig zugestanden hätten. Ich möge mich hüten, das Widerstand zu nennen. Denn daß sie jemanden nicht zum Sprechen brächten, das gebe es nicht. Gewiß, bei mir habe man eine widersinnige Schwierigkeit gegeben, *dificultate absurdă*: Ich hätte mich nicht nur geweigert, zu sprechen, ich hätte mich auch geweigert, zu leben. Das sei das Verkehrte an dieser Unternehmung gewesen, etwa wie Wurzel aus minus eins. Doch ihnen gelinge alles, solange das Objekt ihrer Bemühungen nicht ganz tot sei, *mort de tot*. Zu meinem Glück hätte ich Vernunft angenommen und sei von selbst anderen Sinnes geworden.

Und nun müsse er gehen, denn im Tod seien alle gleich, vom Kaiser bis zum Proletarier, vom General bis zum Bettler. Und das sei eine schreiende Ungerechtigkeit. In meinen Aufzeichnungen komme einige Male das Wort Todestrieb vor, im Zusammenhang mit der Behandlung bei Dr. Nan de Racov. Er habe bis vor kurzem gemeint, es gebe nur zwei Triebe: *instinctul sexual, instinctul de conservare*. Doch seit kurzem könne er verstehen, daß jemand sterben wolle, und das von ganzem Herzen. Darüber möge ich ihm einiges aus meinem *jurnal* übersetzen. Wobei er mir nicht das Tagebuch reicht, sondern einige Blätter daraus, auf einem Schapilographen mit bläulicher Tinte abgezogen. Dazu Papier und Bleistift und kein Wörterbuch. Ein Soldat führt mich in ein leeres Zimmer.

Die Tagebücher durchgelesen hatte bisher bloß einer: der Psychiater Dr. Kamil Nan de Racov in Klausenburg. Zweimal in der Woche komplimentierte er mich auf eine Couch, und ich ließ mir von ihm die Seele zerlegen, das Gehirn waschen und den Kopf zurechtsetzen. Annemarie hatte diese Kur vorgeschlagen. Die Prozedur vollzog sich im Eßraum der Eltern, der als Sprech- und Hörzimmer diente. Man hatte die Familie des ehemaligen k.u.k. Generals Rudolph Octavian Mircea Nan de Racov in zwei Räume zusammengedrängt. Gespeist wurde im Flur.

Ich lag auf einem lila Plüschsofa. Der Blick verstrickte sich in einem Lüster von Engeln aus Alabaster, deren Brüste als Glühbirnen getarnt waren. Mein wirrer Redefluß stieg wie eine Anrufung zu diesen Lebedamen mit Heiligenschein auf. Währenddessen saß der Doktor im weißen Kittel schräg hinten in einem Lehnstuhl mit Löwenpranken, lauschte und notierte. Aus den intimen Tiefen der Tagebücher hob Dr. Nan Wunderlichkeiten noch und noch in das Licht des Bewußtseins und benannte sie. Zum ersten machte er ein gestörtes Zeiterlebnis aus. Das, hieß es, sei gesteuert von einer Todessehnsucht, die in der Kindheit aufgekommen war unter der Drohung: Wenn die Russen kommen! »Einzige Rettung für Sie: nicht mehr sein, *mon cher*.« Grundmuster blieb der Abend des 23. August 1944, so der Doktor, wo ich mich willig in die Salve aus dem Maschinengewehr deutscher Fliegerschützen hatte fallen lassen.

Ich hörte es. Und glaubte und glaubte nicht. Der Gründe und Abgründe sind unendlich viele.

Dr. Nan, der unbeirrt bei mir im Trüben fischte, förderte ungehobene Schätze ans Licht. Aufgedeckt hatte er Ansätze von Matrolatrie.

»Was ist das?«

»Mutterkult, die krankhafte Verehrung der Mutter.« Bei mir zu erklären aus den Ereignissen nach dem Kommen der Russen, diesem Sterben in Raten aller bürgerlichen Existenz. Die Vertreibung aus dem Haus mit dem Löwen sei der Sturz aus der Kindheit gewesen. Seit damals fühlte ich mich obdachlos, flüchtete zurück in den Schoß der Mutter, dieser liebenswerten Hysterikerin und Dame in Weiß.

Mit seinen Sprüchen über Annemarie ängstigte er mich. »Erst wenn du diese Schönmund los bist, wirst du ein Mann.« Daß es mit ihr schiefgehen würde, dafür müsse man kein Prophet sein. Das Verlangen nach mütterlicher Obhut hätte ich auf sie übertragen. Mich zu dieser Frau hingeflüchtet, obschon sie nicht zu mir passe, nicht vom Milieu und nicht vom Typus her. Auf mich zugeschnitten seien jüngere, modellierbare Mädchenfiguren voll unschuldiger Anmut, aus der gleichen Kinderstube und von ähnlicher sozialer Biographie. Nicht doch, dachte ich aufsässig. Und nickte zustimmend – ein Fehler, doch eine Leistung im Liegen.

»Als eine, die vom Vater verlassen worden ist, gehört diese

Schönmund zu dem abseitig maternen Typus von Frauen, die Kinder hassen. Somit ist sie darauf aus, andere zu bevormunden und zu gängeln, vom Hund bis zum Bruder, von der Mutter bis zum Liebhaber. Für Sie aber, *mon cher*, ein wenig Tonio Kröger, ein wenig kleiner Herr Friedemann, ist so eine wie die Schönmund als Über-Ich recht bequem.«

Der Arzt hatte sie nur einmal zu Gesicht bekommen, als sie mich zum ersten Mal hinbegleitet hatte, und schien damit zufrieden. Später verlangte er eine Photographie von ihr. Im Badeanzug wünschte er sie näher zu betrachten. »Altmodischer Badeanzug, matriarchialischer Hängebusen, ein gebärfreudiges Becken, das Gesäß sinnlich, aber voll Sitzfleisch, mit Drang zum Höheren. Und das ungezügelte Haar und der fixe Blick – ein Medusenhaupt.« Ich wollte mich erheben und weggehen. Doch die schamlosen Engelleiber über mir erglühten noch nicht zum Abschied.

Und er fuhr fort, der Dr. Kamil, mich aufzuklären, der ich vor Bekümmernis zu schwitzen begann: »Die Frau, selbst die mütterliche, will als Hure geliebt werden und nicht als höheres Wesen. Das mit dem höheren Wesen ist eine gutdeutsche Erfindung. Kein Wunder, daß diese Schönmund in ihrer Phantasie gewagte Bilder bewegt! Zum Beispiel träumt, daß ein Zigeunerbursch, behaart vom Nabel bis zum Kinn, sie mit seinem Pferd raubt, im Wald in einer Felsschlucht versteckt und sie Nacht für Nacht in seinem Planwagen bespringt auf knisterndem Stroh, beschirmt von einem bunten Zeltdach, indes Regen fällt und der Steinkauz jammert und die Hunde unter dem Gefährt an den Ketten zerren. Steht alles in Ihrem Diarium.« Ich senkte den Blick. Auf dem runden Eichentisch vor mir stand eine Fruchtschale mit künstlichen Orangen. In den Silberfuß war das Familienwappen eingraviert, rote Krebse, die tanzten. Der Arzt lachte: »Wie sich ein Vorstadtmädel das Zigeunerleben ausmalt!«

Stinknormal fand der Arzt, daß ich, als ich im Narrengewand einer Zwangsneurose der Theologie davonlief, diese Annemarie pausenlos mit dem Wort Hure, Hure, Hure belegt hatte. Jede Geliebte sei eine Hure, selbst wenn sie sich im Moment bloß mit einem einzigen hinlege. Denn durch ihre

Traumphantasien taumle immer noch ein anderer, zweiter, exotisch wie ein Zigeuner und unerreichbar wie der Mann im Mond.

Lächerlich fand Dr. Nan bei uns Deutschen alles romantische Getue, wenn man ein Mädchen defloriere. Er verließ seinen Horchposten hinter mir, tappte sich durch das Gedränge der Möbel und flötete: »Sterne wie Tränen, der keusche Mond halbverdeckt von Gewölk und nicht zu vergessen die Rehe an der Quelle. Alles wie auf den kitschigen Wandbehängen von Coiffeusen und Konditoren.« Ich hob den Blick zu den Alabasterengeln, die alle mit dem gleichen pausbäckigen Lächeln dahinschwebten. »Typisch deutsch, soviel Gefühlsseligkeit bei den natürlichsten Dingen der Welt. Über sowas lachen die lateinischen Völker.« Im Lyzeum hätten die Jungen seiner Klasse die einzig noch intakte Jungfrau von der Mädchenschule *Principesa Ileana* mit Jubelgeschrei und Chansons singend in den Wald getragen, und sie dort zur Frau gemacht. »Und raten Sie, was die junge Dame nachher getan hat?«

»Geweint?«

»Keineswegs! Bedankt hat sie sich. Und das ganze Städtchen hat erleichtert aufgeatmet.«

Als Finale der seelsorgerlichen Auskultation ließ der Arzt eine Schallplatte kreisen – das Grammophon hatte einen Trichter und wurde mechanisch bedient: manchmal Wagners Ouvertüren, *Tristan und Isolde*, häufiger *Tannhäuser*. Beim letzten Stück murmelte er Unverständliches, wenn der Pilgerchor gravitätisch am Hörselberg vorüberwallte, unbeirrt vom sinnlichen Pizzikato der Geigen, den aufreizenden Verlockungen der Venus in der Unterwelt. Oft hörten wir Richard Strauss: *Till Eulenspiegels lustige Streiche*. Der Doktor klatschte Beifall, wenn die Klarinetten bei Tills Schelmenstücken zu tirilieren begannen, als schnitten sie Grimassen. Und geriet außer sich bei den Stellen, wo Posaunen und Hörner ankündeten, daß Till nach hochnotpeinlicher Befragung zum Tode verurteilt wurde. »*Vanitas vitae!* Spitzen Sie die Ohren, jetzt wird der liebenswürdige Schelm gehängt. Mit was für komisch klingenden Seufzern er seine Seele aushaucht! So sterben – als Harlekin, der lächelnd über den Abgrund tanzt und lachend hineinstürzt. Wie Jesus!«

Ich sitze im Vernehmungsraum. Die ferne Sonne rollt davon, und ich verspüre Hunger. Endlich sperrt jemand die Tür auf. Herein tritt der Kommissar, noch immer Trauergast, doch bei Laune, die Krawatte gelockert, die Backen gerötet, die Augen glitzernd vor Munterkeit. Es muß eine »schöne Leiche« gewesen sein, mit einem üppigen Tränenmahl und oftmals erhobenem Becher. Der Mann in Schwarz rafft meine Aufzeichnungen über Tod und Sehnsucht, ohne einen Blick darauf zu werfen, läßt sich in den Sessel fallen und kratzt sich zwischen den Beinen, ein vertrautes Zeichen aus gewaltsamen Nächten: Das Treffen geht zu Ende. Er klatscht in die Hände. Der Wachsoldat ist zur Stelle, macht mich fertig zum Abmarsch. Doch der aufgekratzte Mann klatscht weiter und immerzu – im Takt eines Hochzeitsmarsches.

Kaum habe ich die Blechbrille aufgesetzt und am Arm des Begleiters ein paar tastende Schritte getan, ändert sich das Klatschen, wird herrisch. Sofort dreht der Soldat um. »Nehmen Sie die Brille ab und setzen Sie sich an Ihr Tischchen!« befiehlt der Offizier mit amtlicher Stimme. Es ist der Raum der Nachtverhöre.

»Was sagen Sie dazu?« Der Wachsoldat reicht mir eine Photographie herüber. »Beschreiben Sie Ihre Gefühle.« Das hat man von mir bisher allein Dr. Nan verlangt: auf Photos mit Gefühlen zu reagieren. Die Szene auf den Bild ist bekannt aus Russischkursen und Sitzungen des Jugendverbandes: Das sowjetische Partisanenmädchen Zoja Kosmodemjanskaja wird zum Schafott geführt. Nie bisher habe ich diese Szene so furchtbar empfunden: Ein junges, vollbusiges Mädchen mit Zöpfen und strahlenden Augen wird von einer Gruppe deutscher Soldaten abgeführt. Was mir auffällt, ist der unversöhnliche Gegensatz zwischen dem Auftreten des Mädchens Zoja – Zoe, heißt das nicht Leben? –, das mit ausgreifendem Schritt fast ungeduldig seinen letzten Weg geht, stolz und heiter, und den stumpfen Gesichtern der Soldaten, die unbeteiligt neben der Todgeweihten dahintrotten. Wie? Zündet es bei euch nicht, daß ihr ein blühendes Menschenkind in den Tod begleitet?

Da mich diesmal eindeutige Gedanken bewegen und lautere Eindrücke erschüttern, lasse ich alles aus meinem Kopf und Gemüt heraus. Ich schäme mich, daß ich als Knabe diesen feldgrauen Soldaten zugejubelt und ihnen mein ganzes Herz geschenkt habe. Trotzdem kostet es mich Überwindung, dem Mann, der steif vor mir steht, zu sagen, was mich bewegt. Ist er nicht ein und derselbe, der mich noch unlängst bis aufs Blut gepeinigt hat? Der Offizier nickt mechanisch. Er kehrt sich von der Todesszene ab, stellt sich zum Fenster, verdeckt die Abendglut. Ich aber bin so angerührt, daß ich meine, mit der Verurteilten gehen zu müssen, gefesselt an ihr Handgelenk, mit der Genossin aus dem Sowjetland – sie könnte die Schwester sein.

Der Mann am Fenster klatscht nicht. Mit einer Handbewegung scheucht er uns beide hinweg. Der Begleitsoldat versteht auch so. Vorsichtig, Schritt für Schritt, bringt er mich in die schummrige Wohnkammer, wo der Jäger ungeduldig mit dem Mittag- und Abendessen auf mich wartet: In den Napf mit der Bohnensuppe hat er das gedünstete Kraut und die gekochten Graupen gemischt.

Während ich in der grünlichen Dämmerung, auf mein Bett hingestreckt, der Zeit ihren Lauf lasse, die Augen irgendwo, gewahre ich meine Schwester Elke Adele. Anders erscheint sie mir als auf dem Bild vom letzten Sommer, das man bei mir gefunden hat. Zwei schwarze Gestalten versuchen sie im nächtlichen Fluß zu ertränken.

In heißen Sommernächten liefen wir von zu Hause im Badezeug zur Aluta, die Mutter war oft mit dabei. Wir schwammen im lauwarmen Wasser von der oberen Badestelle stromabwärts. Oder wir ließen uns, aufrecht stehend, von der Strömung mitnehmen, die Füße schleiften im Treibsand am Grund des Flusses. Bei der Bachmündung, die den Unrat der Stadt in den Fluß spülte, drohten Wirbel und Strudel. Wir retteten uns ans Ufer und liefen leise fröstelnd nach Hause. Waren wir Geschwister unter uns, badeten wir nackt.

Die Stelle, wo der Bach sich mit der Aluta vereinigte, war nicht nur gefährlich, sie war auch ekelhaft. Wen die Gewalt des Wassers mitriß, dessen Fuß verfing sich in Tierdärmen und schmierigen Mägen, in Hörnern und Hufen. Denn das letzte Gebäude in der Luthergasse, durch die der Altbach floß, war das Schlachthaus. Dort wurden die Eingeweide der getöteten Tiere in den Bach gekippt. Das vergossene Blut floß mit und färbte den Wasserlauf rosa.

Ich sah sie kämpfen, hörte sie schreien: »Hilf mir!« Zwischen zwei Rufen wurde ihr Kopf von Riesenhänden unter Wasser gedrückt. Ich rannte den verwilderten Uferpfad entlang, ohne ihn verlassen und ins Wasser springen zu können. Das Geranke von stachligem Gestrüpp verschwor sich gegen mich. Der Weißdorn, die roten Dornen der Gleditschie, Hekkenrose und Akazie krallten sich in meinen Oberkörper. Meine Haut war voll blutiger Risse. Ich lief und lief und rief: »Du mußt den Henkern das Handwerk legen!«

Der Jäger rüttelt mich auf: »Du schläfst wie der Hase mit offenen Augen und nuschelst im Schlaf wie ein Lustgreis.«

Tags darauf tönen die Riegel zu bequemer Stunde, nach dem Frühstück. Behutsam werde ich in die oberen Etagen geleitet. Äußerlich erscheint der Hauptmann unverändert wie in den Monaten vordem. Zum eleganten Jackett in Grün trägt er Schnürlsamthosen. Und Schlüpfschuhe mit gestreiften Socken. Allein die schwarze Krawatte, lässig gebunden, hebt sich aggressiv vom Veilchenblau des Hemdes ab. Seine Stimme klingt so sanftmütig, daß ich erschrecke. Die Hefte und Mappen sind vom Tisch. Bloß das Notizheft mit den Namen liegt wie von ungefähr in der äußersten Ecke des Schreibtischs. In seiner Mitte fügen sich drei grüne Lineale zu einem gleichschenkligen Dreieck, ein geometrisches Gebilde mit guten und einfachen Eigenschaften.

»Daß Sie geglaubt haben,« beginnt er im Plauderton, »Sie könnten uns an der Nase herumführen, hat uns eher belustigt.« Inwieweit bei mir alles Lug und Trug sei, habe man mit Stichproben geprüft. Er sieht mich scharf an mit Augen, aus denen jegliche Trauer gewichen ist, bloß die roten Ränder erinnern an den Tod. Und fragt mit einer Stimme, die fast so wie vormals klingt: »Wann hast du *Die letzten Reiter* von, von …«, er grapscht nach dem schwarzen Heft.

»Von Dwinger, Edwin Erich Dwinger«, eile ich zu Hilfe.

»… gelesen, wann?«

Ich schlucke, sage diesmal die Wahrheit: »1956, und zwar am Sankt-Annen-See.« Das hat er gar nicht gefragt, geht mir auf. Hastig füge ich hinzu: »Es ist der einzige Kratersee in der Volksrepublik. Ein Süßwassersee in einem erloschenen Vulkan. Umgeben von Sprudelquellen.«

»Ah, Sankt-Annen-See. Ihr Glück, daß Sie diese Sachsentreffen dort verpaßt haben.« Ja, ich hatte sie verpaßt. Jedesmal, wenn ich von jenen Treffen zur Sonnwende hörte, schlug mein Herz höher, aber ein ungutes Gefühl hielt mich zurück. Abgesehen davon, daß wir Studenten dann unser Praktikum am Fluß erledigen mußten, ja, und daß meine Jahreszeit der frühe Herbst ist. »Faschistische Sing- und Spielwoche unter dem Musikanten Einar Hügel und seinem Bruder Hugo, dem doppelzüngigen Barden. Du kennst beide.« Ich schweige. »*Un maniac*, dieser Einar Hügel, ein Wahnsinniger. Er dirigiert wie ein SS-Feldwebel. Und gerade darum sind ihm alle Jugendlichen verfallen. Der Nazismus ist diesen beiden Kerlen in Fleisch und Blut übergegangen, von Vater und Mutter her. Wissen Sie, was die Brüder dort Sommer für Sommer angezettelt haben?«

Muß ich es wissen, wenn ich nicht dabei war?

»Den See wollten sie anzünden. Sie haben einen Scheiterhaufen auf einem Floß zum Brennen gebracht. Hunderte von euren Studenten und Schülern haben sich dort zusammengerottet und hitleristische Lieder gesungen.« Da ist es, das fatale Wort Studenten. Ich beschließe es zu überhören.

»Sieh dir das an!« Der Mann winkt mich herbei. Ich darf mein Tischchen verlassen und mir vom Kommissar einen Zettel abholen. Wieder in meinem Winkel, heißt es barsch: »*Traduce!*«

In Sütterlinschrift steht es da: »Reiht euch zu vieren, Trommel gerührt, tausend marschieren, einer führt!« Und lese Liedtitel: »Flamme empor!«, »Es zittern die morschen Knochen«, »Schwarzbraun ist die Haselnuß«. Und andere Lieder für Jungvolk und Mädelbund, mir wohlbekannt. Als letztes, unterstrichen, heißt es: »Merkt auf! Was mich nicht umbringt, macht mich stärker.« Und: »Ein echtes deutsches Mädel, mit nordisch-blondem Schädel, vergeht das Herz in Flammen, es reißt sich hehr zusammen. Ein echter deutscher Junge, der hält im Zaum die Zunge. Wenn Schmerzen ihn entflammen, er beißt die Zähn zusammen.«

»Sind das fortschrittliche Lieder und Losungen, die die Brüder Hügel deine jungen Sachsen gelehrt haben?« Noch ehe ich antworten kann, fährt er fort. »Und wo diese staatsgefährlichen Treffen? Mitten in der Volksrepublik. Und wann, bitte? Inmitten der Weltrevolution. Das alles haben wir stillschweigend durchgehen lassen, in der Hoffnung, daß ihr euch endlich eines Besseren besinnt. Weißt du, wer diese Schmiereireien zusammengefirkelt hat?« Ich weiß es nicht, aber ich kann es mir denken. »Dein Hugo Hügel, den du zum Kommunisten erhoben hast.« Er tritt zum Fenster, spiegelt sich in einem Flügel, löst die Krawatte vom Hals und bindet sie neu, mit einem Windsorknoten. »So!« Auch mir gefällt es besser so.

»Übrigens, ihr Sachsen, ihr seid wie die Heuschrecken. Will sich unsereins in der Natur ergehen, seid ihr schon da, in Tirolertracht und Dirndlkleidern mit Gitarre und zackigen Liedern. Ihr haltet die besten Plätze besetzt: sei es im Wiesengrund beim Bach oder im Wald und auf der Heide, auch noch bei den Gletscherseen und in den Gebirgshütten stolpert man über euch. Sogar die Landstraßen sind voll von den Rudeln eurer Bizykelfahrer, in kurzen Hosen und mit wehenden Röcken. Für uns Rumänen ist in unserm eigenen Land kein Platz.« So habe ich das nicht gesehen. Es gibt mir einen Stich.

»Beim vorigen Mal haben Sie angegeben, daß Sie das genannte Buch gelesen haben, bevor die Russen gekommen sind.« Ja, das habe ich. Aus guten Gründen. »Da wir Zeit und Ort gekannt haben, hat die Frage nach dem Buch nur den Sinn gehabt, Ihre Aufrichtigkeit zu prüfen. Wir wissen auch, weshalb Sie die Wahrheit verschwiegen haben: weil Sie als konvertierter Revolutionär befürchtet haben, daß man Sie nicht ernst nehmen kann, wenn Sie 1956 noch solche Bücher gelesen haben. Zu Recht! Außerdem haben Sie darauf spekuliert, daß der einzige Augenzeuge Sie nicht verraten wird. Zuletzt haben Sie dann als Methode gelogen. Wir wissen alles. Aber wir werden noch mehr wissen!«

Das mit Dwinger wußte allein Annemarie Schönmund.

Wir beide im Zelt beim Sankt-Annen-See, spät im August ... Wir lagerten auf wippenden Tannenzweigen, über die Annemarie einen Flanellunterrock gebreitet hatte. Das Zelt, aus Bettlaken zusammengestückelt, halte nur das Monogramm meiner Großmutter zusammen, spottete Annemarie. Durch das fadenscheinige Gewebe konnten wir den Mond erkennen, der Regen spritzte zu uns herein. Während sie ihre Meditationsübungen nach K. O. Schmidt machte, sich anschließend für zwei Seiten in Gorkis *Mutter* vertiefte und dann die Augen schloß, las ich im Licht der Sturmlampe das fragwürdige Buch, die Geschichte einer Generation von Kämpfern für falsche Ziele.

Damals, es war Spätsommer 1956, hatte ich aus angeschwemmten Hölzern ein Floß gezimmert. Damit ruderten wir bis an die Stelle in dem kreisrunden See, von wo man die Ausflügler am Ufer klein wie Zieselmäuse sah. Das Floß hielt im Brennpunkt des Kraters. Dessen konkave Wände waren bewaldet und schleuderten grünes Licht in den See. Fiel der Wind flügellahm vom Himmel, dann taumelte eine Welle in Grün über unsere erhitzten Glieder. Auf den feuchten Bohlen lag Annemarie seitlich aufgestützt, zu mir gekehrt. Sie studierte Makarenko, den Klassiker unter den sowjetischen Pädagogen. Bis auf eine Hornbrille, die ihr ein herrisches Aussehen verlieh, war sie unbekleidet. Obwohl es mir vor Glück in den Fingern zuckte, berührte ich sie nicht. Ich wollte sie nicht in ihrer Lektüre stören. In den Nächten schliefen wir wie Bruder und Schwester. Sie lag mit nacktem Oberkörper da, phantastisch anzusehen im Schein der Laterne. »Wichtig ist die Hautatmung in ozonhaltiger Tannenluft! Und bitte störe mich nicht.« Rollte ich mich zu ihr, kehrte sie mir den

Rücken zu, bedeckte sich und sagte betrübt: »Schade! Du bringst mich um mein Ozon. Außerdem muß ich mein Auge ausruhen.« Die Sommernacht verstrich auch so.

In den Nächten las ich *Die letzten Reiter.* Und am Tag *Die letzten Tage von Pompeji.*

»Lies lieber Scholochow, *Der stille Don*«, rügte sie. Dort hast du beides: letzte Reiter und letzte Tage. Vor allem aber neues Leben in sozialer Gerechtigkeit. Sieh, zum Beispiel die *Mutter* von Gorki: Aus einer geschlagenen Frau wird sie zu einer selbstbewußten Kommunistin.«

»Aber Mutter bleibt sie dennoch.«

»Ein neuer Mensch erwacht in ihr. Übrigens, Gorki ist sein Dichtername und heißt der Bittere. Aber seine Losung war: Was kann ich für die Menschen tun? Mit flammenden Lettern in sein Herz geschrieben.« Sie fügte traurig hinzu: »Wir Menschen aber haben seinen Tod nicht bemerkt.«

»Nicht einmal, daß er gelebt hat«, mußte ich zugeben.

Annemarie wünschte, einmal im Leben romantisch verführt zu werden: im Mondenschein, bei Mutter Grün und am Busen der Natur, nahe einer murmelnden Quelle, hingelagert auf Moospolstern in einem Eichenhain. Sie zeigte mir das einschlägige Bild von Ludwig Richter. Somit wußte ich Bescheid.

Ich machte mich auf, das Begehrte auszukundschaften. Was ich entdeckte, war nicht ganz so, wie sie es mir aufgetragen, es sich ausgemalt hatte. Doch kam sie auf den Geschmack, als ich sie hinführte.

Die Quelle war ein Sauerbrunnen, in dem Gewässer aus vulkanischen Tiefen brodelten, umstanden nicht von Eichen, wie gewünscht, sondern von Kastanien. Statt Mooskissen Tuffschichten, von karger Botanik bewachsen. Die gesäuerten und erwärmten Wasser hatten eine Wanne ausgewaschen.

In diesem Quelltopf suhlte sich tagsüber das ungarische Landvolk aus der Umgebung und linderte das Reißen in den Gliedern. Über der dampfenden Fläche schwebten alt gewordene Köpfe von Männern, aufgespießt auf sonnengebräunten Hälsen. Auf dem Wasserspiegel schwammen die riesigen Brüste der Weiber, weiß wie Käse und überragt von paprikaroten Gesichtern. Kam der Milizionär vorbei, unterbrach er seinen Reviergang, zog sich splitternackt aus und drängte sich zwischen die kreischenden Weiber, neben die Männer, die ausspuckten. Nach diesen Ergötzlichkeiten ging er mit klirrendem Schritt seinen undurchsichtigen Geschäften nach.

Wir beide genossen das Sprudelbad am Abend, tauchten in die unterirdische Wärme, saßen beieinander, strichen voll glücklicher Verwunderung über die prickelnde Haut des andern. Und spürten unter uns den Sog tellurischer Tiefen, während der Mond in den Blättern der Kastanien hing. Und liebten uns sehr. Erst wenn die Haut vor Hitze alt und faltig geworden war, stiegen wir heraus und legten uns auf den nächtlichen Boden, der leise unter den feurigen Spannungen im Erdinnern erzitterte.

Wegen diesen tollen Nächten hatten wir den Ausflug verlängert, bis wir nichts mehr zu beißen hatten: keine Krume Brot und keine Paprika mit Marmelade. Wir überlebten mit Brombeeren und Kartoffeln. In der Dunkelheit schlichen wir barfuß auf den Kartoffelacker. Mit flatternden Händen buddelten wir die Knollen aus und versteckten sie im Brotbeutel. Unter der Kuppel des Himmels, berieselt von Sternschnuppen, vergaßen wir, daß wir uns an Staatseigentum vergingen. Alle Angst vor dem sozialistischen Milizionär fiel ab wie ein Nesselhemd. Annemarie begann zu jodeln. Ich mußte ihr den Mund zuhalten. Unversehens warf sie die Kleidungsstücke weit von sich. Umschwärmt von Glühwürmchen taumelten wir zu Boden, drängten uns in die Furchen des Feldes. Wir spürten, wie die Ackerkrume die Hitze des Tages verströmte. Für den Rest der Nacht hielten wir uns gegenseitig warm mit der durchsonnten Haut unserer Körper. Und malten uns aus, wie der Tod uns hineinzog in das Innere der feurigen Erde, wie unsere Glieder verschmolzen, ehe sie zu Asche und Staub wurden. Und konnten nicht ergründen, warum es hieß: die Schrecken des Todes. Der Todeskampf. Das kühle Grab.

Drei Tage lang aßen wir auf Kohlen gebratene Kartoffeln. Dann falteten wir das Zelt aus antiquierten Leintüchern zusammen und trabten hinunter zum Tuschnader Bahnhof über bewaldete Lavafelder, vorbei an kochenden Quellen. Auf dem Weg durch den Wald blieb Annemarie stehen, irgendwo in einer Lichtung, und tat keinen Schritt mehr vorwärts. Sie zog mich in eine Köhlerhütte, halb unter der Erde. Muffige Dämmerung, kalter Rauch empfingen uns. Rauh fühlten sich die nackten Planken der Holzpritschen an. Nachher klebte Harz an der Haut. Der Zug in Tuschnad war weg. Doch es war wie nie!

22

Wann beginnt die Befragung? Und wer wird der erste sein? Der erste ist mein Vater. Der Kommissar wünscht zu wissen, wo ich meinen Vater sozialpolitisch ansiedeln würde. Der vergangene Mensch in mir steht auf: Ich verweigere die Antwort. Der Mann gibt zu, daß das mein Recht sei. Doch habe er die Frage privat gestellt. »Obschon ein echter Revolutionär soviel Entschlossenheit aufbringen muß, um gegen Vater und Mutter, Bruder und Schwester anzutreten.« Nach einer Pause fügt er hinzu: »Sogar gegen die Großmutter. Wer Mitleid hat, wird mitschuldig.« Ich schweige. »Sie schweigen. Nun gut, dann rede ich: Sozial gesehen ist Ihr Vater ein mitteloser Kleinbürger gewesen, mit der politisch labilen Mentalität dieser Klasse. Doch statt mit revolutionärem Elan zum Proletariat herabzusteigen, hat er sich zum Ausbeuter hinaufgewurstelt.« Hinabsteigen, denke ich. Dazu hatte er keinen Grund. Und so mittellos und kleinbürgerlich war er gar nicht. Zu Unrecht meckerten die Tanten: »Nicht einmal ein Nachthemd hat er in die Ehe mitgebracht!« Gleich mehrere waren es, mit Monogramm und lila Stickerei.

»Und was haben Sie mir über Ihre *mama mare dela Sibiu* zu sagen?«

»Über meine Großmutter? Was stellen Sie sich vor, *domnule Căpitan*?« entfährt es mir. »Daß meine *bunică*, die Gütige, etwas Unredliches tut, ist abwegig. Sie kann ja nicht einmal Rumänisch.«

»Schon das allein ist *trădare de patrie*.«

»Sie ist eine arme und bescheidene Frau.«

»Aber keine Proletarierin.« Nein, das nicht. »Denn sie hat Vorfahren.« Jeder Mensch hat das, denke ich verwundert.

»Umsonst kaprizieren Sie sich und schweigen. Wollen wir es, so müssen Sie reden. Doch ich versichere Ihnen, dies Gespräch ist privat. Ich beschäftige mich nämlich mit Ahnenforschung. Nur habe ich selbst keine. Unsereins kennt im besten Fall seinen Großvater.« Und stolz: »Ein echter Proletarier hat eben keine Ahnen. Dafür ist jeder von uns ein erster Vorfahre seiner Nachfahren.« Auch das habe ich verspielt.

»Was wiederum heißt, daß keiner von unsereins je etwas erbt. Zum Beispiel ein Klavier mit englischer Mechanik. Und keine naturgefärbten Teppiche aus Ägypten oder ein Dominospiel von Elfenbein.« Woher hat er das nur? Diese Sachen hatte bei uns der Großvater aus Ägypten mitgebracht. »Und keine Porzellane mit Delfter Motiven …« Eine zierliche Gießkanne hatte ich beim Domino mit Tante Herta gewonnen.

Der Kommissar hebt den Blick von den Papieren: »Und betrüblicherweise hat unsereins keinen Stammbaum vom Boden bis zur Decke. Somit fehlt das Objekt der genealogischen Forschung.« Ich ahne, was ich weiß.

Vor meinem inneren Auge drängen drei Herren ohne Vorfahren in das Zimmer von Tante Herta und der *mama mare* und durchsuchen alles, mit oder ohne Befehl. Der Oberst Antonese hat sich samt Kavalleriesäbel in der ehemaligen Mägdekammer verschanzt, während die pummelige Genossin Michalache im rosa Unterrock an der Tür lauscht. Die beiden Damen zittern wie Äolsharfen, Tante Herta mehr innerlich, die Großmutter unverhohlen. Doch bleiben sie reserviert: Mit gewissen Leuten redet man nicht und rumänisch sowieso nicht!

Der Kommissar sagt ernsthaft: »Außerdem reizt es mich, dem parasitären Leben der Adeligen nachzugehen, mich mit dem Charakter von Menschen zu befassen, die nie einen Finger rühren mußten und trotzdem etwas waren und alles hatten. Unsereiner muß schuften, um etwas zu sein, etwas zu haben. Mit solchen Herrschaften kommt einer wie ich kaum in Berührung – draußen nie, hier selten. Die meisten Bojaren sind geflohen. Und die es nicht geschafft haben, verhalten sich wie Kirchentüren, friedfertiger als unsere undankbaren Leute. Und sie lernen arbeiten. Zum Beispiel Ihre Fürstin Pálffy. Sie bäckt und kocht wie eine ihrer Schloßköchinnen.«

»Ich kann Ihnen absolut nicht nützlich sein.«

»Doch, doch.« Er zaubert eine Photographie hervor und hebt sie in die Höhe: das Porträt eines Mannes in ungarischer Aristokratentracht. Ich kenne das Bild: Bis zum Kommen der Russen stand es bei unserer Großmutter auf dem Trumeaukästchen. Nachher steckte sie es hinter den Spiegel, und nach der Vertreibung des Königs Michael I. wurde es für immer unsichtbar. Trotzdem haben sie es entdeckt. Also Hausdurchsuchung.

Eine Photographie auf steifem Karton, ausgefertigt im Salon Mártonfy Gy, Budapest, wie man sie in größerer Auflage bestellt und an Persönlichkeiten und teure Verwandte verschickt. Zu sehen ist ein Herr in Standestracht mit Verschnürungen über dem Dolman. In einstudierter Pose reckt er sich vor einer Landkarte mit der Aufschrift »Europe«. Dies Europa bedeckte eine ganze Wand in einem Arbeitszimmer mit Lüster, Konferenztisch und prunkvollem Schreibmöbel. In das Bild hineinkopiert ist ein ungarischer Text, der den Mann mit seinem Rang und Namen vorstellt.

»Wer ist das?« fragt der Kommissar an seinem monströsen Schreibtisch.

»Ein weitläufiger Verwandter«, gebe ich zu.

»Und der Text?« Der Tonfall verrät, daß er Bescheid weiß.

»Ich kann weder ungarisch schreiben noch lesen. Das wenige, was ich kann, habe ich von Gassenbuben in Szentkeresztbánya gelernt.«

»Dann klär ich dich auf«, sagt mein Ahnenforscher. »Staatssekretär im Außenministerium in Budapest ist er gewesen. Unter dem Faschistenführer Horthy – auch der ein stinkreicher Bojar, dazu ein Arbeiterfresser und Bauernschinder.«

»Mit dem Mann haben wir nichts zu tun.«

»Drehen Sie die Photographie um! Lesen Sie!« Ich lese:
»Meiner teuren Cousine Bertha de Sebess in Nagyszeben-
Hermannstadt, 1928, in Treue Obiger«. Der Name des Obi-
gen: Dr. zilahi Zilahi-Sebess Jenö.

Von den vielen Namen und Prädikaten hatte der Vater
meiner Großmutter – in Hermannstadt verbürgerlicht und
eingedeutscht – allein Sebes beibehalten, Franz Sebes, ohne
von und de und ohne Prädikate und ohne das letzte s. Name,
Titel, Güter waren in unserer Linie dahin.

Ich sage trotzig: »Und überhaupt! Der Vater meiner Großmutter ist Fleischhauer gewesen.«

Dem Jäger sage ich später ins Ohr: »Die sind imstande und
sperren meine Großmutter ein.« Er rät: »Sag dem *Căpitan*
alles, was du über Ahnen und Adelige weißt. Deiner *mama
mare* passiert nichts, bei Gott. Aber über dich ärgert er sich.
Hast du nicht erwähnt, daß einer von deinen noblen Onkeln
als armer Hund gestorben ist?«

»Im Siechenhaus. Mein Urgroßonkel.«

Der Bruch in seinem Leben, den dieser Urgroßonkel Franz
Karl Hieronymus Sebess de Zilah nicht verwinden konnte,
war die dritte Scheidung. Das geschah, nachdem es ihm und
seiner geliebten Pauline nicht gelungen war, mitten im Karneval den Tod zu überlisten und mit diesem davonzutanzen
auf das ewige Tanzparkett des siebenten Himmels, als Pierrot und Pierrette. Nachdem ein Veterinär die aufgeschlitzten
Adern am Handgelenk recht und schlecht zusammengeflickt
hatte, kehrte er nach Hermannstadt zurück.

Für eine vierte Frau reichte weder der Elan noch die Lust.
»Nach meiner Pauline nie mehr niemand!« Doch ein Herr
vom Scheitel bis zur Sohle blieb er auch weiterhin: Als er
seinen Siegelring versetzt hatte, ließ er sich sofort einen aus
Weißblech anfertigen, mit eingestanztem Wappen. Distinguiert
selbst, als er in Holzpantinen durch die Straßen schlurfte.
Elegant bis zuletzt, wo er in Socken herumlief. Und wohlgelitten auf den Straßen und Plätzen von Hermannstadt. »Sich
solidarisieren, ohne zu fraternisieren, das ist das Geheimnis
und die Kunst!« Ein Liebling der Kinder und Hunde, der

Dienstmädchen und Pfarrfrauen. »Unser Stadtbaron«, hieß es respektvoll und zärtlich. Den Bittstellern schrieb er Bettelbriefe an die Obrigkeit und den Soldaten die Liebesbriefe an die Bräute, in drei Sprachen. Im Friseurladen vom H. Hemper schräg vis à vis vom Bischofspalais, im Eckhaus zum Großen Ring, hielt er Sprechstunden, verfaßte die Schreiben. Das beflügelte das Geschäft des Friseurs: Manch einer der zottigen Klienten fühlte das Bedürfnis, die Haare zu schneiden. Meister Hemper legte sich einen Lauskamm zu. Schlag zwölf packte Karlibuzibácsi seine Schreibgarnitur aus Alabaster und Silber, das einzige Erbstück von einst, in die neueste Zeitung und ging zur Armenküche.

Als er sein letztes Dach über dem Kopf verloren hatte und sich im hohlen Brückenpfeiler einrichtete, schritt die Familie ein. Man erinnerte sich, daß er trotz allem ein Sebess de Zilah war. Der Chef der Familie verfügte in einem Schreiben mit Siegel und Wappen an den Rat von Sibiu, daß man den Karlibuzi Sebess alias Ferenc Károly Hieronymus Zilahi etc. in das Siechenhaus einweisen und dort behalten möge. Auf Kosten des Bruders Dr. János Jenö Zilahi in Budapest.

Leicht gesagt, schwer getan. Gute Worte fruchteten nichts. Es kam zu einer Schlacht zwischen den Tippelbrüdern, die sich in ihrer Festung im Brückenpfeiler verschanzt hielten, und den Hundefängern, die der Rat eingesetzt hatte. Die Stadt war in Aufruhr. Während der drei Tage Belagerung spazierte jeder Bürger vorbei, die Gaffer rührten sich nicht vom Fleck.

Die Hundefänger, die zum Stadtbild von Hermannstadt gehörten wie die Elektrische, Zigeuner mit Spezialausbildung, jagten sonst mit ihren Drahtschlaufen hinter den herrenlosen Hunden her, gehetzt ihrerseits von tierliebenden Damen der besseren Gesellschaft, die ihnen mit Sonnenschirmen, Brieföffnern und Stricknadeln zu Leibe rückten.

Am dritten Tag gelang es einem der Schinder, den Pfeiler hinaufzuklettern. Er warf die Drahtschlinge durch die Luke und erwischte den Edelmann am Fuß. Zwar griffen die Tippelbrüder ihm unter die Arme, aber sie waren nach diesen drei Tagen kampfesmüde und ausgelaugt und scharf auf einen feurigen Tropfen. Sie gaben nach, ließen den Verfolgten fahren.

So wurde mein Urgroßonkel aus dem Versteck geholt und im Hundekäfig zum Siechenhaus gefahren, ein Herr und Aristokrat selbst in dieser Stellung. Barfuß und mit zerkratzten Knöcheln, aber im Anzug mit Fliege und Monokel lächelte und winkte er hoheitsvoll aus seinem Drahtverlies. Eine große Menge Volks gab ihm mit Protestgeschrei und Hurrarufen das Ehrengeleit. Die halbe Unterstadt war auf den Beinen. Steine flogen, die Schinder mußten sich ducken. Im Galopp ging's zum Siechenhaus unter der Stadtmauer. Dort empfing ihn der Armenvater Robert Zalman, ein ausgedienter Feldwebel, half salutierend dem Stadtbaron aus dem Käfig und vom Wagen und geleitete den geschundenen Mann in seine Kanzlei, wo er ihn mit einem Cognac Napoléon stärkte. Das Zimmer und den Kumpan durfte der neue Insasse selbst aussuchen. Er wählte das nasseste gegen Norden, zum Andenken an die feuchtfröhliche Zeit unter der Zibinsbrücke. Und als Kollegen einen Kriegsveteranen ohne Bein: »Dann bleibt mehr Platz zum Atmen in diesem Loch.«

Selbst im Siechenhaus hatte sich die Erneuerung der Zeit nach der Befreiung 1944 ausgewirkt. Statt zwei waren es nun vier, die in den gewölbten Zellen aus dem 13. Jahrhundert hausten. »So können sie besser Karten spielen«, meinten die Oberen. Und der neue Geist der Genossenschaftlichkeit würde gestärkt werden. Das nächste war eine einheitliche Kluft: Man steckte sie in die ausgemusterten braunen Uniformen der ehemaligen königlichen Polizei, die jetzt Volksmiliz hieß und sich russischblau gab. Auch sonst wurden sich die Männer ähnlicher und ähnlicher, indem sie die gleiche verschreckte Miene aufsetzten, als bäten sie um Verzeihung, daß sie noch auf der Welt waren. Im Eßsaal hing sinnigerweise die Losung: »Wer nicht arbeitet, soll auch nicht essen.« Verschwendete ein Außenstehender einen Blick an die Alten, so schlugen sie demütig die Augen nieder, als hätten sie keinen Namen, und verdrückten sich hinter verschimmelte Türen.

Anders Onkel Karlibuzi: Er trug die lästige Uniform mit

Eleganz, hielt den Kopf hoch und blickte über alle hinweg, selbst über den Genossen Direktor. Dem war das Monokel des Onkels ein Dorn im Auge. Als sein Verbot, es zu tragen, nichts fruchtete – »Verstehst du nicht, du alter Scheps, dieser runde Scherben kränkt die Arbeiterklasse!« –, schlug er ihm das Glas aus dem Gesicht. Es zerbrach. Das traf ärger, als wenn man dem Onkel die klobigen Schuhe mit den Holzsohlen weggenommen oder das Gebiß zerbrochen hätte. Er wurde wunderlich, verließ kaum noch sein Gewölbe. Daß er bald sterben würde, ersahen die erfahrenen Mitgenossen daraus, daß er seine Habseligkeiten unter dem Strohsack zu verstecken begann und sich von seinem Bett kaum wegrührte. Und daß er viel mit Abwesenden und Toten redete.

Meine Großmutter und ich, damals Schüler an der Brukenthalschule, besuchten ihn. Er lag auf einem Eisenbett. »Nehmt Platz«, sagte er und wies auf den Holzkoffer, daneben eine Prothese lehnte. Zwei Gestalten lümmelten auf ihren Betten. Das vierte war leer. »Weg mit euch, ihr Purligaren! Seht ihr nicht, Herrschaften sind zu Besuch!« Und zu mir: »Was weißt du über das Wasser, junger Mann?«

Ich dachte nach: »Daß es keine eigene Form hat und sich ausdehnt, wenn es unter plus vier Grad abkühlt.«

Er musterte mich mit Augen, davon das linke groß und rund war. »Gut. Und wenn dem nicht so wäre, was dann?«

»Das Eis würde auf den Grund sinken.«

»Und die Folgen?«

»Im Winter würden die Fische, ja alle Tiere in den Gewässern eingehen, erfrieren, sterben.«

»Die Bäume sterben stehend«, sagte er und schloß die Lider. Und starrte uns trotzdem mit Stielaugen an, daß wir entgeisterte Blicke tauschten. Was war das? Während sie ein Glas Pfirsichmus und ein Schüsselchen *salade de bœuf* aus dem Zecker auf den Tisch räumte, fragte meine Großmutter: »Was ist mit deinen Augen, Onkel Karli?«

»Ach«, sagte er, »Rache, Sabotage« und sah uns mit den echten Augen an. »Ich hab' mir künstliche Augen aufmalen lassen, will mich rächen an dem dort oben.« Er wies durch den Plafond zur Direktion. »Der hat mir das Monokel zerschlagen.« Und mit einer Geste rundum: »Auch will mich das Geschmeiß hier bestehlen. So weiß ich alles, selbst wenn ich schlafe.«

»Wie sich rächen«, fragte ich.

»Weißt du, Bub, alle dem da oben seine Angestellten haben sich ebenfalls Augen auf die Lider gemalt. Und so schlafen sie im Dienst, ohne daß er es merkt – der Lump!«

»Und wo ist die Sabotage?« fragte ich

»Attrappen von Augen – wenn das Schule macht im ganzen Land, dann gebiert das ein Heer von Nichtstuern. Alle tun dann nur noch so, als ob sie arbeiten würden, und der Staat wird unterminiert, das Regime kommt zu Fall ...« Er machte eine Kunstpause: »im Schlaf!«

Karlibuzionkel schloß die echten Augen für immer, ohne daß jemand es bemerkte, denn es starrten einen die Überaugen an. Wie war das gekommen? Einfach so! Um in seinem Verlies mehr Raum zum Atmen zu schaffen, hatte er die Beinprothese des Bettnachbarn mit zuviel Schwung zum Fenster hinausbefördert. Mit demselben Schwung griff er sich nun an die linke Schulter: »Luft!« Und war tot. Zum ersten und letzten Mal verunzierte ein zorniges Lächeln sein Gesicht. Unter dem Kissen fand man das Schreibzeug aus Silber und Alabaster und verschrumpelte Kastanien die Fülle. In dem ungarisch gefaßten Geburtsschein entzifferte der Genosse Direktor Napoleon Boambă mit Mühe den komplizierten Namen.

Doch ehe man den Onkel am dritten Tag auf den Zentralfriedhof verscharren konnte, traf ein Telegramm ein aus Mayerling bei Wien, unterzeichnet vom Chef des Hauses: Man möge mit der Beisetzung warten. Etwas später kam eine Valutaanweisung an die *Banca Populară Sibiu* über eine beachtliche Summe für ein Begräbnis Erster Klasse, was in den volksdemokratischen Zeiten nicht mehr statthaft war. Der Direktor und Parteisekretär war außer sich. Woher wußte man im kapitalistischen Ausland vom Tod eines Heiminsassen? Irgendein bezahlter Spion mußte im Siechenhaus hocken! Die Partei dämpfte die Empörung des Genossen: Flossen Dollars ins Land, war dem Sozialismus gedient.

Onkel Karlibuzi wurde einbalsamiert und in der ehemaligen Spitalskirche im Hof des Siechenhauses auf Eis gelegt. Die Kirche war seit dem Kommen der Russen aller liturgischer Verbrämung entkleidet worden. Und bot sich ideal als Depot an, als Abstellraum für allerhand. Hier wurden in der eisigen Krypta der Mönche die Toten bis zum Abtransport aufbewahrt. Hier wartete der Universalsarg, die Erfindung eines *inovator socialist*: unten eine Klappe, die sich öffnete, wenn der Sarg in der Grube den Boden berührte. Der Tote, eingehüllt in sein letztes Leintuch, kam auf die Erde zu liegen, nach oben abgedeckt von einem Brett mit vier Füßen, das ebenfalls aus der Totenlade rutschte. Dann zog man das Sarggehäuse herauf, schloß die Klappe unten. Die Lade war sofort und neuerlich einsatzfähig. Ein Alptraum für die alten Männer und Frauen, diese ordinäre Innovation, die pro Beerdigung den Staat bloß ein schäbiges Brett kostete.

Im kühlen Kirchenraum stapelte der Genosse Direktor in verschlossenen Bottichen den Privathonig. Und hier lagerte in geräumigen Bassins, ebenfalls in seiner Verantwortung, der Staatshonig.

Weiters wurden in diesem Kultraum die Insassen zu Huldigungssitzungen an die Partei versammelt, wie auch zum politischen Unterricht über Strategie und Taktik der Partei beim nächsten Fünfjahresplan, zu Vorträgen über die neuesten Methoden in der sozialistischen Viehhaltung und der Spezialgymnastik bei Schwangeren.

Und hier wartete Karl Sebess unbeteiligt der Dinge, die da kommen sollten. Obwohl der Genosse Direktor, mit einem Mal seltsam weichherzig gestimmt, mehrmals am Tag vorbeischaute, um den steinernen Gast auf dem laufenden zu halten über das Neueste: zum Beispiel, daß kein weiteres Telegramm aus Austria eingetroffen sei, aber Gelder für mindestens sechs Begräbnisse, wenn nicht mehr.

Zum Begräbnis mußte ein verblichener Leichenwagen aufgemöbelt werden, den die Partei als mystisches Relikt aus dem Verkehr gezogen hatte. Untersagt war das Geleite im Trauerzug durch die Heiminsassen. Aus dem Hintergrund dirigierte ein Herr in Dunkelgrau, der sich beim Händefalten zum Gebet als Ungläubiger verriet.

Vor dem Kondukt, gezogen von vier requirierten Acker-
gäulen mit schwarzen Schabracken, schritt der Stadtpfarrer
Alfred Herrmann in Person, der es mit der Armseligkeit hielt.
Zu beiden Seiten des Leichenwagens stampften vier Milizionäre wie eine Ehrengarde; sie zupften manchmal linkisch
an den Schleifen der Kränze, auf denen die Geographie der
kapitalistischen Welt aufleuchtete. Sechs uniformierte Leichen-
träger mit Zweispitz und in knöchellangen Mänteln gehörten
dazu. An den scheißteuren Schuhen erkannte das gemeine
Volk, wer sie in Wahrheit waren. Die Leute sparten nicht mit
Buh- und Pfuirufen und bewarfen sie mit Kletten und Disteln
und Eierschalen und Paprika.

Hinter dem Wagen mit den Glaswänden folgte allein meine
Großmutter, nachdem sie sich vor dem Milizwachtmeister
als des Toten rechte Nichte legitimiert hatte. Mich hatte der
Milizionär mit der Bemerkung weggeschoben: »Der dein Urgroßonkel? Sowas gibt es nicht. Man muß froh sein, wenn
man sich an den eigenen Großvater erinnert.«

Das Gelichter der ganzen Unterstadt stand Spalier: aben-
teuerlich adjustierte Frauen mit zerfransten Florentinerhüten,
Zigeunerinnen mit bloßen Brüsten, an denen braune Kinder
sogen, Männer noch und noch. Und dann die namenlosen
Anständigen. Statt des grünen Müllautos, umhüllt von etwas
schwarzem Flor, mit dem man neuerdings die Leichen zum
Friedhof verfrachtete, war alles wie einst. Das Volk konnte
sich vor Glück nicht fassen. Klatschte Beifall, war des Lobes
voll. Die Leute weinten und jubelten in den drei Landessprachen. Und spürten: Nicht nur die gute alte Zeit war dahin, auch ihre Zeit ging zu Ende. Schon begann man in der
Stadt und im Land Jagd auf Asoziale und Arbeitsscheue zu
machen. Und nicht die Schinder, die Milizionäre fingen sie
ein wie streunende Hunde.

Über den Leichenwagen ergoß sich ein Regen von Rosen.
Die hatten sie aus dem Stadtpark gepflückt. Als ein beherz-
ter einäugiger Invalide schrie: »Es lebe Herr Karlibuzi, unser
Wohltäter, der Stadtbaron und Bettlerkönig von Sibiu, der
letzte Ritter unserer teuren Volksrepublik«, da kannte der
Jubel keine Grenzen. Man reichte sich geschwisterlich die

Hände und tanzte um den Leichenwagen. Gut, daß die Pferde Scheuklappen trugen und der Zug eben am Hermannsplatz angekommen war, am Ende der Strada I.V. Stalin. Dort wartete das Kutschkupee, in das ich zur Großmutter und dem Herrn Stadtpfarrer zustieg. In diesem Augenblick waren die Volksmilizionäre und Leichenbewacher samt dem Mann in Grau verschwunden auf Nimmerwiedersehen.

Der Jäger sieht mich strafend an: »So, wie du die Geschichte bringst, kannst du sie dem *Căpitan* nicht präsentieren. Wir müssen sie glattstreichen. Übrigens bist du weit entfernt von einem klassenbewußten Genossen.« Ich antworte gereizt: »Das ist die Wahrheit. So wird die Geschichte erzählt.«
»Wahrheit, das ist eine Sache der Ideologie«, sagt der Jäger. »Ihr Genossen habt kein Sensorium für Humor. Ihr müßt alles verstümmeln, daß es in irgendeine ideologische Matrix paßt.« Aber er hat recht. Hatte ich mir nicht vorgenommen, mit eisernem Willen darüber zu wachen, daß ich nur noch Gedanken und Erinnerungen aufrufe, die sich hier sehen lassen können? Mein sozialistisches Bewußtsein ist verwundbar.
Immer wieder bitte ich den Jäger, mit mir Rote Handschuhe zu spielen, um in der kalkweißen Zelle etwas Rotes zu haben, an dem ich mich aufrichten kann. Du legst deine Hände unter die Hände des Gegners, Handteller zu Handteller. Der mit den Händen unten schlägt zu, indem er blitzschnell seine linke oder rechte Hand auf den Handrücken des andern niedersausen läßt. Der muß genauso rasch die Hände wegziehen. Wird die Hand getroffen, geht das Spiel in der alten Weise weiter; geht der Schlag ins Leere, wird getauscht. Klatscht aber die Hand des Geschickteren auf den Handrücken, entstehen rote Flecken, die sich bald zu roten Handschuhen auswachsen. Mit dem Jäger war es jedesmal so: Im Nu hatte ich meine roten Handschuhe weg – und Tränen in den Augen.
Am nächsten Tag lege ich dem Kommissar den stilgerecht präparierten Ahn vor, in der Hoffnung, daß er ihn in seine Sammlung aufnehmen wird und ich durch diese Lumpenge-

schichte die proletarischen Qualitäten meiner Familie auf-
bessern kann. Doch mit einer verächtlichen Handbewegung
wischt der Mann ohne Ahnen Edelmann und Geschichte
weg: »Der da ist weder ein echter Bojar noch ein wahrer Proletarier. Vielmehr ein deklassiertes Subjekt, ein Lumpenpro-
letarier.« Und droht: »Das sind die nächsten, die liquidiert
werden. Und nun an die Arbeit!«

23

Bis auf einen Stoß vorgedruckter Vernehmungsprotokolle
ist der Schreibtisch des Hauptmanns leer. Alle geometrischen
Konstruktionen sind verschwunden.

Als erstes sagt er: »Vergessen Sie nicht: Wer nicht für uns
ist, ist gegen uns. Zum andern: Jeder, über den wir Sie ausfragen, trägt Schuld daran, daß Sie hier sind. Und schließlich:
die Genannten haben ihr Schicksal selbst verschuldet.«

Wer wird der erste sein, den es als Staatsfeind zu definie-
ren gilt?

Hugo Hügel ... Genau und ausführlich beantworte ich alle
Fragen, mit fast feierlichem Ernst. Frage und Antwort reichen
sich in schnellem Wechsel die Hand. Systematisch, von der
ersten Begegnung im Hotelbett in Bukarest bis zu seinem letzten Handschlag im November 1957, nachdem ich in Stalinstadt im Literaturkreis gelesen hatte, diktiere ich seine staatsfeindlichen Äußerungen und Aktivitäten in die Feder des
Kommissars. Nichts mehr muß ich für mich behalten. Nie
mehr muß ich mich vor diesen Leuten fürchten und verstecken. Und mit jedem Satz trenne ich mich von mir selbst
und meiner leidigen Vergangenheit.

Manchmal höre ich die Großmama ratlos sagen: »Mein
Bub, das sind Indiskretionen, sowas plaudert man nicht aus!«
Doch ihre Welt vergeht. Bald sprudelt es aus mir, daß der
Kommissar kaum nachkommen kann.

Hugo Hügel bin ich nur siebenmal begegnet. Aber unter
der fachmännischen Führung des Kommissars reicht es für

eine seitenlange Niederschrift. Wobei mir die Augen aufgehen, wie sich selbst hinter gängigen Äußerungen und harmlosen Handlungen gemeingefährliche Absichten verbergen können.

Wenn ich dann am Ende, zu Mittag oder gegen Abend, das Protokoll durchlese und jede Seite anstandslos signiere, kann ich mit gutem Gewissen eigenhändig die verordnete Schlußformel hinschreiben: »Ich habe die Wahrheit und nur die Wahrheit gesagt, von niemandem gezwungen.«

Es ist der nämliche Hugo Hügel wie vor einem Monat, es sind die gleichen Fragen und Anklagen wie damals. Aber indem derselbe Mensch in neue Worte gefaßt wird, verwandelt er sich in einen anderen. Gib den Erscheinungen neue Namen, und sie wechseln ihr Wesen. Doch dem nächsten Satz, der sich aufdrängt, verweigere ich mich: Somit bestimmt das Bewußtsein das Sein. Ich will mit aller Gewalt der neue Mensch sein, und nur der. Hugo Hügel wird zusammengestrichen zu einem Schemen regimefeindlicher Details. Er verliert sein Gesicht, ich muß ihn nicht mehr lieben. Und er wird austauschbar. So wie mit ihm ergeht es mir mit jedem, nach dem ich in sterotypen Formeln gefragt werde.

Daß Hugo Hügel mich als trostlosen Flüchtling aufgenommen hat, damals im November 1956, ich habe es nicht vergessen. Daß er mir Gedichte von Weinheber vorgelesen hatte, um mein verstörtes Gemüt zu beruhigen – ich weiß es, sind mir doch ganze Verszeilen geblieben. Aber verwahrt wird allein die Geste, daß er mich mit den Versen eines Dichters aufrichten wollte, der das Kommen der Russen nicht als Befreiung feierte, vielmehr aus Abscheu vor den Befreiern Selbstmord beging. Das ist der springende Punkt, und ich freue mich, wie gut der neue Mensch in mir funktioniert.

Stocke ich – denn auch der Kommissar ist derselbe von vorher, einer, der mich monatelang wie einen elenden Hund behandelt hat –, dann hilft er verständnisvoll nach. Sie besäßen bereits ein genaues Bild von diesem Hugo Hügel und eine ausgiebige Liste seiner Delikte. »Wie bereits gesagt, er ist das Produkt einer betont faschistischen Erziehung. Was man in den sieben Jahren zu Hause und später in der Schule mitbekommt, bleibt an einem kleben. Das hat schon der große Makarenko gesagt.« Ob ich den kenne? Wie nicht!

Ich gebe um der Genauigkeit willen zu bedenken, daß die richtige ideologische Indoktrinierung den Menschen verändern könne. Das habe nicht nur der große Makarenko, sondern auch der noch größere Lenin behauptet. Da der Kommissar meine Einlassung nicht in den Akten festhält, ist sie aus der Welt geschafft. Erst jetzt verstehe ich den Großvater: *Quod non est in actis, non est in mundis.*

Der Kommissar legt mir einen Brief Hugo Hügels vor. Ob ich zugebe, der Adressat zu sein? Gewiß. Es ist derselbe Brief, den der *Căpitan* mir bereits in der Zeit der turbulenten Vernehmungen unter die Nase gehalten hat. Damals hatte ich den Inhalt verniedlicht und Hugo Hügels Regimetreue leidenschaftlich verteidigt.

Der Kommissar geht zum Schreibtisch, notiert im Vernehmungsprotokoll, daß ich der Adressat bin, und fährt fort: Ob ich zugebe, daß der Autor in dem genannten Brief den Schlüssel zum Verständnis der Novelle *Der Rattenkönig und der Flötenspieler* liefere? Und weiter, daß der Verfasser ebendort die sächsische Bevölkerung im Burzenland gegen das Regime aufgewiegelt habe? Zwei Fragen auf einmal, das ist methodisch unzulässig. Es sei denn, daß eine Antwort genügt. Hier genügt eine. Ich muß nur ja sagen. Und ich sage: »Ja.« Doch wage ich einzuwenden – wobei es mir nicht um Hugo Hügel geht, sondern um die Pflicht zur Sorgfalt –, geschehen sei nichts. Selbst während der Konterrevolution in Ungarn habe kein sächsischer Bauer zur Heugabel gegriffen und Parteiaktivisten damit behelligt.

»Intenţia este ca şi fapta.« Die Absicht ist wie die Tat.

»Kennen Sie noch Bücher des gleichen Autors mit doppeltem Boden?« Sehr wohl. Über *Die Heldentaten des Jungpioniers Jupp* hatte Hugo Hügel bemerkt, wie spielend leicht ihm das Schreiben gefallen sei. »Ich habe bloß einem Hitlerjungen eine rote Krawatte umgehängt.« Und lachend: »Alles, was wir seinerzeit in der Hitlerjugend getrieben haben, steckt in dieser Geschichte drin. Die Dummköpfe vom Jugendverlag haben auch dies Buch gedruckt.«

Der Kommissar fährt im Verhör fort: »Von welchen antisemitischen Äußerungen Hugo Hügels haben Sie Kenntnis?« Ich überlege: Bukarest, Hotel Union: »Diese Juden mit ihrem zersetzenden Intellekt haben die Doppelbödigkeit meines *Flötenspielers* durchschaut.« War noch etwas? Der Kommissar holt einen zweiten Brief Hügels hervor, an mich gerichtet, die Übersetzung in Maschinenschrift ist beigefügt. Hügel warnt, ich möge mich ja nicht mit dem Staatsverlag für Kunst und Literatur gemein machen, der sei von Juden verseucht.

Alles bereits Gesagte wird noch einmal und noch einmal durchgekaut, um Abweichungen oder Ungereimtheiten aufzuspüren. »Wer lügt, muß ein gutes Gedächtnis haben«, werde ich gewarnt. Und pedantisch wird jedesmal nachgefragt, ob mir nichts weiteres eingefallen sei.

»Nein.«

»Das ist zuwenig. Auch wenn wir schon alles wissen …«

»Will man noch mehr wissen«, ergänze ich zuvorkommend. Und sage sanft: »Soviel, so wenig.« Begreifen mögen sie, daß es mir mit tödlichem Ernst um die Sache des Sozialismus zu tun ist. Damit wird Hugo Hügel ad acta gelegt und ist für immer Bestandteil der *Securitate*.

Und so geht es weiter. Aus Wochen werden Monate. Jegliche Glaubenszweifel sind abgestellt, ich fühle mich eins mit dem Matrosen Matrosow, dem Jungkommunisten Vasile Roaita und geschwisterlich nahe der Komsomolzin Zoja.

»An die Arbeit«, heißt es jedesmal zum Auftakt. Schon daß eine verbindliche Arbeitszeit eingehalten wird, rechtfertigt die Benennung. Gearbeitet wird am Vormittag zwischen Frühstück und Mittagessen, ausnahmsweise auch bis gegen Abend, nachmittags zweimal die Woche an den Amtstagen – und nie mehr in der Nacht. Für mich läuft das bequemer ab als für meinen Kommissar. Er muß ins Haus kommen, ich bin schon da.

Ich beantworte alle Fragen nach bestem Wissen und Gewissen. Ob wir zu zweit waren, der Beschuldigte und ich, oder andere zugegen, ich reihe alles, was er von sich gegeben hat, fein säuberlich aneinander, Wort für Wort mit besorgter Genauigkeit. Inwieweit das Ausgesagte von Wert ist, mag der

Offizier herausfinden. Manchmal erinnere ich mich an den Rat des Vaters, den er uns nach der Konfirmation unter vier Augen erteilt hatte: »Geratet ihr dorthin, womit jeder von uns rechnen muß, nie alles sagen. Wenn nötig, einiges herauslassen, doch verschweigen, das sei die Parole.« Ich mache es umgekehrt: Einiges lasse ich unerwähnt. Des Vaters anderen Ratschlag – »und wenn kein Dritter beim Gespräch dabeigewesen ist, alles für sich behalten, was den andern belasten könnte« – beherzige ich selten. Das neue Gewissen bildet eine verläßliche Zensur.

Die Angelegenheit mit meinem Bruder Kurtfelix bringe ich noch nicht aufs Tapet. Verbal habe ich die Falschaussage über ihn zurückgenommen, jetzt aber will ich es schriftlich machen. Und über die Sache mit den Studenten hat sich der Schleier des Vergessens gebreitet. So hoffe ich.

Immer wieder werde ich über einheimische Autoren verhört. Wenn das mit dieser Geruhsamkeit weitergeht, wird es über ein Jahr dauern, bis wir mit ihnen fertig sind.

Schwierig wird es, wenn sich bei manchem mit dem besten Willen kaum etwas Schlimmes sagen läßt. Ich habe nahezu ein schlechtes Gewissen: als ob ich schuld wäre, daß ich zuwenig Abträgliches über den Verdächtigten weiß oder daß es sich anscheinend um anständige und loyale Menschen handelt.

Getz Schräg … In sechs Wochen gelang es ihm, einen Familienroman zu schreiben, *Da niemand Herr und keiner Knecht*, vierhundert Seiten jüngste Sozialgeschichte der Siebenbürger Sachsen, worin der Mythos von der klassenlosen Gesellschaft zerpflückt wurde. Seine *Ode an Stalin*. Das alles führe ich an, doch zu Papier gebracht wird es nicht.

»*Ode an Stalin?*« meint der Kommissar und gähnt. »Das bringt jeder Aktivist zustande. Sowas lernt man in Bukarest auf der Fachschule für Poeten ›Vasile Roaita‹, nicht anders, als wenn man Bäcker oder Dreher wird. Außerdem ist Stalin nicht mehr Stalin. Nur der Name ist geblieben.«

Unmöglich, daß Schräg, der *in Reichul german* studiert habe, nie etwas Regimewidriges entschlüpft sein sollte. »Wollen Sie in die alte Krankheit zurückfallen und aus Staatsfeinden Heilige machen?« Das will ich nicht. »Du warst bei Schrägs zu Hause, hast dort gegessen, geschlafen. Damit weißt du alles.«

Ich sage: »Das Wasser, das wir getrunken haben, es war braun von Rost. Die Handpumpe stammte aus der Zeit der k. u. k. Monarchie.« Das interessiert den Mann nicht.

So erinnere ich mich anders herum. Erinnere mich an einen Besuch mit Annemarie und Herwald bei Getz Schräg in Kreuzberg, wo er an der Volksschule den Dorfkindern deutsche Literatur schmackhaft machte. In der guten Stube las er uns preziöse Gedichte vor, pure Poesie, nicht für und nicht gegen das Regime, wenn auch mit grüner Tinte auf Pergament gezeichnet und versehen mit gotischen Majuskeln. Eines schlug aus der Art: Von einem rotgekochten Krebs ging die Rede, der tolle Dinge vollbrachte. Ohne daß der Dichter es aussprach, wußten wir, daß es ein Parteiaktivist war, der in seiner roten Tunke schmorte und nichtsdestotrotz bei bester Laune blieb. Keiner von uns verlor ein Wort darüber. Während der Dichter las, stand hinter seinem Stuhl ein Kind, ein lockiger blasser Zwerg, der ihm im Rhythmus der Reime mit dem Pracker auf das Haupt klopfte. Was der Vater nickend und deklamierend quittierte.

Diese Parabel vom Krebs, die kommt beim Kommissar gut an, das wird aufgeschrieben.

Nach einigen Stunden Verhör bin ich todmüde, es wird mir oft schwarz vor den Augen, der Kopf sinkt nach vorne. Im Hirn entsteht Durcheinander, kaum daß ich noch ungehörige Gedanken und Erinnerungen abwehren kann. Der neue Mensch ist nicht auf einmal da. Der Kaffeeabsud am Morgen mit einer Scheibe Palukes schafft es nicht mehr, daß ich meinen Mann stehe. Sonderbar: Mit der gleichen Brühe im Magen habe ich mich vorher monatelang zur Wehr gesetzt. Es ist, als ob bei jedem Wort über einen Menschen, selbst wenn es wahr und richtig ist, ein Stück von meiner Existenz vergeht und ich an Schwere verliere. Irgendwann wird mich ein Windhauch durch den Maschendraht des Fensters hinausziehen.

Bereits als mich der Begleitsoldat einige Tage darauf ins Zimmer schiebt, spüre ich: Es riecht nach Menschen. Als ich auf Befehl die Brille abstreife, erschrecke ich vor den vielen gleichförmigen Gesichtern. Der Raum ist gesteckt voll mit Offizieren wie am ersten Tag der Verhaftung, als mich eine Meute von Männern aus bleiernen Augen fixierte. Der Kommandeur fehlt. Dafür tritt Major Alexandrescu mit den struppigen gelben Brauen aufgeräumt an mein Tischchen, als habe er lange auf diese Begegnung gewartet. »Gut, daß Sie gekommen sind. Wie geht es? Was machen Sie?«

»Danke der Nachfrage.«

»Wir haben uns gedacht, Sie könnten uns über Rosenbergs *Der Mythus des 20. Jahrhunderts* einen Vortrag halten. Noch genauer, wie die faschistische Ideologie gewisse gesellschaftliche Phänomene interpretiert, für die uns der Marxismus präzise wissenschaftliche Erklärungen zur Hand gibt. Daß wir ein Machwerk wie den *Mythus* nicht lesen, das werden Sie verstehen. Dafür ist unsere Zeit zu kostbar. Nicht einmal Hitler hat mehr als die ersten Seiten geschafft. Sie aber haben das Buch studiert. Wort um Wort. Noch als Schüler im *Liceu Mixt German*, Sie erinnern sich? In ihrem *jurnal* haben Sie seitenlang darüber referiert. Das ominöse Buch haben Sie im Schülerinternat, hier vis à vis« – er weist mit der Hand zum Fenster hinaus –, »unter dem Strohsack versteckt gehalten. Wir wissen alles. Aber wir wollen noch mehr wissen.« Er tritt weg, nimmt hinter dem Schreibtisch Platz. »Und nun legen Sie los: Zum Beispiel, wie erklärt dieser Rosenberg den Frühkapitalismus in Norditalien? Warum dort und nicht im Süden? Sie wissen, was Engels dazu sagt.«

Das weiß ich. Und weiß auch, was Rosenberg dazu sagt. Nur fällt es mir nicht ein. Ich muß mich sammeln. Der alte Mensch, nein, der alte Adam, den ich meinte, ersäuft zu haben, er regt sich. Was steckt dahinter, wenn die sich von mir belehren lassen wollen? Nehmen sie mich ernst oder stellen sie mir eine Falle?

Um Zeit zu gewinnen, klammere ich mich an Engels: »Die raschere Entwicklung der Produktivkräfte, die Handelswege, die sich hier kreuzen zu Lande, zu Wasser ...«

»Das wissen wir. Was sagt die faschistische Ideologie?«

»Rosenberg behauptet, durch die Landnahme der Lango-barden – ein Volk der germanischen Rasse – hätten sich die kulturellen und wirtschaftlichen Verhältnisse schon früh verändert und zum nachhaltigen Aufblühen dieses Landstrichs beigetragen. Ähnlich wie in Ägypten der Sonnenkult unter Echnaton nur so seine Erklärung findet …«, ich korrigiere mich sofort, »von Alfred Rosenberg so erklärt wird, daß ein lichthungriges Volk aus nördlichen Breiten dort eingedrungen sei. Das aber könnten nur die Germanen gewesen sein, meint Rosenberg, für die Sonne und Licht nicht nur lebenswichtig waren, sondern ein kultisches Ereignis bedeuteten …«

Der Major fällt mir ins Wort: »Also Sie meinen, wenn die Germanen, diese Übermenschen, nicht in die Pad-Ebene gekommen wären, dann wäre hier alles beim alten geblieben?«

»Nicht ich, sondern Rosenberg.«

Er sieht mich mit funkelnden Augen an. »Diese Theorie von der Überlegenheit der Deutschen ist die gleiche, die ihr Sachsen euch zurechtgelegt habt: Wärt Ihr nicht nach *Transilvania* eingewandert, turnten wir Rumänen noch auf den Bäumen herum oder fristeten als Hirten im Gebirge unser Dasein.« Und schneidend: »Mein Blut ist genauso rot wie das vom Genossen Mao-tse-tung oder dem Genossen Patrice Lumumba! Oder das vom *domnul* Rosenberg. Sieh her!« Er schiebt den Ärmel hinauf, lacht schauerlich auf. Ich sehe sein Blut blau am Handgelenk pulsieren.

»Sie haben gefragt, ich habe geantwortet.« Ich gebe mir einen Ruck. »Der Faschismus ist keine Theorie oder Philosophie. Sein Ursprung liegt im Individuum. Es ist eine bestimmte Verhaltensweise, eine Befindlichkeit also«, fast hätte ich es ausgesprochen, »die jedem von uns eignet: der Hitler in uns.« Biege den Satz zurecht: »Eine Geistesstörung, die jedermann befallen kann. Daraus wird eine Bewegung, wenn sich eine Handvoll Gleichgesinnter, Gleichgestörter zusammenrottet. Die Partei Hitlers bestand im Anfang aus sieben Mitgliedern.« Beim Wort Hitler rollen alle Männer die Augen nach links zum Major hin, ohne den Kopf zu wenden. Ich stocke. »Weiter«, befiehlt der.

»Wenn sich nun sieben Männer zusammentun, die gleichen Hemden anziehen und unter einer gemeinsamen Fahne losmarschieren, dann entsteht die Bewegung. Die Ideologie wird nachgeliefert. Und was ist Inhalt und Ziel jeder solchen Bewegung? Eine Kurzformel könnte sein ...« Das Auditorium nickt wie auf Kommando. »Wer anders ist als unsereins, muß vernichtet werden.« Sie nicken nicht mehr. Ich spüre, wie sie nachdenken: Wer anders ist als unsereins, muß vernichtet werden!

Hoffentlich denken sie nicht: Die eigene Frau ist anders. Und die Schwiegermutter noch anders. Aber vielleicht dies: Andersartig ist der Ungar und der Jude. Und wer gelbe Schuhe trägt im Unterschied zu Romarta-Schuhen, ist ganz anders. Und vernichtet werden muß auf alle Fälle der Klassenfeind und Kapitalist, der von unheilvoll anderer Art ist.

Der Major weiß als einziger etwas zu sagen. »Interessant. *Dar să nu generalizăm. Mai departe.* Weiter!«

Jedes Wort ist ein Wort zuviel, warnt eine Stimme. Ich entdecke den *Căpitan* Vinerean. Er ist der Schlagkräftigste in seinem Fach. Nur Mädchen schont er. Denen drückt er bloß glühende Zigaretten ins Fleisch. Ich schwäche ab: »Vernichtung des anderen, das in letzter Konsequenz. Anfangs wird ausgegrenzt und bekämpft. Wenn alle eine Warze auf der Nase haben, muß man den nicht gleich umlegen, der keine hat.«

Ich mache eine Pause, warte, lauere und sage, da mich niemand zurückpfeift: »Es geht darum, daß eine Gruppe von Individuen einen gemeinsamen Feind ausmacht und daraufhin die Masse überzeugt: Den müssen wir vernichten, damit die Gesamtheit gerettet werde.« Und sage zum Abschluß: »Daß die Rassentheorie nicht stimmt, erweist sich im Süden Italiens. Dort, im sogenannten Königreich beider Sizilien, waren jahrhundertelang Normannen die Herren, ebenfalls Germanen. Resultat Null. Wirtschaftlich liegt diese Region bis heute am Boden.« Und sage zum Schluß und wünsche es von ganzem Herzen: »Dagegen steht, daß sich die menschliche Gesellschaft nach objektiven Gesetzen entwickelt. Die Materie bringt den Geist hervor, begründet die wirtschaftliche Infrastrukur, schafft die sozialen Verhältnisse und den kulturellen Überbau. Daran ist nicht zu rütteln.« Die Männer vor mir nicken im Gleichtakt.

Major Alexandrescu stellt drei Fragen: Ob ich wisse, woher das Wort Materie komme. Ich weiß es nicht, und er sagt es mir: »Von Mater.« Und fragt dann, und seine Stimme klingt streng: »Wer hat Ihnen den *Mythus* zum Lesen gegeben?«

Wer anders als der Fritzonkel und die Malytante. »Wichtig für den Werdegang eines jungen Deutschen!« Der Major fragt weiter: »Wann und wo haben Sie das Buch zum letzten Mal in der Hand gehabt?«

In der Hand gehabt schon lange nicht, aber gesehen: zum letzten Mal bei Hugo Hügel. Ich überspringe die erste Frage und antworte: »*La* Hugo Hügel *acasă*.«

Und dann sage ich mit fester Stimme: »Ich bitte Sie alle, zur Kenntnis zu nehmen: Die Aussage über meinen Bruder Kurtfelix ist falsch. Nicht er hat mir von den subversiven Versammlungen bei Töpfner berichtet, sondern ein gewisser Tudor Basarabean, alias Michel Seifert. Hiermit ziehe ich die Aussage öffentlich zurück.«

Wechselt der Major Blicke mit dem *Căpitan* Gaviloiu und dem Leutnant Scaiete? Das Telefon klingelt, aber er nimmt den Hörer nicht ab. Er erhebt sich ruckartig, streicht die Uniform glatt, die Stiefel knarren. Die sieben Männer in Zivil erheben sich mit ihm und stehen nun aufrecht, alle in den gleichen Schuhen. Er verläßt mit eiligen Schritten den Raum, die andern folgen im Gänsemarsch.

Mein Kommissar sagt, doch ohne mir auf die Schulter zu klopfen: »Sie haben sich gut gehalten.«

Auf der richtigen Seite zu stehen und für die wahre Sache der Menschheit kämpfen zu dürfen, daß alle Menschen gleich und glücklich werden, vielleicht sogar gleich glücklich! Begeisterung überwältigt mich. Führt mich der Wärter von der Vernehmung zurück in die Zelle, tanze ich auf einem Fuß, geschwellt von Genugtuung und Stolz, das Meine beigetragen zu haben zur Weltrevolution und zum Sieg des Sozialismus in meinem Vaterland.

In den Wochen zum Sommer hin verliere ich an Gewicht,

während mein revolutionärer Eifer zunimmt. Ich fiebere, kann kaum erwarten, daß man mich zum Verhör holt und die Befragung beginnt. Die Stunden vergehen wie im Flug. Oft pickt der Kommissar die Namen der Verdächtigen aus meinen Tagebüchern heraus oder hält mir Briefe hin. Und jeder Name gibt Schlimmes her.

Längst bin ich überzeugt, daß es sich nicht um Greisengemurmel und Altweibergeschwätz handelt, sondern daß Worte gefährlicher sein können als Taten. Sind es nicht Worte gewesen, durch welche die Bolschewiken die Große Oktoberrevolution 1917 zugerüstet und gezündet haben? Dazu sagt der Kommissar das Seine: »Die Macht des Wortes in der Bibel ... Sie haben ja Theologie studiert. Wie bequem Gott es sich gemacht hat, als er die Welt erfunden hat: Er sprach, und es wurde! Wir haben es schwerer. Mit Worten allein schaffen wir die neue Welt nicht. Es muß geschuftet werden. Und gekämpft.«

Doch sonnenklar ist, nicht nur für die *Securitate*, sondern auch für mich: Nicht all dieser Dichter Sinnen und Trachten war der Sieg des Sozialismus. Es bestätigt sich, was Major Blau bei den ersten Verhören vermutet hat: In aller Öffentlichkeit verästelt sich eine sächsische nationalistische Verschwörung, die nach außen hin den Schein wahrt. Das gilt für Kulturkreise und Laientheater, gilt für jede Tanzgruppe und für die literarischen Zirkel sowieso, selbst wenn es der Literaturkreis meiner Studenten in Klausenburg ist. Ja, gilt schon dort, wo mehr als drei von unseren Leuten unter sich sind.

Allenthalben wittere ich Machenschaften, entdecke ich verdächtige Gruppierungen. Kaum fällt ein Name, schon fliegen mir andere Namen zu, bilden ein Kränzchen, eine Diskussionsrunde, eine Gruppe von Verschworenen ... Ich verlange Papier und Bleistift und erhalte beides in der Zelle. Wie von selbst ergibt sich, daß sich die Namen zu Aktionsgruppen und subversiven Kreisen verbandeln. Bis die höheren Offiziere mir in den Arm fallen: Das ist zuviel des Bösen. Mit gesträubten Augenbrauen stürzt Major Alexandrescu herein und beschwört mich, zur Person zu sprechen und keine künstlichen Konstrukte von konterrevolutionären Szenarios zu basteln.

»Das überlassen Sie gefälligst uns, den Spezialisten!« Querverbindungen herzustellen, Geheimes aufzudecken sei ihre Sache. Die Fäden hielten sie in der Hand. Außerdem sei ich schief gewickelt, wenn ich glaubte, unter den Sachsen gebe es keine loyalen Bürger, keine ehrlichen Genossen.

Ich falle aus allen Himmeln. Erwache aus dem Wahn, daß man hier alle seine sozialistischen Gedanken aus dem Kopf lassen dürfe. Und befolge das Befohlene. Spreche mit Maß zu Name und Person. Unterschlage manches. Grüble. Gibst du den Erscheinungen andere Namen, werden sie nicht anders, sie scheinen nur anders. Und wie sind sie? Schon indem man etwas ausspricht, ist es nicht mehr, was es ist. Wo liegt dann die Wahrheit? Die Wahrheit – nur noch ein Standpunkt.

Ich schreibe nicht mehr mit eigener Hand ans Ende des Protokolls, die Wahrheit gesagt zu haben. Das überlasse ich dem Kommissar. Ich unterzeichne bloß, von niemandem gezwungen. Und es dämmert mir, daß nicht jeder Revolutionär an selbstgewählten Fronten kämpfen darf, geschweige eigene Ideen entwickeln kann.

Mein revolutionärer Elan ist gedämpft. Die Sache halte ich nach wie vor hoch, aber die Begeisterung verfliegt. Immer schwerer wird es mir, unpassende Gedanken und Erinnerungen zu unterdrücken. Weise rät der Jäger: »Da ein Mensch von seinen vielen Gedanken immer nur einen auf einmal denken kann, wähl diejenigen aus, einen hinter dem andern, die halbwegs auf der Linie sind. Und bist du traurig, spielen wir Rote Handschuhe. Übrigens, auch die Linie der Partei ist nicht mit dem Lineal gezogen.«

Ich reihe Gedanken aneinander, die halbwegs auf der Linie sind. Sie reichen bis in die Anfänge zurück.

Irenke Szabo hatte mich frühzeitig gewarnt: »Euer Geschäft wird verstaatlicht werden.« Das ging immer schlechter, die Russen zahlten in Rubel, die man nicht umtauschen konnte, und die Inflation fraß jeden Gewinn weg. Unser Vater, eben aus Rußland zurück, konnte den Niedergang nicht aufhalten.

»Und eure feudale Wohnung werdet ihr räumen müssen. Das ist der Gang der Geschichte. Wir warten nur, daß der

König endlich das Feld räumt. Dann beginnt der Klassenkampf. Lies Marx!«

Ich las Marx. Unter unseren Büchern, nicht gerade in der obersten Reihe, entdeckte ich *Das Kapital*, in der blauen Taschenbuchausgabe von Kröner. Ich verkroch mich in mein Zimmerchen mit Blick auf das Baumgewirr im Garten, las endlos lange Sätze, die ich wiederholen mußte, ohne sie zu verstehen, und behielt den Spion am Fenstersims im Auge, neugierig, wann Irenke sich hinter den Schwertlilien nackt ausziehen würde, um sich in der Nachmittagssonne zu aalen.

Kam der Vater gegen Abend aus dem Geschäft, klopfte er jedesmal bei mir an, steckte den Kopf herein und sagte etwas. Diesmal sagte er: »Ah, du liest Marx.«

Um dann zwei Tage später ein klärendes Wort fallen zu lassen, *en passant*. Das war so seine Art, leise im Vorbeigehen das Wenige auszusprechen. Auf dem Weg durch das Kinderzimmer mit den Märchenmalereien unserer Mutter an den Wänden, wo ich mich manchmal im Bett der kleinen Schwester verkroch, bedrängt von Lebensfragen, bemerkte er wie von ungefähr: »Gegen den Sozialismus läßt sich nichts einwenden, außer daß er wider die menschliche Natur ist.« Und entwich durch die Tapetentür. Erleichtert griff ich zu Dwingers *Deutschland, wir rufen dich*.

Die zweite Begegnung zwischen meinem Vater, Marx und mir ereignete sich einige Jahre später in der Rattenburg, auf dem Dachboden, wohin ich mich vor dem Gewusel unten geflüchtet hatte. Ich lag in der Hängematte und studierte diesmal den jungen Marx. Mein Vater erstieg mühsam die Leiter, blickte sich meine Lektüre an, sagte wieder: »Du liest Marx.«

Ein halber Satz hatte mir Erleuchtung gebracht: »... daß der Mensch das höchste Wesen für den Menschen sei«, woraus der kategorische Imperativ folgte, »alle Verhältnisse umzuwerfen, in denen der Mensch ein erniedrigtes, geknechtetes, ein verlassenes, ein verächtliches Wesen ist«.

Mochte das nicht auch für uns Bürgerliche Geltung haben, als echte Aussicht, als gangbarer Weg aus der Misere? Für uns, die letzten, die in diesem Land als erniedrigte, geknechtete, verlassene und verächtliche Wesen übriggeblieben waren?

Und weil mich die Anwesenheit des Vaters verlegen machte, las ich ihm den Satz vor. Und sagte hastig: »Nun sind ja die Verhältnisse umgeworfen, und der Mensch ist zum höchsten Wesen erklärt worden, zumindest der, der arbeitet. Und wer arbeitet nicht?«

Der Vater begann Konservendosen, verbeulte Kübel und Reindel mit geplatztem Email so zu verteilen, daß der Regen nicht mehr in unsere Betten rann. Ich aber rührte mich nicht in meiner Matte. Bereits im Hinabsteigen, als nur noch sein Kopf zu sehen war, sagte er: »Alle Verhältnisse umgeworfen, das stimmt. Aber der Mensch das höchste Wesen? Keiner von unseren Leuten ist während der Arbeitsjahre in Rußland Kommunist geworden. Selbst den wenigen ist es vergangen, die vorher rot angehaucht gewesen sind, mit dem Bolschewismus geliebäugelt haben. Kommt dir das nicht seltsam vor?«

»Das war im Krieg und gleich danach. Den Sowjets ist es noch schlechter gegangen als euch im Lager.«

»Noch schlechter? Ja, ja, du wirst es wissen.« Er verschwand in der Versenkung. Ich aber legte den jungen Marx weg und griff zu Dwingers *Zwischen Weiß und Rot*.

Unsere Mutter hatte bereits in jener kuriosen Zwischenperiode, als der König gemeinsam mit den Kommunisten regierte, begriffen, daß die Zeit vorbei war, wo man die Töchter des Hausmeisters herbeiwinken konnte zu Diensten noch und noch: vom Wegeharken bis zum Teppichklopfen. Auf den Uferwiesen der Aluta saß nun nicht nur die Familie wie vormals auf dem Badetuch: die Mutter, Uwe, Elke Adele; es drängten sich auch hinzu Irenke, das fesche Frauenzimmer, im zweiteiligen Badedreß unserer Tante Herta, die in Rußland war, und die jüngere Schwester Oronko im schwarz-gelben Badekostüm meiner Großmama, mit krummem Rücken und Hängebrüsten. Unsere kleine Schwester hielt einen vierjährigen Buben umschlungen, der Imre hieß. Jeder wußte, wer der Vater war, doch keiner, wo er war.

Einige Jahre später, wir hausten nun in der Rattenburg, rafften wir uns auf, meine Mutter und ich, und besuchten Oronko. Sie wohnte allein im ehemaligen Besorgerhäuschen. Ihre Eltern hatten durch Irenkes Vermittlung eine Wohnung im ersten fertiggestellten Wohnblock erhalten. »Mit Bad!« Ihr Vater tat Dienst als Pförtner in der einstigen Stoofischen Ziegelfabrik »*Partisanul Rosu*«. »In Uniform. Mit Pistole. Sie wissen ja, die Saboteure in der Stadt, die Banditen in den Bergen.«

Ihre Mutter, die gute Margitnéni, die von früh bis abends ihre Hände für die Familie geregt und ihr Leben lang ihren Mann ergeben angeschaut hatte, arbeitete im Kassenamt der *Economica*, der Konsumgenossenschaft in Fogarasch. Der findige Kaderchef hatte entdeckt, daß sie sieben Klassen ungarischer Volksschule hatte, also rechnen konnte – wenn auch nicht rumänisch.

Oronko hatte seit neuestem Wasserleitung in der Küche. »Wie Sie, gnädige Frau, vormals.« In der Rattenburg holten wir das Wasser in Eimern von der Straßenecke. Dauernd schwelte Streit: »Wer von den Buben ist an der Reihe? Jeder Handgriff ist euch zuviel! Oder soll euer Vater antreten?«

»Vielleicht reicht es bald für ein Badezimmer. Wie damals bei Ihnen, *nagyságasasszony*.« Sie zeigte hinüber zu dem mächtigen Haus, wo eine Parteischule untergebracht sein sollte, oder eine Hebammenanstalt. Wir fragten nicht. Doch blickten wir verstohlen durch die niedrigen Fenster auf unser ehemaliges Zuhause. Eine ganz ungewöhnliche Perspektive von hier aus. Der Löwe war weg. Sie hatten das königliche Tier vom Sockel gestürzt. Und die Freitreppe war geschleift worden.

»Ich verdiene ganz gut, wir Weberinnen überbieten jeden Monat den Plan.« Die kleine Küche, wo der Hausmeister uns Buben die Haare geschnitten hatte, war pikfein herausgemacht. Funkelnagelneu die Küchengarnitur. »Auf Raten.« Oronko öffnete Laden und Fächer voll Besteck, Geschirr, Porzellan: »Mit Qualitätsstempel!« Sie drehte einen Teller um: *Intreprindere de Stat Vasile Roaita, Cluj.* Die ehemalige Porzellanfabrik des Barons Zsolnay.

Vertraut war uns das Gitterbett, in dem der Bub Imre schlief. In der Regennacht, als der Bürgermeister Simon Antál seine Burschen angewiesen hatte, unseren Hausrat aus den Fenstern zu werfen, war es verschwunden. Nachbarn hatten geholfen, die Sachen aus dem Morast zu bergen und hinüberzutragen in die leere Lagerhalle, unsere neue Behausung. Meine Mutter erklärte Oronko einige Feinheiten und Kniffe. Die Seitenteile mit Netz ließen sich hochziehen und absichern. Klappte man das Kopfende auf, konnte das Kind aufrecht sitzen. Wenn man die Füße des Bettes einknickte, entstand eine Gehschule.

Eine neue Anschaffung war das *studio* für zwei Personen. Nicht furniert, aber lackiert. Eine grüne Bettfläche wie die Prärie. Kiste für das Bettzeug, Vitrine für Nippes, ein eingebautes Bücherbord: ungarische Dutzendromane und *Die kurze Geschichte der KPdSU(b)*.

»Weißt du, was das kleine b heißt?« fragte ich.

»Nein. Aber alles hier ist neu.«

»Bolschewiki.«

»Alles neu!« Sie ließ sich auf das *studio* fallen, wurde emporgeschnellt, lachte glücklich: »Für Frau und Mann ist dieses Bett. Vielleicht finde ich mir einen Mann. Meinen Buben zieh ich auf wie Sie Ihre *urfi*, gnädige Frau. Am Abend muß er Punkt sieben ins Bett, selbst wenn er wie ein junger Wolf schreit. Basta!«

Irenke rauschte herein. »Ah, hoher Besuch! Guten Tag, Genossin Gertrud.« Mich würdigte sie keines Blickes. Es ist ein Elend dachte ich: du bist nicht mehr so klein und noch nicht groß genug. »Gefällt es Ihnen bei uns? Wie armselig sind wir hier aufgewachsen zur Zeit der Kapitalisten. Das Blatt hat sich gewendet! Man fährt nicht mehr mit der Kutsche, mit dem Schlitten spazieren, und unsereins hat das Nachsehen, darf den Pferdemist wegkehren.« Ja, das Blatt hatte sich gewendet.

Als wir aus dem Haus traten, sagte die Mutter: »Wieso hat euer Vater bei den Hausmeisters kein Wasser eingeführt – damals?«

Flüchtig blickten wir auf die Fassade unserer Wohnung von einst, wo wir glücklich gewesen waren. Staatliche Hebammen? Oder Parteischule? Das Oberlicht der hohen Fenster hatten sie zugemauert. Darüber schwebten sinnlos die Rosen und Palmen aus Stuck.

Es war eine prickelnde Zeit, als das Proletariat im Aufbruch sich einen eigenen Himmel und seine Erde schuf. Ein Schein von Unschuld, gepaart mit paradiesischer Neugier, lag über diesen Erwachten. Wo hatten alle diese Leute sich aufgehalten, die mit einem Mal ans Licht gekommen waren, fragten wir und wunderten uns. Wo hatten sie ihre Nächte verbracht, was gegessen, wie geliebt? Wir standen am Rande im Halbdunkel und sahen mit bangen Augen dem bunten Treiben zu, das Herz voll zwiespältiger Gefühle ...

Und übersahen nicht, daß ein rührender Glanz von Glück diese Menschen verklärte, die sich aus unbekannten Revieren vorgewagt hatten in dem Wissen um eine neue Standeswürde, die lernten, sich ihres Lebens zu freuen. Und sich staunend einrichteten in einem Wohlstand auf Hoffnung, indem sie sich geschützt und befördert wußten durch ihrer Hände Arbeit.

Heiratete man, so wußte man als Arbeiterehepaar, womit man rechnen konnte. Als erstes mit einer Möbelgarnitur Marke »Neue Zeiten«, einem Radioapparat »Pionier« und einige Monate später mit einem Kinderwagen »Falke des Vaterlandes«, alles auf Raten. Man konnte sichergehen, daß die Kinder, lernend und studierend, es weit bringen würden – mein Sohn, *domnul inginer*, unsere Tochter, *doamna doctor*!

Die Zeit der Arbeiterbälle brach über die Republik herein. Das Volk hatte vernommen, ihm gehöre alle Macht, und wollte feiern. Nicht wie bisher in billigen Lokalen auf zertretenen Dielen beim Schweinemarkt oder hinter dem jüdischen Friedhof, sondern auf dem glänzenden Parkett im Prachtsaal vom Laurisch-Chiba mitten am Marktplatz oder im Parkhotel bei der Papiermühle. Sie hatten die Herrschaft. Nun wollten sie Herrschaften sein.

Die schlichten Tanzvergnügungen Samstag für Samstag wechselten sich ab mit prunkvollen Karnevalsveranstaltungen. Sogar während der Fastenzeit oder im Hochsommer wurde Fasching gefeiert. Jedes Wochenende schleppte Irenke Genossen und Genossinnen herbei, und unsere Mutter probierte ihnen die Maskenkostüme aus Budapest an. Nur den Regenbogenkreisel, in dem sie als Tänzerin im Theaterverein

aufgetreten war, und die amerikanische Flagge, weiß-rot gestreift das Mieder und blau der Rock mit den Sternen, hielt
die Mutter zurück, aus unterschiedlichen Gründen: beim
Kreisel war es die Erinnerung an die glückliche Jugendzeit,
bei der Fahne die Furcht, man könnte uns imperialistischer
Propaganda bezichtigten.

Gewandet in Samt und Seide, Taft und Atlas, verließen die
Genossen in abenteuerlicher Kostümierung die Rattenburg
und glaubten glückselig, das zu sein, was sie schienen: Bojaren und Damen, Großwildjäger und Prinzessinnen, Schiffs-
kapitäne und Ballerinas.

Auch wir, meine Mutter und ich, wurden von der Welle
dieser öffentlichen Lustbarkeiten erfaßt, willens, nicht nur in
Arbeit und Armut, sondern auch im Vergnügen diesen Menschen ähnlich zu werden. Wie kam es, daß wir beide zu Fiedel und Ziehharmonika und Pauke die Nächte durchtanzten
mit Stan und Bran und mit Firuţa und Lilica? Wenn meine
Mutter im Rohseidenen unter das feiernde Volk trat, geriet
das Fest aus dem Takt. Die Musik stockte. Die Paare fuhren
auseinander. Die Kapelle spielte einen Tusch. Alle drehten
sich zu uns, viele nickten uns zu, luden uns ein, näherzutre-
ten. Gewiß: Wir gehörten nicht dazu. Aber wir waren dabei.
Süße Sehnsucht überkam mich, so zu sein wie diese.

Die Mädchen, die jungen Frauen, ein blühendes Lächeln
im Gesicht, begriffen sich als begehrenswert in ihren adretten
Stambakleidern, Imprimés à drei Lei der Meter, auf Bezugs-
karte. Tanzte ich mit ihnen, schmiegten sie sich mit Inbrunst
an mich, obschon ich nichts zu reden wußte. Durch einen tiefen Blick erspähte ich, daß sie keinen Busenhalter hatten, dafür herb duftenden Thymian im Ausschnitt, und spürte, daß
viele ohne Höschen waren. Freundinnen tauschten in der
Pause ihre Fähnchen und sahen nachher nicht anders aus.
Die Burschen und Männer in Anzügen von der Stange hatten rote Pepitakrawatten umgebunden und eine Kunstrose
im Knopfloch. Sie quälten sich in Schuhen mit dicker Krepp-
sohle und dem Oberteil von Vinilin. Oft löste sich die Sohle
bei soviel Ringen um den rechten Rhythmus, doch wurde sie
mit Draht an den Schuh geheftet, und der Tanz tobte weiter.

Es näherten sich Bewerber, umschwärmten meine Mutter, nannten stolz Namen und Beruf, bemühten sich mit verschämter Verbeugung, ja mit einem Handkuß um ihre Gunst: Friseure von der Handwerksgenossenschaft »Fleiß und Preis« und Viehhalter von der Staatsfarm »Erntefront«, die Fußballer des Clubs »Unsere Zukunft«, bonbonlutschende Verkäufer von der *Alimentara*. Der Eisenschmied von der Kesselfabrik »Rote Spirale« aber, das Gesicht gesprenkelt von Brandwunden, schob alle weg. Doch ob Friseur oder Fräser, jeder schwebte mit meiner Mutter so behutsam davon, als hielte er eine Strohpuppe in den Armen.

Manches war anders, als wir es von unseren *thés dansants* gewohnt waren. Ja kein Fenster öffnen! Von der Stirn perlte es. Die Kleider klebten an den Leibern. Aus den Achselhöhlen dampfte Schweiß. Die Hände fühlten sich feucht an. Ungewöhnlich war, daß man eine Dame an sich preßte, bis sie nach Luft japste, oder mit der Pranke ihr Gesäß umschlang, daß sie Schluckauf bekam. Und ganz ungewohnt, daß mitten im Tango sich ein Dritter zwischen das eng umschlungene Paar drängte wie ein Keiler, die Dame wegriß, dem Tanzpartner zwei herunterhaute und mit der Beute davonstampfte. Während ich ein Mädchen mit vorwitzigen Augen und festen Brüsten im Tangoschritt durch den Saal geleitete – ich in meines Vaters Lackschuhen, sie in Turnschuhen, *Tenisch* genannt, fünfzehn Lei das Stück, rechts und links austauschbar –, flüsterte ich mir resigniert zu: Wie wir es auch drehen und wenden mögen, wir bleiben draußen.

Als um meine Mutter ein Zweikampf entbrannte zwischen dem Jungaktivisten Jonica Roşcatu vom Parteikomitee und dem dekorierten Schmied Decebal Dragonu von der Dynamitfabrik, die sie beide vom Fleck weg heiraten wollten – die Watschen flogen nur so –, machten wir uns davon, ohne je zu erfahren, wer der Gewinner war. Nach einer kurzen Ballsaison verließen wir das Parkett für immer.

Der Jäger bietet mir eine Partie Rote Handschuhe an. Doch ich bin noch nicht fertig. Ich mustere weiter meine Gedanken, immer einen auf einmal.

Ich grüble, wieso der Arbeiter so rasch Herkunft und Stand vergaß und das Ziel und den Sinn der Geschichte aus den Augen verlor, wieso er eine Welt, die er zum Untergang verurteilt hatte, für sich privat heraufbeschwor. Die Zeit der Unschuld war bald vorbei. Die Anrede Genosse entartete zum Schimpfwort. Wenn Leute zornig wurden, beim Schlangestehen vor dem Brotladen, im überfüllten Bus zur Arbeit, fauchte man: »Genosse, scher dich zum Teufel!« Oder: »Möge dich, Genosse, die Mutter des Teufels holen.« Jeder wünschte, nur mit *domnule, doamnă* angeredet zu werden, obschon das vom Gesetz verboten war.

Überrascht, ja verwirrt beobachteten wir, daß sich die Arbeiterklasse nicht mehr mit dem Schein zufriedengab, sich nicht begnügte, auf Maskenbällen in verblichenen Kostümen das Bürgerliche zu mimen. Vielmehr griff sie nach dessen Statuszeichen, kopierte den Lebensstil der Ehemaligen. Heiratete der studierte Sohn, wurde gefragt: Hat die Braut ein Appartement mit zwei Klos, mit alten Möbeln von ausgewanderten Bourgeois, ausgelegt mit orientalischen Teppichen? Gefragt wurde, ob es ein Haus am Lande gebe. Und ob ein Klavier mit englischer Mechanik vorhanden sei – was das war, konnte keiner sagen. Auto sowieso. Und beliebt als Draufgabe, wenn möglich Südlage, die Gruft mit Vorraum und Glastür, dahinter gut sichtbar ein Tisch mit Plastikblumen, rundum Stühle, daneben die Stehlampe, eine versteckte Bar nicht zu vergessen.

Und was Irenke erzählte, nicht ohne Humor: Wurde in einem Inserat die Marke des Klaviers angegeben, hieß es höflich vom Käufer: »*Doamna* Bösendorfer oder Frau Blüthner oder Madame Bechstein, Sie haben in der Zeitung ein Klavier zum Verkauf angeboten.« Und unweigerlich: »Hat es englische Mechanik?«

Ich sitze auf der Bettkante und frage mich: Wie kann die Partei noch ruhig schlafen? Tatsächlich, man muß den Menschen zu seinem Glück zwingen. Und ich stelle fest, daß mir da eine neue Formel für den Sozialismus zugeflogen ist: Sozialismus ist, daß man dich zu deinem Glück zwingen muß.

Die Verhöre gehen weiter, eine endlose Galgenschnur. Jenseits der Gitter entfaltet der Hochsommer sein Gepränge. Der Kommissar stellt zufrieden fest: »Den Herwald Schönmund und den Baron de Pottenhof haben wir erledigt, bis auf weiteres. Jetzt noch einmal zurück zu Oinz Erler. Was auch der zusammengeschrieben hat, dieser doppelzüngige Pastor! Unsere Übersetzer kommen kaum nach. Schau, hier dies Schmierwerk aus der Tischlade: *Die betrunkene Sau.*« Er legt einige maschingeschriebene Seiten auf mein Tischchen.

Mein Blick fällt auf das Wort »Ferkel«. Acht sind es. Vor meinen flimmernden Augen aber sind es nur sieben. Wohin hat das achte sich versteckt? Auf sieben Silberschüsseln – ich zähle noch einmal – liegen sieben lächelnde Spanferkel, knusprig gebraten, mit einer Nuß im Maul, die Öhrchen lauchgeschmückt. Im Salon bei uns läuft das Sonntagsritual der Hauptmahlzeit ab. Uwe betätigt die elektrische Klingel, die an einem grünen Draht vom Lüster herabhängt. Wir beiden großen Buben hantieren gequält mit Messer und Gabel; unter dem Ellbogen klemmen Bücher, die nicht herunterfallen dürfen. Die kleine Schwester trägt eine schwarze Binde über den Augen, damit ihr der Anblick der toten Tiere erspart bleibt. Die Mutter erhebt sich noch vor dem Dessert und klimpert auf dem Klavier; es klingt nach Bolero …

Es wird grün vor mir, es wird schwarz um mich. Nie mehr Bolero … Wo ist es, mein gutes, treues, unverrückbares Tischchen, an dem ich mich festhalten könnte?

Grünes Licht, in das ich aus Schlafgefilden auftauche. Stiefel, khakifarbene Hosen um mein Bett. Weiße Kittel. Stiche in den Arm. Fließende Wärme im Körper. Einmal beugt sich ein Arztkäppi zu mir, eine geübte Hand prüft die Lider, befühlt meine Stirne. »*Lux ex oriente.*« Fremde Zungen. Einer der Stiefel scharrt ungnädig, die Stimme übersetzt: »*Lumina din răsărit! Aurora.*« Ah, die Morgenröte. Dr. Scheïtan. Feudale Mahlzeiten, der Jäger hilft. Manchmal *Căpitan* Gavriloiu in Stiefeln, er fragt, ich antworte, er notiert. Ich versinke in schwarzen Schlaf, oft bis zum nächsten Mittag.

In den Wochen der Schlafseligkeit träume ich immer wieder von opulenten Mahlzeiten im Haus der Kindheit und von Schlittenpartien zum Gasthaus der fidelen Mönche. Doch sonderbar: Statt daß ich Zoja Kosmodemjanskaja auf ihrem letzten Weg begleite, steigt sie in meinen Schlitten und spielt den Gästen mit der Balalaika auf. Und statt im Gefängnis von Doftana mit Vasile Roaita die letzte Brotkruste zu teilen, sitzt er mit uns am Sonntagstisch, die Augen geschützt von einer schwarzen Eisenbrille.

In den Stunden der Klarheit aber frage ich mich: Warum verliere ich keinen Traum an die Rattenburg, wo wir das Leben von Proletariern führten, zum Frühstück gerösteten Palukes aßen oder Paprika, gefüllt mit Marmelade, wo wir alle in einem Zimmer schliefen und im Winter den Ofen mit Bruchholz aus dem Wald oder mit Sägespänen heizten?

Das Märchen in Grün ist zu Ende und bald danach das Essen à la carte. Keine Menüs und Spritzen mehr. Wiewohl der Verstand brilliert – die Kur hat mein Gedächtnis blankgescheuert –, bin ich noch durcheinander. Die Seele hinkt nach. Doch eines weiß ich bereits: Immer wird es Gedanken geben, die man nicht herauslassen kann, auch dort nicht, wo die Liebe groß ist, selbst vor dem allernächsten Menschen nicht. Und weil ich mich dennoch mitteilen muß, beginne ich zu beten.

24

Knirscht Wüstensand zwischen unseren Zähnen? Aus der Sahara kommt die fliegende Hitze, reibt sich an den Dinarischen Alpen wund, bringt die Kämme der Südkarpaten zum Glühen. Wir spüren es: Der Himmel glimmt gelblich wie Tigeraugen. Die Arrestzelle wird zum Backofen. Der Jäger und ich kleben mit nacktem Oberkörper auf dem Zement, schnappen nach Luft. Die Aufseher blicken mit verschwitzten Augen durchs Guckloch. Ich vergehe vor Hitze, klopfe an die Eisentür, verlange, man möge mich vor ein offenes Fenster führen, mit verbundenen Augen; wie auch immer: einmal durchatmen!

Es ist der 23. August 1958, Staatsfeiertag: Verhaftungen, Aushebungen. Keine Verhöre. Ich habe Schonzeit, seit ich aus den grünen Tiefen der Schlaftrunkenheit aufgetaucht bin. Der Jäger liegt seitlich auf dem Boden, hört mit gierigen Ohren durch die Mauern das Auf und Zu des Eingangstors, hört das Surren der Kastenwagen, die hereinrollen. Ich vernehme nur das Schlurfen und Schluchzen auf dem Flur und das Rasseln der Riegel. Der Jäger warnt: »Nur kein falsches Mitleid. Das alles sind Feinde.« Und sagt zufrieden: »Der Arrest füllt sich. Es gibt Neuigkeiten. Bald ist unsere Zelle an der Reihe. Zwei freie Betten haben wir ja.«

»Dann krepieren wir!«

Schon erdröhnen Schritte. Wir schnellen zur Rückwand. Türe auf, Türe zu, Stille. Als wir uns umdrehen, steht ein dicklicher Mann in bäuerlicher Kleidung vor uns. Seine Augen bleiben geschlossen, als trage er noch die Blechbrille. Seine linke Wange flattert. Er geht geradeaus, die Hände ausgestreckt wie ein Blinder, ertastet an der Rückwand das Pult, legt den Kopf darauf, läßt den Tränen freien Lauf. Auf ungarisch stammelt er: »Ich hab ja bloß die Glocken gezogen, bloß die Glocken!« Selbst als die Tür kurz darauf wieder aufspringt und der nächste hereingeschoben wird, verbirgt der Glockenzieher weiter seinen Kopf in den Händen. Er öffnet die Augen auch nicht, als der Wachmann an ihm rüttelt, daß die Tränen spritzen: »Sei artig, sei verständig!«

Dieser vierte ist ein junger Bursch. Er präsentiert sich in der dunkelblauen Eliteuniform der Arbeitergarde. Die Kleidungsstücke sind voller Brandspuren und riechen nach öligem Rauch. Trotz der Hitze trägt er, tief ins Gesicht gezogen, eine Ohrenmütze aus Lammfell, blau verbrämt und geziert mit dem Emblem von Hammer und Sichel. Aus einem rußgeschwärzten Gesicht sieht er sich mit erschrockenen Kinderaugen um. Der Jäger und ich stellen uns förmlich vor, doch der Gast gibt nur soviel von sich: »*Din Făgăraş.*«

Aus Fogarasch! Schon will ich mit Fragen über ihn herstürzen, als der Jäger mich zurückhält: »Still!« Der junge Mann nimmt die Mütze ab, verwischt den Ruß in seinem schwitzenden Gesicht. Das scharfe Schwarz belebt die kahle Zelle.

Mit einem feuchten Taschentuch säubert der Jäger ihm das Gesicht, bis es blank ist. Unversehens zuckt der Neue mit der linken Braue. Da erkenne ich ihn. »Nicolae Magda«, sage ich fassungslos. Erst jetzt fällt sein Blick auf mich. Wir sinken uns in die Arme. Er lehnt sein Gesicht an meine Brust und flüstert:»Junger Herr, schon vor vier Jahren, in der Nacht zum 1. Mai, als Sie sich bei mir verstecken wollten, wußte ich, daß Sie hier anlangen würden.« Daß auch er hier landen würde, das freilich war ihm nicht im Traum eingefallen. In den Jahren darauf hatte er die zweite Volksschulklasse als Externer absolviert und war zum Brandwächter berufen worden, »ein hochpolitischer Posten!« Das Mädchen Alba Zăpada ging zur Schule, Vater und Tochter lernten um die Wette. Der kurz nach meinem Besuch geborene Bub Nicolae Iljitsch war bereits im Kindergarten und die Treppen im Block lief er mühelos auf und ab. Nach der Geburt des Buben hatte der Schwiegervater den Fluch zurückgenommen, und im Sommer standen die beiden Kinder stramm neben ihm am Bahnhof und salutierten, wenn die Züge vorbeibrausten. Seine Frau Maria aber war zur Chefin im Kalkulationsbüro aufgerückt.

Doch dann blickt sich der junge Mann um und sagt mit erstickter Stimme:»Herr und Gott, was suche ich denn hier?« Während wir ihn aus den schweren und stinkigen Uniformstücken schälen, beginnt er seine Geschichte daherzustottern: Heldenhaft habe er in der letzten Nacht in seiner Fabrik einen Großbrand im Keim erstickt. Gottlob hatte gerade der Behälter für Schwefeläther Feuer gefangen, auf dem er eingeschlafen war. »Unvorstellbar, wenn ich mich anderswohin zur Nachtruhe gelegt hätte. Die Dynamitfabrik samt Fogarasch wären in die Luft geflogen.«

»Aber es war doch dein Dienst. Wieso hast du geschlafen?«

»Eben. Arbeitest du in der Nacht, ist es wichtig, an Schlaf zu raffen, wieviel du kannst.«

Noch ehe die Feuerwehr eintraf, die nur noch feststellen konnte, daß alle Gefahr gebannt war, war schon der Generaldirektor an Ort und Stelle, »als sei er vom Himmel gefallen«. Dieser mächtige Mann, den der junge Arbeiter noch nie im Leben zu Gesicht bekommen hatte, beugte sich zu ihm, drückte ihm die Hand, ließ ihn einen Schluck Kognak trinken aus einer Flasche, die er aus der Brusttasche gezaubert hatte, beglückwünschte ihn und versprach, ihn für eine Auszeichnung vorzuschlagen. Doch es kam anders. Mitten aus der Nacht sei ein eleganter Herr in Zivil hervorgetreten, begleitet von zwei Soldaten mit blauen Mützen, und habe mit scharfer Stimme dem Direktor befohlen: »Genug der Worte!«

»Noch einmal hat der Genosse Generaldirektor begonnen: *Felicitare! Te propun pentru medalia …*« Der Satz blieb in der Luft hängen und das Ruhmesblatt ungeschrieben. Der Held wurde in Handschellen abgeführt, ohne daß er wußte, wie ihm geschah.

Der geplagte Mann, nunmehr in Unterhemd und langer Unterhose mit baumelnden Bandeln, wiederholt die letzten Sätze, als wolle er sich vergewissern, daß jenes wahr sei und dies nicht. Er beginnt von neuem: »Der hochgestellte Genosse …« Und schreit jäh auf: »Es brennt wie Feuer. Die Flammen fressen mich! Luft, Luft, ich ersticke! Öffnet alle Fenster!« Mit schreckgeweiteten Augen fällt er um. Der Jäger verhindert, daß er sich an der Bettkante das Genick bricht.

In der Zelle sind wir nun komplett: vier Männer und vier Betten, eines aufgestockt, drei ebenerdig. Dazwischen ein schmaler Gang, T-förmig. Der Jäger und ich haben den Nicolae aus Fogarasch auf die Beine gestellt und an die Wand gelehnt, wo er ins Leere starrt. Die heiße Luft benimmt einem den Atem. Wir können keinen Schritt tun, ohne uns an den fiebrigen Gliedern des andern zu stoßen. Trotzdem wird ein fünfter Mann in die Zelle geschoben. Der Mann im weißen Leinenanzug bahnt sich einen Weg zwischen den Betten und Menschen hindurch und ruft: »Wo liegt Jerusalem?« Jerusalem liegt dort, wo der verstörte Nicolae an der Wand lehnt. »Platz hier! Scher dich weg!« Und als der erstarrte Bursche nicht folgt, zerrt der Herr im Sommeranzug ihn kurzerhand in die andere Ecke hinüber und stellt ihn dort ab wie eine Modepuppe. Darauf schleudert er die Sandalen von den Füßen und hebt an, mit der Stirn an die Mauer zu schlagen, als wolle er beiden wehtun. Er schreit: »Du Heiliger Israels, ist nicht genug Judenblut geflossen? Hier stehe ich, Hochgelobter und Zornentflammter, an dieser jämmerlichen Klagemauer, und schreie zu dir: Was wollen diese Folterknechte von mir? Den Gebetsriemen haben sie mir abgenommen, damit ich mich nicht aufhängen kann. Selbst das Sterben deiner Geschöpfe haben sie dir aus der Hand geschlagen. Diese Wahnwitzigen haben sich, Allmächtiger, an deine Stelle gesetzt als Herren über Leben und Tod. Räche dich, denn die Rache ist dein, o Herr!« Er wirft Kußhände in die Luft, wenn er den Namen des Unnennbaren ausspricht. Und schreit sich den Kummer von der Seele, das Leid aus dem Leib. Schreit gegen alle Vorschrift. Schreit, daß der Intendanzoffizier herbeitänzelt.

Nur der Jäger und ich stehen habt Acht. Rechts an der Wand lehnt der Gardist. Ihm gegenüber rennt der jüdische Kollege mit dem Kopf gegen die Wand und schreit, daß es widerhallt. Über den Wandtisch geworfen, heult der Glöckner. Doch der Offizier ist Herr der Lage, weiß, worum es geht, was zu tun ist. Hinter ihm steht der Soldat in Pantoffeln und hält zwei Kübel mit Wasser bereit.

»Nehmt eure Töpfel und begießt den Narren!« befiehlt er uns beiden. »Langsam und stetig, denn so rasch hört der Zelot nicht auf.« Langsam und stetig schütten wir das Wasser dem Beter auf Kopf und Nacken. Die erhitzte Luft scheint zu zischen. Der eine Kübel ist leer, ohne nennenswerte Wirkung. Beim zweiten Kübel tue ich so, als sei ich ausgerutscht, und kippe den Kübel um. Das Wasser ergießt sich über den heißen Boden. Der Offizier, unser Solotänzer, hüpft auf den Stiefelspitzen zur Tür hinaus, auch der Soldat bringt seine Pantoffeln in Sicherheit. Der Jäger gießt das letzte Töpfel Wasser auf den Mann an der Wand.

Der kehrt sich zu uns und sagt lächelnd: »Sehr angenehm, dieser kühle Guß. So, mein Gebet ist zu Ende. Dreimal am Tag werde ich das wiederholen. Samuel Apfelbach ist mein Name. Ich komme aus Elisabethstadt, bin Antiquar.« Verbeugt sich, gibt jedem die Hand, auch dem heulenden Mann am Tisch, selbst dem starren Nicolae an der Wand. Den Offizier würdigt er keines Blickes. Der sagt nur noch: »Ruhe und Ordnung! Dafür sorgen Sie, *domnule* Vlad! Sonst frißt dich der Karzer.«

Der Jäger murmelt: »Dort ist es kühl, und ich bin allein.«
Herr Apfelbach ist die Ruhe in Person. Ordnungshalber
fragt er bei jedem nach: wie der Vorname? Was für ein Beruf? Welches die Muttersprache? Mit dem Glöckner redet er
ungarisch, mit mir deutsch. Als ich antworte, hört sich das
für mich grotesk und unartikuliert an. »Verzeihen Sie, Herr
Apfelbach; seit Monaten kein Wort in meiner Muttersprache.« In den Tagen darauf bemerke ich, daß ich mit diesen
Worten fast jeden Satz an ihn beginne: »Verzeihen Sie.« Als
ich meinen Vornamen nenne, füge ich eilfertig hinzu: »Der
Vorname stand schon vor der Machtergreifung Hitlers fest.
Meine Mutter aber ist in Budapest geboren, und meine Eltern
sprechen alle drei Landessprachen. Mein Vater hat sich in den
vierziger Jahren geweigert, Täfelchen in die Auslagen seines
Geschäftes zu stellen mit der Aufschrift: Hier werden Juden
nicht bedient. Oder: Jüdische Kunden unerwünscht. Ich selbst,
ich habe noch als Pimpf mit jüdischen Kindern Häuschen gespielt. Und bin dafür bestraft worden, von unserm Horden-
führer. Neuerdings bin ich für den Sieg des Sozialismus in der
ganzen Welt. Auch der Herr Vlad Ursescu dort, ein berühm-
ter Jäger.« Herr Apfelbach antwortet auf diesen Wortschwall
mit einem Witz, als wolle er mich trösten. »Schloim, warum
schlafst du nicht, fragt die Rachel. Kann ich nicht bezahlen
meine Schulden dem Schmul morgen. Rachel zum Fenster
hinaus: Schmul, kann der Schloim nicht bezahlen seine Schulden morgen. So, jetzt kann nicht schlafen der Schmul. Schlaf
gut, Schloimileben!« Er lacht. »Will man die Leute wirklich
zum Lachen bringen, muß man die Judenwitze deutsch erzählen.«

Wir dürfen ihn Onkel nennen, nuanciert: *Samubácsi*, Sami-
onkel, *unchiu Samulică*. Ich frage nach Pfarrer Wortmann.

»Schlimm, schlimm! Sein Sohn Theobald ist verhaftet. Er
ist in eine Verschwörergruppe sächsischer Jugendlicher hier
in Kronstadt geraten. Doch der Vater schwenkt immer noch
die rote Fahne. Treue kommt von Tragen, hat er mir unlängst
gesagt, als er mir eine Prachtausgabe Goethe zum Verkauf an-
bot. Euer Bischof hat ihn aufs Dorf versetzen müssen, irgendwohin hinter Gottes Angesicht. Sein Name sei gelobt.«

»Verzeihen Sie, wessen Name? Des Bischofs?«

»Nein, der Name des Unaussprechlichen.«

Theobald, mein Schulkollege, hier … Der aus kombinatorischen Berechnungen heraus Armgard den Laufpaß gegeben hat, ohne Rücksicht auf Zeitpunkt und Reihenfolge. Der sein Leben wie ein Atommodell entworfen, sich aus allem herausgehalten hat, was die Bahn seiner Entwicklung hätte stören können. »Das Klügste in dieser Zeit der totalen Observierung ist, sich wie ein Elektron zu verhalten. Entweder der Beobachter weiß, wo es ist, dann aber weiß er nicht, wann es wo ist. Oder er kennt den Zeitpunkt seines Erscheinens, kann aber nicht den Ort ausmachen.« Nun, die *Securitate* wußte beides.

Die Riegel rasseln. Der Jäger ordnet uns vier in Reih und Glied in den kurzen Gang vor dem hinteren Bett, Gesicht zur Rückwand. Den Gardisten dreht er rechts herum, den Glöckner erwischt er am Schlafittchen und stellt ihn auf. »Heulen kannst du auch im Stehen.« Als wir uns umdrehen, ohne einen Befehl abzuwarten, steht eine Erscheinung bei der Tür, vor der man einen Schritt zurücktreten möchte, doch es fehlt an Platz. Hoch und hager, einen schwarzen Hut in der einen Hand, in der andern ein Bündel Wäsche und das Blechtöpfel, läßt sich der Ankömmling vom Wachmann die Brille abnehmen. Der muß sich emporrecken.

Der neue Gast sagt: »Erschrecken Sie nicht. In eine solche Zelle gehen elf bis dreizehn Personen ein, auf Monate, und es gelingt sogar, freundlich miteinander umzugehen.« Er reicht jedem die Hand, stellt sich vor, läßt sein Gegenüber den Namen wiederholen, bis er ihn behalten hat. Zu mir sagt er auf deutsch: »Ah, Sie sind Sachse.«

»Darf ich Sie nochmals um Ihren Namen bitten?«

»Vasvári.« Er prüft mit einem langen, ruhigen Blick die Behausung, übergroße Augen leuchten aus einem asketischen Gesicht.

Ich sage: »Sie sind gewiß schon lange hier.«

»Woraus entnehmen Sie das?«

»Ein Neuling führt sich anders auf. Der schlägt um sich, rennt mit dem Kopf gegen die Mauer. Sehen Sie den dort beim Wandtisch: er heult, keucht. Oder den kleinen Burschen an der Wand: Der kriegt keine Luft.«

»Vor zwei Stunden haben sie mich geholt. Aber ich kenne dies alles.« Noch einmal läßt er die Wände Revue passieren. »Ich kenne das genau. Was haben wir heute? 23. August 1958. In diesen vierzehn Jahren bin ich immer wieder mal drinnen, mal draußen gewesen. Lassen Sie mich ausrechnen: Es sind alles in allem mehr als sieben Jahre Haft, die ich abgesessen habe. Doch ich bin gerüstet.« Und er zeigt auf sein langschö-ßiges Barchenthemd, blau kariert. »Extra lang wegen der Nieren, wenn man am Beton campieren muß.« Seine Hosen sind aus schwarzem, festem Stoff, die Füße stecken in hohen Lederschuhen. »Und tragisch nehme ich das nicht. Im Grunde vertausche ich nur meine Zelle gegen eine andere.«

»Wieso?«

»Ich bin katholischer Pfarrer. Hier in Kronstadt. In der Klostergasse.«

»Die katholische Stadtpfarrkirche. Mit Turm im Osten. Ich habe das Honteruslyzeum absolviert.«

»Übrigens ist mein evangelischer Kollege, Stadtpfarrer Möckel, auch hier, seit Februar.« Mir werden die Beine schwach. Eines die Vermutung, ein anderes die Bestätigung. »Und viele Kronstädter Sachsen sind hier in dieser sinistren Lokalität, vor allem Jugendliche.«

Wir stehen im Gang zwischen den Betten, Herr Apfelbach und der Jäger hocken hinten auf dem Boden. Der Glöckner schluchzt noch immer, über den Tisch gebeugt. Und der Nico-lae aus Fogarasch lehnt abwesend an der Wand. »Gruppieren Sie sich«, sage ich.

»*Tonio Kröger*, wenn ich mich recht erinnere.« Wie freut sich meine Seele, das zu hören. Ich weise vage auf das Bett hinten, das vom Pult überragt wird. Wir drücken den Glöck-ner sachte auf den Urinkübel. Der Stadtpfarrer zieht die Schuhe aus und setzt sich im Türkensitz aufs Bett. Somit kann einer an ihm vorbei ein paar Schritte tun.

Der Jäger bietet Herrn Vasvári eine Zigarette an, ehe seine verglimmt. Und fragt, ob es wahr sei, daß der Papst nicht hei-raten dürfe und wieso er trotzdem Kinder habe. Und fragt gleich weiter, als befürchte er, daß der Pfarrer weglaufen könne: »Ist es wahr, daß der katholische Pope nicht heiraten darf, aber mit seiner Haushälterin alles tun kann, was ein Mann so mit einer Frau treibt?«

Wir beginnen, deutsch zu reden. Der Jäger zieht sich gekränkt zurück.

Am Abend formiert sich ein langer Zug, wie beim Kindergeburtstag, wenn es hieß: Eisenbahn spielen. Und ist doch anders, wie wir so blind und blicklos dahintrotten, einer hinter dem andern, die rechte Hand auf der Schulter des Vordermanns; der letzte schwenkt den Urinkübel, der überquillt. »*Repede, repede!*« Gedränge und Gedrehe am Klosett, noch rascher als bisher. Wir beide lassen höflich den Neugekommenen den Vortritt, deren Därme noch gefüllt sind mit üppigen Menüs von draußen.

Die Nachtwache erlaubt uns, zwei Betten zusammenzuschieben. In der Mitte auf der Fuge liege ich, flankiert von Herrn Apfelbach und dem Nicolae Magda. Dieser flüstert: »Wie schön das die *Sfânta Vinerea* gesponnen hat. Nun schlafen wir doch zusammen.« In der Nacht umschlingt er mich, lallt: »*Arde! Te salvez!* Es brennt, aber ich rette dich.« Mein Nachbar zur Linken rührt sich nicht, erwacht, wie er sich hingelegt hat: auf der rechten Seite. »Das habe ich mir im Lager angewöhnt.« Die Heultrine Béla Nagy verfrachten wir ins Stockwerk. Das Bettgestell erbebt, wenn es ihn vor Kummer schüttelt.

Der Jäger hat sich unter das Bett verkrochen, Kopf im Mittelgang, damit der Wächter ihn nicht übersieht. Er lauscht auf die schrecklichen Nachtgeräusche. Pfarrer Vasvári hat das hintere Bett für sich allein.

Mitten in der Nacht dröhnt es wieder. Wir fahren aus dem Schlaf und erspähen ein gespensterhaftes Wesen in wallendem Gewand. Im trüben Licht steht ein orthodoxer Mönch in brauner Kutte, mit Bart und Haupthaar bis zur Hüfte. Der Wachmann weist ihm einen Platz neben Pfarrer Vasvári an. Als der Mönch hört, der sei katholisch, schüttelt er den Kopf, sein Gesicht verschwindet hinter einer schwarzen Mähne, der Bart flattert um die Schultern. »Ich bin ein Rechtgläubiger.«

Er hockt sich auf den Boden, lehnt sich mit dem Rücken an die Wand, verhüllt sein Gesicht mit den Ärmeln der Kutte. Wegen Bauchkrämpfen könne er sich sowieso nicht ausstrekken. Er schläft im Sitzen.

Abenteuerliche Kombinationen ergeben sich beim Bad am Samstagabend. Zwei türlose Duschkabinen müssen die Masse von uns Badelustigen fassen. Voll Respekt vor der rituellen Prächtigkeit von Herrn Apfelbachs Geschlecht ziehen wir übrigen sechs uns in die zweite Kabine zurück. Dabei mustern wir uns verstohlen, beäugen das hudelige Gewurstel im Schritt des andern, das hervorbaumelt aus einem Gestrüpp von Haaren, graumeliert bis kneckschwarz. In unserm Einmannraum ist das Kuddelmuddel so groß, daß das Wasser der Brause kaum noch seinen Weg zum Auslauf findet. Einer klebt klatschnaß am andern fest. So kann keiner dem Nachbarn den Rükken schrubben. Gerade daß ich noch die Liliputseife über dem Schlüsselbein des hageren Klostermanns unterbringe – ein bequemes Behältnis. Dieser bindet sich die Haare im Nakken zu einem Knoten fest, den Bart schlingt er um seinen Hals. Trotzdem wird nicht mehr Platz.

Doch Herr Apfelbach hat eine treffliche Idee, uns auseinanderzudividieren: »Alle Gottesbekenner zu mir!« Namentlich ruft er sie auf: Seine Hochwürden, der Herr Stadtpfarrer, bitte! Der gottesfürchtige Mönch Atanasiu! Der protestantische Glöckner Béla! Ja, sogar den Mann der Arbeitergarde bestellt er zu sich, hat Freund Apfelbach doch mitbekommen, daß der seine Kinder hat taufen lassen. Einzeln folgen sie dem Ruf, trippeln hinüber, die Hand verlegen über ihre Schamteile gebreitet. Der Jäger und ich haben nun eine Brause für uns. Ich werfe meine Wäsche über den Abfluß, wie ich das dem Mönch abgeguckt habe, und trample den Schmutz heraus in dem dünnen Seifenwasser, das von unseren Leibern rinnt. Während der Jäger und ich uns gegenseitig den Rükken einseifen, rangeln sich die fünf Gottesbekenner drüben um jeden Wasserstrahl.

Tagsüber sitzt der Priester mit gekreuzten Beinen auf dem Bett hinten und hört sich die Geschichten der Insassen an. Die tropische Hitze legt sich wie ein glühender Eisenhelm über unsere Köpfe. Blauer Zigarettenrauch vernebelt die Zelle. Der Wärter muß den Kopf hereinstecken, um zu prüfen, ob wir noch alle da sind. Ist einer mit seinem Bericht fertig, klatscht Pfarrer Vasvári in die Hände und ruft: »Hopp, hopp, der Stuhl brennt!« Dann wechseln wir die Plätze, turnen übereinander und müssen aufpassen, daß wir unsere Glieder zusammenbekommen. Zwischendurch unterhält uns der Priester mit Anekdoten und Parabeln, Schnurren und Späßen wie ein Varietékünstler. So bewahrt er uns davor, wie Fackeln zu verlodern oder uns gegenseitig zu zerfleischen.

Unappetitlich ist die Geschichte des Glöckners von Szent-Márton, die sich der Priester mit entrücktem Gesicht anhört, als sitze er im Beichtstuhl. In weinerlichem Ton beklagt der Béla Nagy sein Los: In den Nächten, wo seine Frau Ana in der Ziegelbrennerei schuftete, wälzte sich seine Schwieger zu ihm ins Bett und trieb es arg. Ärger habe ihm der reformierte Seelsorger mitgespielt. Der hatte ihn im Oktober 1956 aus dem Bett geholt und geheißen, die Glocken zu läuten, zur Ermunterung des Aufstands von Budapest. »Können Sie sich dies alles vorstellen, hochwürdiger Herr?« Nun sei er hier und die beiden Anstifter und Bösewichte dort. Statt umgekehrt. Ein Trost sei, daß die Schwieger und der Pastor in der Hölle schmoren würden, hoffentlich bald, er sich aber einst mit seiner Ana im Himmel vergnügen werde. Was der ehrwürdige Herr dazu sage?

Der sagt, daß man andere Leute kaum so ohne weiteres in die Hölle befördern könne. Noch weniger vermöge man eigenmächtig in den Himmel zu gelangen. »Luther soll gesagt haben: Kommt einer tatsächlich in den Himmel, wird dieser dreimal staunen: wer aller nicht dort ist. Und wer aller dort ist. Ja, und wird sehr staunen, daß er selber hineingekommen ist.« Und sagt auf ungarisch: »Eine Frau kann einen Mann mit Gewalt nicht verführen, selbst wenn die Autorität einer Schwiegermutter dahintersteht; es sei denn, daß der Mann es zuläßt. Dasselbe gilt auch umgekehrt.« Zu allem nickt Béla. Was nichts zu bedeuten hat, denn das tut er seit Tagen.

Zu den Verhören geht der Stadtpfarrer mit einem Lächeln. Kommt mit demselben Lächeln zurück. Sagt einmal, ohne zu lächeln: »Die oben kennen kein Pardon. Gnadenlose Kreaturen. Sie wissen genau, daß ich 1943 eine Kommunistin, eine Bombenlegerin, ein junges Mädchen vor der Hinrichtung bewahrt habe. Aber das gilt nicht.« Beim König persönlich habe er ihre Begnadigung erwirkt. Freilich, er habe sich für sie nicht als Kommunistin verwendet, sondern als Katholikin. Ich tröste: »Verdienste und Verfehlungen werden in der Diktatur des Proletariats getrennt verbucht. Ähnlich ist es unserm Brandwächter und Arbeitergardisten ergangen. Daß er das Feuer gelöscht hat, dafür erhält er eine Medaille. Daß er den Beginn des Feuers verschlafen hat, das wird geahndet.« Der Pfarrer antwortet etwas, worüber ich nachdenken muß: »Man darf Tragik und Moral nicht trennen.«

Der Mönch hält sich bedeckt. Seine Kutte, die Rechtgläubigkeit, die Magenschmerzen, das entschuldigt seine Wortkargheit. Zu erfahren ist nur, daß man ihn im Inselkloster Cernica bei Bukarest von seinem Eselskarren herunter verhaftet hat, ohne daß er seinen geliebten Esel hätte ausspannen dürfen. Was ihn sehr kränkt. Doch hätte man ihn auch vom Traktor herunterholen können, denn die Klostergemeinschaften müssen sich laut letztem Staatsdekret selbst erhalten, bilden Produktionsgenossenschaften, je nachdem: vom Teppichknüpfen bis zum Ackerbau.

Zu hören ist ferner, nicht ohne Giftigkeit, daß beim großen Schisma 1054 der Papst mit seinen Machtgelüsten die Ostkirche mit Haut und Haar verschlucken wollte. Seit damals dürften sich die orthodoxen Popen nicht mehr den Bart abrasieren und die Mönche nicht die Haare schneiden.

»Warum?« frage ich aufgebracht. »Oder habt ihr im Sinn, mit euren ungepflegten Bärten und ungekämmten Haaren dem Papst im Hals steckenzubleiben, sollte er euch demnächst verschlingen?« Pfarrer Vasvári legt begütigend die Hand auf meinen Arm. »Nicht so hitzig. Es ist heiß genug.«

Der Mönch sieht mich aus gelben Augen an und sagt: »Diese Haar- und Barttracht ist uns von den ehrwürdigen Kirchenvätern und unserm hochseligen Patriarchen verordnet worden, damit wir uns von den Priestern der abtrünnigen katholischen Kirche unterscheiden.«

»Und was ist mit der Ökumene?« frage ich.

»Sehr einfach. Kommt alle zurück zur einzig rechtgläubigen Kirche, *biserica ortodoxă*.«

Da Pfarrer Vasvári schweigt, mischt sich Samuel Apfelbach ein: »Vergeßt nicht, ihr zerstrittenen Christen, euer Messias ist ein Jude wie auch ich.«

Der Mönch sagt: »Sind Sie ein Jude, so erklären Sie mir, weshalb Gott das jüdische Volk während zweitausend Jahren so hart gezüchtigt hat.«

»Weil er uns liebt! Der Heilige Israels sei gelobt.«

»Irrtum! Ich aber werde es ihnen sagen, warum: weil die Juden den Sohn Gottes ans Kreuz geschlagen haben.«

»Wir Juden brauchen keinen Sohn Gottes, denn wir sind die Söhne Gottes.«

Noch ehe der Mönch das Seine zu sagen anhebt, fahre ich dazwischen: »Hätte man Jesus nicht gekreuzigt, wäre er nicht auferstanden, und die Welt wäre um einen Heiland ärmer.«

Der Stadtpfarrer sagt versöhnlich: »Alle sind wir Kinder Gottes, folglich Brüder, wenn auch getrennte Brüder.«

Herr Apfelbach ergänzt: »Fünftausend Jahre sind es her, seit er, der Getreue, uns heimsucht.«

Der Jäger erinnert daran, daß die Juden in Sibirien eine Autonome Jüdische Sozialistische Region hätten, zum ersten Mal eine verbürgte Heimat.

»Das ist Augenauswischerei«, kontert Herr Apfelbach. »Und für die Katz. Stalin hat 1941 mit einem Federstrich die Wolgadeutsche Region vom Boden getilgt. Heimstätte der Juden? Das kann allein der Staat Israel sein. Das heilige Volk im Heiligen Land und nirgendwo anders.«

Der Mönch sagt: »Wenn schon heiliges Volk, dann wir, die orthodoxen Christen, Nachfolger der Urchristen, die man Heilige genannt hat.«

Pfarrer Vasvári knallt ein Wort in den Raum: »*Apokatastasis!*« Und als wir uns verdattert ansehen, erläutert er: »Das letzte Ziel im Heilsplan ist die Rückführung aller Dinge in die Liebe Gottes, die Wiederherstellung der Welt in ihren paradiesischen Zustand durch die Bekehrung und Beseligung aller Völker, Menschen und Geschöpfe.«

Der Mönch blubbert: »Aller? Auch der Juden und der Ungarn, der Ketzer und Schurken, der Huren und Hexen?«

»Selbst der Flöhe, Läuse und Wanzen«, werfe ich ein, »die sich besonders in den Klöstern wohl fühlen.«

Der Priester sagt: »Der ganzen Schöpfung. Am Ende kommt es zur Wiederbringung aller Kreaturen. *Acte* 3, 21.«

Den Mönch packen Magenkrämpfe, daß er sich am Boden windet. Der Gottesmann Samuel meldet sich zu Wort: »Nicht nur am Ende, bereits jetzt hat der Allerbarmer mit dem Einholen des Verlorenen begonnen. Dann und dort, wo es einem gewährt wird als einzelner oder als Volk, Versäumtes und Verfehltes wiedergutzumachen. Das ist der gnadenvolle Weg des allgütigen Herrn. Gelobt sei sein Name.«

»Durch Jesus Christus, unsern Herrn und Heiland«, ergänzt der katholische Stadtpfarrer.

Herr Apfelbach hebt den stöhnenden Mönch vom Boden auf und legt ihn sachte aufs Bett. Jeder tut etwas: Der Priester flößt ihm Wasser ein. Der Glöckner schluchzt. Der Mann der Arbeitergarde bekreuzigt sich. Der Jäger reibt ihm die Fußsohlen. Ich klopfe, verlange nach einem Arzt. Doch kein Arzt weit und breit.

Der Gottesknecht Samuel stellt sich vor seine Klagemauer, stößt mit der Stirne an die Wand, als trüge er die Gebetskapsel, und flüstert: »*Apokatastasis.*« Er wirft Kußhände zum Plafond und fragt nach: »Hast du, herrlich Umscharter, dir nicht zuviel vorgenommen, daß du die Seligen und Unseligen gleichermaßen um deinen Thron im himmlischen Reigen herumtanzen läßt? Und hast du den Unseligen nicht zuviel zugemutet, daß sie mit allen Seligen einstimmen müssen in den hochheiligen Lobgesang und Ehrenpreis vor dir, du schrecklich Gerechter?«

Pfarrer Vasvári hat Jahre im Gefängnis sitzen müssen, nur weil er den weltweiten Friedensappell von Stockholm nicht unterschreiben wollte. »Einen Friedensappell nicht unterschrieben?« frage ich bestürzt. »Frieden ist doch Frieden!«

»Wir meinen einen andern Frieden als die –«, und er weist mit dem Finger in den Oberstock.

Ich erzähle ihm mit belegter Stimme von meinen Plänen, alle Sachsen für den Sozialismus gewinnen zu wollen. Und wünsche sehr, er möge mir zustimmen, mir Mut machen. Er hört, lächelt nicht, hüllt sich in Schweigen. Fragt mich, ob ich unter dreißig sei. »Sie haben noch Zeit.« Zeit wofür?

»Es gilt, alle faschistischen Reminiszenzen am sächsischen Volkskörper auszubrennen. Die bourgeoisen Elemente müssen kaltgestellt werden. Der nationalistische und mystische Einfluß der evangelischen Kirche sollte zurückgedrängt werden. Wie sagt Bertolt Brecht: ›In jenen Zeiten werden gepriesen, die auf dem nackten Boden saßen ..., die unter den Niedrigen saßen, die bei den Kämpfern saßen.‹ Ein Programm, für das es kaum Kader gibt. Johannes R. Becher: ›Seid hart. Und sehr unerbittlich. Nie Vergebung – weich.‹« Meine Hoffnung seien die Studenten in Klausenburg. Und gerade diese verdächtige man der Konterrevolution. Ich warte auf ein Wort der Ermunterung und Bestätigung. Endlich sagt er: »Wen verdächtigen diese Teufel nicht. Selbst der Teufel ist ihnen verdächtig.«

»Mit mathematischer Genauigkeit läuft die Weltgeschichte auf den Kommunismus zu.« Mit dem grauen Seifenstück entwerfe ich auf dem Kotzen ein Schaubild: »Sehen Sie, Hochwürden, diese zwei Linien im Gegeneinander verdeutlichen, wie sich seit der sklavenhaltenden Epoche durch die Veränderung der Produktionsweisen die Gesellschaftsordnungen im Aufwärtsstreben ablösen, bis die beiden gebrochenen Linien harmonisch miteinanderlaufen.«

»Wann wird das sein?«

»Im Kommunismus. Am Ende der Weltgeschichte.«

»Dann kommt Christus zum Weltgericht.«

Ich beklage, daß meine Mission an dem Punkt heikel sei, wo ich selber aus ungesundem Milieu käme, also in überzeugender Weise meine sozialistische Verläßlichkeit unter Beweis stellen müsse; und daß durch eine unglückliche Konstellation es denen oben nicht schwer sein werde, nachzuweisen, daß der Studentenkreis gar nicht so progressistisch sei, wie ich ihn darstelle.

Er lächelt nachsichtig: »Die! Die beweisen alles. Selbst,

daß es Gott gibt. Junger Freund, ob Sie nicht nur sich und anderen Sand in die Augen streuen? Glauben Sie das alles, was Sie so aufgeregt erläutert haben – Hand aufs Herz?«

Ich zögere, sage mutig: »Ja, ich bin davon überzeugt. Obzwar mich manchmal Zweifel plagen. Aber überzeugt bin ich ohne Wenn und Aber – während der Verhöre, wenn ich oben bin.«

Er deutet ein Lächeln an. »*In status confessionis* wie der Priester während der Messe. Doch pflegen Sie Ihre Zweifel.«

Ich vertraue ihm an, daß ich über jeden, nach dem ich gefragt werde, alles aussage, was ich weiß, ob gut, ob böse, eben die Wahrheit, die pure Wahrheit.

»Die Wahrheit kann auch des Teufels sein.«

Ich klage, daß in dem Augenblick, wo ich mich über einen auslasse, dieser sein Gesicht verliere, zum Schemen werde. Wobei ich von Herzen hoffte, jeden der Beschuldigten für die Idee des Sozialismus zu gewinnen – später, nachher, wenn wir alle frei sein würden. Die oben hätten mir hoch und heilig versprochen, unser sächsisches Volk nicht zu vernichten.

»Denen ist nichts hoch, nichts heilig.«

»Zugesagt haben sie mir, die jungen Menschen zu schonen, die man umerziehen kann für die neue Zukunft.«

»Die schrecken vor nichts zurück.«

»Es ist eine große Idee. Bewußt, Hochwürden, habe ich Becher und Brecht zitiert, zwei Bürgerliche, die gelernt haben, mit den Formeln der materialistischen Dialektik umzugehen. Der Genosse Stalin hat vier handliche Sätze aufgestellt. Die habe ich auswendig gelernt und in mein tägliches Leben aufgenommen. Zum Beispiel, wenn ich auf die kleine Seite muß. Dritter Satz der Dialektik: quantitative Ansammlungen führen zum qualitativen Sprung; in der Blase sammelt sich der Urin bis zu der Menge, wo der Druck zum Aufspringen des Schließmuskels führt und in der Entleerung der Blase die neue Lebensqualität entsteht. So einfach ist das.«

Es beeindruckt den Priester nicht, daß ich beim Urinieren Stalins gedenke. »Der wird vor dem Richterstuhl Gottes für seine Verbrechen einstehen müssen. Übrigens flicken sie ihm schon am Zeug. Bald kräht kein Hahn mehr nach ihm.«

»Lernen will ich, ohne mit der Wimper zu zucken, Wunden zu schlagen. Aber mit mir muß ich als erstes ins Gericht gehen.«

»Das tut Gott bereits.« Ich hebe verwundert den Kopf.

»Eine enorme Arbeit der Selbstreinigung steht mir bevor, damit ich in Wort und Tat der neue Mensch werde, den die Partei an mir erwartet.«

Er fragt: »Beten Sie?« Und sieht mich durchdringend an.

»Ja«, sage ich.

»Warum?«

»Weil ich viele Gedanken habe, die zum neuen Menschen in mir nicht passen und die ich vor jemandem aussprechen muß.«

»Allein wer in Christus ist, ist ein neuer Mensch. Alles andere ist Selbstbetrug. Umsonst ereifern Sie sich. Sie übersehen willentlich das Wichtigste.« Was das Wichtigste ist, sagt er nicht.

Und wendet sich den übrigen zu, erzählt die Anekdote vom Rat des weisen Rabbi an eines seiner Schäfchen: »Wie? Du beklagst dich, daß ihr zu viele in der Hütte seid? So nimm nun den Hund hinein und komm dann wieder. Unerträglich? Tu die Ziege dazu! Zum Ersticken? Und der Esel noch draußen? Hinein mit ihm. Wie? Die Schwieger liegt seit einer Woche in Ohnmacht? Na gut, dann jag den Hund davon und melde dich in acht Tagen wieder. Besser? Schmeiß die Ziege hinaus! Wunderbar? Nun fort auch mit dem Esel! Der Himmel auf Erden, na dann!« Der Pfarrer sagt zu mir: »So werden Sie sich fühlen, wenn man uns aus Ihrer Zelle fortgeschafft hat.«

Aus meiner Zelle ... »Vielleicht gehe ich als erster.«

Er schüttelt den Kopf. »Das nicht. Diese Zelle ist etwas größer als die anderen. Wer hier ist, der bleibt, bleibt lange.«

»Meine Geschichte ist denkbar einfach«, berichtet Samuel Apfelbach. »Angehörige habe ich keine mehr. Meine Familie war in Sathmar beheimatet. Als 1940 der nördliche Teil Siebenbürgens an Ungarn zurückfiel, war ich Schüler am sächsischen Bischof-Teutsch-Gymnasium in Schäßburg, verblieb also in Rumänien. Die Schule mußte ich verlassen, als die Deutsche Volksgruppe uns Juden den Besuch dieser Anstalten verbot. Nach dem Bakkalaureat am rumänischen Staatslyzeum wurde ich von der königlichen *Siguranţa* in ein Arbeitslager für Juden in die Steinbrüche der Dobrudscha verschickt. Nach dem 23. August 1944 kam ich auf freien Fuß. Als ich zu Kriegsende die Übriggebliebenen meiner Familie zählen wollte, gab es nichts mehr zu zählen.«

Ich will etwas fragen, beginne wie immer mit:» Verzeihen Sie«, stocke. Und frage nichts mehr. Sage nur noch:»Verzeihen Sie.« Es wird still in der Zelle. Herr Apfelbach sagt:»Hinschauen, hinschauen – das allein lindert …«

Und sagt nach einer geraumen Weile:»Hier bin ich wegen eines einzigen Wortes.« Er fordert uns auf, zu raten.

Ein Wort? Das ist zuwenig. Schon »Nieder Stalin!« besteht aus zwei Wörtern.

»Sehen Sie, als Antiquar habe ich es *sui generis* und *per definitionem* mit alten Büchern zu tun, aus vorkommunistischer Zeit also. Um nun meine Loyalität unter Beweis zu stellen, habe ich die eine Auslage meines Ladens rot ausgeschlagen und sie mit den Photos der sieben Parteiführer in Großformat versehen. Kein Buch, nur Visagen. Vorige Woche stürmen ein Parteifunktionär und ein *Securitate*-Mann in meinen Laden, zerren mich vor die Auslage mit den sieben Gesichtern. Der von der Partei schreit mich an: ›Räum sofort den Banditen weg, den elenden Volksverräter und Staatsfeind!‹

›Welchen?‹ frage ich.

Darauf haben sie nicht nur das Bild, sondern auch mich mitgenommen. Hier wird man wohl nicht an die Luft geführt?«

»Nie«, sage ich.

»Doch jetzt muß ich beten.«

»Und nun werde ich Ihnen eine Geschichte erzählen«, sagt Stadtpfarrer Vasvári und winkt mich heran. Ich steige über drei Kollegen, schiebe den Glöckner weg und lasse mich zu seinen Füßen nieder.

An einem Gründonnerstag fuhr man ihn, damals Häftling in den Kelleretagen des Innenministeriums, mit dem Lift in die Büroräume des Ministeriums. Staatssekretär Bunaciu erwartete ihn. Nachdem er mit gewinnender Höflichkeit nach seinem Befinden gefragt hatte, wurden die beiden mit einer Luxuslimousine über die *Calea Victoriei* zu einem Palais chauffiert. Die Wachen präsentierten das Gewehr. Ein Herr im schwarzen Anzug führte die Gäste durch pompöse Vorräume, vorbei an überirdischen Damen und strahlenden Türwachen, geradewegs in einen Prunkraum. »Sie können sich vorstellen: Nach Monaten allein im Halbdunkel und in luftleerem Raum schwindelte es mich. Ich mußte mich vergewissern, daß ich nicht an Halluzinationen leide.«

Dr. Petru Groza, der Präsident der Volksrepublik, empfing ihn. Sie kannten sich noch aus der Zeit, wo dieser als bürgerlicher Politiker und Bauernführer beim König ein und ausgegangen war. Herr Vasvári unterbricht den Bericht, fragt mich: »Wissen Sie eigentlich, daß dieser Renegat im Januar gestorben ist, elend vom Krebs aufgefressen?« Ich weiß es nicht. »Sie sehen, Gott läßt sich nicht spotten.«

Der Präsident der Volksrepublik hatte sich beim Eintritt des Häftlings erhoben. Er ging auf ihn zu, reichte ihm die Hand und erkundigte sich in wohlgesetzten Worten nach seinem Befinden. Und schloß: »Wir haben uns wahrlich lange nicht gesehen, lieber Freund!« Dann versanken sie alle drei in Ledersesseln, die von schmiedeeisernen Stehlampen flankiert waren. Groza versicherte ihm, man wisse von seinen Verdiensten um die Kommunistische Partei während der Illegalität. Der Pfarrer wehrte ab: Bloß ein Gnadengesuch beim König habe er eingereicht, um eine junge Katholikin seines Sprengels vor der Hinrichtung zu bewahren.

Der Präsident beteuerte: »Sie haben eine Jungkommunistin vor dem Tode gerettet, sie der willkürlichen Klassenjustiz entrissen. Das ist hierorts unvergessen geblieben.« Somit habe man an allerhöchster Stelle beschlossen – wo, das blieb ungeklärt –, den hochverehrten Herrn Stadtpfarrer in der nächsten Woche nach Hause gehen zu lassen.

»Es war Gründonnerstag. Ich schlug vor, man möge mich so entlassen, daß ich am Sonntag in meiner Pfarrkirche die Ostermesse zelebrieren könne. Es würde einen guten Eindruck auf die katholischen Gläubigen machen, wenn ihr

Pfarrer ... Groza fiel mir ins Wort, sagte fast vorwurfsvoll zu Bunaciu: ›Wie konnten wir vergessen? Unsere katholischen Brüder feiern eine Woche vor uns die heiligen Ostern. Gut! Abgemacht! Sofort die Formalitäten erledigen. Und nach Hause mit Ihnen, Hochwürden! Wir sind auf guten Eindruck beim Volk angewiesen. Der Kommunismus ist eine schwere Lektion, versteht sich nicht von selbst.‹ Und wünschte mir dann auf ungarisch Frohe Ostern.

Wir fuhren zurück: Ich wartete bis zum Abend im Büro des Staatssekretärs, unter Bewachung und stehend mit dem Gesicht zur Wand, bis ich dann endlich mit dem Lift in den Keller gefahren wurde. Ein Jahr später ließen die mich nach Hause – für kurze Zeit. Die nächsten Ostern waren vorbei.«

Tags darauf ist der Priester in Eile. »Ich muß Ihnen einiges sagen, ehe es zu spät ist. Sie, junger Freund, sind zu schade für dies Regime. Auch schaffen Sie es nie, ein Ihriger zu werden.« Er horcht hinaus mit unruhigen Augen, redet in besorgtem Ton weiter: »Es ist mir Gewißheit und Erfahrung, daß es keine Dimension des Lebens gibt, die von der Wirklichkeit Gottes absehen kann, daß es nichts gibt, das ein Recht und die Macht hätte, allein für sich zu bestehen. Kannst du folgen?«

»Ich kann«, sage ich trotzig. »Wegen diesem Absolutheitsanspruch des Christentums bin ich von der Theologie weggerannt.«

»Eine Grunderkenntnis des Evangeliums ist, daß vom Menschen in Wahrheit nur die Rede sein kann, wenn die *Coram-Deo*-Relation berücksichtigt wird. Und das ist die Relation der Liebe. Scheitern werden die – und jeder, der sich mit ihnen gemein macht –, weil ihr Entwurf vom Glück des Menschen gegen die Liebe Gottes steht.«

Ich halte mir die Ohren zu, rufe: »Meinen Sie, daß die Vision vom machbaren Glück des Menschen leeres Gerede ist? Wie viele haben dafür ihr Leben gewagt, ja lassen müssen!«

»Jeder hier in den Fängen der Gottlosen trägt die Stigmata einer Erwählung *sub contrario*, unter der Erfahrung des Gegenteils. Woran erinnern dich diese Worte? Fällt dir dazu etwas ein?«

»An den Tod vom Christus am Kreuz«, sage ich tonlos.

»Wer sich der furchtbaren Verwerfung, Verurteilung stellt und bereit ist, das Kreuz anzunehmen, an dem wird sich das wunderbare Geschehen der Auferstehung ereignen. Deine Tragik, junger Bruder, ist, daß du meinst, gewiß *bona fide*, dich dem Verworfensein deiner Person, der Verurteilung deiner Klasse entziehen zu können. Dein Denkfehler ist, daß du die *Coram-Deo*-Relation aus der Welt schaffen willst und allein auf die *Coram-mundi*-Relation setzt. Die dort«, er hebt den Finger, »unterliegen dem schwankenden Urteil der Welt. Heute oben, morgen unten, heute links richtig, morgen Links- oder Rechtsabweichung, heute Genosse, morgen Volksfeind. Wie oft bin ich mit hohen Parteikadern in der Zelle gesessen, die man mir nichts, dir nichts fallen hat lassen. Was die ›monolithische Einheit‹ der Partei nennen oder so ähnlich, ist eine Illusion. Doch nun merke auf, mein Freund, denn der Tag wird kommen, wo du dieses Wort brauchst: Über allem steht das Urteil Gottes, das uns dem Urteil *coram mundi* nicht überläßt. Es ist um des Kreuzestodes Jesu Christi willen Freispruch für dich. Nicht jetzt und sofort wirst du das begreifen und brauchen; erst nach dem Weg der leidvollen Buße und Umkehr. Noch bist du zu verbohrt. So versprich: Wenn Gott dich ruft – später nach Jahren, vielleicht am Ende –, dann sage ja.« Er steigt vom Bett, die anderen machen Platz, drängen sich zusammen. Er umarmt mich, drückt mich an die Brust, schlägt das Kreuz über meine Stirne, küßt mich hastig, als hörte er bereits die Stiefel im Flur. »Und merke dir diesen Zuspruch, du wirst es nötig haben: Allein die Liebe deckt die Menge der Sünden zu.« Er schnürt bereits sein Bündel. »Beten Sie für alle, die Sie preisgeben!«

Die Dämmerung füllt die Zelle, während es draußen noch hell sein könnte. Wie an den Abenden zuvor bittet er uns, still zu sein. Er betet, aufgestützt auf das Stockbett, das schmale Gesicht in den Händen. Er betet, und wir schauen zu.

Wie eine Granate knattert es heran, schlägt ein, die Tür springt auf. Mit sphinxhafter Miene bedeutet der Soldat dem

Beter, mit Beten aufzuhören und sich fertig zu machen. Den Hut in der einen Hand, das Bündel und Töpfel in der andern wird der Mann Gottes hinausgeführt, blindlings und schweigend.

25

Wir sind wieder unter uns, der Jäger und ich. Wie Spukgestalten sind die anderen verschwunden. Der Jäger sitzt auf dem Pischtopf und kackt außertourlich. Der Gestank vertreibt die Schnüffler vom Guckloch. Er sagt spürbar erleichtert: »Die Partei macht niemals Fehler. Nur einzelne irren. Man muß treu bleiben!« Und ich stelle mein erstes politisches Gedicht zusammen. Ein Sonett, weil man dabei weiß, wann man aufhören muß. Tagelang plage ich mich mit dem Reimeschmieden.

»Der Sonnenball preßt heißes Licht durch Adern
der Welt. Hell heben Meere an zu kreisen.
Schon lachen Blumen, alle Vögel preisen,
und Wind jauchzt auf. Nur Schatten hadern.

Der Menschheit Herz – das Volk – schwellt alle Adern
mit Blut der Arbeit, schafft auf tausend Weisen
neu ihren Leib, doch nicht nach greisen
Mustern aus Staub, vielmehr aus Feuerquadern.«

Im zweiten Teil dichtet es sich leichter.

»Durch unser beider Herzen tobt die Feuerreise
des jungen Tags, der über steile Berge bricht,
ins Herz des Alls uns führt auf glühendem Geleise.

Dies Herz bist du, Partei!
Durch uns, durchs Volk, durchs All schießt deines Blutes
Licht,
lenkt selbst der Sterne Sinn und sprengt die Nacht entzwei!«

Der Alltag hat mich wieder. Um fünf Uhr werden wir geweckt. Um zehn Uhr abends heißt es: »Licht löschen!« Tagsüber dreieinhalb Schritte so, drei Schritte zurück, und noch einmal und noch einmal, siebzehn Stunden lang. Geschichten im Flüsterton, manchmal Zukunftspläne. Stallknecht bei der Kollektivwirtschaft, Einsiedler im Gebirge.

Nach dem Frühstück holt man mich. Mit sphinxhaftem Gesicht fragt der Götterbote nach meinem Namen, den er hundertmal gehört hat: »Zieh den Rock an, nimm die Brille. Komm! Elf Stufen hinauf! Heb die Füße! Hast du verlernt, zu gehen?«

Ich werde in einem leeren Vernehmungsraum abgestellt, sitze hinter der Tür an einem Tischchen. Jenseits der vergitterten Fenster verfolge ich, wie die Sonne die Hohlwege zur Schulerau ausleuchtet, in kurzen Schatten den Mittag markiert und endlich sichtbar wird, während sie unter den Horizont rollt. Der Wachsoldat tritt ein, stellt mir ein Birnenkompott hin, bugsiert mich mit verbundenen Augen auf ein Klo, das sich normal anfühlt. Als es zu dämmern beginnt, knipst er die Lampe an. Und schafft mich irgendwann in die Zelle zurück. Dort verschlinge ich auf einen Satz das Mittag- und Abendessen. Selbst der gewitzte Jäger kann sich darauf keinen Reim machen.

Nach einigen Tagen habe ich mich gewöhnt, hänge Gedanken nach. Ja, einmal wage ich mir vorzustellen, daß der Tag kommen könnte, wo ich draußen mit einem Mädchen an der Hand die Hohlwege hinaufgehen würde, daß ich mit einer verstohlenen Kopfbewegung nach hinten auf dieses Gebäude wiese und sagte: »Dort!« Worauf sie mich stillschweigend umarmt, die Schöne meines Lebens.

Seit Tagen sitze ich im Befragungszimmer, allein mit dem monströsen Schreibtisch, und lasse die Augen in die vergitterte Landschaft schweifen, folge den Spaziergängen meiner Seele zu irrealen Zielen. Und weiß plötzlich, wer sie sein wird, die Schöne fürs Leben: Elisa. Hatte sie nicht jedesmal, wenn ich mich ihr näherte, gesagt: »Es ist zu früh?« Das heißt im Klartext: jetzt noch nicht, aber später gewiß. Wieso komme ich erst jetzt darauf?

Als ich Elisa, mehr im Scherz, eines Abends fragte, es war im Frühsommer vor meiner Verhaftung: »Darf ich dich zu einer Nacht im Botanischen Garten einladen?«, sah sie ernsthaft zu mir auf und sagte: »Gerne!« Und fügte nach einigen Sekunden hinzu: »Wer weiß, ob ich im nächsten Sommer noch hier sein werde.« Das war nach einem der Literaturabende. Hugo Hügel hatte aus seiner Geschichte *Der Rattenkönig und der Flötenspieler* gelesen, war aber sofort nachher zum Bahnhof geeilt, begleitet von einer hochgewachsenen Studentin mit langen blonden Zöpfen.

Die Nacht in der Natur war kurz und kühl. Da kein Mond schien, ging es nicht an, in der fernöstlichen Landschaft zu lustwandeln, auf gewundenen Stegen, die über Tuffsteintreppen abstürzten oder über gewölbte Brücken schwebten. Wir wählten als Ruhestätte das fünfeckige japanische Teehaus. Seine kunstvoll geschnitzten Holzwände waren von Schlingpflanzen überwachsen. Aus dem exotischen Laub leuchteten Blumenköpfe in märchenhaften Farben: scharlachrote Doldenrispen, hauchzarte Schmetterlingsblüten und indigoblau die Glyzinie. Ehe es dunkel wurde, setzte ich auf dem Teich vor dem Teehaus ein Borkenboot aus mit einer brennenden Kerze.

Als es finster war, richteten wir uns in der Laube ein. Ich setzte mich auf die Holzbank. Sie streckte sich aus, lag auf dem Rücken, ihr Kopf ruhte in meinem Schoß. Ein rotkarierter Wollrock umhüllte ihre Beine bis zu den Knöcheln. Mit meiner Windjacke deckte ich sie zu. Durch den Eingang erblickten wir ein Stück vom Himmel über der Stadt, der giftiggelb schimmerte.

»Warum denkst du, daß du übers Jahr nicht mehr hier sein wirst?«

»Übers Jahr? Schon morgen vielleicht. Übrigens, weißt du, wer unser ärgster Feind ist?«

»Die *Securitate*?«

»Unser Körper. Dort steckt der Tod. Oft liege ich in der Nacht wach und denke: Wo in meinem Körper wird die Krankheit zum Tode sich einnisten, mich anfallen, mich herausnehmen aus der Welt?«

»Im Darm sitzt der Tod«, sagte ich beflissen.

Daß dies höhere Wesen auch einen Körper hatte, war mir entgangen. Ich beugte mich zu ihr und küßte sie auf den Mund. Sie hielt ruhig, ihre Lippen bewegten sich nicht, blieben glatt und kühl wie Mondgestein. Sie sagte: »Es ist noch zu früh.« Und im selben Atemzug: »Laß uns gehen.« Sie schluchzte auf.

Wir blieben. Als es später kalt wurde, zog Elisa die Füße an und bedeckte die Knie mit meiner Jacke. Und fragte: »Frierst du nicht?«

»Nein.« So lag sie bis zum Morgen, den Kopf in meinem Schoß. Als die Vögel sich regten, brachen wir die Zelte ab. In dem Augenblick, wo die ersten Sonnenstrahlen über den Himmel schossen, verstummte das Vogelgezwitscher mit einem Schlag. Wir wuschen uns in dem Teich, auf dem sich schläfrige Seerosenblätter rekelten. »Das tut gut«, sagte sie, während ihre Zähne aneinanderschlugen. »Jetzt wird es einem warm!«

Durch den Wirtschaftshof oberhalb der Irrenanstalt tappten wir ins Freie. Sie sagte: »Der Irrsinn ist die vorletzte Modalität, sich in der Welt vor der Welt zu retten.« Sie sah mich mit ihren hellen Augen forschend an. Ich sagte nichts. »Du fragst nicht, was ich als letztes meine? Nun gut, wir wissen es beide.«

»Wenn du meinst: sich vor der Welt aus der Welt hinauszuretten, so ist das bereits mehr als das letzte.«

Zum Abschied sagte sie: »Ich würde gerne in diesem Sommer mit dem Rad durchs Burzenland fahren. Ich kenne es nicht. Würde es dir Spaß machen, mich zu begleiten?«

»Ja.«

Am östlichen Saum des Geisterwaldes, wo die Ruine der Kreuzburg aufragt, wechselten wir vom Alten Land in das Burzenland. Ein schmaler Forstweg führte in steilen Kehren aus dem Wald heraus und zum Dorf Kreuzbach hinunter. In einer der Krümmungen verlor Elisa die Herrschaft über das Fahrrad, preschte in das Dickicht und zerkratzte sich die Arme und das Gesicht. Das Vorderrad war verbeult, und ich konnte es nur soweit zurechtbiegen, daß es sich gerade noch drehte. Sie saß am Wegrand, das Gesicht in den Händen vergraben, als wir Stimmen hörten. Zwei Wanderer stiegen gemächlich den Waldpfad herauf. Im einen erkannte ich den Studienkollegen Liuben Tajew, den Neffen des bulgarischen Staatschefs. Was suchte er da im Geisterwald? Der steinerne Gast unserer Diskussionsrunden in Klausenburg, der – wenn er nicht gerade an seinen Zähnen zuzelte – schweigend dasaß, die Ohren spitzte und mit hungrigen Augen eine der Studentinnen verschlang? Ich fragte verdutzt: »Wieso bist du nicht zu Hause in Bulgarien, es sind doch Ferien?« In seinem Gesicht verzog sich keine Miene. Er wies auf seinen Begleiter, einen bärtigen jungen Mann, und sagte, als ob das als Erklärung genügte: »Ich habe hier zu tun.«

»Hier mitten im Wald?«

»Ja.«

Elisa trat zu uns. Sie hatte von ihrem Schottenrock Erde und Laub weggebürstet, die Bluse mit den Puffärmeln am Hals zugebunden und pflanzte sich vor Liuben auf. Sie packte ihn am Handgelenk, begann es zornig zu schütteln und überhäufte ihn mit einer Flut englischer Wörter. Er blickte sie unverwandt an, zischte einmal durch eine Zahnlücke und sagte schließlich einen Satz auf russisch, den ich erst recht nicht verstand. Worauf Elisa still wurde. Sie gab ihn frei und sagte zu mir: »Fahren wir weiter.« Die beiden trollten sich.

»Fahren? Froh sollten wir sein, wenn wir dein Bizykel nicht am Buckel tragen müssen, sondern es schieben können.«

Es wurde ein langer Fußmarsch, der Abend dämpfte bereits das sommerliche Licht, als wir Kreuzbach erreichten. Wir beschlossen, auf dem Pfarrhof einzukehren.

Die Pfarrerin, mit weizenblondem Haar, in das sich Silberfäden mischten, empfing uns in grauen, wattierten Hosen. Ihre Sprache klang fremdartig, ihre Worte hatten einen dunklen Sinn. »Ein Nachtquartier, Studenten aus Klausenburg? Nicht Bruder und Schwester, ja, wohin mit ihnen? Ins rote Zimmer, rot, weil die alten Möbel so überzogen sind, Familienstücke vom Herrn Pfarrer, ja, dort gibt es zwei Biedermeiersofas; aber der junge Herr Student ist zu lang. Nein, lieber ins gelbe Zimmer, dort sind die Messingbetten meiner verblichenen Schwiegereltern. Ehebetten? Nicht doch, wo ihr weder Bruder noch Schwester seid. Dann am besten den einen ins blaue Zimmer mit den goldenen Sternen, blau die Wände wie der Maihimmel in der Ukraine, aber golden die Sterne wie hier im Burzenland, ja, und die Genossin, das Fräulein ins lila Zimmer, lila, weil dort die Porträts eines Malers hängen, der alle Gesichter in Lila gemalt hat, ein Cousin des Herrn Pfarrers. Aber vielleicht sollte ich ihn fragen. Bitte kommt herein. Das Abendbrot steht auf dem Tisch.«

»Wir können auch in der Scheune schlafen«, sagte ich höflich, doch Elisa machte mir Zeichen: nur das nicht! Und zeigte auf die blutigen Kratzer.

»Scheune haben wir keine mehr, seit unsere drei Kinder aus dem Haus sind. Das heißt, seit die Zigeuner von Crisba sie verfeuert haben, im Winter 45.« Sie führte die Hände an die Schläfen, ein neuer Gedanke sprang heraus: »Ich könnte euch auch so zur Nachtruhe legen: den einen in mein Erinnerungszimmer, doch das ist voller Holzpuppen. Den andern ins Arbeitszimmer des Herrn Pfarrers, doch das ist voll toter Pflanzen.«

Der Pfarrer im schwarzen Anzug, bepudert mit Pollenstaub, begrüßte uns freundlich. Er saß in der offenen Veranda und betrachtete den Sonnenuntergang hinter dem Königstein. »Seid willkommen unter diesem Dach.« Er trank Lindenblütentee. Der Tisch war für zwei Personen gedeckt. In der Mitte stand eine kindsgroße Holzpuppe in einer ungewöhnlichen Bauerntracht. »Hierbleiben bis morgen? Selbstverständlich. Die Ordensburgen im Burzenland, schön. Studenten beide: Russisch und Wasser, das hat Zukunft.« Die Pfarrfrau legte noch ein Gedeck auf, goß Tee in die zwei leeren Schalen, süßte ihn mit Honig, stellte die Tassen vor uns hin und sagte zu Elisa auf russisch: »Die Puppe heißt Matrijona.«

Elisa fragte verwirrt, sie fiel ebenfalls ins Russische: »Essen Sie nicht mit uns, *gospodina*?«

»*Njet, baryschna.*«

Der Pfarrer wandte sich an uns: »Ehe wir zu essen beginnen, wollen wir Gott für seine Gaben danken.« Sie schlug dreimal das Kreuz auf orthodoxe Art. Er blickte sie kurz an, sie sagte: »So bin ich das aus meiner Heimat gewöhnt. Übrigens hat auch unser Reformator Dr. Martin Luther gesagt: Das Kreuzschlagen ist eine feine, gottgefällige Sitte.« Während wir aßen, stand sie aufrecht neben dem Pfarrherrn, die Hände über dem Leib gefaltet, und sah uns mit flackernden Augen auf Mund und Hände. Fiel dem Hausherrn eine Brotkrume vom Kinn über die Serviette auf den Tisch, dann eilte seine Frau herbei und kehrte den Unrat mit einer Bürste auf ein Schäufelchen von getriebenem Silber. Jedesmal nickte der Pfarrer ihr dankend zu.

In der Küche, hinter einem Vorhang, wusch die Hausfrau Elisa die Wunden mit lauwarmem Zinnkrautabsud und Schöllkrautsaft, während der Pfarrer ihre Arme mit einer Salbe aus Ringelblumen bestrich und dann mit einer Mullbinde liebevoll verband.

Frau Milena brachte Elisa im gelben Zimmer unter. Mich beschied sie ins Zimmer mit den Porträts, wo mich violette und grünliche Gesichter mit schiefem Blick musterten. Die Tür zwischen uns beiden ließ sie offen. »Ihr werdet ja sehen. Der schwarze Engel Gottes und die Jungfrau Maria auf der silbernen Mondsichel mögen euch vor allen bösen Gedanken behüten. Gute Nacht.« Und löschte die Petroleumlampe, ohne viel zu fragen.

»Um diese Frau ist ein Geheimnis«, sagte ich ins Dunkel hinein.

»Geheimnis? Eher Heimlichkeiten. Und nun laß mich schlafen. Der heutige Tag hat mir genügt.«

In der Nacht erwachte ich, überlegte, ob es der Moment sei, hinüberzuflutschen – hatte sie nicht gesagt: »So arg, wie es diese Bandagen vermuten lassen, steht es ja nun doch nicht um mich?« –, als eine Gestalt in der Verbindungstür erschien und eine Petroleumlampe neben sich auf den Boden stellte. Die Pfarrfrau stand im Türrahmen, das Gesicht zu mir gewandt; sie hielt die Arme ausgebreitet, als müsse sie jemanden mit Leib und Leben am Eindringen ins andere Zimmer hindern, und sagte in beschwörendem Ton: »Tut das nicht! Für eine Stunde Seligkeit verspielt ihr euren Seelenfrieden.

Tut es nicht! Ihr bereut es, bis euer Herzblut in der Erde versiegt. Ja, nicht! Nur nicht!«

Sie trug ein schwarzes Nachtgewand, so dünn, daß man im Licht der Lampe die rundlichen Konturen ihres Körpers ausmachen konnte, während auf dem seidigen Stoff tausend goldene Punkte funkelten.

Der Pfarrer im schwarzen Anzug trat durch eine dritte Tür ein. Er nahm seine Frau an der Hand, breitete eine Pelerine um ihre Schultern und geleitete sie behutsam hinaus. »Komm, Milena, laß die fremden Geister ihres Weges ziehen, in ihre angestammte Heimat. Beuge dich den guten Geistern dieses Hauses.« Er nahm die Lampe auf, warf einen kurzen Blick zu meinem Bett. Die Frau flüsterte: »Der schwarze Schutzengel der Gruben, nicht fremd ist er für mich, und noch weniger das apokalyptische Weib auf der silbernen Mondsichel!«

Ich verschob den Besuch bei Elisa im Ehebett auf bessere Zeiten.

Beim Frühstück waren wir zu dritt. »Meine Frau ist schon unterwegs.« Das Morgengebet bestand aus einer Abfolge sehr verschiedenartiger Gedanken:

»Die Nacht ist vergangen, der Tag ist herbeigekommen.

Lasset uns wachen und nüchtern sein und abtun, was uns träge macht.

Herr, wir danken dir für die Ruhe der Nacht und das Licht dieses neuen Tages.

Laß uns bereit sein, dir zu dienen.

Laß uns wach sein für dein Gebot.«

Ehe wir zugreifen durften, erläuterte der Pfarrer das Gebet: wachen und nüchtern im Gegensatz zur Nacht als Ort trunkener Ausschweifungen an Leib und Seele. Dank für das Licht des neuen Tages – Anklänge an die Urangst des Menschen, daß die Sonne für immer und ewig untergegangen sei. Die letzte Bitte, als verbindliche Losung für den kommenden Tag, sei das schwerste: »Dienst am Gebot der Liebe Gottes.«

Pfarrer Johannes Anselm Schmal entledigte sich der Schwere dieses Gebots, indem er das Fahrrad seiner Frau an Elisa verschenkte. »Sie fährt nur noch mit ihrer Charrette durch die Lande.« Er entließ uns huldvoll, ein Herbarium unter dem

Arm. Elisa beugte sich unversehens über seine Hand und küßte sie, wie das bei orthodoxen Popen gute Sitte ist. Schweigend fuhren wir über die steinige Landstraße nach Heldsdorf hinüber und von dort nach Brenndorf und von dort nach Marienburg, und weiter und weiter, und zuletzt nach Honigberg.

Mit Schwung öffnet sich die Tür zum Befragungszimmer, in dem es still ist wie in einer Kapelle. Major Alexandrescu schießt herein, eine dicke Mappe unterm Arm. Ein Soldat schleppt einen Tisch herbei. Der Major lüpft die gelben Brauen, scheint erfreut, mich nach so langem Suchen entdeckt zu haben. »Gut so! Da sind Sie ja! Sehen Sie, hier Literarisches, das Sie übersetzen werden: Briefe, Tagebücher, Tischladenliteratur. Für den Sozialismus hat sich keiner die Finger krummgeschrieben. Es wird Ihnen Spaß bereiten, Ihre Freunde und Bekannten von der verschwiegenen Seite kennenzulernen, in ihren Intimitäten und Betrügereien, in ihren schmierigen Heimlichkeiten. Der neue, sozialistische Mensch hat keine Geheimnisse. Und hat er welche, dann ist er der neue Mensch nicht. Ein Kommunist hat durchsichtig zu sein wie doppeltgebrannter Schnaps.« Er lacht fürchterlich. »Sie werden alleine arbeiten. Fällt Ihnen Verdächtiges auf, notieren sie es. Das Ganze ist eine Probe Ihrer ideologischen Verläßlichkeit. Haben Sie etwas nötig, so klatschen Sie. Der Soldat patrouilliert vor der Tür.«

»*Domnule maior*«, rufe ich, ehe er davonstürmt, »ich habe ein Gedicht verfaßt. Darf ich es aufschreiben und Ihnen vorlegen?«

»Na bravo. Keiner, der hier nicht zum Poeten wird. Eine wunderbare Reklame für diese Institution: das reinste Dichterland, elysäische Gefilde. Nur zu! Ein Liebesgedicht?«

»Nein, an die Partei.«

»Aha. Aber auch das sind wir gewöhnt. Der ärgste Reaktionär entdeckt hier seine Liebe zur Partei.«

»Ich aber meine es ernst.«

»Das werden Sie beweisen müssen. Und nun an die Arbeit. Nehmen Sie sich Zeit. Wir haben Zeit.«

Ich stürze mich auf die Schriftbündel. Noch einmal reißt

der Major die Tür auf, steckt den Kopf herein, schnaubt: »Das mit Ihrem Bruder klären wir demnächst.« Weg ist er.

Oinz Erler, *Die betrunkene Sau*. Als sie mich vor zwei Monaten nach diesem Mann ausgefragt haben, ist es mir beim Wort »Ferkel« schwarz vor den Augen geworden, und ich habe die Besinnung verloren. Diesmal bewahre ich Haltung. Ein stechender Schmerz in der Brust, kurz, scharf. Dann setzt eine Automatik ein: Der Betroffene verliert sein Gesicht. Sein Name wird ein Kürzel: zum Beispiel für Staatsfeind.

Eifrig mache ich mich ans Übersetzen. Ein sächsischer Bauer, der unter dem Deckmantel des Klassenkampfes gerupft und geschröpft wird, verbirgt seine letzte Sau und ihre acht Ferkel im Keller, betäubt sie mit Schnaps, macht sie mundtot. Doch die plündernden Zigeuner entdecken die selig schlummernde Schweinefamilie, der Schnapsgeruch hat ihre Nasen auf die richtige Fährte gelockt. Während sie sie ans Tageslicht zerren und auf Eselskarren wegschaffen, setzt sich der Bauer im Kirchenpelz unter seinen Nußbaum und singt aus dem Gesangbuch »Großer Gott wir loben dich« und »Ein feste Burg ist unser Gott«. Den Hungerleidern wiederum schlägt der schnapsgetränkte Ferkelbraten nicht gut an: Sie beginnen wie närrisch um die geschlachtete Sau zu tanzen und kotzen zuletzt alles Köstliche aus.

Mein Verdikt habe ich schon auf das leere Vorblatt notiert: klassenspezifische und ethnische Überheblichkeit in der Darstellung – der sächsische Übermensch im Kirchenpelz, der Zigeuner verächtlich gemacht in seinem legitimen Hunger.

Eines Morgens werde ich in das Befragungszimmer hineingeschoben und mit verbundenen Augen auf einen Stuhl gedrückt, während man mir die Hände an der Stuhllehne zusammenbindet. Erst dann nimmt man mir die Brille ab. Ich sitze so, daß ich eine Zimmerwand vor mir habe. Mir zur Seite Hauptmann Gavriloiu und der Leutnant Scaiete. Am Schreibtisch sitzt Major Alexandrescu mit todernstem Gesicht. Er sagt mit strenger Stimme: »*Confruntare.*« Gegenüberstellung. Doch wo ist mein Gegenüber? Der Offizier fährt fort: »Ihr beide antwortet nur auf Fragen, die ich euch stellen werde. Kurz und wahrheitsgemäß.« Frage an mich: »Kennen Sie einen Mircea Basarabean, alias Michel Seifert?«

»Ja.«

»Wann und wo haben Sie den Genannten zum letzten Mal gesehen?«

»In der Nacht meiner Verhaftung hier im Keller, als man uns beiden die Handschellen abgenommen hat, mit denen wir aneinandergefesselt waren.«

»Nicht doch; im Zivilleben.«

»In Klausenburg im Sommer 1957 in meiner Studentenbude.«

Frage an den hinter mir: »Kennst du diesen Menschen?«

»Ja.«

»Gibst du zu, den Genannten im Sommer 1957 bei sich zu Hause besucht zu haben?«

»Ja.«

»Was habt ihr geredet?«

»Nichts.«

Frage an mich: «Was habt ihr geredet?«

»Er hat mir folgendes berichtet: daß ihn die *Securitate* von Stalinstadt für eine Nacht festgenommen habe und daß sie Bescheid wisse um den Verschwörerkreis Peter Töpfner, wo auch von Bewaffnung und Aufstand die Rede gewesen sei.«

Frage an mein Hintermir: »Gibst du zu, daß das wahr und richtig ist, was du eben gehört hast?«

»Ja und nein. Denn zuerst habe ich unter sein Bett gespäht, dann seinen Schrank besichtigt und dann erst das Obige ihm mitgeteilt, im Flüsterton und unter dem Siegel der Verschwiegenheit.«

»Wiederhole, was du ihm gesagt hast.« Er wiederholt, was ich zuvor ausgesagt habe.

»Weiß des Genannten Bruder Felix etwas von den Vorhaben dieser Verschwörerbande?«

»Nein.«

»Wieso denn nicht, wo der genannte Felix in jenem Winter bei Töpfner gewohnt, mit ihm dasselbe Zimmer geteilt hat?«

»Weil er nie bei diesen Zusammenkünften dabei war.«

»Warum?«

»Weil er mir aus dem Weg gegangen ist.«

»Wie das?«

»Ich habe ihm sein Mädchen ausgespannt, das später Töpfner sich geholt hat.«

»Wie heißt das Mädchen?«

»Ich habe es vergessen«, sagt er traurig.

»Mädchen ausspannen! Pfui Teufel, ihr springt ja mit euren Mädchen um, als sei es Zugvieh.« Er wird weggeführt, ohne daß ich ihn zu Gesicht bekomme. Alles ist klar: Mein Bruder hat nichts gewußt, also kann er auch nichts weitergesagt haben. Der Wachsoldat bindet mich vom Stuhl los, und ich mache mich wieder an meine Arbeit.

Ich sichte den literarischen Nachlaß zu Lebzeiten von vielen Autoren und übersetze und übersetze, bis ich in beiden Sprachen auf einmal zu reden beginne. Dazwischen liegen bebende Verhöre, unterwühlt von archaischem Schrecken, dem ich mich nicht entschlagen kann.

So vergeht ein Jahr.

Der Wachsoldat legt eine Mappe vor mich. Baron von Pottenhof: Briefe, Aufzeichnungen, Fabeln, Gedichte. Rot bezeichnet, was übersetzt werden soll. Er hier! Ungewollt befällt mich Trauer, der ich keine Zügel anlege. Baron von Pottenhof, so alt wie meine Mutter, geboren in Fiume … Nun beginnt neuerlich für ihn die Tortur der Gefangenschaft, der Jahre in Haft war, davon drei im Todesgefängnis Aiud. Danach jahrelang Zwangsaufenthalt in einem Nest der sarmatischen Steppe in der Walachei, angestellt als Schuldiener. Der Baron mit der frommen Aura, geliebt und verehrt wie ein Heiliger, säuberte Latrinen, schrubbte Böden oder ließ sie mit Petroleum ein. Im Winter sägte und spaltete er Holz, heizte die Eisenöfen und wurde angehalten, täglich für die Lehrer Kaffee zu kochen. In seinen Briefen aus Dor Marunt beschrieb er sein Leben in der aufgezwungenen Ödnis mit derselben Innigkeit und Hingabe wie sein Wanderleben in den dreißiger Jahren die Küsten Italiens entlang. Dort war er verschollen geblieben für Jahre, bis auf spärliche Briefe an die Eltern in Hermannstadt, berückt von den Begängnissen des

Südens, von einsamen Bäumen in antiker Strenge und von Fischerknaben im Gegenlicht.

Ich lasse mir Zeit, lese nach, vertiefe mich. Laufe mit dem Studenten die Gestade des Mittelmeers entlang, ernähre mich von Oliven und Käse. Ich erfahre in Baumgedichten, daß *Die Palme, Die Robinie, Die Myrte* nicht nur exotische Gewächse sind, vielmehr jede für sich Idee und Botschaft. Ich lese über die Palme:

>»Welk hängt der verjährte Flor.
>Ohne Fehl steigt sie empor.
>Was vergangen, müde Schleppe,
>was bevorsteht, reine Treppe ...«

»Verjährter Flor, müde Schleppe ...« Ich darf mich darin nicht mehr verstecken.

Auf dem Vorblatt der Mappe vermerke ich: »Pottenhofs Fabeln sind in ihrer regimefeindlichen Doppelsinnigkeit einfach zu durchschauen, die agierenden Tierfiguren leicht zu enttarnen als Doppelgänger politischer Personen in der Volksrepublik.«

Und lerne auswendig, für mich und für meinen Herrgott:

>»Völker strömen,
>Völker fließen, fallen.
>Und im Fallen ist ein großes Glück.
>Keine Flocke weiß den Weg zurück.«

Schwer arbeite ich an Getz Schrägs Schriftwerk. Kofferweise Papier, es nimmt kein Ende. Ich stoße auf die fatale Fabel vom rotgekochten Krebs, der sich trotzdem sauwohl fühlt, und streiche kurzerhand die Silbe rot weg. Ein gut gekochter Krebs ist von Haus aus rot.

Ich halte fest: Als Literat fühlt sich Getz Schräg – bis auf einige apolitsche Gedichte – dem sozialistischen Realismus verpflichtet, er ist im großen und ganzen ein linientreuer Autor.

Hugo Hügel, einige Male zuvor bereits von der *Securitate*

festgenommen, wartet mit wenig Schriftlichem auf. Da ist eine Liste junger Mädchen mit Zöpfen und auffälliger Oberweite ... Unsereiner lebt eben nicht nach den Regeln der proletarischen Moral, denke ich. Und er hat recht: »Jeder wahre Poet braucht seine Frau von Stein.« Er eben mehrere und immer andere.

In seiner preisgekrönten Novelle wiederum finde ich nichts, was als Doppelbödigkeit ausgelegt werden könnte. Und auch *Die Heldentaten des Jungpioniers Jupp* passen in jedes sommerliche Pionierlager der Volksrepublik.

Somit vermerke ich auf dem leeren Blatt: »Staatsfeindlich ist nicht das, was er schreibt, sondern was er sagt. Wenn überhaupt Dissident, dann im Dahergerede und keineswegs in seinen Taten.«

Im Sommer 1959 gerate ich an die Schreibhefte von Herwald Schönmund. Mit Herzklopfen erkenne ich seine Schrift. Eines trägt den Titel: *Die verkappte Kontinuität evangelischen Glaubens in der Sowjetukraine. Aus dem Leben der Pfarrfrau von Kreuzbach.*

Eine Kaskade von Bildern trübt meinen Blick: Elisa allein im Ehebett, zwischen uns beiden die Pfarrfrau Milena im schwarzen Seidennachthemd, die uns auf russisch beschwört, etwas zu tun oder zu lassen, was ich nicht verstehe. Der Pfarrer Schmal mit der Petroleumlampe, im dunklen Anzug voll irisierendem Blütenstaub. Und wie der Mann seiner Frau heimleuchtet.

Herwald Schönmund, Student der Theologie im letzten Semester, der während der Sommerferien in Kreuzbach aushalf und Tag für Tag seine Beobachtungen und Erfahrungen aufzeichnete, hatte vor, die Biographie dieser ungewöhnlichen Frau im kirchengeschichtlichen Seminar zu thematisieren. Doch daraus wurde nichts.

Daß die Pfarrfrau die Hosen anhatte, ja sogar Hosen trug, wußte man in der Landeskirche und duldete es wie so vieles. Daß sie voller Hundsmucken und Wunderlichkeiten war, nahm man im Dorf mit Geduld und Nachsicht zur Kenntnis, denn man liebte sie.

Während des Sommerdienstes nahm Herwald Schönmund dem Pfarrer in den Filialgemeinden Gelsental und Waldorf vieles ab. Der gottbegnadete Poet und belesene Literat hielt Predigten, wo weniger von Jesus Christus als von Gottfried Benn und Thomas Mann die Rede war. Bei den Leuten kam er trotzdem an. Denn er predigte mit lauter Stimme und sang die melodienreiche Liturgie »wie in der Operett«.

Oft kutschierte ihn die Pfarrerin mit der Charrette hinüber, einem Einspänner mit zwei Rädern. Sie trug wattierte Hosen. Manchmal überließ sie dem jungen Mann die Zügel. Wenn sie durch den Akazienwald nach Gelsental hinunterfuhren und er die Zügel kurz halten mußte, küßte sie ihn auf die Wange. Die Akazien blühen spät im Jahr, ihr Duft war süß und schwer. Bei den Rückfahrt durch den Wald bergan, wenn er die Zügel schleifen ließ, hängte sie sich bei ihm ein und schüttete ihm ihr Herz aus. Die sinkende Sonne sog Schwaden von Gerüchen aus den Blüten. Die Frau klagte nicht, sie erzählte.

Pfarrer Johannes Anselm Schmal hatte seine Frau Milena Paulowna 1941 in Transnistrien gefunden. Sie war ihm von dem Augenblick an gefolgt, als er sie in der Gemeinde Liebenfeld nahe des Dnjestr getauft hatte.

Als die rumänischen und deutschen Truppen im Sommer 1941 Bessarabien eroberten und in die Ukraine einmarschierten, stieß man jenseits des Dnjestr auf Dörfer, wo Bauern und Frauen in der Tracht des 18. Jahrhunderts und in der Sprache von Schiller und Kleist die Soldaten begrüßten und umhalsten. Und als erstes um evangelische Pfarrer baten: Sie wünschten getauft, konfirmiert, getraut zu werden. Und daß die Toten gesegnet würden, das wollten sie auch. Die Kinder – kleine Heiden – sollten gründlich im evangelischen Glauben unterwiesen werden. Der Bischof in Hermannstadt, dem alle evangelischen Deutschen in Großrumänien unterstanden, entsandte junge Pfarrer in das bis zum Bug vergrößerte Königreich.

In der ersten Zeit standen Erwachsene Schlange, um getauft zu werden, von den deutschen Behörden scheel angesehen. Mütter knieten vor dem Taufstein, einen Säugling im

Arm, um sich herum die Schar flachsköpfiger Kinder. Bei den Massenkonfirmationen ging es zu wie bei der Speisung der Tausenden am See Genezareth: Nehmt und eßt, nehmt und trinkt! Brot und Wein wurden gereicht und die Hand zur Einsegnung aufgelegt. Es wurden Paare aller Altersstufen getraut. Und es war rührend zu sehen, was an Ringen gewechselt wurde: Silberblech und Kupfer waren Kostbarkeiten. Die Leute karrten Erde von entlegenen Friedhöfen in Marmeladekistchen herbei. Eile war geboten, denn kein Mensch glaubte, daß die Sowjets nicht in Bälde zurückkommen würden.

Bei der Taufe hatte eine junge Frau das Haupt wie viele demütig geneigt. Auf die Frage: »Willst du getauft werden?« rief sie laut und fröhlich von unten her: »Ja, ich will getauft werden von ganzem Herzen, bitte tauft Ihr mich!« Auf die Frage: »Wie heißt du?« antwortete sie: »Milena Pawlowna Leidenthal, Leiden mit ei, Tal mit th.« Das Glaubensbekenntnis schnurrte sie in gutem Lutherdeutsch herunter. Nach den ersten Tropfen Taufwasser aber warf sie den Kopf in den Nacken, daß die Haare dem jungen Pfarrer über die Augen wischten, hielt ihm das Gesicht hin – er spürte ihren Atem, der nach Holzkohle und Dillkraut roch – und zischelte: »Mehr, viel mehr Wasser, Genosse Pfarrer, wir sind durschtig nach Gott!« Der eben ordinierte Pfarrer Anselm Johannes Schmal, frisch eingesetzt in Kreuzbach, abkommandiert nach Transnistrien, nahm das Begehren bitterernst wie alles im Leben: Er hob die Taufschale hoch und goß das ganze Wasser in das Gesicht der Glückseligen, daß es triefte. Worauf diese ihn noch vor dem Friedensgruß umarmte und mitten auf den Mund küßte. Ehe die anderen sie wegschoben, flüsterte sie: »Heute nacht komm ich zu Euch!«

Das war des Guten zuviel. Denn Johannes Anselm Schmal kam aus einer Pfarrerfamilie. Noch ehe ein solches Pfarrerskind gelernt hat, nach dem Schnuller zu greifen oder eine Fliege totzuschlagen, weiß es die Hände zu falten. Und weiß von frühauf um die Zehn Gebote, die es mit der Muttermilch eingesogen hat. Von seiner frommen Mutter war dem schlaksigen Burschen mit den Segelohren eingetrichtert worden:

Küßt du ein Mädchen, mußt du es heiraten. Also sieh dich vor, welche Pfarrerstochter du uns erkiest, ehe du eine küßt. Nicht hatte die Mutter geklärt, was im umgekehrten Fall zu geschehen habe. Das war undenkbar.

Es mußte gehandelt werden, gehandelt, ehe die Nacht hereinbrach. Der Pfarrer vertagte die liturgischen Handlungen und sperrte die Kirche zu. Er traf die Erwählte in der Schmiede ihres Vaters. Mit rußgeschwärztem Gesicht und lachendem Mund trat sie den Blasebalg. Die Zähne blitzten. Der Vater hämmerte ein Hufeisen zurecht. Keiner der beiden hielt in seiner Verrichtung inne, als der Geistliche im Lutherrock bei der Wassertonne stehenblieb.

»Sind Sie der Vater von Fräulein Milena?«

»Sehr wohl.«

»Und wo ist die ehrenwerte Mutter?« Mutter keine, dafür jüngere Geschwister.

»Ich erlaube mir, um die Hand Ihres Fräulein Tochter anzuhalten.« Der Mann wandte sich vom Amboß weg und prüfte mit dem Finger das Wasser im Zuber, in dem er das Eisenstück gekühlt hatte. In einer Sprache zwischen Schiller und Russisch befahl er, Milena möge die Kleinen holen, das Wasser sei warm zum Bade. Und fragte dann schwerfällig, was der fremde Mann mit der Hand seiner Tochter wolle.

»Er will mich heiraten«, sagte sie schlicht.

»So? Alles wollen's uns wegnehmen: zuerst die Russen die Kirchen, jetzt die Deutschen den Glauben. Und ihr unsere Madeln. Nichts da«, schloß der Vater barsch, er brauche Milena in der Schmiede, in der Wirtschaft, vor allem im Haus. »Geht nicht!« Und verschwand von der Bildfläche.

»Und wie das geht«, rief das Mädchen und lachte laut und herzlich, die Zähne leuchteten perlfarben im rußschwarzen Gesicht.

Der Pfarrer sagte: »Unter einer Bedingung können Sie mich heiraten, gnädiges Fräulein: daß Sie mich in dieser Nacht nicht besuchen. Die erste Nacht zwischen Mann und Weib ist die Hochzeitsnacht.«

»Ja, das steht schon in der Bibel«, gab sie gutwillig zu.

»Auf Wiedersehen vor dem Traualtar in Kreuzbach bei Kronstadt.« Verbeugte sich und ging. So blieb es. Die Hochzeitsnacht war für beide die erste Nacht.

Pünktlich in jedem Monat Mai 1942, 1943, 1944 gebar sie die Buben Mischa und Sascha und ein Mädchen Matrijona, weizenblond alle drei wie die Felder in der Ukraine und mit blauen Augen wie der Burzenländer Himmel.

Diese Milena Schmal war anders als andere Pfarrfrauen. Sie tobte mit ihren Kindern durchs Pfarrhaus, indem sie jedes auf einem Diwankissen über den gebohnerten Boden schleifte, selbst den Säugling. Die Kinder und sie schliefen nackt in den Ehebetten auf Strohsäcken, mit Nußblättern gefüllt: »Gegen die Flöhe!« Während der Vater auf dem Boden zu ihren Füßen auf einem Hasenfell die Nacht verbrachte, still und ergeben. Zwar saß sie am Sonntag in der hochlehnigen, mit rotem Samt ausgeschlagenen Pfarrerinnenbank, doch mitten im Gottesdienst, tunlichst beim Nachpredigtlied, damit der Pfarrer nicht den Faden und die Fassung verlor, öffnete sie das Mieder und stillte aus praller Brust den Säugling. Es guckten die Burschen von der Empore herunter und begannen im Takt mitzuschmatzen.

In Hosen kutschierte sie den Einspänner über die Felder des Pfarrergrundes. Begann sie auf russisch laut zu werden – vielleicht fluchte sie, vielleicht sprach sie ein Gebet –, kam Schwung in die Feldarbeit. Die Hauszigeuner und rumänischen Tagelöhner spuckten in die Hände.

Einmal gab es in der Ehe eine Unterbrechung. Ende August 1944, als die Deutschen gingen und die Russen kamen, nahm ein Wehrmachtsoffizier, Oberleutnant Bodo Müller, der bei ihnen im Quartier lag, die Pfarrfrau in seinem Panzer nach Westen mit: »Wenn Sie hier bleiben, Milena Paulowna, werden Sie die Sowjets als Kollaborateurin erschießen oder, noch schlimmer, nach Sibirien verschleppen.«

Allein der Pfarrer wußte, daß es nicht die große Angst, sondern die große Liebe war. Er ließ ihr ihren Lauf. Hals über Kopf rasselten die beiden davon. In dieser Zeit zog der Pfarrer Matrijona mit der Zuzelflasche auf, lehrte den jüngeren Buben Alexander mit dem Löffel essen; dem Ältesten, Mischa, trichterte er ein, daß er Michael heiße, und brachte ihm Manieren bei: zum Beispiel die rechte Patschhand geben und ein Dienerchen machen. Als die Mutter im März 1945 zurück war, begrüßten sie die Kinderchen mit den erlesensten Artigkeiten und konnten viele Künste vorführen.

Den sächsischen Dorfleuten war in der Zwischenzeit übel mitgespielt worden. Wer nicht nach Rußland verschleppt worden war, den hatte man von Haus und Hof vertrieben. Die Pfarrfamilie wurde in zwei Räume zusammengedrängt, Küche und Amtszimmer. In den übrigen zehn Zimmern hauste der Bulibascha der Zigeuner, Grigore Bibicu, mit seiner Sippe. Über das Parkett hatten sie Stroh gebreitet. Und begonnen, die altehrwürdigen Möbel zu verfeuern, bestens getrocknet nach zwei Jahrhunderten. Als die Pfarrfrau den Zigeunerbaron russisch anschrie und mit den Filzstiefeln aufstampfte, daß das Stroh spritzte, kapierte der eitle und anmaßende Mann, was die Stunde geschlagen hatte. Am nächsten Morgen war das Pfarrhaus leer.

Milena Schmal sorgte auch im Dorf für Recht und Ordnung. In die frei gewordenen Räume des Pfarrhauses holte die furchtlose Frau sächsische Familien, von den mutlosesten und verzagtesten je eine in jedes Zimmer, mit allen Angehörigen, beginnend mit dem Patenkind bis zur alleinstehenden Großtante. Diese hatten bisher im eigenen Stall gehaust oder in den Lehmhütten der Zigeuner beim Bach. Das sah das Gesetz nicht vor. Die Pfarrerin stapfte durch den Schnee nach Heldsdorf und kehrte mit dem sowjetischen Platzkommandanten zurück. Als die neuen Herren die beiden über die Dorfstraße lustwandeln sahen, den martialischen Mann und die exotische Frau, russisch plaudernd, verkrochen sie sich. Haus um Haus inspizierte der Hauptmann in Reithosen, begleitet vom Dorfgendarmen und dem *primar*. Und wo er einmal mit der *cravache* an die Stiefel knallte, fügten sich die Dinge wunderbar. Die Verstoßenen kehrten zurück in die Hinterstuben oder Sommerküchen ihrer Häuser. Ja, sogar die entwendeten Sachen fanden den Weg zurück. Die Pfarrfrau hatte das Gerücht ausgesprengt, daß der Rittmeister reihum mit seinen Kosaken eine Hausdurchsuchung machen werde.

Jeder, bei dem man geraubtes Gut finde, würde nach Rußland verschleppt werden, wie die Sachsen zwei Monate zuvor und die Zigeuner zwei Jahre vorher. Plötzlich waren sie wieder da: das Spinnrad der Großmutter und die blaue Schürze vom Ohm, die Singer-Nähmaschine und der Strohhut mit schwarzem Band, und der Wandspruch: »Hier stirbt der Deutsche nicht, darauf vertraut.«

Als Herwald Schönmund ein Jahrzehnt später in Kreuzbach sein Sommerpraktikum antrat, waren im riesigen Pfarrhaus auf dem Hügel die Eheleute allein. Die Kinder besuchten Schulen auswärts. In den Ferien waren sie bei den Großeltern oder auf Schulausflügen. Der Pfarrer schrieb über die Grasarten von Kreuzbach, was der *Securitate* verdächtig vorkam, da er bloß lateinische und deutsche Namen benützte. Sollte es keine rumänischen Namen geben für etwas, das auf dem heiligen Boden der *Patria România* wuchs, zumindest seit dakischer und römischer Zeit, wenn es nicht schon vorher da gewesen war? Den Tatbestand des Vaterlandsverrats erfüllte das zwar nicht, aber kommt Zeit, kommt Rat. Als Hochverräter entlarvte sich der Pfarrer, indem er in der Chronik von Kreuzbach nachwies, daß die Kreuzburg vom Deutschen Ritterorden erbaut worden war und nicht vom Dakerkönig Decebal. Den Pfarrer vor der *Securitate* zu schützen, vor dem Gefängnis zu bewahren, war Milena Schmals letzte große Tat der Hingabe.

In diesen Jahren erfaßte sie eine spürbare Unruhe. Sie ließ das helle Haar wachsen, so lang es wollte, trug es strähnig offen, daß es wallte, wenn sie in Gummistiefeln stundenlang über das Feld streunte oder im Einspänner ziellos die staubigen Landstraßen entlangfuhr. Sie sang russische Lieder, das Gesicht gegen Osten gewandt.

Am letzten Abend von Herwalds Sommerdienst stürmte die Pfarrerin am späten Abend in sein Turmstübchen, aufgelöst und mangelhaft bekleidet. Sie trug einen Wettermantel über dem schwarzen Schlafhemd und war barfuß. Mit flakkernden Augen faßte sie ihn an der Hand, der im Pyjama auf dem Bett lümmelte und dichtete. Aus Erfahrung und Veranlagung wußte er, daß Neinsagen zwar die Leidenschaft anstachelt, doch das eigene Leben um Farbe und Genuß bringt. Er ließ sich hinreißen. Wohin?

Zum Friedhof. In besessener Eile liefen die beiden über die geharkten Stege in die nördliche Ecke des Gottesackers, dorthin, wo, abgetrennt durch einen breiten Streifen, vereinzelte Gräber lagen mit windschiefen Holzkreuzen: die Selbstmörder. »Hier ist es gut sein, außerhalb der geweihten Erde«, murmelte sie. »Wo aber ist das Grab, das ich suche?« Die Mondsichel zerzupfte Wolke um Wolke, das Licht im Auf und Ab foppte die Augen. »Hier beim Nußbaum.« Sie hatte das überwucherte Beet gefunden. »Dieser arme Teufel wird sich freuen. Erhängt hat er sich, das ist gute sächsische Art. So ist das Recht hier. Bei uns zu Hause rennt man sich das Schlachtermesser in das Herz. Stirbt man, muß Blut fließen. Freuen wird sich der arme Teufel. Kein bißchen Glück im Leben gehabt und keine Menschenseele, die ihn betrauert. Fühlen Sie, Herr Kandidat: Moos über dem Beet wie das Hochzeitslager der Wunderfee Milenka bei uns in den Wäldern am Dnjestr. Hier ist es gut sein. Aufgehängt! Dazu beschützt von der Frau auf der Mondsichel.« Und sie schlang die Arme um den Hals des Mannes, küßte ihn mit verzweifelter Leidenschaft, zog ihn nieder auf Nußblätter und Moospolster.

Der Abschied tags darauf war kurz. Der Pfarrer winkte mit einer Handvoll Gräser, die Pfarrfrau blieb unsichtbar. Wie heißt Glück auf russisch?

Dem Major Alexandrescu referiere ich: »Ich habe fast alles durchgelesen, aber nichts übersetzt. Es war auch nichts rot angestrichen. Ich glaube aber, es lohnt nicht.« »*Sigur, sigur*, gewiß, gewiß«, sagt er, »es sind noch andere.« Noch andere? Was er damit gemeint haben könnte, darüber zerbrechen wir uns stundenlang den Kopf, der Jäger und ich.

»Und die Gedichte?«

Ich sage leichthin: »*Doamne, Venera înfrigurată*«. O Gott, Die frierende Venus.

Der Major wirft einen Blick über die Hefte und sagt zerstreut: »*Venera*. Das arme Mädchen, nackt und bloß im winterlichen Park. Sie sehen, wie grausam, das bürgerlich-gutsherrliche Regime. Doch studieren Sie weiter das Material. Wir haben Zeit.«

Milena Paulowna Schmal, geborene Leidenthal, lebte nicht mehr lange. Sie starb echt ukrainisch: Blut floß. Ihr zwei-rädriges Gefährt prallte gegen ein Wegkreuz. Der rostige Christus riß der Frau die Brust auf. Als man sie fand, schwamm ihr Herz in Herzblut. Ihrem Wunsch, in der Heimaterde begraben zu werden, kam der Pfarrer so nach: Er schnitt einen Schüppel Haare ab, barg sie in der ukrainischen Trachten-puppe aus Lindenholz, die innen hohl war, und schickte alles an die sowjetische Botschaft in Bukarest mit der entsprechenden Bitte. Nach Jahr und Tag kam ein russisch geschriebener Brief vom Ortssowjet Taras Bulba, vormals Liebenfeld: Man habe die Puppe Matrijona der verstorbenen Milena Pawlowna Schmalowa zu ihrem Vater, ihrer früh dahingegangenen Mutter und den zwei Schwestern ins Grab gelegt. Um die aufgescheuchten Erdgeister freundlich zu stimmen, sie einzunehmen für den fremdartigen und ungewöhnlichen Gast, habe man viel Wein in die Grube gegossen und nachher, beim Tränenmahl, ebenfalls mit viel Wein alle Zweifel hinweggespült. »Denn nicht kann man der Heimaterde Sand in die Augen streuen. Wie heißt es im Gedicht:

Wir tragen sie nicht im Medaillon auf der Brust. Für uns ist sie der Schmutz auf den Galoschen, der Sand im Brot. Aber im Tode betten wir uns darein und werden selbst zu Heimaterde.«

So schrieb der Parteisekretär von Taras Bulba.

26

Ein Jahr hier ist rasch vergangen. Was dich jedoch zuschanden macht, das ist der eine Tag, der nicht vergeht. Ein Jahr ist rasch dahin, blickt man zurück in seine Leere. Dahin für immer? Sollte sich später nichts mehr regen an tatsächlicher Erinnerung, wenn es heißen wird: *in illo tempore?* Doch: das

Bild jener wunden Frau, für deren Heimweh nach nirgendwo es keinen Trost gab, weder in der Lust noch im Tod, es läßt mich nicht los. Ich träume, daß ich zu ihr hineile, sie in eine Mandorla hülle und hinter goldenen Wolken verstecke. Vergeblich, kein Erbarmen mag sie retten und kein Gebet.

Ich habe mich daran gewöhnt, zu beten. Ich bete Tag um Tag für alle, nach denen ich ausgefragt werde und über die ich böse Wahrheiten ausgesagt habe. Und erfahre mit Bangnis, daß sie ihre Gesichter zurückgewinnen, Gesichter mit Tränen.

Ein Gebet bröckelt über die Lippen, das Gott nicht erhören dürfte, wiewohl bei ihm kein Ding unmöglich ist: Er möge es so richten, daß die Freunde von einst einmal mit mir als Genossen um denselben roten Tisch sitzen, vereint im gemeinsamen Willen zum Aufbau des Sozialismus in unserem Vaterland und in der ganzen Welt.

Und ich lege ein Gelübde ab, das Gott wird ernst nehmen können, wenn es ihm beliebt, wiewohl es sich mit meinem ursprünglichen Anliegen schlägt. Kein Gelübde mit Wenn und Aber, zum Beispiel: Wenn du aber, Herrgott, auf der Stelle die sieben Eisentüren zur Freiheit aufspringen läßt, dann will ich so und anders … Sondern eines, vor dessen Konsequenzen es mir bange ist. Denn ich spreche es so aus: Wann immer du mich in deinen Dienst rufen wirst, mein Gott und Herr, so will ich folgen. Versuch es noch einmal mit mir. Und wünsche, das möge bereits morgen geschehen. Und wünsche, es geschehe nie.

Die Erneuerung der großen Zeit schreitet fort. Die Revolution kennt kein Pardon. Den Jäger haben sie schon lange weggebracht. Niemand, der mit mir Rote Handschuhe spielt, mein betrübtes Gemüt aufhellt. Was sie mit mir vorhaben, weiß ich nicht. Nach dem Studentenkreis hat seit Jahr und Tag niemand mehr gefragt.

Anfang September 1959 erhalte ich eine Vorladung für den fünfzehnten des Monats, acht Uhr. Ein Gerichtstermin ist anberaumt vor dem Hohen Militärtribunal im Justizpalais zu Stalinstadt, wo ich als Zeuge zu erscheinen habe im

Prozeß gegen, gegen – die fünf verhunzten Namen entziffere ich mit Mühe und Not. Der schnauzbärtige Wachtmeister, den wir Vogelfänger nennen, reicht mir durch die Klappe das Papier, das ich unterschreiben muß. Er beugt sich herunter und mahnt mit erhobenem Finger: »Nicht vergessen! *Punctual camera trei!*« Der Teufel hole ihn, den blöden Hund.

In meine Behausung mit der primitiven Geometrie und den Schrittmustern in ritueller Wiederkehr bricht Unordnung. Tausenderlei denkt sich auf einmal. Das also sind im Endeffekt die Literaten: zu einer subversiven Gruppe zusammengestückelt, als habe man das Los geworfen. Warum gerade diese? Es gibt andere, die gefährlicher schreiben.

Zeuge der Anklage ... Liegt es nicht nahe, daß man mich die Niederschriften meiner Aussagen lesen läßt? Die Vernehmungen liegen Monate zurück, bei Hugo Hügel über ein Jahr. Ich poche heftig an die Tür. Doch niemand nimmt sich Zeit für mich.

Ich werde kopfscheu. Renne in meinem Käfig hin und her, stoße überall an Ecken und Enden. Nichts hilft, um still zu werden: nicht das Aufsagen der Gedichte, die ich im verflossenen Jahr zusammengeschustert habe. Und nicht die partielle Differentialgleichung, deren Lösung ich seit Jahr und Tag im Kopf herumwälze. Laß dich nicht ins Bockshorn jagen! höre ich die Tanten aus dem Wildgarten mahnen. Und die Stimme des toten Großvaters: *Contenance!* Ich zwinge mich zur Disziplin, lehne die Stirne an die kühle Wand, bringe Ordnung in meine Gedanken, versuche ein Orientierungsschema zu entwerfen.

Als Zeuge der Anklage bin ich vorgeladen. Ich habe genug Kriminalromane gelesen, um mir ein Bild vom Ablauf der Verhandlung machen zu können. Als erstes: der Saal wird voll von Angehörigen sein. Somit muß ich in der Öffentlichkeit Farbe bekennen. Weiter: Zeuge sein, heißt die Wahrheit sagen. Was heißt das real?

Aus ist die Zeit der Spintisierereien und gelehrten Definitionen: Wahrheit als gewußte Wirklichkeit, Wahrheit als ein Standpunkt, Wahrheit als Begegnung. Oder: Mal ist die Wahrheit im Kern gut, ein andermal kann die Wahrheit des Teufels sein ... Oder die Krönung aller Wahrheit: Es gibt keine Wahrheit *extra relatione coram Deo.* Mein Gott, welche paßt? Keine, denn ich weiß und resigniere: Sprichst du etwas aus, ist es nicht mehr wahr.

Im Falle dieser Angeklagten heißt es für mich eine Wahrheit finden, die für alle fünf gültig ist, eine Art von kleinstem gemeinsamem Nenner. Selbst wenn mein Wissen von ihren Aktivitäten fragmentarisch ist, dürfte für jeden einzelnen zutreffen: Keiner ist mit Leib und Seele für den Sozialismus. Andererseits, und das stimmt ebenfalls für alle fünf, sind sie harmloser, als sie daherreden, sind sie besser, als sie denken. In der Parteisprache hört sich das so an: Ihr ideologisches Bewußtseinsniveau ist hinter ihrer literarischen Produktion zurückgeblieben – Literatur als spezifische Form des Ausdrucks sozialer Zustände der Gegenwart in ihrer revolutionären Transformation.

Da ich meine schriftlichen Aussagen nicht einsehen kann, bleibt nur, an den Geschehnissen von einst entlangzulaufen, Tatsachen zu reproduzieren aus dem Gedächtnis, die Wahrheit der Fakten anzuführen, mit allen Risiken.

Das wäre das Materialprinzip: sagen, wie es wirklich war.

Und das Formalprinzip? Die Wahrheit so einzukleiden, daß am Ende jeder von der Schuld der fünf überzeugt ist: nicht nur der Militärrichter und der Staatsanwalt, sondern auch jeder der Angeklagten, soweit sie nicht schon zur Wahrheit bekehrt worden sind, und vor allem die Angehörigen im Saal.

Ich bin in keiner guten Verfassung. Am letzten Samstag zur Mitternachtsstunde flogen bittersüße Melodien in die Zelle, Widerhall von hoffnungslos Fernem. Jemand von unseren Leuten mußte den Mut aufgebracht haben, in einem der hängenden Gärten, die sich von der Zinne bis in die Angergasse hinziehen, ein Fest zu geben. Bei Bruckners? Oder Stadelmüllers? Oder bei den Antoschischen Buben und Mädchen? Versunkene Tanzmelodien verirrten sich bis zu uns in den Arrest. Sie sind schuld, daß die Gefangenen sich in qualvollen Sehnsüchten hin und herwälzen, Kopf nach oben, Körper nach innen. Da schmolzen sie dahin, die »Florentinischen

Nächte«, und preßten einem die Kehle zu. »Das sind ja nur die Beine von Dolores« versetzten die gequälte Phantasie in Erregung. Wußten die jungen Leute um die gespenstische Gefahr in ihrer Nähe? Wenn ja, so machten sie sich nichts draus. »Von den blauen Bergen kommen wir.«

Die Wachen lauschten selbstvergessen. Sie verschlampten es, hereinzuspähen, zu prüfen, ob in der verzauberten Nacht keiner Hand an sich legte, um sich zu entleiben oder aus seinem Leib verzweifelt Lust zu zupfen. Nicht einmal die Luftluken schlossen sie. Schwieg die Musik, hörte man durch die Wände das Klirren der Ketten von einem Lebenslänglichen, der sich zum Kübel schleppte, um Wasser abzulassen.

In ihrer anderen Welt sangen die Jungen und Mädchen ein letztes Lied, getragen, traurig und tollkühn: »Ich hatt' einen Kameraden, einen bessern findst du nicht …«

Die Fahrt im Kastenwagen zum Gerichtsgebäude ist ein Nervenfraß. Eingequetscht zwischen zwei Wachleuten, die mir meine Hände kreuzweise auf den Rücken zwingen, kann ich kaum sitzen. Um Auge und Nase hat man mir ein Handtuch geschlungen und so verknotet, daß mir der Atem stockt; über diesen Kopfputz haben sie die Eisenbrille gestülpt. Um mich herum im Unsichtbaren das Seufzen und Stöhnen von Menschen. Es schluchzt ein junger Bursch. Eine Frau weint. Die Stimme des Wächters fährt sie an: »*Taci!* Schweig! Verkriech dich in den Schoß deiner Mutter!« Sie weint weiter. Am Gerumpel über breites Pflaster meine ich die Waisenhausgasse, später die Schwarzgasse zu erkennen. Endlich fällt die Augenbinde. Der Bus fährt mit dem Heck so dicht an eine Hintertür des Gerichtsgebäudes, daß ich von Himmel und Sonne und Straße und Freiheit nichts zu sehen bekomme. Zwei bewaffnete Soldaten zerren mich heraus und führen mich zu einem Verschlag. Dort warte ich mit dem Gesicht zur Wand. Gut so, mehr will ich nicht sehen. Mein Blick, an vier weiße Wände gewöhnt, scheut ein Zuviel an Sehenswertem.

Aus dem Stillstand reißt mich mein Kommissar, Hauptmann Gavriloiu. Unversehens steht er neben mir. Er nimmt mich bei der Hand, geleitet mich in den Flur an ein Fenster und heißt mich – der ich den Kopf nicht hebe – auf die Straße blicken. Sonst wie ein Geck gekleidet, ähnelt der Mann heute einem Dorfschullehrer im Sonntagsanzug. Wie es mir gehe?

»Schlecht.«

»Was sehen Sie dort?« Ich, der ich meinte, die Welt sei untergegangen, sehe die Welt. Es dürfte später Nachmittag sein, aber die Sonne scheint, als ob sie nie aufhören würde zu scheinen. Ich kneife die Augen zusammen: Das ist der Galgenweiher, dort wurden die Hexen geschwemmt und die Mörder gehängt, als wir noch die Herren der Stadt waren.

»Nein, ich sehe nichts.«

»Dort, das große Gebäude müssen Sie erkennen. Lesen Sie!« »*Teatrul Dramatic*«, sage ich unmutig. Aufrecht steht endlich der Bau, ein Riesenspektakel, nachdem er zweimal als Bauruine im Galgenweiher versunken ist und jedesmal einen Trupp von Ingenieuren und Technikern mit in den Schlamm gezogen hat. Saboteure! »Eine Errungenschaft der Arbeiterklasse! Alles aus eigener Kraft: unsere Arbeiter, unsere Ingenieure! Und, wohlverstanden, mit Hilfe der Sowjetunion!« Er legt eine Schweigeminute ein.

»Und was erblicken Sie dort auf der Straße?« Ich erkenne Menschen, die dahinflanieren, als ginge sie der Sieg des Sozialismus nichts an. Und erspähe ein sonderbares Vehikel, das die Brunnengasse, *Bulevardul Lenin*, heraufschleicht, einen Omnibus, der mittels einer riesigen Gabel an zwei Kabeln dahinschwebt und dennoch mit vier Rädern über den Asphalt rollt. »Wissen Sie, was das ist?«

»Nein.«

»*Un troleibus*. Lautlos, komfortabel, keine Abgase. Leider verbraucht er Energie. Aus eigener Kraft: unsere Ingenieure, unsere Arbeiterklasse.« Er seufzt: »*Uniunea Sovietică.*«

Ich will nichts sehen und hören,

»Dort die neue Straßenbeleuchtung. Schon gesehen?« Als ob wir uns auf der Promenade getroffen hätten, er ein alter Freund, ich nach langer Abwesenheit. »Mit Neonröhren!« Solche kenne ich, vom Kreuzverhör in der Nacht des Bruders. »Aus eigener Kraft, doch nicht zu vergessen, mit Hilfe der großen …«

Der eine der Soldaten tritt heran, flüstert dem Offizier etwas zu. »*Bine!*« Der andere schlingt einen Riemen um meine Hosen: »Damit du nicht zum Gelächter wirst.« Trotzdem presse ich die Hosen mechanisch an meinen Leib. Den Hauptmann hat der Erdboden verschluckt. Die Bewacher hasten mit mir den Flur entlang, ihre Maschinenpistolen baumeln von den Schultern. Sie halten vor einer Tür. Die Tür öffnet sich. Ich werde hindurchgeschoben. Ein Saal.

Es ist zu hell.

Zuviel Helligkeit. Ich wische mir die Augen. Endlich unterscheide ich die Dinge. Nichts als Hinterköpfe, gebeugte Nacken, gekrümmte Rücken. Keiner, so dünkt es mich, wendet mir sein Gesicht zu. Das sind die Angehörigen. Vor der Fensterwand, auf einem Podest hinter einem geschnitzten Eichentisch, thronen drei Offiziere. Der mittlere winkt mich heran. Ich folge zögernd: Während ich einen Schritt vor den andern setze, nach dreieinhalb Schritten von selbst stehen bleibe und mich an meinen Hosen festhalte, zieht mich der Oberste mit seinem bleischweren Blick unentrinnbar an sich. Ich erklimme den Zeugenstand, klammere mich an die geschwungene Balustrade. So stehe ich Auge in Auge mit dem Gerichtsherrn. Auf seinen Schulterstücken blinkt ein Stern. Wie, denke ich, nur ein Major, kein General, kein Oberst? Zuwenig an Ehre für die fünf Schriftsteller. Flankiert ist der vorsitzende Richter von zwei Volksbeisitzern, *asesori populari*, Offizieren niederen Ranges. Grüne und schwarze Achselklappen. Welche Waffengattung: Grenzer? Pioniere? Panzer? Artillerie … Was verstehen die von Literatur?

Die braunen Augen des Gerichtsmajors, woran erinnern sie? An die Augen einer Hirschkuh, die schwer an der Welt trägt? Nicht doch.

»Name?« So heiße ich. »Alter?«

Ich höre mich sagen: »Vorgestern habe ich Geburtstag gehabt.« Und denke: Heute wird meine Griso fünfundachtzig. Ob sie noch lebt? In der Verlängerung des Mittelgangs hinter meinem Rücken liegt die Tannenau.

»Wohnort?«

»*Securitatea Oraşul Stalin.*«

Der Major sagt nicht: Blödsinn, sondern ergänzt zum Protokollführer hin: »Letzter Wohnort des Zeugen: Cluj, Rosetti 28A.«

»*In arest preventiv?*«

»Seit dem 28. 12. 1957.«

»Beruf?«

»Student der Hydrologie.« Der Major ergänzt: »*Scriitor.*« Seine bleiernen Augen streichen an mir vorbei und halten mich dennoch gefangen. Wie lange dauert es, wir beide – er und ich?

Der Gerichtsmajor vernimmt mich reihum über jeden der Angeklagten. Wo sitzen die fünf, rechts oder links? Wie bei den schwersten Prüfungen in Hydraulik verflüchtigt sich jegliche Leiblichkeit, ich bin nur noch Gedanke und Wort, Präzision und Sprache; und wie damals umspült die Zunge ein bitterer Geschmack. Wenn möglich, führe ich Texte als Beweisstücke ins Treffen, leite stereotyp ein: Wie aus dem Brief, den man bei mir gefunden hat, der bei Ihnen aufliegt, hervorgeht ... Doch dem Richter sind die Briefschaften nicht so interessant wie die Unterredungen von Mann zu Mann. Triftig für ihn ist das konspirative Gespräch: »Laß die Briefe! Was habt ihr verhandelt?« Nachdem ich das Meine gesagt habe, diktiert er der Schreibkraft am linken Seitentisch ein Resümee in die Feder. Obzwar er Entscheidendes ausspart, werde ich alles unterschreiben – unbesehen.

Daß ich Getz Schräg als den ersten und einzigen progressistischen Autor ausweise, der in literarisch gültiger Form in seinem Romanwerk *Da niemand Herr und keiner Knecht* die sozialen Ungerechtigkeiten bei den Siebenbürger Sachsen ins krasse Licht gerückt habe, das hört der hohe Herr nicht gerne. »Du bist nicht hier, um diesen Volksfeind zu verteidigen!« schnauzt er mich an. Läßt dann doch den ermunternden Satz aufschreiben: »Der Zeuge behauptet, daß der Angeklagte linientreue Bücher geschrieben hat.« Und nicht beeindruckt den Gerichtsherrn vor mir, daß Getz Schräg eine *Ode an Stalin* verfaßt hat: »*Stalin este mort!*« Dagegen läßt der Richter gelten, und es wird festgehalten, daß ich meine belastende Bemerkung über die Fabel vom rotgekochten Krebs zurücknehme.

Bei Hugo Hügel häufen sich die Ungereimtheiten. Ob ich zugebe, im April 1957 einen Brief von ihm erhalten zu haben, in dem er mich über seine staatsfeindliche literarische Tätigkeit aufklärte? Es ist der Brief, in dem er berichtet, daß er mit seiner Novelle die Gemüter in den Lesekreisen des Burzenlandes in Wallung versetzt habe.

»Der Brief befindet sich bei Ihnen. Allerdings habe ich den Brief, auf den Sie Bezug nehmen, *domnule presidente*, nicht im April, sondern im Dezember kurz vor meiner Verhaftung erhalten.«

»Nicht der Brief ist wichtig, sondern was der Angeklagte Ihnen über seine Tätigkeit gesagt hat, zum Beispiel im Hotel Union in *Bucuresti*.«

Diese Passage gibt er fast ungekürzt an die Gerichtsschreiberin weiter, läßt sogar den Konjunktiv stehen, den ich bemühe: »Man könnte mit Hilfe des Schlüssels die Geschichte zum Schaden der sozialistischen Ordnung umdeuten.«

Mit den bleischweren Augen erdrückt er mich und schaut dennoch durch mich hindurch. Und mit dem Zeigefinger – der Nagel ist wunderbar gepflegt, maniküt nach allen Regeln der Kosmetik – blättert er gelassen die Seiten im Dossier um.

Er fragt mechanisch, ob Hugo Hügel sich über feindliche Intentionen von Autoren deutscher Zunge, über eine subversive Taktik angesichts der Presse, der Verlage geäußert habe. Ich zitiere nach dem Gedächtnis aus seinem Brief vor zweieinhalb Jahren, »der bei Ihnen aufliegt«. Hugo Hügel habe vorgeschwebt, um die *Volkszeitung* in Stalinstadt Autoren zu sammeln, die schreiben könnten, und eine Front gegen die Mediokrität der politisch engagierten Schreiberlinge zu schaffen, sowie mich vor den »gewitzten Juden« beim Staatsverlag für Kunst und Literatur gewarnt.

Ich höre die Stimme des Mannes fragen, ob ich meine Aussagen über Hugo Hügel während der Untersuchungshaft vor den Ermittlungsorganen der *Securitate* beibehalte.

Das ist jeweils die letzte Frage, ehe wir zum nächsten kommen. »Ja«, sage ich und denke: Wie lange muß ich diese Augen aushalten, die mich bedrückend an etwas erinnern?

»Fertig? Die Verteidigung hat das Wort.«

Macht kaum Gebrauch davon, denke ich. Und weiß mit einem Mal, wer die gleichen Augen hat wie der Major vor mir. Ein Kinoheld. Es ist der vielgespielte Naziverbrecher in den Filmen nach 1945, der Mann über Leben und Tod, der müde Mann mit bleischweren Augen, welcher auf der Rampe alle überragt und ohne mit der Wimper zu zucken jedwelchen vom Leben zum Tode bringt, wie er ebenso einen Beliebigen laufen lassen könnte. Derselbe, der zu Hause ein gefälliger Mensch ist, mit der Schwiegermutter Domino spielt, mit der flüggen Tochter Tango tanzt und dessen Augen voll Charme sprühen können.

In meinem Rücken meldet sich eine Männerstimme zu Wort, wendet sich an den Richter. Die Stimme fragt, ob der Zeuge, das bin ich, seine Aussagen bezüglich Hugo Hügel, aufgezeichnet von Seite soviel bis Seite soviel, beibehalte. Pause. Der Richter könnte die Stelle suchen, um zu klären, was gemeint ist, er könnte sich taub stellen, könnte die Frage ablehnen. Er befiehlt: »Antworte!«

Ich frage: »Wovon ist die Rede?«

»Sie behaupten dort, daß Hugo Hügel ein Mitbürger sei, mit dem die Volksrepublik Ehre einlege, daß er ein Autor von sozialistischem Profil sei, sich ideologisch auf der Parteilinie bewege in Wort und Schrift. Fortschrittlich! Staatstreu! Halten Sie das aufrecht?«

Ohne daß sich der bleierne Blick des Richters um einen Schimmer verändert, fordert er mich auf: »Antworte!«

Sage ich ja, sage ich nein – es ist schlimm.

Dieses Licht durch die hohen Fenster, einer Lohe gleich, bringt einen um den Verstand. Ich schließe die Augen. Was ist mit meinem Bruder Kurtfelix?

»Antworte«, befiehlt der Richter, dessen Augen sich an nichts halten müssen, weil sie alles dürfen. So ist der Tod!

»Gewiß«, sage ich, »ich werde antworten.« Und sage: »Ja, ich stehe zu dem, was ich bisher gesagt habe, sowie zu dem, was ich während der Untersuchungen zu Protokoll gegeben habe.« Jetzt stürzt sich der Verteidiger auf mich. Und schon tut er es mit dem Triumph dessen in der Stimme, der den Gegner in die Falle gelockt hat. Er fragt: »Wie erklären Sie den eklatanten Widerspruch zwischen den beiden Behauptungen? In Ihren Aussagen hier vor Gericht stellen Sie Hugo Hügel als Volksfeind dar und in dem eben zitierten Vernehmungsprotokoll als Mann des Regimes?«

Der Gerichtsmajor könnte den Disput abbrechen, indem er die Frage der Verteidigung ablehnt. Er sagt: »*Răspunde!*«

»*Simplu*«, sage ich. »*Prin teoria marxist-leninistă despre omul nou.* Der neue Mensch ist das Produkt der gesellschaftlichen Veränderungen, die sich auch auf seine Weltanschauung auswirken. Somit gilt die eine meiner Einschätzungen dem Hugo Hügel der frühen Jahre, als er durch seine hitleristische Erziehung ein rückständiges Element war. Und wo ich ihn als ergebenen Bürger dieses Landes zeichnete, betrifft das seine letzte Zeit als Redakteur des Stalinstädter Parteiorgans *Volkszeitung.* Dort hat Hugo Hügel begonnen, der neue Mensch zu sein, den die Partei braucht. Man kann das an seinen Artikeln ablesen, die immer mehr der Parteilinie entsprochen haben.«

Der Major winkt ab. Ob die Verteidigung noch Fragen habe? Sie hat keine mehr. Kein Wort von dieser Einlassung kommt in den Verhandlungsbericht.

Zu Herwald Schönmund, Pfarrer in Eisenstadt, stellt der Major eine Ermessensfrage: Könnte ich mir vorstellen, daß dieser, dieser – der Name gelingt nicht ganz –, jemals Gedichte schreiben würde *pe linie de partid*? Das kann ich mir nicht vorstellen. Denn es wäre zu schade, denkt es in mir. Ich sage: »*Nu.*«

Während ich die Niederschrift am Seitentisch unterzeichne, ohne sie zu lesen, höre ich die ersten Worte des literarischen Gutachtens, ehe mich der Gerichtsherr wegwinkt und ich durch den Mittelgang den Wachsoldaten in die Arme laufe. »Die Fachkommission bestätigt genauestens, was die Zeugen der Anklage erklärt haben …« Ich verlasse das Gericht mit zwei Informationen: daß ich der letzte Zeuge gewesen bin. Und nicht der einzige. Ob ich sie von der Wahrheit überzeugt habe, die Brüder und Bräute, die Ankläger und Verteidiger und nicht zuletzt die fünf?

An meinem Wohnort bei der *Securitate* packt mich das

heulende Elend. Ohne einen Laut von mir zu geben, bleibe ich über den Wandtisch gebeugt, das Gesicht in den Händen vergraben. Der allgegenwärtige Wärter bemerkt es, schüttet ein ganzes Fläschchen Bromextrakt in mich. Eine tumbe Müdigkeit befällt mich, umgeistert von Erscheinungen und Gestalten. Ich hocke auf dem Bett, über mir bleischwer die Kinoaugen des Mannes.

Jeder der fünf hat mir nur Gutes getan. Getz Schräg hat mir Geld geborgt für die Miete meiner Studentenbude, das ich ihm schuldig geblieben bin.

Oinz Erler hat mir Gedichte von Bergengruen vorgelesen, in denen die Hand Gottes die Sterne auseinanderbiegt. Mich belehrt, daß jeder echte Schriftsteller ein Werk hinstellen müsse dergestalt, daß ihn alle Welt an dem einen Werk erkenne. »Selbst wenn er am laufenden Band Bücher schreibt: Bei Thomas Mann zum Beispiel ...«

»*Die Buddenbrooks*«, hatte ich ausgerufen.

»Und bei Knut Hamsun?«

Außer *Hunger* und *Pan* kannte ich nichts. Oinz Erlers Antwort: »*Mysterien!* Nicht *Segen der Erde. Mysterien.* Lesen Sie es unbedingt.« Nur Gutes.

Hugo Hügel hatte mir sein Fahrrad geborgt, um damit aus der Sandgasse zum Bahnhof zu hetzen, drei Kilometer weit. Verwirrt hatte ich ihn gefragt: »Was mache ich mit dem Bizykel dort?«

»Stell es am Perron ab. Es findet den Weg zurück. Und wenn nicht, laß fahren dahin.« Trotzdem war ich in den falschen Zug gestiegen.

Und der Baron von Pottenhof – ich seufze, doch die Tränen sind versiegt. Er hatte mich geliebt.

Und daß Herwald Schönmund hier ist und für Jahre bleiben wird, es trifft mich. Wie hatte er mich, den Theologiestudenten eines Semesters, verwirrt mit dem Ausspruch, daß ihm ein gebildeter Neger aus Afrika zehnmal lieber sei als ein beschränkter Siebenbürger Sachse. Hatte mich angehalten, aufzuhören mit der Lektüre deutscher Dichtung »nach der Stimme des Blutes in Stämmen und Landschaften. Und wenn schon Deutsche, dann Leonhard Frank zum Beispiel! Die großen Juden, die einzigen Deutschen, die man in den dreißiger Jahren im Ausland gelesen hat. Allein die Weltliteratur schont die Augen und bildet das Gemüt.« Er hatte mir Dostojewski, Flaubert und Hemingway in die Hand gedrückt. Und Stefan Zweig.

Alles ist zu nah. Wohin fliehen? Nur der stumme Soldat glurt herein. Auch die Mäuse haben mich verlassen.

Andere schwankende Bilder. Von März bis Mai 1953 war mein Wohnort die Nervenklinik neben dem Botanischen Garten. Ich erblicke Annemarie, wie sie den Berg zum Spital heraufhetzte zwischen zwei Vorlesungen, Süßigkeiten im Sack. Das Insulin fraß soviel an Zucker aus meinem Blut, daß die Glukosespritzen ihn kaum ersetzen konnten. Ihr Taschengeld ging dabei drauf. Und ich sehe, wie sie mit mir Nachmittage lang im Botanischen Garten spazierenging. Sich im japanischen Teetempel Todesgedanken anhörte, ohne mir zu widersprechen. Wie sie sich mit Engelsgeduld abmühte, mein betrübtes Gemüt aufzuhellen, indem sie heitere Geschichten erfand. Auf dem Aussichtsturm, umkreist von Krähen, las sie mir Tiergeschichten von Kyber vor. Zwischen Rosenbosketts raunte sie mir die Märchen aus Tausendundeiner Nacht ins Ohr. Und unter der Therebinte von Abraham erzählt sie mir Kindermärchen aus Israel, die nicht nur gut ausgingen, sondern in denen überhaupt alles gutging. »Pädagogisch richtig. Schauermärchen sind in ihrem Land verboten. Für die Juden liegt das Schaurige immerfort in der Luft.«

Und wie sie mit sinnlicher Opferwilligkeit versuchte, meine versunkenen Gefühle zu erwecken. Unter den Ästen des Magnolienbaums, schwer von Blüten bis zum Boden, lagerten wir auf ihrem Regenmantel aus Amerika. Sie streifte ihre Kleider ab, entblößte den schönsten Nabel der Welt. Sie zog mich aus. Ich fröstelte. Sie umhüllte mich mit ihrem warmen Leben, lenkte meine hölzerne Hand hin zu den Schwellungen und Dunkelheiten ihres Körpers. Was sie sich alles an Liebesspielen ausdachte, um mich zu erheitern! So war der Frühling damals.

Gewarnt hatte sie wohl, als meine Seele zu stürzen begann: »Überallhin folge ich dir, nur nicht in den Abgrund.« Und war gefolgt bis an den Rand, hatte sich tief hinuntergebeugt, hatte alles getan, um mich zurückzuhalten.

Dort im blumigen Garten erging sich ein Milizionär in Uniform mit seiner Liebschaft. Er hob den Blütenvorhang von uns weg, fragte mit Augen wie der Richter heute: »*Faceți dragoste?*«

»*Nu*«, sagte Annemarie und zog die Knie vor den Schoß, bedeckte die Brüste mit den Armen. Sagte zu mir: »Kehr dich um. Leg dich auf den Bauch.«

»*Nu? Păcat.* Das ist Sünde, denn es ist Mai. Tut Liebe!« Und ließ die Blütenzweige über uns niederrauschen. Wir taten der Liebe viel im Mai. Und ich weiß noch, was ich dabei gedacht habe: Nichts spüre ich, nicht einmal, daß ich nichts spüre.

Eines Abends wankt der Mönch Atanasie in die Zelle, ein Gespenst. Seine Kutte wirft unförmige Schatten auf die Wand, Haupthaar und Bart wallen bis zum Gürtel. Er verkriecht sich in das Bett hinten unterm Pult. Wieso er noch lebe, frage ich ungnädig. Auch er scheint sich zu wundern: Schon längst hätte er bei Gott sein müssen. Mehr als ein Jahr ist es her, seit er mich gelehrt hat, wie man die Unterwäsche ohne Kraftaufwand sauber bekommt, während man duscht.

Jetzt liegt er erloschen auf dem Strohsack. Wenn ihn die Magenkrämpfe packen, wirft er sich wimmernd hin und her. Ein Bild des Jammers. Trotzdem beginne ich ihn wie vormals mit Spott und Hohn zu überschütten. »So unwürdig leidest du, ein Gottesmann, der in den Himmel kommen will?« Doch diesmal setzt er sich nicht giftig zur Wehr, sondern verlangt mit weinerlicher Stimme Wasser. Das Töpfel entgleitet seiner Hand mit den Spinnenfingern. Widerwillig flöße ich ihm das Naß ein. »Es brennt!« Dann möge ihn ein Engel Gottes laben. Der Arzt, ein Major mit graumeliertem Haar, drückt ihm kurz die Kutte in den Bauch. »Das kennen wir!« Und zum Wachhabenden: »*Revine.* Er kommt auf. Laß ihn so lange liegen.«

Daß es am Tag darauf bergab geht, merke ich. Schmerzen befallen ihn immer öfter. Das Weiß der Augen wird fleckig. Die Hände tasten unruhig über den Kotzen. Ich aber kann mir kein Mitleid leisten. Sein Leben steht auf dem Spiel, nicht meines. Trotzdem frage ich, ob er jemanden habe, dem er etwas zukommen lassen wolle – nachher. Ein Lächeln gerinnt auf seinen Lippen. »Ein Wesen, das mir nahesteht, draußen?« Und flüstert mir einen Namen zu, ich muß mein Ohr an seinen Mund legen, aus dem es übel aufstößt. »Dem sag, daß ich auf ihn warte – im Himmel.«

Von diesem Augenblick an rühre ich mich nicht von seiner Seite. Wische ihm den Schweiß aus dem Gesicht. Lasse ihn Wasser nippen, das er von meinen Fingern leckt. Falte ihm die Hände zum Gebet. Reibe seine Füße warm, deren Nägel schwarze Krallen sind. Und fühle an den Spitzen meiner Finger, wenn ich ihn auf den Kübel setze oder mit einem feuchten Zipfel der Kutte über seine Glieder fahre, wie sein papierener Leib zum Skelett wird, ein Krischspindel. Er bittet: »Sag niemandem, daß es mit mir endet. Hilf mir, daß ich erlöst werde.« Ich helfe ihm. Dem Wärter vermelde ich: alles in Ordnung! Sein Essen verteile ich an die Mäuse, nachdem er die ersten Bissen erbrochen hat, faulige Brocken und Fladen von Blutigem. Das Übriggebliebene reiche ich durch die Öffnung: »*Nu poate mai mult.*« Der Kranke fragt, warum ich es nicht esse. Etwas hält mich zurück, so hungrig ich bin.

Am nächsten Abend hält der Wärter sein Gesicht in die Durchreiche – es ist der Zigeuner, der den Hirsch zur Kur in die Zelle gebracht hat – und zischt mir ins Ohr: »Ich muß mich heute nacht ausruhen.« Dabei rollt er die Mäuseaugen furchtsam nach rechts, nach links. »Unser Weihnachtsschwein haben wir niederstechen müssen, es war krank. Hab Sorge für den dort!« Weg ist er, unser Mausauge.

Unscheinbar beginnt es: Konvulsionen wie gehabt, doch das hört auf. Glühende Messer fahren durch seine Eingeweide, flüstert er. Dann hören die Worte auf, doch nicht das Stöhnen. Ich benetze seine fiebrigen Lippen mit Wasser. Die Zungenspitze schafft es nicht mehr, die Tropfen aufzulecken. Dort verdunsten sie. Oft gibt er Laute von sich, als halte ihm einer die Kehle zu. Heißt das Röcheln? Ich will seine Hände zum Gebet übereinanderlegen. Er entreißt sie mir. Geisterwesen treiben ihr Spiel mit ihm, zausen seinen Bart, schlenkern an seiner Nase, beuteln ihn, daß die Kutte flattert. Oder sind es verzweifelte Kräfte aus dem Rest seines Lebens, die sich aufbäumen, gegen ... gegen was? Dann liegt der Mönch wie tot. Die Nacht vergeht und seine Zeit auch.

Er hat nicht mehr die Kraft, zu stöhnen. Doch ich erspüre den Atem. Allein der verzerrte Mund zeichnet die Laute des Schmerzes ab – oder sind es Worte? Aus den Augen bricht das Entsetzen in Wellen, erfaßt mich. Jetzt stürzt du zur Tür, schreist, schlägst Alarm! Es fällt mir ein, daß der Wärter geschont werden muß, todmüde vom Schweineschlachten. Ich schreie nicht. Ich schlage keinen Alarm.

Ist das der Tod? Wollte er nicht sterben? Erlöst werden, heimgehen, entschlafen, in den Himmel kommen? Und krepiert elendiglich. Wie viele Wörter sich anbieten – sie lügen. Sein Mund formt Laute. Ich halte mein Ohr dicht an seine eklen Lippen. Er haucht: »*Ioan* 14,6.« Sonderbar: Bei jedem Anfall läßt er etwas von sich zurück. Ich sitze am Fußende, umfasse seine kalten Füße. Hier schleicht der Tod herein. Ich spüre es und schaudere. Kindergebete rieseln mir über die Lippen: Ich bin klein, mein Herz ist rein. Müde bin ich, geh zur Ruh.

Was sind das für Muster, die er mit den Händen in die Luft zeichnet, während der Leib sich erschöpft streckt und die Augen sich unter gelben Lidern vorwölben? Jetzt regt er nur noch die rechte Hand: Bewegungen der Bewußtlosigkeit, Pawlowsche Reflexe, Nervenzuckungen wie beim Froschschenkel? Oder letztwillige Verfügungen an die Welt, verschlüsselte Botschaften, während die Seele entschwebt?

Die Hand, noch wedelt sie in der Luft. Bald verliert sie die Kraft, sinkt nieder, fällt über den Rand des Eisenbettes, pendelt allein durch die Gravitation hin und her. Unversehens sind die Augen offen. Die Luft entweicht wie aus einem Blasebalg.

So stirbt man. Plötzlich ist es still.

Ich bedecke seine Füße. Die Augen drücke ich ihm nicht zu, wie ich es aus Romanen kenne. Sein Gesicht ist nur noch Nase. Wie weiter? Fenster auf, damit die Seele in den Äther entweichen kann, Spiegel verhängen, damit die Seele nicht irregeht? Die Luke oben ist geöffnet. Spiegel gibt es keinen, jeder weiß nur, wie der andere ausschaut. Das Vaterunser!

Das deutsche mute ich ihm nicht zu. Die Deutschen haben keine Seele, meinte der Tote, als er noch lebte. »*Om să fi, nu neamţ.*« Sei ein Mensch, kein Deutscher, hatte er gesagt. Das rumänische »*Tatăl nostru*« kann ich nicht. Aber das französische hat unsere Lehrerin, die rothaarige, heißverehrte Adriana Roşala, uns lernen lassen vor 1948 im *Liceu Radu Negru Vodă*. Gott segne sie! »*Notre père, qui est aux cieux, que votre nom soît sanctifié … Ainsi soît-il.*« So soll es sein.

Ich verkrieche mich unter den Kotzen, Hände draußen, Augen nach oben. Und ich bin glücklich. So soll es sein.

Ioan 14,6, sein letztes Wort an mich, das Wort Jesu an seine Jünger, hört sich so an: »Ich bin der Weg, die Wahrheit und das Leben. Niemand kommt zum Vater denn durch mich.«

Sein Auftrag an mich aber lautete: »Bileam, mein Esel. Sag ihm, ich warte auf ihn im Himmel …«

Um fünf werden wir geweckt. Noch schweige ich. Erst einige Minuten später trommle ich an die Tür. »*Ce este?*« fragt der Wärter mit schlafverklebten Augen. Ich zeige wortlos nach hinten. Der Wärter reißt die Tür auf. Er will den Liegenden wachrütteln, wird vom Blick des Toten durchbohrt wie von einem rostigen Schlachtermesser. Schreiend und zappelnd rennt er davon, in Hauspatschen. Die Zellentür bleibt offen. Zuziehen geht nicht, innen ist sie glatt. So bleibe ich in Unterhosen am Rand des Bettes sitzen, fertig für *la program*.

In Windeseile füllt sich die Totenkammer mit Befehlshabern. Zu spät. Der Arzt bestätigt, was alle wissen: »*Este mort.*« Der Chef vom Arrest kaut hektisch an seinem Schnurrbart, erhebt sich tänzelnd auf beide Stiefelspitzen, der Patzknödel. Er braucht einen Sündenbock. Pfeift mich an, wieso ich das nicht verhindert hätte.

»Ich habe geschlafen.«

»So sind die Deutschen. Während ein Christenmensch stirbt, schlafen sie.« Das hätte er als eingeschworener Kommunist zweimal nicht sagen dürfen. Er schreit: »In den Karzer mit diesem Sachsen!«

Major Alexandrescu, der als letzter hinzutritt, sagt kurz: »Nehmt ihn. Hinaus mit ihm.« Jeder weiß, daß nicht ich gemeint bin. Der gutherzige Wärter mit den Mäuseaugen ward nicht mehr gesehen. Mich führt niemand *la program*. Gegen Mittag kommen zwei Soldaten in weißen Kitteln, ich muß die Hosen herunterlassen, und sie besprühen mich mit Mottenpulver.

27

Einen Monat später, Mitte Oktober, sagt Leutnant Scaiete zu mir: »Wir müssen mit Ihnen zu einem Ende gelangen.« Nie ist bisher davon die Rede gewesen. Ich kann mir nicht vorstellen, wie es aussehen wird, das Ende.

Er schiebt mir die Anklageschrift hin. Unterlassene Anzeige einer Straftat: *omisiunea denunţării*. Verurteilt werden soll ich, weil ich nicht angezeigt habe. Gewiß, da kann man mich vieler Versäumnisse bezichtigen. Immer habe ich voll Grauen um die Zwingburgen der *Securitate* einen großen Bogen geschlagen. Aber worauf sie jetzt verfallen sind, das ist grotesk. Was habe ich nicht angezeigt? »*Infracţiunea de trădare de patrie*« im Falle der Gruppe Töpfner. Ich kann es mir nicht verbeißen und sage: »Landesverrat bei denen? Ich habe keine blasse Ahnung, wann und wie sie das Land verraten haben. Wenn Nichtanzeige, dann stecken Sie mich zu den Autoren.«

»Es wird Ihnen schon etwas einfallen. Unterschreiben Sie!«

Das Strafmaß bewegt sich zwischen drei und zehn Jahren.

Ferner erfahre ich, daß Hugo Hügel beantragt habe, man möge mich wegen meiner Aussagen vor Gericht für unzurechnungsfähig erklären. Demnächst soll ich von Dr. Scheïtan untersucht werden. Also hat Hauptmann Gavriloiu seine Drohung nicht wahrgemacht, den Arzt zu verhaften. Der läuft noch frei herum, ist in Amt und Würden.

Die Untersuchung einige Tage später im Beisein meines

Kommissars und seines Gehilfen Scaiete ist kurz und schmerzlos, das Verdikt erfolgt stante pede: »Wer zwanzig Monate Zellenhaft aushält, ohne überzuschnappen, ist normal.«

Meine Gerichtsverhandlung wird zweimal verschoben. Endlich, am 14. November 1959, verfrachtet man mich zum Gerichtsgebäude. Diesmal sind nicht nur die Augen verbunden, sondern auch die Hände gefesselt. Doch das namenlose Gejammer im Bus ist erträglich. Keine Frau schluchzt. Auf den Korridoren halte ich verzweifelt Ausschau nach meiner Familie. Niemand. Die beiden bewaffneten Bewacher schieben mich in den Saal. Der Richter vorne auf dem Podest scheucht uns hinaus. In der Tür stolpere ich über einen Mann, dessen verzerrtes Gesicht mir erschreckend bekannt vorkommt. Ihn lenkt ein einzelner Wachsoldat zur Anklagebank. Im nächsten Augenblick klärt es sich: Das ist Antál Simon gewesen, der Mann unserer Irenke, der Schrecken aller Klassenfeinde in Fogarasch. Auf den Monat genau elf Jahre nach jener gewalttätigen Nacht, als er uns aus dem Haus geworfen hat, ist die Reihe auch an ihm.

Im fensterlosen Verschlag neben dem Flur stellt man mich ab. Als ich die Augen öffne und mich an die Dämmerung gewöhnt habe, wer sitzt in gestreifter Kluft schattengleich mir gegenüber, gefesselt an seinen Bewacher: Hans Fritz Malmkroger. Ihm hatte ich den *Untergang des Abendlandes* empfohlen. Der zweite ist Peter Töpfner, vor dessen harscher Art wir kniffen, dessen blitzgescheite Schnurrpfeifereien einige von uns genossen. Er wohnte im Skei Zaun an Zaun mit Annemarie Schönmund.

Über die mir unbekannten landesverräterischen Machenschaften dieser Übeltäter und deren Helfershelfer soll ich mich vor Gericht auslassen. Mit solchen Leuten will ich nichts zu tun haben! Haarsträubend schon die paar Zeilen im Geheimtagebuch von Töpfner, die mir Major Blau zum Lesen gegeben hatte. Ohne mein Wissen wurde ich in ihrem Schattenkabinett als Chefideologe, als Propagandaminister geführt. Was suchen die hier in meiner Nähe? Welten und Weltanschauungen trennen uns. Ich kehre ihnen den Rücken, ich vermag das, denn ich stehe für mich allein und bin nicht gefesselt wie sie. Genug hat man mir ihretwegen die Hölle heiß gemacht

Sie wiederum flüstern mir hinter vorgehaltener Hand Horrornachrichten zu. Schwindelnd hohe Strafen seien verhängt worden. Bei Seifert-Basarabean horche ich auf: lebenslänglich. Nun, er ging bei Töpfner ein und aus. Weshalb aber lebenslänglich für Pfarrer Möckel, den hochgelehrten und frommen Gottesmann, immer ein wenig dem Irdischen entnommen und mit dem Kopf in den Wolken? Ich habe keine Kraft, mich zu wundern.

Einige Minuten später sitze ich auf der Anklagebank, die noch feucht ist vom zittrigen Arsch des Antál Simon, und muß dem sichtlich gelangweilten Gerichtsmajor und den apathischen Beisitzern, Militärs auch sie, meine Schuld bekennen. Was ich von den landesverräterischen Vorhaben und Anschlägen der Gruppe »Edelsachsen« gewußt hätte, dirigiert aus dem Ausland durch den westdeutschen Agenten und Spion Enzio Puter? Was also gewußt und bei den Staatsorganen anzuzeigen unterlassen?

Außer daß ich das Wort Edelsachsen vorher nie gehört habe, weiß ich nichts zu sagen. So flüchte ich mich in Allgemeinheiten, die auf jede sächsische Gruppe Jugendlicher passen würden. Nationalistisches Gedankengut sei bei Zusammenkünften in leichtfertiger Weise ausgetauscht worden, eingerahmt von reaktionären Erinnerungen an die Zeiten von früher … Ich stocke: Fragte der Vorsitzende, wer im einzelnen zu der Verschwörergruppe Töpfner gehört habe, ich wüßte keine Antwort. Doch der Richter hat genug gehört, um sich ein Bild von meiner Schuld zu machen. Er ruft: »Die Zeugen der Anklage.«

Töpfner und Malmkroger, die Freunde von einst, werden hereingeführt. Sogar die Wachsoldaten bekunden Mitleid mit den Elendsgestalten. Der eine Soldat hält die Arme vorsorglich gebreitet, als müsse er einen der beiden jeden Augenblick auffangen. Der andere verbeißt sich das übliche *repede, repede!* Und ebenso geduldig verhält sich der Gerichtsherr: Er ruft nicht zur Eile auf, sondern läßt die Dinge an sich herankommen.

Jetzt, im Tageslicht, blicke ich voll Entsetzen auf die beiden jungen Menschen, wie sie sich heranschleppen, sich kaum auf den Füßen halten können. Der geschorene, zum Skelett abgemagerte Töpfner besteht allein aus einer friderizianischen Nase, erinnert an den bereits toten Mönch Atanasie. Der Malmkroger kriecht dahin, nicht ganz gegenwärtig, mit Augen wie von Schlaf verklebt. Töpfner schlurft voran; er setzt einen Fuß vor den andern, als taste er sich über ein Minenfeld. Malmkroger hält den Blick gesenkt, als suche er Spuren im Wald. Beide halten mit der freien Hand die gestreiften Hosen an den ausgemergelten Leib gepreßt.

Bei der Aufnahme der Personalien erfahre ich, daß jeder lebenslängliche Zwangsarbeit abzubüßen hat. Daß sie schon nach knapp zwei Jahren am Ende sind, das sieht jeder. Bevor sie zu Protokoll geben, was mich belasten soll, bittet Töpfner mit ausdrucksloser Stimme, der Gerichtsvorsitzende möge sich für sie verwenden; er, Töpfner leide an offener Nieren-TBC, Eiter und Blut rinne ihm bei jedem Urinieren aus dem Leib, sein Arm schmelze dahin – er streift den Ärmel zurück, und wir alle sehen, daß der Arm spindeldürr ist. Töpfner zeigt auf seinen Gefährten: »Und hier, sehen Sie, Herr Major, Bruder Malmkroger ist auf dem besten Weg, durch Unterernährung das Augenlicht ganz und gar zu verlieren.« Der Militärrichter läßt ihn ausreden. Auf die Klagen geht er nicht ein, das sei Sache des Anstaltsarztes. Basta!

»Was hat der Angeklagte von euren landesverräterischen und konterrevolutionären Aktivitäten gewußt?«

»Nichts«, sagt Töpfner. »Schon darum nichts gewußt, weil wir nie eine staatsfeindliche Tätigkeit entfaltet haben. Abgesehen davon, daß er bei keinem der Gespräche dabeigewesen ist. Wir aber haben uns nur Gedanken gemacht über das Schicksal unseres sächsischen Volkes. Ein legitimes Anliegen und …« Der Richter schneidet ihm das Wort ab: Das stehe nicht zur Debatte. Die Vergehen seien gerichtskundig. »*Totul este la dosar.*«

»Er hat nichts gewußt«, sagt Töpfner und stützt sich auf die Balustrade des Zeugenstandes. Außerdem halte er mich für einen jungen Dichter fortschrittlicher Orientierung – nichtsdestotrotz mit Talent –, und es wundere ihn, mich hier zu sehen.

Malmkroger meint, er sei fast blind und könne nicht erkennen, wer in der Box sitze. Er lugt in die verkehrte Ecke; außerdem sei er vom Hunger so geschwächt, daß er sich an nichts erinnere.

Damit ist meine Schuld erwiesen und festgeschrieben. Die zwei Sträflinge schlurfen davon mit der feierlichen Entrücktheit von Trauergästen nach einer Beerdigung.

»*Procurorul!*« Der Staatsanwalt hat das Wort. Doch er hat es nicht, denn ein Mann hinten im leeren Saal – es ist der Verteidiger – beantragt, daß die Verhandlung unterbrochen werde, damit er mit seinem Mandanten sprechen könne. Zwei Minuten bewilligt der Richter. Weniger als eine Minute dauert die Beratung. Der Rechtsanwalt tritt von hinten an mich heran, stellt sich neben den Wachtposten, fragt, womit er mich verteidigen könne. Ich antworte: »Sie haben zwei Jahre Zeit gehabt, *domnule doctor*, Material zu sammeln.« Damit ist alles geklärt.

Der *domnul doctor* taktiert geschickt. Nach Lage der Dinge hätte er auf Freispruch plädieren können. Doch da zwei Jahre bereits vergangen sind, macht er mildernde Umstände geltend: weil ich – und er legt Akten vor – an Psychasthenie leide und mehrmals in der Nervenklinik behandelt worden sei, ja von dort verhaftet; weil ich mir nichts weiter hätte zuschulden kommen lassen, als verschiedene Vergehen nicht pflichtgemäß gemeldet zu haben – das sei in sächsischen Kreisen eben so, gewiß ein Erziehungsfehler: nichts verklagen, anzeigen, verraten; weil ich *în procesul autorilor germani* als Hauptzeuge der Anklage der Wahrheit die Ehre gegeben hätte, vor allem aber weil ich als junger Schriftsteller, geschult im Marxismus-Leninismus, mir schon einen Namen gemacht hätte – *circumstanţe atenuante,* mildernde Umstände also. Das sagt er und geht weg.

Der Staatsanwalt erhebt sich rechts außen in seiner Uniform mit roten Achselstücken wie ein Feuerwehrmann. Er hat ein verquältes Gesicht, aber anders, als wenn einer Zahnweh hat. Eher wie einer, der gerade lesen lernt und das öffentlich dartun muß. Er meint tadelnd, blickt aber zum Richter, daß mir, wenn ich mich beizeiten mit aller Konsequenz für die Sache des Sozialismus entschieden hätte, diese zwei mißlichen Jahre, *doi ani disconfort*, erspart geblieben wären. Er beantragt nicht wie üblich die Todesstrafe, sondern empfiehlt dem hohen Militärtribunal in meinem Fall eine Mindeststrafe, damit man in Kürze mit mir als Stütze der sozialistischen Gesellschaft rechnen könne. Sagt es und klappt sein Dossier zu.

Der Richter erteilt mir das letzte Wort: »*Scurt, scurt!*« Es wird ein langes letztes Wort, das ich fast verzweifelt in die hölzernen Gesichter rede.

»Wenn Sie die Maßstäbe des Klassenkampfes konsequent an die sächsische Bevölkerung anlegen, ein bürgerlich-bäuerlich strukturiertes Gemeinwesen ohne klassenbewußte Proletarier, dann müßte man uns alle mit Stumpf und Stiel ausrotten.« Ich wiederhole, was ich in den ersten Wochen dem Major mit den Samthandschuhen erläutert und dem Tippfräulein in die Maschine diktiert habe. Und schließe: »Mit Jugendlichen, die in einem solchen Milieu reaktionärer Ideologien aufgewachsen sind, zudem infiziert durch die Nazidoktrin und mit den Erfahrungen nach dem Krieg, Verschleppung, Vertreibung, Verfolgung, muß man Geduld üben. Darum: Gebt ihnen Hoffnung. Und vergebt ihnen.«

Der Richter, der mich nicht unterbrochen hat, spricht in den leeren Saal: »Das Urteil später.« Daß er damit drei Wochen meinte, wußte ich nicht.

In der Zelle ein Neuer. Wir beäugen uns. Er schielt mit halbgeschlossenen Augen auf meinen Mund, als lese er die Worte von den Lippen ab. Nachdem wir uns vorgestellt haben, sagt er auf deutsch: »Ich bin keine reine Freude.« Sein Name: Gustav Küster. Ich werde argwöhnisch. Warum legen sie mir gerade jetzt einen in die Zelle, der so wenig fremd ist? Er stammt aus Kronstadt, er kennt die Verwandten von Fritzonkel Dworak. Das Ende des Kreises? Rosmarin – Küster? Nach diesen zwei Jahren Verhöre gibt es über mich kaum noch etwas Hörenswertes zu vermelden.

Daß der Mann zwölf Jahre Gefängnis hinter sich hat, steht ihm ins Gesicht geschrieben. Daß er noch dreizehn absitzen könnte, traue ich ihm nicht zu, so elend sieht er aus. Fünfundzwanzig Jahre im ganzen: könnte Spionage sein. Erst nach Tagen, als ich beobachte, mit welcher Sparsamkeit er jede Anstrengung meidet bis hin zum Öffnen der Lippen und dem Lüpfen der Lider, gebe ich ihm Hoffnung für den ungeheuerlichen Rest an Zeit. Ich rechne nach: seit 1947 im Kittchen. Ist es Spionage, dann für das »Reich«. Oder schon für die Amerikaner? Fragen stellt man hier keine.

Der sechzehnjährige Andrei Popa aus Hermannstadt, der seit einigen Tagen die Zelle mit mir teilt, ist sichtlich erschrocken. Er hat noch nie einen echten Sträfling gesehen: gestreifte Kleider, die um den Leib schlottern, aschfahl das Gesicht, geschoren der Kopf, gelb die Hände mit Krallen als Fingernägel. Andrei kauert auf dem Deckel vom Pischtopf, er wartet, daß wir das Verhörspiel fortsetzen. Ich gebe den Ermittler ab, er den Beschuldigten. Nach zig Monaten Untersuchungshaft kenne ich die Finten und Finessen, mit denen man jeden Beliebigen seiner Vergehen gegen das Regime überführt. Die Mutter von Andrei, Mathilde Josepha geborene Weidenbacher, hat dem Sohn die Muttersprache nicht beigebracht. So holen wir das Versäumte nach: Ich rufe ihn Andreas, und er versteht mich.

Dieser Lyzeaner Andrei Popa hat mit anderen Kameraden vom *Liceu Gheorghe Lazar* die Idee gehabt, in aller Stille abzuhauen – keine Lust mehr am Lernen! Aber nicht etwa über die grüne Grenze nach dem Westen, sondern zur Landesbaustelle des Wasserkraftwerkes Bicaz in den Ostkarpaten. Um dort Hand anzulegen. Jedoch: Es ist leicht, wie ich verwirrt feststelle, in Paris ein Kommunist zu sein, und schwierig, hierzulande jemanden von deinen patriotischen Absichten zu überzeugen. Als die *Securitate* die Jungen aufgriff, glaubte sie kein Wort, außer daß die Gruppe der Dahinmarschierenden sich einen konspirativen Namen gegeben hatte: *Submarinul Dox.* Es ist der Name des U-Bootes in einer Endlosgeschichte voll toller Abenteuer. In den dreißiger Jahren aus dem Amerikanischen ins Rumänische übersetzt, wurde die

Story in dünnen Heften vertrieben. Jetzt nur noch unter der Hand zu haben, weil verboten.

Andrei belohnt mich für die stundenlangen Verhörproben, indem er mir Jiu-Jitsu-Griffe beibringt und mich im Flüsterton rumänische Volkslieder lehrt.

Unser Gast Gustav verweigert oben jede Auskunft, ehe man ihm die Krallen an Händen und Füßen geschnitten hat und seine Gehörgänge ausfleiht, die mit Ohrenschmalz verstopft sind. Er versteht zwar alles, weil er von den Lippen abliest. Aber er wünscht, mit eigenen Ohren zu hören, was die zu fragen haben, und wünscht, mit eigenen Ohren zu hören, was er zu sagen hat. Um Vorzeitliches zu klären ist er hier.

Dinge scheint er auf Lager zu haben, die oben hörenswert sind. Also träufelt man ihm eine Woche lang warmes Öl in die Gehörgänge. Dann ist es soweit. Als der Feldscher ihn zurückbringt, scheinen sich seine Ohren gelängt zu haben. Er zuckt zusammen, wenn einer gähnt. Flüstern wir, stopft er sich die Ohren zu. Läßt einer einen Furz fahren, legt er entsetzt den Finger auf die Lippen. Das tagelange Klopfen und Hämmern, das Schaben und Klappern unter unserem Fenster bereitet ihm Pein; uns dagegen Neugier.

Soviel vertraut er mir an: Er habe sich zum Reden entschlossen, nachdem er im vorigen Sommer bei einer Sprechstunde im Gefängnis Aiud zum ersten Mal seit zehn Jahren seine Frau und seine zwei Töchter zu Gesicht bekam. Er hatte fragen müssen: »Welche bist du, die Adelheid oder die Veronika?« Er sieht mich an, indem er ein Lid aufklappt: »Obacht, junger Mann: Die Nächsten für einen hier drinnen bleiben die Nächsten von draußen!«

Eines Vormittags werden wir alle drei im Gänsemarsch aus dem Stockwerk hinuntergeführt. Es ist Dezember. Hinter den Brillen wittern wir, wohin es gehen könnte, die Treppen nach unten nehmen kein Ende. Ähnliches ist einmal passiert: Man hatte uns in einem Bus geröntgt, der im Hof stand, dicht an der Ausgangstür. Daß wir diesmal die Oberkleider mitnehmen müssen, ist ungewöhnlich. Plötzlich umweht uns ein kalter Luftzug, der Soldat befiehlt: »Herunter die Brillen!« Wir stehen in einem Viereck von hohen Mauern, das mit Maschendraht abgedeckt ist wie ein Hühnerhof. Darüber der eisgraue Himmel. Sonst nichts: »Bewegt euch!« heißt es. Die Eisentüre wird geschlossen. Ich beginne zu traben, was mir leichtfällt, weil ich täglich turne. Aber plötzlich rinnt es heiß mein linkes Bein entlang. Die Blase hat sich entleert, geleert, noch bevor sie voll gewesen ist. Gegen Stalin mit seinem vierten Gesetz der Dialektik von den quantitativen Ansammlungen und dem qualitativen Sprung, wenn das Maß voll ist. Gustav Küster ergeht es schlimmer. Er macht einige Schritte, taumelt nach rechts, taumelt nach links. Die Backen sind rot gefleckt. Er schwankt. Wir springen herzu. Zu spät. Er fällt um. Andreas Popa allein besteht den Spaziergang als aufrechter Mann. Wir werden nicht mehr an die Luft gesetzt.

In drei Wochen bin ich frei. Frei? Nein, geht es nach Hause. Nach Hause? Nein, werde ich entlassen. Vorgestern, am 7. Dezember, vierundzwanzig Tage nach meinem Prozeß, habe ich das Urteil erfahren: zwei Jahre Zuchthaus wegen Nichtanzeigen von Landesverrat – Landesverrat wegen Enzio Puter wohl, dem westlichen Agenten. Mildernde Umstände – vermutlich, weil sie mich aus der Klinik geholt haben. Ein Jahr Verlust der bürgerlichen Ehrenrechte – das kränkt. Einziehung des gesamten Vermögens – was ein Student so hat: das Fahrrad »Mifa«, die Uhr »Moskwa«, das Radio »Pionier«, erworben von Honoraren als freiwilliger Korrespondent, der schwarze Kammgarnanzug vom Vater, die Parker-Füllfeder vom Fritzonkel mit Goldspitze, meine Bücher. Die Untersuchungshaft wird angerechnet – deckt nahezu das Strafmaß ab. Dreihundert Lei Gerichtsspesen – der Preis von drei Seiten meiner Erzählungen *Gediegenes Erz* und *Odem* oder ein Monatslohn der Mutter. Recht auf Berufung? Nein!

Fast devot hält der Arrestobere mir den Kugelschreiber hin, diesmal ohne sich tänzelnd auf die Stiefelspitzen zu erheben. Der Offizier und ich stehen friedlich beim Wandtisch in der Zelle. Die Türe ist weit offen. Ich nehme das Urteil an. Ohne Berufung.

Zu Gustav Küster bemerke ich: »Im Juni werde ich das Studium der Hydrologie abschließen. In der LPG Freck wartet ein weites Betätigungsfeld auf mich: Meliorationsarbeiten, Verbesserung landwirtschaftlich genutzter Flächen. Die Flußau der Aluta heißt es trockenlegen. Und die Salzseen bei Freck herrichten, daß die Arbeiter und die Bauern aus der Umgebung im Schlamm- und Solbad Kräfte sammeln zu neuen Großtaten des Sozialismus.«

Den Gedanken, ins Haus der Adeletante in Freck zu ziehen und mit der ganzen Familie in die Kollektivwirtschaft einzutreten, findet er prima. Wer einmal durch dies gegangen sei, der sage der Welt ade, ziehe sich auf die Familie zurück.

Ich sage bedrückt: »Sehen Sie, Onkel Gustav, nach dem ersten Schritt hinaus muß ich auf Schritt und Tritt befürchten, wieder eingesperrt zu werden. Auch darum: nur die Familie.«

Er gibt mir recht, daß die Freiheit Tücken und Gefahren berge, heikel im Umgang sei, ja daß der Mensch nicht zur Freiheit geboren sei, sondern sie erlernen müsse. »Aber besser als das Gefängnis ist sie dann doch, die Freiheit, seien wir ehrlich.«

Ich schildere ihm meinen Prozeß. Er hört zu, ohne sich zu rühren, den Kopf in die Arme gestützt, die Ellbogen auf den Knien. Seit er unser Gast ist, hat er sich keine unnötige Bewegung geleistet.

Zuletzt sage ich: »Ich habe begriffen, daß das letzte Wort die einzige Möglichkeit ist, wo der Angeklagte frei seine persönliche Wahrheit vorbringen kann. In ihrem Schlußwort haben die angeklagten Schriftsteller – außer dem Baron von Pottenhof – beteuert, daß sie loyal und linientreu sind, Vaterland und Partei ergeben.«

»Und Sie, was hatten Sie auf dem Herzen? Den Wunsch, so rasch wie möglich nach Hause zu kommen, um jeden Preis?«

»Nein«, sage ich.

Onkel Gustav sagt, und diesmal öffnet er die Augen, ja er reckt sich, es scheint lohnenswert: »Sie haben im Gefängnis einen schlechten Ruf. Man weiß zwar, daß Sie sich mehrere Monate zur Wehr gesetzt haben; aber nachher sind Sie umgefallen und haben sich auf die andere Seite geschlagen.« Sagt das und schließt die Augen.

»Es war meine Entscheidung«, erkläre ich. Und füge hinzu: »Nie kann man deine Freiheit soweit einschränken, daß nicht soviel Freiraum bleibt, um eine Entscheidung in eigener Verantwortung zu fällen. Selbst hier nicht. Der Satz nämlich ist falsch: Es blieb mir nichts anderes übrig. Oder Gott wollte es.«

»Was immer Sie in Ihrem Fall vorbringen werden, man wird es Ihnen nicht abnehmen. Darum, schweigen sie lieber. Lassen Sie die anderen reden und rätseln.« Und sagt nach einer Weile nachdenklich: »Sie könnten recht haben, junger Mann. Selbst wenn man stirbt, hat man die Freiheit, betend oder fluchend in die Grube zu fahren.«

Einige Tage später springt die Tür auf, Gustav Küster muß sein Bündel schnüren. Eben hat er mir noch eine letzte Lektion erteilt: «Verräter ist ein häßliches Wort. Aber recht betrachtet ist der Verräter einer, der den Mut hat, sich von den Regeln und dem Druck seiner Gruppe freizumachen, manchmal sogar aus edlen Gründen.« Er umarmt mich behutsam, küßt mich, flüstert mir zu: »Junger Freund, du wirst es draußen schwer haben. Vorsicht! Keine unnötige Bewegung. Kein Wort zuviel.« Während der Soldat ihm mit der Brille vor der Nase herumwedelt, reicht Küster Andrei die Hand: »Kopf hoch, Johannes!« Schreitet hinaus wie ein gestürzter König.

Andreas bleibt. Die roten Backen des Anfangs sind bleich geworden. Täglich wird er stundenlang vernommen. Nachher ist er erschöpft, aber in guter Form. Manchmal gleichen die Verhöre in der oberen Etage den Generalproben hier in unserem Loch. Nach dem letzten Stand der Dinge proben wir das nächste Verhör – ich der Kommissar, er der Befragte. Er ist schuldlos, und es muß gelingen, die davon zu überzeugen.

Ein Ausschlag auf seinen Händen hält sich hartnäckig. So sehe ich ihn am letzten Abend hinter mir im Dämmer der Zelle versinken, als ich hinausgeführt werde. Mit klagend erhobenen Händen voll von blutigen und eitrigen Schwären bleibt er zurück. Ich höre sein Schluchzen noch auf dem Gang, nachdem die Eisentür zugeknallt ist.

Sie entlassen mich nach zwei Jahren und zwei Tagen, am 29. Dezember 1959. Am späten Abend, als ich eben mit dem letzten Sonett fertig geworden bin. Zwei Tage habe ich daran herumgebastelt, den Rhythmus auf den Kopf des jungen Burschen getrommelt. Fertigdichten! *Repede, repede!*

Der alte Ungar, der Vogelfänger, tritt in die Zelle, mustert mich schweigend mit undefinierbarem Blick, sagt mit ungarischem Akzent die magischen Worte, auf die jeder Häftling wie irrsinnig wartet: »Nimm alle deine Sachen und komm!« Die Tür steht offen. Wo ist die Eisenbrille? Keine. Freien Auges führt er mich den Korridor zwischen den Zellen entlang, in denen es summt. Ein Frösteln überkommt mich. Einmal, am ersten Morgen, am 29. Dezember 1957, habe ich einen Blick in den Flur geworfen. Damals hatte ich in großer Not die Tür der Toilette von innen aufgestoßen, um Klopapier zu verlangen. Nun trotte ich ungeschützten Auges dahin und erschrecke vor dem vielen, was ich zu sehen bekomme. Gut, daß es Nacht ist. Ich sage ungarisch: »Ich fürchte mich vor draußen.« Er anwortet: »*Egye meg a fene.*« Hieß das nicht: Der Arsch möge es auffressen?

Die zweimal elf Stufen betrete ich mit der Vorsicht, als seien meine Augen gehalten. Mein Gepäck steht im Abfertigungsraum bereit. Die Stille ist unwirklich wie in der ersten Nacht Da ist Vaters Koffer aus Schweinsleder, ein Streitobjekt zwischen uns Buben. Und die Ledermappe, allerdings nicht mehr nagelneu, sondern abgetragen, zerwetzt. Jemand hat sie zwei Jahre lang benützt. Ein Wachtmeister reicht mir den Hosenriemen, sticht eilfertig ein weiteres Loch hinein. Ein anderer schiebt mir Birnenkompott zu. Ich schlabbere es auf der Stelle hinunter. Kein Kommissar, der mich in Pflicht nimmt, wie ich befürchtet habe. Ich unterschreibe bloß einen Vordruck, der besagt, daß ich niemandem verraten werde, wo ich mich aufgehalten habe. Alles gehört ihnen, auch diese Lebenszeit.

Jetzt der Entlassungsschein. Mein Name ist fast korrekt geschrieben.

Eine doppelte Eisentüre öffnet sich. Ein Jeep wartet dicht beim Eingang, so daß ich direkt hinten einsteige. Dort sitzt einer auf der schmalen Bank. Es muß ein rumänischer Bauer sein, seine weißen Wollhosen leuchten. Der Offizier neben dem Fahrer verbietet uns zu reden. Da der Bauer sein Glück nicht in Worte fassen darf, springen seine Füße im Tanzschritt der Hora und Sârba auf und ab während der ganzen Fahrt bis Fogarasch, siebzig Kilometer weit. Morgen früh, wenn er die Schweine gefüttert und die Kuh gemolken hat, bleibt von Haft und Gefängnis weniger übrig als von einem geplatzten Luftballon. Ihn lassen sie am Stadtrand, mich fahren sie bis zur Wasserburg.

Vor dem städtischen Dampfbad muß ich absteigen. »*Repede, repede!*« Es dürfte gut nach Mitternacht sein. In ihrem Nachtversteck zischen die Schwäne im Schlaf. Eisige Luft stürzt auf mich, zerkratzt mein Gesicht, sticht in die Lungen. Wie ein Kranker torkle ich dahin. Geradeausgehen habe ich verlernt.

Weiße Flecken

28

Tief war der Schlaf der Eltern. Ich pochte mit der flachen Hand an das Gassenfenster der Rattenburg. Benützte das Zeichen aus der Russenzeit: eins-zwei, eins-zwei-drei. Endlich flammte das Licht auf. Ein fünfstrahliger Lüster, so kitschig, daß ich erschrak, erleuchtete einen Plafond, der mit Rosen geziert war. Eine Sekunde lang überlegte ich: Sieh an, die Eltern haben sich in diesen zwei Jahren erholt. Im Fenster erschien ein fremder Männerkopf: warum ich zu nachtschlafender Zeit störe? Ich stotterte: »Ich bin der Sohn vom *domnul Felix* und komme aus dem Gefängnis.« Der Mann lehnte sich heraus, um mich im penetranten Licht der Neonleuchten zu mustern. Ich dachte: Inzwischen haben sie meine Leute liquidiert.

»Welcher von den Buben?«

»Wie, welcher?«

»Ach«, sagte er und zog das Nachthemd fröstelnd beim Hals zusammen. »Zwei oder drei Buben sind verhaftet.« Ob ich wisse, wo die Tümpelgasse sei.

»Ja«, sagte ich hastig, »in der *Ziganie*.« Dorthin, auf Numero 32, habe man meine Eltern hinverfrachtet. Gähnte und schloß das Fenster, ohne zu grüßen.

Langsam trottete ich ins Zigeunerviertel am Rande der Stadt. Ich hatte Zeit wie keiner. Im Gehen schlug ich den Mantel auf: Das war echte Kälte. Die wollte ich spüren.

Auf der Burgpromenade beim Standbild der *Doamna Stanca* ruhte ich aus. Aus dem Straßenbrunnen vor mir spritzte das kostbare Naß ins Leere, bildete Eiszapfen. Ich vollbrachte meine erste Tat für mein neugewonnenes Vaterland: Ich drehte den Wasserhahn zu. Gegen Morgen langte ich in der *Strada Mocirla* 32 an. Ein gewölbtes Holztor verband zwei Hausfassaden. Die rechte war durchzogen von Sprüngen, die niedrigen Fenster blickten blind. Hier konnte man nicht wohnen! So klopfte ich drüben. Kein Licht, aber prompt eine rumänische Frauenstimme: »Wer dort?« Ich haspelte mein Sprüchlein herunter: daß ich der Sohn vom *domnul Felix* sei und aus dem Gefängnis käme. Die Freude schien groß, denn es hieß: »*Să dea Dumnezeu!* Der Herr gebe es.« Doch die Familie vom *domnul Felix*, die wohne im andern Gebäude.

Ich stieß das Tor auf, stand in einem schmalen Hof mit Resten von Schnee. Wußte nicht weiter. Ratlos stellte ich Koffer und Tasche hin. Vom Turm der Franziskanerkirche schlug es die volle Stunde, vier Uhr.

Noch eine Stunde, dann weckt uns die Nachtwache. Erster Schreck beim Erwachen: Wo lauert heute die Gefahr? Dann warten: aufkehren. Warten: *la program.* Warten: die Brühe mit Palukes. Warten: holen sie dich? Sie holen dich nicht. Also Selbstbedienung: Mathematik. Gedichte. Hühnerzucht in Freck. Nackte Mädchen im nächtlichen Fluß. Die Traumgeliebte. Viel Zeit für nichts.

Es öffnet sich eine Tür. Eine Gestalt fliegt auf mich zu. Sie umschlingt mich, sie küßt mich, sie legt ihr Gesicht an mein Gesicht. Es ist meine Schwester Elke. Und schluchzt und spricht und schluchzt: »Du bist da! Da bist du. Die Augen hab ich mir aus dem Leib geweint! Vor Sehnsucht bin ich fast gestorben.« Nicht nahe genug kann sie sein. Mein Mantel steht ihr im Weg, sie schleudert ihn in die Dunkelheit. Mein Rock trennt uns, sie zieht ihn mir aus, wirft ihn auf den vereisten Boden. Erst jetzt hebe ich die Arme und umfange sie, spüre durch den Stoff des Nachthemds ihr Herz, spüre, wie es klopft. Barfuß steht sie im Schnee.

Nachbarn quollen aus den Türen. Stimmen in verschiedenen Sprachen, doch nirgends ein Licht. »Das Elektrische ist kaputt!« Die Schwester zog mich in die finstere Wohnhöhle. Mit einem Schritt war ich in der Stube. In einem unvorstellbaren Raum drückte sie mich auf einen Stuhl. Sie legte eine Decke um meine Schultern. Im Nebenraum klagte die Mutter: »Das ist doch unerhört, Felix, einmal kommt unser Sohn aus dem Gefängnis, und wir haben kein Licht!« Ich hörte, daß die Stromleitung zur Wohnung von den Nachbarn abhing. Bügelten diese, so zogen sie die Schnur zu uns aus der Steckdose.

»Aber Felix, verkaufst du mich für dumm. Die werden doch nicht mitten in der Nacht bügeln!« Die Schwester sagte: »Mama, der Herr Bumbu ist gestern mit der Axt auf seine Frau losgegangen und hat die Leitung getroffen. Es hat geblitzt wie im Kino. Er ist umgefallen, und sie hat geschrien: Mein armer Mann ist tot, tot. Die sitzen ja auch im Dunkeln.«

»Diese ewigen Benefizvorstellungen.« Das war der Vater. Dumpf roch es in der Stube. Arme-Leute-Geruch hieß das früher. Wie beim Flickschuster Szész, dessen sechstes Kind noch an der Brust der Mutter sog, als die schon tot war. Arme-Leute-Geruch, wo noch? Wollüstig wünschte ich, mich stundenlang dem Ruch der Erinnerungen hinzugeben wie noch gestern in der Zelle, dort in der Fülle der Zeit. Doch die Leute um mich herum hatten keine Zeit, ließen keine Zeit aufkommen.

Die Mutter sagte: »Die Maly hat recht: Zigeunerpack schlägt sich, Zigeunerpack verträgt sich. Aber wieso sind die Zündhölzer nicht an ihrem Platz? Wo hast du die Petroleumlampe wieder versteckt? Und wo sind die Kerzen hingekommen? Wir haben uns doch auf eine Ordnung geeinigt. In unserer Familie fehlt der Respekt vor Abmachungen. Nun kommt mein Sohn einmal aus dem Gefängnis, und es ist stockfinster. Steht er immer noch draußen, der Bub? Wo steckt er?«

»Hier bin ich«, meldete ich mich zu Wort, ergänzte: »Drei Tage und drei Nächte könnt ihr mich auf diesem Stuhl sitzen lassen. Im Dunkeln. Mir macht das nichts aus.«

Ein Schreckensschrei durch die angelehnte Tür: »Drei Tage, wo denkst du hin! Gleich ist morgen früh. Und wir müssen zur Arbeit. Monatsabschluß. Jahresbilanz. Drei Tage auf einem Stuhl? Wer hat soviel Zeit?« Die Mutter tastete sich zu mir, nahm meinen Kopf, küßte mich auf die Wangen. Auf die Wangen, wie sie es uns beigebracht hatte: »In der

Familie küßt man nie auf den Mund!« Wen man auf den Mund küßte, hatte sie uns Kindern nicht verraten.

»Wäre der Bub gestern gekommen«, wehrte der Vater ab, »wie der Advokat behauptet hat, hätte das Licht gebrannt.« Schließlich fand meine Mutter die Lösung, praktisch und großartig zugleich: Sie entzündete mit dem Feuerzeug die Kerzen auf dem Christbaum.

Im wehleidigen Licht der Wachsstümpfe begrüßten wir uns, die Eltern und ich, verlegen. Unauffällig blickte ich mich um: fremd wie meine Zelle in der ersten Nacht. Schwer fiel es mir, die Möbel in ihrer Trauer zu erkennen. Ich dachte nicht: Mein Gott, wie schaut es hier aus! Ich dachte: Wie schaut es hier aus! Und erhob mich und begann hin und her zu laufen, drei Schritte so, dreieinhalb anders. Und sagte meinen zweiten Satz: »Es wird sich vieles bei uns zum Guten wenden!« Keiner nickte.

Ich fragte, wer von der Familie gestorben sei. Weder die Griso in der Tannenau noch die Grosi in Hermannstadt.

Alles war sehr anders! Mein Vater stand beim Ofen, gebeugt und trotzdem mit dem Kopf nahe an der Balkendecke. Die Mutter saß ungeduldig auf der Fetzenkiste, die sie aus allen Untergängen herübergerettet hatte. Ich solle jetzt einen Milchkaffee trinken, bald müsse man sich für den neuen Tag rüsten. »Nein danke.« Ich wünschte ein Stück Brot. Was ich sagte, kam mühsam über die Lippen. Die Muttersprache hörte sich fremd an. Was ich zu Abend gegessen hätte, wollte die Mutter wissen. »Graupen.«

Graupen? Sie sah fragend zu meinem Vater, der dreizehn Jahre älter war als sie und wenn um diese dreizehn Jahre nicht gescheiter, so doch erfahrener. Er schwieg. »Und sonst nichts?« Wieder eine Frage. Diese Fragen ... Ich fuhr zusammen, wich aus, fragte:

»Was ist mit dem Frecker Haus?«

»Verkauft«, sagte die Mutter hörbar erleichtert, »samt der Adeletante. Gottlob, diese Sorge sind wir los. Die Hälfte will Herr Bartel in Geld abzahlen, du kennst ihn. Für die andere Hälfte unterhält er die Tante bis zu ihrem Lebensende. Daß wir dies vermaledeite Freck los sind, gut so.«

»Gut so«, spöttelte mein Vater. »Das sind typisch Goldschmidtische Geschäfte. Die Tante ist neunzig, sollte sie noch zwanzig Jahre leben, ist die Hälfte nicht abbezahlt. Verschleudert eines der besten Häuser von Freck. Und in was für einer Lage. An der Hauptstraße.« Übrigens habe der Bartel vorläufig kein Bargeld. Aber seit vorigem Monat sei die Tante bei ihm in Kost und Quartier.

Ich entschied: »Das alles übernehme ich.«

»Woher nimmst du das Geld?« fragte der Vater.

»Ich rechne auf Honorare für meine Bücher. Außerdem will ich bis zum Sommer meinen Ingenieur machen. Und habe noch andere Pläne: Hühnerzucht in Freck und so.« Sie sahen sich an, und ich bemerkte, wie sie sich ansahen. Und nahm mir nichts zu Herzen, wie mit mir abgemacht.

Erst die letzte Frage galt den Brüdern. Uwe arbeitete im *Combinatul Chimic* in der Nachtschicht. Nachschicht, dachte ich, welch gruslige Einrichtungen es hier draußen gibt.

»Und Kurtfelix?« Ich trottete hin und her, die flackernden Gesichter schwangen mit.

Der Vater sagte tonlos: »Nichtanzeige. Sechs Jahre. Wegen der Edelsachsen.« Mein Bruder Kurtfelix … Ich spürte eine Faust im Nacken. »Für die Rädelsführer hat der Staatsanwalt die Todesstrafe gefordert. Wie, du weißt nicht, wer die sind? Man redet doch nur noch davon. Der Töpfner und der Pfarrer Möckel, das waren die wildesten, dann ein gewisser Folkmar, leider auch der Malmkroger Buzi, der nette Bub von unserer Luis, und dein Seifert-Basarabean mit seinen zwei Namen und zwei Gesichtern, den du in den Ferien oft hergeschleppt hast.«

Die Mutter sagte: »Merk dir: Bestraft hat man euch nicht, weil ihr etwas getan habt, sondern weil ihr etwas nicht getan habt.« Mein Bruder, sechs Jahre wegen nichts und wieder nichts! Darüber mußte nachgedacht werden. Und über vieles andere.

»Ein Kavaliersdelikt«, bemerkte der Vater.

»Dennoch: Konfiskation des gesamten Vermögens«, erinnerte die Mutter.

»Die paar Klamotten vom Kurtfelix hab ich für dreihundert Lei zurückgekauft. Man hat seine Habseligkeiten gepfändet. Zum Lachen.«

»Deine Sachen in Klausenburg sind futsch«, fuhr der Vater fort. »Sogar den Kammgarnanzug von mir haben sie mitgenommen. Und alles, was in deiner Bude wertvoll war: das Radio, die Uhr, das Bizykel, die Bücher. Von den Büchern hat deine Mutter einen Teil in Säcken mit der Bahn hergeschleppt.« Bedank dich bei ihr, sagte er nicht. Von Annemarie Schönmund war zu hören: Bibliothekarin an der Honterusschule. Kein Gefängnis, aber auch kein Enzio Puter.

»Und der Studentenkreis?« Die Eltern schwiegen, hatten an ihrem Kummer genug. Elke sagte: »Was soll mit ihm sein? Er ist eingegangen, nachdem man euch beide weggeschafft hat.«

»Kein Student verhaftet, selbst aus der Führung keiner: Gunther Reissenfels, Achim Bierstock, Notger Nussbecker? Paula Mathäi, Elisa Kroner?«

»Niemand. Bloß zwei Musikstudenten haben sie geholt: diesen Einar Hügel, der mit den blöden Liedern vom Sankt-Annen-See. Und noch einen, ich weiß nicht, wie er heißt, Klaus, Klaus … Es sind so viele weg, einfach weg, spurlos verschwunden. Der hat mit den Studenten in der Kirche Lieder gesungen, alle hatten Kerzen in der Hand.« Noch immer im Nachthemd kauerte sie im Lehnstuhl und hatte die Füße angezogen. Das Feuer im Eisenofen war niedergebrannt. Von der Türe zum Hof zog es. Wir froren erbärmlich. Die Mutter hüllte das Kind in eine Decke und breitete eine zweite über meine Knie. Unschlüssig setzte sie sich hin.

»Dies Kronstadt mit seinen Edelsachsen hat uns ins Unglück gestürzt«, sagte der Vater.

Die Mutter ergänzte: »Nachdem auch Kurtfelix weggekommen ist, haben wir die Kleinen von Kronstadt nach Hause geholt, ins *Liceu Radu Negru*. Hätten wir ohne Kinder bleiben sollen?«

»Seit wann ist er weg?« Ich paßte mich der behutsamen Sprache an. Am 25. Juni 1958 hatten sie ihn verhaftet.

»Wie kommt ihr in diese Bruchbude?«

»Es ist ein Haus aus Holzbalken, nur die Fassade ist brüchig«, beschwichtigte die Mutter.

»Türen direkt in den Hof«, sagte Elke. »Man sieht dir in den Magen, ich komm' mir vor wie beim Frauenarzt.«

»Bedenkt, drei Räume nur für uns. Und keine Ratten.«

»Ja, ja, Mamuschka, ich weiß, auch im Schlechten und Schlimmen immer das Gute sehen.«

»Warum habt ihr die Rattenburg aufgeben müssen?«

Elke sagte: »Müssen! Wenn das Tatzebrummerl auf die Mama gehört hätte, wären wir noch dort. Im Zentrum. Zwei Schritt vom Lyzeum entfernt. Aber so!«

»Hätte und wäre soll man aus seinem Wortschatz streichen«, belehrte die Mutter.

Der Vater erläuterte: »Dieser Antál Simon hat uns gedroht, wenn wir die Wohnung nicht binnen zwei Tagen räumen, setzt er durch, daß auch Uwe abgeholt wird. Es gibt Familien, wo drei Brüder eingesperrt sind. Die Knalls in Kronstadt zum Beispiel. Zwei Geschwister schon sowieso: Hönig, Bergel, Muschi und Herbert Roth, Horst Depner und seine Schwester ... Ohne Pardon, unerbittlich!«

«Unerbittlich das Schicksal«, sagte die Mutter. »Bei Bergels sind einige Jahre zuvor der kleinste Bruder und der Schwager umgekommen. Lawine! Wie eine Mutter so etwas aushält.« Und sagte: »Ich wollte zuwarten ...«

Der Vater unterbrach sie: »Ja, ja, die Frauen haben die besseren Nerven.«

»Ich wollte nicht weichen. Andererseits, ihr beiden Buben spurlos verschwunden, und jetzt auch noch Uwe in Gefahr. Nachdem dieser Simon zuletzt mit dem Otto Silcseak von der *Sec* bei uns angetanzt ist, haben wir uns auf die Strümpfe gemacht. Tags darauf haben sie den Halunken festgenommen, wegen Wohnungsschacher, Bestechungsgeld, das übliche bei den neuen Dorfgewaltigen.« Und fast stolz: »Dies ist in sechzehn Jahren der neunte Umzug in Fogarasch. Unser Kränzchen hat wieder fabelhaft geholfen.« Und fragte mich: »Hast du von uns gar nichts gewußt?«

Was ruckte mich? Die Frage, die kleinste Frage. Denn jede Antwort ist eine Entscheidung auf Leben und Tod. Die Mutter verzichtete auf Antwort. »Wir dachten, dich gibt es nicht mehr. Kein Lebenszeichen von dir bis jetzt im September.

Und von Kurtfelix keine Nachricht seit einem Jahr. Bei seinem Prozeß hieß es, er sei krank, man könne ihn nicht transportieren. Seit damals kein Sterbenswörtchen. Verschwunden!« Elke begann lautlos zu weinen.

Die Kerzen am Baum waren erloschen. Wir gingen schlafen. Ohne Gutenachtkuß, ich war erleichtert. Mich steckte man in ein nie dagewesenes Bett. Ich betete nicht. Um Gott zu schonen.

Endlich war der erste Morgen da. Im Licht einer Christbaumkerze machte sich der Vater bei meinen Füßen zu schaffen. Dort mußte der Waschtisch stehen. Er goß Wasser in die Schüssel, benetzte den Oberkörper, einige Tropfen fielen auf meine Füße, rieb sich trocken, alles im Dunkeln: um mich nicht zu wecken, der ich nicht geschlafen hatte. Als nächstes schlüpfte meine Mutter hinter den Vorhang. Der Vater fachte das Feuer an.

Bei all diesen Abläufen floh ich zurück ins Gestern. Dort entströmte die Wärme dem Heizkörper. Bei der Morgenwäsche gab es fließendes Wasser und Spülklo. Wer würde Andrei mit seinen schwärenden Händen beispringen, die Hosen hochziehen, das Gesicht abwaschen?

Das Tor knarrte, die Tür öffnete sich. Gehüllt in eine Wolke von Kälte trat mein Bruder Uwe ins dunkle Zimmer und schlich in die Küche. »Ist er da?« Ehe er die Küchentür schloß, sagte die Mutter: »Laß ihn ausschlafen, den verlorenen Sohn.« Die Eltern eilten zur Arbeit.

Irgendwo im Haus schlief meine Schwester. Es waren Ferien. Und anderswo im Haus legte mein Bruder Uwe sich schlafen. Es dämmerte. Das Haus gegenüber erwachte. Jemand pischte vor die Haustür in den Hof, und eine Frauenstimme kreischte: »Schämst du dich nicht, Bumbu, mit deinem ungewaschenen Stummel dich zur Schau zu stellen! Hast du nicht kapiert, daß der studierte Sohn vom *domnul Felix* aus dem Kittchen gekommen ist? Und das Fräulein Schülerin hat Ferien.« Der Mann knurrte etwas. Eine Glastür knallte, die Scheiben klirrten. Ich stand auf. Blickte mich nicht um. Ging in die Küche, einige Stufen höher. Das Feuer im Ofen war niedergebrannt, ich legte Holz nach. Setzte mich an den Tisch, schob die Essensreste weg. Und verfaßte eine Bittschrift an die Große Nationalversammlung, darin ich die Freilassung meines Bruders aus Krankheitsgründen beantragte. Nach Jahren kam Antwort: daß er in einem der Gefängnisse des Landes seine Strafe absitze. Als nächstes kritzelte ich in das Rezeptbuch meiner Urgroßmutter die auswendig gelernten Gedichte, daß nicht die Flut von Sinneseindrücken sie wegschwemmte – die Sonette an ein Mädchen und an das Vaterland.

Dabei überraschte mich mein Bruder Uwe. Wir umarmten uns. Ich begann, Zukunftspläne auszubreiten: daß ich die alte Tante in Freck unterstützen werde und wir alle hinziehen müßten. Er hörte zu und schwieg und lächelte jenes Knabenlächeln von früher, erstaunt und zweifelnd. Später sagte er: »Sieh dich zuerst um. Es ist vieles anders geworden. Die Leute fürchten sich vor so einem wie dir. Selbst die Familie kommt mit dir nicht zurecht.«

Daß sich die Leute bis in die Familie hinein vor mir fürchteten, ging mir eine Woche später auf. Ich besuchte die Malytante und den Fritzonkel in der Tannenau, so rasch wegen meiner Großmutter, die bettlägerig war, denn nichts zog mich nach Stalinstadt, *la terre maudite*. Meine Großmutter – ich hatte ihre blasse Hand geküßt, die über den Bettrand hing und eine Woche später ein Stück Totes sein würde – rief mit letzter Kraft: »Fritzchen! Heut wird keine Stimme Amerikas gehört. Kommunist im Haus!«

Uwe erklärte: »Zum Beispiel mein Schulkamerad, der Rudi Anton und sein Kränzchen, die haben die Courage nicht, dich zu Silvester einzuladen. Mich ja, dich nicht. Das mußt du verstehen.«

Ich verstand. Weniger, daß meine Schwester sagte: »Aber wir getrauen uns.« Ich hob abwehrend die Hände. »Du kommst zu meinen Freunden, Silvester feiern. Was bilden die von der *Sec* sich ein? Sollen wir uns ein Leben lang vor ihnen fürchten? Wir haben im Trocadero Rock 'n' Roll getanzt, daß unsere Jupons dem Otto Silcseak, der den Kurtfelix weggeschafft hat, um die Ohren geflogen sind. Er hat uns eine Runde Bier spendiert.«

Uwe sagte: »Ob ich nach Freck komm, weiß ich nicht. Trotzdem kannst du auf mich rechnen. Übrigens, das Klo ist hinten im Hof. Das rechte gehört uns. Aber die drüben benützen mit Vorliebe unseres, vor allem, wenn ihres vollgeschissen ist.«

Keiner in der Familie wollte von Freck wissen. »Freck? Nicht einmal begraben«, sagte die Mutter, obschon sechs komfortable Grabstätten mit Panoramaaussicht und unter würdigen Kiefern zur letzten Ruhe einluden; zwei Gräber, verschönt mit weißem Marmor und schwedischem Granit. In die Kollektivwirtschaft eintreten? Man zweifelte ... Überhaupt: Daß ich in den Nächten herumlief und irgend etwas aufschrieb, war bereits närrisch, ja unheimlich. In der Nacht schläft man! Und daß ich der Familie in der Abenddämmerung Gedichte vorlas, während jeder auf seinem Bett saß, die Füße angezogen, denn am Boden war es eiskalt, war beunruhigend und genierlich. Entsprechend die Äußerungen: »Wie kurios du die Wörter betonst«, mahnte die Mutter. »Hör ich recht: Rücktritt?« verwunderte sich der Vater. »Wiederhol bitte die ganze Zeile. Ist das nicht die Bremse beim Bizykel? Oder ein Minister, der sein Amt niederlegt?«

»Aber Tata, nicht doch. Hör genau hin: ›Das Säulentor im Rücktritt‹; etwas, was in Treppen zurücktritt.«

»Ach so, das romanische Portal in Michelsberg.«

Die Familie, die Welt fremd ... Wohin mit mir? Wohin? Wohin?

Als erstes machten die Zigeuner aus der Nachbarwohnung ihre Aufwartung. Nach trunkenen Tagen und Nächten war der *domnul Bumbu* nicht ganz taufrisch. Als seine Frau ihn aus der Stube in den Hof zerrte, stolperte er über den riesigen Suppentopf, der auf der Schwelle stand und aus dem sich jeder bediente, wenn ihn der Hunger packte. Das Familienoberhaupt versetzte dem Gefäß einen Fußtritt, daß die Bohnenciorba bis zu uns spritzte. Im ganzen waren es zehn Menschen, mit der alten Mutter Rozalia, die drüben in Zimmer und Küche lebten. Überlebten vom Kindergeld.

In dem neuen Bewußtsein von *Fraternité* küßte ich der

doamna Florica Bumbu die Hand. Sie wiederum sagte *dom-nule inginer* zu mir. Und ließ sich nicht davon abbringen: »*Inginer* wären Sie, hätte man Sie nicht ins Kittchen gesteckt.« Diese Leute nannten die Dinge beim Namen.

Vater Bumbu erinnerte sich, daß er sich im Gefängnis jedes Mal erholt habe von den Plagen eines Familienvaters und ganz besonders von diesem Teufelsweib.

Zu Mittag kam die Margitnéni, die Frau unseres ehemaligen Hausmeisters. Sie ließ kein Familienfest bei uns aus, war pünktlich zur Stelle am 2. Februar, dem Geburtstag meines Vaters, am 17. März, dem Gertrudentag, und immer mit einem sinnigen Geschenk, nicht gerade einer Russischen Eleganten, aber mit einem Teller Sülze oder einer Pfanne Palatschinken. Diesmal waren es Wollsocken. Sie konnte es nicht fassen, daß ein *urfi* wie ich, ein junger Herr von Manieren, der sie, die Hausbesorger, früher jedesmal zuerst gegrüßt hatte, ein so schweres Schicksal habe erleiden müssen. Und sie sagte, was sie bei allen unseren feierlichen Anlässen sagen würde noch jahrelang, so auch im Jahr darauf in den schwarzen Schleier unserer Mutter hinein, nachdem sie schluchzend zu dem schrecklichen Todesfall kondoliert hatte – so jung! so jung! –: »Aber nun hat das Schicksal auch an unsere Tür geklopft. Unser lieber Schwiegersohn, der aufrechte Antál Simon, der allen Leuten immer nur geholfen hat, er sitzt im Gefängnis, zu Unrecht. Und unsere Irenke, die Gute und Schöne, sie muß nun arbeiten wie eine Stallmagd.«

Sie stieß noch hervor, daß die Tochter Irenke ihren Posten bei der Partei verloren habe. »Ja sie läßt schön grüßen!« Sie warte, daß der *urfi* sie besuchen komme in ihrer Wohnung mit den kostbaren Möbeln. Schneuzte sich in ihr rotes Taschentuch, strich mir übers Haar wie in meiner Kindheit und ging.

Gegen Abend kam das Kränzchen der Eltern. Tanten und Onkel, so nannten wir sie, waren uns in all den Jahren voll Ungemach treu zur Seite gestanden. Man kannte sich, seit die Kinder klein waren.

Die Guten saßen verlegen um den Küchentisch. In jeder Familie war in den letzten fünfzehn Jahren ein Deportierter oder Gefangener heimgekommen. Man hatte Erfahrung, doch keine Übung. Dazu war ich ein seltener Vogel. Takt schien geboten, wenig an Fragen angezeigt. Am besten verlor man über den Kasus kein Wort. »Gut, daß du da bist«, war das Äußerste.

Allein der forsche Schorschonkel Krakmaluck, dem beim Ostfeldzug die Zehen abgefroren und dessen Schnürschuhe mit Bleiplatten beschwert waren, fragte, ob ich den Kurtfelix angetroffen hätte – dort. Und er machte das Zeichen der Gitter. Gab selbst die Antwort, als ich schwieg: »Alle diese Henker sollte man, müßte man …« Er schnappte sich den Küchenbesen, legte an und schwenkte ihn, Stiel nach vorne. Und schnalzte mit der Zunge: tack-tack-tack.

Tante Ilsa sagte auf französisch, sie war eine hervorragende Modistin: »*Qu'il se taise, le fou!*« Ihre Worte verhallten ungehört. Schorschonkel hatte mir zum Willkommen eine wattierte Jacke mitgebracht: »Nimm sie, meine Pufoika aus Workuta!« Am Rücken markierte ein dunkles Viereck die Sträflingsnummer. Als ich ihn ansah, klärte er mich auf: »Auf dich wartet Knochenarbeit, mein Lieber.« Denkste, dachte ich.

Die Agnestante, eine feine Dame, Gattin eines Kunsttischlers, riet: »Gut täte dir, Stifter zu lesen.« Um nichts in der Welt! Dort fehlte der Klassenkampf. »In deinem Zustand meine ich, so zwischen den Fronten, im Niemandsland.«

Im Niemandsland? Um meinen Standort ein für allemal zu bezeichnen, sagte ich und meinte es: »Angenehm überrascht bin ich von den Errungenschaften des Sozialismus in unserer Stadt: Wasserleitung und Neonbeleuchtung. Kolossal, was das Regime in nur zwei Jahren geleistet hat.« Schorschonkel fiel der Besenstiel aus der Hand. Die Pitutante bedauerte, daß es in diesem Winter kaum geschneit habe. Ein Winter ohne Schnee sei kein Winter. Die Militante, allgemein beneidet, weil ihr immer das treffende Zitat einfiel, sagte: »Es harren unsrer in dem Erdenschoße die heitern und die bittern Lose.« Alle drängten zum Aufbruch, sie hatten kalte Füße bekommen, obschon sie mit angezogenen Knien auf den Hokkern saßen und mein Vater dauernd Scheite nachlegte; es zog vom Hof durch die Glastür. Und überhaupt: »Der arme Bub, er muß sich ausruhen!«

Trotzdem lud mich die Jinotante, die Wackere, ein: »Du weißt, Silvester feierst du bei uns. Ungefährlich! Alles Kroppzeug. Schüler und ahnungslose Mädchen.« Damit war das Eis gebrochen. Treuherzig bat mich jeder, bei sich vorbeizukommen. »Genier dich nicht! Sei wie damals, als du noch ein netter Bub warst.«

Obschon es Winter war, mußte ich eine Sonnenbrille tragen, das scharfe Licht stach mir die Augen aus. Nicht mehr als Blinder geführt zu werden, den Weg mir selber zu suchen, bereitete Pein. Dauernd Entscheidungen zu treffen über Lebenswege und Tageszeiten – es war unerträglich. Alles war anders, ganz anders. Keiner wollte mich, niemand brauchte mich. Noch setzte ich mich zur Wehr. Klagte meine Rechte als verläßlicher und verifizierter Bürger der Volksrepublik ein. Aber …

Ich mußte den Personalausweis von der Miliz beheben. Nicht ehe ich mich bei der *Securitate* gemeldet hätte, beschied man mich. Mir klopfte das Herz. Ein Milizionär begleitete mich durch Hinterhöfe. Anders als in Stalinstadt spazierten hier nicht Rehe und Hirsche in gepflegten Gehegen, vielmehr hielt es der Kommandant mit Hühner- und Hasenställen. Ich stelzte auf Zehenspitzen durch den Morast, der Milizionär zuckelte auf den Absätzen seiner Stiefel dahin.

Căpitan Otto Silcseak, um den alle in der Stadt einen großen Bogen machten, erwartete mich und hieß mich mit jovialer Herablassung in einem Polstersessel Platz nehmen. Ich blieb stehen. Kurtfelix hatte er gewiß nicht so behandelt.

Mit mir zu plaudern wünschte er, gab sich leicht gekränkt, daß ich so in Eile war. Seinesgleichen nehme sich Zeit für die Menschen. Er bedauerte das Geschick meines Bruders: »Der arme Felix ist hereingefallen wie die Fliege in die Milch.« Freute sich, daß ich davongekommen war. Indes hämmerte es in meinen Schläfen. Wie es anstellen, daß du es nie mehr mit denen zu tun bekommst? Er bot Hilfe an, falls es mit meiner Anstellung hapern sollte. Warnte, daß man als Rückfall-täter wegen Nichtanzeigen zu Höchststrafen von zehn Jahren verurteilt werden könne.»In Ihren Kreisen wird zuviel geredet. Sie könnten uns zu Diensten sein.« Es war zum Kotzen. Und es stieß mir auf. Wo hier ein WC sei? Die Tür links, das zweite Waschbecken sei das richtige.»Viele packt es hier, sich auszuschütten.«

Ich kam zurück, setzte mich zum Erstaunen des gefürchte-ten Mannes in den Clubsessel, bat um ein Glas Wasser, worauf er nicht einging, sagte:»Sehen Sie, *domnul Căpitan*, mir kann wegen Nichtanzeige nichts mehr passieren. Jeder geht mir aus dem Weg. Oder schweigt sich aus. Somit bekomme ich nichts zu hören.«

»Wir wissen es. Für Ihre Leute sind Sie ein Volksverräter.«

»Und ferner kann meiner Familie nichts mehr passieren. Ich war eingesperrt. Mein Bruder ist eingesperrt.«

Er sagte:»Dort, der Sack mit Ihren Schreibereien, von Stalinstadt hergeschickt, nehmen Sie ihn.« Ich schulterte den Sack mit den sperrigen Mappen und Ordnern. Er gab mir nicht die Hand. Und sagte nicht»*La revedere*«. Gottlob ...

Wohin flüchten? In Hermannstadt fragte die Großmama mit zitternden Händen, woher ich käme. Als ich antwortete: »Aus dem Gefängnis!«, sank sie auf einen Stuhl.»So etwas darf man nicht sagen!« Es wurde zur stehenden Redewen-dung:»Wir waren dort, wo man nicht sagen darf: Kurtfelix und ich und viele andere und viele andere nicht.«

Elisa schuftete nicht, wie von mir befürchtet, in einer Strafkolonie, sondern lernte bei ihrem Vater die Färberei, nachdem man sie von der Universität hinausgetan hatte. Sie kam aus ihrem Haus geeilt, hatte bloß eine Jacke umgewor-fen, und hob ihre Augen zu mir empor aus einem Gesicht mit einem Stich ins Leichenblasse – wegen dem Neonlicht. Aber aquamarinblau die Augen, eine Farbe, die dem Färbervater so nur hier gelungen war. Sie reichte mir die Hand, die bis zur Handwurzel violett schillerte. Ihr Vater hatte im Keller seiner verstaatlichten Villa im Rosenfeldgrund riesige Kup-ferkessel aufgestellt, in denen alle Farben des Regenbogens dampften. Und gehörte somit ein wenig zur Arbeiterklasse.

Doch am Sonntag frönte die Familie bürgerlichen Vergnügungen: Die Eltern und die Töchter badeten in den vorsintflutlichen Kesseln in mittelalterlicher Manier.

Ich sagte zu Elisa:»Oft habe ich deinen Vornamen mit Seife auf den Kotzen geschrieben, dort, wo man nicht sagen darf. Bei dir, bei mir die gleichen Selbstlaute, die nämliche Abfolge. Ist dir das auch aufgefallen?« Es war ihr nicht aufgefallen. Im rechten Augenblick trat Elke herzu, mahnte:»Wir müssen gehen. Unsere Omama macht sich Sorgen.«

»Auf morgen«, sagte ich.

Im Beisein der Großmutter, die einen weißen Schirm über den Augen trug, weil der graue Star sich wieder eingenistet hatte, las ich Elisa Gedichte vor über das neue Leben in der Volksrepublik und den Klassenkampf als Motor der Geschichte. Artig hörte sie zu. Und sagte und hatte diesmal himmelblaue Hände:»Außer Klassenkampf gibt es unendlich viele Konflikte.« Sagte:»Jedes Ding birgt ein Geheimnis, erkauft durch Verzicht.« Sagte:»Poesie ist, wo man nicht alles beim Namen nennt.« Und schloß:»Das verstehen die nicht. Aber lerne vom sozialistischen Dichter Alfred Margul-Sperber. Der kann so und kann anders. Zum Beispiel *Geheimnis und Verzicht* ...« Unterm Tor bei der Mülltonne wollte ich sie küssen, die Schöne meines Lebens. »Zu spät!«

»Zu spät?« Ich traute meinen Ohren nicht.

»Ich bin verlobt. Und ziehe weit weg, nachdem ich geheiratet habe.«

»Dazu gehören zwei.« Dieser zweite war Liuben Tajew mit seinem Gesicht wie Streuselkuchen. Weit weg aber hieß nicht in die Nähe des präsidialen Palastes in Sofia, wie ich annehmen mußte, sondern in ein von Bulgaren bewohntes Dorf in der Dobrudscha, dem Küstenstreifen Rumäniens am Schwarzen Meer. Elisa freute sich, und ihre Augen erstrahlten in einem unbändigen Licht, sie freute sich auf die Poesie des einfachen Lebens dort: Lehmhütten unter Strohdächern, die Fassade geschmückt mit Tabakblättern und Kukuruzkolben, umfriedet von Zäunen aus Sonnenblumenstengeln, und rundum Ziegen und Esel, am Horizont ein Zwiebelturm. Endlich konnte sie ihrer Vergangenheit entrinnen, mußte sich nicht

mehr fürchten. Liuben war bereits als Schuldirektor eingesetzt worden. Sie würde als Hilfslehrerin die Kinder Deutsch
und Englisch lehren und mit Liubens Verwandten und den
Nachbarn russisch reden, dem Bulgarischen zwillingshaft ähnlich.

»Und mit wäßrigem Kuhdreck den Lehmboden aufwischen.«

»Tausendmal besser als das hier.« Sie zeigte mir ihre Hände, die im Neonlicht giftgrün schimmerten.

Ich fragte nur noch:»Und daß er uns so schnöde an der
Nase herumgeführt hat, dieser Liuben, wie erklärt er das?«

»Er hielt uns für hochnäsig, wollte vor uns bestehen. Selbst
mir hat er die ganze Narretei erst spät gestanden.«

»Gut, daß er nicht behauptet hat, er sei ein Mörder. Das
tun manche im Gefängnis, um sich unter den anderen Respekt zu verschaffen.«

»Sprich schön von ihm. Ich trag ein Kind von ihm unter
dem Herzen.« Sie ließ sich nicht nach Hause begleiten. Ich
wünschte nicht mehr, sie zu küssen.

Meine Hausfrau Clotilde Apori war gestorben. Den Kardinal hatte die arme Seele nicht freibeten können. Elisa hatte
sie regelmäßig besucht und versorgt. Eines Tages hatte sie die
Gräfin tot aufgefunden, die Hände keineswegs fromm gefaltet, sondern als Krallen in den Vorhang verhakt. »Als habe
sie die Eisblumen abpflücken wollen.«

»Und das Begräbnis?«

Die Trauergäste waren in der prunkvollen ungarischen
Aristokratentracht angetreten. Das gaffende Volk meinte, ein
Film würde gedreht. Der Zug machte einen Umweg über die
Innenstadt. Die Milizionäre salutierten. Vor dem Palais Apori,
wo nun die Partei residierte, verweilte das Trauergefolge in
stiller Andacht. Die Partei lag in den Fenstern und lüpfte die
Arbeiterkappen. Der Priester las eine Messe.

Die Fürstin Pálffy und ihre Kammerfrau saßen im Gefängnis. Als zwei Offiziere der Finanzgarde sie wegen der Herstel-
lung von Knäckebrot besteuern und bestrafen wollten, hatte
die Fürstin, mehr aus Complaisance denn aus Zorn, ihren
Streitkolben auf den Kopf des einen niederfallen lassen. Der

war, von Teig übergossen, auf der Stelle zusammengesackt. Damit sie ihre Herrin ins Gefängnis begleiten durfte, hatte ihre treue Gehilfin dem anderen flugs eins mit dem Nudelwalker über den Schädel gehaut. Der legte einen *danse macabre* hin, ehe er umfiel. Entsprechend abgestuft fielen die Strafen aus.

Auch die Stube der Großmama war keine Bleibe. Alles schien an seinem Platz, vom hundertjährigen Spiegel aus Kiel bis zur Pendule aus Fiume. Doch der Schein trog.

Böse Botschaften prasselten ins Haus, durch dessen verfaulte Holzbalken am Morgen der Nachbarhund seine Schnauze steckte und mit der Zunge zu mir ins Bett hechelte.

Die Universität in Klausenburg vermeldete: relegiert. Exmatrikuliert wegen Fernbleiben von den Vorlesungen. Ich fuhr hin, wurde am Schalter von einer Frauenstimme abgefertigt: »Zu spät, *amice*!« Ich beugte mich tief: »Aber um alles in der Welt, Sie kennen doch das Axiom der Physik, daß man nicht zur gleichen Zeit an verschiedenen Orten sein kann.« Dann hätte ich nicht anderswo, sondern hier sein sollen, beschied mich die Nase der Dame.

»Ich will doch nur abschließen. Drei Prüfungen und fertig.«

»Es ist zu früh. Was bilden Sie sich ein, Sie sind jetzt entlassen worden und wollen mit einem Händeklatschen in alle Rechte eingesetzt werden. Das dauert Jahre!« Dekan und Rektor waren nicht zu sprechen. In Bukarest beim Unterrichtsministerium vergraulte mich der Portier.

Meine Bücher? Vergeblich suchte ich die Buchhandlungen ab.

Vom Staatsverlag war zu hören, daß der Vertrag für die beiden Erzählungen aufgehoben sei – durch Verschulden des Autors. Ich sprach in Bukarest vor, bestand auf seiner Erfüllung, da ich keine der zig Klauseln verletzt habe. »Seien Sie froh, daß wir Ihnen nicht die Herstellungskosten aufpelzen«, beschied mir die Direktorin Olga Goldbaum. »Die Bücher wurden eingestampft. Geben Sie Ruhe.« Anders meine Lektorin, Frau Erika Constantinescu, die mich zu sich einlud, wie vormals: »Was vergangen ist, lassen Sie ruhen. Aber schreiben Sie. Setzen Sie sich sofort hin. Gehen Sie ins Hotel und beginnen Sie eine Geschichte. Sie haben mehr Talent und Phantasie als viele der Dichterlinge und Schreiberlinge, die hier herumlaufen.« Wir tranken den Tee aus Glasbechern in silbernen Behältern. Ihr Mann, ein echter Bukarester, filigran, ja zerbrechlich, war noch immer schlohweiß, ihr Vater unverändert rüstig wie ein Gebirgsbauer. Die Mutter blieb die Dame aus Berlin. Der Kater J'accuse thronte auf seinem Sessel und gähnte majestätisch. Es war wie einst. Und doch anders.

Beim Genossen Enric Tuchel, dem Chefredakteur der Revue *Die Neue Literatur*, erkundigte ich mich nach einem Gedicht, das ich am zweiten Tag nach meinem Kommen eingeschickt hatte: »Der große Garten meiner Kindheit«, freilich aus der Perspektive des Besorgerhäuschens verfaßt. Der literarische Genosse residierte in einem ehemaligen Bojarenpalast mit pompöser Auffahrt und überladenem Vestibül.

Auch an diesem Enric Tuchel war die letzte Zeit nicht spurlos vorbeigegangen. Die fliegerblaue Krawatte mit brennenden Stukas war einer Krawatte von schlichtem Rot gewichen, geziert mit Hammer und Sichel in Silber. Kaum hatte ich mein Anliegen vorgebracht, schnitt er mir das Wort ab, klärte mich auf: »Wissen S', Genosse, dieser Ihr großer Garten der Kindheit, das ist reinster Revanchismus. Sowas ham die Sudetendeitschen unlängst verlangt: Zurück wollen's haben alle ihnere großen Gärten von der Kindheit, die jetzt den Polen tun gehören. Wie? Nichts wissen S'? Ah so, erst jetzt sein S' kommen von dorten. Seit die Staatsfeind diesen ... äh, äh, Inversionismus erfunden ham in der Literatur, muß unsereins *vigilent* sein wie eine Kirchenmaus. Sehen S', der große Margul-Sperber, der hat's kapiert, das mit dem Inversionismus, der sagt so: ›Wie der Baum verschlucken tut die Wolken, so tut verschlucken das glorreiche Proletariat den Kapitalismus.‹ Das ist klar wie die Sonnen am Himmel. Ja, und dann tun S' nit vergessen, daß Sie sein ein politischer Krimineller, das werden S' nit los wie die Katz am Schwanz ihre Schelle ein Leben lang.« Klingelte und bestellte eine

Tasse Kaffee. »Tun S' mir bringen, bittschen, Genossin, eine Schalen Kaffee ohne Zucker und mit Schaum oben.« Ich verabschiedete mich.

Im Vorraum begegnete ich Pitz Schindler. Ich reichte ihm kollegial die Hand, die er mit spitzen Fingern anfaßte, und sagte: »Sie und ich, wir beide sitzen im selben Boot.« Womit ich meinte, daß er und ich die Fronten gewechselt hatten und nun bei unseren Leuten als Volksverräter gehandelt würden. Er antwortete nichts, so daß ich mich bemüßigt fühlte, klarer zu werden: »Sie können auf mich rechnen, wenn Sie darangehen, den Sachsenbischof Georg Daniel Teutsch mit der Picke vom Sockel zu stürzen. Eine schwere Arbeit für nur zwei Männer.« Er entfloh.

Die Sekretärin sagte: »Sehen Sie, junger Mann mit dem blassen Gesicht wie aus einem russischen Roman, Sie machen einen Fehler. Sie nehmen dies Regime zu ernst, nehmen seine Leute beim Wort. Darum erschrecken sich alle vor Ihnen, bis ganz hinauf.« Und sie schwenkte den Arm die Türen entlang. »Auch der Genosse Tuchel hat sich vor Ihnen erschrocken, wollte deswegen einen Kaffee mit viel Schaum. Und auch dem Genossen Schindler haben Sie einen tüchtigen Schrecken eingejagt.« Sagte das frei und frank heraus, ohne sich ängstlich umzusehen. »Der Pitz Schindler übrigens hatte es heute eilig. Man wartete beim Zentralkomitee auf ihn.«

Auf mich wartete man nicht beim Zentralkomitee. Wohin also? Ich wurde in der riesigen Maschinenfabrik Mârşa bei Freck vorstellig, dreitausend Arbeiter. Der Kaderchef winkte entsetzt ab: »Wir haben schon einen ehemaligen politischen Sträfling, wir können die Fabrik nicht mit zwei belasten.«

Blieb das Arbeitsamt in Fogarasch. Zuvorkommende Leute. »Gewiß, laut Verfassung haben Sie das Recht auf Arbeit.« Daß ich ein technisches Studium nahezu abgeschlossen hätte, interessiere nicht. Für einen wie mich gebe es Posten in der ehemaligen Stoofischen Ziegelfabrik als Tagelöhner. Ich bedankte mich. Genosse Popa Zamolxe, der Amtsleiter, reichte mir die Hand, weil mein Vater in Fogarasch einen guten Namen hatte.

Ich schlug noch eine Weile um mich. Verfaßte Eingaben

an alle möglichen Stellen in Bukarest. Berief mich auf mein Urteil mit der minimalen Strafe, führte ins Treffen, daß ich im Autorenprozeß Zeuge der Anklage gewesen war, pochte auf meine sozialistische Gesinnung – es lebe die Freundschaft mit der großen Sowjetunion! –, verlangte, daß man mich an die Uni zurücknehme, begehrte einen Posten, angemessen meiner Qualifikation, pochte auf eine menschenwürdige Wohnung für die Eltern, bat um die Freilassung meines Bruders, forderte – und wurde abgewiesen oder mit Schweigen gestraft. Ich kroch bei Stifter unter, las *Die Narrenburg*. Legte ihn weg. Fraß mich durch *Rotchina siegt*. Quälte mich mit *Nackt unter Wölfen*. Weg damit.

In Bukarest hatte ich zu Frau Erika gesagt, daß ich nicht ins Hotel gehen und eine Geschichte schreiben würde, sondern anderes vorhabe: Ich wollte mich bei dem Neurochirurgen Dr. Popp de Popa für eine Lobotomie vormerken lassen. Was das sei? Ein leichter Schnitt in den Stirnlappen des Gehirns. »Hier vorne, man wird dümmer und glücklicher.« Das schwebte mir vor: dümmer und ein wenig glücklich.

29

Wer hielt mit mir Schritt? Allein meine Schwester. Eine Gehwut hatte mich befallen, die mich jeden Tag hinaustrieb. Nicht zum kurzweiligen Spaziergang, sondern in Gewaltmärschen durch das winterliche Land bis zu den nächsten Dörfern nördlich der Aluta: nach Felmern, Scharosch, Kaltbrunn. Ja, sogar bis Rohrbach liefen wir, das hinter sieben Bergen lag. Dort hatten wir mit den Eltern Sommerfrische gemacht, dorthin waren wir mit den Bizykeln geradelt, dorthin hatten wir mit bärtigen Zigeunern Vieh getrieben – in dem abgetrennten Leben vormals. Anfangs begleitete mich eine Schülerin, Manuela Weinbrandt, die ich in der Neujahrsnacht geküßt hatte, als die Sirenen und Glocken erklangen, und die stillgestanden war wie ein Schaf bei der Schur. Zuletzt hatte nur noch meine Schwester Elke Geduld für solche Touren.

Diese Gefilde einer verbotenen Vergangenheit betrat ich mit gemischten Gefühlen. Ich hatte mir gelobt, mein Herz nie mehr an etwas zu hängen. Dann konnten die mich wann immer wegholen, ohne daß ich dem hier draußen eine Träne nachweinte.

Schon am Morgen, wenn sie sich an meinem Bettende in der Waschschüssel wusch, lüpfte sie den Vorhang und fragte neugierig: »Wo rennen wir heute hin?« Sie weckte mich aus matinaler Beklommenheit: wohin mit mir in der Welt, wohin mit meiner Zeit heute?

Schnee lag keiner, aber die Erde war gefroren. Es ging sich gut auf dem festen Grund. Daß die Felder im Winter so viele Abstufungen von Braun kannten, ich hatte es vergessen vor lauter weißen Flecken an den Wänden. Schwärme von Spatzen stoben aus den Dornenhecken, in der Farbe passend zum Erdbraun. Auf dem Baum hockte der Bussard, braungefleckt und nahezu unsichtbar. Eine Goldammer taumelte vorbei wie ein sommerliches Signal.

Schnee fiel. Wir ließen uns nicht aus dem Tritt bringen, Elke und ich. Wir wateten auf schneeweißen Flächen dahin, ich von einer dunklen Brille beschirmt; meine Augen litten. Wir gingen Seite an Seite, ohne uns an den Händen zu halten. Die Gesichter hatten wir einander zugekehrt. Der gefrorene Atem umfächelte Mund und Nase des andern.

Elke Adele, die Letztgeborene, das heißersehnte Mädchen nach drei Buben, war Jahre jünger als ich. Aber es gab gemeinsame Begebenheiten. »Weißt du, wir beide damals ...« Das waren für mich Erscheinungen aus einem zerrissenen Bilderbuch: daß ich sie in ihrem geräumigen Puppenwagen durch die Zimmer kutschiert hatte, noch spürte sie das Kitzeln im Bauch. Daß ich ihr Mut gemacht hatte, vom höchsten Bogen der Aluta-Brücke in den Fluß zu springen. »Wir beide haben es gewagt!« Daß ich ihr vom Viehtreiben ein Gläschen Büffelrahm mitgebracht hatte. »Wir beide haben ihn aufgeschleckt!« Daß ich ihr die Pucki-Bücher weggenommen hatte und wir außer Jawaharlal Nehrus Leben auch *Tod in Venedig* gelesen hatten und *Jenseits* von Galsworthy. »Zuletzt um die Wette, wir beide.« Sie hatte anfangs gemault. Und nicht geahnt, daß man über erdichtetes Leben und über Menschen, entsprungen der Phantasie, Tränen vergießen kann.

Wir tauchten in die Wälder, die sich über den Kuppen der Hügel wölbten, erblickten vom Waldrand eine Kirchenburg, ein Dorf im Mittagslicht, und drehten um. Nur nicht zu nahe! Auch Kaltbrunn ließen wir links liegen. Pfarrer Arnold Wortmann hatte man dorthin versetzt. Obschon er mir gleich nach meinem Kommen hatte sagen lassen, er würde sich über einen Besuch freuen, hielt mich etwas zurück. Es war fast wie ein Groll, der in mir aufkeimte, vielleicht auch Bangnis.

Zu zweit wanderten wir durch das verschneite Land, oft im Zickzack einer Hasenspur nach oder dem schnürenden Fuchs hinterher. Elke beschwor Erinnerungen, ich schwieg. Kurtfelix erwähnten wir niemals.

Und doch ließ ich mich von Elke überreden, in Kaltbrunn hinter dem Akazienwald am Pfarrhof einzukehren. Es war Mittag. Wir waren durchfroren und hungrig. »Keine Angst, du triffst niemanden. Ihr Sohn Theobald hat sechs Jahre bekommen, wegen Nichtanzeige, wie auch unser Kurtfelix. War er nicht dein Schulkamerad?« Da sie wußte, daß von mir keine Antwort zu erwarten war, fuhr sie fort: »Und die Pfarrfrau, Frau Emilie. Sowas Freundliches hab ich nicht gesehen.«

»Wie? Freundlicher als unsere Omama?«

»Nein, aber anders. Übrigens, keiner weiß, wieso es den Pfarrer auf dies Kaff verschlagen hat.« Ich wußte es. »Vorher Stadtpfarrer in Elisabethstadt. Und nun Kaltbrunn. Das Dorf ist fast leer. Die Leute rennen in die Stadt. Von allen den Dörfern rundum kommen sie zu uns nach Fogarasch. Nie gab es so viele sächsische Kinder in der Schule wie seit einigen Jahren. Ihre Eltern arbeiten in den Fabriken. Und alle bauen Häuser, geordnet nach Nachbarschaften, wie sie es vom Land her gewöhnt sind. Klein Kaltbrunn beim jüdischen Friedhof. Bei der Ziegelfabrik Klein Rohrbach. Beim Schlachthaus Klein Felmern. Und was sich im Kulturhaus tut! Chor, Tanzgruppe, Lesekreis, sie spielen Theater, zum Kugeln! Genau wie du es im *Gediegenen Erz* beschrieben hast.« Gänsehaut überkam mich: Und mittendrin tanzt die *Securitate*! Kriminaltango!

»Komm schon!« Sie zog mich zum Pfarrhof hinauf. »Wir sind mit der Mama am Sonntag manchmal hergekommen. Der einzige Ort, wo wir das Elend vergessen haben. Es ist wie im Märchen, wie auf einem andern Stern. Du warst ja gut mit dem Pfarrer? Seit einem Jahr etwa ist er hier.«

Der Pfarrhof neben Kirchenburg und Schule lag auf einer Anhöhe. Im enormen Giebel war die Zahl 1751 zu lesen. Vor dem Tor streute eine Zigeunerin Asche über den vereisten Weg. Sie nahm Elke an der Hand und geleitete sie behutsam zum Tor. Der ehrwürdige Vater würde sich freuen. Eben habe die fromme Mutter den Tisch gedeckt.

Wir saßen in der Küche, deren Fenster nach Süden gingen. Am Horizont versprühten die Gipfel der Karpaten ihr Licht. Der Küchentisch wurde von einem geblümten Vorhang unterteilt: an einem Ende hatte die Pfarrerin eben drei Gedecke gerichtet, die andere Hälfte war von Papieren und Akten übersät. Amtsstube und Küche in einem, aber fein säuberlich von einer Stoffwand getrennt. Anders hatte sich im herrschaftlichen Pfarrhaus zu Elisabethstadt das Studierzimmer dem Auge dargeboten. Doch nach wie vor tummelten sich die Goldfische in ihrem Behälter. Wärme spendete ein gemauerter Ofen. Der Schornstein war so geräumig, daß sich zur Russenzeit dort junge Mädchen versteckt hatten, wie die Pfarrerin vermeldete. Die Ehebetten standen in der Nähe des Ofens, in der Ecke lud eine Doppelcouch zum Ausruhen ein. In einem Raum alles, was der Mensch zum Leben und Sterben braucht.

Ohne ein Wort zu verlieren, schlug die Pfarrfrau das Tischtuch breit auf, nahm ein Gedeck weg und legte zwei neue auf.

Pfarrer Wortmann hatte mich nicht umarmt, aber lange meine Hände in den seinen gehalten und mich forschend angesehen. Was meinte er mit diesem Blick? Ob ich im Sinne seiner Vorstellungen bestanden hatte? »Was Sie jüngst durchgemacht haben, das ist eine harte Nuß zum Knacken. Aber sehen Sie, die sogenannten Schicksalsschläge sollten für unsereinen Signale aus der verschlüsselten Welt Gottes sein, die uns tiefere Erkenntnisgründe eröffnen.«

Mit seigneuraler Gebärde machte er sich daran, das Futter für die Schweine umzurühren. »So, und nun unterhaltet euch mit meiner Frau. Am Land gilt eine eherne Regel: zuerst das Getier, dann der Mensch und zuletzt der liebe Gott.« Er ging, schwenkte flott den Schweinekübel, um den Hals flatterte eine lila Seidenschleife.

Nach einem Leben voll Menschenfreundlichkeit war das Gesicht der Pfarrfrau durchzogen von strahlenden Falten und Runzeln. Sie stellte keine Fragen. Weder wollte sie wissen, wie es im Gefängnis zugehe oder ob ich etwas von ihrem Sohn Theobald wisse, noch ob meines Bruders Herzensfreundin Gerhild treu warte oder ob es wahr sei, daß er im Donaudelta in einem Straflager todkrank darniederliege. Dafür beschrieb sie liebenswürdig und mit Humor unsere Mutter, daß Elke hell herauslachte. Gewiß, die Pfarrfrau ließ einen Ton von Traurigkeit mitschwingen, doch freute es sie, daß unsere Mutter trotz allem Arien und Lieder aus Operetten sang.

Bei Tisch sprach der Pfarrer das Gebet: »Komm Herr Jesus, sei unser Gast. Das älteste Gebet der Christenheit.« Es gab Bertramsuppe und Topfenknödel. Ich rührte nichts an, was niemand verstand, selbst meine Schwester nicht. Denn ich hörte die Stimme des Hauptmanns Otto Silcseak bohren: »Wie, du behauptest, dein Besuch bei diesem sächsischen Popen sei Zufall gewesen, obschon du dort Mittag gegessen hast? Was habt ihr gemauschelt, was angezettelt? Alle wissen, daß sein Sohn ein politischer Krimineller ist.«

Nachdem der Pfarrer die Tafel aufgehoben hatte, sagte er: »Die Damen mögen uns entschuldigen, wir begeben uns ins Studierzimmer.« Sagte es und zog den Vorhang über der Mitte des Tisches zu. »Jetzt sind wir in *camera caritatis*.«

Er wandte sich mir zu. »Sie haben Schlimmes hinter sich. Ja, und Unangenehmes vor sich. Rauchen Sie? Nein?« Er zündete sich eine »Aroma« an.

»*In medias res. Primo:* Ohne die totale Zerstörung der Zukunft kein Neubeginn. Die Luftschlösser, die Sie dort gebaut haben, müssen Sie wegräumen, inklusive Hasenzucht auf Inseln der Seligen und einfaches Leben auf dem Lande.«

»Eine Dame in Fogarasch spricht vom Niemandsland zwischen den Fronten, in das ich geraten bin«, sagte ich höflich.

»Niemandsland, das gibt es nicht, das ist ein Kunstbegriff. Den leidigen Dingen sollten Sie ins Gesicht schauen. Und ebenso täten Sie *secundo* gut, zu revidieren, wozu Sie sich ideologisch noch verpflichtet fühlen und wofür Sie moralisch verantwortlich zu sein glauben. Lieber Freund, ich bitte Sie, tun Sie sich keine Gewalt an. Es war genug mit bisher. Also, haben Sie Courage und kehren Sie sich von allem ab, was Sie nicht mit ihrem Wesen bejahen können, was wider ihre Natur streitet.«

»Nur als geballte Faust überlebt man«, sagte ich.

»Jetzt aber öffnen sie die Faust zur ausgestreckten Hand. Haben Sie Mut und bekennen Sie sich zu Ihrer Vergangenheit in dem, was Teil Ihrer inneren Biographie ist, wo die Seele Zuflucht findet, was gut war …« Entgeistert starrte ich auf die Goldfische. Sollte dies Aquarium das einzige sein, was den Pfarrer, meinen Cicerone auf dem Weg zum Sozialismus, mit seiner Vergangenheit verband? Und erwiderte: »Das hat bereits Lenin gesagt: das Gute von früher übernehmen.«

»Mag sein. Also retten Sie von der Vergangenheit, was für Sie gut ist. Und wie gesagt, räumen Sie mit allen Zukunftsillusionen und Utopien auf. *Tabula rasa.* Wenn nicht, werden äußere Gewalten für die rettende Leere sorgen. Nur so können Sie ein neues Leben beginnen. Irre ich?« Er irrte nicht. Aber noch wollte ich es nicht um diesen Preis – das neue Leben. Da ich Fragen nicht beantwortete, schwieg ich.

»Sehen Sie, dies ist eine einfache Regel in der Psychologie, klassisch ausgedrückt in der ersten Seligpreisung: ›Selig sind, die geistlich arm sind.‹ Will sagen: dürftig, ja leer an Geist und armselig in der Welt. Denn allein solcher ist das Himmelreich. Erst wo solche Leere herrscht, kann es den Himmel auf Erden geben, Himmel als Metapher für Fülle und Vollendung schon hier. Und das wollen Sie ja?«

Das Gespräch war weit abgedriftet von der offiziellen Ideologie. Ich lenkte ab: »Ihre Frau Gemahlin, eine geborene

Müller von Kornberg, Adel aus der letzten Stunde der k. u. k. Monarchie. Wie das?«

»Wie es zu Kornberg gekommen ist? Mein Schwiegervater Samuel Müller, Pfarrer in Altbrück, hat im September 1916 freiwillig die vierzig sächsischen Geiseln begleitet, die die Rumänen beim Rückzug aus seiner Gemeinde mitgeführt haben. Sechs sind bei dieser Parforcetour umgekommen. Stellen Sie sich das vor: zu Fuß über den Roten-Turm-Paß und bis hinter Bukarest. Den ältesten, einen gewissen Friedrich Schlattner, dreiundachtzig Jahre alt, haben die jüngeren Männer auf den Schultern getragen, bis sie ihn am Straßenrand haben zurücklassen müssen, wo er das Zeitliche gesegnet hat. Könnte ein Verwandter von Ihnen sein.« Gewiß, aber ich behielt es für mich. Es war mein Urgroßvater. »Doch ich schweife ab. Kurzum, mein Schwiegervater hatte im berüchtigten Fort Jilava eruieren können, wann die deutsche Militärverwaltung von Bukarest Getreidetransporte ins Reich abfertigte. Diese konnte nun Fürst Starhemberg in Wien abfangen und an die hungernde Bevölkerung verteilen. Das ist ein Von wert.«

»Es hätte ihm als Pfarrer egal sein müssen, was für ein Hungriger gespeist wird, ob Deutscher oder Österreicher. Es gibt eine internationale Solidarität der Darbenden.«

»Nicht ganz egal. Mein Herr Schwiegervater behauptete schon um die Jahrhundertwende, an unserem Untergang hier seien die Deutschen schuld. Und wir Siebenbürger insoweit, als wir uns – etwa seit der Reichsgründung 1871 – als Deutsche gebärden.«

»Unser Staat gibt jeder Nationalität die Möglichkeit, sich zu entfalten.« Es war mir, als zitierte ich den Pfarrer Wortmann von dazumal. »Der Generalsekretär der Partei hat gesagt, daß – solange die rumänische Nation besteht – auch die mitwohnenden Nationalitäten ihre Daseinsberechtigung haben werden.«

»Das ist ein Angebot, abgestimmt auf den *cantus firmus* der politischen Liturgie. Schon darum sollte man wissen, wer und was man ist.«

»Und was sind wir?« fragte ich, während die Pfarrfrau uns einen Nachtisch herüberreichte, Gitterkuchen.

»Greif zu, Kind, du mußt hungrig sein wie ein Wolf. Oder fastest du?«

»Die Siebenbürger Sachsen sind ein Volk für sich. So haben wir uns noch 1918 ausgewiesen, als wir dem König Ferdinand in Bukarest unsere Loyalitätserklärung überreichten. Und unsere Kirche nannte wir vorzeiten *Ecclesia Dei Nationis Saxonicae.*«

»Ein Volk selbst nach Stalins vier Kriterien der Nation«, ergänzte ich und zählte auf: »Gemeinsame Sprache, gemeinsame Wirtschaft, gemeinsames Territorium und gemeinsame psychische Wesensmerkmale. In diesem Land hat übrigens jeder das Recht, sich eintragen zu lassen wie er wünscht. Sagst du Eskimo, wirst du als Eskimo geführt. Oft möchte ich es sein.«

»Nicht fliehen, hinschauen!«

Ich aber wollte wegschauen und sagte: »Kurz nach der Nobilitierung Ihres Schwiegervaters hat der Kaiser abgedankt, Karl der Letzte.«

»Nicht abgedankt. Sondern den Thron verloren. Habsburger danken nur ab, um anderen Habsburgern Platz zu machen. Nebenbei haben Sie in der k.u.k. Monarchie ein Muster, wie dreizehn Völker zusammenleben konnten, ohne ihre ethnische Identität aufzugeben.«

Ich erhob mich. War das die Endstation von Pfarrer Alfred Wortmann mit der roten Fahne? Statt Völkerfrühling die Kapuzinergruft? Doch der Pfarrer drückte mich auf den Stuhl zurück.

»In meinem Haus müssen Sie keine Angst haben. Die Angst verstümmelt das menschliche Wesen. Und das erste, was die Angst wegfrißt, ist die Liebe. Doch ein andermal mehr davon. Man darf nicht alle Gedanken in eine Predigt packen. Es gibt nicht nur den zornigen Gott, den *Deus absconditus*, vielmehr auch und oft zugleich den *Deus revelatus*, den Gott der Liebe. Seine Gerichte können Formen der Liebe sein. Ich versichere Sie, auch Ihnen wird sich Gott von seiner guten Seite zeigen, wenn es an der Zeit ist.«

»Und wie steht es mit Ihnen, Wohlehrwürden?«

»Hat es mich hierher verschlagen, so bleibe ich hier, voll

geistlicher Neugier. Bleibe, wenn es sein muß, bis zum Ende. Sehen Sie, drüben der Friedhof? Dort, unterhalb der Ringmauer, in der äußersten Ecke, dort werde ich zu liegen kommen.«

Der bunte Vorhang öffnete sich, und Frau Emilie sagte: »Das laß ich nicht zu, mein lieber Arnold Caesar. Du hast dort einen besseren Platz verdient. Pardon, daß ich gestört habe.« Und zog den Vorhang zu und plauderte mit meiner Schwester weiter: »Was fängst du nach dem Bakkalaureat an, Elke, liebe? Kinderschwester? Weil Kinder so goldig und hilfsbedürftig und ratlos sind? Das hast du schön gesagt. In Hermannstadt. Dort ist die liebe Omama. Für dich ein Traumberuf. Träume sollte man haben bis ins hohe Alter. Ich träume heute noch davon, daß mein lieber Arnold mich nach Venedig entführt, wie er es bei unserer Hochzeit versprochen hat.«

Der Pfarrer seufzte: »Man hört halt alles durch. Die Gemeinde kann kaum soviel Holz stellen, daß es für diesen einen Raum reicht. Hoffentlich werden noch ein paar Männer im Dorf übrig sein, um meinen Sarg bis hinauf zum Ort der Ruhe zu schleppen.«

Ich aber horchte mit halbem Ohr hinter den Vorhang zu den Frauen. Daß Elke den ersten Heiratsantrag abgewiesen hatte, hörte ich. Ein junger Mann hatte sie eines Abends von der Schule bis nach Hause verfolgt. Sie hatte ihn nicht abschütteln können, obschon sie gelaufen war wie ein Hase. Kaum war sie ins Haus gestürzt – »Mama, es verfolgt mich einer!« –, als ein junger rumänischer Offizier die Türe aufgerissen und atemlos ausgerufen hatte: »Wo ist die wunderbare Fee? Ich muß sie auf der Stelle heiraten!« Die Fee war ins Zimmer entwichen und hatte sich im Kleiderschrank versteckt. Mit Müh und Not hatten die Eltern den hitzigen Mann beruhigt und hinauskomplimentiert.

»Noch ein Wort als Korrektur Ihres Geschichtsbildes, vielleicht mit Konsequenzen für Ihre weiteren Unternehmungen. Ich nehme an, daß Sie alles daransetzen, um Ihre jetzige Lage zu verändern. Daß Sie von Pontius zu Pilatus laufen, um Gerechtigkeit für sich und Ihren Bruder zu erzwingen. Damit sie nicht Zeit und Kraft vergeuden, lassen Sie sich von folgendem überzeugen, lassen Sie es sich durch den Kopf gehen. Ich weiß, als Marxist sind Sie eingeschworen auf eine bestimmte Mechanik der Geschichte ...«

»Sehr wohl! Der historische Materialismus gibt uns eine sichere Methode zur Hand, alle geschichtlichen und sozialen Erscheinungen durch wirtschaftliche Faktoren zu erklären.«

»Nicht alle.« Der Pfarrer lächelte. »Erklären Sie mir bitte, welches die materiellen Ursachen waren beim Übergang der Romanik zur Gotik.«

Ich sagte trotzig: »Die wirtschaftliche Entwicklung bedingt die gesellschaftlichen Veränderungen.« Und hatte eine Erleuchtung: »Indem Ihre Dörfler nach Fogarasch ziehen und dort Arbeit finden, ändert sich ihr soziales Bewußtsein. Noch ein Beweis für die marxistische Doktrin.« Romanik und Gotik ließ ich links liegen.

»Ja, gut. Aber es gibt noch einen Typus von Geschichtsablauf. Das ist das altägyptische Muster. Und zwar wurde im alten Ägypten Geschichte als Ritual entworfen. Zeit und Zukunft wurden als liturgische Zeremonie zelebriert. Man wußte jederzeit, wann was wie zu geschehen hatte und geschehen werde. Diesen gottesdienstlichen Ablauf der Dinge konnte nur einer korrigieren, der Pharao, und selbst der begrenzt im kultischen Begängnis der Zeit. Warum? Er allein war Person, einer allein. Jeder andere Mensch war Unperson.«

Unperson, was für ein Wort, dachte ich, als die Tür aufgerissen wurde und eine aufgeschossene junge Frau hereinstürzte, die erst jetzt am Türpfosten anklopfte: »Verzeiht, ich habe verspätet. Habt Ihr schon Tee getrunken? Ah, ich sehe Besuch. Also hat Theobald recht. Darum will er seinen Turm nicht verlassen.« Ihre Brillengläser beschlugen sich. Sie nahm die Brille ab, hauchte sie an, reinigte sie. Darauf heftete sie ihren Blick auf mich. Machte Kulleraugen. Nahm die Brille neuerlich von der Nase, säuberte sie mit Heftigkeit. Starrte mich an und sagte: »Wie? Du bist nicht tot? Nachdem du soviel angerichtet hast, lebst du noch? Ich wußte, du bist gestorben!« Es war Paula Matthäi, die in Klausenburg beim Vorlesen von Thomas Manns *Kleiderschrank* in Tränen aus-

gebrochen war, die am Heiligen Abend Annemarie Schönmund gezwungen hatte, »Stille Nacht, heilige Nacht« anzu-
stimmen, die bei Armgard geholfen hatte, die Möbel weg-
zuräumen, Studentin der Mineralogie, jetzt hier …

»Dieser Mann, damals in Klausenburg«, sie zeigte auf mich,
»als ich dort Studentin war, damals, er war unser Gott. Aber
jetzt, wieso ist er nicht tot, dieser Mann …, ja, jetzt muß ich
gehen. Guten Tag, Genossen.« Drehte auf dem Absatz um,
schoß hinaus. Sie schloß die Türe nicht.

Pfarrer Wortmann sagte zögernd: »Unser Theobald, er ist
vorzeitig entlassen worden. Keine reine Freude. Er versteckt
sich dauernd im Wehrturm, verkriecht sich auch in bitter-
kalter Nacht dort. Seit Monaten geht das so.«

»Die evangelische Kirche im Reich hat ihn freigekauft.
Hunderttausend Mark hat das gekostet«, sagte Frau Emilie
stolz.

Der Pfarrer seufzte: »Doch hat die Sache einen Schönheitsfehler.« Eben, dachte ich völlig durcheinander, warum er und
nicht mein Bruder Kurtfelix? Evangelisch getauft auch er.

»Einen Schönheitsfehler. Denn unser Bub ist im Gefängnis katholisch geworden. Er war lange Zeit mit einem Priester namens Vasvári in der Zelle. Das Theologiestudium hat
er an den Nagel gehängt.«

»Doch nun eine freudige Nachricht«, sagte Frau Emilie.
»Er hat sich mit seiner Jugendfreundin verlobt. Er meint, ein
Elektron, aus der Bahn geworfen, brauche einen festen Kern,
um sich nicht zu verlieren.«

»Wer ist das?« fragte Elke.

Die Pfarrfrau wandte sich zu mir: »Du mußt sie kennen.
Eure Schulfreundin Armgard Deixler.« Ich kannte sie. Somit
fiel der Besuch bei ihr weg.

»Ihre Tante mit den vielen Katzen ist unlängst gestorben.
Beim Begräbnis am Obervorstädter Friedhof in Kronstadt sind
alle zwanzig Katzen hinter dem Sarg herspaziert, mit hoch-
erhobenem Schweif und jeweils zu zweit, wie es sich auf einem
deutschen Begräbnis geziemt. Pfarrer Keintzel ist sich vorge-
kommen wie der Franz von Assisi. Alles hat nachher von der
Katzenpredigt gesprochen.«

»Zurück nach Ägypten«, sagte der Pfarrer mit etwas forcierter Munterkeit. »Ich komme zum Eigentlichen. Daß bei der kultischen Wiederkehr der Zeit jegliche Geschichte aufhört, heilige Leere garantiert ist, weil kontingente Zukunft vernichtet wird, ist eins: egal, ob es die erste oder vierzigste Dynastie ist, das Bild bleibt sich gleich. Wichtiger ist, daß namentliche Dinge erst zu fixen Zeitpunkten geschehen können – vorher nicht und nicht nachher. Alles hat seine Zeit, sagt auch unser Ekklesiast.« Ich hörte genau hin, doch mein Gemüt blieb aufgerührt: Theobald und ... »Und nun bin ich bei Ihnen, von dem ich so sehr wünsche, daß er nicht noch mehr Schaden nehme an seiner Seele. Ich halte dafür, ja bin überzeugt, daß Sie im Moment Ihre Lage nicht verbessern können, was immer Sie unternehmen werden, wie treffend Ihre Argumente sein mögen.«

»Laut Marx stellt der Mensch sich allein Aufgaben, die er lösen kann. Ich will nur das Mögliche und Machbare.«

»Gewiß, aber Sie lassen den Faktor geplante Zeit außer acht. Denn die Art und Weise, wie hierzulande mit Zeit und Zukunft umgegangen wird, erinnert frappierend an die altägyptische Geschichtsliturgie. Zum Beispiel wird in den Fünfjahresplänen bis aufs Tüpfelchen vom i verordnet, was wie wann zu geschehen hat. Die Zukunft wird bis in den letzten privaten Lebensbereich vereinnahmt. Erst wenn es an der Zeit ist, darf etwas eintreten, kann sich etwas ändern. Eine naheliegende Parallele fällt mir ein: In der heiligen und göttlichen orthodoxen Liturgie heißt es bis heute in einem bestimmten Moment: ›Die Türen, die Türen, schließt die Türen!‹ Fast kein Pope weiß, was dieser Ruf bedeutet, aber er ruft es an jedem Sonntag bei der Messe zum gegebenen Zeitpunkt.«

Ich erinnerte mich an die Vorlesung über Symbolik, erstes Semester Theologie: »Damit wurden in der Anfangszeit die Ungetauften vom Sakramentsgottesdienst ausgeschlossen. Hinzutreten durften sie erst, nachdem sie in der Osternacht getauft worden waren.«

»Genau. Und vorher nicht und nicht nachher. Somit heißt es den *Kairos* abwarten, den vorgegebenen Zeitpunkt.«

»Die von Gott gewollte Zeit: ein Gott des Terrors, der unsere Zukunft zur Gänze konfisziert!«

»Aus Liebe ... Aber darüber ein andermal. Die Monsterprozesse heutigentags, sie sind nur eine Spielart der einen großen Staatsliturgie. Jeder, der verwickelt ist, vom Richter bis zum Opfer, muß sich dem allerhöchsten Regieplan fügen, außertourlich geschieht nichts.«

»Sie meinen: Was immer man unternimmt, es ist unsinnig?«

»Etwa. Die Autoren im Schriftstellerprozeß haben nachzuweisen versucht, daß sie auf Parteilinie sind, ausgenommen der Baron Pottenhof, der sich ein Liedchen vorgepfiffen hat. Unnütz. Gefruchtet hat es nichts. Wenn es Zeit ist, kommen sie frei, sogar vor der Zeit.«

Ich sagte: »Laut göttlicher Regie mußte Christus sterben. Aber wehe dem, der ihn ans Kreuz geliefert hat. Das eine ist das von außen Verhängte, das andere die persönliche Verantwortung, Tragik und Moral. Meine Eigenwilligkeit laß ich mir nicht rauben.«

»Niemand macht Ihnen die streitig. Aber zurück zu meinen Überlegungen: Sie müssen zuwarten – das ist arg –, bis Ihre Zeit gekommen ist. Dann aber regelt sich alles von selbst. Sie werden zu gegebener Stunde Ihr Studium abschließen. Die Gefängnistore werden aufspringen. Keiner wird seine Strafe bis zuletzt absitzen, auch Ihr Bruder nicht. Und umgekehrt: Versuche und Gesuche vor der Zeit werden nichts fruchten. Erst wenn der Pharao und seine Priesterschaft in Bukarest festschreiben: Jetzt gestattet es die Liturgie, daß ...«

Ich sprang auf. Das Gespräch hatte eine gefährliche Wendung genommen, verdammt und zugenäht. Schon hörte ich den Kommissar mich mit Fragen einkreisen: »Ihr werdet ja nicht bis zum Abend stillschweigend euch angeödet haben?« Und wohin zum Teufel war die Zeit verschwunden? Es dunkelte. Die Pfarrfrau entzündete die Petroleumlampe, die mit dem grünen Porzellanschirm über dem Vorhang hing und beide Räume erhellte: das Büro, die Küche. Sie kredenzte Tee in einer blauen Kanne. »Wir gehen«, sagte ich mit rauher Stimme. Die Hausleute erwiderten wie aus einem Mund: »Der Tee! Der heiße Tee! Lindenblüten mit Honig. Eigene Fechsung. Ihr müßt bleiben. Es ist stockfinster. Ihr könnt mit uns hier in der Küche schlafen. Auf der Couch. Bis morgen abend läßt sich der Theobald nicht blicken.«

»Nein«, sagte ich unhöflich.

»Fürchtet euch nicht«, sagte der Pfarrer mit einem engelsgleichen Lächeln, »alles entscheidet sich dort.« Und wies nach oben.

»Eben«, sagte ich. »Somit können wir auch gehen.« Wie würde er entscheiden, der oben hinter der verräucherten Balkendecke? Auf dessen Ruf zu warten ich versprochen hatte, dort, wo man nicht sagen darf? Bereits vor dem Tor sagte ich: »Wissen Sie, warum in Ägypten die Geschichte nicht wie eine Gebetsmühle weiterlief?« Und ohne eine Antwort abzuwarten: »Weil ein Sklave aus seiner Rolle fiel. Dieser Rebell erfand das ägyptische Stoßwasserrad, das selbsttätig Nilwasser auf die Felder pumpte. Er war der befreite Mensch, der kein Schöpfrad drehen mußte, endlos, hirnlos, der sich dem Zwangszeremoniell des Pharaos entzog, der selber den *Kairos* bestimmte und dank seiner Erfindung spazierengehen konnte. Die Produktivkräfte, die …«

»Sie irren!« rief der Pfarrer uns nach, und sein Haar schimmerte im Mondschein. »Es war Jesus, der Christus. Der bereitete dem allen ein Ende, indem er jeden einzelnen Menschen in den Stand einer Person erhob. Er verlieh jedem, ob Sklave oder Bettler, Frau oder Kaiser, einen inkommensurablen Wert: nämlich als Kind des Vaters im Himmel, als Freund Gottes. Damit war die Vormacht von Pharaonen und Diktatoren für immer gebrochen! Gott behüt euch, kommt bald wieder!«

Im Akazienwald begann Elke zu erzählen, wie sie unseren Bruder verhaftet hatten. Der Weg war zwischen den Kulissen der Bäume als helles Band zu sehen. Der körnige Schnee gab den Füßen Halt.

Am 25. Juni 1958 wollten Elke, Kurtfelix und seine Herzensfreundin Gerhild eine Radpartie machen. Die Abfahrt verzögerte sich. Etwas mußte an einem der Vorkriegsräder, Marke »Brenabor«, in einer Werkstatt gerichtet werden. Es war Nachmittag, als der Bruder, flankiert von zwei Männern, in der Wohnung erschien, ohne sein Fahrrad. Vorbereitet durch die Massenverhaftungen seit einigen Monaten begriffen die Mädchen sofort, was es geschlagen hatte. Barsch wurden sie aufgefordert, Wäsche und Essen für eine Woche einzupacken: »*Repede, repede!*« Elke war wie gelähmt. Aber Gerhild tat nicht nur das Nötige, sie sagte auch Zorniges: »Wollen Sie auch diese Familie vernichten? Und uns Sachsen alle? Dann lieber auf der Stelle an den Galgen. Nur zu! Führen Sie mich ab!«

»Schweig aus deinem stinkigen Mund, sonst nehmen wir dich mit!« Die Kommissare blickten auf die Uhr und auf die Tür. Zwischen drei und vier würden die Eltern von der Arbeit kommen. Otto Silcseak fuhr den Bruder an, er sei schuld, daß sich alles so hinziehe. Warum habe er in der Werkstätte die Zeit vertrödelt? Und wer habe noch so viele Bücher in einer Privatwohnung gesehen? Wo seien die Geheimakten? Keine. Dann müßten sie alles Geschriebene und Gedruckte kontrollieren. Der eine setzte sich auf einen Sessel. Fuhr wie gestochen auf: »*Dracule!* Auch hier Bücher!«

»Und dann haben sie ihn weggebracht. Er mußte lange Hosen anziehen. Sein blaues Hemd seh ich vor mir. Keine Jacke, es war heiß.«

Wir traten aus dem Wald. Das Licht des Mondes war so hell, daß ich die Augen beschirmte. Die Aluta-Senke verschwand im milchigen Schimmer. Am Rand erhoben sich die Gebirge wie Wahngebilde.

»Es gibt ein Tagebuch von unserer Mama in Briefen an euch Buben im Gefängnis. Zufällig fiel es mir in die Hände. Es beginnt mit dir. Lies es lieber nicht. Nie. Zwei Sachen will ich dir sagen. Die Mama wollte in ihrer Verzweiflung bei allerhöchster Stelle in Bukarest ansuchen, daß man ihr erlaube, für euch die Strafe abzusitzen, auch wenn es ihr, wie sie schreibt, an so einem Ort grauste.« Wir gingen, und sie sprach: »Ich konnte ja nicht ahnen, daß die Mamuschka so verzweifelt war. Nie belästigt sie uns mit ihrem Schmerz. Eigentlich verschließt jeder von uns seine Gefühle. Ja, und nachdem sie Kurtfelix geholt haben, schreibt sie: ›Meine Hoffnung, daß das Schicksal mit uns glimpflich umgehen wird, ist dahin. Von jetzt an müssen wir uns aufs Allerschlimmste gefaßt machen.‹«

»Was kann noch Schlimmeres kommen?« fragte ich.

»Wer weiß.«

Unsere Mutter, die beim Schlachthof arbeitete, war den kürzesten Weg vom Büro nach Hause geeilt, durch die Straße der *Securitate*. Auf dem Gehsteig sah sie unseren Bruder kommen, manierlich gekleidet, begleitet von zwei Herren. Es war sieben Minuten nach drei. Wie, keine Radtour? dachte die Mutter und winkte ihm lachend zu. Als die Gruppe sich näherte, bemerkte sie, daß er rot wurde und das Gesicht in den Händen verbarg. Es war der Moment, wo die Mutter in dem einen Mann in Zivil den Otto Silcseak erkannte. Und alles wußte. Sie lehnte sich an einen Telephonmast. Hörte den Offizier fluchen: »*La dracu!* Das hat uns noch gefehlt. *Stai locului!* Rühr dich nicht von der Stelle!«

Doch der Sohn rührte sich von der Stelle. Er ließ die Männer stehen, überquerte die Straße, trat auf seine Mutter zu, küßte sie. Die Mutter sagte: »Mußt auch du gehen?« Er schwieg und ging. Sie rief hinüber zu den beiden Männern unter den Hüten: »Um Gottes willen, nehmt ihr mir auch den zweiten Sohn?« Hauptmann Silcseak sagte höflich: »Es muß sein. *Mussai!*« Ein paar Schritte, und die Gruppe verschwand hinter dem Eisentor der *Securitate*. Eine Frau, die im Fenster lag, zog die Hände unter dem Busen hervor und schlug sie über dem Kopf zusammen: »*Vai de mine!*« Die Beine versagten unserer Mutter den Dienst. Aber sie glitt nicht zu Boden. Sie raffte sich auf, ging aufrecht nach Hause.

Wir hielten uns nicht an den Rat des Pfarrers: »Geht den Fahrweg, der bekannte Weg ist der kürzeste«, sondern wählten, nachdem wir aus dem Akazienwald herausgetreten waren, die Abkürzung, die zur Hängebrücke bei der Stoofischen Ziegelfabrik führte. »Ich kenn mich aus«, sagte die Schwester, »ich hab hier einen Orientierungswettbewerb gewonnen. Eine halbe Stunde sparen wir. Die Mamuschka macht sich sowieso Sorgen. Und unser Tatzebrummerl brummt noch mehr.«

Inzwischen war der Mond aufgegangen. Als er sich über die Baumwipfel erhob, schien uns das eine freundliche Geste. Später illuminierte er die Schneegefilde in einer Schärfe, die schonungslos wirkte. In seinem Licht verloren die Dinge ihre Schatten, erschienen schamlos zurechtgemacht. Kein Wunder, daß wir den Pfad verpaßten, plötzlich am nächtlichen Fluß standen und vergeblich zwischen den Weiden die Hängebrücke suchten.

»Wir gehen hinüber. Das Eis ist fest und dick«, trieb meine Schwester zur Eile.

»So einfach ist das nicht. Es gibt warme Strömungen, die die Eiskruste aushöhlen. Bist du einmal eingebrochen, verschlingt dich die Strömung.«

»Ah was. Du bist ja Spezialist. Es wird nichts passieren.« Während wir die Uferböschung hinabrutschten, hielten wir uns aneinander fest. Hand in Hand tasteten wir uns über den endlos breiten Fluß. Diesmal kam uns das Mondlicht zugute. Wie ein Spurenleser beugte ich mich über das Eis, an dessen Farbe ich die Festigkeit erkannte: weiß, grünlich, grau, manchmal mit schaumiger Oberfläche, die unter dem Schuh leicht aufblätterte, darunter verläßliche Härte. »Rascher«, mahnte Elke, »die Mama wartet.« Ich ließ mich nicht aus dem Takt bringen. Da! In der Nähe vom anderen Ufer in der Flußbiegung ein Wasserloch. Hier war das Wasser tief, bäumte sich in Wirbeln auf. Und Quellen konnten sich in den Fluß ergießen. Die hatten die mittlere Jahrestemperatur der Luft, zehn Grad etwa. Lieber ausweichen. Doch die Schwester wollte keinen Umweg machen: »Wir müssen nach Hause!«

Ich tat noch zwei Schritte, als das Eis die Farbe wechselte. Eine spiegelklares Oval hob sich ab, bildete zur Mitte hin eine glasige Scheibe, darunter Schlangenbewegungen zu sehen waren. »Tritt zurück, mein Lieb«, sagte ich leise, um die Schwester nicht zu erschrecken. Ich spürte unter den Füßen das Vibrieren der dünnen Decke. Doch blieben wir wie verhext stehen, beugten uns über das Eis. Fratzen mit unheimlicher Mimik tauchten aus der Tiefe auf. Und verschwanden.

»Mondgesichter«, sagte ich leichthin.

»Nein«, sagte sie, »das ist die Wasserjungfrau Aluta oder ihre unheimliche Mutter Slaviga. Ich habe gedacht, das sei ein Märchen. Endlich krieg ich eine zu Gesicht. Um Gottes willen. Sie winkt!« Jäh richtete sich die Schwester auf, blickte mich an, sagte: »Wenn ich tot bin, wirst du kommen und Blumen auf mein Grab legen?« Ich versprach es.

Es war so hell, daß wir die Gebirgsspitzen funkeln sahen. Wieder beugte sie sich hinunter, aber zu sehen war nur noch eine Spiegelfläche, aus der ihr Gesicht rätselhaft hervorleuchtete in den Farben des Mondes und der Eisblumen: die Augen, die sich mit Tränen füllten, die Backen trotz der Kälte bleich wie der Nachtmahr, die kurzgeschnittenen Haare. Ich stülpte ihr die weiße Mütze über, die vom Kopf geglitten war.

Zu Hause war die Freude groß. Niemand hatte sich außergewöhnliche Sorgen gemacht. Im Augenblick glaubte keiner an noch Schlimmeres. Es gibt eine Energie des Unglücks, die sich verausgabt, weil die Opfer nicht mehr leiden wollen, hatte mich Pfarrer Wortmann in Kaltbrunn getröstet.

»Dort hättet ihr schlafen sollen. Es ist ein Stück Paradies«, schwärmte unsere Mutter, während der Vater, bereits im Bett, brummte: »Gut, daß die Kinder da sind. Mich aber laßt nun schlafen.«

30

Noch einmal ließ ich mich von Hoffnung verleiten. Von allerhöchsten Stellen standen Antworten aus auf Eingaben wegen Universität, Staatsverlag und Posten. Und täglich erwarteten wir den Bescheid über die Begnadigung des Bruders.

Gunther Reissenfels, waghalsig wie eh und je – als Student hatte er mit dem Motorrad einen Ochsenwagen über den Haufen gefahren –, durchbrach die Mauer des Schweigens. Der Kollege von einst war als Zahnarzt hinter Gottes Angesicht verbannt worden. Er praktizierte in mehreren Bergnestern des Banats, wo er Zähne behandelte nach moralischen Kategorien: Den Bösen riß er die Zähne ohne Betäubung, den Guten flickte er sie mit Kunstverstand zusammen. Der unerschütterliche Freund bot mir den Posten eines staatlich beamteten Kutschers bei seiner Sanitätsstation an. Das sei ein herrschaftlicher Beruf, doch schwach dotiert. Dazuverdienen könnte ich, wenn ich ihm behilflich sein würde, mit meiner moralischen Erfahrung die Guten von den Bösen treffender zu unterscheiden. Besser bezahlt bekäme ich allerdings als Lohnarbeiter im Marmorbruch.

Achim Bierstock fragte brieflich nicht nur nach meinem Ergehen und wollte mich mit Geld unterstützen – er war Deutschlehrer in Heldendorf –, er machte sich auch kundig, ob ich mit etwaiger Zellenliteratur aufwarten könne. Mir stockte der Atem.

Manuela Weinbrandt, das siebzehnjährige Mädchen, das mir in der Neujahrsnacht still die Lippen geboten hatte, stand eines Tages mit einem Einkochglas voll Gurken im Hof. Das war ein apartes Geschenk, so daß alle in die Türen stürzten: Vater, Mutter, die Zigeuner zu zehnt – Türen zum Hof gab es genug. Statt das feuerrote Mädchen hereinzurufen oder mich hinaus, begutachteten alle die Gurken: Senfgurken, Sauerteiggurken, Essiggurken?

»Allein für ihn«, stieß sie hervor, stellte das Glas in den Schnee und entfloh. Inzwischen hatte der Kleinste der Familie Bumbu die Geistesabwesenheit der Erwachsenen genutzt und in den Suppentopf gepinkelt. Was wir gewahr wurden, als sein Vater ihm die *ciorbă* über den Kopf goß. »Essen für eine Woche!« kreischte die Frau und wollte ihrem Mann die Augen auskratzen. »Wie die Frauen so Schicksal spielen«, bemerkte mein Vater.

Manuela, die Waise, wohnte bei ihrer Tante Thusnelda Weinbrandt. Manchmal wagte ich mich in der Dämmerung hin. Beim Antrittsbesuch hatte mich die Dame mit zwei Watschen begrüßt: »Verdienst mehr, du Grünschnabel. Aber für den Rest sorgt die Vorsehung. So ergeht es einem, wenn man die ewigen Werte verrät!« Welches die seien, hütete ich mich zu fragen. Ein Funke Glück berührte mich, wenn sich die blaue Katze knisternd auf meinem Schoß rekelte. Versteckt zwischen Topfgewächsen, bekam ich Vogelmilch serviert.

Meinem Vater hatte ein Direktor hoch und heilig versprochen, mich in der Knopfmanufaktur unterzubringen, sollten alle Stricke reißen. »Eine hygienische und intelligente Arbeit«, meinte er, als ich mich vorstellte, ja er reichte mir sogar die Hand zum Gruß. »Und das Richtige für einen Quasi-Ingenieur.« Einen guten Kopf brauche man, um die Arten und Abarten zu unterscheiden: Hornknopf, Plastikknopf – etwas ganz Neues –, Tuch- und Zwirnknopf, oder: Hemdknopf, Hosenknopf, Manschettenknopf, ja Kragen- und Schuhknopf. Die Knöpfe hätten Wichtiges für die Arbeiterklasse zu leisten: Sie müßten zusammenhalten, was zusammengehöre, und tunlichst sollte man sie annähen können. Wie peinlich, wenn die Knöpfe am Hosenschlitz eines Genossen bei einem Meeting nicht hielten, was sie versprachen, oder die Bluse einer Bestarbeiterin aufplatzte in dem Augenblick, wo man ihr den Arbeitsorden anheftete! Er lachte lauthals, und ich lachte höflich mit.

Maria Bora, meine Studiengenossin, die Tochter eines Kämpfers aus der Illegalität, neuerdings *doamna inginer* Posea – die Ohrfeigen des Posea mit den wulstigen Lippen hatten also doch Wirkung gezeigt –, schrieb ausführlich aus Bukarest, wer wo gelandet war, wer wen geheiratet hatte, wer was an Kindern hatte. Alle meine Kollegen hatte man in Schlüsselfunktionen oder auf höhere Posten promoviert. Wir wenigen Hydrologen bildeten eine Auswahl von Spezialisten. Ruxanda Stoica aber hatte es nach Kanada verschlagen. Mir fiel ein Stein vom Herzen. Niemand hatte mir soviel Gefährliches anvertraut wie sie. Sollte sie von Constanța bis Istanbul geschwommen sein, wie sie es vorhatte? »Komm uns besuchen. Posea ist Parteisekretär beim Wasseramt. Es kann nichts passieren.« Wem? Ihnen, mir?

Doch der Schein trog. Der Horizont verdüsterte sich. Hiobsbotschaften von Klausenburg, von Bukarest. Niemand wollte mit mir zu tun haben. Die Dinge fielen zurück ins Leere.

Ich glaube, es war die Erfindung von Uwe und Elke, um mich auf andere Gedanken zu bringen: daß Schulrektor Caruso Spielhaupter uns drei über den 1. Mai eingeladen habe, nachdem man dort erst jetzt von meiner «glücklichen Heimkehr realiter« gehört habe. Auf, also hin! In diesem unzensurierten Augenblick verspürte ich leise Freude. Dort zu sein schien gut! Wir fuhren mit den Rädern über Rohrbach, Groß-Schenk, Agnetheln, Uwe weit voraus mit seinem neuen Viergangrad Marke »Diamant«, DDR. Ich weit weg als letzter.

Dort angekommen, lief ich der Lehrersfrau in die Arme. Sie stand oben im Treppenhaus. Als sie mich erkannte, erstarrte sie. Verschwand wortlos. Ich hörte sie rufen: »Ihr Mädchen, wo seid ihr, rasch herbei, ich muß euch verstekken. Kommunist im Haus!«

Verlegen begrüßte mich der Lehrer. »Gut, daß wir den Stall haben, dort hört uns niemand zu.« Ja, dort hatte ich einst seinen philosophischen Monologen gelauscht. Damals, vor drei Jahren, war ich in diesem Haus wohlgelitten gewesen als Student und Dichter, von dem »es in der Zeitung schreibt«. Inzwischen hatte man mit den solipsistischen Verkehrtheiten aufgeräumt. Begonnen hatte es, als der Großvater starb, was auf den ersten Blick wie eine Sinnestäuschung anmutete: Er lehnte am Hühnerstall und schien mit der ausgestreckten Hand Befehle zu erteilen. Und war trotzdem tot, realiter. »Wissen Sie«, sagte der Lehrer, um sich spähend, »ein und dasselbe kann mehreres bedeuten. In diesem Fall, dem Todesfall, wies der erhobene Arm in das Land, wo alle Illusionen aufhören – wenn nicht auch das eine Illusion ist.«

Aufgeräumt ferner mit Phantasiegebilden, weil der Lehrer zu spüren bekommen hatte, wie ungemütlich die *Securitate* sein konnte, selbst wenn sie den Arm nicht nach dir ausstreckte, sondern nur mit dem kleinen Finger wackelte. Mich hatten sie über ihn saftig ausgefragt. Ich hatte ihn als harmlosen Phantasten hingestellt, und vielleicht war ich bei den Befragern auf Glauben gestoßen. Es war ihm nur Geringfügiges passiert: Strikt verboten wurde ihm, dem Staatsbeamten, in der Kirche die Orgel zu schlagen. Die Lösung war einfach und genial: Während Pfarrer Hell aus Spiegelberg in der Kirche bei offenen Fenstern den Wortgottesdienst abwickelte, schickte Lehrer Caruso – er saß am Harmonium im kirchennahesten Zimmer seiner Wohnung – zu gegebener Zeit die Lieder hinüber. Nirgends, selbst in der atheistischen Diktatur nicht, kann man verbieten, im eigenen Haus zu musizieren, falls die Nachbarn zustimmen. Die stimmten zu.

Eine gravierende Veränderung war auch, daß man das Elektrische eingeführt hatte. Mitten in der Nacht konnte man mit Blitzesschnelle ausmachen, wer wo schlief oder herumgeisterte.

Trotzdem erhielt ich zu später Nachtstunde Besuch in meinem Wolkenkuckucksheim am Treppenabsatz zum Wehrturm. Obschon es in den Nächten Anfang Mai noch sehr frisch ist, hatte die Mutter des Hauses mir mürrisch dies Logis zugewiesen, ohne daß ich es mir wie vormals im Widerstreit zu nobleren Offerten ausbedingen mußte – zum Beispiel, in der Schlafstube der Eheleute zu übernachten. Die Auszeichnung, mit den Eheleuten zu schlafen, wurde Uwe zuteil, den sie ausdrücklich »unsern Prinzen« nannten.

Als erstes glitt die sommersprossige Bettina durch den roten Vorhang. Sie fand mich im Trainingsanzug zusammengerollt auf dem Bett, eingehüllt in meinen Regenmantel; den Pferdekotzen hatte ich um die Füße gewickelt. »Frierst du?« fragte sie und stand unschlüssig am Bettrand. Ihr Atem ging rasch.

»Ja«, sagte ich. Ich hatte noch keines der Mädchen zu Gesicht bekommen. Beim schweigsamen Abendbrot, Palukes mit Milch, waren allein die Lehrersleute dabei gewesen.

»Ich hol uns noch eine Decke.« Lautlos verschwand sie.

Kurz darauf begab sich ein kleines Wunder, woran ich nie gedacht hatte, eher es zu stiller Stunde in gegitterter Einsamkeit vage gewünscht, mehr aus Neugier: Die schlaksige, schwarzhaarige Beate tastete sich heran. Beim Vorhang blieb sie stehen, flüsterte mit rauher Stimme, daran erkannte ich sie: »Darf ich stören?«

»Du darfst. Aber bitte sag nicht, was du sagen willst. Erzähl von dir.« Sie war Krankenschwester in der Irrenanstalt von Sankt Marten. Mehr war nicht zu hören. Ob ihre Augen blau oder braun waren, worüber ich zwei Jahre gerätselt hatte – ich sollte es wieder nicht erkunden. Sie setzte sich auf die Bettkante und erwähnte im Flüsterton und stockend, daß sie, die beiden Schwestern, für mich gebetet hätten, Abend für Abend, achthundertmal. »Und Bettina hat dein Bild über ihr Bett gehängt.«

»Und dort hängt es nicht mehr. Oder?«

»Unsere Mutter hat es ihr weggenommen, nachdem, nachdem …«

»Nachdem was?«

»Man soviel über dich redet. Darf ich mich neben dich setzen?« Ich machte Platz, legte den Arm um ihre Schultern, fragte: »Hat dich ein Mann geküßt?«

»Mich ja, ich keinen.« Sie berührte mit den Lippen meine Wange. Nie mehr dein Herz an etwas hängen, dachte ich. Und küßte sie auf den Mund. Der dunkle Vorhang raschelte.

Bettina schlich herbei, in der Hand eine warme, weiche Wolldecke: »Wer ist noch da?«

»Deine große Schwester.«

»Ah«, sagte sie und kuschelte sich an meine Seite. Sie suchte meine Hand und küßte sie mit demütiger Hingabe. Das Stefan-Ludwig-Roth-Lyzeum hatte sie beendet, bei der Aufnahmeprüfung für die Hochschule für Textilbearbeitung in Jassy war sie durchgefallen. Nun war sie Verkäuferin im Dorfkonsum: Salz, Gummistiefel, rote Broschüren.

»Wir haben so auf dich gewartet, Beate und ich. Und uns gegenseitig getröstet.« Alle drei schlüpften wir unter die Wolldecke. So verging die Nacht.

»Und eure Mutter?«

»Sie schläft tief. So vergißt sie. Verzeih ihr. Der Schreck ist ihr heute in die Glieder gefahren. Seit unsere Schwester gestorben ist …«

Bettina unterbrach sie: »Schon im Waggon auf dem Weg nach Rußland, sie war ja nur sechzehn.«

»… erschrickt unsere Mutter vor jedem Mäuslein.«

Gegen Morgen wurde es bitterkalt. Ich schickte sie hinunter. Sie luden mich ins Mädchenzimmer ein. Ich sagte nein. Auf Zehenspitzen gingen sie und Hand in Hand. Im Morgenwind verhielt die Linde still. Keinen Laut gab sie von sich. Ihre Blätter waren zu zart, um zu klagen.

Tags darauf verabschiedeten wir uns vor dem Frühstück vom Lehrer. Uwe und Elke bedankten sich für die Gastlichkeit. Die Hausfrau blieb unsichtbar. Die Großmütter hatten sich überhaupt nicht gezeigt. Zum philosophischen Gespräch im Stall war es nicht gekommen: Florica hatte ausgeschlagen, realiter, das unberechenbare Biest. Obschon der Lehrer sich der Büffelkuh in ihr genehmen Frauenkleidern genähert hatte, um zu melken. Keiner winkte vom Tor wie vor drei Jahren. Ich war's zufrieden. Vergeblich würden die mich über diese Leute ausfragen.

Ich machte einen Abstecher nach Mediasch, suchte den Bruder des Jägers Vlad Ursescu auf. Der ehemalige Major der Kavallerie saß auf einem Sattel mitten im Wohnzimmer, das Kinn auf einen Säbel gestützt, und schaute unentwegt nach Osten, in die Steppen Rußlands. Richtig, der Vater war königlicher Kapellmeister gewesen, die Mutter eine reichsdeutsche Gärtnerstochter, doch von einem General der *Securitate* hatte der Reitersmann nie gehört, weder als Freund der Familie noch anderswie. Der Bruder Vlad wiederum, jawohl, war ein großer Jäger vor dem Herrn und ein noch größerer Aktivist der Partei gewesen. Doch nicht als einfacher Fräser an der Werkbank, sondern als Milizionär, der sich bei der Ausgabe von Waffenpässen mit Geld und Champagner hatte bestechen lassen. Darum saß er für sieben Jahre im Gefängnis. Für die beiden Mädchen ließ ich eine Puppe und einen Hampelmann dort, die meine Mutter gebastelt hatte.

Wohin? Wohin? Die Malytante schrieb aus der Tannenau: »Man erzählt sich, du hättest einen hohen Posten bei der Partei.«

Und Annemarie Schönmund, die ich in der Portengasse in Kronstadt traf – sie kam von einem Begräbnis, schwarz wie ein Friedhofsengel –, sagte mitleidig und ehrlich und blickte mich dabei traurig an mit ihren unglaublich schönen Augen, von denen allein ich wußte, welches mich mied, sie sagte und reichte mir die Hand: »Es ist schlimm, Spitzel bei der *Securitate* zu sein.« Fast vier Jahre waren vergangen, seit ich ihr den Rücken gekehrt hatte. Die messerscharfe Antwort schoß mir diesmal auf der Stelle ein: »Du Arme, gewiß sprichst du aus eigener Erfahrung.«

Ein Straße weiter, in der Klostergasse, legte mir jemand die Hand auf die Schulter. Als ich mich irritiert umdrehte, erkannte ich Major Blau. Er war in Zivil und lud mich in die pompöse Konditorei »Dolores Ibarruri la Pasionaria« ein. Eine seltsame Freudigkeit überkam mich. Endlich einer, bei dem ich mich nicht fürchten mußte, nachher ausgefragt zu werden: »Was habt ihr verhandelt?«

Herr Blau trug rote Handschuhe. Er legte sie nicht ab. Sie hoben sich leuchtend vom Marmortisch ab. Wir bestellten Cremeschnitten und Ischler. »Das erinnert mich an meine Großeltern«, sagte er. Mich auch, sagte ich nicht. Vielleicht hatte er fromme Großeltern, die jeden Freitagabend zur Synagoge in der Waisengasse gingen und für ihn beteten vor ihrem gestrengen Gott.

Ob ich mich schon bei Doktor Nan de Racov gemeldet hätte.

»Nein.«

»Sie wissen ja?« Nein, ich wußte nicht ... Wußte nicht, daß der Arzt sich zum Krüppel gesprungen hatte, statt in den Tod zu springen. In der altehrwürdigen Irrenanstalt Socola in Jassy hatte er sich aus dem ersten Stock gestürzt. »Aber er arbeitet wieder, freilich im Rollstuhl. Einer unserer besten Psychiater.«

Daß ich nicht in die Ziegelfabrik wollte, verstand er, daß ich bei der Regionalbehörde wegen eines mir angemessenen Postens vorstellig werden wollte, verstand er auch. Und sagte: »Man muß hingehen, wohin einen die Partei schickt, selbst wenn es einem nicht bekommt. Die Partei macht keine Fehler.« Und illustrierte diese Behauptung an sich selbst.

Damals und bis zuletzt gab es in jeder Stadt der Volksrepublik ein bemerkenswertes Amt: *Oficiul de Deratizare*, ein Entrattungsamt, eine allerhöchste Behörde zur Vertilgung der Ratten in Stadt un Land. Der Major war von der Par-

tei als Direktor über die Rattenfänger von Stalinstadt eingesetzt worden. Während wir unseren Mokka schlürften und
Torte aßen, hörte ich manch Staunenswertes über die Ratten. Sie bildeten eine Gattung von Nagetieren, die im Überleben eine Findigkeit von fast mirakulöser Intelligenz entwickelten. »Zwanzig Kilo schwerer, meint Einstein, und sie
wären die Herren der Welt.« Es gelängen ihnen im Moment
der Gefahr nahezu biologische Mutationen der Abwehr und
Anpassung. Wolle man sie zum Beispiel in unterirdischen
Kanälen ersäufen, so dichteten sie den Zufluß ab, indem sie
mit ihren Leibern einen Stopfen bildeten. In dieser Zeit ent-
fliehe die Horde. Selbst gegen Gifte entwickelten sie im Handumdrehen Abwehrreaktionen. Und sogar dem Fangeisen ent-
kämen sie und lebten weiter mit halbiertem Leib. Davon
konnte ich ein Lied singen.

Da der Staat und die Partei nie einen Fehler machen,
mußte dies die Frontstellung sein, wo der Major Blau am
wirksamsten das Seine zum Aufbau des Sozialismus beitra-
gen konnte, dachte ich. Denn fast keinen Gedanken mehr
ließ ich heraus. Ja, bei genauerem Hinsehen schien mir das
eine ehrenwerte Beauftragung, angemessen der Professiona-
lität und geistigen Distinktion dieses Meisters der Verfolgung
und Unschädlichmachung von Staatsfeinden.

Daß ich dem Land nicht den Rücken kehren wollte, obwohl meine Familie hier viel zu leiden hatte, hieß er gut mit
den Worten: »Man verlasse den Ort des Leidens nicht, sondern wirke darauf hin, daß das Leiden den Ort verläßt. Man
muß wissen, wo man zu Hause ist.«

»Wo man seine Gräber hat, dort ist man zu Hause?«

Er sah mich überrascht an. Wir saßen am selben Tisch, er
mir gegenüber, nur daß ich diesmal Stuhl und Tisch bewegen
konnte. »Bravo. Konkret und lapidar. Erinnern Sie sich, daß
der Urvater Abraham sich als erstes und einziges einen Toten-
acker gekauft hat in dem Land, das unser Gott ihm verheißen
hat.«

»*Machpela*.« Und dachte: Unser Gott – meint er mich
mit?

Der Herr aller Ratten von Stalinstadt schloß seine Betrachtungen mit den Worten: »Ohne Vergangenheit gibt es keine Zukunft. Sie werden sehen, auch die Arbeiterklasse wird auf die Vergangenheit zurückgreifen müssen. Ja, sie wird die ganze Menschheitsgeschichte für sich allein in Anspruch nehmen wollen, von der Urgemeinschaft bis zum Hochkapitalismus.« Er zahlte auch für mich, zog seine roten Handschuhe aus und sagte versonnen: »Rote Handschuhe, ein Kinderspiel. Bei Ihnen und uns ein beliebtes Spiel unter Buben.« Er reichte mir die nackte Hand und sagte: »*Schalom*, hier oder anderswo.« Die Handschuhe ließ er auf dem Marmortisch liegen.

Ich trat zu Pfarrer Vasvári in die Kirche. Eben beendete er die Abendmesse, lila gewandet – es war Passionszeit. Erwartungsvoll ging ich auf ihn zu. Er sah mich durchdringend an, lange. Nur Gott sieht bis ins Herz, fiel mir ein. Meine Hand nahm er nicht, die ich ihm verlegen entgegenstreckte. Ich sagte: »23. August 1958, Zelle 28.«

»Ich kenne Sie nicht.« Kehrte mir den Rücken voll prunkender Ornamente und schritt zur Sakristei, gefolgt vom Küster mit den vergoldeten Pokalen. In der Sakristeitür wandte er sich um und sagte: »Leiden seine Geschöpfe, leidet Gott mit.« Wenigstens das. »Denken Sie an Jesus Christus am Kreuz.« Ich dachte an Dr. Nan und sprach ein Gebet für ihn.

Es wurde düsterer in meinem Gemüt. Ich küßte der Zigeunerin Florica von gegenüber nicht mehr die Hand, wiewohl ich es sagte: »Küß die Hände.« Dafür spielte ich mit ihren Kindern vor dem Tor Burgenbauen. Ergötzte mich an ihrer angestammten Grazie und am Eifer, mit dem sie die kleine Baustelle in Bewegung hielten. Und war verwundert, daß ihnen am Haben und Bewahren nichts lag. Kaum war die Burg bis zur Krone gediehen, wurde das Kunstwerk unter Jubel zertrampelt. Schließlich zerstampfte ich mit ihnen die voll Eifer geformten Sandgebilde. Aus Weidenästen, die wir von der Aluta holten, schnitzte ich Flöten, wie ich es als Knabe in Rohrbach vom Ziegenhirten gelernt hatte. Beim Flötenkonzert durfte jeder spielen, was ihm ins Ohr geriet, wobei die Harmonie sich aus dem Chor der schwarzen Kinderaugen ergab, die mich andächtig anblickten.

Alles schlug fehl. Selbst mich in die Knopffabrik zu schmuggeln, mißlang, trotz aller Interventionen gutwilliger Potentaten auf mittlerer Ebene. »Wie«, raunzte mich der Kaderchef Samoila Jurj an, dem ich nicht in das Gesicht blickte, sondern auf den Hosenschlitz – der stand realiter offen, die Knöpfe hatten versagt –, »einer wie du, ein politischer Verbrecher von den berüchtigten Oktombristen, dazu mit Universität, in ein so nobles Unternehmen wie die Knopffabrik? Dort geht es zu wie in einer *cofetaria*. Das nicht, Genosse!« Tuckerte mit seinem Holzfuß zum Präses der *Cooperativa Economica*, trat ohne anzuklopfen ein, während ich im Vorzimmer wartete, erschien kurz darauf und hielt mir triumphierend das Papier vor die Nase: »Hier, lies!« Quer oben stand geschrieben: Eingestellt als Tagelöhner in der Ziegelfabrik, Schichtarbeit am Fließband. Im September war die Stelle fällig. »Behalt im Kopf, Freundchen, als Tagelöhner können wir dich jeden Tag fristlos entlassen. Und drei Monate, bis du dich bewährt hast, gibt es für dich keine ärztliche Betreuung und kein Krankengeld.« So nicht, Genosse! Unsere Mutter hatte über diesen Grusel von Kaderchef Erkundigungen eingezogen. »Diese Gehässigkeit gegen einen wie dich mußt du verstehen. Er hat bloß vier Klassen am Dorf absolviert. Dann haben die Deutschen ihm das Bein zerschossen. Dazu baut er sich im Wildgarten ein Haus mit eigenen Händen, hat die Ziegel selber geschlagen und gebacken, also nichts gestohlen. Man muß verstehen …«, daß er mit offenem Hosenschlitz herumläuft, dachte ich. Der Vater brachte es auf den Punkt: »Das sind Instruktionen von oben.« Die Malytante schrieb in einem Brief nicht nur, wieviel sie schuften müsse, seit die Griso tot sei, sondern neben diesem und jenem von einem Film, wo ein Cowboy im Wilden Westen Arbeit und eine neue Heimat gefunden habe, woraus meine Eltern, eingeweiht in solch verschlüsselte Rede, entnahmen, daß ich alles daransetzen müsse, um in den Westen zu kommen.

»Du mußt fort, hier hast du keine Zukunft«, hieß es hinter vorgehaltener Hand auch unter Tanten und Freunden.

Trotz packte mich: Will sehen, ob es nicht gelingt, mir hier eine Biographie zusammenzuflicken. In diesem Land!

Eines Vormittags hüpfte Irenke Simon aus dem Hof in die Küche, wo ich eine Bittschrift ins Reine schrieb. Wir fielen uns nicht um den Hals, wie das denkbar gewesen wäre für zwei Menschenkinder, die sich im selben Garten unter Schwertlilien versteckt hatten. Ich bat sie, auf einem Hocker Platz zu nehmen.

Etwas hatte sich an ihr verändert, ohne daß ich es ausmachen konnte; vielleicht, weil ich es vermied, Menschen anzusehen. Trotzdem begann ich sie zögernd zu mustern, von unten nach oben. Währenddessen schwatzte sie drauflos. Berichten sollte ich, wie es im Gefängnis so zugehe. Schon weil ihr Mann dort sei, unschuldig, aber dort. Und wie das an so einem Ort mit der *viaţa sexuală* sei. Und über anderes. Ich schwieg mich aus, und sie sagte mit einem Seufzer: »Stimmt, ihr, die Politischen, müßt den Mund halten.« Noch immer trug sie Lederrock, doch schien er mir zu kurz. Als sie die Beine übereinanderschlug, sprangen die behaarten Waden ins Auge, so hauchdünn waren die Nylonstrümpfe. Sie zündete sich eine grüne Virginia an. Ich rauchte mit. Die Fingernägel, mohnrot lackiert, liefen in Krallen aus, ein koketter Hinweis, daß ihre Hände zum Schönstehen da waren, zumindest keine grobe Arbeit verrichten mußten. Es fiel mir ein, was ihre Mutter klagend vorgebracht hatte: Irenke müsse nun arbeiten wie eine Stallmagd. Wo sie Arbeit gefunden habe? Bei der *Cooperativa Economica*. »Abteilung?« In der besten, in der Knopfmacherei. »Denn ich habe sie noch immer alle in der Hand.«

Ihr Busen, dorthin war mein Blick inzwischen geklettert, war der nicht etwas theatralisch hochgeschürzt unter einer Bluse, zu durchsichtig für die Jahreszeit? Kleine Krähenfüße waren zu sehen. Und dicker grüner Lidschatten stach ins Auge. Sie blickte sich ungeniert um, schnupperte, sagte: »Es erinnert mich an meine Kindheit.« Ja, etwa so hatte es ausgesehen bei den Hausmeisters. Und ähnlich gerochen. Eng war es dort. Und reizvoll. Wir Knaben schlüpften oft hinüber, hockten in der Küche, wo alle sich laufend berührten, vom

Urahn bis zu den Mädchen, spürten, rochen, schmeckten, aßen voll Wonne Fettbrot mit Knoblauch.

Sie ließ nicht locker, bis ich versprochen hatte, sie zu besuchen. Sie würde mich abholen. Wie zu Hause würde ich mich fühlen, es erinnere manches an unsere Wohnung damals in der Wenkischen Villa, vieles an Geschmack habe sie meiner Mutter abgeguckt. Ferner könne sie mir zu einer passablen Stelle verhelfen. Nicht gerade als Chefingenieur in der Dynamitfabrik, aber auch nicht Knochenarbeit, sondern Büroarbeit, bessergestellt als sie. Nun eben, ich sei ein Studierter. Jetzt müsse sie gehen, die Nachmittagsschicht ... Sie küßte mich auf den Mund. Und ging. Es roch nicht mehr nach armen Leuten bei uns. Es roch nach scharfem Parfüm. Mit verzweifeltem Begehren herbeigewünscht die nackte Frau, ausgemalt die Szene vieltausendmal in lüsternen Farben und schamlosen Gebärden, dort, wo man nicht sagen darf. Und ähnlich bedrängt in den Tagen, nachdem sich Irenke in der Küche dargestellt hatte in Fleisch und Blut, als die Frau jener Träume, einsichtig bis zum Strumpfhalter: ältere Frau, mit allen Salben geschmiert, etwas Atmosphäre dank einiger Erinnerungen, im Moment kein Mann in Sicht. Doch vor allem, wie ich es mir gelobt hatte: das Herz blieb unbeteiligt.

Schon beim Hingehen in der Dämmerung griff sie ohne weiteres nach meiner Hand, packte zu und nudelte sie, die hölzern in der ihren lag – nicht einmal mit meiner Schwester war ich Hand in Hand gegangen, außer einmal über den vereisten Fluß bei Nacht. Als wir ins Blockviertel am Schweinemarkt einschwenkten, faßte sie mich unterm Arm und drückte meine Hand an ihre linke Brust. Was soll das? Sie ist verheiratet und ihr Mann im Gefängnis! So dachte ich. Und ließ es geschehen.

Eine Vierzimmerwohnung im ersten Stock tat sich auf. »Wieso? Ihr seid ja nur zu zweit.«

»Wegen meiner Möbelsammlung.« Und vorwurfsvoll: Sei ihr Mann nicht Bürgermeister und später Chef des Wohnungsamtes gewesen, in den letzten zehn Jahren einer der schwersten Posten in dieser Stadt?

Alles, selbst die Besenkammer, mußte ich besichtigen: den immensen Balkon, besteckt mit Kunstblumen, die zwei Klos und das Bad sowieso. »Und jetzt zieh die Schuhe aus, ich zeig dir die Wohnung vom Salon bis zum Schlafzimmer.«

»Fällt mir nicht ein. Was sind das für Ideen. Übrigens, das Schlafzimmer zeigt man nie«, sagte ich.

Und trat in Socken ein. Über die orientalischen Teppiche waren Plastikfolien gebreitet. Es knisterte bei jedem Schritt. Ich ließ mich in den Lederfauteuil fallen. Und sprang wie gestochen auf. Das war die Clubgarnitur vom Danionkel! Und setzte mich wieder hin und sah mich um. Ein Sammelsurium von Möbelstücken aller Gattungen. Sie wartete auf Freudenschreie. Ich blieb still. Mit einer imperialen Handbewegung schlug sie einen Zirkel und sprach ergriffen: »Empire und Biedermeier.«

Ich lachte heraus: »Red keinen Stuß. Das Vertiko ist von der Fritzitante Haupt. Jahrhundertwende. In Fogarasch hat dein Mann drei sächsische Familien hinausgetan, Haupt, König und uns. Und der Teufel weiß wie viele Rumänen und Ungarn. Die besten Stücke sind hier. Schau, die Anrichte von der Familie König. Dreißiger Jahre. Willst du weiter hören? Dort der Schrank mit der rosa Marmorplatte – den vermissen die Şerbans de Voila. Diese Herrschaften habt ihr in zwei Zimmer zusammengepfercht: *repede, repede,* alles bei Nacht.« Eine besondere Lust packte mich, die Dinge beim Namen zu nennen, herauszuschleudern, was sich angestaut hatte. Der Druck im Nacken war unerträglich.

»Lassen wir das. Wir wollen uns einen gemütlichen Abend machen«, sagte sie ungerührt. Sie stupste mich ins Schlafzimmer. »Ich wechsle die Kleider. Gieß dir einen Kognak ein. Gleich kommt der Kaffee. Zigaretten sind dort, grüne Virginia, die dir auf den Gefallen sind.«

Beim Fenster stand das türkische Rauchtischchen vom *Colonel* Procopiescu, unserem Untermieter im Haus mit dem Löwen, samt den vier Taburetten. An diesem Tischchen mit Arabesken auf der Messingplatte waren wir Knaben gesessen als Gäste seiner Herzensdame, der *doamna* Lucretia. Unsere Haare waren mit viel Wasser manierlich zurückgekämmt und wir krampfhaft bemüht, die Regeln des Guten Tons nicht durcheinanderzuwerfen. Die *doamna* Lucretia verwöhnte uns mit Sorbet und *dulceaţă* und belehrte uns über das Liebesleben von Napoleon.

Und siehe da, das sagenhafte Doppelbett des *Colonel*s, aus Paris, mit eingebauten Nachtlampen im Farbenspiel von normal bis violett und rot, mit ausschwenkbaren Aschenbechern und einem glasverdeckten Bücherbord am Kopfende! Sogar die Großmama von Hermannstadt gewöhnte sich mit der Zeit an den Gedanken, daß dies kein Lotterbett sei, obschon der *Colonel* und die *doamna* Lucretia gemeinsam manche Nacht dort verbrachten, ohne verheiratet zu sein.

Irenke und ich, wir hatten vor dem Krieg genug französische Filme im Kino gesehen, um die Reihenfolge zu kennen, die sie sich ausgedacht haben mochte. Also, ein Morgenrock mit riesigen Rosen auf schwarzem Grund über den bloßen Körper gezogen, oben leger zugeknöpft, so daß man die Schwellungen der Brüste sehen konnte. Zigarette, Kaffee, Kognak, mit gespreizten Fingern an gemalte Lippen geführt. Wortgeplätscher mit Lichteffekten: zuerst die Deckenbeleuchtung gelöscht – war das nicht ein Lüster aus unserem Speisezimmer? Die lilienförmigen Glasschirme? Ich wollte es nicht wissen. Bettbeleuchtung angeknipst, zum Einstimmen das gelbe Licht. Jetzt springen oben ihre Knöpfe auf, das Negligé gleitet mit seidigem Gesäusel herunter. Da steht sie, vibrierend vor Leidenschaft und in blendender Nacktheit. Zieht dich vom Sessel hoch. Von jetzt an kann es nicht schnell genug gehen: Sie schält dich aus dem Hemd. Den Rest mußt du selber besorgen. Einen Augenblick drängt sie tiefatmend ihren Busen an dich. Darauf zerrt sie dich zum Lotterbett. Beim Siedepunkt rotes oder violettes Licht. Bei ihrem Temperament alles rot. Gewiß aber ist, daß wir nicht übereinander herfallen und über den Boden von Plastikfolie kollern werden wie toll. Das Bett aus Paris verpflichtet.

Mir ist es alles eins. Vergessen einmal, endlich.

Sie trat ins Zimmer wie eine Diva, gewandet in ein violettes Hauskleid mit rosa Rosen. Das Ritual konnte beginnen, die Zukunft war verplant. Ich ließ alles mit mir geschehen,

Hemd herunter, heiße Haut aufs Herz. Ich ließ es geschehen nach ihrer Regie. Ließ es geschehen – bis zu einem Punkt.

Bereits neben ihr im riesigen Bett und jäh fröstelnd vor fremder Nacktheit – in dem Bett, wo vorzeiten mein Bruder Kurtfelix und ich einen Ringkampf ausgetragen hatten, als der *Colonel* im Urlaub war und wir durch eine verbarrikadierte Türe vorgedrungen waren, ein Ringkampf, der unentschieden endete und wo ich zum ersten Mal erkannte, daß ich, obzwar der Ältere, nicht mehr der Stärkere war –, bereits neben ihr, die das Zeremoniell nicht mehr Punkt für Punkt einhielt, vielmehr den Kopf verlor, zügellos der Reihenfolge vorgriff und meinen Körper mit ihren Krallen in Besitz nahm und Wörter flüsterte, die ich von den ungarischen Mägden kannte, riß ich mich los. Ich sprang auf und wußte: Das verzeiht sie mir nicht. Und streifte meine Kleider über. Ich knipste die Deckenbeleuchtung an. Ich setzte mich auf einen Polsterschemel. Ich zündete mir eine Zigarette an. Was wollte ich? Weglaufen? Bleiben? Vor allem Zeit gewinnen.

Schwer begriff sie. Irgendwann einmal schleuderte sie das glitzernde Deckbett beiseite. Kein Wort vermochte sie hervorzubringen. Dafür stieß sie wilde, böse Laute aus. Mit den Fingernägeln zerschürfte sie ihre Haut über Bauch und Hüften. Sie setzte sich auf, schaukelte am Bettrand hin und her mit den Bewegungen eines Bettlerkinds. Die Arme hatte sie um die Brüste geschlagen. Die Warzen stachen hervor, liefen lila an. Das sei ein Zeichen maßloser Wut, hatte mich der Jäger aufgeklärt. Jetzt sticht sie dir die Augen aus! Eigentlich sollte ich meiner Wege gehen. Wegrennen wie der Jäger damals, als das Flintenweib ihn mit der Pistole zum Liebemachen aufgestachelt hatte und er splitternackt entflohen war, umzischt von Kugeln, den toten Hasen in der Hand.

Ich rührte mich nicht.

Plötzlich warf sie die Arme hoch, die Brüste hingen schlaff herab, längliche Teigklumpen, in das Gekräusel der Achselhöhlen mischten sich graue Fäden. Sie ließ den Oberkörper nach hinten fallen, lag da, den Bauch schamlos nach oben gekehrt, an den Schenkeln wuselte es von winzigen Krampfadern. Kein Ton war zu hören, lange, kaum daß sie atmete.

Dann stand sie auf, unendlich langsam, kam zu mir, stellte sich vor mich. Zu nahe, ich schob sie behutsam weg, hin zur Wand mit den silbernen Schmetterlingen und Orchideen. Sie setzte sich nackt auf einen Schemel aus Samt, rauchte eine Zigarette.

»Was hat dich gepackt?« Wir sprachen rumänisch, für beide eine neutrale Sprache.

»Mein Bruder ist eingesperrt.«

»Das ist kein Grund. Mein Mann ist ebenfalls eingesperrt.«

»Weil er gestohlen hat. Mein Bruder aber wegen nichts und wieder nichts. Und viele Brüder mit ihm.«

»Das ist deine bourgeoise Überheblichkeit. Ihr Politgefangenen dünkt euch besser als ein armer Dieb. Dabei seid ihr gefährlicher als all die anderen zusammengenommen. Denn ihr wollt die alten Zeiten zurückbringen.«

»Und was machst du? Genau das gleiche. Nur ärger. Es ist hier wie in einem Panoptikum. Alle diese Möbel hast du geklaut, um alte Zeiten heraufzubeschwören und dich darin einzunisten. Die du nie dazugehört hast. Als der Simon Antál uns hinausgeworfen hat, erinnerst du dich, da bist du in jener Nacht bei uns herumscharwenzelt. Wir glaubten, du kämst als gute Nachbarin uns zur Hilfe. Inzwischen wissen wir, daß du deinem zukünftigen Mann zur Hand gewesen bist. Und bestens für euch gesorgt hast. Ausgeraubt habt ihr uns. Und andere. Eigentlich müßte ich die Miliz rufen. Denn selbst nach euren Gesetzen« – eure Gesetze, sage ich – »bist du ein Dieb, ein Räuber. Aber eine Krähe kratzt der andern kein Auge aus.« Wie gut es mir tat, dieser Person die ungeschminkte Wahrheit an den Kopf zu werfen!

Sie sagte, und ihr Gesicht wurde häßlich vor Tücke: »Das ist der Klassenkampf. Die ausgleichende Gerechtigkeit. Die Reichen müssen Haare lassen. Wir nehmen zurück, was ihr uns in Jahrhunderten entrissen habt.« Ihr! sagte sie voll Haß.

»Merk dir einen Satz von meinem Großvater, du hast ihn gekannt, gern gehabt, allein ihm hast du ›Küß die Hände‹ gesagt: Unrecht Gut gedeiht nicht! Und von mir merk dir dieses: Statt daß du als klassenbewußte Proletarierin für eine neue Welt kämpfst, wo echte Freiheit und Gerechtigkeit herrschen für jedermann, treibst du ein Doppelspiel, machst dir und den anderen etwas vor und ruinierst dein Leben.« Demütigen wollte ich sie, aber nicht verletzten. »Liebe Irenke«, sagte ich fast bittend und trat zu ihr und strich ihr über die lila Brüste, weil sie am ehesten die Erbärmlichkeit dieses Menschenkindes kundtaten. Sie aber schnappte nach meiner Hand, biß zu. »Au, du Biest!«

Ich sagte: »Umsonst schmückst du dich mit fremden Federn. Du wirst nie eine Dame sein. Weder nackt noch angezogen. Stell dich hin vor den Toilettenspiegel meiner Fritzitante. Dort kannst du deine Silhouette studieren bis zu den Lenden hinab von rechts und links und von vorne. Prüf im Spiegel Leib und Seele. Und du wirst mir recht geben. Keine Dame. Warum auch? Du hast andere Talente und Aufgaben, als die Bourgeois nachzuäffen. Vor allem hast du Zukunft. Die ich nicht mehr habe. Und hör endlich auf mit diesen Lügengeschichten, Empire und Biedermeier. Kein einziges Stück in deinem Sammelsurium ist antik.«

»Du lügst!« Sie schrie auf, wild wie eine Furie. Und war so echt in ihrem Schmerz, daß ich sie lieben hätte können. »Du willst dich an mir rächen! Rächen, weil du und deine Familie ein großer Dreck geworden seid! Und der größte Dreck bist du! In der Ziegelfabrik – das Letzte! Dort mögen deine Knochen verfaulen! Dafür werd ich sorgen, soviel Einfluß hab ich noch bei den Behörden.« Sie angelte sich den Morgenrock, bedeckte den Bauch. Und sagte im selben Atemzug: »Dich aber pack ich noch, *urfi*. Das habe ich mir in den Kopf gesetzt, seit du in Lederhosen in eurem Garten über den Kies spaziert bist und ich die Brennesseln vertilgen mußte und Heckenrosen weghacken.«

»Du, eine Parteiaktivistin, besetzt allein eine Vierzimmerwohnung, während mein Nachbar, der Zigeuner Bumbu, ein echter Prolet, mit seiner Familie zu zehnt in Zimmer und Küche haust. Wieso hat man dies alles nicht beschlagnahmt, nachdem dein Mann Gelder veruntreut hat? Mir und meinem Bruder haben sie die letzte Hose vom Arsch gezogen.«

»Noch ein Wort, und ich kratz dir die Augen aus!«

»Sagen will ich noch dies, und du melde es nach Stalinstadt oder wohin du willst: Ich glaube nicht mehr an eure Gerechtigkeit und daß ihr das Wohl des Volkes wollt. Seit ich das hier gesehen habe, weiß ich, wie recht Lenin hat: Die Arbeiteraristokratie ist viel gefährlicher, als die traditionellen Ausbeuterklassen es waren.« Ich verabschiedete mich mit der ungarischen Floskel: »*Alázatos szólgájo*, gschamster Diener!« und ging davon. Vollständig angekleidet. Und ohne einen toten Hasen in der Hand. Niemand schoß auf mich.

Spät in der Nacht war ich zu Hause. Hier erwartete mich die übliche Absage von einer Behörde. Von Kurtfelix nichts. Die Mutter, die nicht schlafen konnte, sie hörte mein letztes Wort für lange: »Leere Zukunft.« Meinen letzten Gedanken bekam sie nicht mit: Wer dort ist, wo man nicht sagen darf, kann hoffen. Wer hier ist, nicht.

Ich verkroch mich in das kleine Zimmer, verhängte das Fenster mit dem Maskenkostüm der amerikanischen Flagge, blauer Rock mit weißen Sternen, rot-weißes Mieder, hängte darüber das schwarze Tuch von der Trauerfahne. Tag und Nacht sollte es Nacht sein! Und rührte mich sechs Wochen nicht aus dem verdunkelten Raum, zur sprachlosen Verzweiflung meiner Familie.

Ohne Echo blieb das Flötenkonzert der Zigeunerkinder unter dem blinden Fenster, so schrill und gutgemeint es klang. Vergeblich, daß meine Schwester täglich zu mir hereinhuschte, der ich angezogen auf meinem Bett lag und auf die dämmrige Holzdecke starrte. Unnütz, daß sie sich zu mir setzte, meine Hände streichelte und sie wieder zurücklegte wie ein Stück Holz; lautlos rannen die Tränen. Es konnte mich nichts zum Reden bringen.

Verschwendete Liebesmüh die Worte von Pfarrer Wortmann, die meine Mutter mir mit dem Essen durch den Türspalt reichte: »Endlich die heilsame Krise. Sehr gut! Die zerstörte Zukunft schafft numinose Leere. Nur so kann Gott sich von der besten Seite zeigen, sein Antlitz leuchten lassen, wie wir sagen.« Leere Worte, chinesische Vokabeln ohne Sinn und Reim, die meine Mutter mit dem Essen wegtrug. Ich rührte kaum etwas an, schon um mich nicht bis zum Plumpsklo schleppen zu müssen, ein Willensakt, vor dem es mir graute.

Ich lebte aus Höflichkeit. Billiger: weil mir die Kraft fehlte, nicht mehr zu leben. Das wußten meine Leute. In der Nacht schlichen sie reihum zu meinem Bett und horchten. Und tagsüber schenkte jeder mir Zeit, die ich verschmähte.

Kaum war der Vater vom Dienst gekommen, steckte er den Kopf herein, sagte jedesmal: »Kopf hoch, Johannes! Es geht alles vorüber, es geht alles vorbei, nach jedem Dezember folgt wieder ein Mai.« Er, der nie ein Wort über Rußland und auch sonst nie Worte verlor, sehr zum Leidwesen unserer Mutter, stellte sich tags darauf im verdunkelten Zimmer an mein Bett und sagte nur die Worte: »Rußland! Minus vierzig Grad. Aus dem Schuppen unter Toten bin ich zurückgerannt. Vierzig Kilo wog ich, als es nach Hause ging, Freunde mußten mich in den Zug heben.« Und sagte: »Vierzig ist eine seltsame Zahl. In der Bibel steht sie für Buße und Strafe: vierzig Tage Sintflut, vierzig Tage fastet Jesus. Doch mehr als so viel sollte man sich vor der Welt nicht verschließen. Übrigens, mein Bub, rast ich, so rost ich. Auf jede Zeit der Heimsuchung folgt Gutes. Denn vierzig ist auch die Zahl der vollendeten Zeit. So viele Tage weilt der auferstandene Christus auf der Erde. Ja, und vierzig Jahre irrt das Volk der Juden durch die Wüste, und dann erst ...«

»So ich«, sagte ich hörbar. Da freuten sich alle sehr. Und reichten die Wörtchen herum wie die kostbare Perle im Acker. Uwe kaufte ein Tonbandgerät »Tesla«, seine ganzen Ersparnisse als Elektrotechniker gingen drauf, und nahm alle Tangos auf, die in der Stadt je gehört worden waren, weil er wußte, daß Tangos mein Gemüt erfreut hatten – vormals. Und manchmal einen Rock 'n' Roll – damit ich mich an die neuen Zeiten gewöhnte.

Meine Mutter sagte kein Wort. Sie legte sich zu mir auf das Bett, wenn sie vom Büro kam. Ruhte ein Weilchen neben mir, die sonst bereits unter dem Tor den Mantel, das Kleid aufknöpfte, um keine Zeit zu verlieren, ehe sie in die häusliche Arbeitskluft schlüpfte.

Ich ließ alles an mir geschehen. Da man jedoch ohne Gedanken nicht auskommt, legte ich mir einen Gedanken aus einem Gedicht von Paul Celan zu: »Setz deine Fahne auf Halbmast Erinnerung, auf Halbmast für jetzt und für immer.« Und ließ mir diesen Gedanken vierzig Tage und vierzig Nächte durch den Kopf gehen.

Am vierzigsten Tag gegen Abend knarrte das Tor, und ich hörte in der Küche meine Leute ausrufen: »Zwei Herren von der Sec!« Ich trat ans Fenster, bemerkte, wie sie zielbewußt zur Tür des Hauses strebten, in Anzug und Hut.

Ein leiser Stoß von Freude und ein neuer Gedanke: Gottlob, die furchtbare Freiheit hat ein Ende. Nun kehrst du zu deinen Kameraden zurück. Sie werden dich nicht mehr verstoßen.

Wo ich sei? »Krank. Seelisch krank«, sagte die Mutter.

»Wir wissen.« Ich möge das Allernötigste einpacken. Ich aber atmete auf: zurück zu den anderen, die sich in blauer Dunkelheit um mich geschart hatten! Und wußte jäh: Ich liebe sie, liebe alle, ob sie Hugo Hügel heißen oder Hans Fritz Malmkroger und Peter Töpfner, ob sie durch mich gelitten haben oder ich an ihnen, ich liebe sie verzweifelt. Hier draußen würde ich getrennt sein von ihnen lebenslänglich. Darum zurück, zurück zu ihnen!

Sie würden morgen früh zur Stelle sein, um mich mitzunehmen. Die Stimme der Mutter zitterte: »Diesmal lasse ich das nicht zu. Lammfromm ist er. Redet mit niemandem ein Wort. Die Jahre dort haben seine Nerven, haben ihn kaputtgemacht. Und uns alle. Medizinische Behandlung hat er nötig.«

»Eben. Sie, *doamnă*, haben einen Brief an Dr. Scheïtan geschrieben. Doch in Stalinstadt ist kein Platz im Spital. Auch ist dort nicht der Ort für Ihren Sohn, wo er gesunden könnte. Darum führen wir ihn nach Tîrgu-Mureş in die Universitätsklinik. Und kein Wort gegenüber irgendeiner Person. Offiziell arbeitet er als Topometer im Gelände. *La revedere!*«

31

Dr. Dr. Matyas Matyas, Direktor in der obersten Etage der Uni-Klinik von Tîrgu-Mureş/Marosvásárhely, begrüßte die Herren von der *Securitate* zu ihrer Verblüffung auf ungarisch. Sogar auf ihr »*Bună ziua*« antwortete er: »*Tessék parancsolni!* Bitte zu gebieten.« Den berühmten Psychiater hatte man von Budapest hergeholt, zwar in die Rumänische Volksrepublik, doch speziell in die Autonome Ungarische Region.

Das Gespräch kam nicht recht in Fluß. Vor meinen schattenhaften Begleitern, die mich mit dem Dienstauto von Fogarasch hergebracht hatten, verschwieg ich, daß ich Ungarisch konnte. Verstört flüsterten sie: »Wie? In unserer Republik können wir uns nicht der Staatssprache bedienen?« Da Worte nichts nutzten, legten sie dem Herrn einer fremden Zunge die Mappe mit Akten auf den Schreibtisch und gingen grußlos davon. Der Professor-Direktor klingelte. Mir aber wurden die Knie weich, als Dr. Kamil Nan de Racov hereinrollte, zwar im weißen Arztkittel, aber ein Plaid über den Knien. Ich ließ mich unaufgefordert in einen der Clubsessel fallen, als wolle ich unsichtbar werden. Er streifte mich mit einem Blick, ließ sich aber nicht anmerken, daß wir uns kannten. Der Professor wies stumm auf mich. Ich erhob mich, verbeugte mich leicht, brachte es aber nicht übers Herz, laut meinen Namen zu nennen.

Nachdem der Professor sich meine Akte von Dr. Nan ins Deutsche hatte übersetzen lassen, musterte er mich, fragte aber zum Glück nichts und befand: »Weg mit den traumatischen Erlebnissen der Vergangenheit! Die geschwächte Psyche muß auf den Damm kommen. Am besten, indem das ganze Gedächtnis lahmgelegt wird: durch eine Art von Pneumothorax.« Später würden die positiven Erinnerungen zurückkehren. Körperliche Ertüchtigung sei geraten, Bewegung tue not. Er redete deutsch. Zu Dr. Nan sagte er: »Hinunter mit ihm. Sie wissen ja.«

Auf dem Flur begrüßten wir uns förmlich. Ich machte

sofort den Fehler, ihn in seinem Vehikel zum Lift schieben zu wollen. Wortlos entfernte er meine Hände von den Griffen. Dr. Nan war in subalterner Stellung hierher versetzt worden, weil er sich als Leiter eines Sanatoriums für Arbeitsneurosen – »das allein sind echte Neurosen« – standhaft geweigert hatte, »die armen Arbeitskrüppel« anders als mit *domnule, doamnă* anzureden. »Das bin ich schon unserem König schuldig gewesen.« In dessen Sommerschloß war die Erholungsstätte untergekrochen.

»Daß Sie zwei Jahre Zellenhaft ausgehalten haben, ist für mich ein großer Trost und für Freund Freud eine Freude.« Er lächelte zu mir herauf. »Doch was der Chef sich für Sie ausgedacht hat, ist die Quadratur des Kreises.« Wir fuhren tief hinunter: in den Keller der Klinik, wo die geschlossene Abteilung lag. Tiefer ging es nicht.

Es war ein Saal, in dem babylonisches Stimmengewirr herrschte und wo Menschen wie närrisch umhertrotteten. »Erschrecken Sie nicht: harmlose Dummbärte und Blödmänner. Ich werde alles daransetzen, Sie herauszuholen.« Und rollte davon. Bremste, wandte sich um: »Zumindest zu Spaziergängen.« Wollte ich das? In dem aufgewühlten Saal mußte ich es. Man konnte nicht stillsitzen und in dunkle Ecken seines Gemüts starren. Jeden Moment faßte dich ein Brukenthal oder Molotow an der Nase, zerrte dich hinein in den Trott. Mit den Wirrköpfen schlurfte ich stundenlang im Slalom zwischen den Eisenbetten dahin. Wir trugen eine gescheckte Kluft, an der jeder ersehen konnte, woher unsereiner entsprungen war.

In dem Tollhaus steckte ich neun Wochen und sollte geheilt werden. Wovon? Von den Schrecknissen der Freiheit? Von den weißen Flecken der Vergangenheit? Dr. Nan besuchte mich nie. Mir war das recht. So konnte ich mich, ohne mich schämen zu müssen, meinem Ungemach, meiner Betrübnis hingeben. Es gab frappierende Parallelen zum Arrest. Vieles war wie dort und manches anders. An dort gemahnten die Eisengitter vor den winzigen Fenstern. Freilich konnte man – wenn man sich auf die Fußspitzen hob – hinauslugen und die Schuhe der Männer und die Waden der Schwestern erhaschen. Wie drüben lauerten Spione an den Klotüren, zudem durfte man nur Hand in Hand das Örtchen aufsuchen, ein Narr und ein Halbnarr. Dagegen speisten wir in einem Gemeinschaftsraum an festgeschraubten Tischen. Kein Vergnügen, wenn man sich die Tischgenossen reihum ansah, denen es mit dem Verstand auch die Eßmanieren verschlagen hatte: Es schmatzte und triefte. Wir aßen mit Aluminiumlöffeln aus Blechnäpfen. Gabel und Messer fehlten. Hand anlegen an sich durfte man auch hier nicht, nicht einmal, um sich zu rasieren. Alle scharfen Utensilien hatten die Wärter weggenommen. Diese, wie dort mit Augen von Blei, stolzierten vorbei, weißgekleidet, an den Füßen Holzpantinen, deren Geklapper ihr Kommen anmeldete, im Unterschied zu den Filzschuhen der Bewacher. Widerborstige Insassen wurden nicht in Stehkabinen weggeschlossen, sondern wie Mumien in eine Zwangsjacke gewickelt und stocksteif auf ein Bett gelegt.

Anders als drüben wurden wir täglich in einen riesigen Korral getrieben, umgeben von hohen Gitterzäunen, um Luft zu schnappen. Wobei man sich überbot an närrischer Pantomime und lebenden Bildern voller Verrücktheit.

Alles hier am Rande der Welt geschah zu gleicher Zeit: Die Wärter würfelten und tranken Kaffee, sie ertappten hie und da einen Lebensmüden, der sich die Adern durchnagen wollte, und banden ihn fest, sie unterbrachen Spiel und Plausch, um den liebeskranken Studenten Anatol am Schlafittchen zu erwischen und in die Ecke zu den Geräten für Elektroschocks abzuschleppen – er zappelte wie ein Fisch an der Angel: »Raubt sie mir nicht, die Erinnerungen an meine Leiden!« Dort schnallte man ihn auf einer Liege fest, legte ihm feuchte Pole an die Schläfen. Ein Schalterkontakt, weg war die Vergangenheit. Wobei sein Körper sich in Konvulsionen gegen den Raub der Erinnerungen aufbäumte. Schlug er die Augen auf, fragte er: »Wie heiße ich?«

Der Kleptomane stahl den eigenen Schuh von seinem Fuß und tanzte vor Triumph wie das Rumpelstilzchen. Zu gleicher Zeit zuckte der Tobsüchtige in der Zwangsjacke.

Der Präses von der Kooperative aus Schnakendorf zerriß das Nachthemd von der Brust bis zum Knie und schwänzelte mit einem Bauch voll senkrechter roter Narben herum. Wehe, wenn du in seiner Nähe die Hand hobst, um mit den Fingern deine Haare zu ordnen. Sofort knallte er dir eine, daß sein Penis hüpfte. Als er in einer Sommernacht einer Stallmagd zu nahe getreten war, hatte ihm diese mit einer Heugabel Hemd und Hose und dazu noch die Haut vom Leib gerissen. Halbnackt, umflattert von Kleiderfetzen und vor Schmerz und Schreck brüllend, war er durchs Dorf galoppiert. Die Partei hatte ihn einfangen lassen und hier verwahrt. Darüber hatte er den Verstand verloren; erst hier war er übergeschnappt.

Und der ehemalige SS-Panzergrenadier Emil schmetterte mit einer Stimme, würdig eines Kirchenkantors, die Melodien »Graue Kolonnen ziehen durch die Sonnen« und »Katjuscha« furchtlos und ungeniert in den Äther, Soldatenlieder aus Hitlers und Stalins Zeiten, und war trotzdem wohlgelitten.

Es starben die, deren Tage gezählt waren. Und wurden durch das Spalier ehrfürchtiger Narren davongetragen, die sich bekreuzigten oder ausspuckten. Alles auf einmal.

Zur Linken logierte ein anhänglicher Mann. »Nenn mich«, er dachte nach, »sagen wir *domnul* Göring.« Dem war ich zu Diensten. Mehrmals am Tag versteckte ich Damenhut und Busenhalter. Die stahl er mit List und Tücke weg, gleichsam um sich an seiner Frau zu rächen. Die hatte er mit einem Galan im Bett ertappt. »Madame«, hatte er gesagt, »ich sehe, daß du dich auf eigene Füße stellst. Heut morgen erwischst du dich auch noch am Rauchen.« Hatte Busenhalter und Hut gerafft und die Schlafzimmertür zugezogen.

Daß das Bett rechts, liederlich bezogen, leer blieb, diese Freude war von kurzer Dauer. Es war das Sterbebett. Hierher kamen die Todeskandidaten der Klinik. Hier hauchten sie ihren Geist aus oder fuhren schreiend in die Grube. Und selbst in diesem Hexenkessel starb es sich ähnlich wie dort: Plötzlich wurde es mittendrin still, obzwar es rundum weitertobte. Ich ermannte mich und stand diesen armen Teufeln bei. Nicht sofort! Anfangs hatte ich mich voll Ekel abgewendet. Da erschien mir der Mönch Atanasie, der Unsterbliche, und mahnte an, wie zufrieden er an meiner Seite gestorben sei. Somit ermannte ich mich und schaute nicht mehr weg. Zwiefach war meine Beihilfe. War einer tot, drückte ich ihm die Augen zu, bedeckte sein Gesicht und faßte an, um ihn in die Leichenhalle zu verfrachten. Lebte er noch und wünschte es, sprach ich unbeholfen Gebete über ihn, mit schlechtem Gewissen zwar, war es doch ein ideologischer Bruch, aber in seiner Muttersprache. Ich hatte keine Bibel bei mir, nur *Die Gewässerkunde* von Walter Wundt und ein Bändchen Benn, *Morgue*. Trotzdem fiel mir manches Gute ein.

Meine Dienstwilligkeit sprach sich herum. Die Wärter ließen mich das Essen für die Mahlzeiten herbeikarren. Es mußten Möbelstücke eingestellt werden: eine Hausbar beim obersten Direktor, der mich nicht erkannte, vielleicht weil ich diesmal ungarisch sprach.

Soweit die Bewegungstherapie. Schwieriger als die körperliche Ertüchtigung ließ sich die Zerstörung der eigenen Biographie an. Wie konnte ich an dieser grusligen Stätte dazu gebracht werden, das Zurückliegende zu vergessen, wo sich doch beide Orte zum Verwechseln ähnlich sahen? Vielleicht aber stemmte ich mich dagegen, weil die Zeit hinter Gittern das barg, was übriggeblieben war: Nehmt mir die Erinnerungen nicht! Ich wurde mit Medikamenten vollgestopft in steigender Dosierung: *deconectante*. Sah am Ende die Welt wie durch einen grünen Filter. Es tat sich nichts zum Guten. Der tote Mönch besuchte mich, das verstörte Gesicht vom Andrei tauchte auf. Der Druck im Nacken blieb: mein Bruder.

Der Gebieter oben verordnete Elektroschocks. Aufrechten Ganges schritt ich zum Prüfstand. Man weiß, was man sich schuldig ist. Und erlebte, wie wunderbar es ist, sich außerhalb der Zeit zu bewegen, sich aufzuhalten im ewigen Augenblick, wie ein Seestern oder besser: als Schneeflocke.

Beate Spielhaupter kam und duckte sich vor das vergitterte Fensterchen, das den Fußsteig um weniges überragte. Ich erkannte eine junge Frau mit schwarzen Spangenschuhen –

das Gegenwärtige zu begreifen hatte der oberste Doktor mir belassen. Sie neigte ihr Gesicht zum Boden, um mir in die Augen sehen zu können. Ich fragte: »Wer sind Sie?« Sie begann zu weinen, die Tränen tropften aufs Pflaster. Schwerfällig erhob sie sich und ging davon.

An einem Morgen im Juli schleppten wir zu viert ein Riesenweib in die Morgue. Ihr üppiger Leib verschluckte die Tragbahre. Vor lauter Leib wußten wir kaum, wo anpacken. Das Leintuch bedeckte sie nicht zur Gänze, die winzigen Füße guckten heraus, stachen in die Luft.

Dr. Nan kam herbeigerollt. Er sagte etwas, was mich zutiefst erschreckte: »Wir wissen ja beide, daß Sie nicht krank sind. Gestört ist Ihre Relation zur Zeit. Sie versuchen, wie auch früher schon, das Unmögliche: aus der Zeit auszusteigen. Es gelingt keinem, selbst dem Eremiten nicht und nicht dem lebenslangen Sträfling. Auch Sie haben es nicht geschafft, dort. Indem Sie sich der Gegenwart verweigern, wollen Sie keine Zukunft. Ich rate zu anderem: Stellen Sie sich den Forderungen der Zeit, aber antworten Sie nach Ihrem Kopf und Herzen. Ich habe endlich den alten Matyas-Rex überzeugen können, Sie zu entlassen. Der Chef wollte bei der *Securitate* nachfragen, aber das habe ich verhindern können. In diesem Land gibt es gottlob keine Kommunisten, nur Parteimitglieder. Leider hat man mich nicht zu Ihnen in den Orkus kommen lassen. Aber heute abend sind Sie mein Gast. Glauben Sie mir: Türen werden sich öffnen. Hier oder anderswo.« Dabei wies er nicht nach Osten, sondern ins Abendland. »Stürzen Sie sich in Arbeit. Nehmen Sie, was sich anbietet. Und hören Sie auf, sich Gewalt anzutun, sich eigens in die Zwangsjacke zu wickeln.«

»Nur als geballte Faust überlebt man. Auch hier. Und holen die mich wieder, darf es mir um nichts leid tun.«

»Das ist menschenunwürdig. Sie können nicht ihr Lebtag lang in allem, was Sie denken und tun, auf jenes gewalttätige Über-Ich schielen. Macht haben die nur über jene, die vor ihnen Angst haben. Oder die sie ernst nehmen.«

Das war eine lange Rede in der Leichenhalle, wo uns das Riesenweib von der Bahre gerutscht war und nun auf dem

Bauch lag, sich am Boden breitmachte als fleckige Fleisch-
masse zwischen Füßen und onduliertem Kopf.

Dr. Nan nannte die Morgue den einzigen Ort wirklichen
Friedens. Im Leben stehe nichts für den Frieden, nicht einmal
der eigene Kopf mit den vielen verhohlenen Gedanken und
ebensowenig die Seele, unruhig in sich selbst. Die Knie des
Arztes zuckten unter dem Plaid. Fröstelte er? Er zog mich aus
der Leichenhalle ans Tageslicht. Ich setzte mich auf eine Bank.
Er saß im abgebremsten Rollstuhl neben mir. »Lassen Sie die
Liebe an sich heran.«

»Mein jüngerer Bruder ist eingesperrt. Und viele Brüder.«

»Sie haben kein Recht, Leute zu quälen, die Sie lieben.«

Vor meinen Augen, die ich zögernd schweifen ließ, ent-
rollten sich gepflegte Parkanlagen, die in Terrassen zum Fluß
hinunterschwangen. Er sagte: »Wer arbeitet und liebt, ist
gesund. Und welches wäre Ihr Fazit hier?«

»Einen Zipfel Ewigkeit habe ich erfahren. Alles geschieht
hier in der Unterwelt zeitgleich. Ferner habe ich ein Stück
Kakanien erlebt: hier im Kellerreich verspürte ich etwas vom
alten Österreich ...«

»Nanu«, sagte der Arzt und lachte, denn die Sonne schien.

»Jeder darf hier seine eigene Sprache sprechen, wie ihm
der Schnabel gewachsen ist. Und ist somit glücklich.«

Ob sich bei mir etwas geändert habe? Ich zögerte: »Ein
Körnchen Neugier ist da.«

Dr. Nan hatte man im ebenerdigen Pförtnerhäuschen unter-
gebracht, in Zimmer und Küche. Als ich am Abend an der
Eingangstür klopfte, hieß es: »*Entrez!*« Ich öffnete die Tür
und stand mitten in der Wohnstube. Der Arzt saß im Rollstuhl. Er hatte eine Hausjacke an und eine Decke über den
Knien. Zu seinen Füßen lag ein seidenhaariger Collie, die spitze
Schnauze halb unter der Decke seines Herrn. Zur Linken des
Gelähmten lagerte auf dem Teppich eine junge Frau in schwarzen Fischerhosen. Sie hatte ihre Wange an sein Knie gelegt.
Das lange schwarze Haar verdeckte ihr Gesicht. Ich sagte
verdutzt: »*Bună seara!*«

»Meine Frau.« Sie strich das Haar aus dem Gesicht, ohne den Kopf von seinen Knien wegzuheben. Tief mußte ich mich bücken, um ihre Hand zu küssen. Sie sagte: »Irina.« Der Hund hieß Wischinskij. »Wischinskij, ein Aristokrat, der seine Klasse verraten hat.« Bei der Tür standen zwei Reisetaschen. »Meine Frau fährt heute abend ans Meer. Nach Tomis.«

Ein Auto fuhr vor. Es klopfte. Dr. Nan sagte: »Der Herr Doktor ist pünktlich.« Lachend trat der Assistenzarzt Dr. Radu Merino ein. Er reichte mir jovial die Hand: »Ich höre, Sie sind dem Hades entronnen. Wer in diesem Narrenhaus gesund werden will, muß gute Nerven haben. Sie haben es geschafft.« Nahm die Taschen und trug sie hinaus, glühend vor Unternehmungslust. Frau Irina erhob sich mit einer lässigen Bewegung. Sie war jung und schön. Ich wollte gehen, doch Dr. Nan winkte ab, sagte auf deutsch: »Bleiben Sie. Gleich ist alles vorbei.« Ehe ich mich abwenden konnte, hatte sie ihren Mann auf den Mund geküßt. Der junge Arzt kam, nahm Frau Irina an der Hand, zog sie hinter sich her, die zögernd folgte und ihrem Mann Kußhände zuwarf. »*La revedere, la revedere!*« Der Hund hob nicht den Kopf noch wedelte er mit dem Schwanz. »Adieu, Wischinskij, sorg auf deinen Herrn!« rief sie ihm zu.

Wir hörten bis tief in die Nacht Mozart und Chopin. »Sie wissen ja: Sterbende wünschen weder Bach noch Beethoven zu hören. Aber Mozart. Ja, und ich dazu Chopin.«

Ein Brief der Mutter erreichte mich noch, ehe ich die Klinik verließ. Sie schrieb, daß die alte Rozalia von gegenüber den ganzen Tag Kürbiskerne knacke mit ihrem einen Zahn und dabei rund geworden sei wie ein Krapfen. Kaum schleppe sie sich bis zum Klo, jeden Moment könnten die Krampfadern platzen. Damit die Rozalia dort nicht fehlgehe, hatte die Mutter deren Abteil als Kuchenhäuschen bemalt: Hänsel guckte heraus, Gretel stand davor und lachte sich ins Fäustchen. Wo ist die Hexe, fragten die Leute. Die schmore drinnen. Diese künstlerische Anwandlung habe der Mutter Gemüt ein wenig erheitert. Doch etwas anderes wolle sie sagen. Und zwar, daß sich die Familie der Alten goldig zu ihr benehme.

Keineswegs hätten ihre Leute sie in einem staatliches Sie-chenhaus abgelegt, wahre Sterbehäuser. Ihr Schwiegersohn Bumbu, der notorische Faulpelz, habe ein Gefährt gezimmert, einfach und praktisch: statt Räder Traktorenkugellager, das Gestell aus einem komfortablen Korbsessel, eigenhändig geflochten aus Weidenruten. Darin sitze die Matrone und werde von den sieben Enkelkindern spazierengefahren. Sie, die nie aus dem Haus gekommen sei, lerne die Stadt kennen. Wenn sie auf der Burgpromenade anrücke, gebe es einen Auflauf. »Es ist jedesmal ein Gaudium wie zur Zeit der Tanz-bären, als ihr Kinder ward und wir glücklich.«

Die letzte Zuflucht bleibe die Familie, die sich um einen schare. »Komm nach Hause! Du bist nicht krank, sondern weißt nur nicht, wohin du gehörst. Zu uns gehörst du. Wir werden uns in Liebe um dich scharen.«

Es kam nicht dazu, daß mich die Familie im Karren über die Burgpromenade zog. Die Malytante erschien auf dem Plan. »In der Tannenau muß er mir helfen, der Bolschewik. Im Haus, im Garten schlägt mir die Arbeit überm Kopf zusam-men. Seit die Mutter tot ist, schaff ich es nicht mehr. Und das Fritzchen, wenn er aus der Fabrik kommt, der ist wie ein löchriger Darm.«

Am 4. Juni nachmittags war das Wetter windig und kühl. Die Eltern waren eben von der Arbeit heimgekommen, ich packte meine Sachen für die Reise, Elke wollte zum Basket-balltraining. Jeder schoß hin und her. Tante Maly hatte am Vormittag aus Langeweile eine Palukestorte gekocht, Malai genannt. Und wünschte, daß die gegessen werde. »Was ist mit dieser jüdischen Hast? Wir gönnen uns ein gemütliches Stündchen.« Die Mutter goß Brennesseltee auf. Da klopfte es. Auf unser vielstimmiges »Herein!« öffnete sich die Tür, eine Dame trat ein. Das Gespräch stockte. Ein wundersames Odeur schwebte durch den Raum.

»Sie haben ja heute Namenstag, liebe Gertrud Berta? Oder?« Wir sahen uns an. Tante Maly nahm die Zwergen-mütze ab, die sie aufgesetzt hatte, weil es zwischen den Balken-wänden zog. Ihre Haare erhoben sich zu einer silbergrauen

Pagode, mit zwei falschen Zöpfen verziert. Unsere Mutter wandte sich zu dem Gast: »Wie lieb von Ihnen, sich zu erinnern. Darf ich vorstellen? Frau Adelheid Hirschorn.«

»Aha«, sagte die Malytante, und wir wußten, was sie dachte: eine Jüdin!

In der Hand hielt die Dame ein Präsent, eingeschlagen in Seidenpapier, versehen mit einer silbernen Schleife, darin eine Rose steckte. Die beiden Frauen umarmten sich.

Während Elke Frau Adelheid einen Hocker hinschob, löste die Mutter die Umhüllung. Eine Bonbonniere kam zum Vorschein, geschmückt mit Applikationen von Kirschen und Pralinen. Das Wasser lief einem im Mund zusammen. Meine Mutter sagte: »Schönen Dank. Diese kostbare Geschenk in so nobler Aufmachung, es erinnert mich an vorher.«

Die Dame im hellgrauen Kostüm sah sich langsam um: »Und dies hier bei Ihnen, teure Gertrud, erinnert mich ebenfalls an vorher.« Sie setzte sich nur halb auf den Hocker, es sollte andeuten: für einen kleinen Moment, warf einen Blick auf das Buch auf dem Fensterbrett und sagte leichthin: »*Vom Winde verweht*. Das haben wir hinter uns. Doch damals, damals haben auch wir alle gerade diesen Roman gelesen, deutsch, rumänisch, ungarisch, französisch, in der Sprache, die jeder von uns am besten verstand.«

Sie nippte am Brennesseltee, kostete die Palukestorte, die so zäh war, daß sie einem die Zähne verklebte und nachher im Hals steckenblieb, und sagte: »Ich habe mir lange überlegt, was ich Ihnen wünschen könnte, teure Gertrud Berta. Man wünscht dem andern immer nur, was einem selbst frommt. So wie man nur Sachen schenkt, die einem selbst gefallen.«

Ich schlich mich ins Nebenzimmer. Ihr Mann war Zahnarzt bei der Polizei im Rang eines Hauptmanns.

»Nun also: Ich wünsche uns beiden dies: daß Sie und ich, wir gemeinsam, kommende Zeiten erleben dürfen, wo wir unbeschwert auf der Burgpromenade sitzen werden und Operettenduos singen können, oder wo wir mit unseren Kindern, ja Enkelkindern im Burggraben Tschinakel fahren werden, so wie früher, wie ganz früher. Nicht wie vorher, teure

Berta, sondern wie ganz früher, vor dem Vorher, als sich keine von uns beiden hat fürchten müssen und wir uns zu Hause so recht zu Hause gefühlt haben. Sie genauso wie ich. Und ich genauso wie Sie. Das wünsche ich uns beiden.«

Die Malytante sagte: »Ich weiß, es war keine reine Freude, vor 1944 in Rumänien ein Jude zu sein, wie es auch kein Vergnügen ist, heute hier ein Deutscher zu sein. Jetzt sind eben wir an der Reihe.«

Frau Hirschorn dachte nach. Dabei sah sie auf den Bretterboden. Und sagte: »Liebe Frau, es gibt einen gravierenden Unterschied zwischen Ihnen und uns, zwischen damals und jetzt. Sie, die Sachsen, müssen heute nur um ihr Hab und Gut bangen, während wir Juden damals um Leib und Leben fürchten mußten, Nacht für Nacht, und am Tag nicht minder.«

Sagte das, erhob sich, strich der Elke über das blonde Haar, zog die Handschuhe an. »Eigentlich gibt es noch einen Grund, weshalb ich hier bin. Ich wollte Ihnen, teure Gertrud Berta, und Ihnen, lieber Felix, gratulieren, daß Ihr einer Sohn zurückgekommen ist« Und sie reichte beiden die Hand im Wildlederhandschuh.

In der Tür flüsterte sie der Mutter etwas zu.

Tante Maly sagte: »In Gesellschaft flüstert man nicht.«

»Wir haben uns immer gut verstanden, die Adelheid und ich. Wir hatten Kinder im gleichen Alter.« Der Vater sprang unserer Mutter bei: »Und ihr Vater war ein Geschäftsfreund von mir, der alte Bruckental Sami.« Die Malytante war noch nicht fertig: »Ihren Mann kenne ich, den Zahnklempner. Vorher hat er den deutschen Offizieren die Zähne vergoldet, jetzt plombiert er sie den kommunistischen Polizisten. Ja, die Juden, sie fallen immer auf die Füße. Und habt ihr bemerkt: nahtlose Nylonstrümpfe! Der letzte Schrei!« Sie entwich zur alten Rozalia vis à vis.

Zu mir sagte die Mutter: »Die Adelheid meint, wenn es mit dir nicht und nicht klappt, sollen wir uns an ihren Mann wenden; vielleicht kann der etwas für dich tun.«

Als wir in Kronstadt ausstiegen, sagte die Tante: »Arbeit macht das Leben süß, Faulheit steift die Glieder. Morgenstund' hat Gold im Mund, aber sie hat auch Blei im Hintern. Wir werden uns kein Bein ausreißen. Zeit lassen! Die bayerischen Bergbauern wissen, worauf es im Leben ankommt.«

Was die Tante befahl, tat ich. Die Äpfel, die ich im uferlosen Garten jeden Morgen aufsammlete, darunter Lederäpfel und Schafsnase, preßte ich zu Most aus. Kinder von der Straße hockten um die Sammelrinne und schlürften mit Strohhalmen das süße Naß, umschwirrt von Wespen. Die Beete begoß ich mit soviel Schwung, daß die Blumen sich zu Gewächsen von tropischer Üppigkeit entfalteten. Das Wasser aus dem Brunnen mußte einen Tag lang in Bottichen ruhen. Die Baronin Hortensia Zotta aus Czernowitz – sie kam, um vier Knollen Kartoffeln auszuborgen – verfing sich in dem Urwald von Jungen Herren, die sie überragten. Ich mußte sie mit dem elfenbeinernen Krückstock herausziehen: »Sie sind ein Ritter ohne Furcht und Tadel!« Mit Fritzonkel flickte ich am altersschwachen Zaun herum, der an vier Straßen entlangführte. Es nützte ihm wenig, daß er wie ein löchriger Darm aus der Fabrik kam, er mußte antreten, der alte Herr, bis er im Stehen einschlief. Auf den Dachboden ließ ich ihn nicht klettern, wohin uns die Malytante hetzte, um die Gefäße mit dem Regenwasser zu leeren. Die schadhaften Stellen abzudichten fand sie eine glänzende Idee. »Du hast ja sowas studiert – immer extravagant wie deine Mutter, aber bitte mach keinen Stunk.«

Den Getreidespeicher, der als Rumpelkammer diente, hatte ich mir als Logis ausbedungen. Ich betäubte mich mit Gelesenem, um ja keinen unkontrollierten Ideen Raum zu geben. Angelte mir die dicksten Bücher aus dem Regal, pumpte mich voll mit abwegigen Lebensgeschichten, verschlang *Die Heilige und ihr Narr* der Agnes Günther und Egon Conte Cortis *Elisabeth, die seltsame Frau*. In den Nächten fiel ich in bleiernen Schlaf. Mein Lager hatte ich in der Kammer vom armen Knecht Johann aufgeschlagen. Als Kinder hatten wir mit leisem Gruseln durch ein blindes Fenster in seinen Verschlag hineingeblinzelt, der keine Tür zu haben schien. Man sprach von ihm im Flüsterton. Und wußte, daß er im Leben der treueste Dienstmann der Dworaks gewesen war und im besten Alter unter gräßlichen Leibschmerzen gestorben war. Schließlich entdeckte ich die Tür, öffnete sie mit Gewalt, trat ein. Ein Spind mit einigen Klamotten. Ein Bettschragen mit einem Strohsack, das Stroh zu Staub zerfallen. Daneben der Werkzeugkasten. Eine bäuerliche Schreibkommode, bemalt mit Blumen und Vögeln. Das Möbel wirkte sonderbar: drei leere Schubfächer, darüber eine Pultplatte, rechts und links Lädchen. Ich bemerkte, daß die Lädchen kürzer waren als die Tiefe des Schrankes, ich maß sie ab: Dahinter mußten Geheimfächer liegen. Aber wo war der Zugang? Und was hätte der Knecht zu verheimlichen gehabt?

Ich forschte den Onkel aus. »Der arme Johann, wortkarg, verläßlich, fleißig. Und unbeweibt.« So um die vierzig sei er rapplich geworden. Sein Tod? Mit rechten Dingen sei es nicht zugegangen. Der Fritzonkel schielte zur Malytante, wo es ebenfalls nicht mit rechten Dingen zuging. Mitten am Tag lag sie im Bett, die Glieder »alle durch die Bank schwer wie Blei«. Das komme daher, daß »dieser Teufelsfuß«, das war ich, »im Verschlag von dem vermaledeiten Knecht haust«. Onkel Fritz kochte das Sonntagsessen. Man durfte ihn nicht ablenken. Trotzdem fragte ich: »Wie war das mit seinem Tod?« Als der Onkel die Nudelsuppe ausschenkte – die Tante hatte sich stöhnend erhoben –, ging es auch hier nicht mit rechten Dingen zu. Es wimmelte von lebendigen Würmern. Wie hatten die das Sieden der Suppe überlebt, kreuzfidel? Wir schlürften die Ursuppe mit gemischten Gefühlen.

»Der arme Johann. Ich war damals ein Knabe im lockigen Haar.« Als ob etwas seine Eingeweide zerfetzt habe, so sei er verschmachtet. Blut habe er erbrochen, Blut unten ausgeschieden, es sei furchtbar gewesen. Keinen Arzt hatte der Sterbende herangelassen. Allein die neu eingesetzte Hauszigeunerin Crina hatte er an seinem Lager geduldet. Ihre Mutter Florica, seit eh und je im Haus, war einen Monat vorher verstorben. Die Crina war von Freitag, als die Krämpfe schlagartig eingesetzt hätten, bis Sonntag früh nicht von seiner Seite gewichen, hatte alle Hantierungen allein verrichtet. Am

Sonntag morgen hatte sie Fritzonkels Vater gerufen: »Kommt! Meine tote Mutter hat den Ioan gerufen. Es ist alles fertig.« Fertig aufgebahrt war er dort gelegen. Im Sonntagsstaat, in dem ihn keiner je gesehen hatte. »Eine Kerze zu Häupten und mit Schuhen an den Füßen, ganz unüblich.«

»Socken genügen!« rief die Malytante aus dem altdeutschen Bett.

Wo die Florica gewohnt habe, fragte ich. »Den besten Platz im Hof hat sie gehabt«, so die Malytante. »Im Stall. Zusammen mit der Tochter Crina, in einer Hängematte zwischen den Kühen, kuschlig und warm.« Dort habe sie die Crina geboren und dort sei sie eines natürlichen Todes gestorben, die Augen offen.

Der Onkel meinte, das Elend mit dem Knecht habe bereits einen Sommer vorher begonnen. Er sei wie von Sinnen gewesen. Zum Beispiel habe er die Mistforke mit der Heugabel verwechselt. Ja, und sei nicht mehr mit den Hühnern schlafen gegangen. Und habe mit sich zigeunerisch geredet. »Noch als Toter ist er der Crina erschienen. Zweimal haben wir die Kammer mit Formol desinfiziert und durch zwei Popen ausräuchern lassen. Trotzdem spukt es. Du hättest dich dort nicht einrichten sollen.« Die Malytante sah es nüchterner: »Überfressen hat sich der arme Hund an Sauerampfer.«

Sie hielt mich auf Trab, die Malytante. Ihr einfaches Rezept war: keine Zeit für dumme Gedanken. Für alles sich Zeit lassen, nur nicht fürs Denken! »Auf! Wer rastet, der rostet, hat mein heißgeliebter Vater gewarnt, der fleißigste Mann auf dem Erdenrund. Mit fünfzig tot. Hat sich zu Tode gerackert. So wird es eurem guten Vater ergehen.«

Ich stand beim Nußbaum und rebelte mit dem Pferdestriegel Moos und Flechten von seinem Stamm. »Nic Sturm, unser deutscher Held, er hat schon dreimal nach dir gefragt. Er erwartet dich in seinem Atelier, wenn es dunkel ist.«

»Nein«, sagte ich und schlich mich in der Dämmerung durch den Wald zu seiner Schweizer Villa, trat durch die Hintertür ein, packte mit einem Schritt drei Treppen zu dem Eckzimmer, wo er zeichnete und malte. Der Maler empfing mich stehend. Und sah zu Boden, wie immer schon. Er klemmte den Pinsel hinters Ohr und reichte mir die Fingerspitzen zum Gruß. Ich erblickte durchs Fenster die schwarze Silhouette der Tannen, die sich zum helleren Himmel drängten: ein Sprung aus dem Fenster, und die Wälder verschlucken dich. An der einen Wand hingen die Hieb- und Stichwaffen, mit denen er sich zur Wehr gesetzt hatte, als die Russen ihn festnehmen wollten. Eine andere Wand war bebildert mit dem Zyklus »Nie wieder Krieg«, Graphiken von Skeletten in Uniform und Soldaten, die im Stacheldraht verendeten. Doch nun hatte er sich lieblicheren Themen zugewendet: den Sagen der schwäbischen Holzfäller aus den Waldkarpaten. Es wimmelte von eleganten Feen, nackten Blumenmädchen, verhutzelten Kräuterweibern und Waldschraten.

Er sagte und blickte dabei zu Boden und ich auch: »Geben Sie sich keinen Illusionen hin. Für alle Ewigkeit tragen wir ein Malzeichen und bleiben Fremdlinge.« Für alle Ewigkeit? dachte ich. Genügt nicht: für immer?

»Niemand schützt uns. Weder die Geliebte im Bett noch die treusorgende Frau im Haus oder die flüchtige Liebe der Kinder oder die Verehrung einiger Narren. Unserer Vergangenheit entrinnen wir nicht.«

Ich sagte: »Vielleicht.«

»So reden alle Anfänger. Kapieren Sie endlich: Wir können die Erinnerungen modellieren, stilisieren. Was uns nicht losläßt, ist die Schuld, festgekrallt im Gewissen. Und mit der wird keiner fertig. Darum sind auch wir getrennte Brüder, Sie und ich, die wir Ähnliches durchgemacht haben.« Er öffnete das Fenster. Beim Schobelischen See quakten die Frösche aus voller Kehle im Chor, unaufhörlich und irr vor Liebestaumel. »Die Schuld … Ich habe versucht, mich tapfer zu schlagen und in Ehren zu bestehen. Aber die Schuld holt mich ein. Scheinbar eine Bagatelle, doch für mich nicht. Sehen Sie, ich bin nach sechs Jahren nicht nur freigekommen, sondern konnte mich auch bestens etablieren, abgesegnet von Staat und Partei. Doch einer von meinen Männern, ein Mitläufer, ein armer Teufel, ganz unbedeutend, der Name ist mir entfallen, den hat man hier im Land verurteilt und eingesperrt. Und der sitzt immer noch – im neunten Jahr.«

»Anton Rosmarin aus Temesvar«, sagte ich. Nic Sturm hob den Kopf, sah mich mit flackernden Augen an. »Besser, Sie gehen jetzt.«

Die Tante holte mich aus dem Gehege der Truthennen, die lila anliefen vor Wut und kollerten, als sie hereintrat. Ich kehrte den Mist weg.

»Du mußt unter Menschen, sonst beginnst du Grillen zu fangen. Sowieso hat dein armer Vater in eine völlig exaltierte Familie eingeheiratet. Aber bitte keinen Stunk.« Ich warf den Rutenbesen in eine Ecke, die Puten plusterten sich auf und gurgelten böse. »Mach dich fesch! Wir sollen der Tulea, der armen Schwarte, einen Korb voll junger Kartoffeln bringen. Das mußte ich der Griso selig auf dem Sterbebett versprechen. Tuleas Mann, der Dr. Rusu, ist seit Ewigkeiten eingesperrt. Und sie ist ein Dickschädel: steckt die Mädchen in die deutsche Schule, läßt sich von der Sec nicht dreinreden. Gut so! Es kommt die Zeit, da werden alle Rumänen und Zigeuner Deutsche sein wollen. Wie doch Gott sich anstrengt, daß ein so begabtes Volk wie das unsere wieder den ersten Platz in der Welt erhält.« Und mit einem schiefen Blick zu mir: »Sogar deine DDR-Kommunisten sind führend im Ostblock. Preußische Ordnung!«

Bis zum Fliederweg war es nicht weit, doch kam die Malytante kaum voran. Mit jedem galt es ein Wort zu wechseln, einen kleinen Tratsch abzuwickeln. »Geh vor. Du siehst, das Volk begrüßt mich wie eine Königin. Die Leute sind selig, wenn ich ein Wort für sie übrig habe. Kapierst du nun, was leutselig heißt?«

Diana Rusu erinnerte sich sofort, daß ich vor vier Jahren mit meiner Grosi in ähnlicher Mission bei ihnen gewesen war.

»Und deine Großmutter?« sagte ich. »Paraskiva Marva?«

»Die ist tot.« War gestorben, kaum daß Dianas Mutter entlassen worden war. Für das Netz mit jungen Kartoffeln bedankte sich das Mädchen so artig, als sei es eine Bonbonniere. Sie fertigte mich nicht an der Türe ab, wie ich es erwartet hatte, sondern bat mich ins Haus, ging voran. Ihr Sommerrock reichte bis zu den Knöcheln. Ich bemerkte, daß sie den linken Fuß nachzog.»Hast du dich verletzt?«Kinderlähmung. Ob ich einen Tee trinke? Am besten oben auf dem Balkon.»Ich bin allein zu Hause.«

Die Mutter arbeite zweite Schicht in der Fabrik.»Noch immer Fabrik, wie lange lassen die einen büßen? Sie hat doch studiert!« Sie schwieg.»Dein Vater? Dreizehn hat er schon.«

»Noch zwölf Jahre, wenn er das durchhält.«

»Was ist mit deiner Cousine Ruxanda Stoica?« fragte ich zögernd.»Ich höre, sie ist in Kanada.«

»Ah, die Ruxi, deine Studienkollegin? Fort, über die Türkei.«

»Hingeschwommen?« fragte ich verdutzt.

»Nicht gerade. Aber über die Türkei.«

Bis unter das Dach war das Haus vollgeräumt mit Büchern, selbst die Holztreppe säumten sie. Außer rumänischen Autoren und ein paar Übersetzungen waren es die Namen und Werke der Weltliteratur im Original, sogar russisch.»Können deine Leute alle diese Sprachen?«

»Nicht alle. Mein Vater hatte vor, sie zu erlernen. Eben, um im Original zu lesen. Es kam nicht dazu.«

Eine Mansardenstube tat sich auf, mündete in einen Balkon. Der schwebte über dem Vorgarten mit den verstümmelten Steinfiguren. Keine Häuserzeile gegenüber. Der Tannenwald erhob sich bis zum Krähenstein, man mußte den Kopf in den Nacken legen.

»Nimm Platz.« Korbmöbel wie einst bei uns. Gedichtbände. Der Vater ein wahrer Büchernarr. Und ein politischer Sträfling. Ich lenkte ab:»Was hast du eben gemacht?« Sie vergleiche Rilkes *Cornet* auf französisch und rumänisch mit Deutsch.»Der *Cornet* rumänisch? Von wem übertragen?«

»Von Eugen Jebeleanu.«

»Unmöglich. Das ist doch ein Kommunist.« Sie sagte: »Eigenartig die Unterschiede schon im Anfang. Dieses: Reiten, reiten, reiten, wie im Deutschen auch französisch der Infinitiv: *chevaucher, chevaucher, chevaucher*. Aber bei uns im Konjunktiv: *Să călăreşti*. Klingt das nicht persönlicher? Reiten mögest du, reiten sollst du, reiten mußt du.«

Wir beugten uns über das Buch, unsere Köpfe berührten

sich. Ihre Haare rochen nach Harz. Ich sagte und hatte nicht das Gefühl, Verbotenes zu verraten: »Was deinen Vater im Gefängnis bewahren dürfte, ist, daß er mit sich in fremden Sprachen reden kann. Und dann, daß er anderen aus den Büchern erzählen wird, die er gelesen hat. Ja, und daß er Zeit hat wie nie, Gedichte zu machen.«

Sie sah zum Wald hinüber und fragte, ob ich mir denken könne, wieso sie Diana Lăcrimioara heiße.

»Was heißt das genau?«

»Maiglöckchen. Dort drüben wachsen sie. Und kleine Träne.«

»Ich werde dich Lăcrimioara nennen, Maiglöckchen, kleine Träne.«

»Ruf mich so, ich höre. Die anderen sagen Diana.« Auf dem Tischchen lag aufgeschlagen die rumänische Bibel. Ich fragte: »Wer ist eigentlich euer Luther?«

Keiner. Dies sei die Übertragung von Gala Galaction. »Dichter und Pfarrer. Hast du nicht auch Theologie studiert? Bücher geschrieben?« Und im selben Atemzug: »Ist dir aufgefallen, daß es den Teufel im Himmel nicht mehr gibt?«

Das war mir entgangen. »Herabgefegt. Heruntergestürzt. Nur noch auf der Erde geduldet.« Sie lehnte sich im Rutensessel zurück, faltete die Hände im Schoß, wollte wissen, was für mich der Satz bedeute: Jesus Christus ist erschienen, die Werke des Teufels zu zerstören. »Wie? Einer, der in den Krallen des Teufels gewesen ist« – ich blickte mich um, kein Windhauch weit und breit –, »hat sich darüber keine Gedanken gemacht?« Sie sah mich an mit Augen, in denen sich Tannen spiegelten. »Dieses Wort hat mir jede Angst weggenommen. Bedenke die Folgen, die sind wunderbar: Ich muß gegen das Böse nicht ankämpfen, ich muß mich mit dem Bösen nicht herumschlagen. Das geht den dreieinigen Gott alleine an. Dagegen kann ich mich voll und ganz für das Gute einsetzen, Gutes tun mit Leib und Seele.«

»Was verstehst du unter dem Bösen?« fragte ich verwirrt.

Sie grübelte, die Augen ruhten auf meinen Händen. »Das Böse, der Böse, ist das nicht die Macht, die Ganzes und Gutes und Schönes zerstört, gegen den lieben Gott ist und wider die menschliche Natur? Wie sagt man das deutsch: Treubruch, Fluch, Krieg, Krebs, das Regime, der Irrsinn.« Was sie so äußerte, es leuchtete ein. Doch ich sagte streng: »Irrsinn nicht. Und das Regime laß aus dem Spiel. Wie kommt es aber, daß du in der Bibel so beschlagen bist?«

»Von meiner lieben Großmutter,« sagte die kleine Träne, »wir haben vieles miteinander beredet, wir haben viel gebetet.«

Das Bakkalaureat habe sie hinter sich, vor sich nichts, außer der Schamottfabrik, wo ihre Mutter sich die Gesundheit ruiniere. Die Klassenkollegen, die sowieso selten herausgekommen waren, seien zerstreut im Land. »Ihr habt ein Wort: im Niemandesland.«

»Niemandsland«, verbesserte ich. Als Kind eines politischen Häftlings und einer Mutter, die vier Jahre wegen angeblich politischer Umtriebe in Haft gewesen war: was bahne sich anderes an? Schon was es ihnen an Anfeindungen eingetragen habe, daß die Mutter sie eisern in die Honterusschule geschickt habe. Aber nun könnten sie perfekt Deutsch.

Während sie hinunterhumpelte, um ein Kännchen mit Milch zu holen, entzifferte ich auf der Teetasse die Marke »Winterling Bavaria«. Winterling, wie bei Elisa oder Hirschorns. Heimweh überfiel mich nach dem großen Garten meiner Kindheit mit seinen verschollenen Verstecken. Ich biß die Zähne zusammen. Eine verzehrende Sehnsucht packte mich nach den Kinderfesten in luftigen Räumen, durchweht von Schmetterlingen …

Die Treppe knarrte im Takt, eins-zwei und drei. Das Humpelchen stand in der Tür, rötlichen Schimmer über den Haaren. Sie musterte mich, während ich den Blick niederschlug. »Du bist kreidebleich.« Sie goß Milch in meine Tasse. »Blaß wie die Wand, ist etwas passiert, ist dir schlecht?« Sie rückte den Sessel zurecht, mal näher, mal weiter, setzte sich. Ja, mir war schlecht.

Ihre Mutter, *doamna* Lucretia, genannt Tulea, begrüßte mich ohne Begeisterung. Als ich mein Sprüchlein hersagte, wieviel sich in den letzten Jahren an Sozialismus in der *patrie* getan habe, sagte sie voll Verachtung: »Verstellen Sie sich nicht, bitte. Sozialistisch heißt hier, sich mit Gewalt trennen von dem, was menschlich ist.« Das traf ins Herz. »Diese haben den Sozialismus mißbraucht. Strauchdiebe. Aber unser Haus haben sie nicht gekriegt. Und mich nicht kleingekriegt in den Reisfeldern bei Arad, täglich im Wasser bis zu den Knien.« Und entschieden: »Es gibt den Gott der Waisen und Witwen. Mit Gebeten hab ich Gott weichgeklopft wie einen Apfel. Fast habe ich den Verstand verloren: die Mädchen alleingeblieben mit der Großmutter, schutzlos diesen Frevlern ausgesetzt. Aber Gott zählt die Tränen der Frauen.«

Und gebieterisch: »Junger Mann! Jeder vernünftige Mensch ist für den Sozialismus. Auch wir sind es, mein Mann und ich. Darum haben die uns eingesperrt, diese falschen Hunde.« Frau Lucretia zeigte ohne Pathos ihre geschundenen Hände.

Ich antwortete kleinlaut, daß ebendiese Sache auf mich warte: Ziegelfabrik. Sie klärte mich auf: Nach drei Tagen würden blutige Blasen aufbrechen, später die Haut so hart werden, daß ich mit der Kante der Hand einen Ziegelstein spalten könne. Das versöhnte uns, denn sie küßte mich zum Abschied auf die Stirne und sagte: »Komm, so oft du magst. Der Diana tut es gut, deutsch zu sprechen. Komm wann immer.« Ich schied verwirrt von Kopf bis Herz.

Aus war es mit den traumlosen Nächten schwer von Schlaf. Tagsüber schwänzte ich Malytantes Programme. Ich las zum dritten Mal und wie besessen *Die Buddenbrooks*, erkannte mich diesmal am ehesten im Bruder Christian, der auf allen vieren zum offenen Fenster hinkriecht, um nicht in Versuchung zu geraten, sich hinabzustürzen. In den Nächten lag ich wach und hatte Träume. Hauptmann Gavriloiu mit der gefährlichen Nase, im modischen Sakko, mit schwarzen Schnürlsamthosen und in Schlüpfschuhen, paßte mich in Fogarasch ab, eben als ich aus der Kirche kam. Er zischte: »Du hast die hohe Sache des Sozialismus verraten« und bohrte mir eine dreieckige Feile in die Brust. Es schmerzte nicht. Doch der Gedanke lähmte, daß ich hinfallen könnte und den Geist aufgeben in einer Pfütze, wie Thomas Buddenbrook, der Mann von Geschmack und *Contenance*. Malytante schob

Lăcrimioara in meine Wohnkammer. Es war Nachmittag. Ich lümmelte und las. Die Tante wollte sich zu uns setzen, überlegte es sich, wallte davon.

Diana sah sich um: »Wie in einem Andersen-Märchen.« Sie ließ einen Klappzylinder aufspringen, daß der Staub wölkte. »Wir haben uns Sorgen gemacht. Du warst nicht mehr bei mir. Hör zu: Ich glaube, etwas ist mit dir nicht richtig. Oder anders: Ein böser Geist ist über dir, Gespenster verfolgen dich.« Sie setzte sich auf das Bett. »Was? Das ist doch kein Strohsack! Getrockneter Hundsdreck. Am Abend füllen wir ihn mit Stroh bei meinem Onkel Samoilă. Kennst du ihn nicht? Der Bruder meiner Mutter, er ist Bauer.« Sie trug einen Rock mit Tupfen, dazu eine hochgeschlossene ärmellose Bluse, selbstgeschneidert. In den Achselhöhlen kräuselte sich rötliches Haar. Sie streckte sich aufs Bett, den Zylinder auf dem Kopf, die Hände im Nacken, den Rock bis zu den Knöcheln. »Hier war dein Vater versteckt. Um die Dworaks nicht ins Schlamassel zu ziehen, ist er von selbst weg.«

Sie nickte, die kleine Träne. »Bei meiner *bunică* haben sie ihn erwischt.«

Ich erzählte die Geschichte vom armen Knecht Johann. Sie sagte: »Dies ist ein guter Ort, um deine Seele zu reinigen. Hier haben Männer gebüßt. Der Rumäne sagt: Den Nagel zieht man mit dem Nagel heraus. Klingt blöd auf deutsch.«

»Eisen bricht Eisen. Übrigens, Buße heißt im Griechischen *metanoia*, Sinnesänderung, Umkehr.«

»Genau! Umkehren mußt du, deinen Sinn ändern. Aber erst müssen wir wissen, warum der Knecht Johann so elend gestorben ist. Was ist mit der Kommode?« Wir tasteten die Geheimfächer ab, knieten halb, lagen halb. »Hier, ein Schieber!« Sie griff von unten hinein, führte meine Finger an eine kaum fühlbare Fuge, unsere Wangen streiften sich. Sie ruckte am Schieber, er gab nach, ein Loch gähnte. Nichts. Drüben klemmte der Schieber. Beide rüttelten wir, als ob von diesem Fund meiner Seele Seligkeit abhinge. Ein Ruck, es knackte. Aus der Öffnung löste sich ein Stück Papier, schaukelte herab. Es war ein Brief. »Was steht hier auf dem Couvert? Ich kann die gotische Schrift nicht lesen.«

Es stand: »Nach meinem Tod zu öffnen.« Somit öffneten wir den Brief. Darin stand: »Von wegen der großen Liebschaft muß ich mein junges Leben lassen. Es tut sich nicht, daß ein echter Sachse liebt anderswo. Und darum es gehört sich nicht, daß ich mich hänge auf wie ein Sachse, was ich nicht mehr bin wert. Ich will sterben anders von wegen großer Liebschaft. Der liebe Gott soll mir verzeihen und ihr beschützen. Johann, der Großknecht vom Dworak.« Also nicht den Magen an gegorenem Sauerampfer verdorben.

Die Sachsen hängen sich auf, die Zigeuner tun's mit rostigen Nägeln. So auch er: rostige Nägel. Darum Leibschneiden und Blutergüsse. Folglich mußte die große Liebschaft eine Zigeunerin gewesen sein. »Crina«, befand Lăcrimioara. »Ihre Mutter Florica«, mutmaßte ich.

Lange hockten wir auf dem dürren Strohsack und grübelten über das grausame Geschehen. Ich äußerte hie und da ein Wort, sie widersprach heftig. Doch zum Abschied sagte sie versöhnlich: »Stell dir vor, was Jesaja schreibt: Fürchtet euch nicht. Gott hat euch Namen der Liebe gegeben.« Sie sah mich mit Augen an, daß ich es glaubte. »Einmal im Leben muß jeder den Namen der Liebe unter Beweis stellen.«

Es war wie verhext. Mein langärmeliges Hemd, das mich vor dem Sonnenbrand schützte, war verschwunden. Der prall gefüllte Strohsack bäumte sich, warf mich ab. In den Nächten sah ich mit offenen Augen Gespenster: Die Heilige und ihr Narr wurden verfolgt und flehten, ich möge sie verstekken. Was tun? Andrei, den Schüler, hatten sie zum Tode verurteilt. Mit wunden Händen bettelte er, ich solle ihm über die grüne Grenze helfen. Das tote Riesenweib wankte auf Puttenfüßen heran. Beate starrte mich aus rosaroten Augen an, sie legte Blumen auf mein Grab. Der Jäger rannte weg, in der Hand einen gehäuteten Hasen, die Sträflingskluft hing in Fetzen: Jawohl, so schaut man nach fünf Jahren in den Gefängnissen der *patrie* aus! Der blinde Malmkroger führte den siechen Töpfner, beide fielen in die Grube.

Lăcrimioara, die versprochen hatte, ein Auge auf mich zu haben, zeigte sich nicht.

Schon wollte ich zurück in mein blaues Zimmer in Fogarasch, als sie an meinem Bett erschien, den Klappzylinder
über den Ohren. »Bist du ein Phantom?« Ich spürte zum
ersten Mal seit meinem Kommen Tränen aufsteigen, mahnte
mich: wie eine geballte Faust! Und verbarg mein Gesicht. Sie
setzte sich zu mir, das frische Stroh knisterte. »Wie gut es
riecht!« Sie strich mir linkisch übers Haar. »Hier hast du dein
Hemd. Morgen früh gehen wir für ein paar Tage weg von hier.
Darauf wird alles gut. Ich bin nun sicher, daß du die bösen
Geister los wirst, daß du andern Sinnes wirst.« Das sprudelte
aus ihr, kaum daß ich fragen konnte: »Mein Hemd?« Ich
drehte mich zu ihr, die meine Hand hielt. Sie lachte verlegen:
»Ich war mit dem Hemd bei meiner Großtante Stefania.«

»Um es zu waschen?«

»Sie ist Klosterfrau in der *Mănăstire Sfântu Baritmeu*, am
Rand der Welt. Dorthin pilgern wir, dort hat der Teufel sein
Recht verloren. Und ebendort war ich dieser Tage. Wir haben
drei Abende über dein Hemd Gebete gesprochen. Und jeden
Morgen bei der *Utrenie* …«,

»Der Mette«, sagte ich.

«Bei der Mette also haben wir für die irregeleitete Seele
des armen Johann gebetet. Ich hatte das Couvert von seinem
Brief mit. So, zieh nun das Hemd an, und du wirst darin
schlafen wie ein neugeborenes Kind. Sprich vorher dieses
Lösegebet gegen die unsauberen Geister.« Sie reichte mir
einen Zettel mit einem rumänischen Gebet. »Dein Geist wird
Frieden finden. Und der Geist vom armen Johann ebenso.
Der nun endlich zu Gott zurückkehren kann, ist doch seine
Schuld gesühnt, weil er durch seinen elendigen Tod andere
Seelen losgebunden hat.« Worte, die ich kaum begriff. Denen
ich Glauben schenkte, irgendwie. Sie war für mich bis ans
Ende der Welt gehinkt …

»Morgen um acht geht's los!« Weg war sie. Ich hielt das
Hemd in der Hand, das nach Weihrauch roch.

32

Beim Räuberbrunnen frühstückten wir. Fettbrot mit Paradeisern. Tranken sein Wasser. In der Dârste kreuzten wir die Bukarester Chaussee. Wir folgten einem Seitental vom Predealpaß und sahen gegen Mittag über den Wipfeln sieben kupferne Kuppeln: das Kloster des heiligen Barithmäus, des Schutzpatrons der Blinden. Auf dem Weg hatten wir auf originelle Weise gerastet: Ich stellte mich mit dem Rücken an einen Baumstamm, sie lehnte sich an mich. Ich stützte mein Kinn auf ihren Scheitel, sie legte ihr Ohr an mein Herz. Es war still im Wald.

Eine Dorfstraße nahm uns auf. Die Häuser blieben fast unsichtbar, von Gartenpflanzen und Bäumen überwachsen. Um die Schöpfbrunnen am Rande der Straße drängten sich Grabmale, auf denen die Namen der Toten zu lesen waren. Die Frau, die zwischen Holzkreuzen das Wasser schöpfte, sagte: »Die Toten sind durstig, und sie suchen die Nähe von uns Menschen. Beim Wasserholen feiern wir Wiedersehen.«

»Der arme Knecht Johann«, sagten wir beide wie aus einem Mund, »wo wird er seinen Durst stillen?« Ich beschloß, ihm beim Brunnen unweit der Getreidekammer ein Kreuz aufzustellen.

Wir balancierten über eine Hängebrücke, es zog uns zur Klause. Das Mädchen mußte ich mitziehen. »Dieses Wackelungeheuer!« Ich belehrte sie: »Damit es nicht wackelt, gilt es wie ein schnürender Fuchs zu gehen, Schritt vor Schritt.« Schwierig für ein Hinkebein. Ihre Hand klammerte sich an meine. Als ich sie am Ende herunterhob mitten in die Königskerzen, wollte sie mir einen Kuß geben. Ich wich aus, reckte das Kinn über ihren Scheitel und spürte das Kitzeln ihrer Haare und den Duft von Harz.

Eine Ringmauer aus Flußstein umgab die Einsiedelei, nur die Turmspitze der Kapelle guckte über die Krone. Die Pforte war eng. Ein Mensch, gebückt oder im Sarg, mochte sie passieren. Der Klopfer mit Engelskopf rief eine junge Nonne herbei mit einem Gesicht, dessen gnadenlose Schönheit erschreckte. Sie sagte deutsch, ohne daß mich ihr Blick streifte: »Ich weiß, wer Sie sind, ich weiß alles von Ihnen.« Und kehrte um.

»Ich kenne Sie nicht«, sagte ich verwirrt, erhaschte den Saum ihres Habits und küßte das Tuch, wie die Malytante es mir eingeschärft hatte und wie es sich für einen sündigen Menschen gehört gegenüber einer hochgeweihten Frauensperson. »Ich heiße Claudia Manu.« Ich zermarterte mir das Hirn: Sie weiß alles, hat es mit den Blinden, kann Deutsch; sie weiß alles ...

»Du bist blaß wie die Wand«, flüsterte Diana, »was hat diese Person zu dir gesagt?«

Hinter der Pforte hieß uns eine stämmige Frau in einer fleckigen Arbeitskluft willkommen. Sie sei die Müllerin des Klosters, Aglaia. Diana schwenkte sie wie einen Kornsack, mich umarmte sie, daß ich es spürte. Sie war hier nach einem Leben in Sünde, wie sie verlauten ließ, und sehnlich wartend auf den Ruf Gottes, um als Nonne eingekleidet zu werden.

»Oho«, verwahrte sich die hochwürdige *Protostareţa*, die alles mit angehört hatte, »bei soviel Sünde muß lange gewartet werden. Doch herein, ihr Gesegneten im Herrn!« Auf dem Rasen um die Kapelle trockneten Daunenfedern, die die frommen Frauen aus zerschlissenen Decken ausgelesen hatten. Mutter Stefania mit Stirnband, das nur zwei Ecken Haarwuchs an den Augenwinkeln freiließ, erhob sich vom Hocker, drehte lauschend den Kopf, sagte: »Redet laut, dann finde ich euch leichter. Heute sind meine Augen besser.« Sie küßte die Nichte. Über mich schlug sie dreimal das Kreuz. Und strich mir mit schwebenden Fingern über das Gesicht und außen den Körper entlang, als wolle sie die Unruhe meines Gemüts und das Durcheinander in meinem Leben begreifen. Doch sie fragte nichts, wunderte sich nur, daß ich jeden Fleck Haut bedeckte, sogar Handschuhe trug. Diana antwortete statt meiner: »Die Sonne setzt ihm zu.«

Die Oberin hieß uns auf einer Bank Platz nehmen. Im Rund der ummauerten Klausnerei wogte die Wärme des Sommers. Sie sagte zur Nonne mit den schonungslosen Augen: »Uriela, Sie können gehen.« Ich zuckte zusammen: Uriel der Erzengel, die rächende Flamme Gottes … Als sie sich nicht vom Fleck rührte, sagte Mutter Stefania: »Diese lieben Gäste haben meine Augen erleuchtet. Während der Vesper hilft mir meine Nichte beim Vorlesen. Oben im Kloster warten echte Blinde auf Sie.«

Vorlesen, Blinde … Sie war es, Claudia Manu, die Schülerin, die der erblindeten Annemarie Schönmund vorgelesen, für sie die Korrespondenz mit Enzio Puter erledigt und bei ihr Deutsch gelernt hatte. Nie würde ich dieser Annemarie Schönmund entrinnen! Keinen gab diese Frau frei, auch die blicklose Nonne Uriela nicht! Die Oberin sagte: »Den zornigen Namen Uriela hat sie sich bei der Konsekration gewählt.«

Nie frei von dieser Frau! Ich irrte. Welch Prestige mußte die hochwürdige Äbtissin in den himmlischen Rängen haben, daß es ihr gelang, den bösen Bann zu brechen, auf der Stelle und für immer. Nie mehr durchkreuzte diese Annemarie Schönmund meinen Weg, nie mehr fiel ihr Schatten auf mein Gemüt.

Die wenigen Zellen standen leer. »Der Diktator hat alle Nonnen unter fünfzig vertrieben. Er braucht Arbeitskräfte.«

»Und diese Uriela?« fragte Diana sichtlich verdrossen.

»Mir ein Rätsel. Kommunismus, das ist Hin- und Hergepuste zwischen Absonderlichkeiten. Doch Gott hat den längeren Atem. Darum zupfen wir Daunenfedern, nähen Decken. Die Klosterzellen werden sich füllen.«

Für die Nacht wählte ich die Zelle zur Mühle hin, wo ich das Rauschen des Wasserfalls hörte. Das Gästeklo aber war märchenhaft: um das Plumpsloch ein Thronsessel mit geschnitzter Rückenlehne, das Sitzbrett und die Armstützen mit rotem Samt bespannt. Das hatte ein ernsthaftes Vorspiel: Bei der Einweihung der Klause hatte sich der Teufel herverirrt. »Nur dies eine Mal hat der Unreine, der Siebenhäutige hier vorbeigeschaut und nie wieder. Legen Sie alle dunklen Gedanken ab, genießen Sie den himmlischen Frieden.«

Wie das zugegangen sei? »Nun, der Teufel vergreift sich nicht an lauen Sündern, die Gott sowieso aus seinem Mund gespien hat. Ihn gelüstet es, das Heilige und Hochheilige zu

Fall zu bringen.« So hatte sich der Teufel den erlauchten Festtag der Einweihung ausgesucht und war dem hochgeweihten Hierarchen ins Gekröse gefahren. Mit sofortiger Wirkung, unselig und bedauernswert. Und mit Folgen für immer und ewig: Der stille Stuhl wurde standesgemäß aufgemöbelt. Die Frauen lachten. Am meisten lachte die große Sünderin, es erbebte ihr weltlicher Leib. Wahrlich, hier hatte der Teufel das Recht verloren.

Zu Tisch saßen wir bei der Oberin. Nüchtern war es hier wie in der Kammer vom armen Knecht Johann: Bett, Tisch, Spind, freilich an den Wänden Ikonen, und ein Kachelofen.

Es brannten sieben Kerzen. Vor den Gastgeberinnen stand je eine, zwei bei Dianas Gedeck. An meinem Platz erhob sich ein dreiteiliger Leuchter. Vor lauter Licht erkannte ich nur die Augen der anderen, die Gesichter vergingen im Glanz. Jeder von uns hatte ein Glas Rotwein vor sich stehen. Die Teller waren aus gebranntem Ton. Im Tischgebet wurde vor Gottes Antlitz gebracht, was unsere Gemüter bewegte. Ein gutes Wort wurde eingelegt: für den Vater Dianas, daß der Herrgott seiner Gefangenschaft dann ein Ende mache, wenn sein Glaube zu wanken beginne, für die Verfehlungen der Müllerin Aglaia, bis vor kurzem orthodoxe Pfarrfrau, daß Gott ihr vergebe, wenn er die Zeit der Buße für erfüllt erachte, für meinen Bruder Felix im Feuerofen und all die vielen anderen Jünglinge auch, daß lebendige Engel sie bewahrten.

Zuletzt wurde Gott angemahnt, daß es ihm ein leichtes sein müsse, den Verstand des Diktators in Bukarest für das Heil in Christus zu öffnen. Die Frauen bekreuzigten sich dreimal. Die Oberin tunkte geweihtes Brot ins Salzfaß, steckte jedem einen Bissen zu. Mir schob sie ein Stück zwischen die Lippen, das von Salzkristallen glänzte. Ich spülte sie nicht mit Wein hinunter, sondern ließ sie auf der Zunge zergehen, bis Tränen aufstiegen. Wir hoben die Gläser, neigten sie einander zu.

Zu essen gab es Schwarzbrot mit Ziegenkäse, dazu süße Zwiebeln. Eine kleine Fastenzeit ist um den 15. August angesagt; es ist der Tag, an dem die heilige Maria schlafend in den Himmel erhoben worden ist. Auf das Geheiß der Oberin sollte die Novizin Aglaia – sie trug ein schwarzes Feiertagsgewand – aus dem Lektionar ein Kapitel eigener Wahl vorlesen. Wie erwartet trug sie die Geschichte von der großen Sünderin vor. Die bußfertige Frau rezitierte mit vorwurfsvollem Pathos. Beschwingter klang die Stimme, als wir zu hören bekamen, wie die gerettete Sünderin Jesus die Füße wusch und mit duftender Narde salbte und mit ihren Haaren trocknete. Die Oberin sagte: »Wenn der gute Herrgott einem die Sündenlast von den Schultern genommen hat, bleiben für den Rest des Lebens Lobpreis und Dankbarkeit.«

Was die ehrwürdige Mutter unter Sünde verstehe, wünschte ich zu wissen.

»Was dich von Gott trennt.« Das war viel, fast alles.

Zu Aglaia sagte die Oberin: »Sie können den Tisch zusammenräumen. Und legen Sie sich nachher nieder. Sie sind müde heute.« Diana wollte beispringen. Die Oberin winkte ab. Als das Geflacker der Kerzen sich beruhigt hatte, sagte sie: »Merkt euch: Die Vergangenheit kann man nicht ungeschehen machen, aber sie kann wiedergutgemacht werden.«

»Wie das?« fragte ich.

»In Heiligung und durch Liebe.« Gott suche voll Barmherzigkeit das vergangene Böse auf: die Orte in unserem Leben, wo wir Schuld auf uns geladen hätten in Gedanken, Worten und Werken, die Zeiten, wo wir aus dem Gebot der Liebe herausgefallen seien. »In seiner grenzenlosen Güte stellt der Herrgott alles wieder her, so wie es im paradiesischen Anbeginn gemeint war. Alles bringt er wieder in die Mitte seines Herzens, geläutert von der Entstellung durch Sünde. Auch die auf Erden Gottfernen werden teilhaftig einer zukünftigen Bekehrung.« Zu Ende gedacht mochte das heißen, daß auch Hitler und Stalin im Chor der Seligen vor Gottes Thron Lobeshymnen singen konnten. Und dennoch: welch kühner Trost! Gott wendet zum Guten, was unter unserer Hand verdorben ist, was unsereiner aus eigenem Vermögen nie wieder gutmachen kann, und vereinigt an seinem Tisch die Getrennten und Verworfenen in versöhnter Runde.

»Wo steht das geschrieben?«

Die Oberin griff unmutig zur Bibel, blätterte, las vor: »Zum

Beispiel Kolosser I, 19–20. ›Denn es hat Gott wohlgefallen, daß in ihm alle Fülle wohnen sollte und er durch ihn alles mit sich versöhnte, es sei auf Erden oder im Himmel, indem er Frieden machte durch sein Blut am Kreuz.‹ Oder aus den Taten der Apostel 3, 21: ›Ihn muß der Himmel aufnehmen bis zu der Zeit, in der alles wiedergebracht wird, wovon Gott geredet hat durch den Mund seiner heiligen Propheten von Anbeginn.‹«

»Amen«, sagte die kleine Träne

Die Oberin fuhr fort: »Mir genügt es, zu wissen, daß am Karsamstag der Erlöser in der Unterwelt bei den Toten geweilt und alle aufgesucht und geheiligt hat, die Bösen wie die Guten.« Sie hob das von schwarzem Tuch gerahmte Gesicht mit einer Würde, die keine Entgegnung zuließ. »Der Anfang liegt bei Ihnen, mein Sohn. Man muß sich entscheiden. Die Lauen will der Herr aus seinem Munde speien. Und noch etwas: Bilde dir nicht ein, mein Sohn, *metanoia* bedeute, daß sich alles im Nu zum Guten kehrt. Es folgt die Zeit der Sühne.«

Diana besänftigte sie: »Erschreckt ihn nicht, liebe Tante.«

»Die Heilung ist Gottes. Die Liebe aber ist unser. Das ist der andere Weg der Wiedergutmachung. Allein die Liebe deckt die Menge der Sünden zu.« Hatte ich das nicht schon gehört? »Die Liebe? Das ist doch etwas Zerstörerisches. Wie also?«

»Was reden Sie? Das hat der Unreine Ihnen geflüstert.« Auch Diana sah erschrocken auf, wiederholte: »Etwas Zerstörerisches?«

»Wie, fragen Sie? Indem man sich dem Nächsten zuwendet.«

»Wer ist das, der Nächste?«

»Mein Gott, so fragen die Pharisäer. Einer, der deine Hilfe und Liebe braucht. Immer gibt es in deiner Nähe Geschöpfe, die elender dran sind als du, mehr zu leiden haben, am Boden sind.« Die Nonne nahm die Bibel und fragte: »Was denkst du, was habe ich speziell für dich ausgewählt?« Gottlob, sie duzte mich wieder. Ich antwortete prompt: »Das Gleichnis vom verlorenen Sohn.« Das war es nicht, vielmehr die Geschichte vom barmherzigen Samariter.

»Mit welcher Person vergleichst du dich?« Doch ehe ich es aussprach, befand die gestrenge Frau: »Keineswegs gefalle dir in der Rolle dessen, der am Boden liegt. Mit dir hat Gott Besseres vor. Aber entscheide dich.« Die Kerzen waren niedergebrannt. Im offenen Fenster erschien die Nacht mit tausend Sternen. Diana sagte: »Teure Tante, sind wir nicht beides: solche, die helfen, und solche am Boden?«

»Gewiß«, bestätigte die alte Dame und ergänzte hoheitsvoll: »Gott der Gute hat es in seiner Weisheit so eingerichtet, daß keiner allein durch die Welt kommt ohne jemanden, der ihm zum Nächsten wird.« Ich hatte Sehnsucht nach jemandem.

Wir gingen zum Nachtgebet in die Kapelle, wo in Glasschalen glühendrot das ewige Licht schwebte. Und wo die schlaflose Aglaia inbrünstig Gebete stammelte, wer weiß wofür. Ich kniete ebenfalls hin. Beim monotonen Psalmodieren wurde ich ungeduldig, die Kniegelenke begannen zu schmerzen. Neben mir kauerte Diana. Sie hatte den Kopf an ein Bild der heiligen Paraskiva gelehnt, der Schutzpatronin ihrer Großmutter und von ganz Rumänien. Sie murmelte ihre geheimen Gebete und bekreuzigte sich jedesmal, wenn die Oberin mit leuchtenden Augen den Namen des Heilands aussprach. Und dann geschah Seltsames: Irgendwann verflüchtigte sich die irdische Zeit, und es verging die eigene Körperlichkeit. Eine Strömung von lichter Leichtigkeit schwemmte Erinnerungen und Bedrohungen hinweg. Es war Zeit von anderswo. Als die Mutter Stefania die Kerzen löschte, mußte mich das Mädchen anrühren. An den steifen Gliedern fühlte ich, daß es spät geworden war. Die Schläge vom Kloster hoch oben kündeten die Mitternacht. »Ihr Kinder, gewöhnt euch an, vor Mitternacht schlafen zu gehen. Jeder Tag hat seine Plage.« Im Rauschen des Wasserfalls schlief ich wie nie zuvor.

Ehe wir uns auf den Weg machten, bat Mutter Stefania uns in die Kapelle. Dort hieß sie uns niederknien, breitete ein lila Parament über uns, legte uns die Hände auf und segnete uns im Namen des Dreieinigen Gottes und der heiligen Gottesgebärerin Maria. Sie bat um den Frieden des Vaters, sie beschwor die Liebe des Heilands auf uns beide herab, und sie flehte um die Kraft des Heiligen Geistes zur Abwehr aller bösen Geister an Leib und Seele. Zuletzt gab sie uns den Friedensgruß mit. Und sagte: »Gestern in der Kapelle haben wir nur für dich gebetet, mein Sohn. Geh weise damit um!« Die Nichte küßte sie, über meine Stirne schlug sie das Kreuz. Die Müllerin gab uns die Wegzehrung, umarmte uns und schloß die enge Pforte hinter uns. Uriela war nirgends.

Um den wackeligen Steg zu meiden, überquerten wir den Bach bei der Mühle. Es war heiß. Noch war die Klostermüllerin nicht am Werk. Ich verlagerte einen Schieber. Ein geschickt gelenkter Wasserstrahl schoß zu einem Flügelrad mit senkrechter Achse, das sich wie ein Karussell zu drehen begann. Ich zog mich aus, stellte mich in die ausgewaschene Mulde unter der Mühle und ließ mich von den schrägen Schaufeln des Rades mit Wasser anspritzen. Durch einen Schleier von Tropfen sah ich Diana. Ihre Stimme übertönte das Rauschen: »Wie lustig du aussiehst! Hell und braun gefleckt wie ein Bernhardiner. Doch Hände und Gesicht weiß wie bei einer russischen Gräfin.« Ich stellte das Mühlrad ab. Etwas krachte, krachte wie ein Schuß. Ich fuhr zusammen, schüttelte mich, daß es Tropfen regnete, fragte heiser: »Was war das?« Sie lachte. »Heinrich, der Wagen bricht! Nein, Herr, der Wagen nicht. Es ist ein Band von meinem Herzen. Es wird noch einige Male krachen bei dir.«

Wir humpelten dahin, ich ertappte mich, daß ich manchmal den linken Fuß nachzog. Sollte das Zuneigung sein? Oder paßte ich mich aus Mitleid an? Sie bemerkte es, wurde rot. Ich hielt ihr den Mund zu. »Sag nichts! Ich weiß, was du denkst.« Sie lachte. »Es gibt eine falsche Solidarität. Ich hab einmal gelesen, daß eine weiße Frau in Südafrika, die mit Negern befreundet war, gejammert hat: Welch Strafe, unter euch Schwarzen weiß zu sein!« Der Ort, wo der böse Feind kein Recht an mir hatte, schien mitzuwandern. Wir gingen Hand in Hand.

Als wir die steile Schneise von der Brandstätte zum Räuberbrunnen hinunter mußten, schlang sie die Arme um mich: »Ich fürchte mich!« Sie umklammerte mich, hielt mich fest, legte den Kopf an meine Brust. Und ließ sich plötzlich fallen, riß mich mit. Wir kollerten den Berg hinunter, daß ich Hut, Sonnenbrille und Handschuhe verlor. Das Wasser des Bächleins unten spritzte auf, als wir hineinplumpsten. Sie lag noch ein Weilchen im Rinnsal auf dem Rücken und blinzelte an den Buchen entlang in den Himmel. Ich sammelte meine sieben Zwetschken. Vollgesogen mit Nässe suchte sie ein sonniges Plätzchen. »Weißt du, weshalb ich das gemacht habe? Mir geht es wie dem Hasen. Steigen macht mir nichts aus. Aber Berge hinunter mit meinem Hinkebein, das ist mir ein Greuel und ein Schrecken.« Sie legte die Bluse ab, wrang sie aus, knüpfte sie an den Rucksack. »So, wir können weitergehen. Ich kenne einen Schleichpfad, wo uns niemand sieht.«

Als wir bei ihrem Haus aus dem Wald traten, stellte sie sich auf die Fußspitzen. Ehe ich ausweichen konnte, küßte sie mich. »Jetzt betreten wir die offizielle Bühne!« Sie knöpfte die Bluse zu. Die war getrocknet. Im Vorgarten unter den Steinfiguren ohne Nasen und Finger, alle mit verdrehten Augen, blieb sie stehen, mit dem Rücken zu mir. Und sagte vor sich hin zum fernen Zinnengrat, weg von mir, ich konnte ihre Augen nicht sehen: »Ich hab dich lieb!« Sie sagte es in meiner Sprache, die kleine Träne. Ich drehte auf dem Absatz um.

Unter der Zinne, beim deutschen Heldenfriedhof in Stalinstadt, begegnete ich Hauptmann Gavriloiu. Er war in Uniform. Hinzuschauen zwang ich mich. Doch er sah weg.

Kaum war ich aus der Tannenau zurück und hatte mich aus der Zeit in die blaue Kammer davongestohlen, als meine Mutter frühmorgens die Türe aufriß: Der Hlibic vom Volkssport suche Arbeiter. Er baue ein Haus bei der Ziegelfabrik, dort wo die Rohrbacher die Häuser hätten. »Er zahlt jeden Abend auf die Hand, und zwar soviel, wie ich in einer Woche verdiene. Auf! Du kannst dich endlich ausstaffieren, Schnürlsamthosen und Haferlschuhe. Mach dich fertig. Ein gutes Vorspiel für die Ziegelfabrik.« Sie zog mir die Decke weg und bespritzte mich mit Wasser. »Hier die Jause, Mittagessen bringt Elke.« Vom Wochenmarkt war die Neuigkeit

gekommen, wo die Nichtskönner und Nichtstuer herumlun-
gerten, soweit die Volksmiliz sie nicht einfing und in vergitterten Wagen abtransportierte.

Genosse Hlibic war ein hoher Parteimann vor Ort. Trotzdem hatte er für diesen Tag drei Popen bestellt. Eben war
er dabei, den Lohn für die geistliche Dienstleistung auszu-
handeln.

Fundament und Sockel des Hauses standen bereits und
waren von uns mit Teerpappe abgedichtet worden. Jetzt war
die Geistlichkeit an der Reihe. Alles sollte gesegnet werden,
tunlichst ehe sich der Teufel einnisten konnte. Zusammen
mit den Kantoren durfte ich den Priestern zur Hand gehen.
Die heiligen Bücher hielt ich ihnen vor die Augen, damit sie
das Fromme heraussingen konnten. Ich nahm ihnen die
Weihwasserwedel ab, zündete das Räucherfaß an und respon-
dierte im Chor.

An den vier Hausecken hatten die Maurer Nischen aus-
gespart. Darein wurden Becher mit gärenden Weizenkörnern
gestellt. Und alles mit Mörtel verputzt. Indes psalmodierten
die Popen zeitlose Gesänge, in die alles hineingepackt wurde,
was die Bibel über Haus und Hof und Bauen und böse Geister hergab.

Mit einem Bündel von Weidenästen wurde Weihwasser
über die Bauteile gespritzt, ebenso über die zukünftigen Bewohner, auf daß sie gedeihen und sich vermehren möchten
und alles gefeit bleibe gegen Teufel und Tod; selbst ich, der
häretische Lutheraner, bekam mein Teil ab und fühlte mich
zugehörig zu irgend etwas. Ein Tisch voll Kerzen trug die Pa-
tene mit würfelförmigen Brötchen, die gebenedeit worden
waren in der heiligen und göttlichen Messe am Sonntag zuvor und in deren Kruste das Wort *Nike*, Sieg, in Kreuzform
eingebacken war. Bissen davon steckte der Pope uns zwischen
die Lippen.

Dann balancierten die Geistlichen und wir Laien einen
Teller mit geweihter Grütze auf den Fingerspitzen. Schließlich wurde das fertige und geplante Gebäude der Gnade Gottes anbefohlen, indem es in einer Wolke von Weihrauch verschwand. Uns schickte der Hausherr an die Arbeit, spornte

uns mit dem Klatschen seiner Hände zur Eile an – die vergeudeten Stunden mußten nachgeholt werden.

Die Priester legten ihre prunkvollen Umhänge ab und setzten sich mit den Kantoren an den Eßtisch. Auf dem handgewebten Leinen drängten sich Flaschen und Schüsseln. Die Herrlichkeiten trieben den Tafelnden das Wasser aus den Mündern, daß die Lippen trieften. Immer wieder mußten die Schlemmer mit dem Handrücken darüberfahren. Pflaumenschnaps wurde aus Weinbechern getrunken. Wir hörten das Rülpsen bis zur Kalkgrube. Riesige Happen Hausbrot mit Büffelbutter und Schafkäse verschlangen die Gäste. In die geblähten Münder schoben sie blaue Zwiebeln und rote Rettiche. Mit vollen Backen kauend bissen sie in die Paradeiser, daß der Saft bis zum Nachbarn spritzte. Den Bohnensalat schlubberten sie direkt aus dem Weidling. Zum Schluß wurde ein Kuchen gereicht, gespickt mit Ysop, dem biblischen Würzkraut. Uns lief das Wasser im Mund zusammen, wenn wir mit Eimern voll Mörtel vorbeieilten.

Vom Lohn des ersten Arbeitstages kaufte ich mir einen Anorak. Braun. Ließ ihn schwarz färben, meine Farbe für Jahre. Damit mich alle sehen konnten in dem neuen Gewand, flanierte ich am Abend, so zerschlagen ich war, zum ersten Mal auf dem Korso in Fogarasch. Der Ort, wo der böse Feind keine Macht über mich hatte, war mit mir hergewandert. Irgendwann einmal sah ich *Căpitan* Otto Silcseak vorbeistreichen. Mußte ich ihn kennen? Nein!

Eines Morgen rückte bei Hlibic ein Arbeiter an, den ich als Kollegen ausmachte. Ich sagte ihm auf den Kopf zu, daß er eben entlassen worden war. Wieso? Sei ich ein Prophet? Knochiges, abgemagertes Gesicht, sonnverbrannt die Haut, Mütze tief im Gesicht, darunter unstete Augen, die zu flattern begannen, wenn man ihn fixierte. Zum Beweis steckte ich ihm eine Zigarette zu. Er rauchte sie, bis er sich die Lippen verbrannte. Das war's.

»Baragan, die billigste Sorte«, stellte er fest, »aus den Krümeln gedreht, die man in der Fabrik aufkehrt. Ein Leu das Päckchen.« Wegen »Hooliganismus« war er zwei Jahre gesessen.

»Das ist bloß ein Wort. Konkret?« Konkret habe er sich mit Bier vollgetrunken, sei auf das Vordach der Fabriksbodega gekrochen und habe im hohen Bogen heruntergepischt, auf die Arbeiterklasse am Feierabend.

Als wir Feierabend machten, sagte er mir auf den Kopf zu, daß ich ein Politischer sei. Wer ihm das geflüstert habe? Köpfchen! Einer wie ich mit Handschuhen und Fakultät beim Mörtelmischen? Das sei klar wie Wasser. »Ihr seid die Vornehmen«, gab er zu, »das aber kostet. Euch gehen sie an den Kragen. Uns, die gemeinen Schweine, lassen sie zumindest am Leben.« Ich schenkte ihm die restlichen Zigaretten und, als ich mich überwunden hatte, den neuen Anorak.

Elke brachte nicht nur das Mittagessen im Henkeltopf, nein, sie löste mich auch ab, damit ich verschnaufen konnte. Sie karrte Ziegel mit dem Hooligan Trandafir Smarandache, der sich nun verschämt in die Büsche schlug, wenn ihn die Blase drückte. Eine Neuerung führte meine Schwester ein, wodurch die Maurer auf dem Gerüst Material die Fülle hatten im Handumdrehen: Sie setzte sich oben auf einen Mauervorsprung, klemmte den Sommerrock zwischen die Beine und ließ sich die Ziegel zupassen von einem Handlanger, der sie mit einer Holzschaufel emporschnellte. Wie ein Jongleur schnappte sie sich die feuerroten Wurfgeschosse, die in der Luft um sie herumwirbelten. Es war toll zu sehen, wie ihr Oberkörper sich unter der luftigen Bluse bog und beugte, als tanze sie. Lachend und mit blitzenden Augen meisterte sie das Spiel. Es schien, als griffen ihre Hände manchmal überall auf einmal zu. Ein Spiel, das alle mit offenem Mund verfolgten, vorne der Hausherr in Person. Indessen ruhte ich aus, schlief im Schilf, wo manchmal ein Fuchs mich beäugte. Oder ich verkroch mich zum Nachbarn, dessen Haus bereits stand. Herr Hlibic hatte sich das Grundstück von der Partei mitten in der Kolonie Klein Rohrbach zusprechen lassen: »*Este bine!* Sächsische Nachbarn zu haben war gut. Sie bestehlen einen nicht und sind im Guten und Bösen zur Stelle.« Als meine Handballen aufplatzten, sprang Uwe ein, wenn er Nachtschicht hatte. Im Elektrizitätswerk des Chemiekombinats hatte er im Schaltraum nach dem Rechten zu sehen. Das

Rechte geschah automatisch. Somit konnte er ruhig schlafen. Was sein Meister ihm auftrug, war, jeden Morgen die Teppiche zu klopfen.

Alles drehte sich um mich. Mein Vater hatte durch kolossale Beziehungen Fleisch auftreiben können, sogar Rindfleisch. Die Mutter kochte Kraftbrühen und Hausmannskost. Am Abend scharte sich die Familie, wie versprochen, in Liebe um mich, der ich in einer riesigen Waschschüssel inmitten der Küche stand. Die Fenster wurden schamhaft verhängt. Alle schrubbten an mir herum. Mein Körper war übersät von weißen Flecken, selbst dort, wo ich die Haut geschützt hatte. Weiße Flecken von Kalkspritzern oder weiß der Teufel wovon. Sie verschwanden zwar unter dem Waschlappen und den Essenzen, waren aber sofort zur Stelle, wenn die Haut trocknete.

Elke rief, während sie mit unsäglich sanften Fingern über meine Haut strich: »So innig waren wir noch nie zusammen wie jetzt, sogar das Tatzebrummerl ist dabei. Das ist ein gutes Vorzeichen. Bald werden wir alle sechs beieinander sein, für immer.«

»Dein Wort in Gottes Ohr«, wünschte die Mutter, und der Vater ergänzte: »Kopf hoch, Johannes!« Doch Gott stellte sich taub, taub auf beiden Ohren.

Oft saß Elke in der Mittagspause mit mir im Schilf bei der Toten Aluta, einem versandeten Flußarm, fütterte den Fuchs mit Kraftbrühe und Hausmannskost und erzählte mir von Slaviga, der Wasserfrau ohne Seele, und deren Tochter Aluta, einer gutmütigen Flußfee. »Mit der Slaviga aber ist es ein Kreuz.« Diese närrische Nixe müsse den Tod fürchten wie unsereiner, obwohl sie nicht altere. Zuhause in allen fließenden Gewässern der Erde, käme sie her zur Tochter von der Wolga, vom Tajo. »Weißt du, wo der Tajo fließt?«

Sie sah mich schelmisch an: »Am Mond!« Und lachte: »Ich glaube, in Marokko. Ist dir aufgefallen, daß bei uns meistens Männer und Buben ertrinken?«

»Frauen könnnen besser schwimmen«, vermutete ich.

»Nein, anders hängt das zusammen.« Menschlichkeit würde die Slaviga erlangen, wenn ein Mann sich mit ihr vermählte. Leider seien die Männer von ihrer Schönheit so hingerissen, daß sie vor Seligkeit bei ihrem Anblick stürben, erst recht, wenn sie die Wasserfrau berühre. »Manchmal rächt sie sich an jungen Mädchen. Und hofft weiter. Ein Teufelskreis, könnte man sagen. Zu bedauern und zu fürchten ist sie. Wer also einen schönen Tod haben will, muß den Moment abpassen, wenn sie hier ist. Das wiederum weiß man erst, wenn ein Mann oder ein Knabe ertrunken ist. Fatal!«

Es war Nachmittag. Der Rauch von der Ziegelfabrik schwärzte die Sonne. Hlibics Haus war fast fertig zum Richtfest. Wir kletterten schwer beladen das Gerüst hinauf, Kollege Trandafir und ich. Zwei Herren im Anzug und mit Hut näherten sich. Ihre Erscheinung wirkte befremdlich unter der schwarzen Sonne, in einer Landschaft, die von Baustellen und Fabriken beschädigt war. Der Staub im Weg tat ihren Romarta-Schuhen weh. Die Herren schlenderten heran, Flaneure, die sich vom Korso hererirrt hatten. An einer unsichtbaren Bannmeile blieben sie stehen, in Rufweite. Doch riefen sie nicht. Sie winkten diskret. Mußte ich sie kennen? Ich mußte nicht. Sie schienen betrübt. Obwohl der Ort, wo der böse Feind keine Macht über mich hatte, mitgewandert war bis hierher, begann die Trage mit Ziegeln in meinen Händen zu scheppern, so gewaltig, daß Trandafir das Gleichgewicht verlor und hinunterpurzelte, gefolgt vom Gepolter der Ziegel. Er stülpte die Pechpfanne um, die über dem offenen Feuer brutzelte, wurde mit schwarzen Klecksen besprengt, die sich rauchend in seine Kleider fraßen und die Haut versengten. Kopfüber tauchte er in den Wasserbottich. Alles wegen der zwei Herren mit Hut. Ich schenkte ihm meine Hose. Die zwei Bummler räumten das Feld. Sie lösten sich in Nichts auf, wie das ihre Art war, und waren doch zugegen.

Am Abend steckte die Mutter mir ein Couvert zu. »Zwei Herren von der Sec waren hier, verschwitzt und staubig und erschöpft. Ich hab' sie nicht hereingebeten.« Die Lippen der Mutter zitterten, und ihre Augen sahen mich sonderbar an.

Ich sperrte mich in die blaue Kammer ein. Detaillierte Auskunft über wen, über was? Über das Gespräch mit dem Direktor des Entrattungsamtes von Stalinstadt, Aron Blau, in der Konditorei »Dolores Ibarruri la Pasionaria«, dann und dann. Postwendend abzuschicken an eine Privatadresse in Stalinstadt. Zwei Blatt Papier dabei. Das eine warf ich in den Papierkorb. Das andere benützte ich so: Ich unterschrieb jede Seite mit meinem vollen Namen am unteren Rand, wie das nach einer zünftigen Vernehmung gefordert wird. Auf Seite zwei des leeren Blattes schloß ich mit der gängigen Floskel bei einem Ermittlungsprotokoll: »Dies ist die Wahrheit und allein die Wahrheit.« Ich faltete den Bogen vierfach zusammen, legte ihn in einen Umschlag, adressierte den Brief, wollte ihn zukleben. Siedendheiß überschüttete es mich: Herr im Himmel, die können über deinem Namen in den freien Raum was immer hinschreiben. Machte mit der Füllfeder das Kreuz über jede Seite. Besann mich: Noch konnten sie in die je vier Rechtecke eintragen, was ihnen beliebte. Also füllte ich die beiden Seiten mit fingergroßen Kreisen, in die man bestenfalls Mondgesichter hätte einzeichnen können. Ein Papier voll weißer Flecken gab ich ab.

Unversehens stand die Mutter in der Tür, sagte tonlos: »Muß das so weitergehen? War nicht genug mit dem, was du bisher angerichtet hast? Denk an deinen Vater. An uns alle. An Kurtfelix.« Sie trat von hinten an mich heran, legte ihr Gesicht an meine Schulter, weinte bitterlich und zum ersten Mal, seit ich zu Hause war. Und ging lautlos hinaus.

Eine Woche später flatterte ein Brief ins Haus, aus Klausenburg, mit dem Absender meiner ehemaligen Hausleute. Darin fand sich eine Ansichtskarte von Jerusalem mit dem Felsendom.

Schalom, hebräisch geschrieben, war leicht zu entziffern, wiewohl die Wörter in der altbiblischen Sprache bloß aus Konsonanten gebildet werden. Daneben, ebenfalls von rechts nach links, las ich: Aleph, Resch, Nun. Und abgesetzt: Beth, Lamed, Waw. Darunter stand: »Rote Handschuhe – kein Kinderspiel.«

Eines Abends sagte Elke, von der die Mutter meinte, sie sei der Silberring, der unsere Familie zusammenhalte: »Ich weiß etwas. Wir gehen zur Aluta.« Ich stand bloß und blank in der

Riesenschüssel, für den Augenblick reingewaschen. Aber alles wartete auf das Erscheinen der fatalen Flecken. »Die Aluta ist eine gute Fee, kann vieles gutmachen. Hoffentlich ist die unberechenbare Slaviga nicht im Land. Ertrunken ist ja niemand.«

Die Abende im August hier in Siebenbürgen … Der Himmel vermag das Geflacker der Sterne nicht zu fassen, sie gebärden sich wie irrsinnig. Viele schießen als Sternschnuppen über den Himmelsrand, daß der sprachlose Mensch nicht genug Herzenswünsche beisammen hat, um sie ihnen anzuhängen. Im Hochsommer bewahrt die Erde die Wärme des Tages bis zum nächsten Morgen. Der Boden fühlt sich wie ein Backofen an und im Wasser der Flüsse hat die Wärme ihre Nester gebaut. Die Leute sitzen bis Mitternacht vor den Häusern: die Rumänen im Pyjama mit Hut, die Sachsen in kurzen Hosen und im Hemd, die Zigeuner mit tätowiertem Oberkörper voller Nixen und durchbohrter Herzen. Alle bestaunen den gestirnten Himmel. Scheint der Mond, ist es so hell, daß man die Zeitung lesen kann, oder man spielt Dame und Table mit Würfeln, die zärtlich zusammenklingen. Scheint der Mond nicht, erzählt man Geschichten vom Krieg.

»Vollmond«, sagte ich, »es ist wie damals, als wir von Kaltbrunn gekommen sind.«

Elke sagte. »Weißt du noch, was du mir versprochen hast?« Ich wußte es. Sie erzählte: »Die Aluta …«

Anders als die überschöne Mutter hatte diese den Menschen nur Gutes angedeihen lassen mit schonenden Frauenhänden: den Fuhrleuten die Furt gewiesen, Kinder, die in Wirbel geraten waren, herausgeholt, Mädchen, die sich aus Liebeskummer ins Wasser gestürzt hatten, mit sanfter Gewalt ans Ufer geleitet, Tieren und Menschen die Krätze und Räude weggespült, entzweite Paare zum nächtlichen Fluß gelockt und sie beim gemeinsamen Baden versöhnt. »Die Aluta weiß um das Unglück der Menschen. Wieviel Tropfen im Slavigabrunnen hinter dem Myliuswald, soviel Tränen in der Stadt. Vor Kriegsbeginn soll er übergelaufen sein.«

Bei dem Brunnen hatten wir als Knaben unsere Indianerspiele ausgetragen, später mit den Mädchen dort auf der

Wiese Hütten gebaut aus Ruten und Laub. »Gibt es ihn noch?«

»Er ist versiegt.«

Im Sommer darauf würde der Brunnen für eine Woche sprudeln wie schon lange nicht. Die Stadt schwamm in Tränen. Wir waren barfuß. Schlurften mit Genuß durch den Staub des Weges. Zwischen den Zehen fühlte es sich warm und wolkig an. Ich sagte: »Du bist mir entgegengelaufen, barfuß im Schnee.« Barfuß, das war ihr nicht aufgefallen. Als wir beim jüdischen Friedhof vorüberkamen, bemerkte sie: »Alle haben es hinter sich. Es sollen auf jüdischen Friedhöfen Gräber leer sein, ohne eine Seele drin, sagt mein Freund.« Ich fragte nichts. »Allein die Namen der Toten stehen auf den Steinen. Ihr Grab ist in der Luft.«

»Auch auf sächsischen Friedhöfen findest du Namen von Männern und Frauen mit dem Zusatz: In fremder Erde begraben.«

»Erde ist nicht Luft«, sagte die Schwester.

Der Uferwald nahm uns auf. Und dann saßen wir am Rand des nächtlichen Flusses. »Erinnerst du dich«, sagte ich, »im Sommer, bevor ich wegkam, hab' ich dich mit meiner Sandoline hinaufgepaddelt, bis zur Brücke. Wir waren zu viert.«

»Ja, wirklich. Mein Hund und meine Katze sind mitgekommen. Alle Leute haben geklatscht, sogar die im Wasser.«

Der Fluß schillerte im Widerschein des Mondes. Es war so hell, daß wir uns hätten schämen können. Mit gebogenem Rücken, die Knie mit den Händen umfaßt, blickten wir zum Wasser, das silberne Gesichter wegspülte. Die Wärme legte sich flauschig um unsere Schultern. Die Uferwiese, begrenzt vom Auwald, bildete eine Lichtung, zum Fluß hin aufgetan.

Die kleine Schwester hatte ihre Plage mit den Rätseln des Lebens. Sie grämte sich um die Menschheit und litt an den Menschen. »Manchmal bin ich lebensüberdrüssig wie ein alter Mann.« Obschon alle Erdenbewohner im selben Boot säßen, dazu gleich seien von Geburt an und als sterbliche Geschöpfe, herrsche unter ihnen nicht eitel Harmonie und Liebe wie bei ihrem Hund und der Katze. Grenzenlosen Respekt flößte ihr ein, daß unsere Mutter nie im Leben mit Nachbarn übers Kreuz geraten war, wiewohl sie seit ihrer Geburt in Budapest vierundzwanzigmal umgezogen war, alle zwei Jahre also. Und nicht in der Familie, nicht einmal mit der Maly-tante. »Ich glaube, weil die Mamuschka die Balance hält zwischen zu nahe und zu weit weg. Tu Gutes, aber biedere dich nicht an, sagt sie. Schau, nur wir kommen mit den Bum-bus aus.«

Elke erzählte von einem Frühstück mit den Bumbuischen Kindern. Die sieben saßen in unserer Küche um den Tisch. Elke hatte die Türe zum Hof ausgehängt, wegen Platz und Sonne. Um das Ihre beizusteuern, hatten die Kinderchen den Suppentopf herbeigeschleppt und eine Handvoll Sonnenblu-menkerne spendiert. »Stell dir vor, sie essen alles mit dem Suppenlöffel. Schatzig!« Die Bumbuischen Hühner spazier-ten herein, hüpften auf den Tisch, pickten Krümel auf. »Und jetzt halt dich fest: Jede Henne sucht sich ein Kind, setzt sich ihm auf die Schulter. Das kriegt unser Huhn spitz, die Mo-nika, die schon lange auf der Türschwelle neidisch gackert. Was tut sie? Sie flattert mir auf den Kopf, krallt sich in meine Haare und läßt sich füttern. Wir haben viel Spaß gehabt.« Und sagte nachdenklich: »Mein Gott, wir Kinder können uns doch unsere Eltern nicht auswählen. Wir hätten ja auch als Zigeuner oder Juden auf die Welt kommen können.«

»Möglich. Denkbar.«

»So male ich mir den Kommunismus aus. Alle tafeln zu-sammen an einem großen, runden Tisch und langen fröhlich zu. Ich hab mitten in der Stunde einen Luftsprung gemacht, als der Marxismuslehrer gesagt hat, im Kommunismus gibt es kein Geld mehr, dafür kann sich jeder im Geschäft bedie-nen, mit was er benötigt. Ist es ein Klavier, bekommt er's. Brauch' ich eine Nähmaschine, da ist sie. Wie im Märchen. Was sagst du?«

»Vielleicht.«

»Mein Freund behauptet, daß allein in den Kibbuzim in Israel echter Kommunismus ist, weil dort auch Gott noch ein Wörtlein mitreden kann. Aber das mit Gott ist ja so eine Sache. Eigentlich kennt man ihn nur vom Hörensagen.«

»Gewiß«, sagte ich.

»Mein Freund ...«

»Wer ist das eigentlich?«

Sie blickte mich verwirrt an: »Er hat noch keinen Namen. Für euch.« Und gab dann doch etwas preis: Anne Franks Tagebuch hatte er ihr zu lesen gegeben, rumänisch. »Glaubst du, daß eine Zeit kommt, wo man jeden Gedanken herauslassen kann?«

»Nein«, sagte ich.

»Ja, er behauptet steif und fest, erst wenn Gott selbst wird abwischen alle Tränen, eigenhändig mit seinem Taschentuch, wird alles Leid und Geschrei aufhören. Was meinst du dazu?«

»Vielleicht.«

»Hoffentlich gelingt es schon vorher und hier auf der Erde, daß alle Menschen gut sind und sich liebhaben.«

»Vielleicht ...«

Sie gab mir einen Kuß auf die Wange. »Du kennst ja das Witzwort: Sagt eine Frau ›nein‹, heißt das ›vielleicht‹, sagt sie ›vielleicht‹, heißt das ›ja‹. Und umgekehrt: Sagt ein Mann ›ja‹, könnte das ›vielleicht‹ sein, sagt er ›vielleicht‹, ist es ›nein‹.«

Als ein Windhauch die Weiden zum Flimmern brachte, sagte Elke: »Komm ins Wasser, dort ist es wärmer.« Sie ergriff meine Hand, und wir rutschten die Lehmböschung hinab, die noch feucht war von den Spielen der Kinder am Tag. An Strandburgen vorbei, in deren Häfen Borkenschiffe schaukelten, wateten wir zur Mitte des Flusses, der geruhsam zu Tal floß. Dort hockten an heißen Nachmittagen die alten Frauen im Kreis, genossen das Gekitzel vom Treibsand an den Füßen und klatschen stundenlang, beschirmt von Kalabresern und Rhabarberblättern.

Die Schwester ging voran. Das Wasser war wärmer als die Luft, war warm bis zum Sand unter unseren Füßen. Die Fluten löschten ihre Gestalt Schritt um Schritt. Eine Sandbank zwang uns, wieder an die frische Luft zu steigen. Sie drehte sich zu mir, das Wasser reichte ihr bis zum Knie. Der Mond beschien ihren Körper. Sie hielt mir ihre Handgelenke hin: »Kannst du lesen, was hier steht?«

Ich trat zu ihr, beugte mich vor, mein Haar streifte über ihre Haut. Ich entzifferte meinen Namen an der einen Handwurzel und an der andern den des Bruders. »Ist dir aufgefallen, an welcher Hand dein Name steht?«

Links. Ehe ich sie belehren konnte von wegen links und Herz und warum ein Pfarrer sich mit der Herzseite zuerst zum Altar wenden müsse, hatte sie mich überfallen, sich mit ihrem ganzen Gewicht an mich gehängt, die Hände um meinen Nacken geschlungen und mich umgeworfen. Der Wasserspiegel zerplatzte. Pustend kugelten wir zur Mitte hin, tauchten unter, spien Wasser. Ich ließ mich fallen. Ich ließ mich treiben.

Talab ging es zur Mündung des Schlachtbaches. Wieder und wieder fühlte ich die wundersamen Hände der Flußfee über meine Haut streichen. Ich wachte darüber, daß wenigstens meine Fingerspitzen die Schwester berührten.

Lang war die Strecke von der Brücke bis zur Mündung des Baches. Der Fluß murmelte vor sich hin. Der Mond ruhte in den Wipfeln der Weiden, rührte sich nicht vom Fleck.

Wir schraken auf und klammerten uns aneinander wie Ertrinkende. Das jähe Gefälle riß die Fluten in Stromschnellen vorwärts. Elke hatte gewarnt: »Nur nicht dorthin! Der elende Bach ist voll Schleim und Dreck vom Schlachthaus. Pfui Teufel!«

In dieses Gewühle von Häuten und Eingeweiden waren wir hineingeschlittert. An den Füßen vorbei schlängelte sich das kalte Wasser des Gebirgsbachs, und die riesigen Gedärme von Wiederkäuern wickelten sich um unsere Glieder. Die aufgeschwemmten Mägen von Schwein und Schaf rückten uns zu Leibe. Das Geschlinge zog mich in die Tiefe. Ich ließ mich hinabziehen. Obzwar man nicht gehört hatte, daß ein Mann ertrunken war, spürte ich: Sie ist da. Und Elke wußte es auch.

Meine Schwester packte mein Handgelenk, daß es schmerzte. Wir stemmten uns in den glitschigen, wabbeligen Grund und kämpften uns Welle um Welle zum Ufer hin, sie voran. Die Strömung war stark. Sie staute sich an ihrer Brust, bildete eine Flutwelle in zwei Schwüngen. Irgendwann hatte ich sie eingeholt, wir strebten beide auf gleicher Höhe vorwärts, unsere Hände lagen locker ineinander. Jäh wurde das Wasser tiefer, stand uns bis zum Hals. Sie rief: »Weiter! Gleich sind wir draußen!« Endlich merkte ich, daß sich ihr Körper aus dem Wasser hob, Hals und Schulter glänzten, die Brüste lösten sich vom Wasserspiegel, der Bauch wurde sichtbar, übersprüht von Tropfen. Wir hatten es geschafft. »Eklig, dieses Gehänge an den Füßen!« Doch kaum waren wir das Ufer hinaufgeturnt, verlor sich das klebrige Schlingwerk von unseren Körpern wie von selbst. Unser Atem ging rasch. Wir schüttelten das Wasser ab. Elke rief: »Das böse Weib hat uns nicht erwischt! Hast du die Hände der Aluta gespürt?«

»Ja.«

Sie sah mich an, lächelte rätselhaft: »Wir beide werden lange leben, du und ich, das weiß ich nun.« Ich lag hingestreckt auf dem Boden, das Gesicht nach oben, und spürte an meiner Haut die Wärme der Erde und das Kitzeln der Grashalme. Und spürte das sinnliche Fließen der Zeit, die aus dem Schoß aller Dinge kam, vielleicht aus dem Herzen Gottes.

Meine Schwester legte den Kopf in den Nacken. »Sternschnuppen noch und noch vom Himmel herab, wie ein Wasserfall. So viele Wünsche kann ein Mensch gar nicht haben. Hast du es bemerkt?« Ich hatte es bemerkt.

Sie zog mich vom Boden empor. »Auf, so sprach der Fuchs zum Hasen, hörst du nicht den Jäger blasen!« Wir liefen den Uferpfad entlang, der durch Weidenbüsche und Brombeergestrüpp führte. Die Schwester schlängelte sich leichtfüßig hindurch, wich aus, senkte den Kopf, duckte sich zur Erde, jauchzte, als gelte es Siege bei einem Wettkampf, während ich blindlings vorwärts stürzte, mich von den Zweigen und Blättern zausen ließ. Noch einmal sprang ich ins Wasser, tauchte in den nächtlichen Fluß.

Auf der Uferwiese war die Luft milde. Meine Schwester holte ein Handtuch und begann mich abzufrottieren. »Du bist voller Striemen und Kratzer, die Brust, der Bauch, bis zu den Knien.« Besorgt strich sie über meine Haut: »Du Esel, du.«

Sie legte die Arme um meinen Hals. Ihre Blöße hatte der Nachtwind getrocknet. Wir waren fast gleich groß. Unsere Gesichter berührten sich. Ich hätte sie leicht auf die Stirne, auf die Augen küssen können. Der nächtliche Fluß stand still. Die Zeit vergaß sich.

Nach einer Weile löste sie sich von mir. Sie schlug einen Bogen um mich, nahm alles in Augenschein und sagte: »Unglaublich! Die weißen Flecken, sie sind wieder da.« Sie drehte mich im Angesicht des Mondes hin und her. »Die weißen Flecken, die bleiben dir ein Lebtag lang. Es ist zum Totlachen.« Und bückte sich nach ihren Kleidern. »Komm, wir ziehen uns an, die Mama wartet. Es ist Zeit.«

In Dankbarkeit Frau Brigitte Hilzensauer verbunden,
die mich auch bei diesem Buch, auf schwierigem Terrain,
begleitet hat.

Eginald Schlattner, Rothberg/Siebenbürgen,
im Herbst 2000

Inhalt

Eginald Schlattner
Der geköpfte Hahn
Roman
1998. 520 Seiten

Schlattners Milieu ist ein Städtchen in Siebenbürgen. Nach
fünfhundert Seiten kennt man die Plätze und Gassen, die
Häuser am Fluß, an dem sie liegen und nach mehreren Boots-
fahrten sogar seine Strömungen. Bevölkert ist diese Landschaft von Ungarn, Rumänen, Zigeunern, Juden und Deutschen ... Die eigentliche Romangegenwart ist ein einziger
Tag, der 23. August 1944, an dem nicht nur die Abschluß-
feier einer Schulklasse stattfindet, sondern auch der Sturz
des Regimes Antonescu und die bedingungslose Kapitulation
Rumäniens. *Der geköpfte Hahn* ist ein Erzählwerk, das weit
über dem Durchschnitt des gewöhnlich Gebotenen steht.

Egon Schwarz, *Frankfurter Allgemeine Zeitung*

Eginald Schlattner erzählt souverän und spannend diese
komplizierte Geschichte vom Ende einer jugendlichen Ver-
wirrtheit und nationalsozialistisch-faschistischer Fasziniert-
heit, aber auch von Humor, Menschlichkeit und gesundem
Menschenverstand.

Nicole Henneberg, *Der Tagesspiegel*

Vielleicht wird an Schlattner, dem Pfarrer und Erzähler, auch
die Funktion der Priester in Gottes Träumen klar: Sie müssen
in seine Alpträume schöne Geschichten von verzweifelten
Menschen spinnen, die ihren Humor und ihre Hoffnung
nicht verloren haben.

Christian Zillner, *Falter*